·新视野学术文库·

Pin Yingguo Shige Jian Yingguo Jingshen

品英国诗歌　鉴英国精神
——从文艺复兴到浪漫主义

陈乃新◎著

·广州·

版权所有　翻印必究

图书在版编目（CIP）数据

品英国诗歌　鉴英国精神：从文艺复兴到浪漫主义/陈乃新著.—广州：中山大学出版社，2016.9
（新视野学术文库）
ISBN 978-7-306-05756-3

Ⅰ.①品…　Ⅱ.①陈…　Ⅲ.①诗歌研究—英国　Ⅳ.①I561.072

中国版本图书馆CIP数据核字（2016）第168624号

出版人：	徐　劲
策划编辑：	熊锡源
责任编辑：	熊锡源
封面设计：	林绵华
责任校对：	林彩云
责任技编：	何雅涛
出版发行：	中山大学出版社
电　　话：	编辑部 020-84111996，84111997，84113349，84110779
	发行部 020-84111998，84111981，84111160
地　　址：	广州市新港西路135号
邮　　编：	510275　传　真：020-84036565
网　　址：	http://www.zsup.com.cn
	E-mail: zdcbs@mail.sysu.edu.cn
印 刷 者：	佛山市浩文彩色印刷有限公司
规　　格：	880mm×1230mm　1/32　15.25印张　383千字
版次印次：	2016年9月第1版　2016年9月第1次印刷
定　　价：	45.00元

如发现本书因印装质量影响阅读，请与出版社发行部联系调换

所惧，真理越辩越明，只有心理阴暗者才讳疾忌医。

文中多有汉英对照，我尽量引经据典提供来源，有的是我翻译的；而且我引用了英语格言、习语和谚语，以丰富本书语言和内容，增强趣味性和可读性，避免专业术语佶屈聱牙枯燥无味，希望对读者有所裨益。本书引用的英文诗歌皆为作者重译，希望令人耳目一新。但有极少诗歌难以搜寻原文，只好借鉴他人译作，在此致谢！本人谨记英语格言古训：慎言乃智者（A still tongue makes a wise head），谨言慎行幸福一生（A still tongue makes a happy life）和不要班门弄斧（Don't try to teach your mother to suck eggs），看来中英文化颇多相通之处：谨防祸从口出——现在彼国脱胎换骨摒弃陋习，令人赞叹不已，本国呢？当然我也牢记柏拉图（Plato）的谆谆教诲："思索，即心灵的自言自语"（Thinking: the talking of the soul with itself），这心灵的自言自语不可停止须臾，否则人类社会必然倒退；世界发展日新月异有赖于那些伟大心灵夜以继日自言自语，敬请聆听世界前进的脚步声——那是伟大心灵在窃窃私语！

陈乃新

于 2015 年 6 月 19 日

目　　录

引言 ································· 1

第一章　英国文明与欧洲/两希文明 ············· 1
　一、源远流长的古希腊/罗马文明和古英国 ········· 1
　二、两希文明/法国文化对中古英国的深刻影响 ······ 10
　三、基督教重塑西方和英国文明 ··············· 25

第二章　欧陆文艺复兴东风西渐唤醒英国 ········· 33

第三章　欧洲文艺复兴诗歌之子成长为英国诗歌之父 ·· 44
　一、欧洲文艺复兴诗歌之子艰难的成长历程 ········ 44
　二、现实主义诗人——英国诗歌的前驱 ··········· 48
　三、英国诗歌之父对英国语言文学的重要贡献 ······ 59
　四、浪漫主义诗人华兹华斯解读乔叟诗歌 ·········· 70

第四章　英国诗坛蛰伏期迎来现代英语诗歌新纪元 ··· 77
　一、开创现代英语诗歌新纪元的两位前驱 ········· 77
　二、有争议的诗歌和诗人标准 ················ 86
　三、十四行诗异军突起风靡英伦 ··············· 88

第五章　仁侠楷模与风流镜子 ················ 98
　一、英国诗坛风流倜傥新贵族 ················ 98

二、推陈出新更加风流 ………………………………… 101
三、脚踏实地的诗人阐发开天辟地的诗歌理论………… 110

第六章 举世公认"诗人中的诗人" ………………… 119
一、小荷初露尖尖角 …………………………………… 119
二、斯宾塞体脱颖而出 ………………………………… 120
三、伊丽莎白黄金时代和詹姆士钦定本《圣经》…… 123
四、西德尼和斯宾塞精彩纷呈的十四行诗 …………… 140

第七章 斯特拉夫小镇绅士勇攀诗坛巅峰 ………………… 150
一、天才诗人横空出世 ………………………………… 150
二、"忧郁王子"《哈姆雷特》艺术特色及其背景 … 158
三、西德尼和莎士比亚异曲同工十四行诗 …………… 166
四、斯宾塞与莎士比亚各自妙趣横生 ………………… 177

第八章 后起之秀青出于蓝胜于蓝 …………………… 189
一、雏鹰试啼一鸣惊人 ………………………………… 189
二、自由战士用诗歌呐喊争取自由 …………………… 198
三、《失乐园》的失明诗人渴望光明 ………………… 207
四、《失乐园》的诗歌艺术特色 ……………………… 214
五、老骥伏枥壮心不已再创辉煌 ……………………… 223
六、《失乐园》和《仙后》精彩迥异 ………………… 230

第九章 复辟时期新古典主义诗潮 …………………… 240
一、复辟时代的曲折与进步 …………………………… 240
二、新古典主义诗歌的崛起与发展 …………………… 245

第十章 浪漫主义诗歌的发轫与嬗变 ………………… 255

目　录

第十一章　继承文艺复兴诗歌传统的浪漫主义诗歌创始人 …… 263
　　一、自然主义诗人的坎坷人生路 …… 263
　　二、华兹华斯和弥尔顿错综复杂的微妙关系 …… 268
　　三、自然主义诗歌开启浪漫主义诗歌新时代 …… 277
　　四、华兹华斯和科勒律治从珠联璧合到分道扬镳 …… 286

第十二章　科勒律治浪漫诗意人生及坎坷失意之处 …… 297

第十三章　继往开来的伦敦土著派绅士——济慈 …… 314
　　一、多舛的命运奠定济慈攀登高峰的台阶 …… 314
　　二、弥尔顿和《失乐园》对济慈的深刻影响 …… 323
　　三、继承前辈传统突破旧诗体束缚 …… 331
　　四、斯宾塞潜移默化的影响 …… 340

第十四章　狂飙突进叛逆不羁的恶魔派自由斗士——拜伦 …… 350
　　一、追求自由的浪漫诗歌崎岖路 …… 350
　　二、拜伦与雪莱错综复杂关系及浪漫诗情 …… 357
　　三、拜伦发扬光大弥尔顿的诗歌传统 …… 367
　　四、拜伦和雪莱——审美先锋拟或政治先锋？ …… 376

第十五章　桀骜不驯离经叛道的无神论诗人——雪莱 …… 382
　　一、雪莱继承浪漫主义诗歌传统 …… 382
　　二、浪漫主义诗歌迸发革命激情 …… 388
　　三、《心之灵》中同性恋隐情悬疑 …… 397
　　四、弥尔顿诗歌对雪莱深刻的影响 …… 406

五、西德尼和雪莱《诗辩》之辨 …………………… 414
六、斯宾塞对雪莱的影响 ……………………………… 421

第十六章　品浪漫主义诗歌鉴英国精神 …………… 426
一、浪漫主义诗人的亲希腊文化主义情结 ………… 426
二、浪漫主义诗歌反思与启迪 ……………………… 436

参考文献 …………………………………………………… 458

引 言

　　国内研究浪漫主义诗歌多就诗论诗,或探讨其政治、经济、历史和文化渊源,鲜有将其与文艺复兴诗歌相提并论。本书试图从语言、文学、文化、历史和政治文明等诸方面多触角深入探索英国文艺复兴时期诗歌与浪漫主义诗歌之间的必然联系,努力揭示鲜为人知的由偶然到必然的历史真相。因为文艺复兴和浪漫主义两种思潮是两股势不可挡的历史潮流,它们不仅把英国诗歌文学推向两个崭新的阶段,更加促进英国社会迅猛发展。其间英国诗歌文学从无到有,从小到大更从弱到强:莎士比亚、弥尔顿、华兹华斯、济慈等大师辈出,创造震惊世界空前绝后的奇迹,令世人膜拜、高山仰止。这两个时代的诗歌各自具有鲜明的时代特征,本书力证浪漫主义诗歌全面继承发展了英国文艺复兴诗歌传统,推陈出新将先贤开创的诗潮发展到崭新阶段。本书深刻解析这两个时代诗歌传承发展的脉络,这是主题明线——"就诗论诗"。但相对于欧陆文明,英伦文明是后生,为什么它能够从荒蛮岛屿拓展而创造辉煌灿烂的人间奇迹?为什么它从受尽欺凌的贫弱岛国崛起成为"日不落帝国"?其青出于蓝而胜于蓝的奥秘发人深省;语言、文学、政治、科学、法制和文化如何互相影响?诗歌文学对人类文明发展的动力究竟几何?本书进而"就诗论时(时政)"并"就诗论史",最终深入探索"就诗论势"——社会发展趋势,揭示诗歌文学与社会发展的内在动力及其纵横交错的复杂关系,见微知著窥斑见豹为暗线。谈古论今

"诗时史势"互相结合渗透是本书最大的亮点。本书的主旨为品英国诗歌鉴英国精神,但醉翁之意不在酒,而力图揭示:传统与创新、继承与发展不仅存在于英国诗歌文学领域,并渗透到英国社会的各层面各领域,探索英国诗歌如何从宫廷玩偶嬗变为人民争取自由的战斗号角的艰难历程。本书深刻揭示了诗人作家就是民族精神和文化的缔造者、践行者和传承者,因为诗歌文学往往凝聚着民族精神和文化的精髓,他们就是民族精神和传统文化创新的杰出代表。

本书不仅有纵向探讨,还有横向比较:西德尼和斯宾塞为挚友,同为文艺复兴诗坛巨擘,其诗歌有何异同;西德尼和莎士比亚、斯宾塞和莎士比亚、莎士比亚和弥尔顿诗作如何比较;他们分别对浪漫主义诗歌产生哪些影响?作者试图从多视角寻找问题答案,清晰梳理英国该阶段诗歌的发展路径。再如:浪漫主义诗坛五大支柱——华兹华斯、科勒律治、济慈、雪莱和拜伦的作品有何异同;两代浪漫主义诗人的关系如何;他们各自从文艺复兴诗歌继承哪些传统,又扬弃哪些特点;本书通过浪漫主义诗人的坎坷证明:民主自由之路漫长艰辛,人民须筚路褴褛才到可达目的地。本书努力从社会发展的宏观层面到诗歌语言的微观层面探索上述问题,最终探究独一无二的英国精神。当然答案是多元的,本书只提供思考线索,无法一蹴而就穷尽所有答案。每位大师的诗歌都是博大精深的百科全书,研究专著汗牛充栋,本书无法言简意赅包罗万象,可能挂一漏万,但作者愿在此抛砖引玉。本书既是浪漫主义自由理想的颂歌,也是鞭挞专制的檄文。

第一章　英国文明与欧洲/两希文明

一、源远流长的古希腊/罗马文明与古英国

回顾古希腊和古罗马历史，有利于梳理欧洲文艺复兴、浪漫主义文学和英国文艺复兴时期诗歌及浪漫主义诗歌之间千丝万缕的关系，因为举世公认古希腊文明是世界五大古文明之一，也是欧洲文明的摇篮，更是英国诗歌之本。

古希腊地理范围除了现在希腊半岛外，还包括整个爱琴海区域和北面马其顿和色雷斯、亚平宁半岛和小亚细亚等地，还有后来希腊人殖民的小亚细亚沿岸殖民地，意大利周边希腊的殖民地，西班牙地区的希腊殖民地、黑海沿岸的殖民地，甚至包括北非沿岸的希腊殖民地区域。这个区域是动态的，不同时代皆有变化。大约8500多年前的新石器时代，来自肥沃的两河新月地带的农民来到希腊，迄今不知其语言。根据后来希腊人记录，在希腊语前，希腊本土有多种语言，如 Pelasgians, Minyans, Tyrrhenians（与意大利区人和利姆诺斯岛人语言相关）和 Eteocretans（"真正的克里特人"）。

爱琴文明（Aegean）指公元前3000—2000年南希腊和爱琴海岛上的文明，中心在克里特岛与迈锡尼；希腊青铜器文明（Crete, 2700 BC—1450 BC）是爱琴文明最远古的源头；其特征是宫殿修筑；国王米诺斯王朝发达的海外商业和强大海军曾称霸

地中海，故又称米诺斯文明（Minoan civilization），出现于古希腊迈锡尼文明前的青铜时代。当时有欧洲最早的文字——线形文字 A（未解读）和线形文字 B（已解读）；其后，克里特岛被迈锡尼人占领并形成迈锡尼文明（Mycenaean Greece，1600 BC—1100 BC）。随着克里特文明的兴起，公元前 3000 年的早期青铜时代——基克拉泽斯文明（Cycladic civilization）便销声匿迹。与基克拉泽斯文明同时期的希腊本土文明称作 Helladic。公元前世纪，特别是希波战争后经济繁荣，产生了光辉灿烂的古希腊文化：文学、戏剧、雕塑、建筑、哲学等诸多方面影响深远。

众所周知，灿烂文化都是优秀的思想传统和美丽语言的结晶。印欧语系是世界上最大语系，它包括两大古典语言：古希腊语和拉丁语原始印欧人生活在什么年代？从何处"发迹"？现在没有文字材料，因为人类语言的历史远比文字历史久远。通过重建古代印欧人语言可知：原始印欧文明始于 5000 年前的东欧，约公元前 2500 年分裂，人们背井离乡向四面八方迁徙。其中一路到了希腊，另一路到意大利，它们分别是古希腊和古罗马文化的起源。希腊人 Greek 是英文，是罗马人对希腊人的称呼；而希腊人喜欢自称 hellene，"希腊化"即英文 hellenization。以后讨论为何文艺复兴和浪漫主义诗人具有浓厚的亲希腊主义情结。希腊字母最初像闪米特字母从右到左书写；后来从右到左和从左到右交替书写，再后来从左到右至今。希腊语最后分化 4 种方言，以后几百年随着雅典城的兴起，雅典语的爱奥尼亚方言成了希腊语的主要形式及共同语（Koine）的基础。亚历山大远征后，雅典语使用范围远超现代希腊的疆界。罗马帝国信奉雅典语为第二语言。新约《圣经》（New Testament）即用共同语写作。西罗马帝国亡后，从 4 世纪到 15 世纪希腊语是拜占庭帝国官方语言。迄今东正教仍用古雅典共同语的《圣经》。早期希腊人使用从埃及学来的象形—表音混合文字，1952 年曾解释叫作 B 线型的希腊早期文字，那是公元前1500年遗物，但公元前1200年已废弃不用。公元前1000年，腓尼基文字传入希腊，他们放弃原有文字，在此基础上发明元音字母，世界上第1套完整拼音文字终于诞生。

文字不仅是记录语言的符号，更是思维的工具和构筑文化的基础；拼音文字是古希腊人贡献给人类最早、最伟大的思维工具。人类发明文字可高瞻远瞩深入思索；若文字是人类发明创造的原动力，那么拼音文字就是发明创造的核动力。为什么现代科学起源于西欧而非其他文明？这是著名李约瑟之谜。罗伯特·洛根耗费数十年心血写就《字母表效应：拼音文字与西方文明》一书精辟解答了这个问题：字母表乃发明之母，字母表和拼音文字培育了西方人分析逻辑的抽象思维能力，西方文化的独有特征——典章化法律、一神教、抽象科学、逻辑和个人主义与此息息相关，它用丰富材料、严密逻辑、清晰语言鞭辟入里揭示了拼音文字和字母表对人类文明的七大贡献：①首先从语言上揭示了语音由元音和辅音构成；②从语义上大大扩展语言词汇；③首创语法概念，并细化词法和句法，为发散性和收敛性逻辑思维奠定基础；④简化人类学习、书写、阅读和记忆活动过程；⑤使打字、印刷、运算和存储信息等易如反掌；⑥拼音文字把语言与逻辑结合一体，让语言的感性思维升华为逻辑思维；⑦拼音文字更便于交流写作。

公元前12—前10世纪迈锡尼文明渐渐衰落。原始社会末期讲希腊语的部落从北方进入希腊，使塞萨里亚及以南许多希腊部族迁徙，国家、文字和宫殿都消失，原始社会末期社会组织和生活方式在希腊半岛、爱琴海诸岛及小亚细亚希腊人居住区进入"荷马时代"。《荷马史诗》（Homeric Hymns）记录古希腊史，而且其影响巨大，故公元前11—前9世纪古希腊史称为"荷马时代"。那时各部族繁杂，未明确文化认同，没有"希腊"

(Hellas)这一词。《荷马史诗》分为两部：第一部《伊利亚特》(Iliad)叙述各部族为美女海伦(Helen)争夺围攻小亚细亚城市特洛伊(Troy)的故事，以希腊国王阿伽门农(Agamemnon)和勇将阿喀琉斯(Achilles)的争吵为中心，集中描写战争结束前发生的事件；第二部《奥德赛》(Odyssey)讲述古希腊英雄奥德修斯(Odysseus)率部队利用木马战胜特洛伊，赢得特洛伊战争(Trojan War)凯旋而归途中的故事。阿基琉斯是前者主角，后者主角是奥德修斯，两人都是孔武有力擅长运动的英雄，前者是飞毛腿；而后者不仅擅长运动且足智多谋，特洛伊木马(Trojan horse)即为其杰作。

公元前6世纪中叶，伯罗奔尼撒半岛(The Peloponnesian Peninsula)南部斯巴达(Sparta)逐步联合半岛多数城邦组成伯罗奔尼撒同盟(Peloponnesian League)，成为希腊某城邦集团的领袖。米利都为首的小亚细亚诸希腊城邦推翻波斯统治起义(500.BC—494.BC)，揭开公元前5世纪希腊历史的序幕。公元前492年、490年和480年波斯军队入侵希腊都失败。在马拉松、萨拉米斯等战役中，反抗侵略的数十个希腊城邦人民都表现出爱国主义精神和希腊人的胜利影响。西西里岛希腊人在公元前480年打败迦太基。马其顿王国种族和语言与希腊人很接近，并深受希腊文化影响。腓力二世(公元前359—前336年)统治的古代马其顿崛起，不仅推动了历史发展，而且使马其顿人的历史长期与希腊人的历史融为一体。

公元前1100年，另一支希腊人(多利亚人)入侵毁灭迈锡尼文明，此后300年希腊封闭贫穷，进入"黑暗时代"。荷马时代末铁器取代青铜器；海上贸易重开，新城邦国家纷纷建立。希腊人使用腓尼基字母创造文字，并于公元前776年首开奥林匹克运动会，这标志古希腊文明进入兴盛时期。约公元前750年，希腊人口增长向外殖民，新希腊城邦遍及包括小亚细亚和北非在内的地中海沿岸，斯巴达和雅典实力最强。公元前86世纪，希腊复兴，城邦逐渐发展为国家形态，它以城市为中心包括周边村落，形成小国寡民，各邦独立自治的局面。这种奇特的社会形态再加上长期内外征战培育了希腊人独立自由的民族精神，产生了格言：$Ελευθερα\ θνατο$（音译Eleutheria i thanatos）希腊语（不自由毋宁死），这代表该民族渴望自由、追求民主的优良传统和勇敢斗争的品格，这也是希腊文明的特征之一。这种民不畏死追求自由的精神千百年来感染、鼓舞、指引着欧美人民，家喻户晓深入人心经久不衰，继而成为欧洲文明的深刻内涵之一。

古希腊政治单元是城邦（polis），因而"政治"（politics）即为"城邦事务"。各城独立但分主从，但各城最高权力都位于城内。这意味着希腊参加战争以"同盟"参战，这也为其城邦间内战酝酿了条件。在这群星璀璨的古希腊文明时代涌现了大批我们耳熟能详的巨匠大师，他们对人类社会的杰出贡献空前。诗人有荷马、赫希俄德等；政治家有腓力二世及其子嗣亚历山大大帝；作家和哲学家有柏拉图、亚里士多德和赫拉柯利特和苏格拉底等；数学家有毕达哥拉斯；力学家有阿基米德。几乎所有欧几里得（Euclid）《几何原本》（Greek Geometer and Author of Elements）在古希腊初步成书。这不朽之作集古希腊精神和数学成果于一书；既是数学巨著又是哲学巨著，并首次完成人类对空间的认识，其影响仅次于《圣经》。古希腊赋予公民（成年非奴隶非外籍男士）自由，他们参与国事，畅所欲言。而且古希腊地域小，人口稀疏，环境和平，有利于思想启蒙。有识之士经常聚会探讨，形成了古希腊哲学的起源，思想活跃、言论自由促进学术繁荣。因此，举世公认古希腊文明直接成为西方文明现代民主的基础和雏形，古希腊文化深入影响古罗马文化，后者将其继承发扬传播于世。古希腊文明遗产扎根于西方社会、政治、经济、文化艺术各领域，无所不在；特别是欧洲文艺复兴时期以及

18—19世纪浪漫主义运动（乃至"新古典主义"运动，Neoclassicism）都对其念念不忘，其对欧美社会文明和文化产生深远的影响。

古罗马常指公元前9世纪初意大利半岛中部兴起的文明，历经罗马王政时代和罗马共和国，约于1世纪扩张为横跨欧亚非的罗马帝国。公元395年1月17日，罗马帝国分裂为东西罗马，因皇帝狄奥多西（346—395）临终前将其分予两子继承。东罗马都城君士坦丁堡在希腊古城拜占庭，故称拜占庭帝国，其疆域包括巴尔干半岛、小亚细亚、叙利亚、巴勒斯坦、埃及、美索不达米亚及外高加索的一部分。皇帝查士丁尼又将北非以西、意大利和西班牙东南并入版图，最后在1453年被奥斯曼土耳其人灭亡。西罗马建都罗马，公元410年日耳曼的西哥特人在阿拉里克率领下攻入罗马，在西罗马境内建立多个卫星国。476年，罗马雇佣兵领袖日耳曼人奥多亚克废黜西罗马皇帝罗慕路斯，西罗马帝国灭亡标志着奴隶制度在西欧的瓦解崩溃。

公元前3世纪至公元5世纪罗马向东扩张，罗马帝国统治促进其宗教传播，酝酿了罗马宗教与希腊宗教、波斯宗教、犹太教乃至基督教的冲突融合。基督教从下层受压迫者的宗教逐渐变成官方意识形态，经历了从被排斥打击到被接受吸纳的漫长艰苦历程，基督教随着罗马帝国的影响力扩大传遍全球。西罗马人多信仰天主教（Catholic）；而东罗马民众多信仰东正教（Eastern Orthodox Church）。6—7世纪经过奴隶起义和斯拉夫人入侵，拜占庭帝国从奴隶社会向封建社会过渡。7世纪中叶阿拉伯人武力扩张，拜占庭帝国日趋衰落。第4次十字军东征（Crusade），西欧封建主占领拜占庭帝国大部及君士坦丁堡，建立拉丁帝国。拜占庭残余退至小亚细亚建立尼西亚帝国，1261年它推翻了拉丁帝国，恢复拜占庭帝国。1453年奥斯曼土耳其苏丹猛攻君士坦丁堡，5月29日攻陷君士坦丁堡并在此定都改称伊斯坦布尔，东罗马帝国灭亡。

史上罗马位于意大利中部台伯河的下游,拉丁语原是河畔村庄的方言。公元前1000年,北方移民把拉丁语带到意大利半岛。其后罗马渐强,罗马拉丁语成为标准语,它是现代罗曼语的祖先。其在罗马一分为二:书面拉丁语古文语法规则严格,贵族僧侣专用;口头拉丁语(民间)俗体是大众的活语言。后者由军队和商人传到法国南部高卢取代高卢语,又受其影响。公元7—8世纪原来民间拉丁语变成新语言——即古法语。公元5世纪瓜分罗马帝国的日耳曼人接受这种语言,分化出现代罗曼语诸语:意大利语、法语、西班牙语、葡萄牙语和罗马尼亚语。中世纪拉丁语是欧洲交流的媒介语,也是欧洲科学、哲学和神学界的通用语。罗马天主教传统用拉丁语为正式语言,至近代通晓拉丁语是文科教育必备条件。

原来英伦诸岛存在多民族、多语言和多文化,不仅有盎格鲁·撒克逊人,还有原住民凯尔特人后裔威尔士人、苏格兰人、爱尔兰人以及康沃尔人,他们均有语言文化。早在公元前55年,凯撒大帝(Caesar)首次率领罗马大军进攻英国未果。公元43年,罗马人入侵前,英国处于铁器时代,当时已经和欧洲大陆建立经贸关系和文化往来。公元43年克洛蒂斯(Claudius)再次率领罗马军队大举入侵英国,占领英国近400年,史称罗马·不列颠(Roman Britain),当时罗马人称为布里吞尼亚(Britainia),即罗马帝国治下一省——现为英国南部。当时战败的凯尔特人英勇反击罗马军队,最后罗马人妥协,在不列颠北部修筑百公里的"哈德良长城"——这成为苏格兰和英格兰地理分界。其时罗马基督教文化和拉丁语言在英国兴起繁荣,这也标志着英国原始社会铁器时代的结束。罗马人占领英国促进各行各业迅猛发展,统治英国约367年,其时各国商贾和军人云集英国,拉丁语言文化和基督教对英国的影响日渐强盛。公元407年,最后一批罗马军队撤离英国，其后罗马文明渐衰，但影响又持续2个世纪，罗马帝国对英国的影响根深蒂固且源远流长。

英国南方的英格兰气候温暖，土地平整肥沃，便于发展经济，外来列强觊觎这块"肥肉"。连年征战使英格兰民族在不断的民族融合中逐步成形。而在北方风寒料峭的苏格兰高地，凯尔特人凭借险峻地势和恶劣气候优势多次击退外族入侵，铸就其独特的民族秉性。5—6世纪，德国和丹麦的撒克逊人、盎格鲁人和朱特人先后攻占英国东部和南部地区，占领大部地区；直到8—9世纪以丹麦人为主的北欧斯堪的纳维亚语言文化的渗透影响深远，斯堪的纳维亚语言本就是日耳曼语的分支。11世纪入侵的诺曼人影响很大，他们本说古诺曼语，长期以来与盎格鲁·撒克逊语言并存，后来逐渐融合英语变异为盎格鲁·诺曼语，然后再与斯堪的纳维亚语言融合成为古英语。因此英语语言文化的源泉之一是古希腊语、拉丁语、日耳曼语和法语。

古罗马是欧洲中心，与偏居一隅的英伦岛国不可同日而语，所以英语有很多习语成语与古罗马息息相关，如 All roads lead to Rome.（条条大道通罗马）；Do in Rome as Rome does.（入乡随俗）；Rome was not built in a day.（罗马非一日建成）；还有 Fiddle while Rome burns.（罗马大火，漠不关心），此谚语讥讽权贵醉生梦死，大难临头仍歌舞升平。罗伯特·布朗宁（Robert Browning）断言：每个人迟早要光临罗马（Every one soon or late comes round by Rome.）；奥古斯特斯（Augustus）的名言"初见罗马平淡无奇，深入探究赞叹不已"（I found Rome a city of bricks and left it a city of marble.）和凯撒大帝的"宁为鸡头，不做凤尾"（I had rather be first in a village than second at Rome.），都被英伦有识之士奉为圭臬。罗马是英国子民心中的圣城，其一举一动都关乎欧洲的每根神经。罗马全盛时约590万平方公里土地，而公元2世纪后期突然衰落。3世纪后出现诸多危机，罗马帝国不可避免分裂灭亡。其因很多，一般认为公元2世纪晚期及3世纪中多次瘟疫是其灭亡的关键。有人认为瘟疫不断的原因是报复罗马对基督徒持续3世纪的迫害。基督信仰兴起于公元一世纪，古罗马基督信徒信守圣洁、仁爱、和平和公义，这好似不切实际的理想。出于仁爱，基督徒拒绝进入竞技场观看角斗士互相残杀，他们无条件释放家奴。不少教父批评罗马人奢华的生活方式引起权贵不满。基督徒纯洁的个人生活与普遍堕落奢靡的社会氛围格格不入，使很多维护罗马宗教的权贵深感威胁，视为眼中钉肉中刺，必欲除之而后快。

史说罗马的辉煌毁于荒淫无耻的社会风气，卖淫成风、同性恋成群、寡廉鲜耻等，伤风败俗层出不穷，还有妓女节、同性恋日等荒唐节假日，人们纸醉金迷醉生梦死。基督教传入希腊罗马时，世界处于宗教与经济动荡巨变时期，社会从国民教育的希腊罗马诸神的传统信仰中获得的安全感正消退。基督教等新生教派开始取代传统神祇。公元后1世纪使徒保罗在希腊取得成功。公元300年后基督教扩张到罗马全境。希伯来精神追求公正、要求道德完善、坚持符合道义的行动准则，称教徒为"义民"，抵制古罗马骄奢淫逸的传统，道德正气蔚然成风。古罗马思想家奥古斯丁（Aurelius Augustinus；AD 354 – AD 430）批评宙斯多神教，同时把以苏格拉底为鼻祖的古希腊哲学与督教教义相融合，西方文化两个源头在相生相克中并存。

首次大规模迫害基督徒的是罗马暴君尼禄（公元37年—68年）。他为了夺权母妻焚烧罗马，大火连日死亡无数，他却开怀大笑，但他借刀杀人将纵火罪名嫁祸于基督徒。罗马史学家塔西图证实上述史实。尼禄指使人编造谣言，污蔑他们狂饮乱伦、诅咒罗马人是邪教徒。4年后他走投无路在政变中自尽。公元125年罗马帝国爆发第一场瘟疫丧生100万人。165—180年罗马再次爆发黑死病等瘟疫，每天死亡2000人，就连皇帝奥列里乌斯

·安东尼·奥古斯也未幸免。这场瘟疫历时15年，使1/3的罗马人死亡，君士坦丁堡人死亡过半。250年德西乌斯皇帝敕令基督徒放弃信仰，否则罚为奴隶或没收家产；处死泯顽不化者。同年罗马帝国第三次瘟疫波及全国，每天约死亡5000人，持续16年。公元303年戴克里先皇再发敕令，开始最大地迫害基督徒的运动，收缴《圣经》，摧毁教会。基督徒要么悔过或死亡；许多坚信不疑的基督徒被杀，罗马帝国分裂。公元542年东罗马帝国第四次瘟疫危及欧陆，罗马帝国一蹶不振，大伤元气。

福兮祸所伏，祸兮福所倚。为何瘟疫频频光顾罗马？幸存者约翰代表流行观点：这是上帝天谴！他写道："后人会为我们因己罪而遭受可怕灾祸而恐怖震惊，并因我们不幸所受的惩罚更明智，从而将他们自己从上帝的愤怒以及未来的苦难中解救。"到底什么是压死骆驼的最后一根稻草，虽众说纷纭莫衷一是，但罗马暴政天怒人怨加速灭亡毫无疑问。纵观历史暴政从未自动消亡，欧洲人民采用各种形式反对专制的斗争渗透各领域，延续约2000年。罗马的灭亡为欧洲其他国家（包括英国）的兴起提供了千载难逢的重要契机，敲响旧制度的丧钟就是迎接新曙光的晨钟。本书通过描述欧洲和英国人民反抗暴政争取自由的斗争，力证诗歌文学是推动社会发展的动力之一。

二、两希文明与法国文化对中古英国的深刻影响

讨论文艺复兴时期英语诗歌之前，需先回顾英语和英语诗歌的渊源，这有益于全面深刻地透视英语诗歌的嬗变过程。古英语是指公元450年—1150年间的英语。古英语在书写、发音、词汇、句法等方面与现代英语差异很大，它的一些字母如 æ、ð 等已废除，词汇及语法更有差异。古英语采取类比演绎的方法，其

发音与现代英语有差异。例如古英语中［f］与［v］发音无明显区别。长元音和短元音的差别仅在于发音长短；古英语虽有元音组合（vowel combination），但未形成双元音。最初古英语仅3万个词，后为5万多个，大多是西日耳曼语词汇。由于遭到多次外国入侵，古英语吸收了拉丁语、斯堪的纳维亚语、法语等语言词汇。古英语有明显屈折形式（inflections）。名词、形容词、动词、代词、冠词都有性、数、格（主格、宾格、所有格）的变化。性的划分随意，如 sunne（sun），heorte（heart）为阴性名词；wifmann（woman），steorra（star）是阳性名词；cild（child），wif（wife）为中性。形容词与被修辞的名词性、数、格须一致，如古英语 god（good）修饰单数阳性名词，其主格 god，宾格 godne，所有格 godes，与格形式 godum，工具格形式 gode；但它修饰复数阳性或阴性名词，该形容词词尾要随名词的数与格而变化。这种严格复杂的变位变格在法语和德语保留至今。古英语动词凭借屈折形式表示人称、数、时态和语气。动词分两类：弱式动词（weak verbs）和强式动词（strong verbs）：前者即现代规则动词；后者即不规则动词。古英语有300多个强式动词，后来有些被外来语动词代替演变为弱式动词。古英语的屈折形式使句子语义不完全依赖于词序（word order），介词不重要。但后来古英语变化很大，不仅使英语词汇和习语更丰富，而且向中古英语过渡。

罗马帝国灭亡后，各日耳曼部落从东北欧蛮荒地进入西中部建国，长期演变成英国、德国、荷兰和奥地利等十几个日耳曼国家。孱弱的英国被列强虎视眈眈，虎去狼来屡受侵犯蹂躏，但未统一国家，他们虽骁勇善战善于学习修炼文明，但先后被丹麦统治受挪威骚扰，所以最早的英语诗歌《贝奥武夫》（Beowulf）讲述日耳曼部落传奇英雄的故事，用古英语/西撒克逊语写就，不仅佶屈聱牙晦涩难懂，而且有不同的羊皮纸版本，写作时间地点主题乃至作者都无法考证，只有高深学者才能读懂全文。但借助翻译版已能感受到古代英伦人民尚武智慧，此诗成就于7世纪。另外还流传4首古英语诗歌：《流浪者》（The Wanderer）、《航海人》（The Seafarer）、《马尔顿战斗》（The Battle of Maldon）和《十字架梦幻》（The Dream of the Rood）。

  1066年9月28日法国威廉（William）率军攻占英国领土，历时5年至1071年初占据英国大部，至1088年虽反抗不断，但难以动摇其统治。12世纪法语在政治文化领域取代拉丁语领导地位，当然除了宗教学术领域，法语诗歌引领英国诗坛主流。诺曼征服（Norman Conquest）盎格鲁·撒克逊，成为英国历史重要的分水岭。此前英伦战乱频仍，王位更迭频繁。诺曼征服将欧陆的文明带来岛国，对其落后社会的各方面都产生深远的影响。威廉通过黑斯廷斯战争和数次镇压叛乱，沉重打击了盎格鲁·撒克逊贵族，以诺曼人和欧洲人组成新统治阶级，掌握政治经济命脉，用欧洲思想观念和文化传统作为主流文化。首先法语史诗《诺曼之歌》随着军队远征传遍英格兰。王室贵族征服者虽驻扎英格兰，但常往返于欧陆，两岸联系日趋频繁正常化。诺曼征服者并未废弃官方英语，威廉的诏书和官方文件都用英语和拉丁语共同颁布。晚年他逐步用拉丁语取代英语的官方地位，但英语并未绝迹。1087年他去世前，有些诏书和官方文件仍保留英文文本。因为英格兰群岛人口达150多万，而诺曼统治者连同军队不足1万人，人数对比悬殊，强龙不压地头蛇，故不敢轻举妄动废弃广泛使用而极具生命力的当地盎格鲁·撒克逊语言。欧洲古老而时尚的文明对英伦岛国的影响渗透日益加剧，特别是12世纪法国新诗运动对中古英语语言文学产生了不可估量的影响，原来愚昧落后的岛国逐渐吸收模仿欧陆语言文学，学习其文明文化文学，为其后来的迅猛发展奠定了良好基础。

  但盎格鲁·诺曼语言文学不伦不类（neither fish nor fowl），

不同于中古英语和法国本土法语，而是英式法语。威尔逊（Wilson）说：它以诺曼底法语为基础，融合其他法语方言、英语和弗莱芒语形式和词汇形成语言。其文学是指英格兰人和英格兰的法国人及其后裔用其创作的文学作品——始于12世纪初，盛于13世纪，衰于14世纪中，因当时英语文学诗歌繁荣昌盛致其衰落。而盎格鲁·诺曼诗人不屑于法国题材诗歌，也不关注欧洲流行以特洛伊战争和亚历山大为中心的"古典题材"，而专注于"英格兰题材"和亚瑟王"不列颠题材"。这表明诺曼统治者日益本土化，赋诗歌颂英格兰民族英雄，而僧侣们用古英语翻译这些诗歌；12世纪法语已在英国政治文化领域取代拉丁语，法语诗歌引领英国诗坛主流，但英国还是出现两部划时代的英文诗歌——《布卢特》（Brute）和《猫头鹰与夜莺》（The Owl and the Nightingale）。

　　早期中古英语诗歌和拉丁语诗歌相似，除了撰写宗教就是描写死亡坟墓与灵魂尸体，表现郑重的观念：糜烂生活导致肉体腐烂，唯有死亡脱离尘世拯救灵魂，希望以此拯救道德。中古英语诗歌还传颂盎格鲁·撒克逊世代流传的英雄故事，包括奥法（Offa）、瓦德（Wade）和维兰（Weland）等人。维兰是日耳曼传说盎格鲁·撒克逊时代的著名铸剑师，杰弗瑞的《不列颠诸王史记》（Historia Regum Britanniae；History of the Kings of Britain）和拉亚梦的《布卢特》都称颂他。可见中古英语诗歌和民间诗人不仅传颂古代日耳曼英雄，也传承盎格鲁·撒克逊时代的文化传统和价值观念，融合成为英格兰民族精神和文化文学的一部分。现存古英语文学作品几乎都是10—11世纪标准书面语手稿。当年诺曼统治者用拉丁语替代英语官方地位，使英语失去权威地位而使之因祸得福。因修道院修士们既遵循古英语的传统，也使用日常生活用语，这可能使书面语和日常生活用语互相融合；再加修道院与社会隔绝，因而其书面英语成为中古英语。

至12世纪中期《不列颠年鉴》终止,其后记载的书面语言远离古英语,接近现代英语。

英语诗歌影响深远对英语发展功不可没,须强调:盎格鲁·诺曼语言文学并非法语语言文学,而是英语语言文学的一部分,它充当法语和英语的桥梁。所以诺曼人征服不列颠后,使当地本来就复杂的民族文化语言更绚丽多彩;除了西西里诺曼王国,不列颠群岛就是西欧多种语言文化最丰富的地区。所以古英语与宗教权威和统治阶级的拉丁语和法语长期共存,互相竞争历经艰难,直到15世纪才发展成为英格兰民族语言。这种艰难社会环境也促使英语以竞争求生存,英语大量吸收外来语言的词汇和表达法,表现方式异常丰富,逐渐发展成为适应力特强的现代语言,为英语文学发展奠定了坚实的基础。如前所述,有两个原因促使英语在诺曼人统治下依然发展:一是法国统治者人少难以管辖所有领土和人民,被迫允许英语存在发展,政府文件和文学创作都有英文版本;二是盎格鲁·撒克逊贵族虽灭,但宗教人士特别是修道院僧侣是知识分子主体,虽然教会上层多是法国或欧陆人,但中下层人民仍是盎格鲁·撒克逊人。他们自强不息顽强奋斗,在修道院建立图书馆,所以中世纪的修道院讲经论道已是大学的雏形;他们用英文撰写《盎格鲁·撒克逊年鉴》和各种文书乃至创作文学作品,对英语语言文学的发展贡献很大。例如1087年征服者威廉去世,《彼得堡修道院年鉴》作者创作英语诗歌《威廉国王之歌》(The Rime of King William),记载总结威廉征服、统治英国的历程,从史学角度批判揭露他们压榨人民、横征暴敛的丑行,此诗采用头韵体和古英语诗歌技巧,堪称英语诗歌佳作。标题是后人添加并按诗歌体编排,成为中古英语诗歌处女作:

  Castleas he let wyrcean,

他修城堡大兴土木,
and earme men swiðe swencean.
压榨穷人异常残酷。
Se cyng wæs swa swiðe stearc,
国王统治非常严厉,
and benam of his underteoddan manig marc.
压迫人民抢夺金银钱币。

寥寥数行愤怒批判跃然纸上,诗歌语言口语化,摆脱了古英语诗歌程式化语言(formulate)。它不仅押头韵也押尾韵,而且每两行押韵组成对句,这是英语第一首押韵对句诗歌。这显然都有拉丁语和法语诗歌的影响,作者本是撰写《年鉴》而非写诗,他不知不觉借鉴了拉丁语诗歌和法语诗歌的韵律诗艺。这表明,古英语诗歌在新形势下开始寻找新的发展方向,开始脱离以前拘泥于程式的旧轨道。因此,《威廉国王之歌》代表了英语诗歌发展的新方向。

再如,1175年出版的《道德诗歌》(Poema Morale)也有类似变化:

Ich ern alder thene ich wes
无论年龄与学识,
A winterand a lare.
我已长足大跃进。
Ich welde mare thene ich dede;
不断丰富我阅历,
Mi wit ahte bön mare. (II. I – 4)
我有见识早入门。

这是英语诗歌首用拉丁诗歌7步体(heptameter)押韵对句。

后来乔叟在此基础上探索实践，用其替代头韵体使之成为英诗格律。14世纪文艺复兴时期英语诗歌发展繁荣，此前中古英语诗歌杰作当属无名氏《猫头鹰和夜莺》。因为它是第一首辩论体英文诗歌（debate poem），系统使用法语诗歌4步尾韵对句，其延续到17世纪，它改革了英语诗歌的形式。以前英语诗歌像散文不分诗行，这是学习日耳曼诗歌特点，现在所见的中古英文诗歌都是后人编辑而成。这类似于古汉语没有标点符号，所有句读取决于读者，必然歧义纷起。不分诗行的诗歌给人们研读传诵都增加了困难，所以当时英国诗歌不甚辉煌与此有关。《猫头鹰和夜莺》开创先河，将英文诗歌分行写作编排，这是学习法语诗歌特点，这标志着英语诗歌开始偏离日耳曼诗歌的轨道，逐渐向诺曼语诗歌的传统方向发展，这种嬗变经历了一个多世纪，终由乔叟完成此项历史使命，初步奠定英语诗歌格局，也为今后英语诗歌长足发展奠定了良好基础。

另外，中古英语文学还有划时代的鸿篇巨制——拉雅蒙（Layamon）的《布卢特》（Brute），这是堪与《猫头鹰和夜莺》齐名的首部中古英语长篇叙事诗，其长达16,095行，不仅具有重要的文学历史意义，而且它是用英语记叙亚瑟王浪漫传奇的开端，它对中古英语叙事文学产生了重大的影响。它显然保持了古英语诗歌的传统，使用古英语诗歌语言词汇，模仿古英语英雄史诗使用头韵体（alliteration），试图将布卢图斯和传奇英雄亚瑟王塑造成史诗英雄。其实在诺曼征服不列颠后的1个多世纪，英国的社会、政治、经济和文学虽有所发展，但都具有不确定性，所以尚未成为全面发展的重要历史时期。

中古英语传说：诗歌传颂的特洛伊的布卢图斯（布卢特）Brutus/Brute of Troy，180BC—113BC）是英国开国国王，他是斯尔菲斯（Silvius）之子，即传奇特罗伊英雄安尼斯（Aeneas）后裔；安尼斯是希腊语，意为"颂扬"，他是王子安其斯（Anchises）和女神阿芙罗蒂特（Aphrodite）之子。这个传奇首先出现在9世纪威尔士修道士内纽斯编纂的史籍《不列颠史记》（Historia Britonum）中，这也是记载亚瑟王传奇的主要史籍，然而上述说法主要来源于12世纪蒙珉斯·杰弗瑞（Geoffrey of Monmouth）的编年史——《不列颠诸王史记》，此书广为流传至16世纪，可信度高无人批评质疑，已从拉丁文翻译成多种文字。而作者名不见经传。《不列颠史记》记载：不列颠是根据征服西班牙的罗马执政官布卢图斯名字命名，他的全名是 Decimus Junius Brutus Callaicus，公元前138年他平定西班牙。更有说法：布卢图斯是罗马建国前的英雄安尼斯之孙。罗马史学家利维（Livy，50BC—AD17）和诗人维吉尔（Vigil，70BC—19BC）记载：《史记》载明特洛伊战后，安尼斯驻扎意大利，其子亚瑟纽斯（Ascanius）建立阿尔巴·朗哥王朝（Alba Longa），这个意大利中部古城位于罗马东南方12英里。其父是特洛伊国王普利安（Priam）二表弟，也是荷马史诗《伊里亚特》（Homer's Iliad）中的人物。罗马神话描述他是古罗马的传奇人物，维吉尔的《埃涅尼德》（Aenied）把他表现得淋漓尽致。亚瑟纽斯成婚，妻有身孕，他请术士算命说：所怀男孩将来是意大利最勇敢最受人们爱戴的勇士。亚瑟纽斯闻讯大怒处死术士，其妻分娩时而亡。（另一版本说其父斯尔弗斯是安尼斯二子）这个男孩就是布卢图斯，后来用箭误杀其父，遂被流放逐出意大利。他穿越意大利北部高卢，来到意大利西面第勒尼安海，在群岛上漂泊徜徉，并建造图尔斯城。他最终来到不列颠群岛，并依己名将其命名在此繁衍生息。其统治与以色列祭祀长埃里（Eli）是同时代。下列就是英国王室朝代的族谱：

Family Tree of the Kings of Alba Longa (Genealogy): Latin kings of Alba Longa

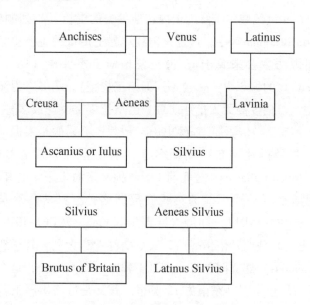

另一版本《不列颠史记》认为布卢特斯是亚瑟纽斯的孙子，即斯尔弗斯之子，其家谱追踪到诺亚（Noah）之子——含（Han）。另有传说布卢图斯家谱应将他归宗于传奇罗马国王弩马·旁皮留斯（Numa Pompilius）之孙，他是亚瑟纽斯之子，可追溯到诺亚之子甲斐斯（Japheth）。这些基督教传统与古典特罗伊系谱互相矛盾，甚至把特罗伊王室与古希腊诸神牵连一起。但《不列颠史记》提到另一个布卢图斯就是首位登陆欧洲定居的阿兰努斯（Alanus）之孙。据《圣经》记载他是诺亚儿子甲斐斯之子。他有三子：黑斯欣（Hisicion）、阿么农（Armenon）和纽基欧（Niujio）。布卢图斯是黑斯欣最小的儿子，黑斯欣有四子：

法兰克斯（Francus）、阿兰曼努斯（Alamanus）和罗马努斯（Romanus），即分别为法兰西、拉丁、日耳曼和英格兰四国的祖先。洪灾后，诺亚把三子分遣三洲：闪（Shem）近赴亚洲；含（Ham）奔赴非洲；甲斐斯远赴欧洲。另一说法将欧洲分为3个部族，其系谱包括约巴斯（Jobath）——约翰（Joham）之子，或是上述四子之一，名字不同。此系谱坚持上述阿兰努斯与三子之说，他们在欧洲多国繁衍生息。这三子之名在土耳其皆能找到相应的地名。这也证明博大精深的《圣经》也是英语语言文学、文化和宗教思想的重要起源之一。

众所周知，英文版《圣经》对英国语言文学文化的影响不可估量。《圣经》"旧约"（The Old Testament）大部分是公元前1500年犹太人用希伯来文（Hebrew）写就，少量是亚兰文（Aramaic）；"新约"（The New Testament）用古希腊文和拉丁文撰写，公元97年完成。此书集思广益作者逾40个。诺亚的故事在"旧约"——公元前早已完成，其时正逢古希腊文化和古罗马文化盛行。《圣经》不仅是宗教著作而且堪称百科全书，上至天文地理，下至民俗文化语言包罗万象。1526年至1536年间，廷岱勒将《新约》及《旧约》大部分译为现代英语，1560年在日内瓦出版。由此《圣经》声名远播，《圣经》以其独特文体对17世纪后的英国语言文学产生广泛深远的影响，其语言简洁、文体正式规范、结构精简且灵活多变的文体特征，是世界上流传最广译本最多的书。《圣经》现已译成1900多种语言/方言。1611年的"钦定本"《圣经》（The King James Bible）在英译本中最权威，它有90%来自于日内瓦版本《圣经》，其成为英国宗教最权威典籍，其后引发了英国史上著名的宗教改革运动，无疑这是英国历史上罕见但非常重要的思想解放运动。正如耶稣基督所说"人活着不是单靠食物"，因为人不只是经济动物。根据柏拉图《理想国》描述：人的灵魂有3部分：欲望部分、理性部分及精神部分。所有人都希望以某种方式感受并实现自身价值；20世纪美国心理学家马斯洛（Maslow）总结了人类社会心理需求层次（hierachy of needs），应该是继承了柏拉图的衣钵，这成为英国语言文学文化后发制人的神秘武器。19世纪英国著名诗人、文学家和社会评论家阿诺德（Matthew Arnold，1822—1888）推崇西方文明的"两希文化"传统，其名著《文化与无政府状态》（Culture and Anarchy，1869）说："若伟大的基督教运动是希伯来精神和道德冲动的胜利，那么称作'文艺复兴'的那场伟大运动就是智性冲动和希腊精神的再度崛起复位。"[①] 阿诺德大力倡导人文教育，实现文化、人性整体和谐、全面发展的完美。他率先提出在大学设《圣经》阐释课程，这不是宗教意义的读经，而是阐释文化文学，这将《圣经》的研究教育提高到崭新阶段。他在《文学与教条》（Literature and Dogma，1873）和《上帝和圣经》（God and the Bible，1875）等文章中强调正确解读《圣经》。其倡议在19、20世纪之交得到默尔顿（Richard G. Moulton）、科特内（W. L. Courtney）的响应，他们先后推出重要的圣经文学著述：《圣经文学研究》（The Literary Study of the Bible，1896）和《文学读者的圣经》（The Literary Man's Bible，1907）。可见"两希文明"/文化（Hebraism & Hellenism）在英国语言文学文化的发展中占据无比重要地位，这是英国和世界都公认的。

蒙茅斯·杰弗瑞对《不列颠史记》有更多的详述。其笔下布卢图斯是亚瑟纽斯的孙子，其父是斯尔弗斯。术士应邀为未出世的布卢图斯算命，他预言此子要弑杀父母。后来预言验证无误，布卢图斯被放逐。他流浪至希腊发现特罗伊奴隶流放于此。他率领他们浴血奋战夜袭敌营擒获希腊国王潘爪苏斯

[①] 梁工：《圣经叙事艺术研究》，商务印书馆2006年版，第11页。

（Pandrasus），以他为人质要求他放还生路。希腊国王将女儿许配给他，并赋予船只和所需物资。他们登上荒岛，发现荒废的狄安娜神庙。他参拜礼毕即在神像脚下酣然入睡，梦见一岛屿是他命中注定栖息之地，该岛位于西边海中仅几个巨人居住。他率领部队去北非历经艰辛，又发现惨遭放逐的特洛伊人居住第勒尼安海边，其首领乃勇士考瑞纽斯（Corineus）。考瑞纽斯在高卢擅自闯入阿奎坛尼国王（Aqiutaine）的树林挑起战争，布卢特的侄子阵亡。特洛伊人虽屡战屡胜，但高卢人多势众难以战胜，他们只好远遁不列颠，偶遇巨人后裔阿宾人（Albion）将其击溃。布卢特用其名重新命名此岛并自封国王，而派考瑞纽斯远赴康威（Cornwall）任总督，康威也是根据总督名字命名。一次他们正庆祝节日，突受巨人偷袭，他们杀尽偷袭者，但留下最大巨人与考瑞纽斯摔跤决斗，巨人被摔下山崖身亡。后来布卢特在泰晤士河畔建立城市，他命名为"新特洛伊"，传闻名字椎诺万敦（Trinovantum）即后来的伦敦，并在那里建立王宫，即现在的吉尔德豪（Guildhall）——这座建筑作为市政厅已 800 多年，迄今依然为伦敦市政政务和商贾聚会中心，可见其具有重要的历史意义。布鲁特为臣民制定法规，统治 24 年即亡，葬于塔山（Tower Hill）寺庙内。后来该岛被其三子劳克瑞努斯（England）、阿班纳克图斯（Scotland）和康博（Kamber；Wales）瓜分。

伦敦长期以来为英国政治文化经济中心，其起源另有说法，但也与罗马人有关。伦丁纽门（Londinium）是公元 50 年即罗马人入侵后第 7 年为平民建造的城镇，面积相当于海德公园。约 10 年后（60 AD）被艾斯尼（Iceni）女王博迪卡（Boudica）率军摧毁，但 10 年后又被罗马人收复，按照罗马城镇模式重建，并迅速发展。2 世纪伦丁纽门发展到巅峰阶段，代替科切斯特（Colchester）成为罗马·不列颠（Roman Britain；Britannia）的首都，当时人口有 6 万，建有很多大型建筑。从 3 世纪起因为政治动荡经济衰退，伦敦开始衰落。大约公元190—225年，罗马人建造了环绕城市的伦敦防护墙，城墙6米高，厚2.5米，全长约3公里（1.9英里）。3世纪后期，伦丁纽门屡遭撒克逊海盗的袭扰，故从255年起沿河岸增建防护城墙，一直保留1600多年。可见英国从国家起源到首都建设都落后于欧陆而仰赖于古罗马，所以古罗马语言文化对英国的影响旷日持久，虽有高低起伏但从未间断。所以后来意大利文艺复兴不可避免的震撼英伦。

如前所述，早期中古英语诗歌和拉丁语诗歌主旨相似：糜烂生活导致肉体腐烂，唯有死亡脱离尘世可以拯救灵魂，希望以此拯救道德。中古英语诗歌和民间诗人不仅传颂古代日耳曼英雄故事，也传承盎格鲁·撒克逊时代的文化传统和价值观念，使之成为英格兰民族精神和文化一部分，迄今古英语文学作品几乎都是10—11世纪标准书面语手稿。当然中古英语变化大。古英语像日耳曼语一样在词根重读，而不管其增加前后缀，也不论其词性。而诺曼语单词重音有时变化，词根和前后缀都可重读，这就方便英语诗歌采用大陆诗歌形式。原来古英语诗歌押前韵，诗句重读音节数量至关重要；若将诗歌改为押后韵，重读和轻读音节数量灵活多变。所以古英语受日耳曼语的影响，吸收外来词；中古英语有诺曼语的特征，也丧失日耳曼语屈折语体系（inflectional system）和语法词汇的性（gender），外来词少。中古英语和古英语词汇的区别不仅在于前者有拉丁语和法语术语，而且古英语趋向于依赖英语合成词，特别是合成名词已成古英语诗歌词汇的特征。诺曼语不依赖合成词；中古英语则依靠拉丁语和法语等外来语扩大词汇，语音系统独立。

中古英语指公元1150—1500年的英语，其地位和内部结构变化大，最显著特点是词尾变化消失。古英语随意的语法性别（grammatical gender）演变为天然性别（natural gender）。中古英语后期形容词基本丧失性、数、格及人称的屈折形式：名词只保留所有格及标志复数的词位形式-(e)s 及-en，到 13 世纪英国南部还普遍使用-en 表示名词复数，如 eyen（eyes），housen（houses），peasen（peas）；但英国北部多用-(e)s；到 14 世纪-(e)s 成为表示名词复数标准词尾，只有 teeth，oxen，children，women 等少数名词特殊复数形式沿袭至今。中古英语动词也有变化：①动词人称变位消失。②大约 1/3 强式动词转化为弱式动词，故多数英语动词为规则动词。

1250—1400 年 150 年内，约 1 万个法语词汇进入英语，其 75%使用至今，早已成为英语不可分割的组成部分，其语音拼写形式已被英语同化。但代词、连词、介词、助动词及常用动词、名词、形容词并未被法语词汇淘汰。由于基督教会的影响，拉丁语词汇继续入侵，因此中古英语同义词（synonyms）很丰富，如 fire（古英语），flame（法语），conflagration（拉丁语）。中古英语语音也有特点。例如，gnash，knight，know 等词古时辅音字母组合仍各自发音，再如辅音［I］与［r］在中古英语发音重而清晰。中古英语字母 a 和双写 aa 为长音，读作今日的［a：］，因此，古英语中 maken（make）读音类似今日的［ma：kn］。由于更多作家使用英语创作，标准文学语言逐渐推广，推动英语规范化。中古英语的语法结构更依赖词序表意，这是屈折形式消失后的必然结果。介词、连词、关系代词等词义功能很重要。中古英语后期句子结构与现代英语相似。总之中古英语已从综合性语言（synthetic language）演变为分析性语言（analytical language）。从古英语复杂变位变格的屈折发展到中古英语的简化屈折，这有利于英语诗歌文学发展创作，也有利于英语诗歌文学文化的传诵普及，更利于人们思想自由便于创作。

所以，中世纪英国有 3 种语言文化：法律、政府和社会生活用法语，而宗教管理和学术智力活动用拉丁语，宗教、文学和知识分子活动使用中世纪英语，抒情和叙事诗、历史散文和圣经戏剧都使用中世纪英语；诺曼语带来学术、商业、管理、宗教、技术和文化领域术语，丰富英语词汇促进英语迅猛发展。多种语言并存促进了社会生活和学术繁荣，也开阔了知识分子的眼界。他们吸收外来先进思想，为社会加速发展提供了语言文化基础，活跃思想利于传播；中古英语相比日耳曼语和法语，语法简化，便于人们学习新思想促进社会发展；但它不像日耳曼语和法语那样严格周密，对人们思想少禁锢，不严谨。中世纪至14世纪英国文学并非都用作者母语创作，很多是根据遥远中心城市所需要的有文化的语言创作，即用拉丁语——长久以来幸存的欧洲人思维想象创作。这样创作的盎格鲁——拉丁文学强调复杂会话，故中心都市和边远地区之间、文学创作与其补充语境之间、个体主观性及自我和他人之间都存在这种复杂关系。这些特点给拉丁中世纪文化统一的理想化假设带来不少麻烦，因为这种观点在20世纪研究中世纪学科领域颇为流行。同时后殖民主义观点或心理分析观点有很多共性，可能导致人们惊奇而更加熟悉后来的时代。这种惊奇会在以后的研究领域留下盲点：盎格鲁——拉丁文学在某方面举足轻重，因为其存在迫使我们重新书写英国文学史，或更确切说是重新考虑如何表述其早期的文化动力。

综上所述不论何种版本，不列颠文化从诞生之日起先天不足落后于欧陆，但与"两希文明"有着难以割舍的血缘联系，不论是社会形态还是宗教文化传统乃至语言文学莫不如此，无论中途发生多少艰难曲折都不能改变他们血浓于水的宗亲血缘关系。公元前后英国可谓古罗马文化的翻版，语言文学文化概莫能外。《不列颠史记》虽是8—9世纪的文学作品，但记载史实现已成为研究英国历史不可或缺的典籍依据，其足以证明公元前后的英国语言文学文化和"两希文明/文化"——古希腊罗马文化/文明和希伯来文化历史有着千丝万缕的联系，它们都是英语语言文化/文明的主要源泉。当然也有人认为埃及与西方文明渊源更早。

三、基督教重塑西方和英国文明

基督教本是犹太教的叛逆宗派，创立于公元1世纪中叶的罗马帝国叙利亚行省的朱迪亚地区（Judea，意为犹太人的地方，此前这里叫作迦南地 Canaan，即今巴勒斯坦地区）犹太教是世界上最古老的宗教，基督教萌芽时，犹太教已有近两千年的历史，《圣经》等文献可以说是人类社会最早的思想容器，我们现在知道的许多基督教的内容，比如伊甸园、诺亚方舟、出埃及、摩西十诫等等，都是从犹太教继承而来。

基督的诞生及其人生传说对西方文明的影响无与伦比。因为他将时代之河的路转向了另一边，并移转世纪星换斗移。现在全世界以基督诞生前后（B.C.）和（A.D.）计算时间。很多反对他的人都不知道 A.D. 的意思是指 Anno Domini，即"主的年"。拿破仑说过："若有哪个罗马皇帝能在坟墓中继续统治，那不可思议。但耶稣基督就是如此。"他还说过："我在历史中搜寻不到与耶稣基督相似者，或任何与福音相近者……；国家垮台了，王权瓦解了，但教会仍在。"真是不可思议。

本世纪初美国学者阿尔文·施密特以社会学家的严谨科学态度从生命尊严、性道德、妇女地位、慈善、医疗保健、教育、经济、科学、政治、文学和艺术等各方面全方位揭示了现代社会许多现行制度和价值观念的基督教渊源，阐明了基督教对人类文明的巨大贡献。施密特指出，在世俗主义和相对主义盛行的后现代社会，基督教对文明的积极影响正面临严峻的挑战。他撰写《基督教对文明的影响》揭示大量而崭新的事实，其核心论点：基督教对人类社会的深远影响大大超出人们所知和想象。该书展现了基督教对世界文明的全面影响,基督教是西方文明的代名词。

首先基督教对世界政治领域影响深远。西方国家倡导契约法律和人权,有些宪法明确提出"天赋人权",这与基督教经典《圣经》密不可分。从《圣经》的神与人以平等身份立约可见契约的神圣;同时基督教义戒律显示它尊重人权和重视民主并宣扬道德。这在西方政治文明中也有具体体现:美国《独立宣言》写道,人人生而平等。造物主赋予他们若干不可剥夺的权利,其中包括生存权、自由权和追求幸福的权利;法国《人权宣言》阐述宣言的必要性:"国民议会在上帝面前和庇护下,承认并且宣告下述人和公民的权利。"基督教主张给每个人自由公正,不允许任何人凌驾于法律之上。英国中世纪的《大宪章》、美国《独立宣言》和《美国宪法》都与基督教精神密不可分。因为它主张人们天生自由,权利平等;社会差别只基于共同利益。一切政治目的都在于保存自然、不可消灭的人权;这些是自由权、财产权和反抗压迫的权利。英国历史学家阿克顿《自由与权力》说:"民主的实质是尊重自己与他人的权利。这不仅是斯多葛学派观点,还是源于基督教神圣规约。"由此可见,基督教对西方政治文明贡献巨大。

还可透过经济发展看基督教对人类文明的影响。若无耶稣,资本主义及自由企业系统不可能发展,它们已给人类带来了空前繁荣。基督徒信仰与西方世界繁荣之间密切相关。张伯伦(John Chamberlain)在《资本主义之根》(The Roots of Capitalism)中写道:每当攻击不奏效,基督教总趋向于创造生活的资本主义模式。《圣经》说:人们相信什么就成为那种人。很多西方国家应用《圣经》解释经济的模式,于是经济繁荣。《圣经》重视经济胜于其他主题,其中对资本主义影响最深——私有财产保护。另一个对资本主义兴起有着巨大贡献——劳动乃是神所赐的责任。笃信基督的人们懂得用辛勤劳动获取财富，又懂得用权利保护既得利益。信教的工作伦理帮助并促进资本主义繁荣，而这些大多透过加尔文及其信徒所产生。基督教对经济的影响还包括社会福利和慈善事业等多方面。

基督教也深刻影响西方现代科学文明的进程。近代自然科学的背后是基督教的预设，基督徒是科学的无畏先锋。例如哥白尼、伽利略、开普勒、莱布尼茨、伏特、欧姆、安培、拉瓦锡、哈维、巴斯德、霍金等枚不胜数。即使爱因斯坦和达尔文自称是不可知论者，也未彻底否定上帝。事实上从13世纪到18世纪，每位重要的科学家都用宗教解释其动机。在中世纪的蛮荒年代，基督教不仅使整个欧洲基督教化，也保全了希腊、罗马和希伯来文明的精华没有毁于蛮族之手，这对文化的传承有着不可磨灭的贡献。但这也使基督教在中世纪繁荣，为后来基督教向世界传播奠定了基础。基督教客观上促进了中世纪西方各民族的文化交流融合，使政治分散的西方以基督教为纽带融合成为庞大的文化体系。基督文化客观上促进了早期西方的文艺复兴，为文艺复兴运动打下坚实的基础。基督教对文化的影响深远宽广，它已渗透到哲学、法学、教育、文学等领域。它奠定了西方哲学思辨的传统，使中世纪欧洲步入神圣的法制时代，也为近代西方教育打下基础；中世纪早期的教会文学影响了几代文人墨客。但基督在中世纪亦有负面影响。它追求上帝之国，却在世俗泥深陷；它在理论上遵循唯灵主义，实践却采用感觉主义；它希望拯救世人，却一度沉沦为人间地狱。由于神性与人性的矛盾，中世纪基督也戕害了一些民众，禁锢思想，学术不够昌明。

但基督教关爱生命并赋予其神圣性，反对杀婴弃婴陋习，反对角斗士表演以及人体献祭等惨无人道的兽行，还反对自杀。教权与王权之争有益于社会民主发展；教会倡导"和平运动"减少了战争给民众带来的灾难；教会为农奴争取立遗嘱的权利有利于农奴解放；基督教提高了性道德观，反对性乱交（始于针对古罗马人道德败坏行为）。其主张婚姻神圣，确立隐私权的制度化。基督教取消封建一夫多妻制，主张妇女婚姻自由，使妇女获得自由与尊严。基督教重视发展慈善事业，创立孤儿院、养老院和收容所，形成自愿慈善及救助组织提高社会道德，促进制定《童工法》。基督教倡导救死扶伤，创立医院制度和精神病院。

　　基督教还极大影响了艺术、建筑、思想与文化，除了哥特式教堂建筑和拜占庭教堂建筑外，文艺复兴的建筑艺术深受基督教影响形成。达·芬奇、米开朗琪罗、拉斐尔、伦勃朗等著名艺术家的作品概无例外。交响乐就是从圣乐发展的，许多著名音乐家如巴赫、亨德尔、门德尔松、海顿、舒伯特、莫扎特、贝多芬等的音乐作品都深受基督精神影响。"音乐之父"海顿创作《创世纪》时，每天都跪拜上帝，祈求上帝赐予他力量。基督教影响了许多文学和思想作品，如《神曲》《愚人颂》《新教伦理与资本主义精神》《乌托邦》《失乐园》《国富论》《浮士德》等。基督教对日常生活和节假日等有多方面影响。

　　格莱夫斯的《中世纪教育史》说，中世纪大学与教会及教皇制密切相关，这些大学由旧式大礼拜堂和修道院各种学校发展而成。关于宗教与科学的关系问题，伊安·巴伯的《科学遇到宗教》说："科学革命的创始人大多是虔诚的基督徒，他们认为科学工作中研究的是造物主的手工作品。"戴维·林德伯格的《西方科学起源》批判"基督教阻碍科学进步"的观点，指出基督教促进文化科学进步，因其发展严肃的理智传统，基督教后来成为欧洲教育的主要资助者和古典理智传统的主要借鉴者。基督教如何引发现代科学？基督教思想家薛华博士（Francis Schaeffer）、英国数学家怀特海（Alfred North Whitehead）及美国物理学家奥本海默（J. Robert Oppenheimer）都强调现代科学是来自于基督徒的世界观。怀特海是倍受尊崇的数学家及哲学家；奥本海默在1947年任普林斯顿高等研究院主任后，写过许多关于科学的主题；1925年怀特海在《科学与现代世界》中说基督教是科学之母，因为中世纪强调神的理性。

科学与基督徒的关系如何？science 词源是拉丁文 Scientia，意为知识，神是 ominiscientia——全知、无所不知。但现代科学混合了演绎与归纳，理性主义与经验主义，这些都是16世纪的名词，而发展成现在的科学时代。科学从何而来？约始于公元前600年，希腊哲学家开始对生命及自然界做一连串非神学性探索。他们努力朝原始科学的方向前进，但未发展任何现代科学，否则公元前我们可能已处在核子太空时代了。希腊人看待自然界要彰显伟大希腊。他们只做头脑运动的游戏，应用理性推理系统，从而推出许多有趣的事实，但未发展成为科学时代。吉维斯（Malcom Jeeves）怀疑为什么希腊人未有科学飞跃发展，其《科学企业与基督教信仰》（The Scientific Enterprise and the Christian Faith）指出：独特的希腊思想混合了基督教特殊的一部分，形成了"改革式信仰"，进而产生了现代科学：因《圣经》的再发现及宗教改革时期的信息造成科学发展新动力，这种新动力再加上希腊思想的精华，产生最好的混合原料而引爆出连锁反应，这种连锁反应又导致16世纪初科学革命的知识爆炸，其后持续增长融合成今日的科学动力。

因此，西方近代文明有两大渊源，一是古代文明，一是中世纪文明。过去人们多赞扬古代文明而贬低中世纪文明，其理由主要是认为基督教扼杀人性，而古代文明充满人文主义精神。另外蛮族日耳曼人摧毁了古罗马城市，破坏了古典文化，人们认为是教俗两方造成"黑暗的中世纪"，而这"黑暗"是相对于现代文明而言。文艺复兴将古代文明重新唤起，催生了近代社会。这与历史有差距。古代文明有两大重要成果，一是古希腊民主、自由以及罗马共和制，另一是罗马法。近代以后的民主是间接民主，与古希腊直接民主不同，近现代人的自由与古代人的自由不同，法国人贡斯在《古代人的自由与现代人的自由》有精辟分析。近代民主尽管可能继承了古代民主的精神，但在制度层面上则是中世纪民主的直接产物。很多人认为近代社会从中世纪封建社会发展而来，并不是从古代社会发展而来。中世纪文明中最重要的是基督教文明，对近代文明有直接影响。近代文化的许多方面来自中世纪基督教文化，其人文关怀超过古代希腊罗马人，因此基督教创立了许多有益于人类生存和发展史无前例的制度和机构，这在英国尤其如此。

英国人主要信仰基督教。早在公元3世纪，英格兰就有基督教徒。但公元6世纪基督教才正式传入。盎格鲁撒克逊人在入主不列颠之前，曾分别居住在欧洲大陆北端的日德兰半岛与欧洲大陆中部的威悉河、易北河流域。这里偏僻闭塞，远离罗马文明。盎格鲁撒克逊人既不知罗马人，也不知其信仰为基督，他们有原始的多神崇拜。他们平日造庙宇设祭坛，顶礼膜拜战神、造物神、雷神、生育女神等诸多神。一个偶然机会，盎格鲁撒克逊人的宗教信仰引起了罗马城中一位显赫人物的注意，这就是日后的罗马教皇格里高利一世。格里高利早年担任罗马执政官，后来他看到教会在罗马的势力超出世俗政权，便弃绝俗世隐修于修道院。他以其家产修建几座修道院，其中一座修道院以圣徒安德鲁的名字命名，他自任圣安德鲁修道院院长。一日他在罗马的奴隶市场闲逛，邂逅一些来自遥远的不列颠岛的撒克逊儿童。格里高利发现他们对上帝和上帝的福音一无所知，于是他有心前往不列颠传播基督教。奏请教皇批准后，他便率领圣安德鲁修道院几名修士前往不列颠。熟料跋山涉水未及几日，教皇又派遣一飞骑特使将他召回，格里高利的宏愿未能实现。转眼20载春秋过去，格里高利已荣升罗马教皇高位。虽身居高位事务繁杂，他魂牵梦萦20年前的夙愿。他偶获来自高卢的消息说有些不列颠人渴望聆听上帝的福音。他闻之大喜，知道远播上帝福音于不列颠的机会终于来临。然而他身居教皇高位不能亲往，他决定派遣布道团去不列颠传播基督教。

公元590年，罗马教皇格里高利组织了40余人的布道团，由圣安德鲁修道院院长奥古斯丁率领，出罗马城西行，开始了他们神圣的使命。公元597年，他们渡过英吉利海峡来到肯特王国，恰好肯特王的妻子就是基督教徒。奥古斯丁得到肯特王的支持，他们一行被安排进入肯特王国最大的都城坎特伯雷居住，允许他们在各地自由传教。坎特伯雷城中有座罗马人遗弃的教堂，以圣徒马丁的名字命名为"圣马丁教堂"。奥古斯丁布道团进驻坎特伯雷在此安身。他们摒弃世俗享乐，专心侍奉上帝，祈祷、静修、斋戒，一应宗教仪式一丝不苟。每逢遇到人群，他们便谦恭宣讲上帝之福音。日复一日，布道团宣讲的天国极乐世界与做人的道理深深打动了肯特人的心。人们耳闻目睹布道团众修士的生活起居，发现他们言行一致。布道团不仅以言辞，而且以圣洁的生活实践争取到最初的教徒，不久有许多肯特居民接受洗礼，迈入教会大门。圣马丁教堂一改往日的门庭冷落，每日都接纳众多教徒前来祈祷、忏悔、领受圣体。

锲而不舍金石为开，肯特国王埃塞尔伯特终于接受洗礼皈依耶稣门下。国王入教后，臣民争相仿效他的榜样，纷纷接受洗礼成为上帝子民。奥古斯丁布道团在肯特王国的布道传教大功告成。光阴似箭日月如梭，转眼公元 601 年，罗马教皇格里高利一世向不列颠派遣第二支布道团，这支布道团为留居不列颠岛的奥古斯丁带来一封教皇敕书与一件大主教祭服。根据教皇旨意，奥古斯丁被任命为首任坎特伯雷大主教，其大主教教堂即坎特伯雷城内的圣马丁教堂，于是基督教便在英国传播开来。公元 650 年，几乎整个英格兰都接受了基督教，而基督教会也逐渐形成统一完整体系。其仪式、教义、组织形式和西欧其他国家完全一样，并把罗马看作宗教中心。全国各地教堂林立，牧师和主教的职位也确立下来。基督教在英国顺利发展蓬勃壮大，逐渐潜移默化渗透影响英国社会的各个方面，当然苏格兰的天主教与其分庭抗礼势成鼎立。

第二章 欧陆文艺复兴东风 西渐唤醒英国

15世纪意大利文艺复兴时期，欧洲很多知识分子（僧侣和贵族为主）为了摆脱当时宗教腐朽世俗化统治与思想禁锢，重拾已遗忘的古希腊著作。如《荷马史诗》、亚里士多德的《诗学》和先古基督教会文章，古希腊精神遗产首次得到全面复兴继承。至十八九世纪启蒙运动的兴起，学者们把古希腊文化和《圣经》视为传说，把公元前776年第一次奥运会前的事情统算为神话。1870年亨利其（Heinrich Schliemann）在希腊特罗伊（Troy）发现出土文物，这考古发现让西方人重新认识到古希腊不是虚无缥缈的神话传说，而确实经历过灿烂文明。从此学者开始研究古希腊流传下来的著作，区分神话、传说和历史。

15世纪意大利文艺复兴时期，欧洲最早萌芽资本主义。佛罗伦萨、热那亚、威尼斯这3个城市成为意大利乃至欧洲文艺复兴的发源地和中心。文艺复兴思潮（Renaissance；Rinascimento）始于意大利，后来风靡欧陆，继而东风西渐，影响荒蛮落后的英伦岛国。意大利文学最早的代表人物是佛罗伦萨诗人但丁（Dante，1265—1321），其不朽名作《神曲》（Commedia, Divine Comedy）以恢宏篇章描写诗人在地狱、炼狱和天堂幻游，虽然仍以基督教宗教观念为依归，但文艺复兴新思想却是其精华主流。但丁借神游三界的故事描写现实生活和各色人物，抨击教会贪婪腐化和封建统治黑暗残暴；他强调人的"自由意志"，反对封建教会宗教宿命论，歌颂有远大抱负和坚毅刚强英雄豪杰，从而表现新人文主义思想。但丁标志着封建中世纪终结和近代资本主义纪元开端，是中世纪最后一位诗人，又是近代第一位诗人。其作品以意大利托斯卡纳方言写作，因此现代意大利语言以托斯卡纳方言为基础；因为除了拉丁语作品外，古代意大利文学作品只有但丁最早使用活语言写作，所以他是文艺复兴运动的先行者。

14 世纪后半期还有两名新文化代表人物：F. 彼特拉克（Petrarch, Petrarca）和 G. 薄伽丘（Boccàccio）。彼特拉克诗文热心提倡研究古典学术，其最优秀作品是意大利文抒情诗集《歌集》（Canzoniere），故其称为人文主义（humanism）之父。意大利文艺复兴时期早期资产阶级艺术和道德观与他分不开，他最早用人文主义观点研究古典文化。他用拉丁语写了许多诗歌、散文，歌颂人的高贵智慧，宣传人可以追求尘世幸福享受荣誉权利，并向中世纪神权说和禁欲主义挑战。他还认为人的高贵并不决定出身，而是决定于人的行为。著名的叙事诗《阿非利加》（始于 1338 年／1339 年，但未竟）描写古罗马统帅西皮奥战胜汉尼拔的英雄事迹，歌颂伟大罗马，体现爱国主义精神。这部作品使他在 1341 年 4 月 8 日获桂冠诗人称号。《秘密》借圣奥古斯丁同诗人的对话宣传人文主义，诗人热烈为爱情荣誉辩护，认为爱情同热爱上帝、追求人间幸福与永恒幸福一致。由于他诗歌成就巨大，故被尊为"诗圣"。

薄伽丘《十日谈》（The Decameron）以诙谐生动语言讽刺教会贵族并赞扬市民，是欧洲文学史上第一部现实主义（realism）巨著。所以他是意大利文艺复兴运动的杰出代表，其《十日谈》批判宗教守旧思想，主张"幸福在人间"，被视为文艺复兴宣言。其与但丁、彼特拉克合称"文学三杰"。薄

第二章 欧陆文艺复兴东风西渐唤醒英国

伽丘是才华横溢勤勉多产的作家。他既以短篇小说、传奇小说蜚声文坛,又擅长写作叙事诗、和牧歌和,其学术成就斐然。薄伽丘虽没完全摆脱中世纪神学观念,但其文艺理论为文艺复兴时期诗学的发展奠定了基础。

15世纪人文主义在意大利蓬勃发展,言必称古典,学者诗人搜求古籍蔚然成风,人文主义思想日益发展深入人心。当时先进人士以"全面发展的人"作为理想,蔑视宗教禁欲主义和封建门第观念,力求学识渊博多才多艺。封建教会对文化的垄断钳制被打破,文化领域百花齐放,为新兴资本主义经济政治开拓了道路。16世纪是意大利文艺复兴繁荣时期,产生了3位伟大的艺术家:达·芬奇、米开朗琪罗和拉斐尔。达·芬奇既是艺术家又是科学家,为当时"全面发展的人"的完美典型。其艺术水平在体现人文主义思想和掌握现实主义手法方面都达到新高度,从而塑造了无与伦比的艺术典型。其肖像画《蒙娜丽莎》被誉为世界美术杰作之冠,表现了艺术家对女性美和人的丰富精神生活的赞赏;壁画《最后的晚餐》反映艺术家创造典型人物和戏剧性场面的能力,深刻描绘了人物的性格,布局严谨富于变化堪为典范。达·芬奇精湛的艺术创作与广博科学研究密切结合,各种写实表现无不穷究其科学技术基础。他对许多学科都有重大发现,在解剖学、生理学、地质学、植物学、应用技术和机械设计方面建树尤多,故被誉为现代发明的先驱。米开朗琪罗是艺术大师,在建筑、雕刻、绘画、诗歌等方面都有很多不朽杰作,硕果累累。其罗马梵蒂冈西斯廷礼拜堂的巨幅屋顶壁画虽属宗教题材,但充满热情奔放力量无穷的英雄形象,堪称世界上最宏伟的艺术作品。他的许多雕塑,如《大卫》《摩西》和《垂死的奴隶》等,技艺上比希腊古典名作有过之而无不及。拉斐尔则被后世尊为画圣,他博采众长创造革新,在艺术秀美典雅方面大放异彩,创作许多杰作,如

《花园中的圣母》《西斯廷圣母》，梵蒂冈教皇宫中许多壁画尤其是《雅典学派》《教义的争论》等构图和谐、形象完美。这些艺术大师及其作品无疑对欧洲文学艺术和社会发展做出巨大贡献。恩格斯高度评价"文艺复兴"的历史作用——这是人类史无前例的最伟大进步的变革，是需要巨人并产生了巨人的时代——思维能力、热情性格、多才多艺和学识渊博的巨人。所以一般认为文艺复兴运动具有以下特征：

（1）发现"人"。中世纪人自卑消极碌碌无为人微言轻。文艺复兴发现并重视人的价值和创造力，提出人性要解放，个性应自由，要求发挥人的聪明才智及创造潜力，反对消极无所作为的人生态度，提倡积极冒险精神；重视现世生活，藐视来世天堂虚无缥缈的神话，追求物质幸福及肉欲满足；文学艺术要求表达人的感情，反对虚伪矫揉造作；重视科学实验反对先验论，强调运用理智反对盲从；道德观念上反对自我克制，提倡"公民道德"，认为事业成功及发家致富是道德行为；提倡不可抑制求知欲和追根究底的探究精神，把人们从中世纪宗教神学桎梏下解放出来，资产阶级创造出近代资本主义文明的奇迹。

（2）文艺复兴打破宗教神秘主义一统天下，有力推动影响宗教改革运动，并为这场运动提供重要助力。文艺复兴反对权威，唤醒人们怀疑反感天主教会及神学。人文主义者通过文艺等形式讽刺揭露天主教教会的腐败丑恶。文艺复兴打破以神学为核心的经院哲学一统天下，为以后思想解放扫清道路，各种世俗哲学兴起，其中有英国经验论唯物主义（培根）。它也推动了政治学说发展，马基雅维利为后来启蒙运动奠定基础，涌现出洛克、卢梭、霍布斯等思想家，发展"自然权利""社会契约""人民主权"以及"三权分立"等理论，这些都是欧洲民主法制社会和普世价值的理论基础，也是现代文明社会之标志。

（3）否定封建特权。中世纪封建特权天经地义，门第观念根深蒂固。文艺复兴使之在衡量人的天平上失重。人的高贵被赋予新内涵。彼特拉克说："真正贵族并非天生而是自为。"在当时意大利，才干手段和金钱代替出身门第，成为任何人在社会晋升高层发展个人事业的阶梯。

（4）破除迷信解放思想。文艺复兴恢复了理性、尊严和思索的价值。虽然文艺复兴哲学成就不大，但它摧毁了僵化呆板的经院哲学体系，提倡科学方法和科学实验，提出"知识就是力量"，开创了探索人和现实世界的新风气。人们坚信自己眼睛头脑，相信实验和经验才是可靠的知识来源。这种求实态度、思维方式和科学方法为17—19世纪自然科学的飞跃发展打下了坚实的基础。

（5）文艺复兴时期创造大量精湛的艺术作品及文学杰作，成为人类艺术无价瑰宝。中世纪《圣经》传说充斥文坛窒息艺术生命。文艺复兴则不但把圣母变成人间妇女（拉斐尔），把图像化为对人体的歌颂，而且开始日常生活和现实人的直接描写。解剖、透视等科学首次结合艺术。西欧近代现实主义艺术从此发轫，欧洲文坛与各行各业百花齐放。

迄今很难界定"文艺复兴"一词的起始时间，从词源学（etymology）看该词始于1855年，法国历史学家马克雷特（Jules Michelet）在《法国历史》（Histoire de France）首用，两年后Jaccob Burkhardt写作《意大利文艺复兴的文明》（The Civilization of the Renaissance in Italy）将其定性，意为"再生"（rebirth）。广义而言，文艺复兴隐含学界的再次苏醒，指14—15世纪的欧洲历史。所以，它并非仅指英国，而是欧洲现象——即用新态度代替中世纪旧习惯。它应始于意大利开始感受希腊文学的影响——土耳其征服康斯坦丁布尔（the Turkish conquest of Constantinople）之时，希腊学者携带大批古希腊珍贵文献手稿逃往意大利避难。人们研习古希腊文献手稿点燃想象的火焰，倍感震撼，他们创造出新型智力的美学文化（intellectual and aesthetic culture），这与中世纪（the Middle Ages）文化文学截然不同。文艺复兴之光缓慢而不可阻挡地照亮远离欧陆的英伦已是16世纪，当时意大利已成强弩之末，东罗马已土崩瓦解。

所以，早期马克莱特评论文艺复兴是"人类发现自我和世界"（discovery by mankind of himself and of the world），其代表性论点势如破竹风靡欧洲，但其观点没有上述总结的那么全面：①它标志中世纪经院哲学的死亡（the death of mediaeval scholasticism），因为它长期束缚人们的思想。学者们整天纠缠于无用而争论不休的学说，试图用亚里士多德哲学原则（the principles of Aristotelean philosophy）解释分析基督教学说（the doctrines of Christianity），这催生了具有论证法、决疑法和诡辩术（polemics, casuistry, and sophistry）特征的文学作品，实际无助于文学发展。②它标志着反抗精神专制——反对罗马教皇（Pope），这场宗教改革运动（Reformation）并非文化学术的一部分，但这些在英国都互相关联，对精神专制的反叛与对知识专制的反叛携手并进，尽管知识分子试图与反对独裁主义运动（flagrant anti-authoritarianism）划清界限，但文艺复兴运动已深刻影响社会各层面各领域，成为推动社会变革的内在动力。③文艺复兴隐含希腊和拉丁学者作品的美丽魅力，这都是文人们意欲融入本族语言文学中的精华。另外这意味着模仿趋势是"古典主义"（classicism）隐含的内容。最终文艺复兴标志着从以神为中心转向以宇宙/世界同中心的观念（a change from the ocentric to the homocentric conception of the universe）。海尔（G. H. Mair）解释说："中世纪宗教教导人们要考虑人生，但

第二章 欧陆文艺复兴东风西渐唤醒英国

这只是进入永生来世的入门台阶,这可突然获得崭新而非常重要的价值"[Human life, which the mediaeval Church had taught them (the people) to regard but as a threshold and stepping-stone to eternity, acquired suddenly a new momentousness and value]。[①] 这种烦恼已代替其他烦恼,人们认识到人生价值永恒,所以要用古迹遗产丰富这些价值因为之增辉。这就产生了新异教,这标志着人文主义的崛起,也意味着实用主义的诞生。

尽管意大利和法国原来多方领先英国,因其没因势利导继续进行社会宗教政治改革,抱残守缺、坚持专制和奢侈的生活方式,反而让英国在各方面后来居上。1215年英国制定《大宪章》(THE MAGNA CARTA; The Great Charter)成为西方宪政的起源。世界首创民主法制的是英国。1166年贵族要求亨利二世颁布《克拉林敦条例》完善司法陪审员制度,这原是英国借鉴古希腊和古罗马的陪审员制度。后来颁布《大宪章》创立国会,但贵族教士联合强迫英格兰国王约翰签署《大宪章》保护人权,规定未经庭审不得监禁任何人,这是英国宪法雏形,也是世界宪法迈向法治文明之始!人民根据宪法拥有言论自由民主权利,活跃了科学文化艺术,为英国后来的迅猛发展奠定法律保障体系,创造宽松自由的社会环境依法保障学术自由,促进科学文化的发展。15世纪文艺复兴之风吹袭英伦进入高潮,英国开始从野蛮的化外之地融入欧洲文明,像欧洲人一样以无比蓬勃的探索精神投向海洋文化。意大利和欧洲文艺复兴思潮裹挟英国各种思潮推动社会发展,促进英国文学艺术腾飞。

欧洲人文主义诗歌不是一枝独秀,其繁荣吸引英国有识之

[①] G. H. Mair: English Literature: Modern, London and Norwich: The London and Norwich Press Ltd. 1911, p29.

士参与欧洲文艺复兴思潮,所以,乔叟开创英国诗歌的先河成为英国诗歌之父。乔叟(Chaucer)在1360—1372年间受中世纪法国诗歌的影响,模仿移植法国民谣寓言的风格学写英语诗歌;1372—1386年间他深受文艺复兴巨匠但丁、彼特拉克和薄伽丘等人影响,开始文学创作富于创新,模仿意大利诗人的梦幻手法创作两部长诗:《名誉之堂》(The Fame of the House)和《特罗伊卢斯与克雷斯蒂》(Troilus and Criseyde)。他从新兴市民角度肯定爱情个人幸福,反对封建礼教和教会禁欲主义;1386年他构思《坎特伯雷故事》(the Canterbury Tales),表明"知其耻而后勇",显示其诗歌创作开始成熟。英国诗歌从诞生之日深受文艺复兴思潮影响,天生拥有浪漫主义元素,可谓欧洲文艺复兴催生英国诗歌,所以英国诗歌从文艺复兴发展成为浪漫主义诗歌是水到渠成,瓜熟蒂落。

15世纪文艺复兴东风西渐唤醒沉睡的英国人民和文坛,从此英国文艺复兴时期诗歌开创了英语诗歌的全盛时期,群星璀璨诗才辈出享誉世界。在世界文坛举足轻重的有西德尼、斯宾塞、莎士比亚和弥尔顿,尤其后两人堪称世界诗坛巨匠。他们叱咤风云引领稚嫩的英国诗歌迅猛发展,追赶欧陆主流的意大利、法国诗歌。从"英国诗歌/文学之父"(Father of English poetry/literature)乔叟率先于1360年模仿法国、意大利诗歌,一直到1667年弥尔顿创作震惊世界的《失乐园》(Paradise Lost),时空跨越300多年。英国诗歌文学从无到有,从弱到强,青出于蓝而胜于蓝。弥尔顿《失乐园》更被世界誉为堪与《荷马史诗》和《神曲》齐名的世界三大古典诗歌,这间接证明其时英国社会各领域悄然发生巨变,促进并保障各行各业呈现百花齐放的蓬勃发展态势。

中世纪语法学家们把诗歌列在自然道德科学中,这联系着诊断、"生动再现和图形意象"(vivid representation and graphic imagery),因此诗歌"似乎反映各种艺术形象"（would seem to image all the arts）①。15世纪佛罗伦萨的人文主义学者认为：诗歌关联修辞是切实可行的措施，可刺激智力激励学习，劝说人们遵守公民道德。虽然兰迪诺（Landino）用抽象概念比喻诗歌，但他把道德模范和邪恶之徒置于历史背景下评判。1482年他出版赫拉斯（Horace），5年后出版维吉尔（Virgil），然后援引古希腊神话从古代史学得出真实信息，继而旁征博引仔细分析文本，从中世纪寓言诗歌转向人文主义哲学分析。为了传播佛罗伦萨文化，兰迪诺运用类似技巧把但丁的喜剧（Dante's Comedy）和彼特拉克的诗歌（Petrarch's Rime）改成白话文本广为传播。

人文主义学者将诗歌分类影响了非职业学者和创新作家的思想。1582年卡斯体格联（Castiglione）写作《大臣之书》(The Book of the Courtier)宣称：诗歌如音乐书画，适合有教养的贵族和城市资产阶级操练的艺术（Like music and painting, poetry is an art appropriate for exercise by the cultivated nobility and urban bourgeoisie)②。英国菲利普·西德尼（Philip Sidney）作为成熟有教养的绅士将此番教诲铭记心中继承衣钵，作为积极上进的骑士尽力效忠朝廷，用诗歌为国家王室服务，堪称诗人楷模。1581年西德尼完成《诗歌之辩》（The Defence of Poesie），他指出诗歌在土耳其、爱尔兰和威尔士具有立法和史学研究功能，而且他尊崇大卫为诗人之王（poet-king），认为

---

① G. H. Mair: The Influence of the Renaissance on the English Literature; Auckland: Home University Library Of Modern Knowledge, e-book, Feb. 27. 2004, p66.

② G. H. Mair: The Influence of the Renaissance on the English Literature; Auckland: Home University Library Of Modern Knowledge, e-book, Feb. 27. 2004, p66.

《旧约》的诗篇（Psalm）记叙历史倡导预言，制定神圣宗教法规。他认为诗歌包括各种艺术和科学分类，因诗人"和自然携手并进，并不附属于她对礼物的狭隘授权，可在其智慧范围里自由排列"（goeth hand in hand with nature, not enclosed within the narrowed warrant of her gifts, but freely ranging within the zodiac of his own wit）①。

总之，英国文艺复兴代表人物有托马斯·莫尔（Thomas More）和莎士比亚。托马斯·莫尔是著名的人文主义思想家，也是空想社会主义奠基人。1516年他用拉丁文写成《乌托邦》（Utopia），这是空想社会主义处女作。莎士比亚是天才的戏剧家和诗人，他同荷马、但丁、歌德一起被誉为欧洲划时代的四大作家。其作品结构完整，情节生动，语言丰富精炼，人物个性突出，集中代表欧洲文艺复兴文学的最高成就，对欧洲现实主义文学的发展有深远影响。所以，文艺复兴时期的作品集中体现了人文主义思想：主张个性解放，反对中世纪禁欲主义和宗教观；提倡科学文化，反对蒙昧主义，摆脱教会对人们思想的束缚；肯定人权反对神权，摒弃作为神学和经院哲学基础的一切权威和传统教条；拥护中央集权反对封建割据，这是人文主义的主要思想。文艺复兴时期的艺术歌颂人体美，主张人体比例是最和谐的比例，并把它应用到建筑上，一系列仍然以宗教故事为主题的绘画、雕塑表现普通人的场景，将神从天上拉回到地上人间。

如前所述，中世纪英国人文主义者开始用研究古典文学的方法研究《圣经》，将《圣经》翻译成本族语言，导致宗教改革运动兴起，促进英国人民解放思想。人文主义歌颂世俗蔑视

---

① Geroge Alexander Kennedy: The Cambridge History of Literary Criticism: Volume 3, The Renaissance, Cambridge: Glyn P. Norton; 1999, p168

天堂，标榜理性取代神启，肯定"人"是现世生活的创造者和享受者，要求文学艺术表现人的思想感情，科学为人谋福利，教育要发展人的个性，要求把人的思想感情和智慧从神学的束缚中解放出来。提倡个性自由让人们更好发挥主观能动性，推动人类历史的发展。文艺复兴运动借助古典文化，建立资产阶级人文主义世界观，为资产阶级的兴起壮大做好了充分的舆论准备。宗教改革运动（the Reformation）是披着宗教外衣的反封建斗争，它沉重打击了天主教教会，建立了更符合资产阶级利益的新教派，天主教会开始瓦解。这两大运动把人们从封建愚昧中解放出来，摆脱神学桎梏，开阔人们的眼界，发现人文主义的力量，使人们的思想观念产生巨变，所以它是思想文化领域的伟大变革。经济基础和上层建筑领域的变化相互影响，彼此作用，加速了西欧封建制度的解体和新兴资本主义的诞生，从而为英国文学艺术的突飞猛进奠定了坚实的思想理论基础。所以，如果英国没有宗教改革运动和大宪章的法治精神为先导，也就没有后来的文艺复兴运动和英国文学诗歌的长足发展。

第三章 欧洲文艺复兴诗歌之子成长为英国诗歌之父

一、欧洲文艺复兴诗歌之子艰难的成长历程

说起英国诗歌必然追溯到英国诗歌开山鼻祖杰弗瑞·乔叟（Geoffrey Chaucer, 1340—1400），他被广泛尊崇为"英国诗歌之父"。如追溯英国浪漫诗歌之源也要从此开始，斯蒂芬·H. A. 谢佛德（Stephen H. A. Shepherd）认为："浪漫"就是读者在阅读故事文本之前根据自己的欲望所幻想的内容，浪漫故事（romance）就是中世纪英语文学作品，也就是关于骑士的传奇故事，当然，其最早还是从意大利和法国引进而来。

1340 年乔叟出生于殷实的酒商之家。1357 年他先在宫廷任职王室随从，后来参加英法战争被俘。1360 年英王赎回他，他获释返国，6 年后娶妻菲利帕，任职王室管家。此前他一直在内寺求学 6 年，这段经历为他后来晋身宫廷奠定了坚实的基础。婚后次年，他即侍从于爱德华三世，被委派出使欧洲多达 9 次，长达 10 年，从比利时到法国，从瑞士日内瓦到意大利弗罗伦萨，无处没有留下他的足迹。他两度游历欧洲文艺复兴发源地——意大利，率先领略意大利文艺复兴的新潮，这段奇特经历对他以后诗歌创作产生了巨大的影响。

第三章 欧洲文艺复兴诗歌之子成长为英国诗歌之父

他深受意大利人文主义文学家影响，成为英国最早的人文主义作家，现实主义文学奠基人。若没有这段奇特经历，他后来难以创作那些恢宏巨篇，那么英国诗歌历史乃至世界文学史就得改写了。

乔叟的创作生涯大致分为3个阶段：①1360—1372年，其间他主要受中世纪法国诗歌的影响，模仿移植法国民谣寓言的风格写英语诗歌。②1372—1386年，其间他深受意大利文艺复兴文坛巨匠们的影响，主要是但丁、彼特拉克和薄伽丘等人，从此他的文学创作活动开始充满活力，富于创新精神，创作《名誉之堂》和《特洛伊卢斯与克雷斯蒂》两部长诗。他从新兴市民的角度，肯定爱情和个人幸福，反对封建礼教和教会的禁欲主义。③1386—1400年，1386年他开始构思《坎特伯雷故事》（the Canterbury Tales），这是他诗歌创作的成熟时期，也是他引领英国诗歌成长的初期。

乔叟年轻时入宫，那时法国诗歌是英国贵族喜欢的时尚文学语言，英法纷争不断，因而语言文学不断渗透进来。蒲伯（Pope，1688—1744）和阿佛列·丁尼生（Alfred Lord Tennyson，6 Aug. 1809—6 Oct. 1892）都是英国诗人，后者还是华兹华斯之后的英国桂冠诗人（Poet Laureate of the UK），他们都分别为时代了做出很多贡献。乔叟和他们一样无愧于自己的时代，他把毕生精力都奉献给人类社会和诗歌文学事业。他决不龟缩在象牙塔里（ivory tower），而是努力观察社会生活，积累丰富生活经验，熟悉各个阶层的人们及其生活条件，尤其讨厌偏激狭隘的思想观念。他接受教育的目的：成为"人类诗人"（a poet of man）；他这样想也这样做。他早期诗作就一味模仿意大利和法国诗歌，但其《坎特伯雷故事》就固化了英国的时代精神，这需要后辈们研习鉴赏。他是14世纪英国非官方的编年史学家（the unofficial chronicler of England）；而让·

佛萨（Jearn. Foissart, 1333—1400）则是当时法国官方军事编年史学家，前者学习模仿后者的诗歌，容后待续。

乔叟最早师法法国诗人贵劳么·德·马骁（Guillaume. de. Machaut, 1300—1377）和让·佛萨描写宫廷爱情的抒情叙事诗，诗人以梦幻形式参与其浪漫韵事。这两位法国诗人的诗歌源于13世纪《玫瑰的浪漫》（Romance of the Rose）——长诗体寓言，梦幻者为了获得玫瑰蓓蕾象征的爱情，历尽艰难困苦和各种考验。乔叟的处女作节译这首长达21000行的浪漫长诗。他真正的原创诗歌是《女公爵之书》（The Book of Duchess）——挽歌，诗中梦幻者纪念回忆约翰·冈特（John Gaunt）的首任妻子，她是兰卡斯特女公爵，卒于1368年。可见无论是翻译还是原创，乔叟处女作都充满着强烈的浪漫主义色彩，这对后来他的诗歌创作以及英国诗坛都产生了难以估量的影响，几个世纪后涌现的浪漫主义诗歌都可以到此追根溯源。

1372年他出使意大利，这段经历成为他诗歌创作发展历程中的里程碑。可能早在伦敦，他就和意大利银行家商人打交道，掌握意大利语，现在他可直接深入了解意大利文艺复兴运动的来龙去脉。虽然他没有直接会晤彼特拉克和薄伽丘，但他显然读过他们和但丁的诗歌，认为这些诗歌是新诗体和新主题，代表新模式。例如，其《名利堂》（The House of Fame）将诗人带入幻境，巨鹰用利爪抓住他飞向名利神的天宫，乔叟着力刻意模仿但丁的《神曲》。在《百鸟国会》（The Parliament of Fowls）幻境中，百鸟于情人节聚会择偶；其"国会"幽默地描述人类社会各阶层谈论不同的爱情观念，既有王宫爱情的阳春白雪（decorum），也有下里巴人的插科打诨粗俗不堪（comic and vulgar chatter）。这首诗集高雅与粗俗于一体，不仅说话腔调快速变化，而且谈话主题跳跃式发展，令人目不

第三章 欧洲文艺复兴诗歌之子成长为英国诗歌之父

暇接始料不及是其特色。这也是梦幻寓言式故事一大特征，可能也是蒙太奇（montage）的起源吧，这种法国诗体也来源于意大利。乔叟虽然没提到薄伽丘，但其《坎特伯雷故事》第一集《骑士轶闻》（The Knight's Tale）是根据薄伽丘的浪漫诗歌《提休斯的故事》（The Story of Theseus）而创作；其长诗《特罗伊卢斯与克雷斯蒂》讲述特洛伊王子绰卢斯的爱情悲剧：他起初爱上克雷斯蒂，最终又把她输给希腊武士迪奥米德，这显然是模仿薄伽丘的《费劳斯垂特》（Filostrato）。这部悲剧式爱情诗歌成为世界名著，使他功成名就，即使没有《坎特伯雷故事》，他也已跻身诗坛成为英国诗歌的开拓者。他最后未竟的梦幻诗歌《淑女传奇》（Legend of Good Women）受到爱神——朱庇特（Jupiter）的批判，说他是异端邪说，反对女权主义，责令他书写系列"传奇"忏悔，如，圣人故事、朱庇特的殉道者们、受伪君子欺骗而殉情的贞烈女子等。

乔叟不仅通晓法语和意大利语，还会拉丁语，因为他翻译了6世纪罗马政治家博休斯（Boethius）用拉丁文写的《哲学的抚慰》（Latin：Consolatio Philosophiae），他曾蒙冤入狱，等待行刑时创作了这篇散文。此书甫出给人灵感，抚慰心灵广为传播，因为它告诫人们：物质财富虚幻短暂。柏拉图学说告诉人们：人体仅是桎梏心灵的囹圄，心灵才可永恒。《骑士传奇》和《绰卢斯》都深深打上这烙印。早在《坎特伯雷故事》前，乔叟诗作表现出多面性，既有人文主义也有神谕，世俗与宗教并行，喜剧与哲学混杂；由于集聚多种元素，难以简单直白确定乔叟的含义。乔叟诗作的复杂性源于他优渥的宫廷生涯和独特的社会地位，他能接触资产阶级和贵族生活圈子，不需背负其他负担。

中世纪时英国对"romance"的定义不清晰，若回顾词源学可能有所启示。最早在英国它指的是罗曼语（Romance

language)写作或是翻译的故事；到中世纪是指用盎格鲁—诺曼法语写作、阅读和翻译的骑士和王宫的故事，也包括英雄传奇和讽刺寓言故事，暗示历险探索等猎奇故事，亦指翻译、抽象、消化外邦的文化文学作品，不仅指口述故事，还指可阅读的文本，乔叟为此开创了文学史先河。他认为浪漫故事就是实验媒介，这种媒介很适合表达优秀作品。他14年"磨一剑"，始终专注创作《坎特伯雷故事》——这是英国诗歌开天辟地的巨作。因为这时他才意识到移植模仿毫无前途，开始逐渐摆脱外国诗歌的影响，当然其中仍难免受到意大利大师们的影响。他从以前单纯引进模仿过渡到吸收发展创新，独树一帜自成一派，首创"双韵体"（couplet），开创了英国诗歌的先河，新诗体广为后辈研习、推崇。综上所述，英国诗歌自从呱呱坠地之时起，就与"浪漫"紧密相连，它们有着天然的血缘关系，这是任何外力都无法拆解的；但在不同的历史时期"浪漫"的含义和形式不尽相同、异彩纷呈，这也进一步证明了后来的英国浪漫主义诗歌源远流长的兼收并蓄，所以丰富多彩照亮世界。

二、现实主义诗人——英国诗歌的前驱

勒勾斯（Legouis）与卡扎缅合著的《英国文学史》(History of English Literature, in collaboration with Cazamian) 高度评价乔叟的现实主义，勒勾斯认为他观察记录当时社会生活就隐藏了自己，他生动描述那个时代的内涵和外表，这是举世公认的。他的著述真实感人，其中一个原因就是他喜欢隐藏自己；如果他以自我为中心妄加评论，或是更重改革评头论足频繁说教，那么他的著作就不够现实，更加乏味而缺乏说服力。乔叟生动形象地刻画当时的社会生活及风土人情，因他熟悉通晓这个领域的本质，也有诸多经验，所以其描写惟妙惟肖、入

第三章 欧洲文艺复兴诗歌之子成长为英国诗歌之父

木三分。但是他的选择并非一帆风顺，而是经历了长期在黑暗的寓言比喻中的摸索，他从醉心于法国和意大利诗歌梦幻中清醒过来，醒悟到要选定这个领域。

同时代的其他诗人则展示出其多个侧面特性。乔叟的独特贡献就是他从整体上把握整个时代，因此他比蒲伯和丁尼生成就更大。若将他与其同辈诗人对比，可见当时其他作家诗人都表现了当时生活和流行思想感情的一些特征：《珍珠》（Pearl）的作者表现了高雅头脑里的神秘主义（the mysticism of refined minds）；郎兰（Langlan）表现愤怒威胁以及政府滥用权力和教士的邪恶缺德行为；瓦克利夫（Wyclif）热切推崇宗教改革，这可能已成为新教徒教义（Protestanism）；高尔（Gawer）的担忧已提醒富裕阶级害怕农民起义（the Peasant Rising）；巴勃（Barbour）打破苏格兰文学和英格兰文学的界限，迎来了苏格兰爱国诗歌（the advent of patriotic Scottish poetry），他们各显神通各尽其能，总之都掺杂了当时的狭隘感情。而乔叟从整体上反映那个时代的特征，超越那个时代。乔叟诗作的文献价值就在于给读者重现14世纪的英国社会，其诗作真实描述当时的生活风俗习惯，当然也有局限性。

他对轰动一时的历史事件保持沉默：英法百年战争（the Hundred Years War，1337—1453）烽火连天鏖战不断；1348—1349年发生可怕的瘟疫"黑死病"（the Black Death）；1381年发生"农民起义"（the Peasant Revolt，the Great Rising））；1377年约翰·瓦克利夫领导新教徒发动"劳拉兹运动"（the Lollards' Movement）要求宗教改革；兰卡斯特议会（the House of Lancaster）发动了反对理查德二世（Richard II）的斗争，迫使他退位，1399年亨利四世（Henry IV）继位。当然乔叟也会随意提到这些事件，但并没有撰文进行评论。"农民起义"只在《修女讲祭司的故事》（Num's Priest's Tales）中提及；而克瑞斯和珀提尔斯战役（the Battle of Crécy, English as "Battle of Cressy"; the Battle of Poitiers）是英法战争中的两场著名决战，前者1346年8月26日发生在法国北部，后者1356年9月19日亦在法国，乔叟在书中却一掠而过；英国几代君王前赴后继秣马厉兵越战越勇，杀敌过半大败法军（England didn't only win the battles, but win the war at last）；乔叟在《坎特伯雷》序（Prologue）里通过医生提到黑死病；在《贫穷牧师》（"Poor Parson"）描述中他隐约提到瓦克利夫主义（Lollardism），因为牧师是瓦克利夫新教徒，他恪守该教派规定（Lollard, one of Wyclif's disciples），生活俭朴，思想高尚。

尽管乔叟身处中世纪，但其已孕育着文艺复兴的某些萌芽。法国和意大利作家大大影响着英国文学思想的发展进程。彼特拉克和薄伽丘的影响特别大。当时可看到古代希腊人文主义文化的曙光。"牛津学者"（Clerk of Oxford）就是新知识文化的代表，这种现象在14世纪英国已成雏形，远远早于文艺复兴。他是简朴的学者，床头摆放着20本亚里士多德的哲学书，还有其他衣服乐器。这种具有新知识新思想的苦行僧似的思想者在某种程度上代表了乔叟的理想，而乔叟则在诗歌颂扬这种理想精神，这也是英国诗歌能够后发制人推陈出新的玄妙之一。乔叟笔下的英国充斥着中世纪精神，其最显著特点是骑士精神，它综合了爱情、宗教和勇气。他参加保卫基督教的战斗不少于15次。他故事中的人物都秉持着中世纪骑士精神，其故事主要有古希腊的背景，而且其中还有两位重要的古希腊英雄人物，他们都活跃在某历史时期。乔叟几乎完全将故事中世纪化，这使我们能领略中世纪骑士的风采，不过真正的骑士精神在乔叟以后消失了。骑士精神代表了当时正在消退的秩序，新秩序的真正代表就是他小儿子。他嗜好吃喝玩乐贪图享受的骑士风格，而且向女士大献殷勤（the Squire），他是"情

第三章 欧洲文艺复兴诗歌之子成长为英国诗歌之父

人又是贪吃单身汉"（a lover and lusty bachelor），整天唱歌吹笛沉迷于爱情，每天睡觉时间"和夜莺一样少"（no more than a nightingale）。不过他真正代表骑士世界的显著变化，这种现象迅速跨越乔叟时代。

《坎特伯雷故事》创作始于1387年，可惜到他去世（1400年）都没写完。其内容是一群来自社会各阶层的朝圣者去坎特伯雷（英国基督教中心）朝圣，一路上每人讲一个故事。《坎特伯雷故事》是他一生最后十余年对英国文学的巨大贡献，也标志着他毕生创作的顶峰。该书收录故事24篇，广泛反映了资本主义萌芽的时期英国社会生活，揭露了教会腐败和教士贪婪伪善，谴责扼杀人性的禁欲主义，肯定世俗爱情生活。《坎特伯雷故事》真实再现乔叟时代的社会政治状况。其中30个朝圣者（pilgrims）来自社会各个角落，就是他所代表的那个阶层的缩影。虽然乔叟没有竭尽全力探讨当时的重大事件，但这30个朝圣者为我们奉献了英国当时社会生活的生动画卷。勒勾斯对此评论："他给我们的就是直接描述日常生活，付诸实际行动（What he has given is a direct transcription of daily life, taken in the very act)①。"其实，乔叟诗作是珍贵文献，无论何人若要了解当时真实情况就须参考它。乔叟是英国历史上首位展示手工业和工匠们生活的文人。随着手工业和商业的蓬勃发展，工匠们也进行商贸活动。乔叟告诉我们：针织品商人、木匠、纺织工、染色工和装修工都衣冠楚楚、设备精良，其工具并非铜制品而是银制品，他们外表令人肃然起敬。贵族不敢再歧视他们，商人成为特别阶级。乔叟描绘商人的特点就是富裕，他们总是关注财富增长，深谙生财之道。乡下人和商人一

---

① Legouis; The History of English Literature, Oxford; Oxford University Press, 1987, p33, p36.

向都是幽默和嘲弄的对象,但乔叟绝不敢过分嘲弄商人,也许他已认识到商业时代即将来临,商人就要出人头地,也意味着他最浅显的资产阶级思想已经开始萌发。

乔叟对于医生的描写即是当时医学理论实践的真实写照。医生须懂天文学知识,因为人们认为身体失调生病就是各种星体构造发生异样的结果,所以医生必须"学习天文学",但"几乎不学圣经"("grounded in astronomy","his study was but little on the Bible")①。也许因为医生专业学习太忙,实在分身乏术。医生在大瘟疫年代积累了财富,必须随身携带:

> He fcepte that he wan in pestilence.
> 他携鼠疫中所积攒财富。
> For gold in phisik is cordial.
> 因闪亮黄金是他的至爱。
> Therefore he lovede gold in special.
> 他热爱真金有特别情怀。

乔叟对医生贪财的本性略加揭示,并未深究。30个朝圣者在朝圣路上见多识广,故事全用诗歌叙述,开启了英文短篇小说叙事的先河,这是英语文学的经典之作。尽管其中牧师代表当时宗教界牧师的形象,其时宗教界已成荒淫腐败和极端实利主义的温床(a hotbed of profligacy, corruption, and rank materialism)。僧侣、修士、召唤士、宽恕者、修女院院长都寻欢作乐,追求物质享受。他们忘记己任是要指引大众进入应许之地(the Promised Land)——上帝许诺给亚伯拉罕(Abraham)的乐土。肥胖僧侣开玩笑要求人们研习经文赎罪忏

---

① Legouis; The History of English Literature, Oxford; Oxford University Press, 1987, p33, p36.

第三章 欧洲文艺复兴诗歌之子成长为英国诗歌之父

悔；修士像乞丐整天摇唇鼓舌生财有道；修女院院长热衷于繁文缛节，而放弃朴素苦行；宽恕者是邪恶的谄媚者，忙于和罪孽深重者交换赦免信，后者向他赎买天堂的位子；召唤者也堕落。这些人充分表现教会堕落，唯一例外即贫穷牧师——瓦克利夫忠实信徒，坚决反对教会腐败。

实际上从但丁的《神曲》至乔叟时代，百姓善良尤其农民虔诚，区别善恶很简单：无神论者无所畏惧肆无忌惮；人们多有质朴的宗教信仰。但乔叟像薄伽丘一样一针见血讽刺宗教瘴子，挖苦神职人员中的伪君子，揭露教会的伪善堕落，因其从不受监督的政教合一的统治者开始。然而知识阶层讲究理性，注意道德修养。社会普遍信神，传统一夫一妻制巩固家庭关系，道德维持在高规范。乔叟对这些人物的描写切合当时人们的企盼：把人们从中世纪宗教神学桎梏下解放出来，打破宗教神秘主义一统天下，提倡重视现世生活反对权威，唤醒人们对天主教会及神学的怀疑反感，讽刺揭露天主教教会的腐败丑恶，推动宗教改革，并为之提供重要动力，故其作品具有积极的社会意义。其实神学即神化的哲学，有理论实践的哲学，是人类用来建立秩序的哲学。哲学本无善恶。它如双刃剑；它既可用来救人，也可用之杀人。

乔叟作为诗人的目标和实践在《坎特伯雷故事》中发生了巨变。他从浪漫的以太空间、寓言故事和传统文学的梦幻世界返回大地，脚踏实地。浪漫和寓言故事的奇妙世界已经融为一体；特洛伊和底比斯（希腊古城）、玻璃宫殿和黄铜寺庙、寓言故事中的花园和神奇喷泉全部消失，我们在其原址看到了14世纪英国的全部社会现状。乔叟以此书为蓝本，对所见所闻如实记载、真实描绘。乔叟像菲尔丁那样说："（这是）全部真相，只有真相。"（"the whole truth, and nothing but the truth"）①所以他被推崇为英国第一位现实主义作家，而他有自我隐身的倾向（tendency towards self-effacement）②，这是戏剧家和小说家的特征。戏剧家置身于台下，他通过台上人物的言行举止向观众诠释其思想言行；小说家亦如此，但比戏剧家更自由。乔叟名为诗人，实际使用了戏剧家和小说家的表现手法，所以其成就远超出诗歌领域。

但乔叟在《坎特伯雷故事》中未完全隐身。其"序言"如同画廊的讲解员，不断指引观众跟随其讲解画像的特性。故事正文作者隐身，只报道朝圣者途中的言行，让其争先恐后讲述故事，而自己绝尘而去。所以"序言"特点是陈述，启发读者认识朝圣者的服饰、外表、习惯和特点；故事正文戏剧化，让这些人自我表现。其人物都源于真实生活，借此表现可见作者独具慧眼；他对朝圣者言行举止刻画细致、惟妙惟肖，很有说服力。这些图画更真实，似为乔叟自发描绘它们。每当乔叟描绘朝圣者，似乎他/她栩栩如生，看他描绘所见所闻。其最伟大之处在于他隐藏了艺术的相似性。其描绘抓住每个细节，例如他们随便缺乏常规秩序。朝圣者的各个细节吸引着读者，使读者感同身受。

另外，乔叟善于兼容并包同情各阶层人。不论他遭遇何人——流氓、圣人、天使或魔鬼，他既不勃然大怒或痛恨，也不过分报复。他把改造世界的任务留给同时代者，如朗兰、瓦克利夫和高尔。他接受社会现状，但粉饰流氓，不嘲笑批评，

---

① Muhammad Naeem; Chaucer as A Realist, neoenglishsystem. blogspot. com/2010/.../chaucer-and-common-people. ht. Dec. 27 2010, p3.

② Estelle Stubbs ed: Geoffrey Chaucer; The Canterbury Tales, Norman Francis Blake—Sheffield; The University of Sheffield, 1980; p34.

第三章 欧洲文艺复兴诗歌之子成长为英国诗歌之父

因为他能忍受富于恻隐之心,所以不会立于肖像和观众之间,而是描绘人物画像让观众来评判。其人物肖像似乎不理想化,唯有骑士、耕夫和贫穷牧师例外。总之他笔下人物栩栩如生,我们不能用侦探眼光搜索审视作品素材。要坚持的不是"真实"(actuality),而是坚持艺术手法的"逼真"(verisimilitude);作家不用语言描绘现实,而是描绘与现实相似之处。亚里士多德(Aristoteles)认为诗歌比历史更有哲理,更真实。若说乔叟复制了现实生活中的人物,则低估了其文学才能,因为他不是机械的艺术家。瓦德(A. C. Ward)说:"若要认为'序言'中一切都源于生活,那当然愚蠢。"(It would of course be foolish to suppose that everything in the *Prologue* is from the life)[①]。乔叟的想象力异常丰富,他不简单复制素材,其描述既有说服力又令人满意,人们只能佩服他深邃的洞察力和精湛的艺术创造力。

在正文乔叟隐藏自己成为朝圣者、旁观者、真实报道者。这些人物肖像走出相框,讲故事,表现自我,互相评论别人的故事,又互相交换故事争论不休。乔叟甚至假装重复朝圣者的原话:

> For this ye knowen also wel as I
> 因为你们和我一样知道,
> Who—so shall tell a tale aftere a man,
> 谁会落后他人讲述故事,
> He moot reherce, as ny as evere he can,
> 他反复提问讨论尽全力,
> Everich a word, if it be his charge,

---

① Legouis: The History of English Literature, Oxford: Oxford University Press, 1987, p28.

若他主讲就会逐字讲清,
Al speke he never sorudelie and large,
他说话总是礼貌而轻声。

因此作者退居幕后承担观众和报道者职责,每个故事揭示其讲述人的特质。勒勾斯说:"作者的责任是自我隐身,牺牲自己的文学才华和公允判断的能力,让位于他人,尽管那人可能无知、饶舌、笨拙、愚蠢甚或粗俗,也许被热情和偏见所感动。"("It then behoves the author to conceal himself, to sacrifice his own literary talent and sense of proportion, and give place to another, who may be ignorant, garrulous, clumsy, foolish, or coarse, or moved by enthusiasms and prejudices")①《坎特伯雷故事》表明诗人的个性元素已被观察和理解的快乐所压制而废弃。迄今为止,这种观察平静而公正的程度还没有任何诗人能够企及,这种客观公正的评价难能可贵,因为它揭示了诗人所承担的不可推卸的责任。

有趣的是朝圣者的故事和讲述者本人个性特征一致,稍看《序言》介绍就一目了然;讲述者的肖像特征始终如一,可见诗人不知不觉遵循古典礼仪的规则。每个故事的内容及其遣词造句都反映讲述者的个性特征。修女院院长就是基督教牧师,讲述基督教圣人惨遭"该诅咒的犹太人"杀害的故事;骑士的故事则展示骑士精神;喜欢插科打诨的僧侣接受主持人劝告要讲述快乐故事,他报复性地讲述了漫长而伤感的故事——卢斯福、亚当、参孙、赫克力士(Lucifer, Adam, Samson, Hercules, 后来的弥尔顿、拜伦和雪莱都写诗歌颂这些人物)以及更多人的垮台覆灭,可惜讲到中途遭到主持人强烈反对:

---

① Legouis: The History of English Literature, Oxford: Oxford University Press, 1987, p28.

第三章 欧洲文艺复兴诗歌之子成长为英国诗歌之父

Sire Monk, no moore of this, so Godyow blesse!
僧侣先生停止,上帝保佑!
Your tale anoyeth al compaignue.
这时刻您故事不合时宜。

喝醉的磨坊主自告奋勇讲述教会执事勾引木匠老婆的淫秽故事。矿工(类似木工)奋起抗议磨坊主的"野蛮酒鬼的淫秽故事"。但后者不顾前者抗议,仍讲述下流故事。矿工针锋相对讲述两个剑桥学者勾引磨坊主妻女的故事。修士讲述召唤士的恶作剧故事:后者被魔鬼带入地狱;召唤士毫不示弱讲述贪婪修士的故事,他贪得无厌非常卑贱。修女则讲述奇迹;乔叟现身讲述最无聊的故事,他讲到30节时,被主持人拦腰打断。其实他是自嘲式讽刺,只有像他这样伟大的幽默作家才敢这样自嘲并乐此不疲;若因此而贬低其诗作,那似乎有眼无珠、遗珠拾贝了。不论他是否妨碍别人讲故事,都尽量减少干预素材。他并不展示个人好恶、潮流和偶像,对所展示人物肖像也不表露观点或偏见,他不做道德家。康普屯·瑞克特(Compton-Rickett)评价"他如同莎士比亚把此书视为己任,描绘所见所闻,让别人评判道德"(Like Shakespeare, he makes it his business, in *The Canterbury Tales*, to paint life as he sees it, and leaves others to draw the moral)[1]。其结论:"乔叟如实描绘所见所闻"(Chaucer sees what is and paints it as he sees it)[2],他隐身是为了更好地旁观,可见莎士比亚的叙事技巧可能来源于或借鉴了乔叟。

---

[1] Legouis; The History of English Literature, Oxford: Oxford University Press, 1987, p78.

[2] Norman Francis Blake: Geoffrey Chaucer; The Canterbury Tales, Canterbury (England), Sheffield: Sheffield University Press, 1998, p38.

很遗憾该诗未竟，不仅目录中故事未竟，而且有证据显示乔叟计划发生变化，他变更了原来的计划。他活着就是为了完成这部伟大诗歌，可能想更新一些内容，我们甚至无法断定全诗的结局如何。1895年滕·布林克（Ten Brink）说："现有全部手稿都无法提供蛛丝马迹证明乔叟的原旨；任何评论难以解释这是乔叟合理而令人满意的安排。"（"None of the manuscripts gives pieces in a succession which could have suited Chaucer's intentions; and no criticism has succeeded in making out anything like a sound satisfactory arrangement."）① 现在所见的手稿日期都标明是乔叟逝世后的，应属赝品。这些手稿表明故事顺序变化不小，到底故事如何排列颇有争议；现有手稿都是串联这些故事的过渡章节，每个故事结局应切实可信。现在大都采用罗滨孙（Robinson）编辑的故事顺序。

20世纪中叶名闻遐迩的"剑桥英语学位考试"（Cambridge English Tripos）提问：《坎特伯雷故事》统一性的概念是否符合中世纪诗歌的现代原则。经研究证明：若撇开每个故事的质量，只看它们各自与全书主题相关性和统一性应一致；诚然各故事的质量未必整齐一致。好故事自始至终保持其内部整体统一；而不好的故事内容似不一致，有些内容像是生硬加塞进来，突兀、令人尴尬不自然，这是用"想象能力"（esemplastic power）想象，该术语是浪漫主义诗人科勒律治（Samuel Taylor Coleridge）率先使用。一般认为《律师的故事》（The Man of Law's Tale） 《瑟琶斯先生和么里巴斯》（Sir. Thopas and Melibeus）《伙食管理员的故事》（Manciple）和《牧师的故事》等4个故事逊色。

---

① Bernard Ten Brink; English Literature History. Vol. II. W. Clark. Robinson （Goerge Bell, 1895）, P150.

第三章　欧洲文艺复兴诗歌之子成长为英国诗歌之父

这故事集里不同体裁引发另一问题:"传统习惯"(convention),这个词本身含糊不清易引起歧义。有人认为这是小说诗歌都必遵循的规则:必14行;而"叙事曲(三解韵格)"(ballade)本是法国诗体,它要求8行诗有特别韵律。各种体裁标准不甚清晰、难以统一。当然如常使用"卡佩·典"(carpe dien, seize the day)就知这是鼓吹及时行乐的抒情诗,它是弗拉卡斯(Flaccus, 65 BC—8 BC)首创的拉丁诗体。所以讲传统习惯离不开与其密切相关的"感性"(sensibility),进而要强调"意识/自觉"(consciousness)。乔叟时代面临多种矛盾冲突的传统,诗人须做出历史抉择,他要通过笔调引导读者,影响有多大取决于如何表达他们之间的关系。毫无疑问乔叟娴熟的创作技巧使他成功赢得了读者关注,他很好地把握了意图机会,为读者奉献他们喜闻乐见的故事;而读者似乎训练有素,愿与作者分享其创作技巧和成果,他们自己领悟从中得到各种收获。如对写作技巧和修辞手法的欣赏,达到视觉上的艺术享受,引起双方心灵的共鸣,这些都是他们双方共同努力的结果,也是艺术创作欣赏的共同目标。

三、英国诗歌之父对英国语言文学的重要贡献

Father of verse! whom inmmortal song.
诗歌之父!您永恒诗行。
First taught the Muse to speak the English Tongue.
先教会缪斯用英语吟唱。

有人质疑"诗歌之父",因为他们怀疑这是否新型文体。文学从属于进化发展的规律(the law of evolutionary development)。可能有人对诗歌贡献不少,但学界公认乔叟为诗歌之父。有人认为广而言之甚可尊其为"英国文学之父",因为他不仅发展了诗歌,也发展了文学,他对文学发展的贡献史无前例,他别出心裁把小说诸多元素注入诗歌,在多个领域探索有所贡献。马修士·阿诺德(Matthew Arnold)赞扬道:"真正诗歌从此诞生。"(With him is born our real poetry)人们公认他是第一个现实主义作家、第一个幽默作家、第一个叙述性作家、第一个人物肖像描绘者,也是第一个伟大诗人。人们还尊崇他是戏剧小说之父,不仅因为他捷足先登(precedence),更因为其杰出创作。他是当之无愧的英国文学主要源泉(the fountain-source of the vast stream of English literature)。

罗维尔(Lowell)言之凿凿:"乔叟发现了英语方言,然后将其变成通用语言(Chaucer found his English a dialect and left it a language)[①]。"圣茨勃瑞(Saintsbury)曾高度赞扬德莱顿(Dryden)对英语诗歌做出的贡献,我们可借来赞扬乔叟:他发现英语之砖,将其砥砺成大理石。乔叟开始文学生涯时,书面英语未成雏形,英语口语更次之,英语原有不同方言,主要有4种:南方、内陆、北方和肯特郡(Kentish)。其中内陆或中东部方言主要在伦敦及周边地区,其语法句法都最简单。更重要的是,贵族和文人都使用这种方言。高尔使用它写作诗歌《情人的忏悔》(Confessio Amantis),瓦克利夫用它翻译《圣经》,但这个方言并未成为各种文学作品的载体,其他方言也不乏爱好者。例如,朗兰混合使用南部方言和内陆方言创作《农夫皮尔斯》(Piers Plowman)。乔叟则用中东部方言创作,

---

① Muhammad Naeem; Chaucer's Contribution to English Language and Literature, Cleyton Pereiro, 7 Dec 2010, p5.

第三章 欧洲文艺复兴诗歌之子成长为英国诗歌之父

竭尽全力使用其全部才华决定将来使用中东部方言作为标准文学语言,可谓前无古人后无来者。假如他当时选择了其他方言,那么标准化文学语言则会姗姗来迟。英国所有文学家都赞同约翰·斯佩思(John Speirs)的赞誉:"乔叟是语言大师之一,而且是史无前例的大师(masters of the language of which Chaucer is, before them, the great master)[①]。"乔叟不仅从4个方言中选1个作为标准文学语言;而且他还从3个官方语言中选取英语作为文学语言,拉丁语和法语则比可怜的英语"土话"(vernacular)时髦。拉丁语是"通用语言"(the universal language),教会和学术界多喜用;瓦克利夫把拉丁语翻译为"低俗语言"(vulgar tongue)前,人们都阅读拉丁语的《圣经》。直到1365年为止法语则是宫廷语言,用来记叙王宫朝廷大政要闻。语言种类纷繁复杂,文人无所适从,高尔不知所措。他用法语创作《男人的镜子》(Mirour del'omme);用拉丁语写作《一声呐喊》(Vox Clamantis);用英语写作《情人的忏悔》,他不知哪种语言会幸存。但乔叟却对此没有疑问,他选择了广受鄙视的英语,这是贫民们的语言,他从尘土中拣起英语将它披上王袍为它施行加冕典礼,乃至后来女王也在官方使用发展英语。

乔叟对诗歌的贡献与其对语言的贡献一样大,这令人振奋,因为他敲响了陈旧的撒克逊押头韵诗歌的丧钟,坚决选择现代诗歌。即使在14世纪,还有很多诗人使用原来的押头韵诗歌,如朗兰的《农夫皮尔斯》。现在看看他摒弃的陈旧诗歌的特征:①首先是每个诗行的音节数无规律。一行可能6个音节,另一行可能14个音节;②头韵是主要的修辞手段和单一

---

① Muhammad Naeem; Chaucer's Contribution to English Language and Literature, Cleyton Pereiro, 7 Dec 2010, p5.

结构规则，所有头韵的音节须重读；③没有押尾韵；④频繁使用重复（repetition）加强感情语气。他觉得难以忍受押头韵的诗歌，他在《牧师故事》里如是说：

But trusteth wel, I am a southern man,
但请相信我是南方之人，
I cannot geste-rum, ram, ruf-by lettere,
我难忍 rum, ram, ruf 押韵词首，
Ne, God wot, rym holde I but litel bettere.
上帝亦是，请停手我好受。

他从法语借用了押尾韵的修辞手法，替换原来的押头韵诗歌，新体诗歌具有以下特点：①所有诗行音节数目相同；②押尾韵；③取消押头韵，不再频繁重复。从此没有哪个重要诗人想要恢复旧的诗歌传统。因此，乔叟成为名副其实的"英国现代诗歌之父"（the father of modern English versification）。他主要使用 3 个韵步，《坎特伯雷故事》基本上每行 10 个音节，内有 5 个韵律，诗行并成双行体诗，每双行最后一词押尾韵，后有译诗例句。其《特洛伊卢斯和科瑞丝蒂》（Troilus and Cryseyde）使用每节诗 7 句，每句 10 音节（decasyllabic），其中包含 5 个韵步，即 ababbcc——从法语借用，称为"乔叟诗节"（Chaucerian stanza）或"王宫韵律"（the rhyme-royal）。其另一特点是用 8 音节双行体诗（octosyllabic couplet），有 4 个韵律押尾韵，用于《女公爵之书》（The Book of the Duchesse），其后广为效法。10 音节双行体诗又称为英雄双行体诗（heroic couplet），3 个世纪后德莱顿和保罗将其改造修饰并完善。乔叟除了对诗歌有上述贡献，还在短诗里首次使用其他诗型。他也是首个为诗歌语言配乐的诗人。有人评论："阅读乔叟诗歌宛如在阳光灿烂的草原上，聆听清泉潺潺流淌在卵石和细砾的河

第三章 欧洲文艺复兴诗歌之子成长为英国诗歌之父

床上(To read Chaucer's verse is like listening to a clear stream, in a meadow full of sunshine, rippling over its bed of pebbles)①。"他把英语作为柔软而又朝气蓬勃的媒介,助推英语诗歌的发展;他驾驭英语的手法炉火纯青得心应手,令人叹为观止;他引领我们看到英语的新阶段——其表现方法丰富,既容易又尊贵易表达,有益于培养逻辑思维。

乔叟不仅是语言学和诗体韵律学领域的开拓者,而且勇于在诗歌领域开拓创新。他不仅创新诗体,为诗歌披上华服,也更新诗歌内涵赋予它新的灵魂;其主要贡献就是他力主并坚持诗歌的现实主义精神。但他起初也跟随前辈传统创作比喻梦幻似的诗歌,按照源于现实的梦幻记叙生活。他年过半百意识到要面对现实,不能沉醉于云遮雾罩光环笼罩的梦幻和繁琐隐晦的比喻,所以他使用双行体诗:

  Know then thyself presume not dreams to scan,
  于是你醒悟决定不追梦,
  The proper study of mankind is man.
  明确正道就是研究人性。

《坎特伯雷故事》严格描写真实人物、风俗习惯和真实生活,所以是现实主义作品,它如同现实生活的镜子,完全反映社会和道德。他用生动活泼充满活力的艺术形象替换原来阴郁描述的、旧式浪漫的比喻诗歌,所以他们具有超越时代的意义。葛瑞孙(Grierson)和史密斯(Smith)赞赏:"现在这些人与我们同在,尽管其中有些已改名换姓"(They are all with

---

① Karl Feyerabend: A History of English Literature, Erscheinungsort:, Paderborn, 2013, p19.

63

us today, though some of them have changed their names)①。骑士仍有管治权,其随从混迹于卫队;船夫乱跑很难对付,虽有禁令,但在黑市活跃;修士还是热衷于搞笑的酒店老板;宽恕者还在卖着江湖医生的药或主持会议;修女院院长变身为时髦女校的校长,其中有些人又在其他文学作品中亮相,这些人都似曾相识。

乔叟写诗似出于本能,其笔调温和亲切、善于忍耐、幽默而清新自然(geniality, tolerance, humour, and freshness),这都是其同辈和前辈欠缺的;他们或耽于梦幻难以自拔,或一本正经缺乏情趣。虽然他感受到社会腐朽堕落蕴藏着动荡不安的因素,但不为所动。他经历了"新生活"(cally 'oz'e de vivre),所以乔叟的读者都有这样体会:现实虽有诸多缺憾,但却栩栩如生。他一贯是乐观主义者,温和、满怀善意、从不生气,不计较他人过失。他把教育方法留给朗兰和"道德家高尔"(moral Gower),自己安详地与人类缺点和平共处。即使他要讽刺也非常幽默,其长处是讥讽而不挖苦。阿尔都斯·赫胥黎(Aldous Huxley)如此评论:"每当朗兰愤怒呐喊欲用地狱之火威胁世界,乔叟总是袖手旁观微笑(Where Langland cries aloud in anger threatening the world with hell fire, Chaucer looks on and smiles)②。"乔叟像莎士比亚和菲尔丁一样富于同情心,率先将其引进文学作品,而且广泛运用于字里行间。

因为乔叟故事集是艺术整体,我们应把它看作是现实主义艺术结晶。事实上《坎特伯雷故事集》的每个故事都有独到之

---

① Derek Brewer: Geoffrey Chaucer: The Critical Heritage Volume 2 1837-1933, New York: Routledge, 1995, p357, p923.

② Derek Brewer: Geoffrey Chaucer: The Critical Heritage Volume 2 1837-1933, New York: Routledge, 1995, p357, p923.

第三章 欧洲文艺复兴诗歌之子成长为英国诗歌之父

处,读者可各取所需。除了这些有趣深刻的故事,故事衔接紧密,段落环环入扣。这些段落显示出乔叟的戏剧才能,人物性格鲜明突出,对话滑稽有趣;尤其是巴斯城妇女讲故事的序言和卖赎罪券者故事的序言写得精彩,令人拍案叫绝。由于他视野开阔观察深刻,忠于自然生活,深刻描写人的普遍共性,今天看来书中的众生相和我们身边的人都很神似。所以说他开创了英国文学的现实主义传统,莎士比亚与狄更斯都深受其影响。他认为真诚是人们能够保持的最高尚的东西。乔叟热爱生活富于了解人性,能尖锐深刻洞察人性的弱点。他虽然善于嘲笑讽刺人们的缺点,但都是同情宽容态度。他是严肃的诗人,有无与伦比说故事的天才。他一方面给读者提供乐趣,另一方面教育读者,希望读者更理智、更善良,但他不直接说教而寓教于乐。在英语文学的盛宴上,小说是最后一道佳肴。乔叟的叙述技巧、生动个性特征、构思情节的技能以及他的创造能力似乎都值得仿效学习。G. K. 彻斯特顿(G. K. Chesterton)高度评价他是"英国小说的祖父"。其《故事》充满人性的情趣,虽然素材来自各种渠道,但其叙述技巧独树一帜,生动直接;虽然其中似乎有题外话,甚至谴责哲学和伪哲学(pseudo-philosophical animadversions),似与故事正文无关,但此类事例不多。也难以找出其萎靡不振、虚张声势或千篇一律的实例。其《序言》可为"现代小说的序言"(the prologue to modern fiction)。它没有情节,但有人物个性,塑造鲜明的人物特征就是小说家职责之一。作为小说它是现实生活的总结(a summary of actual life);所以确有几个故事是小说"缩影"(novels in miniature),自始至终吸引读者,即使在当今小说中这也难能可贵。

《特罗伊卢斯和科瑞斯蒂》一直被称为"诗体小说"(a novel in verse),因为它具有小说的主要特征:有人物、情节、分散行动、冲突、高潮和结局。虽然行动背景是有关特洛伊战争的传说,有些元素来自意大利作家薄伽丘,但它很贴近现代生活,甚至不乏心理情趣,这是现代小说的主要特征。其女主角具有中世纪最微妙的心理分析——机敏务实的潘达卢斯(Pandarus,希腊神话中利西亚人领袖)就是人物,他的出现把故事从浪漫的高峰带入现实生活的平原。S. D. 内耳(S. D. Neill)指出:"如乔叟写过散文,那就可能要庆祝《特罗伊卢斯和科瑞斯蒂》成为英国第一部小说了,而不是庆祝理查德荪的帕米拉了(had Chaucer written in prose, it is possible that his *Troilus* and *Cryseyde* and not Richardson's *Pamela* would have been celebrated as the first English novel)①。" A. W. 坡拉(A. W. Pollard)更诙谐地说:乔叟是混合型诗人,"30% 的高德斯密斯,50% 的菲尔丁,20% 的瓦特·斯高特,(thirty per cent of Goldsmith, fifty of Fielding, and twenty of Walter Scott)②"。这意味着他讲故事既有高德斯密斯的甜美风格,也有菲尔丁温和讥讽和现实主义元素,还有瓦特·斯高特高调的骑士风格。总之,这就是乔叟独一无二的风格——集大成而超人。

乔叟曾经喜欢小说,当时世俗戏剧尚未诞生,但其诗歌也包含戏剧元素,这是前所未有的。其《序言》是静态或描述性的,但故事正文是动感或戏剧化的。他们通过言行表现自己特征,无须作者参与;即使故事所叙述的大部分情况也表现有关人物特征、爱好主张以及气质等。乔叟显然在这方面超过其楷

---

① Muhammad Naeem; Chaucer's Contribution to English Language and Literature; Learn eoenglishsystem. blogspot. com/.../chaucers-contribution-to-english. html 27 Dec 2010, p2, p3.

② Muhammad Naeem; Chaucer's Contribution to English Language and Literature; Learn eoenglishsystem. blogspot. com/.../chaucers-contribution-to-english. html 27 Dec 2010, p2, p3.

第三章 欧洲文艺复兴诗歌之子成长为英国诗歌之父

模——薄伽丘,后者在《十日谈》给男士和女士的故事毫无歧视地表现人物,《十日谈》没有通过暴力在人物之间重新流传。《坎特伯雷故事》戏剧特征——朝圣者互相争论并评论他人言行,都展现自己的特点,这是乔叟戏剧才华的点睛之笔。乔叟在各方面都具备戏剧家才能(a dramatist in all but the fact),但有实无名。如果当时戏剧成为现实文学的分支,他可能会在喜剧方面成就很大,不会弱于其他英语或欧陆作家。

但乔叟也有弱点,马修士·安诺尔德(Mathews. Arnupld)认为其诗歌缺乏其他诗人的共性——"很严肃"(high seriousness)。他不像但丁那样提出尖锐问题,所以哈得孙(Hudson)认为他不是人民诗人;威廉·瓦格罕·穆迪(William Vaughan Moody)和劳叶特认为乔叟"为宫廷和有教养的上层写作,几乎漠不关心穷人的疾苦"(Chaucer wrote for the court and cultivated classes to whom the sufferings of the poor were a matter of the utmost indifference)①。还有人认为其诗歌缺失"神秘要件"(mysterious significances),这也是伟大诗歌的共性——真实反映现实事件。

因此,农民起义和瓦克利夫新教徒运动让我们能够初步了解英国的概况,乔叟诗作虽然多方涉及这些,但都没详细披露。《坎特伯雷故事》少数几次提及瘟疫,只有1次提到农民起义,还有1次提到劳拉兹运动,而都是随意讲笑而已。乔叟似与重大历史事件脱节。诚然乔叟像莎士比亚对无产阶级有着非民主的不信任,特别是对最底层民众尤其如此。他对当时流行的群众运动避而不谈可能出于避嫌等其他原因。缪瑞尔·鲍

---

① Muhammad Naeem; Chaucer's Contribution to English Language and Literature; Learn eoenglishsystem. blogspot. com/.../chaucers-contribution-to-english. html 27 Dec 2010, p2, p3.

登（Muriel Bowden）认为乔叟对政治事件和国家大事沉默，毫无疑问源于他天才秉性，诗人重要的人间喜剧（Human Comedy）更人性化是源于生活。约翰·李武英斯通·娄义斯（John Livingstone Lowes）辩解他虽然没有立刻反映，但他关注普世永久的事件。难点在于要区分诗人和历史学家，才能批评他忽略重要历史事件。历史学家应关注实时记载历史事件和运动；而诗人无时间限制，他关注历史事件和运动的核心——有关人性（human nature）的普遍性问题。乔叟不是撰写时事的诗人，如果他是官方编年史学家，他应为这些事件运动赋诗，实际上他希望被时代忘记。现在通过《坎特伯雷故事》可看见当时社会生活真实全景式的写照，而不是乔叟对那个年代历史事件的评述，这似乎为遗憾、缺陷。

若从另一角度看，乔叟对当时社会的描绘是有用的正资产（a positive asset）。他避免直写主义（literalism），如实而没有想象地展示现实，他不像科达相机似的现实主义。其描述非常接近现实，但不完全真实有夸张。例如，他描写骑士、耕夫和贫穷牧师（the Knight, the Plowman and the poor Parson）人物特征都有理想主义（idealism）元素。这些人本质很好难以言表，但与其同行的朝圣者却受讽刺。其实刻画乡愁（nostalgic portraits）的那些人物都不存在，但是乔叟希望他们客观存在。对其他人而言，乔叟并非机械记录，而是补充那些新鲜巧妙的评论内容，这是其辛辣讽刺的核心灵魂。总之，乔叟虽是现实主义者，但他并未用语言完全实录现实，这也是其诗歌的一大缺憾。

上述有人批评乔叟缺乏悲天悯人的情怀，若阅读此诗可能会有答案。在《骑士的故事》中，阿萨伊特哀叹骑士之死，可怜他将永别心爱的人，情真意切柔情凄婉令人唏嘘不已：

第三章　欧洲文艺复兴诗歌之子成长为英国诗歌之父

Allas, the wo! Allas, the peynes stronge
哎呀伤心！真是无限悲伤！
That I for yow have suffred, and so longe!
我为你历尽苦难已日长！
Allas, the deeth! Allas, myn Emelye!
哎呀，埃米莉我要去世啦，
Allas, departynge of oure compaignye!
我永远撇下你无人陪呀！
Allas, myn hertes queene! Allas, my wyf,
你是我心中的女王和爱妻！
Myn hertes lady, endere of my lyf!
我的女神永在我的心里！
What is this world? What asketh men to have?
苍天大地请问夫所何求？
Now with his love, now in his colde grave
在这冰冷墓地爱情永留。
Allone, withouten any compaignye
无人陪伴我孤独的灵魂，
Fare wel, my sweete foo, myn Emelye!
埃米莉永别了，我的爱人
And softe taak me in youre armes tweye,
请轻柔地拥抱我入你怀，
For love of God, and herkneth what I seye.
爱神在倾听我对你诉爱。

以下是现代英语译文：

Alas, the woe! Alas, the strong pains,
That I have suffered for you, and so long!

Alas, the death! Alas, my Emelye!
Alas, separation of our company!
Alas, my heart's queen! Alas, my wife,
My heart's lady, ender of my life!
What is this world? What do people ask to have?
Now with his love, now in his cold grave
Alone, without any company.
Fare well, my sweet foe, my Emelye!
And softly take me in your two arms,
For love of God, and listen to what I say.

四、浪漫主义诗人华兹华斯解读乔叟诗歌

如前所述，有些文学家和诗人及其作品可能生前广泛流传，而在其身后偃旗息鼓销声匿迹。乔叟则相反，其诗歌如陈酒弥久益香，当然这个辉煌历史并非一帆风顺，历尽坎坷波折起伏。乔叟去世后，英语不断发展变化，久而久之有人对其诗歌捉摸不透甚至不识其意，不知其真实押韵韵律。及至17—18世纪交替，其诗歌进入低谷影响衰退，人们只口头流传，不论其语言还是感觉都被认为淘汰过时。低谷之后，才缓缓上升重获社会承认。但褒奖不一；其后辈诗人从未怀疑其成就，唯有埃迪森（Addison）和拜伦（Byron）例外，不过他们也承认自己年幼学识不够；还有约翰荪（Jonhnson）也承认不熟乔叟的诗作。D. H. 劳伦斯（D. H. Lawrence）坦言："乔叟最可爱最

第三章 欧洲文艺复兴诗歌之子成长为英国诗歌之父

勇敢（Nothing could be more lovely and fearless than Chaucer）[①]。"评价乔叟不能忘记约翰·德莱顿（John Dryden, 1631—1700）的功勋；乔叟最受歧视时，他力排众议大力推荐，并大唱赞歌。毫无疑问，众多诗人由衷钦佩乔叟的"自然天才"（natural genius）；当然有人不理解他的诗歌语言和诗歌艺术。于是很多人竭尽全力把乔叟诗歌翻译成通俗易懂的现代英语，其中成功的诗人有德莱顿、帕勃（Pope）和华兹华斯（Wordsworth）。

德莱顿一针见血高度赞颂他："我认为乔叟是天然钻石，首先要打磨，然后他才闪闪发光（Chaucer, I confess, is a rough Diamond, and must first be polished, e'er he shines）[②]。"改写翻译乔叟诗歌的作品各有千秋，有的明显曲解贬低了原作，所以有的闪闪发光是釉彩，时间不久就会消失。

华兹华斯翻译了《特罗伊鲁斯和克瑞斯蒂》，现从第 5 册里抽取 3 段对比分析，看他如何解读乔叟原作。

Chaucer:
Fro thennesforth he rideth up and down,
And every thying com hym to remembraunce
As he rood forby places of the town
In which he whilom hadde al his plesaunce.
'Lo, yonder saugh ich last my lady daunce;

[①] J. M. Coetzee: Literary Collections: Giving Offense: Essays on Censorship: Google Books Result https://books.google.co.nz/books? isbn = 0226111768, 1997, p56.

[②] Geoffrey Chaucer: Canterbury Tales, Volume 2, London: The Syndics Cambridge University Press, 1968, p4.

And in that temple, with hire eyen cleere,
Me kaughte first my righte lady dere.
' And yonder have I herd ful lustyly
My dere herte laugh; and yonder pleye
Saugh ich hire ones ek ful blissfully.
And yonder ones to me gan she seye,
"Now goode swete, love me wel, I preye; '
And yond so goodly gan she me biholde,
That to the deth myn herte is to hire holde.
' And at that corner, in the yonder hous,
Herde I myn alderlevest lady deere
So wammanly, with vois melodious,
Syngen so wel, so goodly, and so clere,
That in my soule yet me thynketh ich here
Theblissful sown; and in that yonder place
My lady first me took unto hire grace. '

Wordsworth:
Forth from the spot he rideth up and down,
And everything to his rememberance
Came as he rode by places of the town
Where he had felt such perfect pleasure once.
Lo, yonder saw I mine own Lady dance,
And in thatTemple she with her bright eyes,
My Lady dear, first bound me captive-wise.
And yonder with joy-smitten heart have I
Heard my own Cresid's laugh; and once at play
I yonder saw her eke ful blissfully.

第三章 欧洲文艺复兴诗歌之子成长为英国诗歌之父

And yonder once she unto me'gan say—
Now my sweet Troilus, love me well, I pray!
And there so graciously me did behold,
That hers unto the death my heart I hold.
And at the corner of that self-same house
Heard I my most beloved Lady dear,
Sowomanly, with voice melodious,
Singing so well, so goodly, and so clear,
That in my soul methinks I yet do hear
The blissful sound; and in that very place
My Lady first took me unto her grace.

他快马加鞭就奔驰而来,
勾起他的回忆往事历历。
他从城里骑马奔来飞快,
那是他欢乐园梦萦魂牵。
我遥望心上人舞艺翩跹,
在那寺庙看她妩媚明眸,
我一见钟情就爱不释手。
我眺望远方见她很快乐,
听到她那迷人欢歌笑语。
我远望她正在笑语欢歌。
想起她曾给我温存甜蜜:
"我发誓,我们珍爱彼此,"
令我难以忘怀此情此景,
我们绝不分开我心永恒。
遥望远处那房屋拐角处,
听我心爱女人柔情欢笑,

> 如此动人温馨我难自主。
> 清澈甜美歌声令我心焦，
> 动听歌声使我心旌已摇，
> 欢乐歌声在那遥远地方，
> 她优雅携我入处女梦乡。

当然华兹华斯抓住了原诗精髓，但他精益求精反而暴露一些问题。乔叟原诗直截了当，而华兹华斯译诗古色古香有点矫情，殊不知时隔已久，语言变化太快。例如：I yonder saw here eke ful blissfully，单词未变词序依旧，其实中世纪的单词到华兹华斯时已变味。乔叟写道："and in that yonder place/My lady first me took unto hire grace，"宫廷爱情传统——虔诚崇拜处女情结依然如故，特罗伊鲁斯正确而自然的解释；若像华兹华斯译诗那样"优雅"（grace），似乎牵强附会。华兹华斯也改写诗句，想挖掘含义，但似乎笨拙而不自然。例如他说："And yonder with joy-smitten heart have I/Heard my own Crestid's laugh，"想表明特罗伊鲁斯的快乐心情；而华兹华斯改变原诗这两句押韵，原诗"lustily"和"blissfully"押韵。乔叟原版："And yonder have I herd ful lustyly/My dere hearte laugh，"这两句通过"lustily"和"laugh"表现自然，完全表达他俩的感情，从中可见她无限喜悦立即得到他回应，乔叟写法简洁明了。此时诗歌感情应透明，这可以观察到特罗伊鲁斯甜蜜的伤痛，而忘记诗歌媒介作用。但艺术可隐含艺术，也可透明，这是伟大诗歌艺术创作的难能可贵的杰作。华兹华斯译诗保留了乔叟描写的真实感情，但他丧失了原诗丰富的戏剧性和直接描写的强烈情感，试举例证之：

> And in that temple, with hire eyen cleare,
> 在那寺庙看她妩媚明眸，
> Me kaughte first my righte lady dere.

第三章　欧洲文艺复兴诗歌之子成长为英国诗歌之父

我一见钟情就爱不释手。

原诗直截了当表达爱慕之情。再看华兹华斯翻译：

And in that Temple she with her bright eyes,
在那寺庙见她妩媚明眸，
My lady dear, first bound me captive-wise.
我魂不守舍还失魂落魄。

这种表述感情比原诗含蓄，不像原诗感情强烈令人震撼。翻译理论有"不可译性"（untranslatability），更何况诗歌字里行间蕴涵丰富，这是该语言独一无二的特性所决定，尤其独特韵律和其中联想暗示只能意会，难以言传，翻译诗歌更难万全。当然此处都是英语，但现代英语和中古英语差异太大不可同日而语。此处华兹华斯是曲解还是故意委婉含蓄就不得而知，可能后者成分更大。椎佛·瓦特克（Trevor Whittock）认为解读诗歌如同"一种沟通方式、一种（文字）游戏和模仿"（as a mode of communication, as a game and as imitation）[①]，乃千真万确，这就是乔叟诗歌能够跨越时空隽永流传的真谛。

约翰·德莱顿赞誉乔叟为"英国诗歌之父"，主要源于上述两部名诗——《百鸟国会》和《特罗伊鲁斯和克雷斯蒂》，它们已经奠定了乔叟"诗歌之父"的基础。《坎特伯雷故事》给他加重砝码，表现作者人文主义者特有的乐观精神，向公众展示生活气息浓郁富于时代特征的壮丽画卷，成为英国诗歌开山杰作，雏鹰试啼一鸣惊人。这样说更准确：乔叟首先是"欧洲文艺复兴诗歌之子"，随后成长为"英国诗歌之父"。几乎其每部作品都有浪漫色彩元素，因此英国诗歌自诞生之日起就含有浪漫元素，

---

① Larry Sklute: Virture of Necessity-Inconclusiveness and Narrative Form of Chaucer's Poetry, Columbus, The Ohio State University Press, 1981, p33.

这为几百年后浪漫主义诗歌发展成熟奠定了基础。欧洲文艺复兴思潮和英国文艺复兴诗潮是浪漫主义诗歌源泉之一，英国诗歌天生与浪漫主义结下各种不解之缘，这是血浓于水的关系。尤其诗歌从模仿到创新经历了曲折历程，如同英国发展历经磨难一样，乔叟对英语语言文学诗歌的发展功不可没，他另辟蹊径巧妙开创了诗歌发展的新路，为后人树立了开拓创新诗歌的典范。

第四章 英国诗坛蛰伏期迎来现代英国诗歌新纪元

一、开创现代英国诗歌新纪元的两位前驱

15世纪英国由落后的中世纪社会向文艺复兴后繁荣昌盛的欧洲学习，这标志着封建主义逐渐衰亡，资本主义工商业崛起，城乡纺织业迅速发展催生众多纺织作坊，新城镇如雨后春笋不断崛起。亨利五世坚持英法"百年战争"并进入第二阶段，研发新式武器。但1453年在查体龙遭受毁灭性打击，反而丢失了原先占领的法国大部分土地；百余年战乱两败俱伤民不聊生，但总体上英国洗刷了历史的屈辱已报仇雪恨占据上风，在英国占据统治地位的法语土崩瓦解，为以后英国的崛起和英语的发展铺平道路，战乱和瘟疫使法国人伤亡近半元气大伤。似乎法国赢了战役，输了战争（France won the battle, but lost the war）。1399年失权的理查二世（King Richard II, 1367—1400）和后来上台的亨利四世（Henry IV, 1367—1413）争夺王位，1455年狼烟再起爆发玫瑰战争（The Wars of the Roses, 1455—1487），这场内战烽火燃烧40年，4位国王被赶下台，40名贵族战死或绞死。一个多世纪的外战内乱频频，残忍暴力致使血流成河，民不聊生。1485年亨利七世（Henry VII, Harri Tudor, 1457—1509）熄灭战火，开创都铎王朝（Tudor Dynasty, 1485—1603），他加强集权

专制，但又被迫依赖工商界的合作支持。

而在 13—14 世纪，苏格兰人民先后在威廉·华莱士（William Wallace，1270—1305）和罗伯特·布鲁斯（Robert the Bruce，1274—1329）领导下，一直抗争想从爱德华一世（Edward I 1239—1307）、爱德华二世（Edward II，1284—1327）、爱德华三世（Edward III，1312—1377）统治下独立解放。1296 年爱德华一世登基，他领导英格兰军队占领苏格兰大部分领土，游击战大师威廉·华莱士虽奋起抵抗，但最后兵败被杀。这段历史被好莱坞大片《勇敢的心》演绎得美轮美奂。苏格兰独立运动中的民族英雄是苏格兰国王罗伯特·布鲁斯，他在 1314 年班诺克本战役中打败英格兰军，迄今为止苏格兰都引以为豪。15 世纪抗争平息，但两国边境摩擦不断，其因非常复杂。但窃以为苏格兰气候比南方英格兰要恶劣得多，因此造就苏格兰人骁勇善战、彪悍刚毅的民族个性和宁折不弯、坚强不屈的民族精神，他们决不屈服于英格兰的蹂躏统治。英国长期内争外战，历经磨难百孔千疮，文学百花园凋零败落，鲜有文人舞文弄墨卓有成就；英格兰诗坛沉寂，因为缺乏像乔叟那样敢于冲锋陷阵的领军先锋。只有苏格兰诗坛活跃，但好景不长。13—16 世纪，官方诗坛不愠不火，但两国民歌活跃口头传诵，迟至 15 世纪才见诸文字记载。但长期无人收集出版民谣，概因"下里巴人"难登大雅之堂。18 世纪后半叶才由托马斯·帕斯主教（Bishop Thomas Percy，1729—1811）收集出版，名为《英国古诗精粹》（Reliques of Ancient English Poetry），其后陆续有诗集出版。

16 世纪乔叟的后辈继承其传统，例如，利盖特（Lydgate）和斯凯尔顿（Skelton）继续创作诗歌，但其成就无法与乔叟媲美。16 世纪英国诗坛属于苏格兰的杰出诗人，肇因于苏格兰詹姆斯一世（James I，King of Scots，1394—1437）的《国王圣旨》（The King's Quair）。苏格兰诗人中名声显赫的是罗伯特·亨利荪

第四章 英国诗坛蛰伏期迎来现代英国诗歌新纪元

(Robert Henryson)和伽文·道格拉斯(Gavin Douglas)。他俩学习苏格兰诗人辛辣讽刺的诗风,并运用到诗歌创作中。道格拉斯模仿重写古罗马诗人维吉尔(Virgil)的史诗《埃内德》(Aeneid, 29—19 BC),名为《安东道斯》(Eneados),就是英国文艺复兴人文主义诗歌的丰碑之一。拉丁史诗 Aeneis 标题用希腊语;Aeneidos 是拉丁语"史诗"。它讲述艾内斯的传奇故事:他是特罗伊人漫游到意大利驻扎,繁衍子孙成为罗马人的祖先。该诗是扬抑抑格 6 韵步诗体(dactyi hexameter)。全诗章,前章讲述艾尼斯从特罗伊漫游到意大利,第二部分描述特洛伊人最终战胜拉丁人,但他借此名字和特洛伊人命中注定成为罗马人了。

"山重水复疑无路,柳暗花明又一村。"乔叟之后英国诗坛沉寂良久,瓦特(Sir Thomas Wyatt, 1503—1542)率先使用意大利语诗歌为样板写作英语诗歌,他继承意大利新生的人文主义以及 13 世纪发展的意大利诗歌的丰富遗产,但像彼特拉克等人那样经常在人文主义和口语诗歌模式之间游弋摇摆。尽管这两个概念都是复活古典主义文学、历史、哲学和价值系统,连同语言学都在复活;但另一方面现代欧洲语言文学硕果累累长盛不衰,这和希腊罗马语言文学的发展相似,但需区别对待。15—16 世纪早期对英国文艺复兴的影响就是法国文化的古典主义和人文主义,它们影响了英国宫廷的行为方式和艺术创作甚至更多方面。瓦特与其同辈亨利·豪华德/苏芮伯爵(Henry Howard, Earl of Surrey, 1517—1547)率先模仿意大利诗歌,创作魅力四射的诗歌,所以他俩共享英国之父的美誉(father of English sonnets),这是高度肯定其引进的丰功伟绩。他们去世后,英国诗人重新发现意大利诗歌的魅力,在不同时期出于不同动机又对其模仿创作发展,可见英国诗歌和意大利诗歌源远流长无法隔断,事实证明英语诗歌源泉主要是意大利诗歌在英伦岛国生根、发芽、开花结果,并非原封不动全盘继承,更多是创新改革发展。

  瓦特是御用诗人,专为亨利三世宫廷贵族创作诗歌。罗杰·戴(Roger Day)认为他并非为自己创作,也不只是为朋友和国王娱乐,而是为了包孕示范国家核心权力的运作而创作诗歌,这反映了御用文人的生活及其危险的政治和两性关系。诗歌促使我们不仅要考虑诗人当时的状况及其情感动机,还要考虑女性在宫廷的地位,因为宫廷爱情传统就是思想感的媒介,它传统上凌驾于娱乐和智慧之上。瓦特和苏芮都曾代表国王赴意公干,所以能够翻译并模仿彼特拉克。他们这样做也反映了史实:英国的宫廷文化礼仪和成就多模仿意大利的时尚,至少在瓦特诗歌中理应如此。彼特拉克情诗的情感和正式的结构能够表达复杂的情感经历以及情人们分裂的感情——爱情与性欲的满足,信仰宗教排斥外界,矛盾的感情导致内疚、可耻、焦虑、难以忍受的紧张情绪和不确定性,这些都符合瓦特的现实状况。这也是大臣们玩弄宫廷爱情游戏的惯用伎俩,彼特拉克情诗对此驾轻就熟,这也使得国王乐于将它引进英国宫廷作为娱乐工具附庸风雅。

  这种诗风有独特魅力:"爱情游戏"(playing at love)已扎根于喜好这种诗歌的诗人心里,他们喜欢其美学魅力。因为彼特拉克诗派体现这种诗风的特点主要是幻想和性变态,以及性虐狂、露阴癖、观淫癖(sadism and masochism, exhibitionism, voyeurism)和其他嗜好,所以某种程度上,这种行为可视为诗歌前奏。恋人都崇拜偶像并有恋物欲:女人不许自恋;男人希望独占花魁;如果她拒绝他,就要因残酷而受惩戒。彼特拉克诗歌(the Petrarchan model)还有关于性魅力、性惩罚和反对性自虐等主题,女情人往往残忍诱惑迷人、铁石心肠追求受挫、理想化,并害怕携手散步,但恋人们确立关系后,男人往往想方设法控制女方;同时男性拒绝女性则表明了男性自主权等。因此,彼特拉克诗歌与"主要男性堕落"这个主题紧密绑定一起这就是

第四章 英国诗坛蛰伏期迎来现代英国诗歌新纪元

害怕恋人的超强力量——恋物，男情人通过女性的鞋子、衣物、画像、发夹气味和甚至通过声响等产生性联想，与女性打交道将其美化，其美貌与欲望对他都是赞美；她的出现已经不是威胁而是享受。根据同样的标记，男性以约会缺席、粗鄙无理或铁石心肠表示抗拒，也接受受虐狂行为，享受遭拒绝与等待的乐趣，可能痛苦之后倍感欢乐满足。

在此瓦特·彼特拉克诗体（Wyatt—Petrarchan model）提供性心理学，它使诗人在宫廷爱情游戏中构筑自己的色情角色，他描写的不仅是感情游戏，更是心灵的创伤。瓦特是亨利八世的宠臣，讨厌妻子并弃之，却迷恋王后安妮·宝琳（Anne Boleyn，1507—1536），因她嫁给亨利八世任第二位妻子前，曾与瓦特相恋。后来她头戴王后冠冕，虽羡慕满园春色，岂敢红杏出墙？瓦特望后兴叹心理重创，他归咎于安妮"背叛"（betrayal）肉欲，故为她赋诗。史载他高大伟岸英俊倜傥，其都为她而作，负心女偏遇痴情郎，在英国诗坛类似案例比比皆是，似成颠扑不破的传统特色。虽然瓦特的大多模仿彼特拉克，有的甚至逐字翻译，他那著名的《我心忐忑》（I Find No Peace）实为《歌集》第134首 Pace non trovo 的英语文本。但正是他最先把对句用在结尾，而他最常使用 abba abba cddc ee 这种韵式，预示典型的英国体即将形成。有悲观观点认为瓦特因情欲冲动深陷情网难以自拔；有趣的是，瓦特对待"亲爱的"态度是先入为主愤怒蔑视，他并非简单模拟彼特拉克，而是创造性改造其诗型，这表明他对"心爱的"绝情悲伤欲绝，他已感受到都铎王朝的残酷政治现实与自己追求爱情的矛盾难以调和。

瓦特紧步彼特拉克后尘，甚至模仿其韵律给女人画像。特别是第37首三节韵格诗（Ballade XXXVII）专门描写安妮·宝琳，"她们离我而去，有时让我寻觅（They flee me, that sometime did me seek）"和"谁（他）的猎艳名单，我知红雌鹿藏身地点

(Whoso list to hunt, I know where is an hind; Sonnet VII)①"。这首诗描写男女情人关系渐近，但女人喜新厌旧，原本几近色欲的回忆淡化为讽刺、攻击与忧伤，此过程将女人变为动物，把性关系刻画为争权夺利的利害关系，恋情情感都是钩心斗角的游戏，不仅生动描述彼特拉克宫廷爱情的传统思维方式，而且表现了处于政治威胁之下的权争游戏。"无论谁想要猎艳"表明瓦特另辟蹊径替代彼特拉克的爱情理想观念。这等于将诗歌视为失败的政治示威，先直接以彼特拉克为典范，后转向改造原始典范，用卑劣肮脏的对偶句和淫秽比喻暗示代替原来鲜活的形象。彼特拉克的情人就是"绿草地上的白色母羚羊，长着一对金黄色犄角，正在两条河间的月桂树下（white doe on the green grass…with two golden horns, between two rivers, in the shade of a laurel)②"，好似在p11"不成熟季节太阳升起时"（when the sun was rising in the unripe season）；瓦特的情人是男人们想要寻猎的红紫鹿。彼特拉克情人美妙的脖子上佩戴钻石佩玉；瓦特的情人取下佩玉，用"雕刻"替代"撰写"；劳拉领子上的文字是"任何人别碰我……这样恺撒高兴会释放我（nessun mi tochi… libera farmi al mio Cesare parve/let no one touch me… it hath pleased my Caesar to make me free)"，这意味着劳拉的贞洁属于上帝；瓦特原句"勿碰我，因为我属于恺撒/尽管我貌似驯服，但狂野桀骜不驯（Noli me tangere, for Caesar's I am/ And wild for to hold, though I seem tame)③"，这把坚定贞洁标准改成贪婪，瓦特又返回彼特拉

---

① Margaret Drabble; The Oxford Companion to English Literature ［K］ Oxford: Oxford University Press, 1985; p11.

② Margaret Drabble; The Oxford Companion to English Literature ［K］ Oxford: Oxford University Press, 1985; p11.

③ Margaret Drabble; The Oxford Companion to English Literature, Oxford: Oxford University Press, 1985; p3/6.

第四章 英国诗坛蛰伏期迎来现代英国诗歌新纪元

克原来比喻的经文,回想耶稣警告玛丽·马格达联(Mary Magdalene),对比耶稣的高贵神圣与污染的情妇,这仅表示拥有国王而非拥有上帝。瓦特诗歌表现文艺复兴和人文主义价值观,表现"高度认识主观性和个性化(heightened awareness of subjectivity and individuality)[①]"。纸包不住火,1536年痴情郎因言情获罪,国王疑其与王后通奸(adultery),囚之于伦敦塔待斩,幸亏汤姆斯·科荣威尔(Thomas Cromwell)鼎力相救幸免于难,他在狱中目睹王后与5人因此罪处死。是红颜祸水还是专制君王滥杀无辜?总之猎艳渔色蔚然成风,多情反被多情误,这是专制的莫须有文字狱无妄之灾。

如上所述,自从乔叟开创英语诗歌后,英国诗坛蛰伏良久等待新的领路人。诚然汤玛斯·瓦特和苏芮伯爵冲锋陷阵,勇于开创现代英语诗歌新纪元,奠定新基础,敞开大门恭候英语诗歌大师辈出的辉煌时代。15世纪英语发音变革在韵律学(prosody)方面产生不少误解困惑,诗人利德盖特和斯盖尔顿都成笑柄。勒勾斯说过:"复兴任务就是爬山;诗歌要从斯蒂芬·豪斯堕落的沉闷中振奋,从斯盖尔顿开始的乱象拨乱反正;全面重整旗鼓(The revival was an uphill task; verse had to be drawn from the languor to which it had sunk in Stephen Hawes, and from the disorder in which a Skelton had plunged it; all had to be done anew)[②]。"瓦特和苏芮伯爵一马当先承先启后,勇于开拓迎接英语诗歌新时代的曙光。

麦尔(G. H. Mair)认为:"这两位大臣开创了现代英语诗

[①] Barbara L. Estrin: Laura: Uncovering Gender and Genre in Wyatt, Donne and Marvell, Bucknell Literaure Criticism; www. stonehill. edu? Directory 1985, p9.

[②] Muhammad Naeem: The Influence of the Renaissance on English Literature, neoenglishsystem. blogspot. com/2010/ /influence-of-renaissance-on-eng…Dec, 27, 2010, p8

歌新纪元（with these two courtiers that the modern English poetry begins）①。"尽管他们早就写诗，但直到1557年即伊丽莎白加冕（Elizabeth's coronation）前1年多其诗歌才出版，名为《透特尔杂记》（Tottel Miscellany），成为英国文学里程碑之一（one of the landmarks of English literature），可见专制体制下写诗不易，出版更难。该书几乎囊括16世纪初英国人文主义新诗主要作品271首，其中，瓦特97首，苏芮40首。后来瓦特到意大利和法国旅游，见文艺复兴即回国。两位前驱的诗歌不仅反映古罗马文化影响，而且反映时尚的罗马文化，为英国引进多种意大利诗体（metrical patterns）。他们给英语诗歌增添了新感觉，其包括优雅、尊严、精致与和谐（a new sense of grace, dignity, delicacy, and harmony）②，这正是乔叟诗歌缺乏的元素，对英国诗歌贡献巨大。他们努力模仿彼特拉克的宫廷情诗：诗中男情人是情侣的仆人，男士一切都系于情人一颦一笑喜怒哀乐，女性完全将之玩弄于股掌，所以这种情诗侧重理想主义。

  瓦特引进和苏芮伯爵引进的无韵诗（blank verse）都受后人争相仿效。大卫·代彻斯（David Daiches）一针见血说："瓦特的十四行诗是英国文学史中代表诗歌规则的最有趣运动之一（Wyatt's sonnets represent one of the most interesting movements toward metrical discipline to be found in English literary history）③。"虽然其不常用抑扬格5韵步诗（iambic pentameters），但他们已为

---

  ① Muhammad Naeem: The Influence of the Renaissance on English Literature, neoenglishsystem. blogspot. com/2010/ /influence-of-renaissance-on-eng…Dec, 27, 2010, p8

  ② Margaret Drabble: The Oxford Companion to English Literature, Oxford: Oxford University Press, 1985; p3/6.

  ③ Margaret Drabble: The Oxford Companion to English Literature, Oxford: Oxford University Press, 1985; p3/6.

第四章 英国诗坛蛰伏期迎来现代英国诗歌新纪元

同辈诗人创立规矩,因为他们已忘记乔叟的榜样,创作了"粗糙刺耳、参差不齐"(ragged and jagged)的诗歌,令人难受。替尔雅(Tillyard)赞扬瓦特:"将文艺复兴融入英语诗歌"(let the Renaissance into English verse)①,引进意大利和法国各种诗歌。他写了32首,其中17首是模仿或改编彼特拉克诗歌,28首用彼特拉克韵律,可见对其影响的深度和广度都史无前例。苏芮伯爵则创作了15—16首,其诗体风格后来由莎士比亚继承发展,成为"莎士比亚诗体"(Shakespearean formula),在16世纪诗人中广为流传。他是骑士文化的最后代表之一,但在当时英国朝廷,他在艺术、学识和行为方面都堪称最具文艺复兴精神的人物,西德尼称赞说从他诗中能读出高贵的出身和思想。

　　苏芮伯爵是瓦特的继承者,虽然其诗歌语言不如瓦特生动,但更规范流畅,更具音乐性,而他最大贡献在于拓展了的形式和内容。他首先使用 abab cdcd efef gg 这种韵式,因此这种体又称"苏芮体";他使主题不局限于爱情,而开始用这种诗体歌颂友谊,譬如他用14行诗为朋友克里尔写墓志铭,这是主题突破。其诗特点:精致、优雅和亲柔,这是瓦特诗歌欠缺的。苏芮伯爵诗艺更高更和谐。他把《埃内德》译为无韵诗,本来比他更早1个世纪的伽文·道格拉斯将它译成英雄双韵体诗。这时诗歌似乎不仅成为宫廷猎艳工具,而且沦为取悦宫廷媚上邀宠的贡品,这似乎成为专制者专利,似脱离社会成阳春白雪和者寡;而且伴君如伴虎,专制者喜怒无常卸磨杀驴,所以御用文人常生不如死结局悲惨。

---

① Margaret Drabble: The Oxford Companion to English Literature, Oxford: Oxford University Press, 1985; p3/6.

二、有争议的诗歌和诗人的标准

十六七世纪初文艺复兴时期英国诗歌经典标准不断变化发展。直到 20 世纪，各方齐心协力挑战这个标准及其观念，才出现了前所未有的问题：文艺复兴时间如何界定？文艺复兴发生在哪些地区？涵盖哪些艺术种类和作家？诸如此类问题困扰着文学史家、文学编辑以及关心英国文学或对其感兴趣的各类读者。例如，排斥女作家的传统在过去 20 年已遭挑战成功。伊丽莎白时代主要诗人和作家包括：斯宾塞（Edmund Spenser）、西德尼（Philip Sidney）、马罗（Christopher Marlowe）、莎士比亚（William Shakespeare）、约翰逊（Ben Jonson）和丹尼（John Donne），几乎无可挑剔，因为他们在文坛的地位久经考验；但 20 世纪对于"主要诗人"的标准不甚一致，"主要诗人"和"次要诗人"与"主要诗歌"和"次要诗歌"的界定因人而异。帕格瑞福（F. T. Palgrave）在《金黄宝藏》（The Golden Treasury）中跨越诗风极端或短暂的阶段，提出某种真理既非现代也非古代，而属于所有年代，这种折中观点主宰 19—20 世纪文学史，也给英国文学史带来新动力和希望，拓宽文学批评的思路深孚众望。

17 世纪主要诗人是丹尼（Donne）、约翰逊（Ben Jonson）和斯宾塞，斯宾塞深刻影响弥尔顿，而玄学诗人模仿丹尼，骑士派诗人效仿约翰逊。丹尼和约翰逊对 17 世纪诗人约翰·德莱顿（John Dryden）影响大，他批评诗歌的玄学倾向。18 世纪玄学诗歌引起更多争议，人们通过汤玛斯·瓦屯（Thomas Warton）奖学金再对文艺复兴时期诗歌萌发兴趣。浪漫主义诗人都热捧文艺复兴时期的诗人，但文艺复兴标准只在维多利亚时代形成，上述帕格瑞福《金黄宝藏》即如此。奎勒－克其（Arthur Quiller-

第四章 英国诗坛蛰伏期迎来现代英国诗歌新纪元

Couch）编纂《牛津英诗集》（Oxford Book of English Verse, 1919）制定了文艺复兴诗歌的标准。诗歌主要是指当时的歌，除主要诗歌的名字，还有上述两位先锋——汤玛斯·瓦特和苏瑞伯爵，再加上其他作家的诗歌。主要人物名字语焉不详。例如，汤玛斯·萨克维勒 Thomas Sackville's 评介诗歌《君王之镜》（the Mirror for Magistrates），曾被高度认可为"标准"，但因其非抒情诗只好作罢。

如前所述 1860 年雅各布·布克哈德出版《意大利文艺复兴文明》重新界定文艺复兴标准，因为其后形成重视贵族宫廷文化的文艺复兴的观点。例如，1905 年阿瑟·西蒙斯（Arthur Symons）选编 16 世纪文选重视抒情诗，而忽略其他诗歌，这种偏好持续约 1 个世纪。T. S. 艾略特（T. S. Eliot）改变标准，他在有关伊丽莎白文学主题的论文里讨论戏剧，试图让人们再次关注久违的诗歌和诗人，想方设法使人们再次关注玄学诗人。1939 年美国评论家伊沃·温顿斯（Yvor Winters）提出伊丽莎白时代诗歌新标准，排除了彼特拉克诗派（Petrarchan school）及其代表西德尼和斯宾塞，把眼光转向乡土平实风格，反对前者的诗歌学派声称他们一直被忽略低估。他列举被低估者乔治·噶叟尼（George Gascoigne，1535—1577），认为他应名列当时最伟大的六、七名抒情诗人之列，或更高，其他还有瓦特·拉雷夫（Walter Raleigh，1554—1618）、汤玛斯·纳锡（Thomas Nashe，1567—1601）。他认为这些反传统诗歌运动的特点：新诗歌主题广泛简明，甚至趋向箴言式重要主题为民代言，感觉比喻受限最少，诗人觉得比喻言简意赅，这不像彼特拉克派诗歌耽于自娱自乐的比喻。当然该诗派强烈倾向于使用格言式警句。当然这种观点乃一家之言，虽未必成气候却不无道理，故也被学界吸纳。

这种重新定义诗风标准的做法并非挑战标准概念，而是仿效艾略特修正传统的现代主义观点。根据这个观点，现代读者更易于探讨温特斯作品及其时代,而不是停留在伊丽莎白文学上。他列出最佳诗歌名单足以吸引那些喜好彼特拉克诗歌标准的人。温特斯把文艺复兴诗歌的研究与18世纪诗歌研究对比后声称:当时有两个最伟大的天才诗人被日益增强的浪漫主义诗潮掩蔽了,那就是塞缪尔·约翰逊(Samuel Johnson)和查尔斯·丘吉尔(Charles Churchill),他把他俩的诗歌都补充列入最佳诗歌名单。可见文艺复兴时期的诗歌标准经过不断改进完善,经过多方争议比较取得共识。这说明制定"诗歌标准"比制定其他文学作品的标准更难,因其不断发展,这也给本书写作增加困难。本书只能以传统标准为主,兼顾后来新标准。

综上所述,诗人和诗歌鱼龙混杂,但可引领潮流者凤毛麟角,一致公认久经考验的诗坛领袖:西德尼、斯宾塞和莎士比亚(high men on the totem pole),他们堪称文艺复兴时期英国诗坛三剑客,再加后起之秀——弥尔顿,纵横捭阖所向披靡。由于不同的诗歌标准,本书讨论浪漫主义诗人省略了彭斯。

三、十四行诗异军突起的潮风靡英伦

在过去5个世纪,十四行诗(sonnet)在英国诗人中风靡日久,他们已成为诗人(sonneteer)的主力,天长日久世人似乎忘记这种浪漫诗歌民谣尽然源于遥远国度意大利小曲(sonetto,意即little song)。13世纪,西西里岛诗人贾寇摩·达·棱题尼(Sicilian wordsmith Giacomo da Lentini)首创将2首4行诗(quatrains)和2首3行诗(tercets)合并成14行浪漫诗歌,配以乐器伴奏,使之成为可以歌唱的抒情小诗。但丁·阿理戈睿(Dante Alighieri)、桂都·贵尼斯利(Guido Guinicelli)和贵都·卡瓦参迪(Guido Cavalcanti)都喜好用创作各种情诗(包括柏拉图式的和性爱的)。但丁用这种诗歌写情诗给贝椎丝

第四章 英国诗坛蛰伏期迎来现代英国诗歌新纪元

（Beatrice），他收在《新生》（La vita nuova）中的 31 首诗多是这样的。彼特拉克写给劳拉（Laura），使这种诗体风靡意大利。彼特拉克更精心修饰这种诗体，创作 300 多首使之名扬欧洲，他创作《歌集》又名——《零散韵词》（II Canzoniere），书中皆为其充满爱情和激情的，他将这种诗体的发展大大推进一步。意大利诗歌最原始分为两部分，第一部分为 8 行诗（an octave），第二部分为 6 行诗（a sestet）。文艺复兴时期意大利诗人有：靡克朗戈勒（Michelangelo）和巴达萨瑞·卡斯提林讷（Baldassare Castiglione）；法国诗人乔其姆·度·贝利（Joachim du Bellay）、比尔·德·荣萨（Pierre de Ronsard）和佛朗索瓦·德·马赫拜（Francois de Malherbe）在法国率先创作。15 世纪西班牙诗人马克·德·散提拉纳（Marques de Santillana）和 16 世纪卡斯拉索·德·拉·维格（Garcilaso de la Vega）争相仿效；随后 17 世纪葡萄牙诗人佛朗西叟·德·萨·的·靡然达（Franciso de Sa de Miranda）和安东尼奥·费瑞拉（Antonio Ferreira）紧步后尘；17 世纪德国诗人乔治·鲁道夫·维和林（Georg Rudolf Weckherlin）奋起直追。尽管诗歌发源于意大利，蓬勃于欧洲诗坛，但与隔海相望后来居上的英国诗坛相比稍逊风骚；后者反客为主，这足以证明英国诗歌文学是后生可畏。他们青出于蓝而胜于蓝，其中无不反映出英国文坛和社会发展积极进取、后来居上的态势，这种现象耐人寻味。

如说形式源于意大利诗人达·棱题尼，那么早期 14 行组诗的主题内容则可追溯到古罗马诗人奥维德。正如埃克塞特大学教授埃文斯所说："从古至今，情欲的满足和受挫都是爱情诗两大主题。叶芝说，赢得或失去女人更能激发诗人的想象，这个问题难以回答。不过对写彼特拉克式的诗人而言，起源于奥维德的爱情无疑最适合描写情欲受挫的诗歌形式。"① 如果说的形式源于奥维德——这种说法仍有争议还需商榷；但说 14 行组诗的主题源自奥维德《恋歌》（Amores），这无可厚非。因奥维德《恋歌》虽用哀歌体，但收入《恋歌》的 49 首短歌可谓组诗，这 49 首短歌围绕特定主题（爱情），针对特定人物——科林娜构成完整故事，淋漓尽致地抒发了诗人对科林娜的爱恋之情。而文艺复兴时期的诗人认为，直抒胸臆的爱恋之情充分体现古希腊罗马时代最完美的人性。

下面简单介绍彼特拉克，以便探索英国嬗变的脉络。其诗型不是抑扬格 5 音步，因为这在意大利语不易押韵，况且彼特拉克改变了 6 行诗韵律——cdcdcd（如同弥尔顿），cdecde 或 cdcdee，其最后 6 行诗韵律自由。其韵律初为 8 行诗，继而 6 行诗；其诗不重韵律，更像男高音吟唱。英国文艺复兴时期诗人弥尔顿双目失明后曾写作，而很少涉及理想爱情，其模仿彼特拉克沉思理想爱情。其韵律强化反思诗歌（introspection），也强化前面 8 行诗及结尾 6 行诗。第 1/2 两首 4 行诗内均有对句，每首 4 行诗与 8 行诗自成一体。彼特拉克不同于后来的莎士比亚和斯宾塞，前者闻之并非层层递进，诗歌似一分为二，不像英国诗歌一气呵成。彼特拉克好似声明陈述；莎士比亚像是雄辩争论，此为一般而言，其实内在限制和例外也不鲜见。惜墨如金、结构严谨是最大特色。

如前所述，瓦特和苏芮伯爵一脉相承勇敢探索，率先模仿意大利，引进彼特拉克诗体写了 31 首情诗。苏芮伯爵则使用另一种意大利诗体——无韵诗，向哥拉迪尼女士（Lady Geraldine）奉献情诗，后来莎士比亚继承其衣钵。他俩诗歌笔调忧郁伤感，

---

① 曹明伦：《伊丽莎白时代的三大十四行诗集》，《四川大学学报·哲社版》2009 年第 5 期，第 93 页。

第四章 英国诗坛蛰伏期迎来现代英国诗歌新纪元

但都发扬光大。瓦特曾因情获罪囚于伦敦塔；苏芮伯爵更因涉嫌卷入其父谋反案（treason）身陷囹圄，1547年在断头台上身首异处，而国王突然驾崩其父幸免于难。统治者为巩固统治，残酷镇压异己，禁锢人们思想，严禁文臣问津异端邪说，文人从政议政如履薄冰如临深渊，动辄得咎大加挞伐。足见国王极权专制，任何人不得越雷池一步，否则格杀勿论。汤玛斯·瓦特荪是最早成名的诗人，至1582年他已发表100首14行情诗。其第二本诗集《幻想的泪水》（The Tears of Fancy）又名《轻蔑的爱情》（Love Disdained）严格恪守规则。西德尼的《阿斯托菲尔和斯特拉》标志着伊丽莎白时代在英国正式登场，这清楚表明他深受彼特拉克、荣萨和瓦特荪影响；其流露真情表现内心世界，他首创用抒情，沿用彼特拉克韵律，因而模仿者趋之若鹜：丹尼尔（Daniel）在《德利亚》（Delia）、康斯塔波尔（Constable）在《狄安娜》（Diana）、爪意通（Drayton）在《理念》（Idea）、斯宾塞在《小爱神》（Amoretti）中纷纷仿效似成新诗潮。斯宾塞《小爱神》内含88首精致的情诗，都献给爱妻伊丽莎白斯·伯乐（Elizabeth Boyle），全诗袒露他个人独特亲昵缠绵纯洁的感情，带有个人传记色彩，讲述纯洁无瑕的爱情故事，证明其灵感源自生活体验。

莎士比亚时代十四行诗异常火爆流行时尚，16世纪仅西欧就创作30多万首，数量之大范围之广实乃其他诗歌难以媲美。尽管鱼龙混杂，少数精品发表，但爱好者乐此不疲自得其乐（Each bird loves to hear himself sing）。1592—1597年仅英国就发表2500多首，未发表者难以计数。多以爱情为主，且常合并为组诗（sequences）。海量情诗鱼目混珠良莠难辨，很难判断哪些抒发真情实感或华而不实哗众取宠，甚或成为无病呻吟拈花惹草的媒介。后来阿尔伯（Arber）出版《英语诗集》（"伊丽莎白时期"，English Garner; Elizabethan Sonnets）遴选高水平代表作，内含15位诗人——西德尼、德莱顿、斯宾塞和丹尼尔,独领风骚的莎士比亚另当别论。该书保证原汁原味,连原著拼写错误照抄不误。

浏览这些,最令人震撼的是:从现代文学来看,他们无法一览无遗、面面俱到。从历史上看,相对而言不乏重要诗篇。当然无法从整体上期望"伊丽莎白时期诗歌"务必展示其高雅华美的外表和精雕细刻的诗艺,而这正是现代诗歌不可或缺的要素。透过这些可见:诗人为了某原因较重视诗歌外表形式,当然尽管他们竭尽全力也无法尽善尽美,这些诗歌惜墨如金似乎保留异国情调。无论根据什么标准判断,不少诗歌粗糙未经雕饰,或明显缺乏情趣,各种音调混杂而不协调,过分歪曲或颠覆了感觉结构,用可怜软弱无力的手段把强音和口音牵强附会,或强迫不协调的韵律各就各位,这很别扭,不自然。

当然演绎或阅读这些诗歌,有时也会眼前一亮,犹如一道闪电一扫阴霾,例如:

> Plain patched experience, the unlettered's guide,
> 朴实经验就是无言向导,
> Or
> 或者
> From looking on the earth whence she was born
> 她从出生地眺大地苍茫,
> Her mind remember'th her mortality, or again
> 脑海依然记得已辞世的
> The light-foot lackey that runs post by death.
> 仆人蹑手蹑脚飘然逝去。

然而像这样如诗如画的梦幻般笔触强烈表现伊丽莎白时代精神的诗作是罕见的精品,应努力挖掘有价值的杰作。西德尼的沉

第四章　英国诗坛蛰伏期迎来现代英国诗歌新纪元

思发人深省——透视内心然后写作（Look in thy heart and write）。诗人们歌颂爱情并非人们所见的那样自然，矫揉造作而不变传统。总之两个特点：男人坚持不懈而绝望；女情人绝代美貌而冷艳。诗中女人都喜欢花园鲜花芳香扑鼻，拥有俄费（Ophir，旧约《列王纪》产金地）和东印度群岛（Indies）的宝藏，就像奥林匹斯山（Olympus）那样完美。其美颊令玫瑰逊色，纤纤玉指如百合，朱唇皓齿赛珍珠，闪闪明眸似日辉，风情万种旖旎无限——虽不是维纳斯（Venus）那样闭花羞月沉鱼落雁的绝代佳人，那是众星捧月的女神；但酷似朱诺（Juno，天后，婚姻女神），聪颖如闵娜娃（Minerva，智慧女神），纯贞如狄安娜（Diana，月亮女神），她们乐于玩弄感情置人于死地。倒霉的绅士情人不是绞尽脑汁写诗大献殷勤，就是耗费时光哀叹伤心，辗转反侧夜不能寐，在求爱的漫漫征途泪如泉涌抱怨不迭，恳求对方赐爱回馈。但其甜言蜜语要么被花言巧语糊弄搪塞，要么被趾高气扬拒绝。他们受伤太多太大，人们比喻他们为"受诅咒的孩子、人类弱点的养子、悲伤兄弟、怨父和局促不安的宾客"（child to Curse, foster-child to Human Weakness, brother to Woe, father to Complaint, and a guest of Constraint）①。很难或根本未见真实感情或慰藉人心的关怀。似乎诗人们根据固定不变的描述，精心挑选熟悉的女人，离得越远越好，诗人们赋诗逐渐贴近梦中情人。试以《理西亚》（Licia）作者基尔斯·弗莱切（Giles Fletcher）为例，他承认书中无真情女人，她只是柏拉图式的幻影——比喻的概念。据说诗人根据事实创作，根据日常经历为建议，随时准备将其诗化。但基本事实琐碎不堪，根据传统模式精心设计主线，故常重叠。当然莎士比亚例外，其真实性毋庸置

---

① Philip Sidney: A Defence of Poese and Poems Part, www.fullbooks.com/A-Defence-of-Poesie-and-Poems2.html; Part2, p11

疑，其他人的最终印象是空虚的矫揉造作故弄玄虚，故难经久不衰。

虽然有些评论似过激，但不可否认言之有理。有些名诗具有很高的艺术价值，经典诗句脍炙人口、信手拈来。例如，西德尼伤感哀叹"月亮啊，你步履多么伤感"，"过来睡觉，睡觉啊！"以及"爱情啊，离开我吧！"（With how sad steps, O moon! Come, sleep, O sleep! and Leave me, O Love!）[1]；还有丹尼尔的温馨："关爱温馨迷人梦乡"（Care-charmer sleep）；更有斯宾塞誓言："有天把芳名书于沙滩"（One day I wrote her name upon the sand）；更难忘德莱顿的诀别："既然无能为力，来让我们吻别"（Since there's no help, come, let us kiss and part）[2]。其中珠玑珍宝琳琅满目，堪为"金黄宝藏"（Golden Treasury）。为了证明这观点，以稍逊风骚的诗人巴尼斯（Barnes）为例（他无法与大师们并驾齐驱），说明这些诗歌不仅值得一读，而且说明他们在诗坛更上一层楼：

> Ah, sweet Content! Where is thy mild abode?
> 甜美诗歌，何处是温柔乡？
> Is it with shepherds and light-hearted Swains,
> 在牧人与快乐情郎嘴里，
> Which sing upon the downs and pipe abroad,
> 歌声欢唱响彻乡野四方，
> Tending their flocks and cattle on the plains?

---

[1] Jahn, Manfred: A Guide to the Theory of Poetry. Part I of Poems, Plays, and Prose: A Guide to the Theory of Literary Genres; Cologne: English Department, University of Cologne. Version: August 2, 2003, p13.

[2] Jahn, Manfred: A Guide to the Theory of Poetry. Part I of Poems, Plays, and Prose: A Guide to the Theory of Literary Genres; Cologne: English Department, University of Cologne. Version: August 2, 2003, p13.

第四章　英国诗坛蛰伏期迎来现代英国诗歌新纪元

放牧牛羊走遍平原田地。
Ah, sweet Content! Where dost thou safely rest?
甜美诗歌，何处可以安歇？
In heaven with angels? Which the praises sing
天堂的天使亦歌颂赞美
Of him that made and rules at his behest,
按他指令行事不可违也，
The minds and hearts of every living thing.
一切生物纵情欢唱不累。
Ah, sweet Content! Where doth thine harbour hold?
甜美诗歌，何处港湾停留？
Is it in churches with religious men,
要在教堂陪伴各位信徒，
Which please the gods with prayers manifold：
诸神喜闻祷告者们开喉
And in their studies meditate it then?
研习沉思誓把神旨记住！
Whether dost thou in heaven or earth appear；
不论是在天堂拟或人间，
Be where thou wilt! Thou wilt not harbour here!
务须坚持不懈，坚持唱完！

　　这首诗把巴尼斯循循善诱劝导人们虔诚信仰宗教的拳拳之心刻画得淋漓尽致，令人读完击掌叫绝。诗文之意不言而喻：若逊色者如此出色，出类拔萃者更应名不虚传美不胜收。亨利·康斯塔波尔以美丽悦耳动听著称，因其适宜吟唱；丹尼尔用流行的诗艺表达传统的爱情主题，语言纯洁讲究韵律；爪意通也跻身著名的诗人之列，其组诗有52首诗歌，表达柏拉图式的美好爱情理念，率先将戏剧元素融入，但诗歌似缺乏真诚和天然去雕饰的美感。劳绩（Lodge）和傅来彻（Fletcher）都对诗歌的发展有所贡献，这些诗歌都表现了伊丽莎白时代的特征，生动见证了英国诗坛大胆借鉴外国诗歌语言的滚滚潮流。

17世纪初英国诗坛涌现了很多有关爱情的14行组诗，而著名的雅各宾和卡若琳（the Jacobean and Caroline）将抒情诗歌领入新时代，其具有明显的时代特征：诗歌章节长短不齐，音节主题不同。约翰·东尼撰写了19首高雅的诗，意欲复兴14世纪后无人问津的宗教主题。17世纪中期弥尔顿对进行重大改革，突破爱情主题，叙述事件描写人物，每首诗韵律各不相同。采用章节8句一段，韵律是abbaabba，另外6句改换韵律。他在旅途上踽踽独行，筚路蓝缕，上下求索历久弥坚贡献巨大。后来的浪漫主义诗人虽然多产，但最终想拯救并寻找古希腊诗歌的传统影响，因其亲希腊文化主义（Philhellenism）情结注定如此。华兹华斯、济慈、雪莱大声疾呼复兴，希望以此创作最伟大的英语诗歌。雪莱和拜伦旅居意大利，邂逅著名作家吴构·佛斯寇娄（Ugo Foscolo）和焦素·卡杜希（Giosue Carducci），希望恢复格式。英语复兴至19世纪，伊丽莎白·巴瑞特·布朗宁（Elizabeth Barrett Browning, 6 Mar. 1806—29 June1861）和克瑞斯汀娜·罗塞梯（Christina Georgina Rossetti, 5 Dec. 1830—29 Dec. 1894）两位女诗人终于将女性愿望融入，这无疑是重大的突破。

在16世纪英国诗坛成为主流诗歌的传统。西德尼、斯宾塞和莎士比亚都创作了脍炙人口的诗篇。但其并非独立成篇，而是一组互相连接形成很长叙述性新诗体——组诗。西德尼14行组诗内含108首，而莎士比亚则最多涵盖154首。其创作韵律复杂多变结构紧凑，主题互相关联，形成长篇一气呵成的组诗，内含若干独立，这足以证明他们确是诗歌天才，

第四章 英国诗坛蛰伏期迎来现代英国诗歌新纪元

这也是文艺复兴的热潮引导促使他们对创新改革,结下硕果累累。这些赏心悦目,如同动人魂魄的交响乐浑然一体气势磅礴,亦像是宏伟的西敏寺大教堂巧夺天工令人震撼敬畏。这些初生牛犊不怕虎——这正是英国文学的伟大过人之处,因为它推动英国文化/文学不断发展,使得原本难登大雅之堂偏居一隅的岛国逐渐堂而皇之登上世界诗坛勇敢亮相,开始崭露头角融入世界诗歌文学的主流。总之是英国诗坛和欧洲诗坛乃至世界诗坛的奇葩,它在英国鲜艳夺目惊艳无比,它在世界诗坛的影响之深广是为数极少甚或独一无二的诗体;源于意大利兴盛于欧洲的居然在远离欧陆的英伦蓬勃发展异军突起,可谓出人意料也是意料之中;因为英国民族身居孤岛常受欺凌,它渴望学习吸收欧陆的先进思想,孤军奋战,急于奋发图强,引进并发展,似向世界宣告:这预示着发展英国诗歌引导国民进步,唤醒各行业悄然崛起,为将来崛起腾飞积聚力量;19—20 世纪史实证明了英语诗歌能够领导欧洲乃至世界诗坛的新潮流,这也说明当时英国语言文学和文化正强身健体,积累孕育着后发制人的力量,其时正在为提高英国的软实力和综合国力整固基础。

  文艺复兴时期乃至以后十四行诗的领袖仍是彼特拉克、斯宾塞、莎士比亚,当之无愧无出其右(the rest are low men on the totem pole)。后两人连同西德尼都是英国文艺复兴诗坛的三位主帅,他们纵横捭阖敢于探索,为英国乃至英国诗歌的发展开辟了前无古人后有来者的创新之路,他们大无畏的创新开拓精神给英国诗坛吹来清新之风,大大促进英国文坛和社会发展。以下章节将分别探讨这几位大师的杰作。

第五章 仁侠楷模与风流镜子

一、英国诗坛风流倜傥新贵族

1580年后,深受欧洲文艺复兴影响的英国诗坛风起云涌,英才辈出进入"黄金时代"(Golden Times),新体诗层出不穷推陈出新。其中首推菲利普·西德尼爵士(Philip Sidney, 30 Nov. 1554—17 Oct. 1586),他素享"仁侠楷模和风流镜子"(the model of perfect courtesy)的美誉,虽英年早逝,却留下108首诗篇,更有长篇传奇《阿卡迪亚》(Acadia,世外桃源)和《诗辩》(Defence of Poesie)流芳百世。其实他不仅擅长写诗,还是品质高尚学识渊博的学者和机智勇敢的战士。

西德尼不仅是贵族、骑士和诗人,更是英国文艺复兴浪潮中冲锋陷阵的骁将——英国文学史上名列前茅的诗人。他是伊丽莎白宫廷骑士,其勇于冒险的勇敢精神使他声誉日隆。他总寻求英雄行为,引起伊丽莎白女王格外留意,他也是对外联系广泛的大臣,熟悉宫廷内幕了解社会疾苦。因他受过高等教育,酷爱文学尤喜斯宾塞。他雄心勃勃不仅驰骋诗坛,还要纵横政坛。众所周知他是清教徒,1580年他公然反对伊丽莎白女王与天主教伯爵成婚;天庭震怒,女王恼其固执己见违拗圣意不成人之美,罢黜其职驱赶出宫不准入禁闱,他拟在威尔顿聊度余生。但他隐退并非意味政治生涯的终止,而是弃政从文的转折,直至最后他投笔

第五章 仁侠楷模与风流镜子

从戎战死沙场为国捐躯。可谓王宫政坛少一位政客,文学诗坛增添一位巨匠大师和引吭高歌的吹鼓手。

1575 年西德尼陪伴远亲伊丽莎白女王（Queen Elizabeth）看望埃赛克斯伯爵夫人（Lady Essex）,其夫瓦特·德福瑞克斯（Walter Devereux）是埃赛克斯伯爵一世（1st Earl of Essex）;他邂逅其豆蔻年华的女儿潘妮罗珀（Penelope）,一见钟情终生难忘（He fell in love at first sight）。次年 9 月埃赛克斯伯爵在都柏林去世,其临终遗嘱希望西德尼迎娶其女,表明其悔不当初;后来埃赛克斯的秘书致函西德尼之父,希望对方理解这要求,证实此前西德尼求婚未果。埃赛克斯伯爵去世由长子继承爵号;潘妮罗珀姐妹与其弟被委托给亲戚亨利·哈斯汀泗（Henry Hastings）监护。1578 年其寡母再嫁女王重臣罗伯特·度雷,他是雷瑟斯特伯爵;或许这桩婚姻毁了西德尼玫瑰美梦——迎娶潘妮罗珀,因为西德尼是其叔雷瑟斯特伯爵的接班人,无情棒打这对两情相悦的苦命鸳鸯。1581 年 1 月 18 岁潘妮罗珀在监护人妻子凯瑟琳——杭廷顿伯爵夫人（Catherine, Countess of Huntingdon）陪伴下来到王宫,这位伯爵夫人是雷瑟斯特伯爵之姐——西德尼的姑姑;担任王宫大内总管的伯格雷勋爵（Lord Burghley, Master of the Court of Wards）传达女王旨意。1581 年 3 月潘妮罗珀下嫁罗伯特·瑞奇——瑞奇男爵三世（Robert Rich, 3rd Baron Rich）,即后来的华威伯爵一世（later 1st Earl of Warwick）。据说潘妮罗珀一直不愿共结连理,无奈难与王室和世俗抗争,唯有牺牲爱情。凄美爱情以棒打鸳鸯而告终;正是这段刻骨铭心的爱情悲剧催生了伟大的情诗大师,再加官场失意促使其成为英国诗坛勇猛斗士,真乃失之东隅收之桑榆。很难想象如果他没有这坎坷人生和破碎难圆的怨梦,何来这神奇的创作灵感和精美诗歌?前者就是催生后者的根源。

虽然至今不能明确无误证明:西德尼何时开始描写他心中永

世不愈的爱情创伤,但大约在他们各自结婚前后。闻知婚讯他痛苦不堪,饱受炼狱般煎熬(He fell head over heels for her)。曾经沧海难为水,除却巫山不是云,所以他决定用旧体风格写作抒发积压已久的相思情。《阿斯托菲尔和斯特拉》(Asteophil and Stella)横空出世,他以礼貌方式献给某女士,这种旧体风格是其隐秘的个人风格,并非面对大庭广众,所以很多评论家认为他旧情未泯情真意坚。人们认为他渴望迎娶潘妮罗珀,但凤愿未果;她出嫁令西德尼五内俱焚。当时贵族婚姻是根据家庭利益洽商,不由爱情主宰;他们真心相爱,而有情人难成眷属却是专制时代常见的悲剧。多情自古空余情,好梦由来最易醒。诗中阿斯托菲尔对斯特拉顶礼膜拜,天地可鉴忠贞不渝,此情此景似曾相识,足可与彼特拉克迷恋劳拉的痴情相媲美。西德尼英年早逝,悲剧人生画上句号,斯宾塞即为其诗作编辑出版全集,这部挽歌式全集标题为《阿斯托菲尔》:献给西德尼的遗孀;其姐——彭埠洛克伯爵(the countess of Pembroke)夫人为之赋诗。纵观全诗,西德尼痴迷斯特拉占据其光辉人生和文学成就的全部。天长地久有时尽,此恨绵绵无绝期。

1583年他始受重用,1月受封爵士且为下院议员,并被授予骑士。9月他与国务大臣弗朗西斯·沃尔辛厄姆的女儿弗朗西斯(Frances)结婚。1584年他彻底修改《阿卡迪亚》,将单线发展模式改为复杂的多线模式,可惜此书半途而废(He did things by halves)。1585年7月他任军需副大臣,不久被赋予重任,协助抵御西班牙入侵。他足智多谋想彻底御敌,建议先发制人攻击其殖民地。1585年西德尼计划参加德雷克(Drake)对西班牙西印地斯(the West Indies)的海上攻击,但女王使之滞留。1585年伊丽莎白为了宗教改革(the Reformation)宣战,派出雷瑟斯特(Leicester)远征荷兰;同年11月西德尼携妻出任弗拉星总督(Flushing)。他即投笔从戎似游侠骑士,英勇善战与西班牙人多次冲突。他立志"一身报国有万死,双鬓向人无再青"。次年9月22日他浴血沙场股骨中弹粉碎,其马狂奔而回,他以惊人毅力忍住剧痛蜷伏马鞍。人们抬他面见其叔,他欲饮水忽见一垂死伤兵经过并紧盯他手中水壶,他旋即让水于伤兵:"你比我更需要水(Thy necessity is yet greater than mine)①。"他凭坚强意志支撑25天,10月17日他生命垂危临终时(at the eleventh hour),陪伴者请他坚信上帝保佑。他双手放胸前如祈祷状,俄顷双臂僵直冰冷,人们帮他放下双臂;须臾这位伟大的诗人撒手人寰,噩耗震惊英国,举国哀恸,葬礼那天伦敦几乎万人空巷。人们悼念这位浪漫诗人英雄,尊崇这位勇敢无畏的骑士、功臣、思想家,敬仰这位诗坛巨匠的崇高品格,更传诵他那脍炙人口、孕育并充满浪漫情怀的诗歌,缅怀文艺复兴诗坛的先驱。"人生自古谁无死?留取丹心照汗青"是他人生的真实写照。

二、推陈出新更加风流

他和其他诗人一样,首用国外古典诗歌尤其是意大利诗歌作为典范。但他逐渐洞察当时流行的隐含缺陷,遂身体力行率先纠偏,创作"内省"另辟蹊径:

> 从未饮希腊诗歌之灵泉,
> 未坐奥林匹斯诗歌之乡,
> 缪斯更从不对庸才垂怜,
> 吾无才焉能担圣职肩上?
> 听闻诗人才有灵感火焰,
> 天知吾真不识其中真相。

---

① Henry Morley:Delphi Complete Works of Sir Philip Sidney(Illustrated)(Delphi Poets Series Book 35)Kindle Edition, Delphi Classics, Aug. 17 2013, p11.

> 敢对地狱黑河立此誓言,
> 从不偷窃他人诗才华章。
> 吾欲如何才能敞开胸怀
> 用尽美诗抒发吾之胸臆,
> 才能赢得雅士们的喝彩?
> 试猜原因!"因为这个?"非也:
> "因为那个?"更非也!吾有蜜唇,
> 唯因斯特拉赐予吾深吻!①

　　这首诗别具一格,温柔口语流露英雄豪迈气概,韵脚是 abab abab cdcd ee,最后两句互韵画龙点睛,这是英国诗人学习意大利诗歌的杰作典范;诗人细述爱情中酸甜苦辣(love-hate relationship)百感交集,这个系列成就了英国最早 14 行组诗之一,具有很高文学价值。西德尼不仅擅长创作新体诗歌,也深谙诗歌评论,1595 年其《诗辩》被誉为德莱顿之前最好的文学评论,即使德莱顿未必写出如此华章。他认为诗人是创造者,诗人崇高地位能令人愉悦。他觉得诗歌胜过哲学历史,哲学家重抽象和普遍性;历史学家注重现状有局限性,忽略未来发展趋势;而诗人兼具两者优势:具体抽象,有普遍性,结合现实和未来。他希望诗人不要模仿,而要通过形象创造让人们看到现实与理想,这种观点代表当时文学评论的精神。

　　他引经据典把诗人与诗分门别类。他自谦野蛮处于中世纪,勇挑重担视创新为己任,纵横诗坛切中时弊。他断言英语优于其他语言,讲究轻重音优美动听,具有古典语言庄严美,注重长短音,故英诗前途无限辉煌。他首称诗人才会带来黄金时代,史实证明其预言毫无虚幻。无论文艺复兴或浪漫主义鼎盛,英国诗歌

---

① 王佐良、何其莘,《英国文艺复兴时期文学史》,外语教学与研究出版社 1995 年版,第 53 页。

繁荣昌盛,在百花齐放的欧洲诗坛独树一帜后来居上。他认为写诗可展示人生经历弘扬道德,描写正邪之争。英语发展犹如笔战,每战必胜(English is a war of words, and every battle has to be won)。

西德尼14行组诗名为《阿斯托菲尔和斯特拉》(Astrophil and Stella),前者是武士,他向斯特拉求爱历经艰难,此诗中描述诗人的曲折经历及思想动态。但男主角名字有两个版本(Astrophel vs Astrophil),牛津大学出版社关于西德尼全集的标题说明:查无实据难以证明作者用哪个拼写名字。现在只能查到最早文印本是1591年汤玛斯·钮曼未经授权的诗集。钮曼可能是根据更早的版本称呼男主角Astrophel;荣勒(Ringler)根据辞源学将其拼写纠正为Astrophil,因为该名字可能根据希腊文"aster philein"援引而来,其意为"星星的情人"(lover of a star);stella是拉丁文——"星星"(star),phil本意毫无疑问是指西德尼的教名(Christian name),故有人将其译为《爱星者和星星》。

诗人渴望爱情但无限惆怅,诗歌流露诗人矛盾心理——为爱情辩护,将爱情与道德结合。可见诗人痛苦万分拼命抗争,望美兴叹可望不可即。长期以来关于男主角的爱情一直众说纷纭。比喻的核心是用语言词汇绘画——这是西德尼的自我定义。阅读可看到西德尼或其他诗人使用一个或几个意象,每首得出一个结论,每首有一个场景、行动或事件,它们都能说明主题或观念。其第一首塑造意象——他肩上的缪斯;第二首的意象就是朱庇特射箭,处于军士包围中。西德尼此诗创作早于浪漫主义诗歌200多年,他塑造了非常内向、感情自我的描述者,描述其思想和隐秘的感情生活。这在当时是新颖大胆的探索,因为文学直到17世纪末才披露个人感情世界及内心情感。此前鲜有描写涉足其间,因为世俗作家诗人不愿也不敢揭示人们心理活动,尤其鲜有涉及感情隐私。直到浪漫主义运动，大胆的作家才敢探索这个禁区。以前文学只谈论社区和国家大事，讨论道德文明文化，研讨社会进步发展，只有莎士比亚曾小心翼翼触及心灵，这是其过人之处，也是文艺复兴诗人勇于探索功高至伟。

学界大多认为此诗描写西德尼和帕尼罗珀的爱情关系。他模仿彼特拉克组诗风格，诗中讲述者自称崇拜彼特拉克，痴迷斯特拉，但无论其肉体或情感都可望不可即；斯特拉在组诗中就是帕尼罗珀的化身。组诗标题是比喻的意象——阿斯托菲尔为"明星凝望者"，实为其内心受罚的心声。尽管他俩互相热爱，第31首诗写道——阿斯托菲尔发现自己与月亮境遇相同，随即询问有何求爱妙计：

  With how sad steps, O Moon, thou climb'st the skies,
  月亮，你升上夜空很忧伤，
  How silently, and with how wan a face!
  你悄然无声而脸色苍白！
  What, may it be that even in heavenly place
  身居天堂仙境尚能感怀
  That busy archer his sharp arrows tries? (lines 1 – 4)
  射手不停射箭战斗繁忙？
  Sure, if that long-with-love-acquainted eyes
  长久痴情的明眸还张望
  Can judge of love, thou feel'st a lover's case;
  洞若观火感受一片珍爱；
  I read it in thy looks: thy languished grace,
  优雅不如昔，你心我明白，
  To me that feel the like, thy state descries. (lines 5—8)
  我感同身受，亦甚感惆怅。

第五章 仁侠楷模与风流镜子

> Then even of fellowship, O Moon, tell me,
> 老朋友月亮,请你告诉我,
> Is constant love deemed there but want of wit?
> 爱情天长地久亦要智慧?
> Are beauties there as proud as here they be?
> 美女骄傲自大不屑细说?
> Do they above love to be loved, and yet
> 她们自傲有爱丝毫无愧。
> Those lovers scorn whom that love doth possess?
> 不珍爱感情却把爱拥有?
> Do they call virtue there ungratefulness? (lines 9—14)
> 她们不感恩道德好与否?

  诗歌开头景色变换:白昼缓慢入夜,日落月升寓意"忧伤",这预示白天发生了令人伤感之事。叙述者意识到月亮与自己一样孤独忧伤,感同身受同病相怜。象征学中月亮仅次于太阳。"苍白"(wan)一般描写病态脸色,暗淡无光毫无生气(pallid, dim),它也描写新月;叙述者断定月亮和自己一样忧伤失恋,因为它是新月不是满月,伤感谬误(a pathetic fallacy),这是诗歌对自然现象多愁善感的描写,如同人类恻隐之心。叙述者想知道有人和自己一样,实际上他有此想法无可厚非理所当然。月亮高悬于天堂,此情此景使我们想起基督教肖像学,把圣母玛丽娅比喻为月亮,她高立于新月上。"繁忙的射手"(busy shooter)寓意朱庇特,讲述者想到月亮知晓自己失恋惊喜交加,因狄安娜是月亮女神超凡脱俗。据说月亮影响女人心情,因其了解女人需求感受。诗人需要知音抚慰孤寂心灵,帮自己摆脱窘境;月亮常用来形容"女性",它被动接受阳光。讲述者赋予月亮一双明眸,能洞察所有堕入爱河的恋人们。因月亮有独一无二

105

特异功能,它能洞穿讲述者的心灵。讲述者坦诚相告,他们惺惺相惜。

他们志同道合相聚游玩,讲述者要求月亮以同伴名义从逻辑上解释为何斯特拉我行我素,他想知道女人是否可憎——因为她们生活在凡尘,所以讨厌天堂般诗样梦幻爱情。后半段诗向月亮发出连珠炮般问题:若想爱情常在是否需要智慧?其潜台词:难道爱情是缺乏智慧智力的结果吗?美女骄傲自大当然不屑细说?此举将自以为是的美女不可一世的心态刻画得入木三分。最后三句是诗人宣泄愤懑之情,批判不公平现象:不珍惜爱情者拥有爱情,这是否道德公正?显然他对自己爱情疑问反思。当然月亮沉默不语无案可循;诗人倍感惆怅犹豫彷徨,可见他深陷情网难以自拔。老子思想"福兮祸所伏,祸兮福所倚"何等英明。西德尼因失恋饱受痛苦,身心煎熬惨不忍睹;正因如此他有深刻体会,刻骨铭心的爱情悲剧促使他创作如此可歌可泣的爱情组诗,缠绵悱恻令人唏嘘,其中心酸血泪非亲历者难以言状,这部经典诗歌的伟大成就应归功于他失恋的艰难历程。这首诗歌表现了西德尼用新柏拉图主义对待诗歌的态度(Neoplatonic attitudes towards poetry)。当然也有人质疑他可能哗众取宠、矫揉造作,对此观点以后再论。

西德尼身不由己卷入 1670—1680 年代宫廷的斗争漩涡,故其诗欲一石二鸟有文学政治双重目的,实际上他马革裹尸使其人生更跌宕起伏,其诗歌散文都承载"道德重担——公众重任"(moral weight—a public significance),铁肩担道义,其诗如其人生一样晦暗不足为奇,文如其人也;虽然他官场失意却把他再造成为伟大诗人。西德尼创作此诗似要面对公众和现实,他想恢复彼特拉克诗体并模仿其形式内容。对新教徒信念的影响和加尔文主义有关自身灵魂的假设都意味着诗歌创作不仅是模仿,而且有拙劣的模仿和评论,这些都包含不同层次的模糊现象、矛盾和理

第五章 仁侠楷模与风流镜子

性问题,当然未必都能解决。西德尼和斯宾塞认为彼特拉克爱情主要问题在于男主角沉迷于罪恶欲望、利己主义和骄傲自负,他常通过这种模仿去探索性体验中精神罪恶感的源泉与作用,以此表明不仅要医治人性罪恶的毛病,还要追究产生这种现象的原因。有人认为西德尼无限痴迷已婚贵妇帕尼娄珀·瑞奇,明知这是毫无结果的爱情游戏,却要凭借诗歌表明自己的道德风尚。其策略是要探索阿斯托菲尔错误的爱情经历,淡化彼特拉克的浪漫手法,表现情人对于自欺欺人的态度感到内疚,他还不成熟,所以其诗歌有意自我张扬,而且固执拒绝留意良心。彼特拉克把爱情道德并重;西德尼认为彼特拉克的爱情只追求肉欲快感,其实他自己钟情于描绘性欲纵情色欲。持此观点者引经据典选择诗中片断——第14首,表明阿斯托菲尔拒绝倾听其朋友警示其欲望精神出轨的危险:

>If it that be sin which doth the manners frame
>如这罪恶恪守规范行为,
>Well stayed with truth in word and faith of deed,
>信守真理诺言行动准则,
>Ready of wit and fearing nought but shame;
>有睿智无所畏惧只羞愧,
>If that be sin which in fixed hearts doth breed
>若坚定信念孕育那邪恶,
>A loathing of all loose unchastity
>憎恶所有淫秽浪荡言行,
>Then love is sin and let me sinful be.
>若邪恶即爱,我要邪爱情。

具有讽刺意味的是斯特拉警告阿斯托菲尔要严于律己,她已婚不想卷入婚外恋旋涡,但西德尼模仿彼特拉克《全韵》

（Rime）回应。彼特拉克诗中人物意识到劳拉（Laura）追求道德宗教，对爱情肉欲和精神有所混淆；阿斯托菲尔出于自身性欲而扭曲了对斯特拉的感知认识。斯特拉最终拒绝阿斯托菲尔，诗歌最后强调他的失望，他生活在"灵魂不再重生自我惩罚的状态"，结果最后1首描写的那样：他精神麻痹，被迫紧张、损失、忧伤（passive distress, loss, grief），欲求不得，欲罢不忍，生不如死。

在此要插叙彼特拉克的梦幻爱情，因为其爱情诗对英国诗歌和诗人产生了不可估量的影响，尤其是他那段柏拉图式的爱情刻骨铭心催人泪下。劳拉是其梦中情人，他穷其毕生精力追求她而不能如愿以偿（God forbid），抱憾终生为其写作（Canzoniere，意大利语），但是否真有其人亦众说纷纭。据说劳拉（Laura）源于名为"月桂树"（Laurel）的戏剧，彼特拉克荣膺"桂冠诗人"（poet laureate）也源于"月桂树"。更多人相信劳拉实有其人，比彼特拉克（1310年出生）小6岁，是骑士奥迪波·德·诺维斯（Audibert de Noves）与赫格丝二世·德·塞德（HuguesII de Sade）的女儿劳拉·德·诺维斯（Laula de Noves）。她于1352年1月15日出嫁，2年后即1327年4月16日（吉日星期五），他俩邂逅于圣柯莱尔·德·阿维农（Saint-Claire d'Avignon）教堂的复活节聚会。彼特拉克对其一见钟情矢志不渝；而劳拉或许芳心萌动心中荡起涟漪，但碍于已婚拒绝不伦之恋（fatal affair），拒其于千里之外，使其不得其门而入。

时乖运蹇红颜薄命或天妒红颜，1348年4月16日（亦吉日星期五）时年38岁的劳拉去世。真是无巧不成书，这正是他俩邂逅21周年纪念日，维吉尔（Vigil）书中说明彼特拉克如此记叙。至于其死因不得而知，可能死于"黑色瘟疫"（the black plague）或肺结核（pulmonary tuberculosis）。她去世几年后，人文主义学者马瑞斯·瑟维（Maurice Sceve）拜谒阿维农教堂，开

第五章 仁侠楷模与风流镜子

启其墓发现1个铅盒子,里面有金属铸就的女士裂开的心脏,下面压着彼特拉克题写的。可见这段传奇爱情在他俩心中无比重要,心有灵犀一点通,但囿于世俗传统未敢越雷池一步,若果真是柏拉图式恋爱应是爱情佳话。这种欲罢不能欲取不得的矛盾现状使很多读者和诗人如痴如醉,他们感同身受"情场如战不择手段"(All's fair in love and war)。是否中英同好"别人的老婆好"?此乃人性弱点,婚外恋不宜彰显,彼特拉克诗歌对英国情诗和诗人的爱情观影响深远,这在西德尼、莎士比亚和雪莱等人的诗歌及其人生都可发现类似现象一脉相传。虽无法证明贝雅特丽齐、劳拉、佩内洛普、伊丽莎白和"黑发女郎"是否但丁、彼特拉克、西德尼、斯宾塞和莎士比亚的真实情人,但多认为彼特拉克以后的爱情14行组诗都有诗人自传的成分,诗中"彼特拉克式的情人"多为诗人自己,其讴歌钟爱的梦中情人。若精巧形式只来自天才诗人对艺术的执着追求,那么诗中所抒发的炽热感情和无限浪漫情怀只能来自于其炽热爱情和亲身体验,否则他们难以为诗。果真如此?追求那虚幻缥缈的浪漫情怀到底是意大利诗人/诗歌的功过?其中争议容后待续。但西德尼、莎士比亚及雪莱学习模仿意大利诗歌,茅塞顿开受益匪浅,与浪漫主义诗潮具有天然遗传基因,无可争辩。

如上所述,天妒英才致使西德尼不幸英年早逝,而最大遗憾是他生前没有亲眼见证自己诗作的出版;他逝世后,以斯宾塞为首的亲朋好友为其出版全集,因为他们深谙西德尼表现的诗歌激情。可见西德尼似是彼特拉克的忠实信徒。上面也提到此全集是献给西德尼的遗孀,歌颂赞美他是大师,但这似乎要剥夺其真实感情。而其妻与姊不愿公开这份狂热引以为自豪,因其夫/弟的诗歌宣称不伦之恋/婚外恋(illicit love)。当然就文学而言,西德尼是诗人,他是诗人而非传记作家,所以其宣泄个人感情的诗作手稿似有艺术夸张,因此这并未为他带来英国诗坛的彼特拉克这顶"桂冠"。

后来的浪漫主义诗人不断学习西德尼,西德尼本质上就是他那个时代的浪漫诗人,从他多愁善感的个性创作的作品可得此结论——他开始表现浪漫的感情世界。他创造的人物阿斯托菲尔是宫廷骑士——社会体系的重要成员;他有自己特点,经常平衡自己反社会的思想欲望行动。其实他似是彼特拉克诗歌人物的翻版。也有人认为其自我约束并不意味其作品代表道德,他本无意将阿斯托菲尔描写为道德典范。换言之,他并没打算将阿斯托菲尔塑造成对社会毫无兴趣、感情受挫、孤独、饱受煎熬的浪漫英雄,这种文学典范直至 17 世纪末才在作品中出现。无论如何西德尼率先写诗为文艺复兴鸣锣开道,其情诗饱含的情愫对后来文艺复兴诗歌的浪漫意蕴和浪漫主义诗歌发展贡献卓著,这毫无疑义。可用陆游的词概括其人生:无意苦争春,一任群芳妒。零落成泥碾作尘,只有香如故。

三、脚踏实地的诗人阐发开天辟地的诗歌理论

1581 年西德尼完成《诗辩》(The Defence of Poesy),他把《阿卡迪亚》手稿发给维尔顿(Wilton)。这两本书风格迥异,后者有文学意味,它是第 1 部将田园牧歌和英雄浪漫融为一体的文学样板;而作者遵循诗歌散文的时尚风格,趋向于奢华、别出心裁的构思。《诗辩》主宰伊丽莎白时期的文学评论,也是迄今为止英国文学评论中最重量级的作品之一,所以具有很高的开拓性价值意义。西德尼对此非常真诚踏实,毫无奢华、浮夸、矫揉造作,当时读者喜闻乐见:意思清晰,直截了当,很有男人气概,深思熟虑,精心构思,自然简洁。这样的文学评论真实,不强词夺理、装腔作势,不喜欢间接暗示,不居高临下,如鹤立鸡群。

第五章　仁侠楷模与风流镜子

西德尼一心关注如何写出好诗，紧盯最高目标试图发现真知灼见，希冀在诗歌中聆听上帝天使的天籁妙音。

他写这篇文学评论可能源于校友斯提芬·高森（Stephen Goson）的提示，当时最早剧院落成，他们一起写作剧本。高森同意把舞台作为讲坛，由清教徒发动攻击；他原来愿意为演员服务，但1579年他转而批评他们辱骂成风，是诽谤诗人、风笛手、演员、小丑以及英联邦的毛毛虫；指责他们亵渎神学作家，通过世俗自然原因和共同体验公然反对其恶作剧行为，推翻其堡垒。这论点使那些主张学习的绅士快乐，如同使所有遵守道德者受益。高森将此观点"奉献给正确高贵的绅士——菲利普·西德尼大师、绅士"（To the right noble Gentleman, Master Philip Sidney, Esquire）[①]。西德尼写诗，也是诗人们的挚友，例如埃德蒙·斯宾塞（Edmund Spenser）。高森的小册子只是狭隘地表达了清教徒的意见，这些意见都是受误导才批评诗歌和音乐，都是为了填充或满足那些想要诱惑人们脱离现实生活的无聊欲望。西德尼为了揭示这种观点中的谬误，于1581年写下此文，直到他去世9年后的1595年才发表，单独发表题为《为诗道歉》（An Apologie for Poetrie）。3年后该文连同第3版《阿卡迪亚》一起出版，改名《诗辩》，后以该名陆续出版16版，1752年和1810年单独再版仍使用同样标题。

其《诗辩》本质是用人文主义为文学诗歌辩护，斯瑟洛年（Ciceronian）认为从最广义阐述：诗歌"意象"的概念来源于学者对基督教徒的心理分析和普遍公认的亚里士多德对文学的贡献。另外他强调亚里士多德修辞学在西德尼的诗歌主题内容分析

[①] Peter C. Herman：Squitter-wits and Muse-haters：Sidney, Spenser, Milton, Literature Criticism, https://books.google.co.nz/books? isbn=0814325718；1996，p12

中具有重要地位，因为此分析关系到其他文学艺术和科学主题。由于诗歌已从"评价最高的学术"（the highest estimation of learning）蜕化成"小孩的笑柄"（the laughing-stock of children），西德尼提出4条"现成证据"（available proofs）为之辩护。为叙述方便，下面简称为①古风（by antiquity）、②词源学（by etymology）、③种类（by kinds）和④目的（by purpose）。后3条证据中每条都会涉及前面内容，故有所重复。

诗歌古风。在很多国家的早期文化里，写作诗歌就是高尚的创作，许多历史学家和哲学家都如此。以下是柏拉图的散文，其会话用诗歌语言描绘：他们"伪装成许多真诚的雅典市民"（feigneth many honest burgesses of Athens），"其聚会环境如宴会井然有序，他们迈着雅致步伐交谈故事，他们知道那如同基吉的戒指，不是诗歌的鲜花，所以绝不踏入阿波罗花园"①。身为哲学家的柏拉图很有文学创作天赋，所以他比讲经论道的哲学家（moral philosophers）更加少受抽象辩论术之苦。

词源学，西德尼以词源学为诗人辩护。他赋予"创作者"活动的特点，主要通过为其他艺术科学"界定范畴"，每门艺术学科都有"造物主杰作为其主要目标"（works of Nature for his principal object）②。每门艺术学科都有责任义务互相处理造物主指定的"预定事物"（proposed matter），"唯有诗人能摆脱这种臣服隶属关系……面对她赐予的少许授权，局限于自己的智慧"（only the poet, disdaining to be tied to any such subjection…within the narrow warrant of her gifts, within the zodiac of his own wit）。造

---

① Sir Philip Sidney: The Defence of Poesy, www.bartleby.com English Essays: Sidney to Macaulay, Boston, Harvard Classics, 1909, p10.

② Sir Philip Sidney: The Defence of Poesy, www.bartleby.com English Essays: Sidney to Macaulay, Boston, Harvard Classics, 1909, p10.

第五章 仁侠楷模与风流镜子

物主"绝不可能将地球装扮如花似锦,就像诗人才有的鬼斧神工"(never set forth the earth in so rich tapestry as divers poets have done)。"她的世界铜光铮亮,唯有诗人金光闪闪"(her world is brazen, the poets only deliver golden)①。事实上这些文学人物形象是自然的产品;但在模仿作品或小说中,那就是艺术产品。前面第 1 个问题关键是区分艺术产品和自然产品。文学艺术家动笔创作前,脑中一定形成作品概念雏形,某种程度上这种预定构思设想的概念比其创作生产过程更重要,当然在后期制作过程中可能会对这个概念不断修正、补充、润色、完善,任何艺术作品的产生和成功都离不开这两个环节。

若韵律/音律是诗的本性,它更应是韵文的本性。这样诗与韵文还有区别吗?柏拉图曾将诗与韵文视为同一理念。《美国百科全书》(Encyclopedia of America,1990)说——柏拉图主张诗歌精华包括"节奏、格律和谐韵"(《理想国》,601BC),只要以韵文写出就是诗歌。后来的理论家朱立·卡萨·斯卡利格(Julius Caesar Scaliger)和惠特利(Richard Whately)也赞同。但另一方面,亚里士多德则反对,他认为医学或自然哲学基本原理无法用韵文形式表现,而且除格律之外此类作品与荷马史诗毫无相同之处。也有许多理论家赞成他的辩驳,西德尼亦赞成后面这种反对观点——韵文的要素仅是诗歌的装饰,绝非是其决定因素,其实西德尼《诗辨》涵盖各种体裁文学作品。用韵文写成的说教作品和说理作品已有源远流长的历史传统,当今用韵文写广告词句也屡见不鲜,可见,所有韵文就是诗的看法似乎没有道理。

总之,西德尼不同意新柏拉图分析模仿表现的观点,维斯利·垂皮(Wesley Trimpi)认为若把西德尼的语言和新柏拉图的

---

① John Malcolm Wallace:The Golden & the Brazen World:Papers in Literature and;https://books.google.co.nz/books? isbn=0520054016-1985-Literary Criticism,p9.

艺术观点以及反思绘画矫揉造作理论联系起来，似缺乏说服力。两个互相关联的来源——心理和文学更合情合理。如上所述在描述公德和私德的小说化形象时，西德尼首先把它们各自视为"理念或前自负"（idea or fore conceit）。所以贺拉斯（Horace）在第1篇文章描述了相似的公德和私德，建议博学的模仿者要审视生活的风俗原形，发出特别生活之声。西德尼赋予诗人至高无上的地位，高度赞扬他们塑造英雄和道德人物的形象描写巧夺天工神来之笔，因此赋予诗人社会重任刻不容缓。

种类，首先要明确"poetry"的词源是"poiein"，意味"创作"（making）活动，这要描述如何活动。诗歌"是模仿艺术，因此亚里士多德命名为'mimesis'，即描述、编造或构思——比喻为'会说话的图画'——最终要教育娱乐读者（is an art of imitation, for so Aristotle termeth it in his word mimesis, that is to say, a representing, counterfeiting, or figuring forth——to speak metaphorically, a speaking picture——with this end, to teach and delight)①"。他认为不同种类诗歌实为不同"水准"的诗歌："最高级"诗歌是颂歌和寓言（诗），它表现智力直觉的主要原因及诸神的生活；第2种诗歌是哲学论文，通过人文科学表现推理追求知识；第3种诗歌处理第3种客观物体，它表现了我们体验的客观事物，无论生气勃勃或死气沉沉都在其中，这就是信念或意见外表形式，表面上准确无误。最后一种即最低级诗歌是表现意象——假设的客观物体，例如影子在水中（文本表面）的反射，逼真自然。西德尼认为前2种诗歌存在相似处，但他主要考虑主题与模仿表现灵活性相关。可见他对诗歌的分类是广义的

---

① Geoffrey Shepherd：Sir Philip Sidney：An Apology for Poetry：Or The Defence of Poesy；https：//books. google. co. nz/books？isbn = 0719005167，- 1965 - English poetry，p18.

文学分类。

第3种诗歌道德功效。基督教和人文主义学者综合其观点,使之类似于理想演说家的形象,如亚里士多德和柏拉图等人。西德尼再次转向艺术和科学,把它们应用到对柏拉图和亚里士多德的研究中。假如人类的幸福在于获得知识,并乐于把知识应用于生产艺术和科学,他们就会堕入类似天文学家的误区——他们忙于眺望星星,却忽略脚下而跌入地沟,善于质疑询问的哲学家可能无视自己缺点,数学家会工于心计给算计的心灵画一条直线。他们根据经验认为:这些学科服务于科学,它们指向文学知识大厦的顶端。

西德尼讽刺挖苦穿着学者长袍的道德哲学家和历史学家的形象并非代表专业类型,而是聪明智慧的习惯,这些细节后来引发了培根(Bacon)批评伪科学的研究方法。哲学家以轻蔑疑问的口吻询问能否设法引导人们遵守道德,即给道德下定义,区分道德与非道德的界限。历史学家如此回答哲学家的提问:"教育有争议的道德"(teacheth a disputative virture)会促使"柏拉图学说安然无恙"(in the dangerless Acadamy of Plato),就如同在家里讲解动态活跃的道德,通过无数事例讲述"长期积累的经验"(experience of many ages)[①]。总之,哲学家和历史学家殊途同归,前者讲解清规戒律,劝谕人们遵守道德,后者犹如案例教学现身说法,可获异曲同工之效。

最后西德尼利用基督徒突出强调意愿,将《诗辩》引向高潮:即使我们愿意哲学家以更全面的教诲有条不紊地进行道德教育,也无人愿把哲学家和诗人对比,也不会承认"这种方法比

[①] Geoffrey Shepherd: Sir Philip Sidney: An Apology for Poetry: Or The Defence of Poesy; https://books.google.co.nz/books? isbn = 0719005167, - 1965—English poetry, p18.

教育更高明"（that moving is of higher degree than teaching）。因无人愿受这种教育，除非他"太受感动觉得非受教育不可"（moved with desire to be taught）；道德教育目的是要"感动人们愿意按照所受教育为人处事"（that is moveth one to do that which it doth teach）。他认为唯有诗人可担此重任，故寄予诗人厚望，赋予诗人崇高地位，百般推崇诗歌弘扬道德宣讲教义的巨大作用无可替代。他希望诗人"不仅要非常熟悉，还要写得漂亮（well-doing, and not of well-knowing only）"①。下面继续探讨西德尼的诗歌实践活动。

查尔斯·兰姆（Charles Lamb）评论西德尼的诗歌：在光荣浮华和高雅夸张诗歌里面探测到"全盛成熟爱情的迹象"（signs of love in its very heyday），"超越弥漫的激情并照亮"（transcendent passion pervailing and illuminating）其生活的行为方式②。另一方面，哈兹利特（Hazlitt）批评西德尼幼稚、冷冰冰，僵硬累赘，可谓见仁见智。窃认为西德尼的词汇丰富，词义贴切恰当，他决不浪费天才智慧仅仅为了炮制精美的语言词汇作为美味佳肴。他充满激情，发自肺腑有感而发，善于抒情随心所欲抒发胸臆，真正发挥聪明才智。但1973年瓦德（A. W. Ward）和瓦勒（A. R. Waller）的《英国文学史》认为：西德尼的诗歌激情故事并非与其传记完全一致，它只以外国诗歌为典范创作。因此说它结合小说和事实或受惠于法国/意大利大师启蒙，都不能抹杀西德尼的诗歌创作的惊人活力和能力。彼特拉克或荣萨的诗歌里活跃的人物都会在西德尼的诗歌里可觅其踪影。对于睡觉、

---

① Sir Philip Sidney: Selected Prose and Poetry, Madison: Univ of Wisconsin Press CP1897. com, Paddyfield ShopInHK, p23.

② Joseph Black, Leonard Conolly, Kate Flint: Anthology of British Literature, second …https://books.google.co.nz/books? isbn=1770480889 The Broadview Press-2010, p18.

第五章 仁侠楷模与风流镜子

夜莺、月亮或情人家犬的描写都占据其诗歌很多内容,睹物思卿颇似外国诗人所为,只是无法赋予他们合格原创的头衔而已。

然而,西德尼形式丝毫不逊于其内涵精神,其重要性毫无疑义。他推崇意大利和法国,同辈英国诗人无出其右。他遵守正统的彼特拉克诗歌规范:前面2段4行诗,韵律是abbaabba,即前8句只有2个脚韵;后6句不严格规范,前4句韵律可变,最后是双韵体。但他有20多首诗引用不同韵律变体,例如ccdeed,这比伊丽莎白时代其他的诗人更接近欧陆的诗型。虽然其原创专业水准未必被文学界一致认可,但都公认他是第一位用十四行诗抒情的英国人;其同行都坦诚公认他在这方面具有无与伦比的成就。汤玛斯·纳时(Thomas Nashe)崇拜他,初见西德尼刊印的诗歌立即庄严宣告:"诗人和诗歌作者们,熄灭你们(火炬)妄想吧(收起你们诗歌吧)!把你们疯狂的十四行诗留给(船用)杂货商吧!因为他来了,已经打断了你们的腿(Put out your rushlights, you poets and rhymers! and bequeath your crazed quatorzains to the chandlers! for lo, here he cometh that hath broken your legs)①"。这是至高无上的褒奖,他认为西德尼所向披靡无往不胜,其他诗人都枉费心机暴殄天物,必定徒劳无功。

西德尼成功的榜样并未熄灭竞争之火,反而火上浇油(put fuel on fire),如兴奋剂刺激了爱好者们,点燃他们的创作热情。他去世后,1591年其十四行诗行组诗《阿斯托菲尔和斯特拉》出版引起轩然大波;其后每隔6年都产生一大批十四行组诗,这归功于西德尼示范效应。摘要而言:1592年塞缪尔·丹尼尔的《德里亚》(Samuel Daniel's Delia)和亨利·康寺塔布尔的《狄

---

① Joseph Black, Leonard Conolly, Kate Flint: Anthology of British Literature, second …https://books.google.co.nz/books? isbn = 1770480889 The Broadview Press - 2010, p18.

安娜》（Henry Constable's Diana）出版，2年后修改扩充再版。1593年瓦特荪第二本诗集作为遗著首次出版，其他3人不甘示弱分别出版全集：巴纳玻·巴尼斯（Barnabe Barnes）、汤玛斯·劳基（Thomas Lodge）和基尔斯·福莱奇尔（Giles Fletcher）。1595年大丰收，威廉·珀西的《西利亚》（William Percy's Coelia）、麦克·德莱顿的《理念》（MichaelDrayton's Idea）纷纷出笼；斯宾塞的《小爱神》（Edmund Spenser's Amoretti）和理查德·Tofte's Laura）也加入这漫长行列，顾名思义它是回顾彼特拉克的爱情故事，尽管它脱离了形式。同年还有2部诗集姗姗来迟：一是苏格兰诗人威廉·亚历山大的《曙神星》（Sir William Alexander's Auror，拉丁语"黎明"）；二是西德尼的朋友——福尔克·格瑞威尔（Sir Fulke Greville）的《卡利卡》（Caelica）。一燕不成春（One swallow doesn't make a spring），万紫千红春满园。西德尼不仅开创了英国诗歌新时代，更激发后起之秀勇于创新的灵感勇气，事实证明同时代的斯宾塞和后来的莎士比亚和弥尔顿无不沐浴着西德尼的恩惠泽被和诗歌雨露，从中吸收大量的营养得到滋润。

　　上述这些都是有关爱情的十四行组诗，所以伊丽莎白时代无法摆脱爱情的主题。当然宗教沉思和歌颂友谊也常是诗人的关注焦点，但当时的历史特征决定了爱情是永恒的主旋律；宗教精神和歌功颂德相对只是附属品，也占有重要一席之地，这不仅是进步，也是英国诗歌文学的重大突破，这在英国/欧洲诗歌文学史上都具有重要的里程碑式的历史意义。总而言之，瓦特荪爱情组诗的水平可能比西德尼略胜一筹，它们都代表英语诗歌的格律形式，或多或少都表现出从文学上学习外国大师的这种倾向，这也是他们能够后来居上的法宝之一——引进外智、博采众长，因地制宜、推陈出新；迄今所见，不仅英国诗歌文学的发展具有这个显著特征，其盎格鲁·撒克逊的民族精神也略见一斑。

第六章　举世公认诗人中的诗人

一、小荷初露尖尖角

英国诗歌史上回应并证明西德尼正确预言的诗坛巨擘首选埃德蒙·斯宾塞（Edmund Spenser, 1552—13 Jan. 1599），其诗歌成就可与莎士比亚、弥尔顿或华兹华斯等并驾齐驱，英国乃至欧洲诗坛上能与他们相提并论的诗坛巨匠寥若晨星。斯宾塞出生于伦敦一个落魄绅士家庭，后来就学于商业裁缝学校，再后入读剑桥，在潘波若科学院研习古典文学广交朋友，吸收清教徒的思想理念，以意大利诗人为楷模学写诗歌。1576 年他离开剑桥，远赴英格兰北部堕入爱河。1579 年其《牧人月历》（The Shepherd's Calendar）发表，记录他痛失罗塞琳德的悲切之情，这被视为英国文艺复兴开山之作，他声名鹊起；其中充满清教徒和天主教徒、爱尔兰人和英格兰人的冲突纠纷。他用诗歌描绘人生历程，寄予道德厚望。此诗发表前，他接受哈维的忠告，携带诗作返回伦敦，邂逅雷希斯特及其侄子菲利普·西德尼爵士，还结识了女王所有宠臣。从此他与西德尼情深意笃，互相仰慕对方文采，惺惺相惜情投意合（They were cut from the same cloth）。此诗成就归功于西德尼的慷慨相助，奠定了斯宾塞在英国诗坛举足轻重的领袖地位，并预示他正酝酿更伟大的作品。小荷初露尖尖角——"乳虎啸谷，百兽震惶"。后来他意识到宫廷斗争尔虞我诈钩心斗角，充斥违心谎言和阿谀奉承，被迫全身而退。其与莎士比亚相比，思想相通，写法迥异，充分表现现代英语的灵活性，内容贴切形式整齐，对话活泼令人耳目一新。一般婚曲都充满喜庆欢乐愉悦诗句；而其婚曲除了欢乐，居然蕴含伤逝的主题，他认为这样别具一格增加婚姻情感的深度。1595年他尽情描述自己再婚喜事，脍炙人口广为传颂；但也有人觉得这与婚曲主题格格不入，而大多数人认为这无损于其诗歌文学成就。

二、斯宾塞体脱颖而出

斯宾塞成就两部扛鼎之作：《牧人月历》和《仙后》(The Raerie Queene)，前者是著名组诗，全诗包含12篇诗歌，每篇代表1个月，主题都是描述牧人的田野生活、自然风情和男欢女爱。其中有一首称颂伊丽莎白，其他寓言诗篇都充满清教徒的感人精神，每首诗风格迥异。《牧人月历》本是献给西德尼的。其时英国内外交困，国内外矛盾重重——基督教和天主教矛盾，英国和西班牙交恶，英格兰和苏格兰纷争。斯宾塞试图用诗歌描述个人生活经历，描写善恶争战，揭示道德的重要性。他用9行体写作叙事长诗《仙后》6卷，叙事精彩声韵优美，虽然未竟也流芳百世。19世纪拜伦创作《恰尔德·哈罗尔德游记》、雪莱写作《阿多尼斯》以及济慈创作《圣·阿格尼斯之夜》都借鉴仿效这种诗体，可见其影响深远。所以学界赞誉他为"诗人中的诗人"(the poets' poet)，名副其实。

当时人文主义和宫廷爱情和骑士价值观之间的关系联系着宫廷柏拉图爱情的主题，通过卡斯提林讷（Castiglione）、瓦特（Wyatt）、曼团（Mantuan）的宫廷诗歌音乐、荣萨（Ronsard）和斯宾塞等人的诗作表现出来。他们探索如何使用统治者的艺术规律树立意象，发布有关他们自己、宫廷和国家命运的政治信息，重现法国和英国宫廷贵族生活，重现法朗西斯一世、凯瑟琳·德·么得悉和伊丽莎白一世的宫廷风貌；若多研读西德尼和斯宾塞的诗歌理念，就可知其诗作代表了女王，也可体验到女性在宫廷文化中的各种作用：女人既是宫廷的统治者又是华丽的装饰品，这个主题在上述文人和西德尼与斯宾塞作品中可窥斑见豹。最后的主题不仅见诸16世纪宫廷文化资料，也在当年的人文主义理念和艺术作品讨论中有所体现，欧洲文化价值观、艺术典范和即时民族文化产品之间的关系也引起有关16世纪欧洲文化统一程度的争论，或者看见通俗文学战胜普通拉丁文化的文化碎片，宫廷文化的案例似乎意味着我们要拼命努力去回忆意大利和文艺复兴对北欧及其宫廷文化和艺术文化的巨大影响。

瓦特、西德尼和斯宾塞都认为彼特拉克的意大利诗歌就是抒情诗歌的源泉，它们不仅是英国的彼特拉克派诗歌，16世纪后期许多人尤其是大臣都争相仿效。他们抓住加尔文主义，而且还用同样眼光看待意大利诗体。《阿斯托菲尔和斯特拉》和《仙后》的研究与西德尼等先辈几无关联，通过文本介绍可看到这点。瓦特诗歌和《阿斯托菲尔和斯特拉》之间14行组诗的关系也未讨论。这又出现新问题：用一种办法探索意大利文艺复兴古典诗歌与其受英国诗人模仿批评方式之间的关系，后两人明确表示要重建英国文学语言和优美的英语诗歌，使它们可与意大利和希腊的最美诗歌媲美，展示了他们不甘落后的雄心壮志。

彼特拉克情诗主题是爱情，这是宫廷贵族男女关系的特点。若回顾上述仁人和亨利八世、伊丽莎白一世的关系，就会明白宫廷诗人的地位作用。斯宾塞原在宫廷任职，发现宫廷钩心斗角、官场如战场，自己身受排挤；再看西德尼和斯宾塞诗歌的共性和个性，可见其诗歌对于社会、道德和国民的作用是能否受到统治者欣赏，君王认为艺术应为国家王朝服务，而诗人踊跃献诗争相邀宠。每首诗都有讽刺意味：君王与诗人关系隐晦。王宫认为人文主义作家御用文人应营造宫廷欢乐气氛，而他们雄心勃勃想多做贡献、加官晋爵。但瓦特和苏芮前车之鉴令他们心有余悸。西德尼和斯宾塞对国家大政见解独到，希望伊丽莎白为国家荣誉和社会进步能从谏如流兼听则明；西德尼力阻女王婚事涉及朝政，龙颜大怒，城门失火殃及池鱼，其很多作品因此被王朝拒之门外；斯宾塞旅居爱尔兰行将回国写下《仙后》，他小心翼翼充分准备（He kept his powder dry），希冀一石二鸟公私兼顾谋取一官半职；但事与愿违，连女王答应的 50 英镑酬金也被首相巴格莱（Burghley）封存，他最终远赴爱尔兰聊度余生。专制王权令人不寒而栗，他俩是诗歌和宗教权威，但伴君如伴虎，胆战心惊朝不保夕，这是文人在专制下参政如履薄冰的真实写照，也给意欲报效王朝者敲响警钟。他们跌宕起伏的人生是其在诗歌文坛刻苦耕耘的强大原动力，为其诗歌创作积累了巨大财富，这是激励他们创作精美诗篇的丰富艺术思想源泉。

伽瑞的《艾德蒙·斯宾塞文学生涯》（Garry Waller's Edmund Spencer: a Literary Life）、大卫·淖布儒克的《企鹅版文艺复兴诗歌介绍》（David Norbrook's Introduction to the Penguin Book of Renaissance Verse）和阿拉斯塔·福克斯《英国文艺复兴——伊丽莎白时代英国特征与代表》（Alastair Fox's The English Renaissance: Identity and Representation in Elizabethan England）这三本书是近年研讨（1509—1659）这一个半世纪英国文学史著作中最有分量堪称里程碑式的专著，尤以最后一本为重。研读它们可以洞悉 16 世纪诗人的心灵世界，可参透当时人们对于道德、宗教和国民特性的认识，深入了解英国文艺复兴时期诗歌创作的动机，这关系到西德尼、斯宾塞和莎士比亚三人，因它（们）不认同以前的看法：伊丽莎白时代诗歌就是松散世俗文化的组成部分。实际上诗人们清教徒式的信念促使他们使用意大利诗歌模式，诗歌与宫廷政治之间形成服务和被服务的关系,最明显就是《仙后》——描绘女王形象颇多歌功颂德,其间因稍许贬义而得咎,所以诗人只能隐藏到经过重组改革的新教徒教会——国民身后,以加尔文主义道德和宗教价值观作为挡箭牌隐晦表述自己的思想观念,这种含沙射影隐喻的艺术手法古今中外都不鲜见,也是专制独裁催生出来的奇异之果,专为蕙质兰心火眼金睛的有心人品尝的。

三、伊丽莎白黄金时代和詹姆士钦定本《圣经》

1. 伊丽莎白黄金时代

现在要回顾欧洲和英国的宗教改革运动,才能更深入讨论其和文学的互动关系。16 世纪欧洲新兴资产阶级以宗教改革为旗号发动了反封建的社会政治运动,反对教皇控制各国,揭露天主教会骄奢淫逸腐化堕落的丑恶现象。其因有四:①日益腐朽的天主教会阻碍资本主义经济自由发展;②罗马天主教会与欧洲各主权国家及社会各阶层矛盾日益尖锐;③文艺复兴运动的兴起和人文主义思想的传播,致使人们反对教会禁锢人们思想;④天主教会腐败导致宗教信仰的危机,觉醒的基督教徒要求振兴基督教,返璞归真。1517 年德国的马丁·路德发起《95 条论纲》提出宗教改革:宣称《圣经》是信仰的最高权威,不承认教皇教会垄断解释教义的绝对权力,强调信徒因信仰而得救,宣布上个世纪出现的赎罪卷不能赦罪,信徒直接与上帝相通,无须教会中介,要用民族语言举行简化的宗教仪式等,扫除天主教伪教义。其主张得到上层市民和部分诸侯的支持。运动从改革教会发展成为政治运动,改变了世界历史,决定中世纪后西方文明的走向。1536 年法国加尔文出版《基督教原理》(Christian Principles),认为人能否得救全凭上帝预定,主张废除主教制,并在日内瓦建立政教合一的共和政权,脱离罗马天主教会,为后来更广泛深入的思想解放和各项社会发展改革运动铺平前进道路,因此这场运动在欧洲/世界史上形成了思想解放的标志性事件。

英国国王乘着德国宗教改革运动的东风,自上而下从顶层设计运动,社会各界一呼百应、一举成功。14—15世纪,英法百年战争后,英国人痛定思痛励精图治发展国家,都铎王朝亨利八世(1491—1547)和伊丽莎白一世(1533—1603)力拔头筹。当时正值16世纪宗教改革时代,英国宗教改革运动的导火线是亨利八世离婚案。西班牙阿拉贡公主、神圣罗马帝国皇帝查理五世的姨母凯瑟琳是亨利八世的妻子,生育6子,但只有女儿玛丽长大成人。因此亨利八世为王位继承人烦恼伤神,于是向罗马教皇提出与凯瑟琳离婚。教皇慑于罗马皇帝查理五世的压力,断然拒绝其离婚请求,他决定铤而走险。当时欧洲在路德宗教改革的影响下,反教皇情绪普遍蔓延;亨利八世因势利导趁机加强王权统治,再加上资产阶级要求冲破封建神学思想束缚;随着文艺复兴和宗教改革思想的传播,亨利八世希冀趁机摆脱罗马教权的桎梏。强中自有强中手(Diamond cuts diamond)。1532年国会根据亨利八世的要求通过一系列法令:未经国王许可,神职人员不用向罗马教廷交纳首年贡俸,禁止国民向罗马教廷上诉一切案件。1533年,他先发制人,授意法庭判决国王离婚,并宣布他与安妮·布琳的合法婚姻,他甚至逼迫牛津大学接受他的离婚与新婚。可见专制者控制宗教影响大学早有先例,而君王家事成为国事也是专制特征:国为家,家即国。教皇见他一意孤行,判决离婚无效。亨利八世针锋相对颁令终止交纳岁贡,宣布英国国教是独立民族教会;次年国会通过"至尊法案",宣告英王是英国教会的领袖,与罗马教廷公开决裂;国会和贵族支持全国实现宗教改革。纵观历史,英格兰从没像德国那样深深卷入欧洲和教皇的政治旋涡,因而不像德意志人那样对腐败罗马教会抱有强烈的道

第六章 举世公认诗人中的诗人

德义愤和民族仇恨。务实的精神性格使英格兰人不像德意志人那样热衷于内心的信仰或体验。所以,亨利八世开始宗教改革起因并非纯粹信仰,而是出于现实政治和国家利益的需要,并在宗教改革运动中接受新教——加尔文教的影响。英国的宗教改革运动使英国教会脱离意大利天主教会,引发连锁反应几乎影响到全欧洲的基督教徒。北欧各国君主纷纷揭竿而起,摆脱教皇独立自主,亲自控制本国教会,罗马帝国用宗教影响控制欧陆的美梦土崩瓦解。这场声势浩大的宗教改革运动在欧洲如星火燎原,此起彼伏如火如荼。其结果产生路德、加尔文和安立甘三大派基督教(新教),各种语言《圣经》相继出版。宗教改革沉重打击了封建制度和天主教教会,促进民族意识的觉醒和民族语言文化的发展,为后来的资产阶级革命鸣锣开道扫除障碍,所以,这场宗教改革运动在英国政治、经济和文化各领域都产生了深远的影响。

当然,也有许多因素制约这个运动的进程:封建主义的衰退和民族主义的兴起,习惯法的制定,印刷术的发明,《圣经》的传播日新月异,中上阶层热衷于传播新知识、新思想。宗教改革运动各阶段都波及影响到威尔士和爱尔兰,引发政府政策的变化。而且,英国宗教改革中有人反对文艺复兴,强调个人尊严和人道,这两条对立价值体系互相斗争势必反映在文学中。西德尼和斯宾塞等人认为要加入意大利古典文学代表的价值体系,他们为新教徒的价值观背书要求保持信念,保留意大利文学典范美学和人道主义诉求。他们不仅关注文学和国民特性,也关注英国新教徒与欧洲意识之间密切的关系。

最初引进意大利诗歌的瓦特和苏芮伯爵信息闭塞,他们为了引进时髦的意大利诗歌,而模仿推介。但他们时乖运蹇,其时人们对意大利文学兴趣索然,似乎进入了冬眠,直到1560年才惊蛰,此后10年人们对于意大利文学作品,如诗歌、抒情诗、史诗、浪漫散文和戏剧兴趣日增,彼特拉克诗体模仿日益增多足以证明这点。这时英国诗歌采用彼特拉克诗体是为了改变并评判诗歌种类，而不仅是为了模仿时髦。1580—1590 年，意大利文学对英国的影响已经从翻译诗歌和模仿技巧发展到创新阶段，其间西德尼、斯宾塞和莎士比亚这三位先锋披荆斩棘，领导英国诗歌新潮流，为英国文学和文化崛起发展开创崭新的道路。特别是 1591 年出版《阿斯托菲尔和斯特拉》后，在多国日益流行。为什么人们对意大利文学的兴趣会卷土重来？之所以在 16 世纪英国大行其道，是因为经过宗教改革运动，人们思想解放，追求人文主义精神，专家学者重视道德问题，人们坚信自己的社会和个人文化。实际上文艺复兴时期的诗人及其模仿者和继承者对爱情的感知就是将柏拉图赞赏女性美和中世纪欣赏女性美的感情混合一起，形成自己的人文主义审美情趣时尚，这就糅合了学者和社会大众的两种观点。时尚仅是原因之一，也不仅仅是因为意大利诗歌，而是因为人们模仿意大利的生活方式、服装和音乐以及宫廷节日表演。这似是伊丽莎白垂青意大利的文化时尚率先垂范的效应，她准备立足海岛放眼欧洲对外开拓，中上阶层亦步亦趋。当然对此观点学者是有争议的。

其实新教义在道德家讲坛上及其著作里根深蒂固，而且以前清教徒要求英国宗教改革，欲使之更纯洁。意大利是追求官能享受的发源地，信奉加尔文主义的苦行僧对此很反感，牧师们谴责这是天主教恶习的象征。所以贪图享受安于现状可谓天主教的致命弱点，也是罗马帝国衰亡的原因之一，当然即使很有教养者也难以抵御意大利诗歌文学中人文主义价值观与色欲的诱惑，尽管其背景就是文法学校和私人导师的人文主义，与此同时，卡斯提林讷的《大臣》作为宫廷行为准则和娱乐手册已发行。西德尼和斯宾塞转向意大利文学诗歌模型的做法与瓦特大相径庭，后者翻译《忏悔赞美诗篇》（Penitential Psalms，500 AD—600 AD）表现新教徒的思想情绪，当然这些诗篇的译者还有亨利·豪华德

(Henry Howard)、苏芮和西德尼。其中组诗八（Block VIII）的译者们突出强调其动机既是文学的也是个人的，所以注定要确立英国文学的特性，其中蕴含国民、政治和宗教价值观，这些都是他们明确要求塑造的。因此英国新生代诗人中有识之士既要吸取意大利文艺复兴中的人文主义精华，也要彰显新教徒进步的新价值观——反对天主教穷奢极欲、骄奢淫逸的生活方式。笔者认为这不仅是当时法国/意大利天主教的致命弱点，也是影响他们后来发展的重要因素；英国新教徒提倡的简朴生活方式是积极向上，无疑这对后来国家的迅速发展具有重大积极的促进作用。

具体而言，伊丽莎白时代的诗潮始于1591年，此前已经风靡欧洲，但却在英伦发扬光大、流芳百世，发人深省。起初它原封不动引进英国，伊丽莎白等人无意对它进行改造修饰。但斯宾塞和莎士比亚等人穷则思变，他们仕途没落、立志图新，喜欢最后以双行体诗结尾，前面变成3段4行诗，押韵也灵活；其结构变更势必导致诗歌的特性变化，至少意思有所变动。另一种形式里有平行结构——2首4行诗和2首3行诗，最后6行盘旋/螺旋上升，似乎回归原点，强有力的节奏感令人感觉更远。英语版改变了结构，常中断各部分的集合，拆开或修饰原来的结合，以致要影响诗歌整体效果甚至影响其综合思想。虽然不能说英语是完全另外创造的新诗体，但毫无疑问，这些变化确实让读者难以将它与原始诗型相提并论，原型似已脱胎换骨。原来落后的英国文人乃至英国民族不仅善于吸取外国文化/文学先进之处，更善于思考勇于创新，所以无论在诗歌文学或社会发展等领域都能青出于蓝而胜于蓝，这是欧陆各国始料不及的。

当然若想深入讨论文艺复兴时期的文学诗歌，就得先回顾更广阔的时代背景，特别是伊丽莎白女王。她于1533年9月7日出生在伦敦普莱斯提亚宫，是英王亨利八世和第二个王后安妮·博林的独女。因父母按新教教规结婚，天主教认为她是私生女；

她出生时被指定为王位继承人，同父异母的姐姐玛丽（玛丽一世）成为其侍者。1537年亨利八世和第三个王后简·西摩生育男孩爱德华（爱德华六世），二女皆成其佣人，但玛丽没有善待同父异母的伊丽莎白。1543年年逾五旬的亨利风流依旧，娶凯瑟琳·帕尔为第六任妻子。凯瑟琳·帕尔王后善待两个公主，让她们接受良好教育；受继母王后影响，亨利八世与二女重归于好。伊丽莎白的老师包括著名的人文主义者罗杰·阿斯坎。她学习古典、历史、数学和诗歌，会英语、法语、意大利语、西班牙语、拉丁语和希腊语6种语言，学富五车，满腹经纶。她在王后和老师的影响下成为新教徒。在凯瑟琳·帕尔王后劝解下，1544年亨利通过第三次继承法案，重赋两位公主王位继承权，位于爱德华王子之后。

1547年亨利八世去世，爱德华六世继位；政权旁落以新教徒为多数的摄政议会，他们努力让新教成为英格兰国教，因而稳定伊丽莎白的继承人地位。1553年爱德华与议会拟定"继承案"，试图阻止国家再度落入天主教势力。1553年7月玛丽一世在爱德华六世死后，废黜继任的简·格雷，成为英格兰女王。她是虔诚的天主教徒，逼迫伊丽莎白改信天主教。伊丽莎白阳奉阴违明修栈道暗度陈仓，表面皈依，但内心仍坚持新教徒的信仰。玛丽尽管非常不满，但苦于婚后无嗣无可奈何，1558年3月她被迫妥协承认伊丽莎白为王位继承人。1558年11月17日玛丽一世逝世。次年1月15日，历经曲折的伊丽莎白终于在西敏寺大教堂（Wesminster Church）加冕为女王。久经权争的女王雄心勃勃，新王加冕三把火出手不凡：为"攘外必先安内"，对天主教和新教都宽容而稳定了政治基础，保持国家统一；争取资产阶级和新贵族支持推行有利于国家富强和资本原始积累的经济政策；政治上强化专制王权，虽不敢明目张胆凌驾于议会之上，但竭尽全力促使双方合作，将英国领上富强之路。然而其宗教兼容政策并没彻底解决宗教冲突，后患无穷。

她深谙"二鸟在丛不如一鸟在手"（A bird in the hand is worth two in the bush），运筹帷幄决胜于千里之外，初步夺取西班牙的海上霸权，加快向海外扩张的步伐。其时英国君主专权向议会主权转化；封建经济形态中已萌发资本主义的幼芽。她酷似乃父（She the spitting image of her father），1559年她重申亨利八世的传统独立于罗马教廷。加冕前她早就与觊觎王位的苏格兰女王玛丽·斯图亚特进行了殊死搏杀，1587年枢密院处死玛丽·斯图亚特，打击天主教的颠覆活动并进一步巩固王权。但后来国家财政陷入新危机，城乡人民反抗不断，爱尔兰局势恶化。特别是专制王权与资产阶级联盟龃龉不断，资产阶级要求清教运动继续深入宗教改革。自此她出尔反尔迫害清教徒，随意把商品专卖权赏给宠臣，这种垄断破坏了市场的公平竞争秩序，遭到议会猛烈抨击。于是1601年她停止出售专卖权，放松垄断实行重商主义，保护发展本国毛纺织业和其他新兴工场手工业，颁发与民争利的圈地运动的法令是其执政的败笔。

她三管齐下深化宗教改革：①自诩中立：既非新教徒也非天主教徒，而运用政府力量处理国家事务；②恢复玛丽一世女王的宗教政策；③力求使英国国教的信仰符合当时国内外的客观情况，修改爱德华六世1552年修订的《祈祷书》，强令全国教会神职人员实行。虽然她立法复兴国教，重新确立亨利八世和爱德华六世的改革成果，但人算不如天算（Man proposes, God disposes），其宽松的氛围不能真正消除各宗教派别之间的尖锐矛盾。其遗留的宗教矛盾一直持续至詹姆士一世时期，迄今英格兰和苏格兰仍有矛盾。但其相对开明宽容的政策促进文学艺术的发展和人文主义的推广。其时正逢英国文艺复兴，英国诗歌、散文、戏剧空前繁荣，文学尤其诗歌话剧进入了黄金时代。她效法其父亲自写作，翻译霍勒斯的《诗歌艺术》。她生前的部分演说和翻译作品流传至今，可见其兼容并包，引进外国优秀文化，开明态度率先垂范鼓舞文人。

她任女王45年终身未嫁，故誉为"童贞女王"，她励精图治证明巾帼不让须眉，甚至更胜一筹：①她继承传统厉行宗教改革兵不血刃；而德国"三十年战争"（1618—1648）使1/4的人民生灵涂炭，国家四分五裂。她尽量消弭天主教和新教徒的宗教分歧，保持国家统一，为英国奋发图强提供保障；②她发展英国迅速崛起，后续君王前赴后继愈战愈强，这归功于其黄金时代谨慎政策打下基础。她率领英国发展远超那些盲人摸象式改革的统治者，成为"攘外必先安内"的典范。但智者千虑必有一失（Even Homer sometimes nods），其最大失误是强势集权轻视法制种下隐患；她担心继承人抢班夺权，迟疑不定接班人，可见恋栈贪权乃专制者专利，古已有之不分国度；她贬斥干政的斯宾塞和西德尼以儆效尤，专制霸道人人自危的局面严重打击了文人参政议政的信心，阻碍其将文学诗歌和政治紧密结合，"塞翁得马焉知非祸"？所以她集开明与专制于一身，是矛盾的混合体。一将功成万骨枯，何况女王乎？专制王权时代，马革裹尸者、权斗牺牲者甚至枉死冤魂何计其数？

伊丽莎白及其继承人秉承前辈遗志，在前辈奠定的基础上全面对外开拓海疆扩张，在海洋文化大做文章大展宏图。其实不论是古希腊罗马，还是后来的葡萄牙、西班牙、英法都是岛国或半岛国，长期与波涛汹涌的海洋自然环境抗争，形成典型的西方海洋文化。诺亚方舟就是典型的海洋文化产物。从中可见人们恐惧洪水，敬畏大海，崇拜帆船——危难时逃生的救星。古希腊、古罗马人渴望造好船、大船、坚不可摧的船，船是生产工具、交通工具，更是开拓海洋疆域的利器，海洋文化自然对帆船有更加深刻的情感和认识。这是内陆文化无法比拟难以理解的。长年在海洋搏风击浪练就了英格兰人独特的民族性格，首先是具有坚强勇敢个性和英勇无畏的冒险精神，并带有强烈的探险精神，只要船坚而大即可深入海洋深处，到远洋探索开拓；而对航海知识的需求恰恰促进了天文、数学、物理和航海等科学技术的发展。东方的指南针在13～14世纪传到欧洲，对海洋文化起到促进的作用。天文、数学知识发展并应用于航海实践，由追求天文知识而发现了日心说，由追求天文宇宙科学而发明了望远镜，由航海需求使数学发展突飞猛进，由木船发展到铁船，钢铁冶炼技术、材料技术向前发展，贸易物流又促进了资本积累，资本主义物质文明的发展基本形成。英国文艺复兴激发其活力，加强其自身文化文明的再认识，促进了各门类学科全面苏醒和发展。科学技术自由发挥，教育发展又反过来进一步促进科学发展，从而使重视教育、重视商贸、重视技术进步蔚然成风，也为其后数百年的强盛奠定了基础；所以其岛国海洋文化在人类发展史上谱写了灿烂辉煌的篇章。当然具有海洋文化的民族有些天然攻击性，这是由于他们长期与海洋生活生产分不开，生命得不到保障，弱肉强食更趋向于达尔文进化论的物竞天择，所以他们有着强烈的竞争意识和团结精神。

因此若将某个文明喻为摩天大厦，文化则为其上层建筑，语言就是砖瓦沙石，而诗歌文学和各种艺术应为钢筋水泥，它们将一片片砖瓦和散沙碎石浇注成为大型结构，再用钢材将其组合构建成为高楼大厦。所以，语言是文化/文明的基本因子，而任何语言的产生都离不开当地的自然地理环境和人文环境。英国地处边远海岛，气候恶劣，环境险恶，它在历代君王的带领下奋发图强逐步融铸成独特的蓝色海洋文化，其语言无处不渗透着海洋文化的气息。所以英语里面有很多词组惯用法（idioms）都是与海洋文化息息相关派生而来。例如：at sea/all at sea（由晕船引申为稀里糊涂—无所知）、drink like a fish（豪饮）、like a fish out of water（非常尴尬毫不自在）、the world will be one's oyster（海阔凭鱼跃、大展宏图)、keep something at bay（防止他人侵害)、the coast is clear（无人监管平安无事)、A drop in the ocean（杯水车薪供不应求)、plain sailing（进展顺利安然无恙)、rock the boat（节外生枝无事生非)、run a tight ship（牢牢掌控得心应手)、plenty more fish in the sea（风景那边更好、天涯处处有芳草)，这个词组适合安慰失恋失意之人。

不仅上列短语词组凸显海洋文化特性，下列名言格言也深刻表现其海洋文化的内涵，可以从中体会到英国海洋文化的精髓：The sea hath no king but God alone（海洋无国王，唯有上帝在）；He that will learn to pray, let him go to sea（谁想学祷告，让他去下海）；Life is like sea-water; it never gets quite sweet until it is drawn up into heaven（生活如海水，直至上天堂才知其甘甜）；罗伯特·亨利（Robert Henry）说得恰如其分：Why do we love the sea? It is because it has some potent power to make us think things we like to think.（为什么我们热爱大海，就是因为它有潜力能让我们自由发挥想象）；约瑟夫·康拉德（Joseph Conrad）则道出了大海的酸甜苦辣：The sea has never been friendly to man. At most it has been the accomplice of human restlessness.（大海对人类从不友善，经常带来动荡不安）。海洋的利弊尽显其中，浪漫主义诗歌始祖威廉·华兹华斯（William Wordsworth）曾经抚今追昔感慨咏叹：

> Though inland far we be,
> 虽然我们远在内陆，
> Our souls have sight of that immortal sea
> 我们的心灵仍情系那不朽的海洋，
> Which brought us hither.
> 是它把我们带来此地。

这首诗把远离海洋的内陆人魂牵梦萦海洋的情愫表达得淋漓尽致,可见海洋文化在英国深入人心——无论身在何方,眷念海洋之心挥之不去。海洋的恶劣气候惊涛骇浪锤炼其意志,利于他们探索世界开拓海疆;英国人世代以征服、驾驭海洋勇于冒险为乐趣而自豪,更有强烈的风险意识。若没有他们和西方人百折不挠、审时度势、不断探索建立永垂不朽的海洋文化,就没有今天的世界文明,亿万人民依然在黑暗中摸索爬行。

欧陆文艺复兴东风西渐对英语语言词汇产生无比巨大影响。英国人文主义学者研究古希腊、罗马文化,使希腊语和拉丁语词汇融入英语,如希腊语 grammar, rhetoric, geometry, drama 等词;拉丁语 arbitrator, explicit, index, memorandum 等。英语也从其他外语借入词汇:如法语 detail, surpass, vogue 等;西班牙语的 banana, hurricane, mosquito, potato 等;意大利语的 design, grotto, violin 等。由此可见,英国 4 位伟大诗人都对英语的发展做出伟大的贡献,其作品向世界表明:英语已有丰富多彩的词汇和变化多样的语言形式;它不仅是很好的交际工具,而且是堪与拉丁语、法语媲美的文学语言,而后者的屈折形式复杂多变难以掌握。进入 16 世纪现代英语逐步完善,英语屈折形式继续简化。例如,中古英语已有冠词 the,但其复数是 tho,16 世纪初 tho 已消失;中古英语动词的祈使语气有词尾变化,如乔叟作品中"Gooth!"表示"Please go!";而莎士比亚时代,祈使句"Gooth!"代替 go。句子语序基本固定,方言差异缩小——集中于语音词汇。而早期现代英语某些词义后来发生变化是英语发展的重要方面,至此现代英语规范已形成,它对英国社会文化的统一发展起了重大推进作用。当然屈折和语法简化的现代英语有利于人们的思想不受束缚,主要依靠语序变化的现代英语便于人们在文学诗歌创作中自由发挥想象。

再举一反三阐释散文丰富多彩的 3 种形式:①宫廷女性常用

矫揉造作的文体,为年轻女性必知,因为她想掌握法语和夸饰文体(Euphuism)。夸饰文体是时尚的话语方式:语句复杂冗长,说话者常忘记发言主旨。其充斥押头韵(alliteration)的单词,再加大量同义词,使人不知所云。夸饰文体源于约翰·李立(John Lyly)的小说《尤佛伊斯》(Euphues;1578—1580),它开创这种文风,书本会话都广泛使用,伊丽莎白也不例外。这是英国文学史上小说的处女作——爱情小说,人物皆虚构。②与夸饰文体截然相反。汤玛斯·纳时(Thomas Nash)反对夸饰文体,开创别具一格的独立小说《杰克·维尔顿的生活》(The Life of Jacke Wilton),讲述品行低劣之人的故事。③由佛朗西斯·培根(Francis Bacon)首创,1597年他写《随笔》(Essays)对一般主题泛泛而谈言简意赅。"黑暗中所有颜色融为一体难以分辨"(All colours will agree in the dark),或者"复仇是狂野正义"(Revenge is a kind of wild justice)①。很多妙语连珠充满睿智哲理。例如"智者造就机会甚于他发现的机会"(A wise man will make more opportunities than he finds)②。当时很多大臣为文人,绅士教育要求写诗;文人渴望从政,达官贵人附庸风雅,官场文坛沆瀣一气弹冠相庆。

2. 钦定本《圣经》的功绩

如前所述伊丽莎白一世宣布詹姆士六世继承王位,后者万分欣喜。其母被处死,苏格兰人视为耻辱,要求他报仇雪恨;但他为了王位委曲求全,含垢忍辱如愿以偿。1603年伊丽莎白一世病重驾崩,都铎王朝终结。他登基改称詹姆士一世,建立斯图亚

---

① Majdi: The Wisdom of the Great: A biographical collection of over 2600 quotations, Bloomington, 2012, p3.

② Majdi: The Wisdom of the Great: A biographical collection of over 2600 quotations, Bloomington, 2012, p3.

特王朝（Stuart）。他原是苏格兰改革宗教会信徒，任英格兰国王和苏格兰国王后改为圣公会信徒。他作为加尔文派教徒长大，开始同情清教徒欲并让步。但清教徒得寸进尺要求废除主教制激怒了他（Protestants drove him up the wall），他发誓"没有主教就没有国王"，但他对宗教态度宽容。而天主教徒欲炸毁议会的阴谋暴露，他强势反击。本来他赦免不参加教会礼拜的人，此时重新处罚。他面临严重的问题：清教运动高涨，要求扫除全部罗马天主教礼仪；议会势力增强，作为下院支柱的富有乡绅要求在教会事务和国家事务中发挥更大作用，这制约了王权，有利于发展民主政治。

当时基督教相信凡人都是上帝的造物——没有至高无上的权威。贵族势力强大谋求司法独立，逼使国王就范妥协，国家不能侵犯私有产权；若没有精神准备和物质保障，司法独立就是无稽之谈。1608年大法官寇克拒绝詹姆士一世干预审判，这是英国宪政史上司法独立的范例。寇克仰仗信仰上帝的权柄和贵族的武力，阻止国王判案，他指出"案件应由法庭按英国法律习惯审理"。他据法力争有礼有节，迫使国王守法成为佳话，将国王置于法律之下。由此赢得司法独立，这是包括法律职业人在内的贵族们冒着极大风险与企图专制扩权的君主艰苦斗争的结果，其反复经过漫长过程才形成公认的习惯传统。另外，英国司法独立是建立在英国经验主义哲学"实践理性"的基础上，这种"实践理性"或"技艺理性"是专家们——"经过长期学习并具有实践经验的人"才能掌握。独立司法所保障的人权是人民根本长远的利益，没有普通人民的司法参与，法律专家难免内部勾结整体腐败，所以英国早有陪审员制度监督司法人员，这对完善法制促进民主贡献卓著。

当时西班牙与英格兰的战火仍在燃烧。詹姆士迅速签订和约也不负荷兰人；虽然劫掠荷兰商船是英国人惯常杀人越货牟取暴利的海盗行为，但詹姆士明确制止。他不失为明君，很少过分激怒臣民代表，随时准备撤回不得人心的政策与民妥协，这缓和了王权与议会矛盾。他是饱学神学家，一度信巫术，但最后幡然醒悟。然而他虚荣懒惰、刚愎自用，这都是帝王难以改正的积弊，也是民主宿敌。1625年3月27日他去世前承认下院日益强大，并告诫后人要加强忧患意识。虽然他不像伊丽莎白一世咄咄逼人，奋发图强功勋卓著；但其相对孱弱并非乏善可陈，利国利民的举措也是琳琅满目，其最大功绩之一是组织神学家和学者翻译拉丁文《圣经》，即著名的钦定本《圣经》（Authorized Version，AV），亦称为詹姆士王译本等（King James Version of the Bible，KJV）。其问世如石破天惊，不仅影响以后《圣经》的翻译，它也是《圣经》诸多英文版本中的最权威者，于1611年出版。

　　本书开宗明义点明宗教尤其是基督教对西方乃至世界文明的贡献，其因甚多；但《圣经》作为基督教经典推波助澜功不可没，将其翻译成欧洲各种语言乃是传播基督思想必不可少的经典工具。从纪元前初期迄今，《圣经》翻译从未间断，翻译的语种、译本种类及译本的使用频率等都是独一无二，有450多个版本。《圣经》翻译有几个重要的里程碑：一是纪元前400年《旧约》从希伯来文译为亚兰文；纪元前250年《旧约》由70多位翻译家从希伯来文译为希腊文，名为《七十子希腊文本》（Septuagint），二是4—5世纪《通俗拉丁文本圣经》和中世纪初期各民族古文本。三是7—8世纪之交英国历史之父圣·贝德（Saint. Bede）为撰写基督教传记用古英语翻译《福音》。1380年约翰·瓦克立夫（John Wycliffe）根据拉丁文版本率先完成英译《圣经》，对基督教的传播和各国语言文化的发展做出不可磨灭的贡献。《圣经》英译是漫长的历程，其不断完善伴随着英语语言文学/文化同步发展革新。现代英语的形成与钦定本《圣经》密切相关。因当时遴选的是顶级翻译家，群英荟萃大师云集集思广益，故钦定本语言朴素清新、精练优美，译语典雅高贵，妙语连珠朗朗上口，堪为英语精品典范，利于表现和弘扬基督精神。而且它还进一步规范了英语，大大拓宽其使用面，使英语从狭小的学术文学领域拓展进入英国的千家万户，真是英伦纸贵一本难求。钦定本的成功奠定了现代英语的基础，其所用单词总数虽不到 1 万，但内容极其丰富。17 世纪以来，英美等国人世代相传福泽无边。美国总统林肯擅长演讲言简意赅、深刻优美，其文学装备是《圣经》；美国诗人惠特曼的新韵律亦受钦定本启发。钦定本还为英语输入新鲜血液，增添大量习语、格言和派生词等，丰富发展并完善了《圣经》和英语语言文学。

钦定本有很多生动活泼的习语已成为现代英语重要的组成部分。例如：the apple of the/one's eye（掌上明珠）源自《圣经·旧约·诗篇》第 17 章，"Keep me as the apple of the eye"（视我如掌上明珠）。《申命记》第 32 章亦有"He kept him as the apple of his eye."（他视他如掌上明珠）。1590 年莎翁创作《仲夏夜之梦》引用这生动比喻。又如《圣经·旧约·申命记》第 19 篇，上帝命摩西为埃及的以色列人奴隶的领袖时发令："The punishment is to be a life for a life, an eye for an eye, a tooth for a tooth, a hand for a hand and a foot for a foot."（要以命偿命，以眼还眼，以牙还牙，以手还手，以脚还脚。）莎翁还专门创作的《以牙还牙》（Measure for Measure）词源于此。

《圣经》还有大量格言翻译典雅、韵律工整，内容隽永、家喻户晓、有口皆碑。例如：Treat others in the same way as you would like to be treated.（己所不欲，勿施于人）。由于《圣经》在基督教的权威地位，其格言具有特殊教化功效——它们常用而形成道德观念，规范人们的言行。如：劝善戒恶的格言——When words are many, sin is not absent.（言多必失）。有倡导和平的习语 beat swords into ploughshares（铸剑为犁）。还有源于钦定《圣经》的词从原来的宗教意义派生出新义，成为日常词汇，如：creature 源于《创世纪》，指上帝创造的事物，现指生物。Manna 源于《旧约·出埃及》；摩西率领以色列人至旷野绝粮，此时天降食物众人食之，称之为"Manna"，其意引申为不期而遇令人振奋的事物。《圣经》译本博采众长兼收并蓄。例如，希伯来语有表达最高级的形式，译本采纳保留至今，如：the king of kings（王中王），the holy of holies（最神圣地方），斯宾塞被誉为 the poets' poet 亦源于此。古英语中富有生命力的词语凭借译本流传，如；stricken in years（年迈）。有些单词通过《圣经》翻译引申新义。如第二人称单数（thou，thee，thy）和第三人称单数现在时词尾 -eth，原无特殊含义；但通过翻译获得崇高神圣的附加意义，提高了单词表现力，这在莎士比亚作品中屡见不鲜。又如《圣经·旧约·以赛亚书》说：Even the nations are like a drop from the bucket. "A drop in the buckets"（沧海一粟）由此诞生；The heart knows his own bitterness（冷暖自知）；甚至禁果也是成语：Forbidden fruit is sweet.（禁果甘甜）的寓意：得不到的东西好。基督十字架更是苦难象征：Every man must carry his own cross.（凡人必受难）；bear one's cross（忍受磨难）。因此《圣经》是英语文化/文学源于宗教生生不息的源泉。

钦定本《圣经》直译《旧约》的希伯来文，故模仿其语言特点——言简意赅、句法简练，段落短小精悍，便于教徒记忆吟诵，也利于牧师主教讲经；当然也有复杂的长句型，夹杂晦涩单词，可表达人物复杂艰涩的心理活动。除了常见陈述句，还有无疑而问的反问句和设问句加强语气；另外更灵活选用多变的对句式，各种句式都符合相关语言语境和文化语境，所以语言优美通俗易懂广为传颂。钦定本继承希伯来文《圣经》的另一特点：即诗歌使用平行结构形式。钦定本中平行结构分为几类。如将它和现代英语本《圣经》比较,就看出这些平行结构的强烈表现力、优美节奏感和韵律美,加上多变的同义词,更朗朗上口,富有极大感染力和渗透力。公元世纪,历经磨难的基督教定为罗马国教,这为之向欧洲传播奠定了基础,从而使基督教教义逐渐成为西方宗教文化思想的重要组成部分,因其潜移默化春风化雨润物无声。钦定本作为权威译本,迄今为止畅销全球无与争锋,它对西方及英语国家的文化和语言文学都产生不可估量的影响。世纪末英国文化史学家约·理查德·格林在《英国人民简史》中写道:"如同不朽的纯文学著作,钦定本《圣经》留下英语的著名典范。它诞生之时即成我国标准……"。《圣经》不仅是基督教圣典,也是西方文明的文化/文学基础。

20世纪中叶,人们开始将《圣经》视为伟大的文学著作,在西方形成新研究学科。20世纪后半叶,西方开始用文学批评理论和手段阐释《圣经》。《圣经》研究中重要的是针对其隐喻的研究,《圣经》中颇多隐喻。原来研究《圣经》隐喻多在文学/文化维度,现在已发展到认知语言学和语用学层面,暂且不表。

16世纪人文主义者通过古典名著和宗教改革对抗天主教会和封建统治。其中宗教改革的重要手段就是普及《圣经》。中世纪教会垄断《圣经》的解释权,因平民百姓和贵族骑士多为文盲,因此钦定本《圣经》正本清源、浅显易懂、便于传颂普及。正如19世纪赫胥黎(Thomas Henry Huxley,1825—1895)所言:300年来,英国史上最美好高贵的一切与其生命都和此书(《圣经》)交织一起。新教教义提倡每个人都有权根据自己的意愿解释《圣经》与上帝,这是思想大解放,是渴望自由平等精神的呐喊,也是呼唤平等的最强音。人文主义者虽强调用人类现世功绩取代基督徒的最高理想——成为"圣人",但他们同时将基督博爱作为爱的最高形式,拥护理性肯定《圣经》的道德基准。

其中平等原则是弥尔顿和清教徒的思想武器，也是人文主义思想和千年王国的旗帜。《圣经》翻译嬗变的背后包含着资产阶级逐渐独立的历史，这也是思想实践推动思想解放的生动例证。本书不厌其烦阐述《圣经》，是要彰显它在英国文明乃至世界文明发展中的贡献。

总之，《圣经》英译的发展过程和钦定本对英语国家及西方各领域各阶层都产生了不可估量的影响，钦定本作为辉煌文学名著世代影响英语文学家和亿万人民，当然对英国诗歌的影响毫无例外。若无《圣经》，就无《失乐园》和《复乐园》，就没有西德尼、斯宾塞、莎士比亚、华兹华斯和雪莱等文艺复兴诗歌旗手和傲立于世界诗坛的浪漫主义巨匠，因为他们都承认从《圣经》中深受启迪获得创作源泉。科勒律治认为《圣经》是朴实文风的真正典范，所以世人将其视为英国文学史上的丰碑，其诞生具有划时代意义。这部名副其实的大百科全书对英国乃至世界文化/文明都有影响，因此这要归功于最早翻译《圣经》的先贤，更要归功于开明的詹姆士一世，因为钦定本《圣经》为英国和世界文明的发展奠定了基础。

四、西德尼和斯宾塞精彩纷呈的十四行诗

西德尼和斯宾塞都认为英国国教是外来引进不甚可靠，钦定诰命并非众望所归；而且国内宫廷有人挑战女王的合法性（私生女），国外面临罗马和西班牙的威胁，王朝后继无人难长治久安；外交航船行驶在危险航程，波云诡谲前途渺茫，随时可能触礁引发宗教战争，或深陷同盟分崩离析的沼泽，内忧外患危机四伏。他们深刻认识到自己的工作职责不仅要反映宫廷和宣传者们对待改革和反对改革威胁的反响，还要主动创作符合国民文学、道德和宗教特征的作品，以期民众喜闻乐见而唤醒其道德良知，

这都利于国家发展、女王权威和弘扬宗教。因此他们寻求将文艺复兴文学理念、人文主义价值观与新教徒信仰、灵魂和自我感知内涵结合起来,模仿改造意大利文学,努力明确世俗产品和精神产品之间的正确关系。他们借鉴意大利诗歌主题、表现欲望和前提,结合现实生活和真实爱情,而不论是以彼特拉克形式还是亚里士多德浪漫叙事诗形式,都反映情欲和宗教信仰之间的矛盾冲突,找出自身问题症结所在,高贵人物都受人道主义爱情和骑士勇敢精神驱使,举手投足都有英雄行为;金色简朴和谐是理想世界,这可能出于想象,它和世俗问题之间关系多变,他们也想以田园牧歌方式解决这个问题。他俩矫饰各种典范诗体,努力使之与彼特拉克对人性和精神责任认识相符一致;如果拉丁语诗作中出现较少限制和不太偏颇的传统,他们就努力通过英语使之更具有文学价值,想要满足女王和宫廷的需要,与莱塞斯特伯爵(Earl of Leicester)有关系的贵族亲朋好友都这样理解。而他俩多方尝试,终于了其夙愿,自我修炼成为出类拔萃的诗人,因为他们清醒地认识到于公诗歌利国,于己可能名利双收飞黄腾达。史实证明:黄粱未熟美梦已破。

《小爱神》(Amoretti)是斯宾塞的代表作,其真实再现了斯宾塞和伊丽莎白·鲍勒的爱情,这段关系以有情人终成眷属而告终,皆大欢喜。《小爱神》暗示利己自我和性欲邪恶可合法终止。男情人并非完全符合彼特拉克的期望,仍处于自我的阶段,故诗歌人物从自我利己转向较少利己的基督教爱情。在此过程中,诗人将新教徒道德价值观植入诗歌,让男女恋人受审判,其形象都是有关邪恶与诅咒、地狱和天堂、道德与拯救等互相矛盾相辅相成的现象。斯宾塞的情人弗洛瑞讷尔(Florinell)对彼特拉克的情人有传统误解并加以克服:对情人偶像化并高估对方、遭受压抑的反对和诬蔑、自尊和受虐狂的痛苦、占有欲及对情人身体魅力的观淫癖等,这些都是瓦特和西德尼诗歌描写过的现象。有些十四行组诗要人们从新批判角度直接注意彼特拉克的原著,最好例证是第 47 首回顾瓦特的《谁的猎艳名单》(Whose list to hunt 以及彼特拉克代表作《白鹿》(Una candida cerva; The White Doe)。斯宾塞的诗歌相对而言更易读,更流畅;其《小爱神》的诗艺与配乐技巧相得益彰更加娴熟,虽然它没有更多启示。

《小爱神》初版有 89 首诗,诗艺炉火纯青,除第 8 首采用英国体(莎士比亚体)外,其余 88 首均用其自创诗体——斯宾塞体,这融合了意大利行诗体和英式行诗体;他保留了意大利式行诗体的 5 韵(英诗体为 7 韵),但第 2 节和第 3 节首行韵脚须与前节末行押韵,因此与英国行诗体相比,斯宾塞体韵脚更复杂,结构更精巧,这也许是赞者众而用者寡的原因。《小爱神》当然也继承彼特拉克传统,作者也是备受相思、焦虑和失望煎熬的彼特拉克式情人。但与其他行诗人相比,斯宾塞技高一筹。《小爱神》主题内容虽传统,但字里行间不乏新意。他像其他行诗人一样赞美情人的美貌,但更看重情人的心灵美。诗云"但有一件最美珍宝最难找寻/就是她那颗美好纯洁的芳心"(第 15 首),"只有心灵美才能千古流芳/能免于众生难逃的腐败衰朽"(第 79 首)。他像其他 14 行诗人一样相信文学使自己流芳百世,文学可使美德长存。莎士比亚第 18 首十四行诗说:"只要人类生存,或有眼睛,我诗就流传赋予你生命";而《小爱神》道:"只有我徒然痛苦凝聚的诗/ 才能够真让你流芳百世"(第 27 首),"我诗使你美德流传千古,我把你辉煌名字书天空"(第 75 首)。

斯宾塞清楚知道瓦特冷嘲热讽颠覆了彼特拉克,因其想说明:只要放弃自我,就会因福得祸。他有意回应瓦特,强调放弃自我会转换差异:就像瓦特把彼特拉克追逐白鹿改为男猎人追逐红雌鹿那样,情人经历了相似的疲倦状况。但瓦特的小鹿——安妮·宝琳被她自己的肉欲吞噬，斯宾塞是彬彬有礼的"情人"，他返回到她曾逃跑的路上，愿意信任她爱情的力量。女情人已渐控制他的欲望，她有信心让自己的欲望回应他。她憧憬并相信小爱神允诺的婚姻爱情。在第65首，斯宾塞回答了彼特拉克互相矛盾的问题：只要互相用善意和神圣忠诚代替利己色情，就可满足性欲，此时双方通过相互忠诚可达纯洁鱼水之欢。《喜诗颂歌》(the Epthalamion)是《小爱神》的结尾，圆满完成新教徒的心愿，欢庆斯宾塞于1594年迎娶伊丽莎白·宝勒。然而《阿斯托菲尔和斯特拉》却在通往《阿卡迪亚》(Arcadiia 世外桃源)的途中夭折，有人质疑说斯宾塞得益于《仙后》的成就，因为此诗有关女王、宗教和国家的论述为他提供了情感的安全保障，不仅让他功成名就，也解决了彼特拉克诗作中诸多矛盾问题。

其结尾表明道德目的和国民特性。英语诗歌中彼特拉克主义可能有助于反思宗教和世俗化主题。"世俗"诗歌亦有道德重任，因为它高度关注新教徒灵魂的赎罪，这种有关新教徒的背景提供了创作评论彼特拉克主题的基础。这有助于探讨英国文学中的意大利因素：他们不是简单模仿意大利诗歌原创模型，而是努力将其改造，使之与人文主义和英国新教徒密切结合。西德尼和斯宾塞都秉承宫廷旨意，履行诗人职责；当时另一位诗人乔治·普藤汉 (George Puttenham) 对此另有见解，其著《英国诗歌艺术》(the Art of English Poesie) 发表在16世纪80年代，宣称要证实真实概况：伊丽莎白时代上流社会实际上将文学活动边缘化，因为那些稚嫩但胸怀抱负的大臣可能以此表明心迹，这些并不比嬉戏能力和优雅舞姿更加特殊。普藤汉宣布诗歌的社会公众责任，界定诗歌的游戏作用和服务宫廷的功能：弱化诗歌的重要性——诗人可以歌颂上帝、王子、个人道德、英雄主义和勇敢气概，可以娱乐抒情。这种观点使诗歌在某方面迎合宫廷的需求，保留诗歌的粉饰作用，诗人可借此此作敲门砖一步登天，希冀至少可在官场混个一官半职。

探索彼特拉克主义应展现事实——斯宾塞和西德尼挑战诗人的有限作用，若得出这个结论并用其解读《诗辩》和《仙后》，善莫大焉。两位大师都在新教徒的语境中赋予诗歌道德宗教的力量：声称在新教国度诗人应发挥核心的积极作用。斯宾塞认为诗歌提供技巧能窥视君王、国民和人类的内心道德境界，英国新诗人的成长过程表明：新教徒的新国民文化与旧欧陆的文化秩序一样复杂，新语言文学如同意大利古老语言文学一样灿烂美丽，具有丰富的表现力。西德尼则认为诗人的作用不仅是模仿文学语言的外表，而且要仿效上帝再造全新世界，这就赋予诗人和诗歌至高无上的荣誉使命——拯救社会道德，创造新世界。他也身体力行，当然其崇高理想可否实现另当别论。

"唯有诗人否定其从属地位，生龙活虎自我创作，其另类本性成长即让事物胜过自然生成或创新，其外在形式绝非天然……天然世界呈现黄铜色，诗人则使外界金光闪闪。"[①]——《诗辩》和《阿斯托菲尔和斯特拉》都可能暗示诗歌人物和诗人本人之间存在不确定的鸿沟，但西德尼宣称诗歌和国民某种程度上都是他自己写作经历的产物，就像他在政治派别中的会员资格一样。十四行组诗以某种方式建构其三重身份：个人、基督徒和诗人，他准备向公众宣称《诗辩》，向国民公布其牧歌田园诗的浪漫信息《阿卡迪亚》，目的是循循善诱，阐释诗人对日常生活各种见解。西德尼的亲朋好友都是活跃分子，他们努力促进取消宗教迷信，企盼伊丽莎白召集欧洲新教徒；他们把文化变革作为这项目一部分，希望伊丽莎白能发挥新大卫的作用，散布市侩功利主义

---

① Robert Kimbrough：Sir Philip Sidney：Selected Prose and Poetry [M]，Madison：The University of Wisconsin1983，p78.

观点和赞美诗作者的作用。《阿斯托菲尔和斯特拉》的读者关注缺德和道德的形象而受感动行善,而且诗歌外在的艺术性也使他们快乐,所以英语能够更新为诗样语言,英语诗人能感人至深使之遵守道德崇尚知识。西德尼写出新旧版《阿卡迪亚》并将其联系实际,以散文田园牧歌浪漫故事为媒介,借圣纳扎洛(Sannazzaro)诗歌模型为样板;1579年后西德尼在此探索了个人和政治问题,借神的旨意阐释广泛的人文状况和英语的发展经历,此后他从王宫隐退淡出江湖。

《阿斯托菲尔和斯特拉》表现诗人高超的诗艺和深厚的浪漫情怀,他善用诗歌技巧和爱情经历,惟妙惟肖模仿彼特拉克。但其模仿并非被动照葫芦画瓢,而是在主动掌握英诗韵律的基础上。他知道史上所有伟大的诗歌都证明:如没有格律为基础,英语诗歌不能成熟;但他也认识到诗歌须自然反映人类说话的语气和真实情感。英诗既需要格律的规范,又需要自由的节奏语气。他发现这两种需要并不矛盾,完全可以和谐融合。他让自然语气节奏与严谨诗歌韵律相交,偶尔因修辞需要稍加变通,结果创造一种"声音"。虽然这声音由他发出,但实际上却是诗的声音。因为西德尼认定成熟诗歌都必有严谨的格律,所以他借鉴彼特拉克的传统风格;而正因为他认为诗歌必须使用自然流畅的语言,所以他自觉继承和发扬瓦特开创的口语体英国诗歌的传统,从而让世人听到英语诗歌中那最美妙的华章。与莎士比亚和斯宾塞十四行诗相对统一的韵脚排列不同,《阿斯托菲尔和斯特拉》108首行诗用12种韵脚排列(多为abba abba cdcd ee,共63首,占58%),内容形式尽量和谐,诗歌韵律丰富多彩,这是他与斯宾塞的不同之处。

毫无疑问,斯宾塞成熟的作品与西德尼很有关系。但其诗歌韵律多变具有超强的感染力,并未使其免受外国诗歌的不良影响;少量诗歌蕴含他原创思想,也不能自由处理古老的奇思妙想。斯宾塞遵循自定的韵律学原则，这是他从类似的普通英国诗歌和外国诗体分化而来。他大部分包含 3 段 4 行诗，每段韵律变化，最后是双韵体。变化韵律和双韵体在外国无先例。但他遵循外国模式，限定每首韵律变化不超过 5 个，弃用英国 7 韵律。其韵律是 abab bcbc cdcd 模式，并非意大利或法国模式，结尾双韵体韵律采用亚历山大模式（Alexandrine），即英雄体诗 6 音步 12 音节 1 行抑扬格模式。

《仙后》是斯宾塞的代表作——罕见的长篇英诗之一。原计划写 12 卷，每卷 12 章，结果只完成 6 卷又 2 章。第 1 卷《红十字骑士或圣洁故事》，写红十字骑士与毒龙作战的冒险经历。红十字骑士即圣乔治，代表英国教会，毒龙代表谬误。第 2 卷《盖恩爵士或节制的故事》，描写代表节制的盖恩如何与代表放肆的女巫作战。第 3 卷《布莉托玛或贞洁的故事》，描写女武士布莉托玛营救代表女性贞操的艾莫莱特；第 4 卷《坎贝尔与特里蒙特成友谊的故事》歌颂骑士间的友谊，补续了乔叟未写完的《侍从的故事》；第 5 卷《阿提盖尔或正义故事》，描写代表正义的阿提盖尔如何惩治邪恶狡诈之徒；第 6 卷《卡里德爵士或礼貌故事》，描写礼貌的代言人如何降伏象征人间嫉妒诽谤的魔怪。《仙后》意欲歌颂伊丽莎白女王——仙岛女王格罗丽亚娜是其化身。十二位骑士各自象征一种美德，他们受女王派遣外出历险，惩恶除奸、维护正义，其中很多浪漫故事令人茅塞顿开。这种创作长篇史诗歌颂当朝统治者的遗风就是继承古罗马诗人维吉尔的传统。不能简单视之为对宫廷王朝阿谀奉承、趋炎附势，其中有自觉或不自觉的成分，很难一言以蔽之。伊丽莎白治理下的英国蓬勃向上，其情形与维吉尔写作《伊尼德》为屋大维肯定"神统"时的罗马帝国很相似。若说维吉尔颂扬屋大维是弘扬爱国主义精神，那么，我们可以说斯宾塞歌颂伊丽莎白女王就是歌颂英格兰和爱尔兰，这体现作者的爱国思想。况且，生活于

第六章 举世公认诗人中的诗人

当时的斯宾塞赞美冒险精神、人的力量和乐观的人生态度,为自己树立贵族人文主义者的形象,若客观评价其作品,应对此大书特书,但其借古颂今的曲笔手法折射出了世道艰难。

《仙后》的时间属性是圣经式的而非现实性的,它不仅是寓言也是历史虚构,所以充满浪漫色彩。虚构使其摆脱现实时空的约束,并与寓言手法一道打造《仙后》的多重隐喻含义。《仙后》没有完全写实表现英国生机勃发的英雄时代,而是突破时空局限穿越到中世纪骑士时代而借古颂今。《仙后》也没提供每位骑士历险的时间,作者唯恐祸从口出(A still tongue makes a wise head);所以,《仙后》属于文艺复兴时期流行的教育手册,为培养符合新兴资产阶级的新贵族这个目的服务。可能源于他接受诸多前车之鉴,只好含沙射影借古颂今歌功颂德。他坚决反对天主教,第一章里作为反面人物的妖魔象征天主教;在政治上要主持正义与法律;在道德修养方面要克制各种情欲,包括政治野心,保持人际间和谐关系。其思想内容丰富,既宣扬人文主义者对生活的热爱,也饱含新柏拉图主义的神秘思想,还带有清教徒伦理宗教观念和强烈的资产阶级爱国情结,这些思想元素在当时都具有锐意革新积极进取的历史意义。

斯宾塞就是西德尼赞赏的为数不多的诗人之一。《仙后》标志着他从牧歌田园诗转向英雄史诗,其诗作可为"惊人的恭维举动"(stupendous exercise in flattery),即从爱尔兰角度寻求英格兰的庇护,这似有利于缓和长期存在的英格兰和爱尔兰的民族矛盾,有利于国家社会的稳定团结,其前奏就是创作献给重臣和部长们;而西德尼未竟的《新阿卡迪亚》似乎对16世纪80年代初期的政治形势非常悲观。然而斯宾塞的雄心勃勃不为一己私利,而进一步反映了他在《小爱神》中蕴藏的道德宗教目的,已从个人目的升华演变成为王朝、民族和国家的整体利益,这就承载着英格兰新教徒的价值观,这正是他和西德尼志同道合惺惺相惜之处，也真正体现了他俩铁肩担道义的强烈责任感和弘扬英语诗歌文化乃至振兴英国的雄心壮志。后来的史实证明他们不仅是当之无愧的诗坛先锋，而且确实开启民智，提高了道德规范，为英国文学和文化发展做出重大贡献，实现了他们用诗歌文学为社会奉献的美好愿望和宝贵价值。虽然其诗歌保留若干意大利诗歌元素，但现在已经远非彼特拉克抒情诗也非曼团的牧歌田园诗可比，而是亚里士多德和塔叟（Ariosto and Tasso）浪漫史诗的混合体，融合了骑士的浪漫、诗歌比兴、英国神话，还有献苏·德·盖斯茨的传说（chansons de gestes），以及亚里士多德的道德说教、新柏拉图的神秘主义和圣经启示录（the Apocalyptic Prophecy of Revelation），以此构建新教徒的价值观。他认为此事应禀告伊丽莎白女王、朝廷和教会，因为女王改革了原始教会，她选择的语言诗歌韵律是古代原创，正如西德尼所期望的：这种创新自觉的诗歌技巧堪与荷马、维吉尔（Virgil）、彼特拉克和其他伟大的意大利诗人媲美。

分析《仙后》可让我们加深了解宫廷文化、人文主义者和文艺复兴的价值观、骑士与王宫的关系，这些艺术不仅反映统治者的权威形象，而且触及国民命运的问题——女性的统治地位，表现艺术家/作家与王宫的密切关系，彰显统治者的明智——即顺势而为善用文学/文化名人为其政治谋略效力，发挥他们作为社会润滑剂的作用，当然统治者是不允许异端邪说自由泛滥，严加管制垄断文学和艺术；而后者也因势利导对先进的欧洲文化价值观和诗歌文学产生浓厚的兴趣，大张旗鼓引进回国，促进英国相关领域变革发展，同时也影响英格兰与意大利、法国乃至欧洲的国际关系，影响其在国内与威尔士和苏格兰文化互相融合共同发展的关系。总之主观上诗人们竭尽全力宣扬新教徒的宗教思想，努力效忠国家为社会服务，客观上舒缓了内外交困的各类矛盾，推动社会进步；当然他们人微言轻，其自顾不暇的尴尬地位决定了他们难以在宫廷政治大有作为。但他们绘制这种全景式图画,中肯反应各方面错综复杂的和谐关系,应该具有积极的社会意义,有利于促进英国社会全面发展,确实为英国摩天大厦的建设夯实基础添砖加瓦。

第七章　斯特拉夫小镇绅士勇攀诗坛巅峰

一、天才诗人横空出世

威廉·莎士比亚（William Shakespeare, 26 Apr. 1564—23 Apr. 1616）是文艺复兴时期最杰出的诗人、剧作家。其作品广泛深刻揭露了英国社会的各种矛盾，具有强烈的时代精神，达到了欧洲人文主义（Humanism）文学的巅峰，故为人类艺术宝库中当之无愧的最璀璨瑰宝。16世纪他出生在中部小镇富裕市民家庭，当时英国处于封建制度向资本主义的过渡期，这是历史上伟大的转折时代。幼年的莎士比亚在当地文法学校学习拉丁文、修辞学和文学，曾接触戏剧并产生浓厚兴趣，13岁辍学到伦敦谋生，开始戏剧生涯并接触人文主义思想，可惜他未受过良好的高等教育。不过这并不影响他在诗歌戏剧文学的道路上迅速发展，反而促使他更勤奋好学，以更敏锐的眼光犀利地剖析各种纷纭复杂的社会现象，以独到见解解构各种人的内心世界，匠心独运炉火纯青，确非任何大学可教或学，这更表明其天赋异常。1616年4月他因病去世。莎士比亚是人文主义思潮的杰出代表，人文主义是文艺复兴时期形成的新兴资产阶级反对封建和宗教神学的思想体系。它主张以人为本反对神权，把人从中世纪枷锁下解放出来。人文主义作为新兴资产阶级反封建的重要思想武器，在当

第七章 斯特拉夫小镇绅士勇攀诗坛巅峰

时具有很大的进步意义。在文艺思想发展史上，人文主义是近代资产阶级文艺思潮的开端。它提倡关怀尊重人性，热情歌颂人的尊严、价值和力量，强调人能创造一切；主张通过"英明君主"建立中央集权的统一国家，可能此观点迎合圣意深受恩宠；他反对蒙昧主义和禁欲主义，崇尚理性科学，追求享受颂扬爱情，要求面向现实人生模仿自然。人文主义思潮及其代表作对后世欧洲文学的发展产生了巨大影响。莎士比亚的作品丰富，但有关他生平的资料很少，1623 年在他去世 7 年后，本·约翰逊（Ben Jonson）才编印了《莎士比亚选集》。

………………………… soul of the age!
………………时代的灵魂！
The applause! delight! the wonder of our stage!
鼓掌！欢快！为我们舞台神灵！
………………………………………………
………………………………………
Triumph, my Britain! thou hast one to show,
欢呼英国胜利！艺术奇迹，
To whom all scences of Europe homage owe,
欧洲向你致以崇高敬礼，
He was not of an age, but for all time.
他不属当代，而永恒不衰。

这是当之无愧的莎士比亚的竞争对手——本·约翰逊奉献给他的赞美诗，尽管后者曾猛烈抨击这位敌手，其评论绵延 4 个多世纪经久不衰。莎士比亚不只是一个名字，而是难以言表的社会历史现象，是英国文学诗歌的神圣象征，任何人只要立场公正，都会得出这个结论。当然有法国人和欧洲人对他不屑一顾嗤之以鼻。因为长期以来英法两国龃龉不断藕断丝连；英国原为法国殖民地，各方面远落后于法国；而英法百年战争扭转乾坤，特别是伊丽莎白时代全面追赶欧陆，诗歌文学领域更有莎士比亚为首的文艺复兴诗人后来居上，这是令法国人羡慕嫉妒的——不是冤家不聚头。17 世纪法国集权专制滋生出文化集权主义——新古典主义诗学传统主导欧洲至 18 世纪末，主张艺术要压制想象情感，应表现伟大人物的辉煌业绩，反对光怪陆离，指责莎士比亚滥用想象，语言粗俗不堪，缺乏艺术判断力，人物性格不符合线性发展，甚至指责他为同性恋。但他们始终无法否定其诗歌文学天才的魅力，而对其出身平凡无高等学历则不屑一顾。

莎翁在德法两国命运迥异：他在德国深受推崇，尤其浪漫主义奠基人赫尔德是德国的哲学家和诗人（Herder, 1744—1803），他反对理性提倡直觉，流露有机主义倾向。他用土壤和植物来比喻证明莎剧和希腊戏剧不适用同一评价标准。他认为法国伏尔泰的作品不及莎士比亚：《哈姆雷特》中的鬼魂令人毛骨悚然，而伏尔泰笔下的鬼魂是演员表演伪装。他认为莎士比亚深谙人性，是深邃的哲学家，法国戏剧不适合德国思维模式，英德戏剧有亲缘关系。德国诗人歌德（Goethe, 1749—1832）喜爱莎士比亚，为他突破三一律惊喜万分，他深受其影响改变批评理念。英国诗人鲍勃（Alexander Pope, 1688—1744）认为莎士比亚不是模仿者，而是大自然的工具；他不为自然说话，而自然通过他代言。

    Nature herself was proud of his designs,
    自然为他巧夺天工骄傲，
    And joy'd to wear the dressing of his lines.
    它喜欢披美丽诗歌长袍。

就在斯特拉夫镇莎士比亚雕像下方有题词："莎士比亚，自然随你迅速灭亡"(Shakespeare, with whom quick Nature died)①,这个褒奖至高无上。马修·阿诺德(Matthew Arnold, 1822—1888)则声情并茂高唱赞歌:

> Others abide our question, Thou art free,
> 他人均遭质疑,独你无忧,
> We ask and ask—Thou smilest and art still,
> 我们频发问,你微笑不愁,
> Out-topping knowledge……
> 没有绝顶知识……
> ……………………………
> ………………
> And thou, who didst the stars and sunbeams
> 你似星星闪耀如日辉煌
> Thou know, self-schooled, self-scanne'd, self-honour'd, self-secure.
> 你知自学自描自荣自保,
> Didst tread on earth unguess'd at…②
> 脚踏实地无猜疑……

围绕莎士比亚的论战(a war of words)反映了英德和法国不同哲学和门第观念之争。若审视维多利亚时代(the Victorian age)"莎士比亚家族"(family of Shakespeare)的时尚,则有助于人们探索其内心的情感世界。幸运的是,现在的评论家和学者大多能置身于悲喜交集的(lachrymosic panegyrisation)复杂心情

---

① Stanley W. Wells: Shakespeare: For All Time-Google Books Result https://books. google. co. nz/books? isbn=0195160932-2003-Literary Collections, p46.

② Muhammad Naeem: Shakespeare's Greatness, neoenglishsystem. blogspot. com/2010/12/shakespeares-greatness. html Dec. 27. 2010, p1.

和云雾缭绕的各种评论之外,能理性冷静而客观正确地评价莎士比亚。他是出类拔萃,诗人作家,但他没有绝顶完美的知识,这绝非贬低他,恰恰相反,这足以证明他有绝顶智慧才能取得如此辉煌的成就。约翰逊说得很中肯:"时光流逝不断冲刷掉其他诗人身上松散的外衣,唯有坚硬无比的莎士比亚经受住不断冲刷而毫发无损。"(The stream of time, which is continually washing dissoluble fabrics of other poets, passes without injury by' the adamant of Shakespeare.)① 莎士比亚以其永恒的魅力圆满地回答了安诺巴勃斯的话(Enobarbus):

> Age cannot wither her, nor custom stale
> 岁月风霜恶俗无毁其美,
> Her infinite variety: other women day
> 依然风情万种任群芳愧
> The appetites they feed; but she makes hungry
> 众女饕餮大餐唯她节食,
> Where most she satisfies.
> 她最心满意足。

其独特之处在于其天才渊博,他关注人性特点和社会生活的深度广度和复杂性与多样性都是苦心孤诣无与伦比。他对人生经历的方方面面和人性感觉的点点滴滴都面面俱到,所以其成就全面深刻完美。有位评论家说得很形象:"他用大师的巨手一挥,遍及人类生活经历的各方面,从最低音到最高音域全部涵盖;从麇米柳丝像运动场上小孩的尖叫和亚瑟王子求情的男孩腔调到麻

---

① William Shakespeare, Isaac Reed, Samuel Johnson, George Steevens: The Dramatic Works of William Shakespeare, in Ten Volumes: The author's life, New York, Collins & Hannay, 1883, p31.

第七章 斯特拉夫小镇绅士勇攀诗坛巅峰

布斯回荡在王宫的恐怖声、奥赛罗对热带的热情向往,再到哈姆雷特苦闷的感觉和倍受折磨的精神,还有李尔王坚持不懈无比强大与悲剧式怜悯同情。"(He sweeps with the hand of a master the varied experiences of human life, from the lowest note to the very top of its compass, from the sportive childish treble of Mimilius and the pleading boyish tones of Prince Arthur up to the sceptre-haunted terrors of Macbeth, the tropical passion of Othello, the agonised sense and tortured spirit of Hamlet, the sustaining and sustained titanic force and tragical pathos of King Lear.)[①] 德莱顿指出:"古往今来的诗人中,他具有罕见的评论才华,还有最强大深邃的灵魂。"(With a rare critical acumen was the man, who of all modern and perhaps ancient poets, had the largest and most comprehensive soul)[②] 其完整灵魂还表现在他拥有多种戏剧才华,而其他戏剧家却没有如此众多才华,当然他们可能在某方面比他强;但如综合各方面才华,莎士比亚定可夺冠无与争锋。

阔浦顿·瑞吉特(Compton Rickett)认为莎翁有两大特点,其一是他"透视"(insight)人性,否则其作品既了无生趣也称不上博大精深,这个特点使他的心理分析富于现实主义精神。他描写栩栩如生的鲜活人物,而非本·约翰逊喜剧里木头似的人为牵强的幽默;也不是马洛悲剧里的超级英雄。浪漫主义诗人雪莱(Shelley)曾称赞前辈科勒律治(Coleridge)是"心灵细致入微的心理学家"(a subtle-souled psychologist),其实这个光荣称号完全适用于莎翁,只是当时尚未出现心理学家这个词而已;但其

---

① Muhammad Naeem: Shakespeare's Greatness, neoenglishsystem. blogspot. com/2010/12/ shakespeares- greatness. html, Dec. 27. 2010, p3, p4.

② Muhammad Naeem: Shakespeare's Greatness, neoenglishsystem. blogspot. com/2010/12/ shakespeares- greatness. html, Dec. 27. 2010, p3, p4.

诗作表明他是熟知人类心理的大师，他运用普世通用的人文主义完全理解人类所有感情的本能，他因此成为通晓人类心灵的名副其实的伟大哲学家，精通文学的哲理并用无与伦比的文学技巧表现得淋漓尽致，因而他名闻遐迩永恒传颂。因为若想通过人类行动立刻看出其真正价值并准确描述其内心活动，这必经大脑非常细致的活动才能洞悉其中奥秘。唯有他能运用无懈可击的强力，细腻而真实地渗透到人性核心，感触生活问题而且戏剧性地逐步展开这些问题，唯其独特苦心孤诣。高斯（Goethe）把其笔下的人物比喻为手表玻璃表面，一般人只见表面时间，但无法透视其内心世界；唯独他能。阚浦顿·瑞吉特赞扬他具备"探索研究人性的渊博知识"（profound and searching knowledge of human nature）①。

有人批评他没有生活哲学，但许多人绞尽脑汁想要探索其诗剧的玄机。阚浦顿·瑞吉特辩解道："莎士比亚是艺术家，他不关心假设的生活理论，而更关心生活质量本身。即使你有许多不同意见，但没有定论。"（Shakespeare was an artist and concerned primarily not with postulating theories of life, but with the stuff of life itself. You have a dozen different points of view, but no definite conclusion）② 莎士比亚作品诸多观点复杂，一时难以整理清楚。更何况他也不是道德说教者，他不像本·约翰逊那样乐于说教讽刺。他饱含怜悯恻隐之心，善于忍耐，所以有时被误解为缺乏道德。我认为这是莎士比亚最奇妙品质之一——他具有人性中的人文主义精神。他有着阳光般拼命克制精神，对周围事物都默许沉

---

① Muhammad Naeem: Shakespeare's Greatness, neoenglishsystem. blogspot. com/2010/12/ shakespeares- greatness. html, Dec. 27. 2010, p3, p4.

② Muhammad Naeem: Shakespeare's Greatness, neoenglishsystem. blogspot. com/2010/12/ shakespeares- greatness. html, Dec. 27. 2010, p3, p4.

第七章 斯特拉夫小镇绅士勇攀诗坛巅峰

默。

阙浦顿·瑞吉特赞扬他无与伦比的诗歌（incomparable poetry）是其第二大特点，因而其诗作全球传颂经久不衰，其诗歌比同辈诗人内涵更丰富而富有想象。每当我们讨论灿烂辉煌的英国文学，会情不自禁地想起文艺复兴为其带来的勃勃生机和绚烂彩虹，当然更顺理成章回忆莎士比亚神来之笔创作的众多栩栩如生的艺术形象——孤独凄凉的李尔王、痛不欲生的奥赛罗、灵魂挣扎的麻布斯，以及悲痛绝望的克里奥帕欻。可见他是伟大诗歌时代的顶级诗人，因其诗歌涵盖广泛、感情深刻，无与伦比。其浪漫喜剧触及优美思想感情的各方面；其美妙戏剧设计涉及各种奇思妙想；其中世纪悲剧引发各种哲学沉思。其诗歌表现了爱恨、希望与失望、勇敢与忍耐等主要感情，确实出类拔萃无出其右。莎士比亚有驾驭文字的神奇力量（magic power over words）。他写作诗歌随心所欲出神入化，明察秋毫词语间的细微差别，并准确运用无误，遣词造句合情合理，妙语连珠字字珠玑。他把散文和诗歌互换产生戏剧性效果，两种文体水乳交融独具匠心，很多诗篇预示或暗示其艺术技巧逼真自然。浪漫情人罗密欧（Romeo）出口成章诗不离口；伐尔斯塔夫（Falstaff）讨厌浪漫，但出口散文文采飞扬；同一人物时而散文时而诗歌，因地制宜因时而异。奥赛罗平时诗不离口，但若受邪恶兽欲诱惑，他又振振有词朗诵散文；若萨琳（Rosalind）在假期时若心情轻松愉快，也会把散文语句脱口而出。所有这些都是缘于他广博的胸怀和悲天悯人的情怀，也是因为他能洞察人性。虽然"江山代有才人出"，但江山好改本性难移。

拉夫·瓦窦·爱默生说过："诗人说话要发自肺腑，与其时代和国家步调一致。"（A poet speaks from a heart in unison with his time and country)① 然而莎士比亚已远超这个高度,其脉搏超越时代与世界同步与时俱进;所以他不仅属于英国,而且属于世界;他不仅是当时的诗坛领袖,而且至今也是世界诗坛名列前茅屈指可数的领袖之一,所以他是跨时代的空前绝后的永恒诗人——出身平凡成就非凡。

二、"忧郁王子"《哈姆雷特》艺术特色及其背景

莎翁的《哈姆雷特》(Hamlet)最能反映其人文主义精神。1601年他根据12世纪末丹麦史学家萨克《丹麦史》中哈姆雷姆王子(Prince Hamlet)为父报仇的史实,用人文主义观点成功把它改成深刻反映时代面貌的社会悲剧。该剧无情揭露了克劳狄斯专制王朝的丑恶,热情讴歌哈姆雷特等人文主义者反封建暴政的斗争。王子在德国威登堡大学接受人文教育,突闻父亡,叔父克劳狄斯(Claudius)继位娶其母;他回到丹麦倍感悲愤疑惑,父王显灵告之是克劳狄斯毒死父王,嘱他复仇。而哈姆雷特安排的"戏中戏"揭露叔王的罪行,坚定其复仇信念。克劳狄斯怂恿雷欧提斯与哈姆雷特比剑,他俩当场各中毒剑,王后当即饮鸩暴毙。雷欧提斯弥留之际,揭发克劳狄斯是这阴谋的罪魁祸首。哈姆雷特怒挥毒剑砍倒克劳狄斯,最后4人同归于尽。哈姆雷特嘱托好友霍拦旭完成他未竟事业,向人类传播人文主义思想。

尽管哈姆雷特被剥夺继承权,但仍受人民爱戴尊敬;他是文艺复兴末期人文主义者的典范,他对世界、人生、友谊、爱情有整套人文主义观点。他说世界好似负载万物的大地,这座美好框

---

① Ralph Waldo Emerson: Representative Men: Shakspeare; or, the Poet (1850) - Emerson Texts, www.emersoncentral.com/shak.htm, p2.

第七章　斯特拉夫小镇绅士勇攀诗坛巅峰

架只是不毛荒岬；这个覆盖众生的苍穹、这顶壮丽的帐幕、这个庄严房顶被金黄火焰点缀。(It goes so heavily with my disposition that this goodly frame the earth, this most excellent canopy the air—look you, this brave o'erhanging firmament, this majestical roof fretted with golden fire)① 像其他人文主义者一样，他对人类充满无限敬仰，并坚信人力定战胜命运。"人类是杰作！多么高贵的理性！多么伟大的力量！多么优美的仪表！行为多像天使！智慧多像天神！宇宙美丽！"(What a piece of work is a man! How noble in reason! How infinite in faculty! In form and moving how express and admirable! In action how like an angel, in apprehension how like a god! The beauty of the world)② 他主张人们平等互爱，要求士兵对自己"尽爱"而非"尽忠"，愿与好友霍拉旭以友相称。他相信人类前途光明，依靠理性和力量能创造美好人生和理想社会。他爱真善美，恨假丑恶；他雄心勃勃，但卷入残酷的宫廷斗争，美好理想开始破灭。满朝文武阿谀奉承狼狈为奸，他痛心疾首看到残酷不公笼罩着可爱的国度，人民如陷囹圄不见天日。他立誓为父报仇，履行儿子的责任，趁机扭转乾坤。若推翻暴君统治，则拯救濒临崩溃的国家。因此其复仇使命与国家命运、时代要求紧密相连。他认为首先要揭露罪恶根源，建立公平合理的社会。第1节第5段表白："时光已不再——恶毒诅咒。天生我才要拨乱反正。"(The time is out of joint—O cursed spite. That ever I was born to set it right.)③ 他最终未能重整乾坤，壮志未酬身先卒。

---

① Shakespeare: Hamlet: Act 2, Scene 2 (No Fear), nfs.sparknotes.com No Fear Shakespeare Hamlet, p12, p13.

② Shakespeare: Hamlet: Act 2, Scene 2 (No Fear), nfs.sparknotes.com No Fear Shakespeare Hamlet, p12, p13.

③ Shakespeare: Hamlet: Act 2, Scene 2 (No Fear), nfs.sparknotes.com No Fear Shakespeare Hamlet, p12, p13.

一方面因封建势力强大，历史条件限制乃客观原因；而更重要的是，哈姆雷特肩负复仇重任，虽知人民憎恨封建统治，但他从未想到发动人民扭转乾坤；他很自信孤军奋战，所以注定必败。这既是时代的悲剧，也是人文主义者的悲剧。他与克劳狄斯的斗争就是新型资产阶级人文主义者与反动封建王权代表之间的斗争，它表明人文主义理想同英国封建黑暗统治的矛盾不可调和，揭露了封建贵族与新型资产阶级为争夺权力殊死较量。因而作品具有反封建的进步意义。作品不仅通过人物对比其性格，还充分利用"独白"这个艺术手法来揭示主人公的内心活动，使其性格更深刻丰富。全剧主人公的重要独白共6处，有的戏剧性很强，有的富于哲理，都有助于揭示人物性格，表现主人公的人文主义精神。如第3幕第1场是全剧高潮，结构承上启下。

下面这段名闻遐迩的诗歌台词节选于这幕情景：

> To be or not to be, that is the question
> 苟且或毁灭，乃问题关键，
> Whether 'tis nobler in the mind to suffer
> 是否更高尚亦难免折磨，
> The slings and arrows of outrageous fortune,
> 面临危险命运吊索弓箭，
> Or to take arms against a sea of troubles,
> 铤而走险克服无尽险阻，
> And by opposing end them: to die, to sleep
> 奋力抗暴意味捐躯长眠；
> No more; and by a sleep, to say we end
> 别无他法，长眠了结心灵
> The heartache, and the thousand natural shocks
> 剧痛与无数次自然创伤

第七章 斯特拉夫小镇绅士勇攀诗坛巅峰

That flesh is heir to? 'Tis a consummation
及肉体痛苦吗？若果如此
Devoutly to be wish'd.
应该求之不得。

这段独白在第 3 幕第 1 场，此时哈姆莱特安排好"捕鼠剧"，沉思独白。第 1 幕第 2 场，哈姆莱特曾想自杀，因父王驾崩，叔父篡位，母亲改嫁，亡父显灵，恋人隔阂，灾祸接踵而至，使原本踌躇满志的王子痛不欲生，深刻表现其复杂思想和矛盾心理。经过两个月的痛苦煎熬，他脱胎换骨，思考生死存亡的大决战；他先感慨"生将苦难无涯"，后惧怕"死后那神秘恐怖世界"，渐渐陷入思考与行动的矛盾。这段独白是他面临生死的哲理思辨，不可简单理解为蓄意自杀，生死不同结局迥异。他想维护理想改变现实，欲单枪匹马扭转乾坤，内心纠结忧心忡忡使他更加忧郁。这段独白表现了他思考人生，烦恼失望和苦闷彷徨，也暗示他对人文主义思想动摇不定。他是作者理想化的人文主义者形象，也是表现个人同社会冲突、理想同现实矛盾的艺术典型。《哈姆雷特》是反映文艺复兴时期人文主义精神的力作，其学问、智慧及其悲剧都代表着当时人文主义者的形象。

明确上述独白的背景，从整段看 not to be = to die，to be = to live。有两种情况：其一 take arms（反抗）；其二 suffer, bear（苟且偷生），两者并存，奋勇反抗还是忍辱负重、苟且偷生？其实反抗有两种可能结果：被杀或先发制人。奋起反抗尚有一线生机，否则只能坐以待毙。莎士比亚毕生都探究角色的情感，挑动观众的情绪。其高超技艺炉火纯青，但其内在动力源泉却鲜为人知。他阅读题材广泛兼收并蓄，人们对其中某部分一直孜孜不倦研究，但其多愁善感的生活——他所表达的深切情感来自个人经历观察——却神秘莫测。他的信札、工作手记、日记或手稿都没有留存。其被梳理搜寻以证其为自传,但尽管以第一人称写就,它们却晦暗莫名,也许刻意为之。分歧猜疑经久不息,其作品如何体现他的情感生活?最热烈的反响由《哈姆雷特》引起,该作品素材曾多次使用,创作目的为了公演。这部剧本给人深刻印象,很多人认为它不同寻常,直接来自剧作家的内心世界;而剧作家精雕细刻,要从中挖掘传记的成分毫无可能。

而哈佛大学斯蒂芬·格林布莱特(Stephen Greenblatt)从莎士比亚的痛苦经历重评《哈姆雷特》,力证其独特经历是一场蓄谋已久的审美韬略。1596年夏,莎士比亚听说独子——11岁哈姆奈特(Hamnet)患病。他当时在伦敦和同伴出行,闻讯即回家;他到家后孩子已逝,万分遗憾。自孩子出生以来,莎士比亚只有几次短暂探亲,对他很少问津。1596年8月11日,其子葬于圣三一堂(Holy Trinity Church),牧师按常规在安葬记录上登记:哈姆奈特·威廉·莎士比亚。本·琼生和其他诗人都为爱子去世写过哀歌,莎士比亚则未发表挽诗,也未留记录表达感受。据说当时父母们不敢在孩子身上倾注过多的爱和希望。10岁以下小孩1/3会夭折,比例很高。莎士比亚14岁时,他7岁妹妹安妮就死了,此外他肯定目睹过其他孩子的死亡。

哈姆奈特死后的4年里,剧作家莎士比亚写出几部最愉悦的喜剧:《温莎的风流娘儿们》《无事生非》和《皆大欢喜》。这似乎暗示父亲的哀恸并不持久。然而那几年的剧作并非全然欢快的作品,它们时而也反映其个人丧子的哀恸。《约翰王》作于1596年,可能当时亡子刚下葬,其刻画一位因丧子而癫狂欲自杀的母亲。旁边的牧师见状说她疯了,但她坚持说自己完全清醒:"我没有疯;我巴不得祈祷上天,让我真的疯了!"她说让她产生自杀念头的不是疯狂,而是理智,因为正是理智让其子的模样挥之不去。她被指责为伤痛欲绝无法节哀,其回答简单而有说服力,在一片繁杂情节里脱颖而出:

第七章　斯特拉夫小镇绅士勇攀诗坛巅峰

Grief fills the room up of my absent child,
不幸丧子令我心痛欲碎,
Lies in his bed, walks up and down with me,
躺他床上,想他徘徊左右
Puts on his pretty looks, repeats his words,
装扮他俊美,复述其语言,
Remembers me of all his gracious parts,
我回忆他一切可爱优点,
Stuffs out his vacant garments with his form.
以其形体,穿其遗留衣袍。
(Act3　Scene4, L93—97)

即使这段诗歌和哈姆奈特之死无必然联系,也难以想象儿子甫葬,父亲无动于衷埋头写作。他内心深处可能忧郁悲愤,即使他让福斯塔夫的恋爱或贝特丽丝与培尼狄克机智的争执令人发笑,但他自己未必走出了悲痛的阴影。若他丧子之恸几年后才在其作品中宣泄,或姓名偶合勾起他悲伤的回忆,那也很自然。因为哈姆奈特和哈姆雷特同名谐音,在16—17世纪之交斯特拉特福德的记载中完全通用。莎士比亚显然用邻居哈姆奈特·桑德勒(Hamnet Sadler)名字为其子命名。1616年3月他这位不肯参加国教礼拜的朋友仍健在,当时莎士比亚遗嘱留下8便士26先令给哈姆雷特·桑德勒……让他买个戒指。

在17世纪初叶写作《哈姆雷特》可能并非莎士比亚的本意。至少讲述丹麦王子为父报仇的戏剧曾在英国上演,此剧现已失传,但当时很轰动,似乎观众如云。张伯伦勋爵剧团(The Lord Chamberlain's Men)里深谙市场之人或许向莎士比亚建议说改进哈姆雷特时机已成熟。由于剧团收入风险很高,莎士比亚非常留意观众的兴趣爱好,他长期积累经验善于推陈出新。前一部剧本作者可能是托马斯·凯特（Thomas Kyd）；可能因为他室友克里斯托弗·马洛的无神论和亵渎罪将他牵连进审讯中，凯特不堪折磨，1594 年仅 36 岁去世。莎士比亚和同时代人都习惯互相剽窃。因为关于版权的法律问题一直纠缠不休混沌一片，直到雪莱拜伦时代才引起重视，这也是浪漫主义诗人为时代作出的贡献之一，此为后话。

Stephen 推断莎翁可能多次看过更早的《哈姆雷特》演出。他动笔创作新版悲剧前，他已烂熟于心或记其要旨，但无法认定他是否参考了其他书。例如，他写《安东尼与克莉奥佩特拉》显然只凭记忆，但他读过多个版本关于谋杀复仇的丹麦传统故事。他曾仔细读过佛朗西斯·德·贝勒弗斯特（Francois de Belleforest）用法语写的故事，其悲惨故事集出版在 16 世纪末。贝勒弗斯特的哈姆雷特故事来自丹麦编年史，该书在 12 世纪末由丹麦文法学家萨克梭（Saxo）编辑成拉丁文。而萨克梭搜罗了前几个世纪成文或口述的神话故事。于是他用现有素材——自圆其说的故事、众所周知的人物和一系列激动人心的故事写成。他似乎蓄谋已久为后人布下"迷魂阵"，隐匿有关资料要与后人"捉迷藏"，使其更扑朔迷离、魅力无穷。

如果莎翁 1600 年逝世，很难设想其成就中缺失什么，更难设想其作品中酝酿什么。但《哈姆雷特》清楚表明他一直潜心锻造他那独特的艺术手法。这也许是脉络清晰持续发展的职业计划的成果，完全经过深思熟虑，也可能更为偶然投机。但这成就不是突如其来、一蹴而就，也不是惊天动地的发明，而是一整套独树一帜具有代表性的技艺逐渐精细完善的过程。在世纪之交，莎翁胸有成竹为划时代突破做好各种准备。他表现人物内心世界的手法尽善尽美。戏剧表达人物内心世界异常困难，因为观众所见所闻是公开陈词——角色对白、间或旁白和独白，直接说给观众听。当然剧作家可以假装观众无意中听到内心独白，但很难让

第七章 斯特拉夫小镇绅士勇攀诗坛巅峰

独白听起来不像做戏。以上是迄今为止有关《哈姆雷特》来龙去脉的合理推理，其是否完全还原了历史的本来面目，有待今后的观察验证，历史的谜团云雾缭绕更激发饶有兴趣者更加深入探索。

但美国诗人艾略特对于《哈姆雷特》另有见解，称赞它是"文学中的蒙娜丽莎"，其潜台词是：它奇特富于魅力，然而非常神秘。他认为："有些东西是作家无法弄懂、思索甚至操纵设计带进艺术里的。"① 他针对哈姆雷特的母亲奥菲利亚，以此说明莎翁的败笔在于题材与情感无法呼应："其性格非常负面微不足道，却能在哈姆雷特身上唤起连她自己都无法表达的情感。"② 当然这种观点遭受多方驳斥而未立论，但由此可见各方人士对于莎翁的作品争鸣热烈非同凡响。"不识庐山真面目，只缘身在此山中"。

对于哈姆雷特的性格分析一直分歧不断，后来的浪漫主义诗人科勒律治踊跃参与这场论战，挺身而出保卫莎翁。他指责批评者错误理解剧中人，无法理解莎翁的天才。他用性格成分论解读哈姆雷特，证明他不是懦夫，有洞察力理解敏锐，由此追踪到莎翁深邃精准的心灵哲学。他对哈姆雷特性格的解读与众不同，注重发掘真理探索人性，他用著名的性格有机论全面辩证分析莎翁及其作品人物，勇于驳斥新古典主义分裂看待莎翁作品人物及反对莎士比亚的观点，他以诗坛为战场与法国机械论针锋相对，为莎士比亚风靡世界立下汗马功劳，可谓马前卒开路先锋。这是浪漫主义诗人捍卫继承文艺复兴英国诗歌的伟大功勋。

---

① 朱立明：《美国文学.比较文学.莎士比亚——朱立明教授 70 寿庆论文集》，台北：书林出版社，1990，p183。
② 朱立明：《美国文学.比较文学.莎士比亚——朱立明教授 70 寿庆论文集》，台北：书林出版社，1990，p183。

三、西德尼和莎士比亚风格异曲同工的十四行诗

如前所述,十四行诗繁文缛节最多,其要求繁多条件苛刻,要求格律严谨篇幅紧凑,音调铿锵气象高雅。奇怪的是其越灵活,更易激发诗人的创造性。很多诗人争辩:每逢转行诸多限制,限制字数压缩音节,迫使诗人更有创造性,只保留与主题至关重要密不可分的字词,就像珠宝瞬间爆发出凝聚的光感。其清规戒律无限繁琐,有点类似我国七言律诗,限制人们发挥创造。正如罗塞梯(D. G. Rossetti)赋诗赞叹:

> The Sonnet is a moment's monument,
> 是瞬间纪念碑,
> Memorial from the Soul's eternity
> 纪念人们灵魂的永恒
> To one dead deathless hour. ("The Sonnet", 1-3)
> 它会使逝者永垂不朽。

十四行诗形式单一要求严格,令人望而生畏,但它又非常灵活,蕴含极大的创造性,这似是悖论。很多诗人认为对每行字数限制,迫使他们浓缩每行长度限制字数,惜墨如金字斟句酌反复推敲,千锤百炼准确表意,这有助于发挥创造性。例如俳句诗虽有更多规定,但它就是精品,因为它用最少字数表达人们瞬间的复杂情感。西德尼和莎士比亚都是大师,在此将他俩进行对比,看其有何异同,尤其要分析他们各自独创之处。因为若讨论避而不谈莎士比亚就如同谈论戏剧避谈其中主角一样滑稽而空洞。下面分析大师们在这限制繁多的诗体中如何发挥创作潜能革故鼎新。西德尼着重改变外在形式;莎翁扩大主题内涵,关注描写人

第七章　斯特拉夫小镇绅士勇攀诗坛巅峰

文的相关内容，这是西德尼忽略的，他仍流连于意大利的诗歌爱情中。文艺复兴时期，伟大诗人大胆突破桎梏为创造性的动力，而不是阻力，因为无人限定他们必写此诗，他们并非严格的传统诗人，愿意为主题而改变诗歌形式。两位大师改革的形式不同，但是都显示了他们意欲突破传统的决心，这为后人树立了革新的榜样——不因循守旧，化阻力为动力。

西德尼觉得意大利诗体太严格，不符合英语的韵律节奏，所以用改良的诗体创作《阿斯托菲尔和斯特拉》，他摆脱了意大利诗歌的诸多羁绊束缚。其诗歌韵律宽广，根据诗歌主题需要因地制宜；其结构也灵活，每首诗包括两段4行诗和1对3行诗，每首诗表现一个独立主题。他宁愿变换诗体，而不改变主题。他像前人一样格外喜欢意大利式的传统宫廷爱情，很多人认为《阿斯托菲尔和斯特拉》凄婉浪漫的故事是他根据亲身经历创作的。西德尼爱上小他9岁、漂亮有教养的大家闺秀——帕尼楼坡。但也有人认为无论故事起源如何，难以看出首这诗歌是爱情故事的真实记录，诗人已将他们浪漫理想化。人们情不自禁会认为诗人故意卖弄技巧、矫揉造作、哗众取宠，想博取学界认可，因为他们正绞尽脑汁寻觅真实的爱情故事。况且诗人自己也曾默认其动机不纯。他在第1首声称："研究美好创作以及令她愉悦的智慧"；他在第15首诗自诩殚精竭虑才写出如此华章：

> You that do Dictionary's method bring
> 你是引经据典循规蹈矩，
> Into your rhymes, running in rattling rows
> 遵循你韵律诗行齐排列；
> You that poor Petrarch's long deceased woes
> 可怜长眠彼特拉克余孽，
> With new-born sighs and denizened wit do sing,

用外来智慧唱新生叹息;
You take wrong ways, those far-fetched helps be such
你入歧途招来远方帮助,
As do betray a want of inward touch (Jokinen).
人们期望帮你回归正路。

他悄悄告诫那些二流诗人:"首先斯特拉看好啦,然后再继续前进。"但他虽然似说斯特拉,其实与她无关,他含沙射影。其诗歌很美,因此他自以为情有可原。不过他的诗歌修辞华丽,有时会令人怀疑这样华美的诗歌能否展翅飞翔。斯特拉是天使般尤物,第81首描述:"(美貌)令人屏声静气;令麻木双唇嚅动。"(Breathing all bliss and sweet'ning to the heart; Teaching dumb lips a nobler exercise!)他无望的爱情将她限制,此处毫无情欲的感觉。因此产生问题:浪漫爱情、情欲和婚姻常有情感基础;想象和感情之间联系须非常密切,情不自禁难以控制的激情才会引发诗泉奔涌,这是情诗的原始动力,至少这是文艺复兴时期情诗的现状。若将爱情、婚姻和情欲分开,或由专家等人为因素强行将其分裂,激情将限于情欲,婚姻基础沦为工于心计的谋略,爱情将褪色变味。莎翁时期14行情诗仍保留传统,较少涉及性事,当然少数人还有。莎士比亚突破传统,独自宣布钟情于14行情诗,并且大胆实践独步诗坛。

尽管仍有争议,但莎翁乃当之无愧最伟大的诗人,其154首十四行诗是伊丽莎白时代抒情诗的瑰宝,鲜有诗作堪与其媲美。其传记作者认为从1578—1582年和1585—1592年是"逝去的年代"(the Lost Years)。大约从1592—1598年莎翁共创作154首关于友谊爱情的诗作,1—126首诗描写诗人与一青年的友情,当然不可避免被视为同性恋;127—152首诗描写诗人与黑女人的爱情,最后2首诗即结束。他创作的都是"甜蜜的十四行诗"

第七章 斯特拉夫小镇绅士勇攀诗坛巅峰

(sugared sonnets),他没有选择意大利诗体,而选择斯宾塞诗型(Spenserian),即3段4行诗各有韵律,最后2行又押韵。汤玛斯·陶颇(Thomas Thorpe)于1609年编辑出版莎士比亚集,这要归功于 Mr. W. H 和黑女人(Dark Lady),他们都是诗人的所爱。莎士比亚对前者百般体贴,包括他的青春魅力甚至包容他的稚嫩和毫无经验;他对于黑女人则颇有怨言,痛恨她水性杨花背叛自己,所以他似乎重友轻色;甚或是重男色轻女色,法国人因此批评他是同性恋并非空穴来风。试想谁能坚持不懈献诗126首,很难想象其间只有虚情假意或是刻意夸张,而没有深厚感情的基础;当然支持者都颂扬莎翁作为文学大师具有非凡的想象力和创造力,若果如此举世无双。

长期以来有关这位 Mr. W. H 的性别及其创作原型争议很大,莫衷一是,当然这首先是由卷首12行神秘献辞引发争议。其排列成倒三角形;前面7行似乎如此翻译:"谨祝下列唯一生父(begetter) W. H 先生万事如意,并像我国长寿诗宗所承诺的,永垂不朽。""begetter"本义是"生父",此处引申为"灵感之源,催生者",于是大家对这位神秘的 W. H 先生兴趣盎然。起初认为这是献给某女人的诗歌,这与本森对这些修改有关。1780年马龙(Malone)和斯蒂文斯认为应为青年男子。Robert Elirod 认为:22—32首描述没有荫翳的纯净之爱;33—42首则重在斥责双重背叛;43—52首描述夜的静思和离别惆怅;54—65首歌颂不朽的诗样爱情;66—77首尽数死亡堕落之痛;78—86首描述争宠邀欢的诗人;87—96首表达疏远离间之情;97—108首期盼爱情的回归加强。台湾诗人余光中先生认为人们千方百计想要挖掘 W·H 的真相,他们绞尽脑汁索引了5位名字缩写为 W. H 的嫌疑人:一是 William Herbert, Earl(伯爵)of Pembroke,他比莎士比亚小16岁,俊美少年不愿早婚,但似乎年龄太小不现实;二是 Henry Wriothesley, Earl of Southampton,其名缩写为

H. W 而不是 W. H，他比莎翁小 9 岁，仰慕赞赏莎翁诗艺，也是不愿早婚的单身贵族，所以这两人嫌疑大；三是 William Hall——书商的伙计，也是莎翁集出版人索普的朋友，他曾代表索普前来索取诗稿，似乎符合 begetter（催生者）的说法，但很多人怀疑他是否值得莎翁专门为之题词献书；最敏感的王尔德（Oscar Wilde，1854—1900）则提出第 4 个嫌疑人，他在《W·H 先生画像》中说：童男演员 Willie Hughes 是 W·H 先生，有人认为这无意中暴露了他自己的同性恋癖好；第 5 个嫌疑人是哈维爵士 Sir William Hervey，这是《莎士比亚传》的作者 Peter Quernell 披露的。他认为哈维在 1588 年迎战西班牙立下战功，封男爵晋勋爵，迎娶邵桑普敦的遗孀，而且支持邵桑普敦生前赏识的诗人——莎士比亚用诗歌劝谕单身汉早婚，让俊美风范流芳百世。所以其开始 17 首都是反复讨论婚姻的主题。例如第 2 首：

SONNET 2

When forty winters shall beseige thy brow,
四十寒冬摧残黛眉朱颜，
And dig deep trenches in thy beauty's field,
令美丽容颜皱褶重叠生，
Thy youth's proud livery, so gazed on now,
往昔青春美貌众人羡艳，
Will be a tatter'd weed, of small worth held:
若残花败柳则无人问津；
Then being ask'd where all thy beauty lies,
若借问你何处动人美丽，
Where all the treasure of thy lusty days;
何处有你风情万种宝藏；
To say, within thine own deep-sunken eyes,

第七章　斯特拉夫小镇绅士勇攀诗坛巅峰

答曰藏于我深陷双眸里，
Were an all-eating shame and thriftless praise.
那是贪婪羞耻无益褒奖。
How much more praise deserved thy beauty's use,
你美貌可赢得多少赞美，
If thou couldst answer 'This fair child of mine
若你答："吾宁静光明儿童
Shall sum my count and make my old excuse,'
继承结账，老生常谈复回，"
Proving his beauty by succession thine!
证实其美貌源于你血统！
This were to be new made when thou art old,
这使你衰老时青春焕发，
And see thy blood warm when thou feel'st it cold.
心灰意冷用热血浇心花。

莎翁告诫英俊少年：若要青春永驻英俊永恒，唯有二途可循——结婚生子继承血脉，写作诗歌延续精神。他极尽最华美富丽的语言歌颂英俊男友和爱情，前者成为他讴歌真善美的象征。全部诗集虽然揭露挞伐社会黑暗现象，但主要表现他充满希望热情。其某些沿袭传统主题的传统诗作，注重惊艳意象，追求完美无缺的风格韵律，所以那个时代被誉为黄金时代。当然世人试图从其诗歌的字里行间窥伺诗人的生活隐私乃至内心世界，亦无可厚非。Gorge Sampson 忠告："我们再次强调莎士比亚应作为诗歌来读，而不是既不完美又不合情理的侦探故事，别忘记这些诗歌的作者也是剧作家。"[①] 如遵从其提示，其中很多疑难费解处就

[①] Muhammad Naeem: "Shakespeare's Greatness", neoenglishsystem.blogspot.com/shakespeares-greatness.html, p5.

轻而易举迎刃而解。到底这是诗人故弄玄虚玩弄艺术诗艺还是捕风捉影?"木秀于林风必摧之",莎翁出奇制胜招致很多质疑。是空穴来风或事出有因毫无凭据,这难题似悬而未决,因其生平材料严重匮乏,甚至难寻其肖像;最近牛津大学爱德华·威尔森(Edward Wilson)与格里菲斯合作花了5年时间向拉丁语专家和莎学专家求证,最后确定一本16世纪植物学史书标题页雕版画中发现莎翁唯一画像。正因为如此,人们更趋之若鹜乐此不疲,势要拨开扑朔迷离的历史迷雾。法国新古典主义莎评更令人惊讶:莎士比亚为何对道德无动于衷?连浪漫主义诗歌鼻祖华兹华斯也质疑其道德。然而科勒律治认为人们用机械道德观审视莎翁不能发现其隐含的道德美,人们过度道德教化反而损害道德,而莎翁春风化雨的艺术手法让读者感受真正的道德,因而他是真善美的结合。

　　然而正如莎学专家史密斯所说:"难以确定诗中青年男子和黑发女郎的确切身份,反倒鼓励我们全神贯注于这些行诗的艺术品质。"[①] 我们潜心欣赏这些甜美行诗,青年男子和黑发女郎是谁似乎不重要。虽说"不必把其行诗当作自传解读,但我们并不否认这些行诗包含有诗人的生活经历"[②]。虽然这些诗是写给朋友情人的,但内容深广远远超出对友谊爱情的咏叹,处处激扬着诗人对真善美的讴歌,对假恶丑的抨击,对人性解放、个性尊严和社会公平的向往。经过莎翁改造,英语的形式更精巧完美。这154首行诗实乃莎翁人文主义精神发展成熟的标志,是标志其高超艺术水平的巍峨丰碑。笔者认为正因为有这些扑朔迷离的现

---

① Hallett Smith:Sonnets/Evans, G. Blakemore&others. The Riverside Shakespeare. Boston:Houghton Mifflin Company. 1974, p8.

② Hallett Smith:Sonnets/Evans, G. Blakemore&others. The Riverside Shakespeare. Boston:Houghton Mifflin Company. 1974, p8.

第七章　斯特拉夫小镇绅士勇攀诗坛巅峰

象,这才是莎学研究的魅力所在,当然,不可否认这些诗歌本身技艺娴熟,深具艺术魅力。而且莎翁对浪漫主义诗人产生了不可估量的影响,尤其是后面要介绍雪莱也有此类诗歌,也成为争论不休的历史疑案,他是否受莎翁启发故弄玄虚,还是发自肺腑情不自禁,拟或与莎翁一样确有风流韵事?虚虚实实真真假假,水乳交融真伪难辨,这是文学创作最高境界,且待以后分解。

现翻译第56首,以便验证 Elirod 的分类,更可仔细鉴赏莎翁情诗讴歌爱情之魅力:

Sweet love, renew thy force; be it not said
甜美爱情续你力量,勿说
The edge should blunter be than appetite,
你锋刃甚至钝于你食欲,
Which but today by feeding is allayed,
今天你饕餮饱腹已满足,
Tomorrow sharpened inhis former might.
明天一如既往强大无比。
So, love, be thou; although today thou fill
故爱如食欲,虽今天充满
Thy hungry eyes, even till they wink with fullness,
你饥渴眼睛,乃饱食闭目,
Tomorrow see again, and do not kill
明天睁眼饥渴,请勿害惨
The spirit of love with a perpetual dullness.
扼杀爱情使之永久萎枯。
Let his sad interim like the ocean be
让忧伤间隙成为那海洋
Which parts the shore, where two contracted new

分割海岸，让那订婚恋人
Come daily to the banks, that when they see
每天来岸边彼此相遥望
Return of love, more blessed may be the view;
爱情回归，庇佑欢愉美景，
Or call it winter, which, being full of care,
或可谓冬天就满怀期盼，
Makessummers welcome, thrice more wished, more rare.
更无限喜爱难得的夏天。

　　如前所述，莎士比亚与西德尼不同，莎翁不重视诗体技巧变化。他选用的诗体包括3段西西里4行诗（Sicilian Quatrains），结尾是2行英雄体对句（heroic couplet），即抑扬格5音步，每首诗韵律固定不变。文学史上命名为"莎士比亚诗体"（Shakespearean）或"伊丽莎白体"（The Elizabethan Sonnet），每行10个音节，韵式为abab, cdcd, efef, gg。当然并非所有伊丽莎白体都是抑扬格5音步。虽然莎翁未将这种诗体形式改革创新，但他对内容改革创新。这并不意味他彻底改变了诗歌主题。他像西德尼一样在很多诗歌里依然歌颂爱情，无论是同性恋或异性恋。其台词常常评价同样高，他也和西德尼一样喜欢把心上人比喻为自然杰作，例如他说："我将你比喻为夏日可否？你却更加可爱更加温柔。"（Shall I compare thee to a summer's day? Thou art more lovely and more temperate）［Sonnet 18］。

　　显然他似乎更希望其诗歌能保留天才风格而风靡文坛，至于诗歌颂扬的对象相对次之，因其在第19首十四行诗中说道："尽管你曾犯过错言行糟；我诗中爱情会青春永葆。"（Yet do thy worst, old Time: despite thy wrong / My love shall in my verse ever live young）他表现非常成熟的诗意，这是西德尼难以企及的。

第七章　斯特拉夫小镇绅士勇攀诗坛巅峰

他表达的各种情感源于实际生活和艰难困苦、令人沮丧的真实世界，所以隐匿于其中的感情更真实感人。仅以第 29 首十四行诗为例，前 2 段 4 行诗悲叹自己的现状：无才能穷汉不满惨淡现状，羡慕有钱有势贵族，然后笔调一转突然想起爱人——"甜蜜爱人仍记得这财富／我不屑改变于王朝窘处"（Thy sweet love remem'red such wealth brings / That then I scorn to change my state with kings）①。这首诗表现其成熟的感情，而这是西德尼避而不谈最欠缺的。西德尼只会说："美貌欲令其堕入情网。"（Beauty draws thy heart to love）虽有美貌加上技巧娴熟，但只有少年维特式虚幻的爱情；莎翁描写爱情赐予他巨大力量经久不衰，其持久牢固的爱情关系表现了醇美荣耀。

莎翁第 130 首《黑女人》"Dark Lady"更表现强烈的现实主义精神。它描写一位女人如下：

> My mistress' eyes are nothing like the sun;
> 吾情人双眸无太阳明亮;
> Coral is far more red than her lips' red;
> 她双唇远非那珊瑚鲜红;
> If snow be white, why then her breasts are dun;
> 为何她丰乳非白黯无光;
> If hair be wires, black wires grow on her head.
> 她黑发又粗又硬而蓬松。

莎翁在诗中似乎有意颠覆一切，人们为之欢喜；甚至有人嘲笑西德尼那虚幻缥缈昙花一现的爱情，其中含义丰富更增添浪漫主义色彩，而不仅仅令人震惊。莎士比亚终于为我们展现了图

---

① John Kerrigan: William Shakespeare, The Sonnets and A Lover's Complaint. London: Penguin Book-Ltd. 1986, p18.

画:黑女人和讲述者互相依赖,这种关系既不理想也不浪漫,但很切合实际。男主角对黑女人既喜又厌,既被她吸引又对她嫌弃;这种纠结的矛盾感情就存在于现实生活中,纷纭复杂剪不断理还乱,这在莎翁诗中屡见不鲜,而西德尼绝非如此变幻莫测。

再看莎翁第138首:

> When my love swears that she is made of truth,
> 吾情人发誓乃真理化身,
> I do believe her, though I know she lies.
> 虽识破谎言但虚与委蛇。

他描写男女关系是自我陶醉和自我欺骗:黑女人明知男主角并非年轻帅哥,但仍恭维有加;男方明知她红杏出墙,仍假装信她。只要这幻象没戳破,双方都乐于自欺欺人,从这种畸形的关系中各取所需。这种矛盾复杂心理活动在其他文人作品中罕见,而在莎翁诗作中常见,或许这就是他的过人之处,这使其诗作更受欢迎;人们在其他作品中享受不到这种矛盾心理的快乐,所以时至今日人们乐此不疲津津乐道。

西德尼和莎翁异同明显:两位大师都根据自己的创作意图自由选择诗体,他们都把诗歌结构视为促进自己创新的动力。莎翁继续探索可否选择诗体,探索可否用现实主义解剖真实世界的真情实感,有时也探索可否放弃其他浪漫派诗人的诗体。其诗歌就是上述罗塞悌赞美的那"瞬间"的"纪念碑",将"永垂不朽"。然而越来越多的人意识到要厘清那时模棱两可的真实情感,所以关注莎士比亚,而忽略西德尼。简而言之,西德尼用语言技巧大大改变了格式;而莎士比亚大大扩充了的思想内涵。所以西德尼及其同侪都无法像莎士比亚那样深刻揭示人性和社会本质,只能局限在意大利文艺复兴诗人彼特拉克宫廷情诗的情结中自我陶醉。西德尼注重外表形式,绚丽多彩囿于书面,属于当之无愧的杰作；而莎翁则更真实可信，贴近生活激发灵感，令人回味无穷锲而不舍，应该属于每个时代——经久不衰。所以他俩从不同角度以不同形式对英国诗歌文学的迅猛发展做出巨大的贡献，可谓异曲同工，也为英语流行于世界文坛乃至后来居上立下汗马功劳彪炳青史。以至于今天世人更多关注英语，因而忽略其深远的历史渊源也情有可原，也是这两位大师"喧宾夺主"革故鼎新的结果。可谓诗坛代有才人出，各领风骚数百年，但迄今为止屈指可数永葆青春的大师舍此其谁也？

四、斯宾塞与莎士比亚各自妙趣横生

莎翁是最有智慧而戏剧化的诗人，他不仅诗艺高超，而且非常睿智，少男少女沐浴其诗歌阳光雨露茁壮成长。赋格曲（fugue）意味朦胧状态，这种诗歌形式颇受欢迎；许多诗人都模拟写作莎翁，但很少有人真正将其心声与这种诗歌所需的智力诗艺融为一体。它不仅要求韵律正确，在第 2 段 4 行诗则有转折（volta），而且要将想象、诗段、韵律和诗歌比兴语言有机结合、水乳交融。当时他刚写出，但起初波澜不兴几乎无人问津，可能基于市场或者其他原因的考虑，15 年无人敢出版。1609 年汤玛斯·骚帕（Thomas Thorpe）突然将莎翁的诗歌印刷出版，他因此得名"盗版出版商"（a publishing understrapper of piratical habits）。幸亏得益于此盗，否则恐怕瑰宝失传于世。其之所以能够得到莎翁的诗歌手稿，是因为这些手稿的在莎翁的亲朋好友中流传，流传者都爱好诗歌。究竟在伦敦流传几个版本也不得而知，但当时他声名鹊起，在戏剧界和诗歌界都受欢迎。骚帕正是看中这点，认为其诗歌众望所归，盗印出版名利双收。无人知晓这是未经莎翁授权的盗版，所以至今无人确信其到底写给谁。当然如果真相大白，这些专家也就兴趣索然甚至失业，莎学魅力锐减。下面以第 129 首为例解析其结构：

Sonnet 129

The expense of spirit in a waste of shame
费精力性爱乃可耻浪费,
Is lust in action; and till action, lust
性欲难控制须付诸行动,
Is perjured, murderous, bloody, full of blame,
其危险残暴血腥该责备,
Savage, extreme, rude, cruel, not to trust,
粗鲁极端残忍不可信任;
Enjoy'd no sooner but despised straight,
待性欲满足即遭受鄙视,
Past reason hunted, and no sooner had
被疯狂追求致使迅速受
Past reason hated, as a swallow'd bait
憎恨如诱饵被迅即吞噬,
On purpose laid to make the taker mad;
故意引诱让征服者失魄;
Mad in pursuit and in possession so;
疯狂追求希冀顷刻占有,
Had, having, and in quest to have, extreme;
曾有、正有或冀将来拥抱,
A bliss in proof, and proved, a very woe;
尝试快乐证实痛心疾首,
Before, a joy proposed; behind, a dream.
事前盼求欢, 云雨梦破了,
All this the world well knows; yet none knows well
世人尽熟谙;无人深谙熟

第七章 斯特拉夫小镇绅士勇攀诗坛巅峰

To shun the heaven that leads men to this hell.
避免从天堂向地狱堕落。

　　首先分析诗歌的结构（structure）。此诗不浪漫，无诗情画意，并非莎翁情诗的代表作，写得低调（in a minor key），类似莫扎特第20首钢琴协奏曲（concerto），但尽显他的严谨魅力。前面悉数其诗结构：全诗主题分为两部分。第1部分有2首4行诗（8行，the octave），然后语气或主题转折；转折后则是6行诗（sestet），由1个4行诗（quatrian）和1个对句组成。而上述则没有这种转折，这样无转折的在莎翁作品中也不鲜见。当然也有很多学者认为这种转折是莎翁必不可少的特征，其实也不尽然。如同西德尼一样，莎翁诗歌形式往往违背彼特拉克诗体的转折，采用沉思的美学形式（contemplative aesthetic）。伊丽莎白时代的诗人喜好追求独特效果，这是《大英百科全书》诠释的"具有警世讽刺意味、简洁的议论文风格"（an argumentative terseness with an epigrammatic sting）[1]。莎翁十四行诗千锤百炼炉火纯青，其诗歌结尾对句往往回顾总结全诗画龙点睛。上述诗歌描述性爱过程弊端，针砭时弊一针见血。诗中每句和每个环节都指向论点与结论，各首诗的韵律内涵都强化最后对句的结论，其魅力智慧都在于此。韵律很美的诗歌必定具备超人的感染力，无韵诗则难以企及。大师笔下的韵味不仅美观正式工整优雅，而且朗朗上口，让人耳目一新，觉得押韵非此不可别无选择；莎翁的韵律足以强化诗歌的思想内涵，达到音韵与诗型和谐一致的功效，这正是大师的过人之处。它还评述莎翁："莎士比亚有14行，每行10音节，每行抑扬格5音步，其格式即1个非重读音节后跟随1个重读音节，重复5次。"（A Shakespearean sonnet

---

[1] The sonnet sequence-Encyclopædia Britannica's Guide to. kids.britannica.com/shakespeare/article-12815, p8.

consists of 14 lines, each line contains ten syllables, and each line is written in iambic pentameter in which a pattern of a non-emphasized syllable followed by an emphasized syllable is repeated five times.)①其实未必尽然,例如第 145 首每行只有 8 音节,当然这是唯一一首出格的。莎翁的韵律(meter)更重要,其本质是戏剧化,音韵悦耳动听非常重要,强化诗歌的戏剧效果,这是其诗歌特征之一。

实际上第 129 首第 1 行第 1 音步是 The expense,定冠词理应略读为 Th' expense,这从开始就保留抑扬格的音步。除非别无他法,否则这个抑扬格(anapest)在那个时代就难以听到了。第 1 首 4 行诗的 3、4 行则是愤怒的抑扬格。第 3 行 murderous 应略读为 murd'rous,而第 4 行 cruel 听起来似乎双音节,其实多为单音节。莎翁采用抑扬格,savage 则用扬抑格音步(trochaic foot),打破抑扬格的句式。Cruel 在此产生了独特精湛的韵律效果(metrical tour de force),因为莎翁欲使此句令人震撼。第 3 个音步是单音节(monosyllabic),愤怒强调 cruel。全诗韵律铿锵有力、朗朗上口,富有节奏感,突出愤怒的戏剧化效果。他使用多种修辞手法欲使其诗歌立论有据,较多重复(repetition)增强说服力,例如第 1 行语句间隔反复(epanalepsis),以及类叠法(polytoton)和连珠反复(anadiplosis),自始至终重复"疯狂"(mad)。但 4 行诗后接着使用平行句(parallelism),这种技巧促使主题逐行向前发展,层层递进突出强调他过去乃至当时的愤怒、悔恨和失望,犹如铁匠趁热打铁一气呵成:

All this the world well knows; yet none knows well

---

① William Nicholson: Comprising an Accurate and Popular View of the Present Improved State of Human Knowledge, The British Encyclopedia: Or, Dictionary of Arts and Sciences…www.google.co.kr/books. 2009-04-30, p11.

第七章 斯特拉夫小镇绅士勇攀诗坛巅峰

世人尽熟谙；无人深谙熟
To shun the heaven that leads men to this hell.
避免从天堂向地狱堕落。

锻造完毕，他再最后重击画龙点睛——最后对句揭示真理一锤定音，无可争辩。全诗各环节都围绕最后的论点和结论展开，韵律环环相扣互相连锁，驱使读者从 1 首 4 行诗毫不间断很快进入下 1 首，这将诗歌内容与诗歌形式融会贯通，水乳交融、密不可分。现代有人用借押韵（slant rhymes）或无韵诗改写，但听起来韵味全无，因原来的诗句有排山倒海之势一泻千里。最后的对句是很好的修辞方法，铿锵有力将全诗引向高潮；"well knows"和"knows well"是交错配列法/回环（antimetabole），这从整体上简洁表现了全诗的平行句。对句的第 1 句为断句，而后面 1 行半一气呵成，气势如虹浩浩荡荡。"heaven"在此既是指天堂也比喻性愉悦，和"hell"都是双关语（pun），不仅指地狱，也可指女性生殖器，薄伽丘《十日谈》第 3 天第 10 个故事有此说法。这首是莎翁戏剧独白，最后对句突现主题，强化戏剧效果，给出解决问题办法——这是其特点。大师笔下的韵律不仅为了文字美观优雅，也会在潜意识里刺激读者耳朵和大脑神经，激励思想强化主题，其每首诗歌韵律都坚持该原则取得奇效。

尽管仍有争议，但大多认为斯宾塞的爱情诗至今仍是文坛最优美的情诗。斯宾塞的诗与莎士比亚的结构相同：它由 3 个互相连锁的（interlocking）西西里/意大利 4 行诗加 1 个对句。诗歌以 8 行诗节（octave）和 6 行诗节（sestet）连接，最后以 1 个独立押韵的对句概括。莎士比亚诗的韵律为 abab、cdcd、efef、gg，但斯宾塞诗的韵律为 abab、bcbc、cdcd、ee（the Spenserian form）。斯宾塞诗有个明显特点——注入当时的新思想，心灵美更胜于外表美，美丽因为诗人的歌颂而不朽，人生如舞台，并通过对话将民谣体渗入其中。另外诗人表达个人主义思想，他将自己置于诗歌中心,向读者讲述其处境、情感和信念。这是文艺复兴时期非常流行的抒情诗题材。人们越来越重视个性化问题。中世纪的人被视为社会的一分子,而16世纪他却成为个体,斯宾塞的诗就是典型的代表。斯宾塞爱情与《婚曲》(Epithalamion)一起出版,这组诗是为了庆祝他与伊丽莎白·博伊尔(Elizabeth Boyle)的婚礼而作。斯宾塞的爱情集收录在他的《小爱神》(Amoretti, 1595),其中包括88首献给妻子的爱情,与众不同。斯宾塞根据诗节顺序安排爱情的发展变化,模仿彼特拉克爱情经历描述亲身体验。所以其情诗继承了彼特拉克文体传统,同时也是诗人自我剖析坦陈心迹。由于其巧妙运用古英语文字书写,但诗意浅显易懂,中句法与表达方式以其不同寻常的新颖而在16世纪诗坛上名声大噪。斯宾塞甚至挣脱爱情束缚,更加深入揭示宗教道德现象和诗歌创作的联系,其诗歌倾诉心声如泣如诉。

斯宾塞诗节在长诗《仙后》(Farie Queen, 1590—1596)中探索出新格律形式:每节9行,前8行都是每行10个音节,第9行为12个音节,按ababbcbcc押韵,称作"斯宾塞诗节"(the Spenserian stanza),其特点为:①完美韵律;②罕见美感;③奇妙想象;④纯洁崇高道德;⑤献身理想主义。他还多次使用怪异的语言模式及废弃不用的词汇,以增加作品的乡土气息。斯宾塞的理想主义通过他对美的热爱以及精美优雅的诗文韵律表现出来。如前所述,《仙后》采用中世纪常用的讽喻传奇形式,是文艺复兴时期重要的宗教政治史诗。这部未竟的伟大史诗光芒万丈,像辉煌殿堂屹立在欧洲文学的高峰上。斯宾塞因此成为诗坛领袖。如此长诗没有任何失误和诗韵的破绽,全诗音韵节律完美无瑕,经得起任何检验,所以堪称文艺复兴英国诗歌的经典之作。

按照诗人的说法,《仙后》的宗旨是遵循亚里士多德的学说,表达一种基本品德,从而用美德善行塑造并锻炼高贵纯洁的

第七章 斯特拉夫小镇绅士勇攀诗坛巅峰

人。该书主要内容是青年王子亚瑟梦见仙后格罗丽亚娜（伊丽莎白一世的象征，意为光辉），他醒来后就寻找她。而仙后格罗丽亚娜正在天上举行一年一度的12天宴会，每天派一名骑士到人间除暴安良，每名骑士都代表一种品德力量。而亚瑟王子和这些骑士每次相遇都共同战妖除怪，他身上集中了骑士的所有美德，成为最高品德的化身。诗人自称这是一首连续的寓言，因为这里既有伊丽莎白时代的现实，也有新柏拉图式的关于仙境的虚构，但其结构用意很清晰。作者在卷前给朋友的信中说明其总目标乃是形容刻画道德高尚的正人君子。他在形式上模仿意大利诗人，他们都曾用长诗赞美意大利，斯宾塞也想通过鸿篇巨制歌颂赞美英国。但他没有完全写实表现英国生机勃发的英雄时代，而是穿越到中世纪骑士时代，用突破时空的描写来含蓄表现英格兰民族的伟大精神。可能他汲取了瓦特、苏芮和西德尼诸多前车之鉴，心有余悸噤若寒蝉，即使歌功颂德也小心翼翼，以免笔下生灾飞来横祸。

《仙后》植根于英国中古诗歌土壤，它作为寓言从英国中古寓言文学作品中借鉴了表现形式；它作为史诗从英国中古诗人那里继承了诗艺技巧。艾略特曾在《传统与个人才能》中说斯宾塞具有"历史意识"："这种历史意识迫使一个人写作时不仅对他自己这一代了若指掌"，而且迫使他"通过艰苦劳动获得本国的全部文学传统"[1]。其诗歌语言追求古雅，从古书中寻找辞藻，并自造新词；格律则在前人的基础上采用重音－音节诗行（accentual-syllabic verse）——坚持不懈使用抑扬格，这似成弊端。上述美感就因为他坚持押韵韵律的抑扬格，与日语和意大利语相比，英语本身很难押韵，其押韵需要很多技巧策略，这要考

---

[1] 刘立辉：《宇宙时间和斯宾塞〈仙后〉的叙事时间》，外国文学评论［J］，2006，（03），p28。

验诗人的想象力和语言驾驭能力。然而诗人对韵律技巧娴熟得心应手。其恰好反映了该特点，但与莎翁诗的韵律不同，但他们都大大促进了中古英语向现代英语逐步嬗变的进程。下面是《小爱神》中第75首诗：

One day I wrote her name upon the strand,
一日我在海滨写她芳名，
But came the waves and washed it away：
但是海浪冲来将它荡涤：
Again I wrote it with a second hand,
我再挥手重写芳名很清，
But came the tide, and made my pains his prey.
海潮再袭令我枉费心机。
Vain man, said she, that doest in vain assay
她说枉费心机何需再试，
A mortal thing so to immortalize,
寿终正寝岂能永垂千古，
For I myself shall like to this decay,
我亦自忖想要如此消失，
And eek my name be wiped out likewise.
惊异自己名字顿时全无。
Not so (quoth I), let baser things devise
未必如此，坏事必定暴露
To die in dust, but you shall live by fame：
堕落尘世，但你英名永在；
My verse your virtues rare shall eternize,
我诗篇你美德流芳不枯，
And in the heavens write your glorious name.

第七章 斯特拉夫小镇绅士勇攀诗坛巅峰

你英名留天堂青史永载。
Where whenas Death shall all the world subdue,
即使死亡将在世界降临,
Our love shall live, and later life renew.
我们爱情永存生命永恒。

伊丽莎白时代的诗歌充满智慧非常严谨,它们并不颓废消沉,也不是无精打采的自我独白。因为诗人们自幼饱读诗书,了解文艺复兴时期诗人的修辞手法,他们亦步亦趋学习榜样。斯宾塞和莎士比亚一样保守而有争议,但斯宾塞不像戏剧家,更像是抒情诗人和叙述故事的人。下面再分析其结构。

斯宾塞和莎士比亚各自喜好不同的韵律格式,这反映了他们不同的个性特征。前者是优雅的诗人,喜欢回顾其他诗人——特别是乔叟,他希望读者明白自己是按照伟大的诗歌传统创作的;而后者喜欢调皮的前瞻,他首先是戏剧家,其次才是诗人,他喜欢颠覆传统和期望,颠覆彼特拉克的期盼(所有戏剧家都喜欢这样)。斯宾塞优雅地跟随着彼特拉克的传统,亦步亦趋不越雷池一步。例如,其用词很讲究,eek 不仅现在看来非常古典(archaic),即使当时也罕见,足见其用心良苦。但其缺乏莎翁的戏剧效果,因他不是在结尾才推出对句高潮,而在最后对句之前就引入两个内在对句,(右侧用小括号),这就淡化了最后对句的震撼力量。斯宾塞平铺直叙展开句法和主题,很少兼顾强调前面对句,因此只能聆听朗诵者的音调才能感受结尾对句的力量。另外,斯宾塞诗的韵律不如莎翁诗的韵律变化多端,所以其诗缺乏活力不够震撼,但更优雅抒情悦耳动听。其 4 行律和 6 行诗以及 8 行诗的韵律都很优美地衔接,一气呵成,斯宾塞诗型是彼特拉克诗型和莎士比亚诗型的混合体,但更偏向意大利诗型,更像是彼特拉克的英译本。

斯宾塞诗歌的韵律都是5步抑扬格（Iambic Pentameter），其风险比莎翁小，不像他那样变换韵律。例如，莎翁希望读者将heaven读为单音节词（monosyllabic）heav'n，类似的还有murderous则读成murd'rous；斯宾塞则将heaven作为双音节词（disyllabic），说明他们不同的方言发音有差异，莎士比亚对韵律读音的处理更灵活——不像斯宾塞过分拘泥于音韵。莎士比亚在各方面都是实用主义者（pragmatist），而斯宾塞则是理想主义者（idealist）——至少其诗歌表现如此。第2行washed和第8行wiped按现代读音是单音节；但按当时诗歌的惯例，它们读为双音节washed和wiped，斯宾塞尤其如此，可见他是传统主义者。他俩的修辞手法各有千秋，莎士比亚的修辞非常睿智，而且崇尚道德。

而莎翁的诗歌充满奇思妙想，有的诗作妙语连珠，只要开卷阅读就足以怡情长趣。上述脍炙人口的"我怎能把你比作夏日？你可更温柔可爱"，现在听来似陈腐；那且看第66首，诗人竟能在前14行进行最尖锐的社会批判，到第15行还感叹"厌倦这一切，我真想离世而去"，似乎悲剧即将发生，但最后一行笔锋陡转，"可惜我若死，我爱将孤独遗世"，将悲愤厌世与挚爱柔情以意料之外又在情理之中的逻辑紧密相连。再看第127首，诗人劝对方不要"用技艺借来假脸，给丑陋蒙上美艳"，是否更心有戚戚？如此起死回生神来之笔岂非鬼斧神工？笔落惊风雨，诗成泣鬼神，神笔唯天才，舍此无他人！

综上所述，斯宾塞和西德尼、莎士比亚异彩纷呈各有千秋。他们各自都为英国文艺复兴时期的诗歌发展做出了杰出的贡献，令世人更关注英国诗歌的发展。我们理直气壮为他们欢呼雀跃，因为他们在英国诗坛纵横捭阖奋勇拼搏，使得原来末流的英国诗歌文学不仅开始融入欧洲乃至世界诗歌文学的主流，更凸显后来者居上的态势，令世人额手称庆。他们率领英国诗歌从单纯翻译

第七章　斯特拉夫小镇绅士勇攀诗坛巅峰

模仿走上改革创新的正确轨道，这难免让世界瞠目结舌刮目相看，也为后来英国社会全面强劲发展孕育和积蓄了强大动力。当然英国文艺复兴时代诗歌迅猛发展，也离不开健康发展的社会宽松优良的环境；这些成就都离不开伊丽莎白一世的雄才大略和远见卓识，她力排众议不顾地方政府反对，坚决支持建设莎士比亚剧场，这无疑为英国戏剧诗歌的繁荣昌盛提供了硬件保障和良好的生态环境。可惜当时英国的音乐和绘画艺术相形见绌，没有抓住机遇同步发展。他俩筚路蓝缕壮志难酬，而莎士比亚功成名就，深得女王慧眼识珠宠爱有加，命运女神似乎偏爱眷顾他。

现在世界文学界把莎翁对高等教育和学术研究的用处更实际广泛。作为英语文学重要源头之一的莎剧是大学英语系必修课。莎翁为戏剧改编提供了最好的原本，也为思辨辩论提供了无数话题；莎剧成为文学、社会学、哲学、语言学甚至自然科学理论的磨刀石。20世纪50年代以来的重要文学批评和思想流派，如新批评、结构主义与解构主义、新历史主义、各种女性主义、生态批评、伦理批评、表演理论等，无不丰富着人们对莎翁的认识。不断深化发展的莎学不断展现其新的价值，其永恒的经典性也在不断的重评和各种评判中深化升华。罗兰·斯特龙伯格《西方现代思想史》认为，"14和15世纪是两个十分大胆的世纪。这是转型期，西方基本制度发生深刻的变化：教皇权力衰落，现代世俗国家崭露头角"[①]。莎翁时代连接古典与现代，转变更彻底，他创作世俗题材作品，语言新鲜，内容暧昧，解读情感方式焕然一新，契合世俗国家每个人的内在需求，因此大受欢迎。莎士比亚及其剧院仰仗贵族的赞助保护，其幕后恩主便是伊丽莎白一世，当时诗歌文人成败不仅在于自己的努力，更加系于宫廷是否

---

① ［美］罗兰·斯特龙伯格：《西方现代思想史》，刘北成，赵国新，译，北京：金城出版社，2012年7月1日，p33.

垂青，可否功成名就邀宠领赏在于天时地利人和。

英国日趋强盛加大文化输出，莎士比亚当之无愧成为文化英雄的品牌名片，其作品是国家形象宣传的重头戏。帝国的推广加上后来在教育领域的经典化，莎翁的声誉日益在全球反响热烈。他未受正规高等教育而独步文坛傲视群雄，从名不见经传的小镇绅士成长为世界文坛领袖，彰显英国文学天才风范和英国精神，这不仅在英国诗歌文学史上空前绝后，而且在世界文坛也是凤毛麟角，令人对后来居上的英国刮目相看。莎翁诗歌的创新从侧面反映了英国社会光辉灿烂的创新之路，代表国家形象和英国精神：初生牛犊不怕虎，不循规蹈矩，勇于挑战权威立志革新。美国学者哈罗德·布鲁姆的《西方正典》认为莎士比亚是西方经典体系的中心："我们常忘记了很大程度上是莎士比亚创造了我们，如果再加经典的其他部分，那就是莎氏与经典一起塑造了我们。……没有莎士比亚就没有经典，因为不管我们是谁，没有莎士比亚，我们就无法认识自我。他赐予我们的不仅是对认知的表现，更多的还是认知的能力。"[①] 所以我们要从莎翁身上寻找的不仅是问题的答案，而是问题本身，更是发现问题和看待问题的方法——这正是其诗歌魅力永恒的奥秘。

[①] 张龙海：哈罗德·布鲁姆论莎士比亚，中央戏剧学院学报 [J]，2009年第3期，p39

第八章 后起之秀青出于蓝而胜于蓝

一、雏鹰试啼一鸣惊人

1608年约翰·弥尔顿（John Milton, 9 Dec.1608—8 Nov.1674）出生于伦敦，其父是富裕中产阶级新教徒，酷爱音乐文学，良好家教对他后来的思想发展产生重要的影响。其父早发现儿子聪颖过人，便安排他入学受教育，还聘请意大利文、法文、音乐和其他科目家庭教师对他强化教育，这为他后来成就非凡奠定了坚实基础。他出身书香门第，自幼饱读诗书很有教养，再加上他勤奋好学，12岁就写诗表现出博学多才的气质精神潜质：

> 自幼没有幼稚游戏，
> 此我所愿我心已定，
> 认真求学并将践行，
> 有益社会正义之举，
> 天生我才欲求真知，
> 誓将求知进行到底。

一般认为弥尔顿创作生涯分3个阶段：①即雏鹰试啼一鸣惊人少年早熟（1639年前）；②从事政治追求自由（1640—1660年），他政治态度和文学修养日趋成熟；③（1660—1674年）他身陷囹圄而获释,身残志坚厚积薄发大器晚成。但约翰·楚顿·考林斯(John Churton Colling)将其分为4个阶段:①1624—1632年,他创作稚嫩青春诗歌,模仿诠释第104和136首赞美诗,直到撰写温彻斯特女侯爵墓志铭为止(the Epitaph on the Marchioness of Winchester);②1632—1638年,主要指他居住豪敦创作诗歌时期;③1638—1662年,其间他创作及全部散文;④1662—1674年,他创作《失乐园》《复乐园》以及《力士参孙》。这是他人生最艰难但成果最辉煌的鼎盛时期。其主要成就是在最后十几年,一般认为英国文艺复兴至1660年截止,其后为复辟时期。显然弥尔顿跨越两个时代,所以他是名副其实跨时代的诗人,对其归属也有很多争议,现取一种说法。

他少年立下鸿鹄之志,17岁即入剑桥基督学院,刻苦研读拉丁文,成绩斐然。他常受邀请发表演讲,猛烈抨击学院的教学科目和教学方法,他认为这些教学会造就更傻的傻瓜。他是现实主义教育的重要人物,其教育观点体现在1644年《论教育》著名论文中。他严厉批评英国教育,指出学校违反常规强迫头脑空洞无物的孩子写作文、写诗和演说词,误人子弟,还耗费精力学习罕用的希腊语和拉丁语等浪费青少年的宝贵青春。经院主义逻辑学和形而上学又成为大学主课,学生无法获得实用知识,而愚昧无知唯利是图或野心勃勃。因此教育非改不可,这关系到民族国家兴衰存亡,这对现代教育很有启迪。其教育理念:教育是造就人文精神,有宽广博大精神,要超越宗教神坛,胸怀世界目极寰宇——这种教育理念高瞻远瞩、高屋建瓴。

当时"黄金时代"已是明日黄花,斯宾塞和莎士比亚相继辞世多年,哲学家培根丑闻缠身声名狼藉,英国诗坛偃旗息鼓,于无声处听惊雷;学校风靡中世纪饮酒猎艳灯红酒绿的不良传统,但他独善其身,同学们褒扬他是"基督的贵妇"(基督学院,双关语),可窥斑见豹。他勤学苦练功成名就,1632年荣获

第八章 后起之秀青出于蓝而胜于蓝

硕士学位辞别剑桥，隐身于其父在豪顿的庄园长达5—6年，潜心钻研古典文学、希伯来、意大利和英国文学，以及自然科学、方法论和音乐，博学多才，厚积薄发。弥尔顿早期诗歌并不稚嫩，他初登文坛即显示其抒情诗方面的天赋。他21岁即创作气势宏伟的《基督诞晨》，宣告了在其后时代创作基督主题叙事诗的伟大诗人的诞生。这些诗篇分别描绘了欢快社会氛围以及作者沉思孤独的心态，诗中安逸轻快的情调使其诗歌被人们喜闻乐见。1631年他即将从剑桥毕业，创作《快乐者》（L'Allegro）洋溢着生活的欢欣：

> And young and old com forth to play
> 阳光灿烂晴朗假日，
> On a Sunshine Holyday,
> 扶老携幼结伴游戏，
> Till the live-long day-light fail,
> 等待期盼日落西山，
> Then to the Spicy Nut-brown Ale.
> 尽可品尝麦酒香甜。

此诗标题是意大利语，收入诗集并用英语和意大利语于1645年首发于伦敦。1631年他也创作《沉思者》（Il Penseroso），也是主体严肃认真的抒情诗，生动表现了人们生活在庭院幽思冥想多愁善感之情。两诗韵律节奏颇类似。诗歌背景浮现于诗人脑海，他期待着春游之日同享欢乐。第一首诗描写乡村欢乐；第二首描写城市背景。诗人要求人们在生活中苦思冥想，发现西米里族人居住之处——《荷马》史诗描写那是生活在黑暗潮湿地方的人们。同时他邀请快乐女神犹芙若斯尼（Euphrosyne）在春日清晨云雀和雄鸡高歌时，驱除黑暗给他欢乐。这些标题都标志着那是弥尔顿23岁即将离开剑桥的最后的夏天。两诗如同一首乐曲，描写互相平行的动作，只有仔细分析才能领略其中丰富的特点。前者将乡村自然风光与朴素乡村生活理想化；在塔楼林立的城市，纸醉金迷灯红酒绿夜夜笙歌，似乎与《沉思者》苦思冥想形成巨大反差、格格不入；沉思者在丛林中漫步，随后在孤独沉寂的高塔里浏览喜爱的书本，白天在寺院勤奋学习，留下"宁静遗产"。根据弥尔顿在剑桥日常严肃的学习生活及其随后长期隐居闭门学习的情况，说明他喜欢像《沉思者》那样生活。不过这两首诗描写的生活似乎也有相悖，这也反映20多岁风华正茂的青年情窦初开的思春之情。《快乐者》表现出他仰慕异性全神贯注求偶，乃至怀孕生殖的维特式烦恼。例如，根据家谱犹芙若斯尼被描述为"公正自由"的化身，她是维纳斯（Venus）和巴褚斯（Bacchus，爱情和酒神）三女儿之一。

上述两诗堪称姊妹篇，诗人憧憬美好的新生活，剑桥生涯使他习惯沉思，其热爱生活的热情在诗中表现得淋漓尽致。《快乐者》和《沉思者》反差很多：表现在主题、意象、结构甚至声响等方面。弥尔顿将二者的人物本性比较看出反差；主动活泼与深思熟虑、社交与孤独、快乐与抑郁、欢快与沉思、情欲与寡欲（柏拉图式爱情）等等。有人认为弥尔顿具有《快乐者》的性格秉性；狄奥达提则认为他具有《沉思者》的个性特征。虽然这两首诗分别描述两种截然不同的生活方式，从整体上展现二元社会，当然作者希望这二元良性互动。很难断定这两首诗中弥尔顿的自传成分有多少，也难以判断弥尔顿创作这些诗歌的态度有几分认真或戏谑的成分。但它们表现了不同地区的不同方言是其特色，特别是表现不同作品中不同人物的会话争论，这独特诗艺在其诗歌中比比皆是——例如《科姆斯》（Comus，宴会欢乐之神）中的科姆斯和女士及其兄弟们，《失乐园》（Paradise Lost）中的撒旦（Satan）和阿勃迪尔（Abdiel）、亚当（Adam）与夏娃

(Eve),以及参孙(Samson)与其宾客和《复乐园》(Paradise Regained)中的基督和魔鬼。

下面续论这两首诗主题。《沉思者》的背景是哥特式风情,突出描写孤独学者的治学生涯,讲述者祈求忧郁沉思的气氛,主角在城市漫步,沉迷于思考哲学、寓言、悲剧和古典诗歌等学术问题,最终想起基督教赞美诗使他憧憬未来,这种场景令人不禁想起中世纪浓郁的学术宗教氛围。此情此景史无前例,此前还没有诗人像他那样描绘沉寂的校园美景。《沉思者》的抑郁与《快乐者》的穆斯(Mirth)是不同类型;萨屯(Saturn)和韦斯塔(Vesta)专注科学天体,其忧郁与"天上的"(heavenly)缪斯——优拉尼娅(muse Urania)相关,她是叙事诗灵感女神,注重与萨屯的关系。诗中最后预言表明:孤独不理想,但强调重体验要理解自然,允许个人体验这样的景色,这与《快乐者》不同。不同的学者将这些诗歌按传统分类:提尔亚(E. M. W. Tillyard)将其归为学术类;萨拉·瓦特孙(Saler Watson)归之为田园诗;马任·索非(Maren-Sofie Rostvig)视之为古典哲学;伍德华思(S. P. Woodhouse)和道格拉斯·布什(Douglas Bush)认为这是文艺复兴赞歌,与荷马赞美诗(Homeric hymns)及平达体颂诗(Pindaric ode)相似。总之,这两首诗模仿古典赞美诗,赞美阴柔诗歌女神,用女性替代阿波罗(Apollo)——阳刚的太阳音乐诗歌之神,印证了阳刚青年渴望爱情,这是真情写照情不自禁以诗抒情。当然两诗从两个侧面表现诗人矛盾复杂的心态。

1631年,弥尔顿从剑桥硕士毕业,其父希望他任神职,但他认为暴君凌犯宗教,所以违抗父命,踌躇满志准备攀登诗坛高峰,因为早在20岁他就立志写诗。因此他迂回劝慰其父:自己热爱诗歌艺术无懈可击毋庸置疑,早在剑桥他已创作诗歌。1637年他在剑桥曾经共商诗经的同窗——爱德华·金不幸溺海身亡。

基督学院决定出版纪念诗集，弥尔顿应邀赋诗《利达斯》（Licydas），他用古典田园哀诗（pastoral elegy）为寄托，用神话人物名字纪念亡友，借题发挥把自己出路连同对教会不满都写在诗中，时年29岁；他在家读书5年，继续隐居或进入社会颇费踌躇。《利达斯》哀悼早逝朋友，这挽歌共193行，1638年刊载于《悼念爱德华·金先生挽诗集》（Obsequies to the Memory of Mr. Edward King），与雪莱的《阿多尼》（Adonais）和丁尼生的《怀念》（In Memoriam）并称为英国文学三大哀歌（elegy）。

英国史上北方牧羊人尤其苏格兰人多能诗善歌，很多田园诗歌由他们创作传唱，斯宾塞《牧人月历》足以证明这个特点。该诗抚今追昔，怀疑命运是否公正，描写哀悼者络绎不绝；弥尔顿因袭传统，注入新情感观念，全诗有3个高潮，首先提问：诗人有何报酬？以此质疑诗歌和诗人前途未卜。

  Alas! What boots it with incessant care
  呜呼！如此辛劳有何益处？
  To tend the homely slighted shepherd's trade,
  卑微行当的牧羊人生涯，
  And strictly meditate the thankless Muse?
  献身劳而不获艺术之神？
  Were it not better done as others use,
  不如像他人那样寻开心，
  The sport with Amaryllis in the shade,
  树荫下与玛丽纵情戏耍，
  Or with the tangles or Nearera's hair?
  或缠绵尼日拉心无旁骛？

此处别人指其他的骑士诗人，这道出诗人徒劳无功劳而不获的窘迫困境，为逝者和自己鸣冤叫屈。接着第2个高潮责问牧羊

第八章　后起之秀青出于蓝而胜于蓝

人只知自私自肥变成"盲目馋嘴"（blind mouths），为何无人问津？圣·彼得答曰：

> But that two-handed engine at the door
> 但双手挥舞巨斧正紧逼
> Stands ready to smite once, and smite no more.
> 立等迎头痛击，致命一击。

那巨斧是什么？应是天谴报应。第3个高潮是利达斯去世升入天堂与圣徒们合唱，歌唱赞美天堂的颂歌，牧羊人无须再流泪哭泣。全诗共11段，韵律与句子长短不甚规则；主要部分5音步1句，但有10行毫无韵律，还有2节完整的8行诗（ottava rima），全诗音节流利可诵，应师法于意大利歌（canzone）。此诗在英国诗坛挽诗中地位极高，以致雪莱等人不断仿效，成为3大挽诗之一。这首哀诗流露他对友人的赤诚热情，手足之情殷情可鉴，尤其最后部分是他感情的真实写照：

> Thus sang the uncouth Swain to th' Okes and rills,
> 乡下少年把橡树流溪颂，
> While the still morn went out with Sandals gray,
> 虽然拖着灰鞋沐浴曙光，
> He touch'd the tender stops of various Quills,
> 他轻抚芦笛的柔软孔洞，
> With eager thought warbling his *Dorick* lay：
> 很热切奏歌于田野四方，
> And now the Sun had stretch'd out all the hills,
> 温柔阳光抚慰连绵群峰，
> And now was dropt into the Western bay；
> 此刻西部海湾坠落夕阳；
> At last he rose, and twitch'd his Mantle blew：

他终于起立挥手扬衣衫:
To morrow to fresh Woods, and Pastures new
明天奔赴新的树林田园。

此诗结尾令人想起维吉尔第 10 首(会话式)田园诗(eclogue):

Surgamus; solet esse gravis cantantibus umbra;
iuniperi gravis umbra; nocent et frugibus umbrae.
baneful to singers; baneful is the shade
Ite domum saturae, venit Hesperus, ite capellae

以上就是此诗,原为意大利文,译为英语如下:

Come, let us rise; the shade is wont to be
让我们起立远离那阴影,
baneful to singers; baneful is the shade
阴影有害会毒害歌咏者,
cast by the juniper, crops sicken too
红松投阴影致庄稼生灾
in shade. Now homeward, having fed your fill——
已经饕餮饱餐即刻回家——
eve's star is rising——go, my she-goats, go.
母羊启程如星冉冉升起。

由此可见弥尔顿从意大利诗歌汲取了丰富的营养。《利达斯》诗歌结尾预示他将奔赴意大利选择新生活,积极参与新世事,改写新诗篇甚至投身新宗教,字里行间表明他要告别过去,奔赴未知的未来。《利达斯》还提及 "牧笛" (oaten flute) 及 "欢快歌声" (glad sound), "粗俗山神与诸神翩翩起舞" (rough satyrs danced) 和脚跟开裂的农牧神 (fauns with cloven heel),这指弥尔顿和金在剑桥求学时合作的诗歌《奥维德风格》（Ovidian，Ovid 罗马诗人，48BC—17AD），此诗具有节日欢快气氛而有色欲。尽管弥尔顿将传统融入此诗，但他依然像天真质朴的牧人使作品有点矫揉造作。

《利达斯》流露诗人的真情——他努力创作田园诗挽歌展现才华，表明自己能在这种只有著名诗人才敢问津的高难度诗体中驾轻就熟，这等于宣称他准备迎接各种挑战。但是金壮志未酬身先亡，提醒弥尔顿要注重道德。《利达斯》连同其他诗歌都暗示：弥尔顿注意到初出茅庐前途无量的诗人的生涯不仅可能毁于英年早逝，也可能因为灵感耗尽中途夭折。他为金鸣怨叫屈又警示自己：利达斯"别寻欢作乐，要努力奋斗"（to scorn delights, and live laborious days），金英年早逝使诗人万分痛苦。这里生动再现了他生前勤奋学习勤俭朴素的生活方式，其实这也是其生活习惯。因此诗人为其鸣冤叫屈，异常悲愤，责备上帝不公："瞎眼复仇女神挥舞刀剪"（the blind Fury with th'aborred shears），竟剪断"这编织纤细的生命线"（the thin spun life）[①]。有人认为他感叹"复仇女神"并未"瞎眼"，而"心明眼亮"（keen sight），只是借此复仇；因此弥尔顿应警告命运诸神——科楼德（Clotho）、拉切细斯（Lachesis）和阿托珀斯（Atropos），是他们编织生命线，尤其是阿托珀斯意为"刚正不阿"（inflexible）配备刀剪。更多人认为他将复仇女神与命运女神糅合比喻，强调主角痛不欲生，因他认为上天搞错复仇对象滥杀无辜，世间毫无正义可言。如此追根究源，可见金英年早逝对他如晴天霹雳，在他心上留下不可磨灭的创伤。

---

① John Milton：On Shakespeare, 1630, Chicago：www.poetryfoundation.org Poems & Poets, The Norton Anthology of Poetry Third Edition (W. W. Norton and Company Inc., 1983, p6.

1638年弥尔顿为增长见闻开阔眼界,到欧洲文化中心和文艺复兴发源地——意大利旅行,拜会当地文人志士,其中有被天主教会囚禁的伽利略,为他不畏强暴坚持真理的精神所感动。翌年他闻知英国革命一触即发,即中止旅行仓促回国投身革命。同年其母去世,他离开英格兰首赴巴黎,再到意大利,并在弗罗伦萨住两月追寻文艺复兴的踪迹而引人注目。他在罗马只呆两个月,这对冥思学业、学习政策礼节来说都太短暂。他从罗马到那不勒斯,随后听闻国王与议会争执,并得知耶稣会信徒设计反对他,因他发表了关于宗教自由的言论;他结束旅行打算回国。后来他到罗马又住两个月,然后悄悄回弗罗伦萨,再顺访卢卡、威尼斯、日内瓦,阔别1年3个月,取道法国最终回国。他先寄宿吕费尔裁缝家,在圣·布莱德教堂庭院担任其妹两子的教师。由于住处狭窄,他在Alderfgate大街租了花园房,接收更多需要寄宿和受教育的学生;由于他父亲给的津贴捉襟见肘,他以此种诚实而有用的工作弥补亏缺,并在教育艺术方面表现十分出色。

二、自由战士用诗歌呐喊争取自由

弥尔顿于1639年从欧陆回国旋即投入政治斗争,身经内战与革命政权兴衰,为自由奋斗20年,一直到1660年身陷囹圄。1641年弥尔顿与革命清教徒参加宗教论战,反对封建王朝的支柱国教。仅1年多时间他发表5本册子呼吁宗教自由。1644年他撰写《论出版自由》(the Areopagition: A Speech for the Liberty of Unlicensed Printing)反对议会掌权的长老派,支持反对派;因为前者要求恢复书报检查制度,他挺身而出坚决反对,抨击他们钳制言论自由。他反对长老派"出版坏书怎么办"的谬论,旁征博引古希腊罗马史实,抨击焚书禁书野蛮愚昧。他主张通过言论自由辩论辨别书籍好坏,并主张弘扬英国人民兼容并包外国自

由言论的传统,认为这是美好古老的事业,呼吁"倒退者"(Backsliders)奋起复兴自由:

"言论自由之利如躯体,若个人血液新鲜各基本器官与心智官能中元气精液纯洁健旺,而这些官能又复于其机敏活泼运用、恣骋其心智巧慧时,常说明这躯体状况与组织异常良好。则同理,若外族心情欢快意气欢欣,非但能绰有余裕保障自身自由安全,且能以余力兼及种种坚实崇高的争论发明,这也向我们表明它没倒退一蹶不振,而是脱掉腐朽衰败的陈皱表皮,经历阵痛重获青春,从此步入足以垂范于今兹真理与盛德的光辉坦途。"①

1640年弥尔顿最重要的文评是《教会政府的原因》序言(the Proem to The Reason of Church Government;1642),其第2本书(Book II)不再猛批教会政府,而表现与其早期文学评论的悖论:要赞扬超越常规形式主义的诗歌,而这形式主义是他引起。起初他要继续16世纪意大利评论家们开创的事业,因为诗人要深思熟虑写作史诗,"要严格遵循亚里士多德准则或遵循其实质"(the rules of Aristotle herein are strictly to be kept, or nature to be followed),可见他在矛盾和压力中成长。

现在回顾英国资产阶级革命,然后才能理清弥尔顿诗歌与其关系。1603年伊丽莎白女王去世,国王与议会矛盾日趋激烈。1640年查理一世重开三级会议,1688年詹姆斯二世退位。其间发生资产阶级"光荣革命"(Glorious Revolution),肇因是斯图特亚王朝专制严重阻碍资本主义发展,阶级矛盾激化引发政变;"光荣革命"要推翻封建专制发展英国资本主义,领导阶级是资产阶级和新贵族。双方代表人物:克伦威尔和查理一世;农民、手工业者与城市贫民是主力军。导致1689年《权利法案》诞

---

① John Milton: Areopagitica: A Speech for the Liberty of Unlicensed Printing, Boston: The Harvard Classics, 1909, p5.

生,英国确立君主立宪制的资产阶级政体。革命的导火线是苏格兰人民起义,后来又导致革命战争,其发展分为几阶段:①革命始于1640—1642年议会斗争,资产阶级、新贵族控制的下议会要求限制王权;②1642—1649内战,克伦威尔率领议会军击溃王党军;③1649年查理一世被处死,英国成立共和国;④1660年斯图亚特封建王朝(查理二世)复辟;⑤1688年支持议会的辉格党人与部分托利党人邀请詹姆士二世的女儿玛丽和时任荷兰奥兰治执政的女婿威廉回国执政,发动宫廷政变,推翻斯图亚特王朝封建统治,建立资产阶级新贵族统治;⑥1689年颁布《权利法案》标志君主立宪制的资产阶级统治确立。

"光荣革命"的伟大历史意义:①这是人类历史上资本主义制度对封建制度的重大胜利,为英国资本主义迅速发展扫清障碍;②这场革命揭开欧美资产阶级革命运动序幕,推动了世界历史发展的进程——开启世界近代史,标志着英国在欧洲崭露头角锋芒毕露;③革命后长期政治稳定,当众处决查理一世为资本主义的顺利发展创造了良好环境;④推翻封建君主专制,确立君主立宪制更民主自由的资产阶级统治;⑤但并没根本革新落后的政治经济制度,而与反动贵族联合镇压英国人民起义,这是其致命弱点。

1649年5月英国成立共和国,奥利弗·克伦威尔上台封为"护国公"。清教政府对弥尔顿为共和国胜利写下华章记忆犹新,任命他为外交事务拉丁文秘书。他不仅翻译外国政府拉丁文书信,还用拉丁文回答问题,并批判反政府的言论,为共和国立下汗马功劳。他披星戴月工作(He burnt the midnight oil),积劳成疾视力日降,但他拒绝医生的忠告仍勤奋工作。1652年他双目失明,但顽强拼搏用口述方式夜以继日工作;其第一个妻子病故留下三个嗷嗷待哺的女孩,祸不单行(Misfortunes never come alone),这对于盲人是雪上加霜。但磨难只能摧垮常人;弥尔顿是意志坚强才华横溢的诗人,这既是考验更是巨大财富(Adversity leads to prosperity)。1660年查理二世复辟回国,弥尔顿身陷囹圄后获救,解甲归田。

弥尔顿积极参加政治斗争并活跃于文坛,创作24首,其中5首用意大利语写作。以往诗歌主要歌颂爱情,但他以诗歌评论时事争自由论宗教,自评也涉及朋友。他与莎翁的韵脚不同,他采纳意大利彼特拉克原型;莎翁等人诗歌婉约,他创作豪放派诗歌。华兹华斯称赞他:"在他手里/那诗变成喇叭,任他吹奏/动人心弦曲调——可叹太少!"(in his hand/The thing became a trumpet; whence he blew/Soul animating strains——alas, too few)① 1652年,他双目失明,痛苦万分,依然坚持写诗抒发心中苦闷;3年后他恢复平静继续关注欧陆人民争取自由的斗争。他悲愤创作《关于近日裴蒙忒屠戮》,抗议意大利公爵萨福特部下屠杀裴蒙忒山区新教徒的暴行,此诗1673年出版,这是他第18首。他结合欧陆新旧教斗争的深刻社会背景,用深邃的历史眼光把这次屠杀比喻为"巴比伦式灭亡",让人醍醐灌顶,振聋发聩:

On the Late Massacre in Piedmont
关于近日裴蒙忒屠戮

Avenge, O Lord, thy slaughtered saints, whose bones
主啊复仇!圣徒惨遭劫难
Lie scattered on the Alpine mountains cold;
白骨遍布冰冷阿尔卑峰
Even them who kept thy truth so pure of old,

---

① A. D. Cousins, Peter Howarth: The Cambridge Companion to the Sonnet, Cambridge: Cambridge University Press, 2011, universitypublishingonline.org/cambridge/companions/ebook. p185.

祖先崇拜木石远古时辰,
When all our fathers worshiped stocks and stones,
他们虔诚信奉纯真箴言;
Forget not: in thy book record their groans
勿忘: 历史记录悲惨呼唤
Who were thy sheep, and in their ancient fold
羔羊们遭残暴裴蒙忒人
Slain by the bloody Piedmontese, that rolled
屠戮于古羊栏,屠夫把母婴
Mother with infant down the rocks. Their moans
扔下悬岩。她们凄惨呼喊
The vales redoubled to the hills, and they
回荡山谷,直冲九重天上。
To heaven. Their martyred blood and ashes sow
亡者血肉撒意大利阴森
O'er all the Italian fields, where still doth sway
苍茫大地,尽管暴君猖狂
The triple Tyrant; that from these may grow
统治意大利;重生定播种,
A hundredfold, who, having learnt thy way,
长成万千众,理解你思想,
Early may fly the Babylonian woe.
快从巴比伦式灭亡逃生!

其形式与莎士比亚或伊丽莎白时代不同。他将前8行作为1段,后6行为第2段。内容涉及不同题材,其音节韵律具有史诗的雄浑气象,其第19首最为人称道:

When I consider how my light is spent,

第八章　后起之秀青出于蓝而胜于蓝

吾自忖自己已双目失明，
Ere half my days, in this dark world and wide,
余生如何度过漫长黑暗，
And that one talent which is death to hide
上天赐予我罕见的才干
Lodge'd with me useless, though my soul more bent
即隐匿无用，虽然吾心灵
To serve therewith my Maker, and present
万分情愿为造物主效命
My true account, lest he returning chide:
非常担心他转回来责谴，
"Doth God exact day-labour, light deni'd?"
即痴呆发问似耐心随便：
I fondly ask: but Patience, to prevent
"上帝降黑暗还要我做工？"①
That murmur, soon replies, "God doth not need
对方喃喃细语应声答道：
Eiter man's work, or his own gifts; who best
"神不需你工作或你天赋，
Bear his mild yoke; they serve him best: his state
任凭上帝差遣即忠于主
Is kingly; thousands at his bidding speed,
上帝为王；万众听凭遣调，
And post o'er land and ocean without rest;
穿山越海一路风尘仆仆，
They also serve who only stand and wait."

---

① 此处汉译语句未必对应原文，意译是为了押韵。

品英国诗歌　鉴英国精神——从文艺复兴到浪漫主义

站立伺候亦是忠心服务。"

此诗将诗人失明郁闷愤恨之情渲染得淋漓尽致,模拟诗人与上帝的对白生动细致,感情真切自然,表明心迹服从上帝调遣,愿抛弃烦躁不安,静养生息服务上帝死而后已。上述这些都为弥尔顿大器晚成奠定了基础,铺垫足够,直至他锲而不舍完成伟业——即享誉世界文坛的《失乐园》。如前所述他在青年时代立志投身诗坛,1640年他想撰写有关亚瑟王的史诗,未曾动笔即草拟了有关人生堕落的诗剧,但因故搁浅。1658年他重写该诗,将悲剧改写为史诗,历时7年完成,1667年该诗初版。7年后他又将第7和第10章各自扩大,此时他年过花甲病入膏肓,但终遂夙愿。其间英国经历内战和王权复辟两大巨变,老马识途(The old brush knows the corners),他集毕生才学和政治斗争经验,趁着暴风雨后平静的间隙创作了震撼诗坛的杰作,其凝聚了他失乐园的无比愤怒苦恼,他酷爱人间乐园的深厚感情完全隐含于此诗的字里行间。

1632年弥尔顿从剑桥大学毕业后曾隐居豪敦多年,同年其诗歌《悼念莎士比亚》(On Shakespeare)发表在"双开第二版"(the Second Folio),这是刊发莎士比亚戏剧的专版,他作为学生首次在此匿名发表16行诗歌,雏鹰试啼一鸣惊人。它描述莎士比亚的辉煌巨著以及世人对他的仰慕之情,这都永垂不朽流芳千古,此诗是和答莎士比亚自题墓志铭而作。现依原韵律翻译:

William Shakespeare
Good friend for Jesus sake forbeare,
吾友为了耶稣缘故,
To digg the dust encloased heare.
请勿乱动吾安寝墓。
Blessed be the man that spares these stones,

第八章 后起之秀青出于蓝而胜于蓝

保护者将受神保佑,
And cursed be he that moves my bones.
妄动者定会受诅咒。

弥尔顿和答诗如下:

On Shakespeare
悼念莎士比亚

WHAT needs my *Shakespear* for his honour'd Bones
谁需要我莎士比亚忠骨?
The labour of an age in piled Stones,
毕生心血都埋入这石墓,
Or that his hallow'd reliques should be hid
或他神圣遗物需要埋葬
Under a Star-ypointing Pyramid?
在高耸入云金字塔下方?
Dear son of memory, great heir of Fame,
英名永垂史纪念有后人,
What need'st thou such weak witness of thy name?
还需什么略微证你英名?
Thou in our wonder and astonishment
你成就使我们惊讶敬佩,
Hast built thy self a live-long Monument.
你为自己树立不朽丰碑。
For whilst to th'shame of slow-endeavouring art,
让进步缓慢艺术已蒙羞,
Thy easy numbers flow, and that each heart
千卷万帙文思泉涌心头;

Hath from the leaves of thy unvalu'd Book,
那珍贵典籍每张书页里,
Those Delphick lines with deep impression took,
古希腊诗永驻深刻记忆。
Then thou our fancy of it self bereaving,
你令我们已丧失了自我,
Dost make us Marble with too much conceiving;
我们思良久成大理石座;
And so Sepulcher'd in such pomp dost lie,
你的墓冢如此堂皇壮观,
That Kings for such a Tomb would wish to die.
诸王羡你墓想早逝了愿。

　　这首诗是英雄双行体短诗,起源于亨利·劳维斯(Henry Lawes)的帮助,他是音乐家兼作曲家,1637年他为弥尔顿的《科姆斯》谱曲,1645年也为"阿卡德斯"(Arcades)谱曲。弥尔顿在Sonnet XIII中赞扬这位朋友的音乐天才,引起较大反响,联想起无师自通的诗歌天才莎士比亚——他只上过语法学校却成就天才"千卷万帙"(easy numbers flow),对照"缓慢进步的艺术"(slow-endeavoring art),这或许暗示将莎士比亚积极进取与缓慢的学究本·约翰逊(Ben Jonson)对比,两者反差显而易见。当然莎翁为此付出的艰苦辛劳不为外人所知。上述诗歌最后一句艺术手法夸张登峰造极,疑为莎翁神笔再世——诸王愿早逝享受这堂皇墓冢,但确实饱含弥尔顿对莎士比亚的敬仰崇拜深情。

　　《快乐者》中莎士比亚剧作如"异想天开的小孩"(fancy's child),总是欢唱"原始森林质朴自然的诗歌"(native Wood-notes wild),这与约翰逊《学者的喜剧/袜子》(Learned Sock)

形成鲜明对比,此处 Sock 一语双关——意为喜剧。约翰逊希望大家注意自己模仿古典戏剧的博学创作技巧,还要大家注意喜剧中演员的袜子/短靴(喜剧),因他受过高等教育。具有讽刺意味的是,1623 年约翰逊在第一版双开本(First Folio)及再版时都赞扬莎士比亚的剧作。他赞扬莎士比亚是广受欢迎的剧作家,虽然其作品"很少使用拉丁语和希腊神话"(small Latin, and less Greek),即暗指他未受过高等教育。约翰逊使用"sock"双关语也是赞扬莎士比亚戏剧无与伦比——"穿上了袜子/上演了喜剧,弃你而去"(when thy socks were on / Leave thee alone)此处弥尔顿可能既是赞扬也是比喻,暗示这两位不同类型的剧作家——学者型的约翰逊和自学成才天才的莎士比亚。

弥尔顿这首诗为莎士比亚树立了丰碑,他可能认为其老家不适宜安葬纪念莎士比亚这样奇特的天才,最后他称颂莎士比亚,不料无心插柳柳成荫,一箭双雕也为自己树立了"永恒丰碑"(live long Monument)——读者为其倾倒折服赞叹,这是他们发自内心的真诚感受。纪念莎士比亚的最好办法,就是树立能历经沧桑永垂青史的完整赞美。他把莎士比亚主题糅合进自己的诗歌,是为了强调用他人的评论纪念赞美这位大师的杰出成就,他想亲自赋诗咏颂世人对莎翁的敬仰之情,这首诗已将这些感情表达得淋漓尽致、美轮美奂,他道出了同时代其他作家的心声——"人生自古谁无死,留取丹心照汗青"。

三、《失乐园》的失明诗人渴望光明

早在 1642 年他就主张采用阿里士多德结构更自由的浪漫诗体。他继续考虑评价诗人时,明显偏离要猛烈批评教会政府的初衷。他草拟了 1 种诗歌综合散文和诗歌(他说散文"只用我左手": of my left hand)特点;他最终想要造就虔诚的诗人——演说家来改造国家,其诗歌只是附属品。其诗歌核心是要追踪"虔诚的阿里士多德主义和昆提利安主义"(godly Aristotelianism and Quintilianism)①。很多文艺复兴评论家认为:根据"净化"(catharsis)理论,阿里士多德适当调节激情,使之适应恰当目标和场合,"调试适当音调抒情"(set the affection in right tune)②。他主张诗歌要具备类似道德功能,诗人应歌颂上帝痛恨基督教的敌人,为正义和虔诚的国家勇敢奉献,歌功颂德。他创造了古典诗人宗教的变革,想"不失时机教育变革国家"(instructing and bettering the Nation at all opportunities)。他提出类似观点:文学教育目的要使人们主动参与国会和讲道坛的公民宗教活动。熟悉掌握古典诗歌是教会国家改革的终极目标,这需要能言善辩的演说家和诗人推动变革,可见其诗歌都是为社会国家宗教服务,具有明显的政治动机,这强化了诗歌鼓舞教育人民推动社会进步的功能,而不再像文艺复兴初期那样只把诗歌作为娱乐或是打情骂俏的工具,因此这具有非常积极的社会意义。

1660年后他忙于创作《失乐园》,据说该史诗在1655年缩减至如今的形态,当时他刚结束了与国王护卫者的论争。他要实现夙愿:用伟大作品装点母语和祖国;但他被迫将时间花在私学和国家事务上,其诗歌创作常受干扰。后来完全革除公职,他全力以赴创作诗歌也是逼上梁山。他创作了凭记忆力所能保留的诗句,请人为他笔录,而这就提供了观察报告其创作过程的绝好机会。因此英国政坛又少了一位干练的政治家,世界诗坛多了个杰

---

① Quintian是古罗马西斯班尼亚雄辩家、修辞学家、教育家作家。在69 BC - 88BC年教授修辞学,成为罗马第一名领受国家薪俸的修辞学教授,并且是著名的法庭辩护士。

② The J. Paul Getty Museum, The J. Paul Getty Trust: The Renaissance Society of America Annual Meeting Los Angeles, California 19 - 21 March 2009 PROGRAM AND ABSTRACT BOOK, John Milton: Milton on Knowing Good from Evil, p33.

出的诗人,弥翁失官焉知非福?"天欲降大任于斯人,必先劳其筋骨也"!

春去夏来,时常拜访他并一直细读进展中手稿的菲利普斯问他为什么长久没有写出一句诗行。他声称:除了从秋到春,他血液从不欢快流淌。他有时夜不能寐,但无法成行;然后突然诗兴勃发诗潮奔腾,他即命女儿记下那汹涌澎湃的诗句。有时他会一气呵成口述40余行诗句,然后再删减一半。约翰逊怀疑其女能否记下其湍流诗行,因其女儿们未受良好教育。若果如此,弥尔顿《失乐园》的成功得益于朋友的慷慨相助,就可能是集体智慧的结晶,但迄今未见证据。根据时间判断,弥尔顿自述大部分诗行写作于夜晚和早晨,这就确实离不开其女儿的帮助,因为罕见朋友与其昼夜相伴;虽然他和第3任妻子相濡以沫,但未见记载其妻辅佐,很难想象其朋友或其妻如此无私奉献愿默默无闻。其笔触极其流利倾泻这些不假思索的诗句,其作每部分何时完成无法考证。《失乐园》第3章开始证明他已失明;而第7章序曲证明国王和君主制回归让他陷入敌对境地,而复位的放纵欢庆深深将他冒犯,此外便没有关于时间进程的记录。《失乐园》讲述撒旦背叛上帝与夏娃/亚当被逐出伊甸园的故事。他双目失明,只好口述让女儿或朋友笔录,从逻辑上判断前者陪伴时间长应记录多,后者陪伴时间短定记录少。所以可肯定弥尔顿自述,而否定约翰逊质疑,因为他很可能强化家学辅导,弥补女儿未受学校教育之缺憾,更何况英语是拼音文字易于拼写记录。《失乐园》使他名扬天下,许多著名学者政治家跋山涉水接踵而至慕名来访。完成杰作后,他又创作《复乐园》和力士参孙的戏剧(参孙是以色列大力士,晚年也双目失明)。1674年11月8日,这位身残志坚的伟大诗人殚精竭虑与世长辞,身边仅几位至爱亲朋送终。

如前所述,诗人在《失乐园》采用宗教讽喻形式吐露心声:

揭露反革命力量，强烈追求呼唤社会自由。当时宗教代表上帝的绝对唯一性、宇宙主宰性和权威性，集中突出了基督教"唯信得救"的意义，即对上帝绝对膜拜信仰。很多人认为这是感人肺腑的信仰，可帮助人们达到最高境界。西方政治可以解释为治理国家的艺术科学，其核心内容是治理国家，包括社会观念和政策活动。所以宗教信仰可以是某种黏合剂，它将人们社会生活的所有内容紧密结合，如节日庆典、体育赛事以及各种戏剧文学艺术等文化，以此把所有人相融于同一种社会情感认识，使政治、民族情感不可分割。《失乐园》体现的宗教政治观点就是英国基督教政治，换言之，即将治理国家的艺术紧密结合起来。

早在公元 7 世纪末英格兰接受了罗马基督教的行为准则和秩序。16 世纪初英国王权加强，英国国教成为新教，但也保留了天主教残余。随后加尔文采用更符合《圣经》的形式，从而拥有更多信徒，他们致力于纯洁教会，以此清理门户——即"清教徒"（protestants），这为 17 世纪后新英格兰政治和宗教思想解放打下基础。苏格兰国王詹姆士继位后进一步加强教会统治地位，排斥清教徒引起清教运动。宗教与政治错综复杂互相纠缠，当时的文学艺术家不可避免将其反映在文学作品中，因此当时文学普遍与清教运动紧密相连；弥尔顿甚至直接参与这些政治宗教活动，因此更强化了史诗的宗教政治教育意义。其《失乐园》保留了中古英语独特的古雅韵味，与《圣经》庄重的教育内容很合拍，成为英国文学史上具有代表意义的史诗。因此我们必须充分了解弥尔顿的宗教背景和革命活动，才能理解诗人的作品。弥尔顿的祖父是忠实的罗马天主教徒，而其父却是虔诚的清教徒，弥尔顿则从正统清教徒转成了不信教者——但其创作了震撼世界的宗教诗歌。因此弥尔顿遭遇了很多磨难，使他可以正确理解人类努力与人类悲剧的种种后果，于洞悉失败和妥协并见证同仁惨遭迫害后，获得真切的灵感体验，最终创作辉煌灿烂的史诗

《失乐园》。

《失乐园》的题材源于《旧约·创世记》,这部史诗具有浓厚的宗教色彩和政治蕴涵。史诗开宗明义:"阐明那永恒天道圣理,并向世人昭示天帝对人的公正。"诗中描绘撒旦忤逆上帝堕入地狱;亚当、夏娃触犯天条失去乐园两次堕落——其焦点是撒旦变为蛇勾引他们触犯禁令偷食禁果。最后一章通过天使长之口和亚当之眼再现人类前景——洪水、亚伯拉罕、出埃及……直到弥赛亚化为肉身拯救人类。全诗1万多行艺术再现《圣经》的宗教背景,场景逼真气势宏伟演绎了基督教教义。全诗12卷根据《圣经》创作,该诗开篇描述天使集会,崇尚自由的撒旦领导天使们奋起反叛,人算不如天算(Man proposes, God disposes),天庭大怒令弟子施法获胜,反叛者被逐出天国。他们在毒火熊熊乌烟瘴气的地狱受尽折磨,毫不气馁斗志昂扬,以超人毅力满怀激情憧憬胜利。撒旦伺机复仇,选择上帝创造的美妙伊甸园作为主战场。亚当夏娃在那里浪漫幸福生活,但被禁吃善恶树上的水果;撒旦欲凭巧舌如簧借刀杀人。而上帝洞若观火派拉斐尔天使长向其悉数撒旦的错误,以儆效尤。随后撒旦即化作毒蛇游说夏娃背叛上帝,禁果甘甜诱惑难挡(Forbidden fruit is sweet),夏娃亚当轻信谗言。上帝明察秋毫公正裁决,褫夺其永生权利,将其逐出伊甸园,堕入凡间受难。天使长向其宣布上帝的旨意,为他们勾勒人类前途以及他们获救途径。亚当夏娃明白人类的前景,目睹人类的起源、战争、劳作及悲欢;天使长预言人类通过艰苦劳作可达完美道德,并可皈依基督信仰重获永恒福祉,可谓天网恢恢疏而不漏。这场震惊三界正邪殊死搏斗终于被上帝战胜。

200多年前,塞缪尔·约翰逊(Samual Johnson)在《弥尔顿生平》中给他贴上"厌女症"（misogynist）标签①，其根据是弥尔顿对夏娃和天使的描写。他认为弥尔顿轻视女性，把女性置于从属地位。但现代女性主义者发现《失乐园》中女性自主——巾帼不让须眉。诗歌结尾亚当夏娃携手离开伊甸园，面对充满活力挑战的现实生活。它告诫世人：不幸根源在于其理性不强意志薄弱，感情冲动错失乐园；夏娃妄想成神反而颓废；亚当溺爱妻子感情用事而堕落；撒旦野心勃勃狂妄自大遭天谴。诗人暗示资产阶级革命失败原因在于他们骄奢淫逸道德败坏，此诗宣泄了王朝复辟后的苦楚无奈，表明他对这场革命始终不渝的坚定态度。

弥尔顿美妙绝伦的诗艺表现在人物描绘技巧：他先描写伊甸园美景再逐个刻画人物，揭示主人公饱满丰富的多面形象。亚当英勇智慧和刚毅，这些品质和生气勃勃的魄力集于一身使他充满崇高精神，这是和谐的人的形象。诗人对夏娃的品质（贞洁、美丽、善良、温柔）倍加赞赏，勾勒她活泼和富有特性的外貌。诗人歌颂他俩家庭幸福：夫妻恩爱体贴温存如胶似漆，爱情纯真同甘共苦相濡以沫。撒旦心怀妒忌违反法规；亚当为爱触犯天条，清教徒认为这两种情欲同样不道德，弥尔顿却区分对待：贬斥撒旦而颂扬亚当。亚当夫妇反抗天堂地狱的势力，后者立刻反击。宗教促使人物形象变化失却自由意志；宗教因素在上帝、圣子和天使们形象中表现更多。诗人认为：天使无情却同样理智光芒四射，所以众天使缺乏个性。天使似人但无人性，千人一面观念一致，生动外表掩盖众天使无意识及冷漠态度。这促使弥尔顿颂扬那残酷惩罚人们勇敢行为的上帝暴君。撒旦不屈不挠要求肯定自我性格以致精神沦亡，其暴虐放荡个性时常发作，屡次叛乱

---

① Lynch edited: Life of Milton, P123; by Samuel Johnson, G. B. Hill's edition of Lives of the English Poets, 3 vols. Oxford: Clarendon Press, 1905, p79.

第八章 后起之秀青出于蓝而胜于蓝

死不悔改，自私自利情欲腐蚀其心灵，势必备受报复丧失自由。

撒旦代表个人主义者形象，自以为是衡量万物的标准——宇宙中心。他欲推翻上帝寓意人民要推翻封建暴政，因暴政把世外桃源变为小商贩国家，把乌托邦变为奴隶主殖民地。诗人反对当时资产阶级的个性崇拜，这种观点颇具人民性；他反对17世纪资产阶级个人主义，深刻表现清教徒的神学观点，似乎削弱其批判的力量。弥尔顿为共和国政体而斗争，揭露撒旦的嘴脸，他对撒旦的蛮勇无信仰的谴责也隐含着他批判英国资产阶级革命家特有的虚假伪善态度。作者虽没亲身参加斗争，但他善用长篇史诗描写战争威力，不仅描述英雄们宏伟的战斗场面，还歌颂同时代人英勇无畏的革命精神。诗人继承16世纪人文主义思想，接受17世纪新科学成就。他肯定人生、人的进取心和自豪感，但否定无限享乐以及由此演变的野心骄傲。他肯定科学但又认为科学并非万能，认为人类若只有科学而无正义理想就不会和谐幸福，所以他倾向革命[①]的清教思想，认定这种两全其美的思想有利于社会和谐发展。他既批判骄矜撒旦的思想，又同情其受难困境——撒旦受上帝惩罚象征资产阶级倍受封建贵族的压迫打击。诗歌描绘地狱，但对话描写撒旦又是受迫害革命者的形象。这形象十分雄伟，凶险地狱背景衬托着他大无畏的战斗决心，这种态度隐含着诗人对资产阶级革命哀其不幸怒其不争的矛盾心情。撒旦说：

Whatthough the field be lost?
虽失利何所惧？
All is not lost; the unconquerable Will,
非彻底失败，我绝不服输；

[①] Lynch edited: Life of Milton, p123; by Samule Johnson, G. B. Hill's edition of *Lives of the English Poets*, 3 vols. Oxford: Clarendon Press, 1905, p79.

> And study of revenge, immortal hate,
> 我定要复仇痛雪恨耻,
> And courage never to submit or yield:
> 斗志勇敢誓死决不屈服
> And what is else not to be overcome.
> 意志坚强宁死也不降。

诗人也生动描绘了追随撒旦造反被贬入地狱的天使们,这些都寓意当年革命战士的悲愤形象:

> 面对那至高无上的君王,
> 他们发出怒吼,用手中枪
> 把自己盾牌敲打震天响,
> 愤怒挑战不仁义的上苍。

但18—19世纪浪漫主义诗人对于《失乐园》撒旦形象的解读与众不同,尤其是自由主义斗士雪莱和拜伦代表了另类更激进的观点,他们从反叛的撒旦身上发掘出世俗观点难以察觉的若干亮点,他们觉得撒旦道德比上帝高尚,这到底是诗人本意还是雪莱和拜伦过度解读不得而知。但是每部经典作品都会引发各种解读领悟和激烈争议,这不可避免,留待以后详谈。

四、《失乐园》的诗歌艺术特色

20世纪文学评论家布鲁克斯(Brooks)论述诗歌语言悖论,曾提及宗教语言与诗歌语言悖论的特征。基督教传统有些教义充满悖论:上帝创造了至善天堂——其孕育了恶的撒旦;伊甸园亚当夏娃不知何为善必堕落,行恶而知善;人们受教崇拜上帝,但上帝又不可知更不可及。后世基督教神学家喜用这种悖论叙述方式诠释基督教义,所以很多人认为此诗包孕了作者代表新教徒的教义。当然《失乐园》也不乏这种悖论式宗教，弥尔顿出身宗教世家信仰基督教，但其某些信仰与传统官方教义相悖。例如，他反对教堂由大主教掌控，也不信圣诞；《失乐园》宗教背景和创作素材是《圣经·旧约·创世纪》中"人的诞生"（Book of Genesis）这部分，对魔鬼撒旦的叙述则源于中世纪宗教传统。史诗开宗明义：本意"维护永恒天旨，向世人昭示天理公道"，但撒旦与基督教教义背道而驰。《失乐园》中上帝拥有无上权威，凡事都靠天使代行，高不可攀远不可亲形象模糊；撒旦成魔有其发展过程，从叱咤风云的大帅堕落成为暗施诡计的毒蛇；从宗教而言失去伊甸园乃灭顶之灾，而人文主义认为这是新世界的开始；永恒天旨和天理公道并非传统基督教中上帝的旨意，上帝独裁会遭到天使反抗；传统宗教拯救意义是"神性与人性在基督身上统一"。但有人认为此诗宗教意义不明显；万能上帝成为暴君，撒旦由天使变成魔鬼，天使们并非传统教义描述的那样圣洁坚贞；史诗中唯有亚当夏娃充满人性，但又面临有限生命与其无限爱意之间的矛盾。这种有限与无限的统一、情感与理智的融合、人性与神性的交汇，又是宗教神学悖论的言语表达贯穿全诗；同时它也是西方传统文化核心——二元论思想和等级秩序的体现。《失乐园》语言优美实为诗歌艺术范本，其结构和表达方式精彩纷呈，其隐喻和象征又使它具有更丰富的异教色彩。

剔除个别异见，学界公认《失乐园》是伟大史诗，但对其诗歌语言的评价莫衷一是，有人试图抹杀其语言成就。早在18世纪塞缪尔·约翰逊就认为弥尔顿"诗无语言"（wrote no language）①；20世纪艾略特声称弥尔顿"损害英语语言"（did

---

① Lynch edited: Life of Milton, by Samule Johnson, G. B. Hill's edition of Lives of the English Poets, 3 vols. Oxford: Clarendon Press, 1905, p128.

damage to the English language)①；勒维斯（F. R. Leavis）断定"弥尔顿背弃英语语言"（Milton had renounced the English language）②，可见对史诗语言褒贬不一。另一派以陆斯·儒希华斯（Ruth Rushworth）为代表则认为弥尔顿坚持多语言主义。弥尔顿使用英语写诗——确切说他使用早期现代英语，但用不同语言贯穿全诗。传记作家断定弥尔顿通晓10种语言，包括拉丁、希腊、德语甚至希伯来语。既然他拥有广博的语言知识，那么诗中援引多种外语词源引经据典不足为奇。笔者认为他广泛借用其他语言词汇，从一方面而言似乎破坏了英语的纯洁，但另一方面则大大丰富了英语语言词汇，这是他为早期现代英语做出的贡献。为彻底了解弥尔顿如何使用语言，我们须先探讨《圣经》，然后再看他遣词造句的深刻含义。

《圣经·新约·四福音》第4章——"约翰福音"开门见山："太初有道，道与神同在，道就是神。这道太初与神同在"（In the beginning was the Word and the Word was with God, and the Word was God. He was with God in the beginning）。基督教神学宣称"道"（Word）就是上帝的创造力——上帝的语言等于耶稣基督。《失乐园》联想很明确：上帝告诉耶稣基督——"吾道、吾智慧，灵验的权能"（My word, my wisdom, and effectual might, III. 170），后来即变成"全能之道"（and later the "omnific Word", VII. 217）。上帝告诉耶稣基督，上帝的话即为"道"即刻生效：

> And thou my Word, begotten Son, by thee

---

① Ruth Rushworth: Language in Paradise Lost, Milton's language-Darkness Visible, darknessvisible. christs. cam. ac. uk/language. html, Cambridge: Christ College in Cambridge University, 2015, p3.

② Ruth Rushworth: Language in Paradise Lost, Milton's language-Darkness Visible, darknessvisible. christs. cam. ac. uk/language. html, Cambridge: Christ College in Cambridge University, 2015, p3.

第八章　后起之秀青出于蓝而胜于蓝

吾道养育吾儿耶稣，因此
This I perform, speak thou, and be it done…
吾所作所为告知望完成……
So spake the almighty, and to what he spake
全能上帝宣称所说一切，
His Word, the filial Godhead, gave effect. (VII. 164 – 75)
其道和子孙神道会生效。

塞缪尔·约翰逊词典引用前两行诗句给"道"下定义："道即令人崇拜的三位一体中的第二者"，就是"道"（语言）/耶稣基督执行上帝旨意；第 2 行诗句则表明上帝与耶稣之间动态关系。语言学的语言行动理论能确认言行种类，强调实际行动重于简单语言。上帝创造万物的宣言是最原始也是最终言行，这在《圣经·创世纪》(Genesis) 和《失乐园》中都有描述，上帝发布旨意随即生效：

And God said, "Let therebe light"; and there was light,
神说："发光"；随即有光（创世纪）
Let there be light, said God, and forthwith light
上帝说"发光吧"随即发光；
Ethereal, first of things, quintessence pure
以太万物之始本质纯洁
Sprung from the deep… (VII. 243)
喷涌而出源自深处……

弥尔顿将听到的声音和说话的语言颠倒，将上帝声音完全融入诗句。"Sprung"是倒装抑扬格，反映倒装音步"let there be…"，这样安排韵律和语义学意义平行一致。《圣经》和《失乐园》中并列连词"and"要求言行一致，诚如上帝发布旨意是为实现客观实际。第 7 卷中"他命名"(He named, 252, 274)

217

与"他创造"(he created)是同义词,上帝为万物命名即创造万物,因为命名意味着实际客观存在。

再看儒希华斯如此评判黑色撒旦的语言:撒旦目的卑鄙积重难返胡言乱语,故其语言"模棱两可,言行不一双关蒙骗"(Ambiguous and with double sense deluding; Paradise Regained, I. 435);而耶稣基督语言是"宣扬上帝旨意"(and by extension of God's),因此语言和谐"言行一致"(Thy actions to thy words accord; Paradise Regained, III. 9)。撒旦"模棱两可"的话实为"有说服力的"(persuasive)陷阱,"充满阴谋诡计"(replete with guile; IX. 737, 733)。他说话"冠冕堂皇,实则不值一文"(high words, that bore /Semblance of worth not substance; I. 528),只有夏娃和亚当听信谗言花言巧语,才误入歧途。上帝须言行一致不撒谎,否则威信尽失无人信仰;但撒旦言行不一自食恶果。

亚当和夏娃在伊甸园所说的语言能让其命名的实物名副其实,弥尔顿说过:"亚当拥有天赐智慧能了解一切生物,能根据生物特性合理命名。《失乐园》如实记录亚当最初的语言:

> ...to speak I tried, and forthwith spake,
> 我竭尽全力说并立刻说,
> My tongue obeyed and readily could name
> 我辞必达意可准备命名
> What e'er I saw. (VIII 271)
> 我的所见所闻。

这种命名关系到理解——上帝赐福:

> I named them [the animals], as they passed, and understood
> 我见动物过就为之命名,
> Their nature, with such knowledge God endued

第八章 后起之秀青出于蓝而胜于蓝

用神所赐知识解其本性，
My sudden apprehension…（VIII. 352）
因为我有顿悟……

上帝命名就是创造客观生物，而亚当模仿而已。因伊甸园真实透明，所以亚当对于其理解和命名同样重要。克里斯托弗·瑞克斯（Christopher Ricks）为弥尔顿的拉丁语辩护说这些词义使我们"回到词语纯洁不受污染的那个时代，因为那时行为纯洁不受污染"，后来语言连同人类一起堕落。当然伊甸园语言没有词源。如从人类堕落的角度来看，若我们回到亚当夏娃时代，可以拥有纯洁语言。

《失乐园》开始用"反双关语""anti-pun"，这是瑞克斯《诗歌力量》所云，他提出双关语拒绝融入多重意思："然而双关语有两层意思，它们并行或格格不入；而反双关仅有一个意思，另一意思已拒之门外"（whereas in a pun there are two senses which either get along or quarrel, in an anti-pun there is only one sense admitted, but there is another sense denied admission）①。《失乐园》如包含了伊甸园双关语中失落的意思，就损害了其在人类堕落前的纯洁意思。这是斯坦利·费斯（Stanley Fish）在《原罪的诧异》（Surprised by Sin）中提出——"读者反应"（reader response），即"费希陷阱"（The Fish Trap）。斯坦利·费斯认为读者对于此诗体验可比喻为精心踩踏的理解之路。他看出此诗目的要教育读者自我认识堕落到何种程度，还要认识到自己和伊甸园纯洁有多大差距。于是读者阅读《失乐园》就循环往复跌入弥尔顿精心设计的陷阱中，不断提高理解能力，不断修

---

① Ruth Rushworth: Language in Paradise Lost, Milton's language-Darkness Visible, darknessvisible. christs. cam. ac. uk/language. html, Cambridge: Christ College in Cambridge University, 2015, p2.

正进步，最终成为更合格健康保持深邃洞察力的读者。弥尔顿以此训练读者成为"合适观众"（fit audience'，VII. 31）。因为我们堕落，理解能力已受污染，所以误解了弥尔顿的语言。

由于人类堕落，语言也轰然堕落震耳欲聋；人们再次站立无须上帝帮助，语言也巍然屹立拔地而起。在圣灵降临的节日（Pentecost），上帝派遣圣灵（the Holy Spirit）来净化赎回堕落后混乱时代"争吵不断、骇人听闻而喋喋不休"的语言（post-Babelic state of 'jangling noise' and hideous gabble；XII. 55，56）；圣灵"如同火舌"降临（tongues like of fire；Acts 2：3），人类重新互相理解传递神的福音。罗伯特·L. 安兹明格（Robert L. Entzminger）探讨弥尔顿语言得出结论："幸运堕落概念适用于弥尔顿语言，这想法用来庆祝堕落即基督牺牲的良好契机。"（the felix culpa or fortunate fall, an idea that celebrates the fall as the occasioning of Christ's sacrifice）① 这意味堕落就是乔装打扮的保佑，因它能使多种语言并存，限制各种语言的复杂性和含混概念，这是诗歌语言最明显缺憾。拉斐尔（Raphael）和弥尔顿写道："什么东西高不可攀/即人类实施其感知"（what surmounts the reach / Of human sense and they do so. V. 155）。用诗歌把精神比作肉体外形，将难以言述的内容表达出来，上帝将诗歌语言纯洁净化，是为了让人类更好理解不可磨灭的神圣宗教。

查尔斯·艾略特·诺顿（Charles. Eliot. Norton, 1827—1908）认为《失乐园》两卷已清楚表达了所有思想，第三卷似乎多余。其实他不应忽视第三卷。在其中失明诗人祈求宗教带来光明。每卷诗书都包含壮丽章节。由于诗人的才情缺乏自省精

---

① Ruth Rushworth: Language in Paradise Lost, Milton's language-Darkness Visible, darknessvisible. christs. cam. ac. uk/language. html, Cambridge: Christ College in Cambridge University, 2015, p2.

第八章 后起之秀青出于蓝而胜于蓝

神,有些语句单调枯燥,但整篇诗作语言确属"雄壮文体"。也许今天《失乐园》故事不像往昔那样吸引我们,因昔日人们相信它是"福音"(Gospel),但我们却为其文体风格深深折服。弥尔顿独创性贡献不仅使其语言辞章优美,他还塑造了恶魔撒旦的人物形象。亚当夏娃只是祭品,上帝天使也只是影子。他描写撒旦分外生动,他是一切行动的支配者——诗中真正的主人公,这也是雪莱非常欣赏其独到之处——源于《圣经》有所叛逆——这是雪莱等人的解读,待后详解。

20世纪文学评论家艾略特(T. S. Eliot)认为诗歌音乐性主要在于诗歌意义(主题)与诗歌节奏感和结构感之间的关系,避开诗歌意义而奢谈诗歌音乐性毫无意义。诗歌的音乐节奏感和结构感对诗歌文体有明显制约,反之亦然;诗歌文体体现了诗歌的音乐节奏感和音乐感。《失乐园》的文体节奏和结构都进行了音乐化处理,它采用当时惯用的无韵白体诗格式,句子结构错综复杂,短语层层叠加,从句互相嵌套,很多行才组成完整句子,这是典型的"弥尔顿语言"(the Miltonic language)。全诗节奏紧凑语言瑰丽气势磅礴,诗行通常是5音步抑扬格。无韵白体诗格律给予诗歌以自然乐音达到了音乐的意境。

但18世纪约翰逊主编双周刊《漫步者》(Rambler)对此诗体颇有微词,因为他很重视诗体韵律。他身为诗人和词典编纂家,觉得无韵诗只能用于戏剧散文,不适用于英雄史诗。他怀疑诗人的高超的诗艺和驾驭多种语言的奇能巧技,认为其诗歌既省略元音又有多余音节;他认为弥尔顿对"纯正英语"标准及有关批评不屑一顾。他认为弥尔顿似乎误解语言的本质,其主要缺憾是语言粗糙,留下更粗糙的节奏。他从质疑语言进而质疑诗体,认为弥尔顿误解它们。他不愿全面肯定弥尔顿"诗歌的解放就代表其他方面解放"的观点,他质疑此诗体是解放诗歌的观点,认为弥尔顿局限于某种有限狭窄不完善不和谐的诗艺。实际上约翰逊喜欢句尾押韵诗歌,他认为这样韵味悦耳,可见弥尔顿无韵诗体与其诗歌语言一样颇具争议。

如前所述,最早的无韵诗是由苏芮伯爵亨利·豪华德引进,于1554—1557年完成出版,因古典拉丁诗歌和希腊诗歌都无押韵。伊丽莎白时代,克里斯多夫·马洛(Christopher Marlowe)首创英语无韵诗;詹姆士一世时,这种诗歌主要用于英语戏剧。举世公认最杰出的英语无韵诗诗人当属莎翁,他率先追求自由新诗体,其戏剧里有很多无韵抑扬格5韵步诗(unrhymed iambic pentameter)。但笔者认为梁实秋的观点不无道理,他觉得弥尔顿的无韵诗比莎士比亚更进一步,因他使用很多连行句(run-on lines),句尾很少停顿,一句多行一气呵成形成"诗段"(verse paragraph),音调雄壮气势磅礴,排山倒海势不可挡,形式内容契合自然,他在莎士比亚基础上发展了无韵诗。他仍是莎士比亚每行5步10音节抑扬格,但其仍变化多端,就此而言他俩至少旗鼓相当难分伯仲。浪漫主义诗人威廉·华兹华斯、雪莱(Percy Bysshe Shelley)和济慈(John Keats)都很爱这种无韵诗歌,认为其无拘无束挥洒自如便于自由发挥,于是争相仿效。由此可见无韵诗歌的发展与其他革新一样经历漫长时期,唯有革新者坚持不懈步步为营,才能水到渠成。

诗人用卓越非凡的艺术成就记录歌颂英国资产阶级革命,其以圣经传奇构思的神奇特点,因而资产阶级文学研究将其视为"圣教史诗",当然其中充满浪漫色彩和元素。撒旦反抗上帝展示了资产阶级反对封建专制的革命精神和英雄气概,而撒旦失去天国乐园和亚当夏娃失去人间乐园则寓意资产阶级革命的失败和封建势力的复辟,这些都可通过历史背景来理解。这首诗尖锐批判了封建贵族奢靡放荡的生活方式,充满革命热情和高远丰富的想象,雕塑出十分雄伟栩栩如生的人物形象——如撒旦、罪恶、死亡等,描绘了波澜壮阔的背景——如地狱、混沌、人间等。其高昂诗歌风格表现得淋漓尽致,诗中富有璀璨瑰丽的抒情比喻,独特的拉丁语句法和雄浑洪亮的音调等堪为绝世佳作。它继承古希腊、古罗马的史诗传统,成为世界诗坛罕见的杰出史诗,树立了英国文学诗歌史上高耸的巅峰,向世界文坛展示英国诗歌的崭新风貌,显示了英国文艺复兴后期的诗坛后继有人继往开来积极进取的态势,令世人瞩目高山仰止;而且其诗歌成就直接影响到英国社会各层面,有识之士从中受到启迪并从中总结经验教训,人们对这特殊时期的深刻反思为今后社会的继续发展提供了积极的思想准备。所以,1796 年威廉·哈雷(William Hayley)为其树碑立传,称赞他是"英国最伟大的作家";若对此有争议,那么"他是出类拔萃的英语作家之一"就是公认无疑的。

五、老骥伏枥壮心不已再创辉煌

《复乐园》(1671)4 卷根据《新约·路加福音》(New Testament;Gospel of Luke)描述耶稣被诱惑的故事。耶稣在约旦河畔由圣徒约翰施洗后准备布道,这时圣灵引导他到荒郊考验他——撒旦引诱他。第一天设宴,第二天以城市繁华和古希腊罗马文学艺术引诱耶稣都遭拒绝。第三天撒旦使用暴力,把耶稣放在耶路撒冷庙宇顶上,他毫不畏惧。后来天使们接他下来,认为他顺利经受了考验,于是他开始布道替人类恢复乐园。《复乐园》和《失乐园》都讨论了"引诱"问题,但《失乐园》强调用理性控制情欲,这是人文主义对生活的肯定和清教道德观之间相互协调;而《复乐园》则强调信仰消除情欲,体现宗教思想的胜利。无论是控制还是消除情欲,都表明诗人抵制意大利诗歌中骄奢淫逸消极的思想倾向,从而把英国诗歌引领上健康发展的轨道。此诗表明革命挫败后,诗人抗拒复辟王朝的道德堕落及其对古代文化的歪曲,锻炼自己性格继续顽强斗争。诗中耶稣念念不忘罗马奴役下的以色列，他认为即使以色列不能解放，但"一旦那天来临，你不要想象我会坐失良机。"这说明诗人含沙射影表明对英国革命的态度始终不渝。这也进一步证明本书的开篇论断：两希文明就是英国文学文化和文明的主要源泉。

《力士参孙》（Samson Agonistes；1671）是悲剧，取材于《旧约·士师记》（Old Testament. The Book of Judges）。最新发现1340年的《圣经》手稿表明：参孙是公元前11世纪以色列英雄，借助上帝庇佑能征善战力大无穷，因耽于肉欲泄露自强的机密，被妻子大利拉出卖给非利士人（Philistines），战败被捕遭剜眼，每日为敌推磨。适逢节日敌人庆胜；参孙痛苦万分，其父劝他和解，大利拉忏悔更刺激他；敌人赫拉威胁侮辱他，这都激发了其战斗精神。敌人威逼他表演武艺，他倍感耻辱怒发冲冠，撼倒演武大厦支柱，大厦坍塌致使他与敌同归于尽玉石俱焚。这部悲剧表现了诗人崇尚坚强的革命精神，表明其宁为玉碎不为瓦全反叛到底的决心。此诗诗艺评价不及《失乐园》，但其革命精神似甚于《失乐园》。它生动形象揭露了王朝复辟后资产阶级革命者备受摧残的悲惨状况，字字血声声泪如泣如诉催人泪下，请看歌队责难神：

　　你甚至迫使他们
　　死于邪门异教刀剑，
　　弃他们尸体予野狗猛禽；
　　或者俘虏他们，
　　或改朝换代，缚之于黑暗法庭
　　视为负义群氓审判处刑。

其反映复辟王朝残酷虐待屠杀放逐革命者，将克伦威尔尸体枭首示众。他们异常痛苦，发誓要继续革命：

　　神会把不可战胜的力量

第八章 后起之秀青出于蓝而胜于蓝

施放于人类救星手中,
助其反叛人间暴力与迫害者
及野兽一样残暴的恶人①。

诗人指出:深刻忏悔反省克制骄矜并控制情欲恢复信心是资产阶级革命必由之路。他创作这两首诗时年已花甲,老骥伏枥志在千里,烈士暮年壮心不已,他冀再接再厉再创辉煌。《力士参孙》采用崇高、严肃的题材,具有汹涌澎湃气壮山河的激情,语言质朴有力,节奏音律活泼。这部悲剧使弥尔顿诗歌艺术发展到新阶段。它运用希腊悲剧形式,实为宏伟剧诗。有哪位诗人能以更壮丽的演说告别世人?他将失明磨难寄寓于盲人参孙身上。此诗与《失乐园》和《复乐园》都是《圣经》在文艺复兴时的结晶,可见基督教对英国文学文化影响之深刻。这是英国文学中最接近希腊悲剧的作品,全剧以悲欢沉静调子结束,但他也喜欢剧场:

赶赴激情的舞台,
穿上琼森博学之鞋。
用"空想之子"莎士比亚快板,
歌唱故乡美好园林②。

其实清教徒也是热爱生活的艺术家。斯宾塞和西德尼都具有强烈的宗教气息,但他们对清教发展带来的偏狭无知并不同情,相对而言弥尔顿则更宽容。对于弥尔顿和17世纪其他诗人来说,宗教不是严厉苦难,而是庄严欢乐。弥尔顿具有非凡的大智大

---

① 王佐良,何其莘:《英国文艺复兴时期文学史》,北京:外语教学与研究出版社,1995,p286。
② 王佐良,何其莘:《英国文艺复兴时期文学史》,北京:外语教学与研究出版社,1995,p287。

勇,才能青出于蓝而胜于蓝。《荷马史诗》吟诵两国战争,壮观场面史无前例;后来《神曲》涉遍地狱、炼狱和天堂,融三者为一体,将虚幻与现实有机结合,场景恢宏、气势非凡;而《失乐园》集二者大成,不仅描写跨越三界的战争,而且追述耶稣诞生、人类宇宙起源,可谓纵横数万年穿越无限寰宇。这种浪漫手法和自由主义思想对后来浪漫主义诗潮产生了无与伦比的影响。全诗气势磅礴想象超凡,跨越时空出神入化,无与伦比的精湛描写使之名列世界古典史诗三甲。真是泰晤士河后浪推前浪,一代比一代更强,其诗歌成就远超前辈诗人,几乎要与莎翁比肩。弥尔顿对此诗酝酿已久深思熟虑,甚至弃用有韵诗体,觉得它们束缚思想难以自由发挥。他赞同意大利和西班牙诗人的观点:无韵而诗,无拘无束就是自由权利,这种自由无韵诗体在英国诗坛独树一帜,将原来莎士比亚等人的无韵诗发扬光大,其豪迈气概不仅对浪漫主义诗人拜伦和雪莱都产生积极的影响,甚至更深刻影响着20世纪的艾略特和惠特曼。他为后辈诗人树立典范,敢于承担所受苦难,勇于像凤凰涅槃浴火重生。

英国文学中古典主义因素早在文艺复兴初期已存在,弥尔顿诗歌深受其影响,但它作为流派是随着复辟王朝从法国铩羽而归后形成。英国古典主义流派依附反动封建王朝,开始就保守。其创始者是约翰·德莱顿(1631—1700),这位天主教徒是复辟王朝桂冠诗人,站在保守立场创作政治讽刺诗、宗教论争诗和剧本。其文学评论如《论剧诗》(Dialogue on Dramatic Poetry;1668)和许多作品序言都强调理性规律,指出悲剧中三一律的重要性,主张形式完美。他推崇古希腊、罗马的诗人作家,也肯定乔叟、斯宾塞、莎士比亚的非凡成就。他观察敏锐,评论作家时具有真知灼见,超出前人和同时代评论家。其古典主义创作、系统古典主义理论、讽刺诗技巧及其翻译和准确平易的散文都对18世纪英国古典主义文学产生很大的影响。

第八章 后起之秀青出于蓝而胜于蓝

综上所述，不仅《失乐园》创作历经坎坷，其出版也一波三折。约翰逊（Johnson）在《弥尔顿传记》（Life of Milton）中描述：1665年瘟疫肆虐伦敦，他前往埃塞克斯的查尔方特（Chalfont）避难，在那里埃尔伍德（Elwood）初见完整版的《失乐园》，细读后问弥尔顿："关于'失乐园'您已说了不少；关于'复乐园'您又说什么呢？"次年霍乱已息，他回到Bunhill Fields开始策划出版《失乐园》。书号虽批，但有章节遭到反对，其中包括第1章"遮天蔽日"的明喻。1667年4月27日，他将版权以5英镑售给塞缪尔·西蒙斯，并约定第1版售出1300册后再付5英镑；第2版与第3版售出同样册数后他分别再收5英镑。这3个版本印数都没超1500册。第1版包含10章是小小4开本——每章节名每年都有变化；宣言与每章前论证在一些版本删除，又添加进另外的版本。第1版售卖2年后，他才拿到第2笔佣金，日期是1669年4月26日。第2版直到1674年付梓印成小8开本，因为切分第7章和第10章，全书增为12章；此外还有细微修改。第3版印刷于1678年，而获得复本的弥尔顿遗孀根据1680年12月21日收据，将该书以8英镑卖给西蒙斯，他以25英镑转让给布拉巴宗·艾莫尔（Brabazon Aylmer）；艾莫尔随后于1683年8月17日将一半复本出售给雅各布·汤森（Jacob Tonson），另一半于1690年3月24日高价出售。

这部壮丽诗篇销售缓慢声名迟至，常被用来证明弥尔顿的才能受到忽略。但约翰逊认为：鉴于当时的文学地位，阅读不像今天普及，2年内售出1300册足以证明诗人是天才。他晚年重新刊印青年时代诗作，并给出版社寄去常用拉丁警句集锦。他66岁已年过花甲，患痛风忍受多年顽疾，终于战胜自然虚弱的力量，1674年11月8号在Bunhill-fields寓所安然去世；他随父埋葬在Gripplegate圣·贾尔斯圣坛，其葬礼规模宏大庄严。笔者曾在伦敦西敏寺教堂目睹纪念碑，其上镌刻班森题字："致《失乐园》作者"。可见他在英国文学史上地位崇高,与其比肩者凤毛麟角。约翰逊说:"毫无疑问其文学成就伟大。他精通希伯来语、希腊语、拉丁语、意大利语、法语和西班牙语,因此博学富有教养。其拉丁文技巧使之跻身一流作家和批评家行列;而他似以罕见的勤奋学习过意大利语。他女儿为他朗诵的书有外语的"(这是约翰逊传记原话,这曾引起约翰逊的质疑——"其女未受教育不能读写",其实拼音文字易读)。笔者重申他可能私设家学,耳提面命使其女逐步脱盲;他几乎能背诵《荷马史诗》,最喜欢奥维德的《变形记》和欧里庇得斯的著作,这些都对他很有启迪。

弥尔顿作为文艺复兴后期诗坛主将,其主要作品在复辟时期完成。所以有时深感高处不胜寒,有时四面楚歌孤立无援;但他有独特智慧,他不仅有敌人还有竞争对手(其他大师)。评论弥尔顿诗歌有个统一主题——明确他是诗人演说家:诗人"本身应为真正诗歌"(ought him selfe to bee a true Poem);演说家"应口若悬河"(be a good man skilled in speaking)。他把判断诗人好人的标准与本·约翰逊分享,后者赞同:无人可成为"好诗人,除非他首先成为好人"(the impossibility of any man's being the good poet, without first being a good man)[①]。但弥尔顿关于演说家和诗人(orator-poet)的观点受到约翰逊诅咒。从1640年后,弥尔顿想要团结基色若(Gicero)做理想的演说者,后者参与国事管理;他运用道德能言善辩,以预言家身份说服听众遵守道德,他非常雄辩(wax eloquent),用煽动性语言冠冕堂皇地说服那些虔诚的宗教信徒。弥尔顿和约翰逊一样是构思和修辞大

---

① George Alexander Kennedy, Glyn P. Norton: The Cambridge History of Literary Criticism: Volume 3, https: //books. google. co. nz/books? isbn = 0521300088 - Literary Criticism, Cambridge: Cambridge University Press, 1999, p18, p20.

第八章 后起之秀青出于蓝而胜于蓝

师,但他在文学批评中循环往复的特点要使这一切似乎毫无关联。他声明:由于擅长演讲的标准是热爱真理,所以尽管演说者在古典修辞方面使用韵文,他可以摒弃"最好的修辞学家给予的修辞规则"(those Rules which the best Rhetoricans have giv'n)。热爱真理者说:"如同许多灵活而轻快跟班遵命围绕他转,或如同井然有序的文件随心所欲各就各位"(like so many nimble and airy servitors trip about him at command and in well order'd files, as he would wish, fall apart into their own places)。"英国诗人中他最看重斯宾塞,"弥尔顿曾告诉德莱顿:斯宾塞是其偶像。他也喜欢"莎士比亚和考利,斯宾塞显然很得他欢心"。大约1/2读者猜测他钟爱莎士比亚。他评价常客德莱顿:"他是韵文高手,但不是诗人[①]。"麦克·维尔丁(Michael Wilding)认为:如对弥尔顿的革命责任避而不谈,就难以探讨他的诗歌。他是英国历史上反对主教、君主专制和旧体制余孽的勇敢先驱,大无畏的革命者,他用诗歌作武器为国家民族的自由而呐喊,为以后的浪漫主义诗人树立了光辉的榜样。

他作为英国文艺复兴后期的诗坛巨匠,其思想受到文艺复兴和宗教改革的双重影响。他受其父虔诚的基督徒思想影响,又拥有渊博的古典人文主义思想,体现了具有个人主义倾向的基督教人文主义者的典型形象。弥尔顿的自由观也受上述思想很大的影响。其自由观点的阐发与英国资产阶级革命联系在一起,正是英国国内形势的发展推动他不断关注各种问题,不断阐发自由问题。他曾说过,人类须有三种自由,即宗教自由、家庭或个人自由,以及公民自由。没有这三种自由,人们不可能愉快地生活。

---

① George Alexander Kennedy, Glyn P. Norton: The Cambridge History of Literary Criticism: Volume 3, https://books.google.co.nz/books? isbn = 0521300088 – Literary Criticism, Cambridge: Cambridge University Press, 1999, p18, p20.

毫无疑问,这种前瞻性的人文观早就领先于浪漫主义诗人几个世纪,对后辈诗歌文坛都产生积极重大的影响,并从诗歌文学的角度深刻影响英国民主社会的发展,迄今仍有现实指导意义。

六、《失乐园》和《仙后》精彩迥异

这两首史诗都反映了作者强烈的宗教观念,给读者很多道德教育,所以都是英国诗坛罕见的杰作,它们都模仿《荷马史诗》的奥德赛(Odyssey)和依利亚特(Iliad)与维吉尔 Virgil 的埃内德(Aineid),受其启发而为。两者都描写了人类理性的缺失,都宣扬宗教信仰,劝谕世人相信上帝,都表现这一主题。诗中人物都注意到这些虚幻而不可靠的理性,而《仙后》更接近上帝并从中受益,但《失乐园》的反叛似乎更持久不衰。

《仙后》第 1 册中红十字骑士(the Redcrosse Knight)历经磨难,充满浪漫传奇色彩。因为他过分依靠自己的理性而较少向上帝祈祷寻求教诲,所以伊始骑士不祈求上帝保佑:"他们身心愉悦,因而开始迷路;/待到需要回头,他们误入歧途;/他们找不到那原定路线,就在陌生路上来回摸索前进。"(Led with delight, they thus beguile the way… / When weening to returne, whence they did stray, / They cannot find that path, which first was showne, / But wander to and fro in wayes unknown.)(I. i. pp83 - 86)换言之,骑士迷恋沿途美景,忘记肩负重任,也不祷告上帝祈求保佑,这种不敬亦非初犯,此类不幸仍会重复。骑士象征普通基督教徒,他没有免除考验,也要经受虚假安全的诱惑,因每个人都有原罪。所以,斯宾塞说教:基督徒务必经常清醒地认识到自我的精神状态,不断祷告上帝,只有上帝庇佑才能指引人们在人生旅途上战胜艰难险阻,化险为夷安然无恙。

弥尔顿告诫人们若轻信夏娃和蛇不可信的推理会面临恶果。

第八章 后起之秀青出于蓝而胜于蓝

夏娃从噩梦惊醒,亚当向其保证:"但要了解人的心灵/更少人需要伺候/理智首当其冲(But know that in the soul / Are many lesser faculties that serve/ Reason as chief; v. pp100-102)。亚当无限的智慧令人难以相信,他告诫夏娃面临诱惑不能屈服,其理智告诉她要抵御诱惑。他未见识过撒旦的权能和巧舌如簧的诱惑。他强调即使最智慧虔诚的教徒若丧失理智也会误入歧途。他面对诱惑描述撒旦:"句句在理难以攻破/貌似合理似乎真实"。(persuasive words, impregned / With reason, to her seeming, and with truth; ix. pp737-738)。理智本质即克制,因此撒旦诡计多端,完全能干扰正常的逻辑思维控制他人的思想,除非基督徒具有非常虔诚的理性智慧,否则很难分辨是非。尽管人类原罪难免,上帝悲天悯人的恩惠让人们赎罪。《仙后》中红十字骑士与龙恶战三天,他感受到上帝的恩惠(a blessing in disguise);他面临艰难使命再次运用内力获得武功,即将大功告成,上帝出手干预。斯宾塞借题发挥告诫基督徒们要谨言慎行谦恭礼让,勿恃强好胜,应让上帝主宰世界。红十字骑士最终崩溃,受上帝解救化险为夷。第1卷第11章第26-30节详述如下:

Canto XI BookI
第1卷第11章第26-30节

26
Then full of griefe and anguish vehement,
毒龙轰隆呻吟消沉痛苦,
He lowdly brayd, that like was neuer heard,
满怀悲伤哀号闻所未闻,
And from his wide deuouring ouen sent
毒龙张开血盆大嘴喷吐,

A flake of fire, that flashing in his beard,
熊熊通红火舌往外猛喷,
Him all amazd, and almost made affeard:
照亮胡须骑士丧胆飞魂:
The scorching flame sore swinged all his face,
脸庞遭灼热火舌熏烤他,
And through his armour all his bodie seard,
火力穿透铠甲烧灼全身,
That he could not endure so cruell cace,
他难容忍残酷烟熏火花,
But thought his armes to leaue, and helmet to vnlace。
唯一念头就是丢盔解甲。

27
Not that great Champion of the antique world,
他非古代斗士伟大崇高,
Whom famous Poetes verse so much doth vaunt,
著名诗人作诗称赞颂扬,
And hath for twelue huge labours high extold,
力大无穷斗士享尽夸耀,
So many furies and sharpe fits did haunt,
他满腔悲愤更斗志高昂,
When him the poysoned garment did enchaunt
沾满森托尔血浸毒衣裳
With Centaures① bloud, and bloudie verses charm'd,
他受血染诗篇颂扬痴迷,

---

① Centaures, 希腊神话中半人半马的怪物。

第八章　后起之秀青出于蓝而胜于蓝

As did this knight twelue thousand dolours daunt,
红十字骑士有无限悲凉,
Whom fyrie steele now burnt, that earst him arm'd,
钢剑烧发烫,尽管有武器,
That erst him goodly arm'd, now most of all him harm'd.
但仍重创武器精良骑士。

28
Faint, wearie, sore, emboyled, grieued, brent
乏力困倦疼痛慌乱叹息,
With heat, toyle, wounds, armes, smart, & inward fire
闷热流汗受伤断剑烈焰,
That neuer man such mischiefes did torment;
无人受尽磨难痛苦如斯,
Death better were, death did he oft desire,
他频频想死,这样好受点,
But death will neuer come, when needes require.
当你想死死神却不露面,
Whom so dismayd when that his foe beheld,
毒龙目睹骑士非常沮丧,
He cast to suffer him no more respire,
欲不给他更多喘息时间,
But gan his sturdie sterne about to weld,
喷射火舌要他熔化烧光,
And him so strongly stroke, that to the ground him feld.
火势凶猛扑面骑士跌倒地上。

29

It fortuned (as faire it then befell)
但红十字骑士非常幸运,
Behind his backe vnweeting, where he stood,
不料恰好就在骑士身后,
Of auncient time there was a springing well,
有清泉汩汩不断的古井,
From which fast trickled forth a siluer flood,
井口连续喷出股股清流,
Full of great vertues, and for med'cine good.
过去水能医疗功效深厚。
Whylome, before that cursed Dragon got
现在这条毒龙真是该死,
That happie land, and all with innocent blood
它污乐土让鲜血流井口
Defyld those sacred waues, it rightly hot
污染神圣清泉其罪难辞,
The well of life, ne yet his vertues had forgot.
生命之泉功效始终如一。

30
For vnto life the dead it could restore,
起死回生惟有生命之泉,
And guilt of sinfull crimes cleane wash away,
泉水能将罪孽荡涤洗净,
Those that with sicknesse were infected sore,
无论何人若将疾病感染,
It could recure, and aged long decay
均可治愈甚可返老还童

Renew, as one were borne that very day.
宛如当天已经获得新生。
Both Silo this, and Iordan did excell,
它超西娄约旦众河之冠,
And th'English Bath, and eke the german Spau,
英德名矿泉都不如它灵,
Ne can Cephise, nor Hebrus match this well:
塞菲斯、赫鲁斯逊于此泉:
Into the same the knight backe ouerthrowen, fell.
骑士仰入水保生命平安。

上帝保佑骑士转危为安,这起死回生的奇迹让基督徒更笃信上帝,与上帝的亲密关系促使他能阻挡撒旦的阴谋诡计。正如骑士能战胜毒龙,某些东西可摧毁凡人;但基督徒能凭借神力战胜撒旦,这于凡人则毫无可能,上帝保佑使之获胜:"胜利号角正在响彻云霄,上达天庭阵阵悦耳报喜,欢歌笑语庆祝凯旋回朝,以解长期压迫所受冤屈。"(The gan triumphant Trompets sound on hie, / That sent to heaven the echoed report / Of their new joy, and happie victorie / Gainst him, that had long opprest with tort; I. xii. pp28 – 31)。斯宾塞勾画了基督徒受上帝保佑而获胜的欢乐场景,表明奋勇斗争终会在人和上帝之间建立牢不可破的特殊关系。

《失乐园》也有同样感人至深的浪漫情景。尽管亚当夏娃自甘堕落失乐园,但上帝保存了彼此之间的良好关系,这对双方都是至关重要的纽带。"他俩忏悔不已,谦卑认错流泪祈求原谅,痛哭流涕哀叹更不绝于耳,常发自肺腑亦殷勤可鉴,态度诚恳道歉真卑躬屈膝"(Both confessed / Humbly their faults, and pardon begged, with tears / Watering the ground, and with their sighs the air

/ Frequenting, sent from hearts contrite, in sign / Of sorrow unfeigned, and humiliation meek; xi. pp1100 – 1104)。这些诗句描写上帝保持高贵尊严,亚当夏娃唯有认罪忏悔心悦诚服,才被赦免其罪。弥尔顿提醒:人类理智与屈尊纡贵有所矛盾,唯有绝对听从上帝指引才万事大吉。诚然上帝可原谅亚当夏娃的过错,但对其错误不会一笔勾销,他们已永久失去重返乐园的权利。红十字骑士不知身处险境,上帝多次挺身而出援手相救。我行我素非常危险,往往即时报应,这两首诗都举例说明:上帝旨意明确无误,违背天意必遭天谴;与其他礼物一样,理智是上帝赐福,须谨言慎行认真对待。运用上帝赐予的智慧并执行上帝旨意就无往不胜,可得上帝更多的庇佑(by the grace of God),所以宗教寓意是两诗共鸣的特性。它们还有其他共鸣特点:祈求缪斯使用史诗善用比喻,大多是英雄拯救天下,这是共同传统。但它们描写英雄的手法各有千秋:《仙后》使用骑士作为传统观念中的英雄;而《失乐园》淡化这种传统英雄主义,描写英雄都无须武力就能拯救人性。它描写上帝和撒旦、正义与邪恶战斗,撒旦似为主角,他要努力克服弱点和狐疑,想摧毁上帝的创造力。其目的邪恶终未得逞,最后改变态度。当然浪漫元素也是其共有的特色。

斯宾塞曾自我检讨《仙后》,谈到古永(Guyon)暗地里受马蒙(Mammon)的诱惑,评论如下:他能理解并考虑带有诱饵貌似愉悦的邪恶,加以区别随后放弃,选择更好真理,所以他是具有战略眼光的真正基督徒。寓意他不会赞美即兴而未经检验的美德——未经实践竞争难以脱颖而出;但在向着永恒胜利和荣誉竞跑的漫漫征途中必有尘埃酷热艰难险阻,但他已胜出。其实世界并非天真无邪,只有经过考验才能使之纯洁,考验总是相反。因此只要年轻人关注邪恶,但这并非允许这个邪恶腐蚀人们随之堕落,而是要人们拒绝邪恶,这就需要洁白无瑕的道德。弥尔顿认为帕莫（Palmer）受古永蛊惑，随之穿过马蒙的山洞，亲眼见证世俗的虚假幸福，他明智选择，毅然拒绝诱惑经受了考验。因此人们在建设道德去伪存真的过程中，势必要经历逐步认识和仔细检验邪恶的这些步骤，才能在进入罪恶虚假的误区时，逢凶化吉化险为夷，这就是宗教的根本宗旨，也是该诗的主题。

弥尔顿撰文高度赞扬斯宾塞，讨论斯宾塞对他的影响，也涉及《仙后》的人物古永和帕莫。但熟悉斯宾塞的读者认为帕莫并未跟随古永进入马蒙的山洞，弥尔顿转述的《仙后》背离了斯宾塞的原文，学界认为弥尔顿犯错，他关于古永探险的总结与斯宾塞很多诗作描写相悖。约翰·桂楼瑞（John Guillory）注意到围绕弥尔顿评论的争辩格外复杂。或许布鲁姆（Harold Bloom）比其他任何人都更关注弥尔顿的错误，他争辩道：弥尔顿不知不觉改写了斯宾塞的原创诗作，违背了前辈的初衷，他还援引弥尔顿有关《仙后》的作品支持自己观点，表示担忧。但福特勒（George F. Butler）持相反意见，他认为弥尔顿对于古永行程的重述并非像学界普遍批评的那样错得离谱；如仔细阅读弥尔顿对于《仙后》的转述，应认为他更像是故意变化修辞手法，并非无意犯错。学界批评弥尔顿的始作俑者是瑟鲁克（Ernest Sirluck），他评论弥尔顿的再创作：弥尔顿自以为熟读《仙后》，就不再核对斯宾塞原文，而且他误解斯宾塞的心理。瑟鲁克认为古永需要像帕莫那样主动用理智来抵制那些诱惑，但斯宾塞将古永帕莫已部分分离，表明古永习惯性理智足以抵抗马蒙的诱惑。弥尔顿重述此事并未分离古永和帕莫，因此他不如斯宾塞那样实事求是，在重要关头较少依赖习惯的力量，更多强调理性，这是弥尔顿背离斯宾塞之处。当然本书只客观列举几种不同观点，不能越俎代庖，是非曲直由读者自行判断。

约翰·汉密尔顿·瑞瑙兹（John Hamilton Reynolds）曾对玛丽·雷格（Mary Leigh）说："若可能，我要把斯宾塞的几个理念写进论文,让你明白为什么我高度评价他。我们研究弥尔顿过多,感觉他不自然,他语言强大声音震撼,但他翅膀并非闪闪发光,他未让我们梦想精美大餐和豪华外表。他未把我们载入富丽堂皇和纯真无邪的境地"(If I can I will put a few of my ideas of Spenser into an essay, that you may see why I think so highly of him. Milton is more studied and less natural, more enormous in his language, more sounding——but his wings are not of such dazzling brightness. He does not set us dreaming on fairy feasts and forms. He does not carry us about in the company of all that is splendid and innocent)[①]。"当然这是其看法,究竟他俩谁技高一筹,完全见仁见智。当然对于弥尔顿可否属于文艺复兴时期的诗人也莫衷一是,有人把他归类于复辟时代。

总而言之,路漫漫其修远兮,文艺复兴诗人们上下求索薪火相传,开创了英国诗坛百花盛开争奇斗艳的繁荣昌盛景象,因为他们一方面十分接近学问、道德、思想、宗教和哲学;另一方面又贴近人生、社会、实践和行动,一改过去单纯务虚或务实的片面现象,既务实也务虚,这确实史无前例。至此英语语言和语言用法初次达到有纪律规范的成熟性,又保持着青春期的新鲜活力和绚烂色彩。诗歌用词自由灵活,既平易又华丽,既有书卷文气,又有口语通俗味。皆因为文艺复兴时期的诗人大多受过良好教育,纵横官场久而失宠,浪漫情场屡屡失意,经历坎坷人生曲折,了解社会为民鸣冤。但天无绝人之路,上帝为他们关上一扇门,也为他们打开另一扇窗,迫使他们转而在诗坛辛勤耕耘,从失宠失意的怨恨愤怒中汲取营养,从比较开明的氛围中努力争取扩大自由的空间纬度,勤奋浇灌自己亲手栽培精心打理的诗歌百

[①] John Hamilton Reynolds: Milton and Spenser. spenserians. cath. vt. edu/TextRecord.php? action = GET&textsid36075, p9.

花园，喜获丰收百花怒放，引领英国诗歌文学之船在欧洲文艺复兴的大潮中劈波斩浪奋勇前进。天才莎士比亚独领风骚独占鳌头；弥尔顿新颖现代化的教育理念领先世界400年，并且创新诗歌震惊世界。

第九章 复辟时代的新古典主义诗潮

一、复辟时代的曲折与进步

英国文学的复辟时代（The Restoration）常指 1660 年—1688 年这段历史，这是斯图亚特王朝（Stuart）统治英格兰、苏格兰、威尔士和爱尔兰的后期；还有一说从 1660 年—1700 年，也称为德莱顿时代（the Age of Drydon），他是最有代表性的作家。总之该时期文学作品统一风格是集中欢庆或反映查尔斯二世的复辟，有人将《失乐园》归纳在此，还有罗切斯特伯爵（the Earl of Rochester）的《索多玛》（Sodom）① 以及关于《村妇》（Country Wife）性趣的喜剧和讲述道德机智的《朝圣者的进程》（The Pilgrim's Progress）。该时期文学还包括劳克（Locke）1690 年的《政府论》（*Treatieses of Government*）其中下篇至今在美国仍脍炙人口，因其提及私人财产权不动用武力，这最符合当时英国在北美垦荒的情形；该时期建立了英国皇家学会（the Royal Society，1660），该学会大力促进科学发展；也经历了罗伯特·鲍伊勒（Robert Boyle）的深刻反思，还有杰瑞米·考利尔

---

① 索多玛是《圣经》中的城市，源于《圣经》"创世纪"，建在亚伯拉罕时代（公元前 1900 多年前），现为中东两个古城之一。

（Jeremy Collier）猛烈抨击戏剧，以及约翰·德莱顿和约翰·丹尼斯开创了文学批评（literary criticism）。该时期有目共睹的新闻成为商品，议论文嬗变为定期期刊的艺术形式，也就是文本批评的开端（textual criticism）。

英国政治传统是有限的王权，即国王权利受议会限制，这要追溯到1215年的《大宪章》，此后英国历代国王虽蠢蠢欲动，但不敢肆意妄为凌驾法律之上。其精神实质是保障贵族特权，保护骑士和市民利益，用封建习惯法约束王权。1258年大贵族又起草《牛津条例》，强迫国王与重要大臣协商治理国家。13世纪英国议会制基本形成限制王权。14世纪上半叶英国议会发展出现上下两院，因此英国有"议会之母"的美誉——上议院为贵族院，下议院为平民院（由资产阶级组成）。伊丽莎白一世后继任的詹姆士一世和查理一世都宣扬君权神授，多次停开议会，企图违背法律擅权实行君主专制。这种专制既不符合英国中世纪以来的法制传统，也严重阻碍资本主义发展，损害资产阶级新贵族的利益。如何保障自身利益，无论从政治传统或从实际需要，就要通过法律限制王权。议会要求国王守法"王在法下"，而国王希望"法在王下"，所以维护王权专制与保护人民法制反复较量互相胶着，成为斗争的焦点。国王能否征税，议会要否长期召开，都在国王守法的范畴内。英国君主立宪制自始至终变化不大，一直促进英国资本主义发展，其间虽波折不断，但其民主法制传统逐步发展逐渐完善。德国法学家耶林有句名言："罗马人三次征服世界，第一次以武力，第二次以宗教，第三次以法律，而第三次征服也许是最和平持久的征服。"不过在罗马法横扫世界的历史进程中，却有一个不曾臣服且敢与之平分秋色的强劲对手——英国普通法，存续了几百年独特而持久的法律体系。故伟大的政治体制总是伴随伟大的法律传统。

1660年查尔斯复辟标志英国社会发展和英国文学新时代开

始。国王流亡结束登位，政权易手从共和国复辟回王权，形势急转直下。世界文艺复兴鸣金收兵，探索世界无所限制，而清教徒时期的道德热情与真诚信仰无法让英国人民欢欣鼓舞。穆迪和拉维特（Moody and Lovett）说：复辟时期大部分时间，人们都意识到人类经验有限，不信资源取之不竭。所以要限制配置，探索人类世界有限潜力。像查尔斯二世复辟、宗教纷争以及1688年革命都深刻影响当时的社会生活和文学运动的发展。查尔斯成为英国历史上权限最大的独裁者之一，担任英格兰、苏格兰和爱尔兰三国国王。原来清教徒时期的道德真诚礼仪荡然无存，压抑的自然本性勃发释放。国王拥有众多情人和私生子女，上行下效众多大臣腐败堕落，挥金如土纸醉金迷蔚然成风。1665年4月伦敦发生瘟疫死亡惨重；1666年9月2日伦敦大火连烧3天，人们普遍认为这是天谴惩罚奢侈腐败的国王及其罪恶。大火导致人民生灵涂炭流离失所，然而国王贵族狂欢不止毫无收敛，似乎古罗马历史重演。复辟意味着孕育社会变革，因为当时恢复了无法无天骄奢淫逸的风气。世风日下，人们抵制清教徒的道德风尚，文学清晰生动反映了这些现象。但国王批准建立英国皇家学会，国王与王位继承者都大力支持研究数学和自然科学，这大力推动英国自然科学迅猛发展，人们对科学的兴趣日增，日益理性思维，形成科学睿智而客观的世界观，真是愚者千虑必有一得。

皇家学会原是12名科学家的小团体——无形学院，多在成员们的住所及格雷沙姆学院聚会。其知名成员有约翰·威尔金斯（John Wilkins）、乔纳森·戈达德（Jonathan Goddard）、罗伯特·胡克、罗伯特·博伊尔。1645年他们聚会探讨培根在《新亚特兰提斯》提出的新科学。草创初期毫无章法，只集合大家研究实验并交流各自发现。1636年由于距离原因其分裂成两个社群：伦敦学会与牛津学会，后者云集牛津的许多学院人士。伦敦学会依然于格雷沙姆学院讨论，成员逐渐增加。克伦威尔时期，

第九章 复辟时代的新古典主义诗潮

1658年学会解散。查理二世复辟后，学会仍于格雷沙姆学院东山再起。它鼓舞人们成立正式科学机构。伦敦的科学家于1660年11月在格雷山姆学院开会，正式成立促进物理数学实验的学院。约翰·威尔金斯当选主席，并起草"被认为愿意并适合参加这规划"的41人名单。不久罗伯特·莫雷带来国王口谕，同意成立"学院"，莫雷为会长。两年后查理二世在许可证上盖印，正式批准成立"以促进自然知识为宗旨的皇家学会"，布隆克尔勋爵为第一任会长。该学会如同大磁铁，吸引各类精英荟萃群贤毕至，历史证明它促进了英国乃至世界科学迅猛发展，成为世界科学列车的火车头，后来涌现了法拉第、牛顿、焦耳和达尔文等世界级科学巨匠，他们在各自的领域弹奏出悦耳动听享誉寰宇的科学交响乐的华章。

查尔斯亲定"立誓法"（the Test Act），其包含一系列法律惩罚条例（penal laws），规范公职人员的宗教立誓行为，加强管制罗马天主教徒和异教徒（nonconformists）。要求公职人员信奉现有宗教去教堂祷告，对违规者（recusants）严惩不贷；其实常根据《赔偿法案》（Acts of Indemnity）赦免异教徒。这些措施保证王权完全控制宗教进而统一人们的思想；他不急于把清教徒投入大牢或加以检控，但他主要清洗公职人员尤其是国会内的清教徒。他错误吸取前朝教训，意欲削弱国会势力。其倒行逆施无疑大大限制了其他宗教思想在国会和政府的影响，也在某种程度上钳制禁锢了原本活跃的文化文学界自由思想，因为王宫视之为异端邪说威胁王权，欲限制其发展。其导致宫廷政治蓬勃发展，国教一统天下，但其重视自然科学也未影响经济发展，而以前争奇斗艳的宗教文化和文学诗歌风光不再。君王皆凡人，大政有对错，对其不能一概否定/肯定，专制者也有明智开明时，开明君王仍会专制，他们都是矛盾的混合体。

当时宗教政治矛盾错综复杂，政坛涌现辉格党（Whigs）和托利党（Tories）：前者代表人民和国会利益要限制王权；后者支持"君权神授"理论（Divine Right of Kings），代表王权和世袭贵族利益要限制人民权利，这是所有的独裁者最喜欢用来愚民洗脑的伎俩，以此否定王权民授的现实；两党之争给文学界增添丰富多彩的素材。几乎所有文学家都自贴标签表明政治派别，例如德莱顿（1631—1700）是托利党人。后来宗教纷争更激烈，清教徒备受迫害；因为原来以新教派为主，而天主教徒则不堪其扰。查尔斯二世虽滥情播种，但因野种无法继位，而其宗教信仰备受质疑；其弟约克公爵詹姆士（James）是天主教徒（Papist），拟顺位继承。很多人担心未来由天主教徒继位，蠢蠢欲动企图推翻其继承权；但查尔斯力排众议一意孤行，固执己见埋下祸根。所以德莱顿据此创作诗歌《阿萨龙和阿克图费尔》（Absalom and Achitophel），细述激烈的宗教之争和政治纠葛，利用诗歌反映政治作用。

1685年詹姆士继位即撕去伪装，暴露其天主教徒真面孔，力图推行天主教教义，上台3年倒行逆施，怨声载道天怒人怨，成短命昏君。1688年发生不流血革命——新教徒的橙色革命（the Protestant William and Mary of Orange），拨乱反正使国家回归健康理性发展的正确轨道，风起云涌的革命运动深刻影响英国社会各方面。随着国家和党派的复兴以及天主教引致的反响，热衷于公民意识的强大力量勃然兴起，文学与社会生活的基调得以矫正。1688年政治道德发展变革成为文学和社会生活的主旋律（keynote），改革深入人心。17世纪最后几年形成独特年代，虽短暂但有历史意义，它标志着历史文学脱离了向古典主义复辟的错误道路。所以历史和人物纷纭复杂难以评述：复辟时代似乎过大于功，而皇家学会功勋卓著。

二、新古典主义诗歌的崛起与发展

复辟时期标志着与过去文艺复兴时代决裂，人们更注重现实物质，似在各方面都精心配置以达到适度保护的目的。人们适应理性和常识，并据此制定行为准则避免狂热。人们建立礼仪准则和社会公约，生活问题限定在狭窄范围表述清楚。所有这些倾向特征都在文学作品中反映出来，无论是散文作家和诗人都循规蹈矩按部就班写作。文学传统和规章制度比作家/作品主题的深度和严肃态度更重要。他们肤浅地表现贵族和城市生活的方式传统，而没有想方设法揭示人们心灵深处的隐秘世界。该时期没有涌现出类拔萃的领袖诗人或作家，所以他们只能转向古代大师，尤其求助于拉丁文作家，希冀受其指引获得灵感。一般认为古典作家登峰造极，当代诗人无法超越古典作品。于是新古典诗（歌）(the neo-classical school of poetry) 顺理成章应运而生，而该学派（亦称 pseudo-classicist）缺陷凡多，既没有丰富的想象力让读者无限遐想，也无法深入探测人们的情感深处；他们只注重一味单纯模仿的规则，而忽视主题的重要性。这种倾向在德莱顿时代较突出，到了珀颇（Pope）时代更加严重恶化。

查尔斯重开剧院，批准剧院老板经理拥有戏剧专利证书（Letter Patent），进一步完善了版权制度，避免可能出现盗版而引发各种矛盾；并组建国王公司（King's Company），在国王剧场创立首个专利剧场（patent theater）。他又重设桂冠诗人（Poet Laureate）荣誉头衔，要求创作生日颂歌（birthday odes）；而且他为自己的聪明才智和丰富经历自豪，批准在宫廷创作使用睿智娱乐的诗歌，其中有些含有两性博弈的智慧。查尔斯二世及其随从流亡法国多年，熟悉法国文学文化回国实习模仿，并要求文人按照法国诗歌戏剧循规蹈矩，这些都前所未有。他拥有浓厚的法兰西情结，因而宫廷贵族中弥漫着旖旎浓郁的法国文化气息，法国文学顺理成章东山再起。佩皮斯（Pepys）抱怨莎士比亚戏剧诗歌难以符合当时的文学品味和社会时尚而黯然失色，声称厌烦莎士比亚的《仲夏夜之梦》（Mid-summer Dream），要淘汰伊丽莎白时代的过时作品。流行法国风格新时尚，终把新桃换旧符；其倒行逆施似乎忘记了"百年战争"新仇旧恨，不得人心。

  W. H. 哈德逊（W. H. Hudson）评论法国文学的影响："现在法国当代文学的显著特点就是清晰活泼，并有理由要密切关注形式——正确、优雅而完整。实际上这是上流社会的文学，拥有这种文学所有优点和局限性。而且其提升智力，可操控文学批评界。英国作家要学习这样惬意的文学，以此为指导，还要全力以赴以相同模式发展我们的散文，规范我们的诗歌规则、秩序和善良精神。"① 可见查尔斯王朝完全掌控影响诗歌文学的发展，英国诗歌不再以意大利诗歌为时尚，停止创新发展，转为模仿法国时尚，似有倒退迹象。法国著名作家拉欣（Racine）、莫里哀（Moliere）和鲍勒（Boileau）都受英国文人顶礼膜拜，尤其是鲍勒的善意理想更风靡一时。其实英国文学从以前的革新倒退回潮盲目模仿，甚至汲取法国文学糟粕，其中含有低级粗糙甚至下流淫秽内容，舍弃了本国诗歌文学中道德智慧和精美高雅的内容。所以复辟时期新古典主义诗歌文学与戏剧一样倒退，好似东施效颦开历史倒车，这与社会政治大气候密切相关。

  由于当时英国文学过分强调模仿法国文学，甚至放弃前辈们的创新改革精神，拘泥于法国诗歌文学的清规戒律自缚手脚。爱德华·阿尔波特（Edward Albert）评价："因此他们制定了清规戒律，归纳为有用的禁令——正确性，这意味避免热情，适当表

---

① William Henry Hudson: An Outline History of English Literature, Boston: ATLANTIC Publishing&Distributors Ltd. 2008, 23.

达适当意见,严格关注,重视精确诗艺;拙劣模仿拉丁古典风格(Thus they evolved a number of — rules, which can usefully he summarised in the injunction—Be Correct, correctness means avoidance of enthusiasm, moderate opinions moderately expressed, strict care and accuracy in poetic technique; and humble imitation of the style of Latin Classics)①。"当时有新思想的德莱顿诗歌文学成就比较显著。

当时文坛涌现两种思潮:现实主义(realism)和形式主义(formalism),前者即复辟主义,它非常关注伦敦的生活方式,如服饰社交礼仪等细节。复辟主义欲借此描绘腐败的宫廷和社会,突出表现丑恶现象;后来复辟主义则忽略青年饶有兴趣的浪漫诗歌,这使人们更喜欢探究引发行为的动机。复辟主义特征是直接清晰用语言表达思想。例如,德莱顿的散文诗歌既如此,而其诗歌善用英雄对句(the heroic couplet),这是其诗歌第 2 大特征。他是公认多才多艺的诗人(a versatile poet),创作了政治讽刺诗《阿伯沙龙与阿齐托弗》(Absalom and Achitophel),巧妙评论时政,直接向宫廷阿谀奉承,也引起争议。他还撰写两首有关宗教教义的诗歌《宗教莱西》(Religio Laici)和《雌鹿与豹子》(The Hind and the Panther),表现他决心维护宗教教义。其创作题材广泛,他在《寓言故事》(The Fables)中表现他擅长讲故事的才能。其抒情诗《圣·塞希利亚节日》(St. Cecilia's Day)和《亚历山大宴会遐想》(On Alexander's Feast)名闻遐迩。因其诗歌重视形式甚于主题,非常严谨犹如数学一样优雅,称为古典主义似名不副实。其严谨诗风直接影响下个世纪的英国诗坛,

---

① ENGLISH LANGUAGE LEARNING FORUM: THE RESTORATION PERIOD (1660-1700); englishlanguagelearningforum. blogspot. com/restoration-peri. 9 Mar. 2009, p11.

他的丰富诗作使其成为当时诗坛上当之无愧的杰出代表。其诗更重视智力因素，而多忽略思想情感。其《论戏剧诗》（Essays on Dramatic Poetry, 1668）是著名散文，阐述"诗论"，表达高雅准确、统一明晰的新古典主义理想。其关键词"适当"（propriety），主要针对主题选择优雅的思想和辞藻；更重要的是，"适当"意味"比例"，即局部服从整体，方法服从目的。"适当"保证总体和谐与作品的统一性，戏剧作品须循规蹈矩才能达到统一性，这是著名的时间、地点与情节的三统一（the famous three unities of time, place, and actions）[①]：一出戏剧必在24小时内发生，自始至终一个场景，具有一个完整的情节。戏剧忠实运用三一律才能最美。然而，德莱顿又特别为英国作家辩护，反对法国的悲剧诗人。他认为英国戏剧混合了悲剧喜剧，并具有更多样的性格情节，更令人快乐。因此，英国戏剧不仅表达了更多真理，而且以其多样性增强了戏剧美感。

1660—1680年，德莱顿只被视为平淡无奇的宫廷诗人，孰料他后来名声大噪鹤立鸡群。他和罗切斯特（Rochester）、白金翰（Bukingham）以及罗伯特·高德（Robert Gould）一样依附王朝，其实罗伯特·高德和马修·普利尔（Matthew Prior）是典型的保皇党（royalists）。虽然宫廷诗人并无统一风格，但还有共同之处：例如性意识（sexual awareness）、讽刺意欲（willingness to satire），依靠智慧克敌制胜（a dependence upon their wits to dominate their opponents）[②]。上述诗人不仅为舞台写作挣钱，也为著书立说扬名立万。德莱顿是多产作家（prolific），因而常被

[①] Edurad H. Strauch: Beyond Literary Theory: Literature as a Search for the Meaning of Human Destiny, New York: University Press of America, 2001, p7.

[②] Alexander Pope: A Short History of English Literature; lambasting of Blackmore in The Dunciad, Book III, 1903, p8.

第九章 复辟时代的新古典主义诗潮

指控有剽窃行为（plagiarism）。他被授予"桂冠诗人"（Poet Laureate）前后，创作了大众化颂歌（public odes）。他还尝试模仿菲利普·西德尼的诗行，写作雅各宾派的田园诗歌（Jacobean pastoral）。他最成功的是创作为复辟宫廷和国教服务的"护教学"（apologetics）。他还探索尝试模仿英雄诗（mock-heroic），其麦克弗莱克耨（MacFlecknoe）就是尝试讽刺性的拙劣模仿。他出生并非贵族，虽然国王曾许诺要授予他爵位，但终没兑现，而他仍然像其他人一样努力为国王效劳。詹姆士二世即位后，罗马天主教地位上升，德莱顿依然心甘情愿为宫廷效力，甚至创作《雌鹿和豹子》褒奖天主教。由于他转变了宗教立场，饱受各种讽刺挖苦讥讽，所以他作为颇有争议的历史人物亦理所当然不足为奇。

塞缪尔·巴特勒（Samuel Butler；1613—1680）仅次于德莱顿，其诗《胡迪布拉斯》（Hudibras）辛辣讽刺清教徒，其描写颇似漫画可洞悉人们的心灵深处，此诗被公认为仅次于德莱顿《阿巴沙龙·阿齐托弗》的讽刺诗歌，因此闻名于当时诗坛。所以，复辟时期的诗歌不仅注重形式，也涉及政治事件，反映当时社会的精神风貌。当然宫廷王朝掌控诗坛话语权，很多诗人噤若寒蝉，不像文艺复兴时期诗坛百家争鸣。但此时抒情诗、沙龙诗歌（airel）和史诗正常发展，没太多限制。其实即使没有新古典主义文学批评，英格兰诗人也知道他们很难有真正本民族/国家的史诗，例如斯宾塞的《仙后》也是从爱尔兰的角度看待英格兰，是带有传奇寓言式的史诗，所以有人认为它不是纯粹英格兰史诗。而法国则完全拥有《罗兰之歌》（The Song of Roland），西班牙有其《熙德之歌》（Cantar de Moi Cid），意大利则更有维吉尔的《埃涅伊德》。

所以，英国有诗人试图弥补这缺憾。例如威廉·戴务楠爵士（Sir William Davenant）想写史诗，因为他首创史诗。他未完成史诗《宫迪博特》(Gondibert) 创作，此诗是民谣诗体(ballad)，而郝柏斯（Hobbes）对其赞赏；其他诗人及评论家则批评此诗韵律没正面歌颂，也不像英雄诗体气势磅礴。此诗前言表明作者曾努力按史诗结构创作，就像复辟初期创作古典文学那样。有人把弥尔顿归纳在该时代也情有可原，因其《失乐园》等三部诗歌在此期间创作，讲述全人类的故事以基督教为荣，而非以英国为荣。弥尔顿也曾想创作《亚瑟王》(King Arthur) 的史诗，因为举世公认他是英国奠基人，后来弥尔顿改变初衷。理查德·布莱克茂（Richard Blackmore）则完成夙愿：不仅写了《亚瑟王》，还创作了《亚瑟王子》(Prince Arthur)。但两篇均为败笔，不仅冗长令人昏昏欲睡，既不见文学评论界叫好，更不风靡全国，反被批为"喋喋不休的布莱克茂"(Never-ending Blackmore)①。所以，复辟时期并未出现真正的史诗。

当时不流行抒情诗和颂诗。诗人借前者抒发自我情感袒露内心情感，而用后者或田园诗乃至沙龙诗表达己见。概言之，当时诗歌不重视表达个人的心理感受和内心世界，倾向于表述公众话语（public utterance）和哲学观点。后来人们只发现在墓地诗人(Churchyard Poets) 的田园牧歌中含有抒情诗成分。当时人们喜用一种诗歌韵律——抑扬格五音步押韵两行诗（rhymingcoupets in iambic pentameter），各类诗歌都被这韵律垄断，因为新古典主义喜欢用古典诗歌韵律。上述韵律对句似乎有碍也有利于表达高尚主题，因为它要求完整一致连贯表述。德莱顿曾为此纠结——"端庄得体"——即用适当形式表达主题（the fitness of form to

---

① Alexander Pope：A Short History of English Literature；lambasting of Blackmore in The Dunciad, Book III, 1903, p1.

第九章　复辟时代的新古典主义诗潮

subject)①。戴务楠创作《宫迪伯特》也面临这种矛盾。德莱顿则以结尾对句（close couplet）解决问题，尽量减少跨行诗句（enjambment），这种英雄对句最适合有关英雄的主题。1672年后，塞缪尔·布特勒的《胡迪布拉斯》采用抑扬格四音步（tetramer）对句一反传统出人意料，其韵律称之为"胡迪布拉斯"诗歌。它是东施效颦式的模仿，模仿英雄诗歌滑稽而拙劣，其目的是讽刺。

　　白金翰曾写作不甚出众的宫廷诗歌，与其说他是诗人，倒不如说他在维护诗歌的生命。罗切斯特写作了冗长而离谱的（prolix and outrageous）诗歌，其中包含赤裸裸的性描写，当然也涉及政治。复辟后新旧政权更迭（the Interregnum），清教徒们认为他内含性描写的诗歌是政治宣言。他假装描写阳痿（impotence）引起忧伤，也描写性征服，所以，其诗歌有点貌似抒情散文（lyric prose），但其本质就是拙劣模仿（parody）现实生活，这是古典主义形式。他模仿风景诗歌（topographical poem），创作《圣·詹姆士公园漫步》（Ramble in St. James Park），其中描写男人意欲在野外黑暗中媾合却心怀恐惧，以及他在适宜野外媾合处有种原始冲动。他还模仿创作颂诗《致希格诺·迪尔都》（To Signore Dildo），诗中描写伦敦码头上当众焚烧从法国走私的柳条箱；他也模仿田园诗歌。罗切斯特的真正兴趣是要颠覆分裂，优先发挥享乐主义（hedonism）包含的智慧，所以其腐败使自己早夭，甚至于身后经常作为复辟时期诗歌倒行逆施的靶子受到批判。

　　而罗伯特·高尔德打破了高贵诗歌的规律。他出生于普通家庭，13岁成为孤儿，所以没受良好的学校教育，因为他必须在

---

① Dryden Epic：Preface to The Conquest of Grenada, Restoration literature From Wikipedia, the free encyclopedia, p2.

251

富人道塞爵士家食品储存室任侍者。他在那里学会拉丁文的读写。1680—1690年代，他写作颂歌赚钱，其诗歌颇流行，其最成功诗歌是《爱情至上》(Love Given O'er)以及《讽刺女人》(A Satyr Upon Woman, 1692)。后者显然是对女性赤裸裸的讽刺挖苦，表现严重的"厌女症"，这种发自肺腑的表白在英语诗歌少见，因而此诗先后印刷几版都告售罄。后来他又发表几首表现厌女症的诗歌，生动诙谐地谴责女性的行为。例如，他描写"处女新娘"洞房花烛夜"径直敞开大门，任由人们跨越"(the straight gate so wide/ It's been leapt by all mankind)，一语双关声情并茂堪为一绝。这位诗人匆匆度过短暂人生，但其成功并非是因其创作了有关厌女症的新颖通俗文学诗歌，而是因为他曾参加"桂冠诗人"争夺战。他把德莱顿喻为"雏鸽"(Squab)，暗示他为了晚餐而出卖灵魂，以此攻击德莱顿毫无信仰；因为德莱顿皈依罗马天主教，这就是著名"毒笔之战"(a poison pen battle)，当然德莱顿毫不示弱反唇相讥。一个侍者竟能参加这场诗歌大战确实令人瞩目；当时他没有任何人赞助，这令人瞠目结舌，但其智慧勇气确实可钦可佩。

当时出版的诗歌多为讽刺诗，而讽刺可能背负人身攻击或诽谤他人(defamation)的罪名，因此这些诗歌多匿名出版。但若诗人被证实批评了某贵族，则难逃指控罪责；更危险的是权势者幕后操控流氓对诗人发动人身攻击，致其伤残。史载罗切斯特公爵怀疑德莱顿撰写《关于讽刺的论文》(An Essay on Satire)讽刺自己，于是暗中雇用暴徒打击德莱顿致其受伤。宣扬道德文明的诗坛居然堕落成流氓恶棍的武斗战场，血的事实令人不寒而栗噤若寒蝉，可见法制民主尚未健全；故匿名诗歌纷纷登场，人们趋之若鹜，甚至连歌功颂德的诗歌也雪藏封存；许多政治讽刺诗销声匿迹，或不敢直接讽刺詹姆士二世，转而含沙射影讥讽遥远的罗马天主教，但这些难以收集出版。尽管讽刺诗歌备受压制，但当时还是涌现了不少生动活泼的讽刺诗歌,这是复辟时代专制下英国诗坛百花凋零的惨状——污泥浊水沉瀣一气,压迫与抗争互相博弈,它从侧面反映了当时英国社会正处于百废待兴急需变革的前夜,诗歌文坛和其他行业一样翘首以盼黎明曙光。

此时还有英国玄学派诗人(the Metaphysical Poets),这是指英国17世纪以约翰·多恩为首的诗人,包括赫伯特、马韦尔、克拉肖、亨利·金,当然有些诗人风格内容属于"骑士派"(knights),如克利夫兰、凯利、拉夫莱斯身兼两派。其实他们并非有组织的文学团体,只是诗歌风格有些共性。首先使用"玄学派"的是德莱顿,他指出多恩这派诗人太学究气,他们用哲学辩论和说理方式写抒情诗,用词怪僻晦涩韵律不流畅。18世纪英国批评家约翰逊分析这派的特点,指出"玄学派诗人都是学者",其"才趣"在诗歌中把截然不同的意象结合一起,从外表毫不相同的事物中发现隐蔽的相似点,把最不伦不类的思想概念勉强束缚在一起(即所谓"奇想")。18世纪古典主义诗人重视规范,19世纪浪漫派诗人强调自然,他们都不重视玄学派诗歌。20世纪初英国学者格里尔逊先后编选《多恩诗集》(1912)和《17世纪玄学派抒情诗和诗歌》(1921)引起强烈反响,艾略特将其广为传播,并指出玄学派诗人"把思想情感统一"是"统一感受性"的典范。玄学派诗歌主要有爱情诗、宗教诗、挽歌、讽刺诗、冥想诗等。爱情诗用说理辩论方式,从科学、哲学和神学摄取意象,反映他们对文艺复兴时期的彼特拉克式"甜蜜"抒情诗的不满。

宗教诗和其他诗歌则多写信仰的苦闷、疑虑、探索与和解。玄学派诗歌反映17世纪初斯图亚特王朝日趋反动和旧教卷土重来的情况,表现人文主义传统中肯定生活、歌颂爱情、个性解放的思想遇到的危机。

总之相对而言,当时英国诗歌如同其社会一样步履蹒跚裹足难前,虽然在历史长河中它只是短暂的曲折回潮,但是历史必然,因为任何社会不可能直线上升一往无前;这个复辟不仅为后来的诗歌发展和社会进步提供了很多不可或缺的经验教训,而且也为百折不挠的历史洪流积蓄了继续向前的动力,它促使有志之士清醒地认识到只有自由公平竞争的机制和完善的社会法制才能真正迎来诗歌文学和社会发展的春天,后来的事实完全证实这个道理。诚然文学家和政治家一样,其作品/作为不可一概而论以偏概全,应从整体上分清是非优劣和主次,通过比较才有鉴别。历史的曲折反复更加衬托历史前进的珍贵和艰难。

第十章　浪漫主义诗潮的发轫与嬗变

　　如前所述，17世纪末叶包括文艺复兴和新古典主义时期，文学鲜有探讨个人内心活动，因为人们视之为疯狂举动。文学置身于模仿古希腊和玄学理念阴影中，后者主张文学必须反映人们情感的健康理性。这种观念在文学哲学界时尚流行不可低估。浪漫主义运动主张文学理性应受控制，要主导人们的感情。理性即意味社会成员清晰思维、行为恰当冷静、情感健康；情感即指欲望、梦想、想象和人类本性的主要方面。看古希腊戏剧就会发现主角让感性侵蚀战胜自己的理性，周围一切都土崩瓦解。尽管我们认为莎士比亚想象力超级丰富，但其戏剧总是表现这种倾向：若对理性和社会过度想象就会产生不良后果。

　　文坛代有才人出，各领风骚数百年。文艺复兴浪潮从高潮迭起逐渐销声匿迹，而复辟时期新古典主义文学思潮从甚嚣尘上直至偃旗息鼓，终于迎来浪漫主义文学新时代；这是指19世纪前期的文学，其间文学发展并非焕然一新，但与18世纪文学形成鲜明对比。浪漫（romantic）原指罗马各省尤其法国拉丁语和罗曼方言（the Latin or Roman dialects），亦指用其创作的故事。"浪漫"由罗曼（romant）派生，而romant从16世纪法语romaunt借来，意为"像古老罗马（传奇）故事"。史密斯（L. P. Smith）《单词和惯用法》（Words and Idioms）分析"romantic"是"虚假或虚构人物与感情，无须现实或人性实际存在"（false and fictitious beings and feelings, without real existence in fact or in human nature);或"古老城堡、大山森林、田园平原和偏僻荒野"(old castles, mountains and forests, pastoral plains, waste and solitary places),以及"热爱狂野自然、群山和荒野沼泽"(love for wild nature, for mountains and moors)①。据此定义前面已证:文艺复兴诗歌蕴涵浪漫元素,似乎无其名有其实。17世纪末,该词从英国传到法国和德国,成为诗人的评论术语,他们蔑视甚至反对过去的诗型,为18世纪自由创作的诗型自豪,特别在德国romantic成为"古典的"(classical)反义词。湖畔派诗人华兹华斯、科勒律治以及拜伦、济慈和雪莱都被视为维多利亚后期(late Victorian)浪漫主义诗人。尽管他们熟悉romantic,但他们未必自我标榜成romantic诗派,当然他们很清楚自己的诗歌与18世纪诗风格格不入。若讷·维勒克(René Wellek)在《浪漫主义概念》说:这些诗人广泛运用romantic,或许源于阿罗斯·布朗德的文章《科勒律治与英国浪漫主义诗派》,此文于1887年译为英语引起关注(the widespread application of the word *romantic* to these writers was probably owing to Alois Brandl's *Coleridge und die romantische Schule in England*; *Coleridge and the Romantic School in England*, translated into English in 1887);也可能由于1889年瓦特·帕特发文赞赏"浪漫主义"引起连锁轰动效应②。

浪漫主义的策源地在德国,但文学成就最高者是英法两国。欧洲浪漫主义有三次高潮:①19世纪初叶是英国湖畔派诗人率先进入创作高峰期,法国迟滞引介德国浪漫主义理论;②1812—

---

① John Keats: About the Romantic Period, John Keats' Poems, English Literature Notes, Cliffsnotes, www. cliffsnotes. com? Literature Notes? Keats' Poem, p2, p3.

② Walter Pater: Walter Pater's essay "Romanticism" in his Appreciations in 1889, Walter Pater-Wikipedia, the free encyclopedia, https://en. wikipedia. org/wiki/Walter_Pater, p3.

第十章 浪漫主义诗潮的发轫与嬗变

1824年拜伦诗歌西风东渐风靡欧洲,雪莱和济慈紧随其后,法意德稍逊风骚;③1827—1859年,法国雨果为浪漫主义文学集大成者,独领风骚。其后浪漫主义文学运动结束,但其影响远未销声匿迹,甚至延续迄今。英国诗歌从文艺复兴后经历了1个多世纪的漫长过渡期,蛰伏已久期盼新的领路人带领英国诗歌披荆斩棘奋勇前进,最终不负众望迎来浪漫主义诗歌应运而生闪亮登场。英国诗歌文学经历了文艺复兴和浪漫主义两个高潮,已屹立潮头引领潮流,令欧陆对其刮目相看。浪漫主义始于法国革命(1787—1799)期间,1789年法国革命达至高潮。起初英国朝野鼓掌喝彩欢欣鼓舞,认为其理想崇高。但随后群众运动狂热失控,法国革命演变为恐怖统治;再加拿破仑野心勃勃,对欧陆和英国虎视眈眈,致使英国和其他国家多对法国革命态度逆转。17世纪末浪漫主义革命颠覆了文学的理性和感性,因为诗人和哲学家首次批判新古典主义理性观点。

他们认为:感性乃通往智力、知识和道德必由之路。从1790年始,作家和诗人开始从个人感受创作,评价想象、梦想、情感、个性和诗歌自由,后来浪漫主义运动漂洋过海对美国文学/文化都产生深刻影响,美国文学界承认他们继承发扬英国浪漫主义文学的精髓。华兹华斯在自传诗歌《序曲》(The Prelude)中感叹:

> But now become oppressors in their turn,
> 但此时法国人成压迫者,
> Frenchmen had changed a war of self-defense
> 把这场自卫战争变成了
> For one conquest, losing sight of all
> 侵略性征服,已完全无视
> Which they had struggled for…

品英国诗歌 鉴英国精神——从文艺复兴到浪漫主义

他们奋斗的宗旨……

1798 年华兹华斯发表《抒情歌谣集》（Lyrical Ballads），浪漫主义诗歌正式登场，雨果的"文学自由主义"（freedom in literature）深入人心。它主张用想象表现生活，反对单纯依靠真实单调的"常识"表现社会。阿诺德（Arnold）讥讽"浪漫主义无知无识"；赫歇 N. 珐恰尔德斥之为"魔鬼同谋"。但这无法阻挡文艺再次复兴的步伐，这是英国文艺复兴后的新文学革命，乃成为席卷英国广泛深刻的社会革命思潮——它不仅深刻改变英国文化/文学，也改变欧陆文学和社会。英国文学家受浪漫主义启发，不满资本主义城市文明，愤世嫉俗归隐自然。18 世纪后期，诗人罗伯特·彭斯（Robert Burns, 1759—1796）和威廉·布莱克（William Blake, 1757—1827）是浪漫主义诗歌的探索者和先行者，他们在诗歌文体语言上不断尝试。彭斯从苏格兰民歌汲取养料，其《苏格兰方言诗集》（Scottish Songs）语言通俗擅长抒情讽刺；布莱克《天真之歌》（Songs of Innocence, 1789）和《经验之歌》（Songs of Experiences, 1794）具有象征意义和神秘色彩，深刻影响现代英语诗歌；两位先驱勇敢为浪漫主义诗歌独辟蹊径，不朽功勋永垂青史。

英国浪漫主义主要体现于诗歌、历史画和风景画等领域，它反对古典主义，注重借物抒情托物言志不满现实。现代主义仍是其宝贵的诗歌经验，它是现代思想文化的重要组成部分，而且为之冲锋陷阵，发挥突破性的历史作用。但浪漫主义引发更加气势磅礴雄伟壮观的诗歌潮流，其规模影响更广泛深远。现代主义文学思潮亦植根于浪漫主义；浪漫主义目标迄今未完全实现，而现代主义文学风尚则为明日黄花。英国浪漫主义的特殊重要性一半因其环境，一半因其表现。从布莱克到济慈，浪漫主义诗人都对环境有深刻感受。英国率先工业革命建成最大殖民帝国，名为工

第十章 浪漫主义诗潮的发轫与嬗变

业革命,实为影响全面深刻广泛的社会革命。政府面对革命,用严刑峻法对付群众运动,但压迫愈甚反抗愈烈,后来终于爆发宪章运动(chartism)和议会改革(Reform Act 1832);前者被列宁誉为世界上首次劳工阶级运动,后者引发了第二次议会改革,为以后议会各改革方案开创先河。英国用渐进式改革对传统政治制度进行改造,逐步和平过渡到与工业文明相适应的现代民主政治体制,使社会付出的代价较小,因此它成为大多数国家的选择和现代文明的楷模。这与法国革命为代表的暴力革命结果不同。

  此时英国诗歌不仅日益成熟,而且大有问鼎世界诗坛霸主之势,与其国势匹配相称,英国诗坛竖起擎天柱——"五大支柱"。他们认为"诗歌不仅要有熔岩般的想象力,也是强烈感情的自然流露,而且在海陆空前光芒四射"①。每首诗歌代表敞开的心扉面对波涛汹涌的大海和苍茫辽阔的大地。无论是湖滨派华兹华斯(响应卢梭"回归自然"的号召)和超自然的科勒律治、伦敦土著派绅士济慈,乃至狂飙突进叛逆的恶魔派自由斗士雪莱和拜伦都陆续创作浪漫主义诗歌,其艺术性和思想性都与欧洲同步甚至有过之而无不及,堪称惊世骇俗之人创造振聋发聩的奇妙诗歌,令世界叹为观止。可惜雪莱和济慈未能见证自己的辉煌成就。诚然他们既有共性也有个性,但他们都是欧洲文艺复兴和英国文艺复兴后长期沉寂中酝酿萌发的必然产物。

  从文艺复兴到浪漫主义,英诗既变革创新又保留传统;诗歌既歌颂快乐爱情,又贬斥贪婪嫉妒。从《失乐园》"夏娃的诱惑"(The Temptation of Eve)到《夜莺颂》("Ode to a Nightingale"),诗歌发展的共性多于个性。19世纪欧洲社会变革,浪漫主义新思潮关注情感、幻想和希望,法国革命结束如势

---

① Romanticism-Wikipedia, the free encyclopedia; en. wikipedia. org/wiki/Romanticism, p6.

不可挡的力量推动新思维的列车呼啸向前。人们追求个人诉求渴望受尊重,同情被压迫弱者,高扬平等自由旗帜,崇尚简洁反对贵族的繁文缛节。浪漫主义主张"性善"论,认为邪恶社会使人堕落,鼓励创新跳到盒子外面思维;这与新古典主义相反,后者要直接前瞻在盒子里面思维。浪漫主义本是哲学运动,它促使人们重新思考如何反省和看待客观世界;这场思想解放运动伴随着美国革命(1775—1783)和法国革命一起引发大变革。浪漫主义诗人认为诗歌应用新观念、想象、自然和象征主义方法写作。虽然他们观点相同,但写作手法迥异,因而创作的诗歌精彩纷呈五彩缤纷。他们使用不同的创作方法启迪读者的想象力,异曲同工殊途同归。因此,浪漫主义诗歌预示着英国文坛第二个创新的黄金时代,也为英国社会发展和民族振兴鸣锣开道,但随着济慈逝世,英国浪漫主义诗歌成强弩之末,但影响深远迄今未止,此为后话。

  18世纪学界对文学作品标准及文学批评标准各执己见,而且差别较大原因不同——受到想象、情感和个人感受等不同因素制约,还有反常者代替广为接受的传统。集中关注个性和细节代替了18世纪坚持普世/普遍的观点;个人主义观点取代客观主题事件;有作家倾向于甚至喜欢将自己作为文学作品创作的主题;人们对城市生活丧失兴趣,而对自然尤其荒野莽原兴趣更浓;诗人们对古典文学作品不再顶礼膜拜,浪漫主义作家回归本土传统。18世纪英雄双体诗(heroic couplet)标准被各种诗体替代,例如民谣(the ballad)、韵文小说(the metrical romance)、行体诗(ottava rima)、无韵诗(blank verse)和斯宾塞诗体,文艺复兴后这些诗体都被忽略甚至废弃,现在它们东山再起。浪漫主义诗人成为新兴力量,希望响应法国革命,迫切期盼自由、平等、博爱(its promise of liberty, equality, and fraternity)。所以,浪漫主义诗潮虽然只有短暂40年,但却跨越3个朝代:乔治三世、乔治四世和威廉四世；其杰出代表华兹华斯为精神领袖，试图表现大自然的尊严，也要表现大自然给予人类的恩惠。

浪漫主义诗人意气风发举起 18 世纪以来迎风飘扬的人道主义大旗（the humanitarianism）——把新兴趣、新态度和新诗体结合起来创造新文学，那与 18 世纪文学思潮截然不同，但这并不意味 18 世纪文学对其毫无影响，恰恰相反，18 世纪就已萌芽新文学的种子。浪漫主义诗人分为 2 代：第一代出生于 18 世纪后期；第二代出生于 19 世纪。前者代表华兹华斯和科勒律治重视自然人性的精神道德价值观，努力要显示普罗大众的自然尊严、善良和价值，史称"湖畔派"（Lake Poets）的三位诗人（还有骚塞 Robert Sauthey，1774—1843）也是消极浪漫主义（Passive Romanticism）的代表。诗人威廉·华兹华斯（William Wordsworth）（1770—1850）与萨缪尔·科勒律治（Samuel Taylor Coleridge；1772—1834）曾在英国西北部昆布兰湖区居住，并在思想观点和创作理论上有很多共性。他们缅怀中世纪宗法式的乡村生活，代表温婉清丽浪漫主义文学。他们对法国革命的态度很纠结，厌恶资本主义工业城市文明，竭力讴歌宗法制的农村生活和自然，喜欢描写神秘离奇的情景与异国风光。华兹华斯成就最高，他和科勒律治共同出版《抒情歌谣集》，成为英国浪漫主义文学奠基之作。诗集中收录的诗歌大部分为华兹华斯所作，而科勒律治的名诗《古舟子咏》和《忽必烈汉》（《Kubla Khan》）亦收入其中，充满幻觉和奇异意象。

济慈、雪莱和拜伦同属第二代，是积极浪漫主义的代表（Active Romanticism），他们受前辈影响，但可惜都英年早逝，所以反对者攻击他们信仰无神论招致天谴。他们去世后第一代诗人仍健在，其中奥秘耐人寻味。后辈诗人坚持启蒙思想，表现争取自由民主的进步思想，他们很少涉猎诗歌以外的文学体裁。两代诗人的最大区别就是第一代诗人生前享有盛誉；第二代诗人只有拜伦生前成名，雪莱和济慈生前几乎默默无闻，直到维多利亚时代他们才获得认可。当然第二代诗人具有更鲜明的政治主张，强烈反对暴政专制，积极争取民主权利，两代诗人泾渭分明。

19世纪英国浪漫主义诗歌身处人类即将进入现代社会的前夕，这个时期的诗人既在情感内涵上酝酿现代意识，也在艺术形式上开启诗歌创作新方向。古典主义清规戒律、理性僵硬的桎梏束缚都被打破并超越，日常语言获得新生的创作活力，平凡生活与事物镀上诗性光芒，情感想象提升到前所未有的高度，情景交融浑然天成。

这种诗歌高度赞扬人的主观精神，宣泄缘自生命本能的非理性冲动的闸门敞开；但它依然回响着传统社会缭绕的余音，保留人类最淳朴美好的自然理想。诗歌坚守理想家园，寄寓人类的美好向往，促使人们不致迷失在日甚一日的喧哗骚动中。因此不管从诗歌史或文化史甚至社会发展史的角度来看，英国浪漫主义诗潮都具有里程碑式的划时代意义，值得后人从中汲取艺术文化精神的丰富营养，而且它也向世界文坛展现了英国诗歌的独特魅力和飞黄腾达的壮丽奇观。

第十一章 继承文艺复兴诗歌传统的浪漫主义诗歌创始人

一、自然主义诗人的坎坷人生

威廉·华兹华斯（William. Wordsworth, 7 Apr. 1770—23 Apr. 1850）堪称浪漫主义诗歌的开山祖师，成就最大，这是19世纪后期英国诗人马修·阿诺德（Matthew Arnold）的客观评价；起初人们反响迥异，历经风雨洗礼，人们逐渐达成共识：①华兹华斯为浪漫主义诗歌的奠基人，与科勒律治同创浪漫主义诗歌的新时代；②其《抒情歌谣集》（Lyrical Ballads）序言（The Preface）为英语新诗理论前驱，阐述其成熟的诗歌理论；③学界大多认可其代表20世纪现代诗歌的先声，是英语诗歌迈向现代诗歌的新起点，他是货真价实的第一位现代诗人；④他热爱歌咏自然，常用诗歌咏叹自然与上帝、自然与人类的友善和谐关系，所以雪莱称赞他是"讴歌自然的诗人"，并劝拜伦要会欣赏其诗歌；他俩后来都关注华兹华斯的诗歌，缓和彼此的竞争。他终生定居乡野，酷爱自然，贴近民众，因此他具有自然主义、民族主义和人道主义情怀；⑤他首创清新、自然、质朴的诗歌语言，故其朴实诗歌比济慈更受欢迎；⑥他非常关注国家命运和欧洲形势，引吭高歌号召国民勇敢捍卫国家自由和尊严。当然其本身也存在缺陷——中年后其政治立场趋向保守备受诟病，此时其诗歌才华日趋枯竭,所以好劣诗集其一身为诗坛奇观。爱默生高度评价其"好诗代表 19 世纪诗歌最高水平",大约集中于中青年的 10 年;后来"华郎才尽(at wit's end)"导致其劣诗味同嚼蜡。

与其他诗人波澜壮阔历尽磨难的坎坷人生相比,反观华兹华斯一生虽非一帆风顺但也波澜不兴,当然他也波折不断,但不像济慈那样生活悲惨,也不似拜伦、雪莱那样富贵有余。他出生律师之家,1783 年其父去世,几个弟兄由舅父照管,妹妹多萝西(Dorothy)由外祖父母抚养。多萝西与他最亲,终身陪伴他,与他情深意笃;华兹华斯创作很多诗篇描写山水,都有其妹陪伴见证。她聪慧体贴善于观察,不仅照料哥哥生活,抚慰他伤痛心灵,而且还热情鼓励他成为划时代的诗人,她对其成功贡献很大。华兹华斯很多诗都提到她,例如《致吾妹》(To My Sister)和《丁登寺》(Lines Composed a Few Miles above Timtern Abbey)等,有人认为《露西》(Lucy Poems)中的露西即多萝西。兄妹常结伴漫游湖区,喜欢并排躺于丛林,模拟置身坟墓,体验濒临死亡的感受,可见华兹华斯很重视诗歌的生活体验。有人怀疑他俩乱伦,但华兹华斯与其妹诗歌毫无蛛丝马迹;即使科勒律治后来与之分道扬镳,因他俩龃龉与日俱增,但绝无此类指责;而且两家均无此类猜疑生隙,作者搜集各种证据可排除这无佞猜疑。1802 年华兹华斯娶玛丽·赫钦森,尽管新娘是他们兄妹青梅竹马的好友,但妹妹受刺激拒不参加婚礼,可见他们兄妹情深意笃,但不至于乱伦。其妹因长期耳濡目染,其诗歌水平也非同小可,但其长期生活在兄长的光环阴影下顿失光辉;诚如华兹华斯赋诗:"她悄无声息地活着,几乎无人知晓她何时死去"。幸耶?悲耶?

1787 年法国革命萌动,他进入剑桥大学圣约翰学院学习,毕业后去法国布卢瓦;他支持法国革命,认为它表现完美人性,将拯救处于水深火热专制中的人民。在此他结识温和派吉伦特党

第十一章　继承文艺复兴诗歌传统的浪漫主义诗歌创始人

人（the Girondins）。他年轻时（1790—1792）两次到法国，踊跃参加吉伦特派投身法国革命。次年其表现突出正欲上升为领导，因其舅父中断资助，他囊中羞涩，被迫离别法国女友和私生女回国。华兹华斯回到伦敦后仍对革命充满热情；而且他顶住压力拒不工作，1793年先完成《夜晚漫步》（An Evening Walk），后发表《素描集》（Descriptive Scketches）。次年他仍我行我素貌似游手好闲，只想起草期刊《博爱主义者》（The Philanthropist）的宣传纲要。因为他自由自大，内心宏伟计划与日俱增——上述《序言》满怀深情地阐述他对自然的感知是如何"强化保持"的（augmented and sustained）；他从未停止谋求后来理论中特别感知的"创新"，仅偶有停顿。他满怀深情在《序言》中提及自己雄心勃勃的历史，而这甚少在其诗歌中寄情抒怀。

卡侬·华兹华斯（Canon Wordsworth）根据华兹华斯回忆记叙：他14岁在校尝试写诗，稚嫩的诗歌描述其熟悉的乡村自然环境，以及从前创作诗歌的尝试体会，"那片段于《威廉·华兹华斯回忆录》历历在目"（The fragment that stands at the Memoirs of William Wordsworth, Vol. I. pp10—11）。他从选集一开始就冲动地一头栽进诗歌创作，记录一种办法终止他在家乡山区的生活——结论是在校期间写1首长诗。他在剑桥的学术荣誉竞争中并不突出，其处女作《夜晚漫步》在1793年假期完成。这本诗集表明：虽然他初出茅庐貌不惊人，但有所作为，因为其想象中闪烁着闪光点，预示他会大器晚成。

其《克林斯泰晤士河殇日》（Remembrance of Collins on the Thames）咏叹："啊流逝，清静的河流！恬静灵魂如此默默奉献，至我们思绪永奔腾/如同此刻的深流奔渲（O glide, fair stream! for ever so Thy quiet soul on all bestowing, Till all our minds for ever flow As thy deep waters now are flowing)①。"第 1 部诗集就代表第 12 部诗集的《序言》："过多倾向于表面东西，纵情于那点新奇/颜色比率，至时节氛围，乃至道德力量，/不知不觉的情感精神（Bent over much on superficial things/ Pampering myself with meagre novelties/ Of colour and proportion/ to the moods/ Of time and season/ to the moral power/ The affections/ and the spirit of the place Insensible)②。"尽管起初他没明确把诗人作为人生目标，但已暗下决心"以诗为业"（his office upon earth）。

　　他回国 2 个月后英法开战，他意欲投身法国革命的宏图大志破灭，常迁徙漂泊，但舅父反对其政治活动不愿接济。他走投无路时，一直同情钦佩他的老同学 Raisley Calvert 去世，Raisley Calvert 生病最后阶段曾蒙华兹华斯照顾，所以他馈赠华兹华斯 900 英镑遗产，这笔巨款如及时雨帮助他化险为夷。1795 年 10 月他携妹迁居乡间，实现他贴近自然探讨人生的夙愿。多萝西聪慧体贴为他创造良好的写作条件，所以公认其巨大成功仰赖其妹鼎力相助。1799 年底他们定居英格兰北部湖区的 Grasmere，居处命名"鸽舍"（Dove Cottage）。窃以为其名有两层含义：其一寓意家居简陋狭小犹如鸽笼；其二寓意主人羡慕鸽子酷爱自由，希望像鸽子那样自由展翅翱翔天宇。随后半个世纪，他隐居湖区遍赏大自然恩赐，徜徉于湖光山色间，迷醉于风情诗画中，数次游历欧洲或威尔士、苏格兰和爱尔兰；当然他貌似隐匿于自然山水，但他那颗不羁的心灵依然深切寄情于国家与欧陆。1812—1813 年迫于经济拮据，他托人谋得本郡印花税务官闲职，成为

---

① Wordsworth: Poet, Poetic, Poetry, Life, Poems and Theory; 9th Edition of Encyclopedia Britannica-free ninth edition online, encyclopedia Britannica, Volume 24, p3.

② Simon Pugh: Garden, Nature, Language, Manchester: Manchester University Press, 1988, p32.

第十一章 继承文艺复兴诗歌传统的浪漫主义诗歌创始人

拜伦等人的笑柄。他中年丧两子,老年再失女,因此他虽长寿却历经沧桑,屡经白发人葬送黑发人的人伦悲剧,饱受常人难受之痛。1817年科勒律治《传记文学》(The Biographia Literaria)发表评论,1819年威尔逊先在《黑木杂志》(Black Wood Magazine)后又于1822年在《北方克利斯朵夫娱乐》(Recreations of Christopher North)发表系列述评挑战华兹华斯,这些批评挑战接踵而至,导致他声誉下降。1820—1830年英国诗坛竞争激烈;1830—1840年华兹华斯赢得竞争。1843年骚赛去世①;同年他荣膺桂冠诗人头衔,表明他深受浪漫主义文学思想,主张以平民语言描绘平民事物和思想感情,其诗歌理论动摇了英国古典主义的诗学统治,推动英国诗歌向着革新和浪漫主义运动方向发展,因而其《序言》被称为英国浪漫主义诗歌的宣言。

如本节标题所示,华兹华斯是浪漫主义"自然"诗人,意味着他本质就是自然主义者,他随时密切关注身边自然环境,包括植物、动物、地理和天气因素等;同时他又有自我意识,描写"人心"作为"其诗歌主题主区"(the mind of man)……(main haunt and region of his song)②。对于自然风光,诗人既是客观描

---

① 罗伯特·骚塞(1774—1843)在"湖畔派"诗人中诗才最逊色。他生于布商家庭,小学时便对文学感兴趣。他14岁进入著名的西敏寺学校,开始试写诗歌。法国革命后他醉心于革命思潮,创办刊物宣传民主思想。1792年近毕业时因发表抨击校方体罚的文章被开除,这使他更向往革命。1793年他进入牛津大学,写作歌颂法国革命的史诗《圣女贞德》。但随着革命的发展,他由欢欣鼓舞变为惶恐苦闷。与科勒律治商定的"平等邦"计划流产后,他远遁葡萄牙。回国后其思想转为保守改良主义。1803年,他移居湖区与华兹华斯和科勒律治频繁交往创作诗歌。1809年起,他在保守派《评论季刊》发表了90多篇政论文。1813年,他经诗人司各特等推荐成为"桂冠诗人",引起拜伦、雪莱等人冷嘲热讽。

② John Haydn Baker: Browning and Wordsworth, Mandison: Fairleigh Dickinson University Press, 2004, p17.

述者也是主观感受体验者，两者间似有矛盾，这部分源于他关于诗人心灵的观点：既是创作者也是感受者（creator and receiver both）。他主张：心灵思想要接受外部感受，然后传递大脑创作。他始终认为自然令诗人心旷神怡，他和雪莱一样视自然为永久，与高雅为一体，断定自然不会威胁诗人。他把诗人和自然浑然一体，就像人类和自然互补而非对立，进而言之人类就是自然的组成部分。基于这种和谐自然的观点，他认为自然并非人类天敌，理应互相包容，这种天人合一的思想不论在当时还是现在都符合自然规律，理应受到褒奖尊重。所以，其诗歌本能地代表诗人和自然的对话。他使用自然语言记叙历史事件，描述自然现象，贴近自然和民众，为人们喜闻乐见。但另一方面，他又是英国教会坚定保守的成员，所以他有强烈的宗教信仰，相信博爱仁慈的上帝就是自然身后的造物主；因而他信仰泛神论（pantheism），与后辈雪莱、拜伦的无神论（atheism）相反。所以他觉得现实世界充满遗憾但不残酷；虽然灾难时有发生，但令人欣慰这都是上帝的旨意，人类只有服从顺应上帝才会得其庇佑，最终与自然和谐，所以他有的诗歌神秘费解，这是他自认为高明之处，但读者未必一致赞赏实在遗憾。

二、华兹华斯和弥尔顿错综复杂的微妙关系

17世纪英国共和国人对18世纪法国有重要的影响，华兹华斯名列其中，他们被认为是法国革命的一部分。1792年他和吉伦特党人有联系，当时弥尔顿等诗人在法国很受尊重。早在1776年，其父教导他要记住弥尔顿、莎士比亚和斯宾塞这些伟大的诗人。《夜晚散步》和《素描集》都记载了1792年他回国前专门阅读过弥尔顿诗集。所以浪漫主义诗歌并非无源之水、无根之木，其主要历史渊源还是来自于文艺复兴时期的英国诗歌；

第十一章 继承文艺复兴诗歌传统的浪漫主义诗歌创始人

例如,弥尔顿独特的思想对后世产生巨大影响,华兹华斯深受其感染启发。尽管其思想复杂,但毋庸置疑他关心并曾参与争取自由的斗争,弥尔顿的杰作在他心中具有不可替代的重要地位,这从 1802 年他在伦敦的诗作可见一斑:

London, 1802
1802 年的伦敦

Milton! thou shouldst be living at this hour:
弥尔顿!如今你应在世上,
England hath need of thee: she is a fen
英国需要你!她成污水池
Of stagnant waters: altar, sword, and pen,
教会舞墨文人仗剑武士,
Fireside, the heroic wealth of hall and bower,
千家万户连同绣阁华堂,
Have forfeited their ancient English dower
断送内心安恬古老风尚,
Of inward happiness. We are selfish men;
世风日下,我们苟苟营私;
Oh! raise us up, return to us again;
再归来把我们提升扶持,
And give us manners, virtue, freedom, power.
赐予美德风尚自由力量!
Thy soul was like a Star, and dwelt apart:
你灵魂如晨星孤悬于天,
Thou hadst a voice whose sound was like the sea:
你声音似波澜壮阔大海,
Pure as the naked heavens, majestic, free,

清纯碧空如洗庄严自在，
So didst thou travel on life's common way,
你在平凡人生旅途跋涉，
In cheerful godliness; and yet thy heart
一路虔诚欢快；掩埋心间
The lowliest duties on herself did lay.
引为己任的最低下职责。

这首诗歌表明青年华兹华斯对弥尔顿推崇备至，尤其18—19世纪世风日下，他痛感社会道德滑坡几近崩溃，认为德高望重的诗坛领袖弥尔顿道德文章甲天下；但高处不胜寒，唯有唤醒弥尔顿，以其人格魅力和道德文章才能挽救社会重建高尚道德，可见他对弥尔顿及其诗歌寄予非常殷切的期望。他赞美道："弥尔顿！你现在活着该有多好。……你的灵魂像恒星永不陨落！"他和弥尔顿的14行诗都采用意大利诗歌原形，所以他们都是豪放派诗人，译者依照原韵律节奏而译。他发扬光大弥尔顿的豪放诗风，笔调豪迈慷慨激昂，这是在过去以爱情为主的诗歌中所罕见的，也说明两位爱好自由的诗人心心相印！总之华兹华斯诗路广意境高精辟深刻，令人沉思振奋向上，而这一切都出于其清新的文字，他确实不愧为英文诗坛上名列前茅的最伟大诗人之一。后期"华郎才尽"，诗作冗长沉闷，使人无限惋惜。弥尔顿酷爱自由的精神也同样深深感染着另外两位浪漫主义诗歌后起之秀——拜伦和雪莱。

布鲁姆曾暗示"内心活动"（the movement to the interior）最终无情导致想象力的枯竭，这似乎缩减了诗人的诗歌生涯，他抱怨："内心活动有助于创造新诗人，创造我们所知的现代诗歌（the internal movement helped creat a new kind of poet, it created

第十一章 继承文艺复兴诗歌传统的浪漫主义诗歌创始人

modern poetry as we know it)①",这表明:内心活动是创新诗歌的动力源泉,而这是浪漫主义运动内部分裂的结果。运动中的大诗人反过来寻找竞争对手,都力图超越弥尔顿。此后华兹华斯和雪莱对于弥尔顿已不只是崇拜"诗人中的诗人"了。他们与弥尔顿竞争创作之前,尊称他为最伟大的诗歌前辈,那时他俩都承认弥尔顿在政治革命中有着优雅外表。华兹华斯未与弥尔顿竞争前,崇拜弥尔顿为共和国良民,这是战前的普遍现象。后来其内心活动导致他们勇于和尊崇的前辈竞争,醍醐灌顶振聋发聩;社会没有竞争就会停止不前,正是后生孜孜不倦追新求异的创新精神为动力,促使浪漫主义诗歌在文艺复兴的基础上高歌猛进,良性竞争就是推动社会前进的动力,无序的恶性竞争则阻碍社会发展,这是无数史实已经证明的。

前面已肯定弥尔顿对浪漫主义诗歌尤其是华兹华斯影响很大。对比分析其《序曲》(The Prelude)和《失乐园》可看出两位诗人内在的微妙联系:不仅是联想暗示,后来也有明显竞争;华兹华斯对此也承认,其特点是由于华兹华斯的生活经历所决定的。他认为弥尔顿没有革命到底,希望从弥尔顿诗作中找出这类证据;另外华兹华斯希望回顾英国诗人传统从中找到自己的位置;此外还有文本的联系。华兹华斯的《序曲》描述伦敦的部分有3个重要暗示:即1850年版第11卷里他重回巴黎、1805年第10卷续集和第4卷《黎明奉献》(The Dawn Dedication)。以上段落不仅反映两位诗人的政治关系,而且似乎表明华兹华斯本人对于《失乐园》人物的态度。分析回顾他俩相似的生活经历,就可理解为何华兹华斯热衷于囊括有关弥尔顿的大量参考资料。最有效办法是确认他俩的私人关系,当然他俩相距近1个世纪。

---

① Harold Bloom: The Visionary Company: A Reading of English Romantic Poetry, Ithaca: Cornell University Press, Apr. 30 1971, p21.

伊登·斯坦（Edwin Stein）考证：华兹华斯在剑桥始终对弥尔顿情有独钟，其浓厚兴趣可能源于"《失乐园》英文版唾手可得，这改变了诗歌隐喻方式（the very availability of Paradise Lost as a vernacular poetic resourcechanged the way in which poetic allusion was practiced）①。"华兹华斯明白弥尔顿及其诗作必成大热门，他又想成为大诗人，觉得自己至少应理解英语文学的传统并在其作品中肯定承认上述传统，才能为自己争得一席之地。他寻找的切入点就是弥尔顿，受到弥尔顿的影响使自己在19世纪风靡一时，最终提高了自己作为诗人的知名度，他研究模仿弥尔顿晋身于英国诗坛高端发出自己的声音。小约瑟夫·维垂其（Joseph Wittreich, JR, 1970年）、伊登·斯坦（1988年）和安托尼·哈丁（Anthony Harding, 1994年）分别在不同的年代考证得出以上结论，难以辩驳。华兹华斯在《内容说明》（The Prospectus）提出"隐身人"（The Recluse）的目标，但也说明某些内容并非目标。斯坦论及华兹华斯的动机：他是最早考虑英国诗歌漫长而有价值传统的重要作家之一，他（们）认为吸收该传统比吸收古典传统更重要，所以通过引用、回应或隐喻联想一系列故事，毕其终生规划传统。华兹华斯视弥尔顿为诗歌传统最重要的诗人，他选择《失乐园》作为参照并对其挑战，还将弥尔顿作为标准和传统的代表人物；所以他需要尊重弥尔顿，而且他还担心弥尔顿的风头盖过自己。

因此他声明"我悄然经过它们"（I pass them unalarmed），"它们"是指《失乐园》的诗歌内容，"经过"实为"超越"：这时他俩已成竞争关系，华兹华斯意欲退出有据可证——华兹华斯手抄《失乐园》的旁注可证明。当然对其他作品注释未必就

---

① Colin McCormack: Wordsworth and Milton: The Prelude and Paradise Lost, Providence: Providence College Press, Dec. 19 2010, p11.

第十一章 继承文艺复兴诗歌传统的浪漫主义诗歌创始人

是竞争,但注释的用词暴露这点。例如华兹华斯喜欢注释:弥尔顿"应该这样"(should have done),"此画这部分可这样改进/此处弥尔顿愧疚有疏忽/这似乎是疏忽/这语言似乎前后不一"(This part of the picture might have been improved/ Milton here is guilty of an oversight/ This seems like an oversight/ This language seems inconsistent)① 等。华兹华斯似确信只有他能改进弥尔顿的原作(前面弥尔顿的章节已讨论华兹华斯改写弥尔顿的原作)斯坦亦论证这一点,其《华兹华斯隐喻艺术》(Wordsworth Art Allusion,pp104—105)谈到其浪漫主义就是依赖弥尔顿。麦克考马克·绰特(MaCormack Trot)简洁确认引言特点:"《内容介绍》华丽优雅,大力主张《失乐园》人性化机制,然后声称拥有新叙事诗'人类心灵之区',又放弃之(With a superb arrogance, the Prospectus' summons the anthropomorphic machinery of Paradise Lost, then dismisses it in laying the claim to the new epic 'region of the soul of man')②"。绰特认为声明优雅,但《内容介绍》透露华兹华斯忧心忡忡,因其意欲和弥尔顿竞争;斯坦也注意到此,他引用华兹华斯的《序曲》中回忆当年邂逅而痴迷弥尔顿的片断,见第3卷《基督学院时光》(Book Three, during a stay at Christ's College),斯坦认为华兹华斯担忧自己会生活在弥尔顿的阴影下。故结论:华兹华斯渴望努力成为英国文学传统的一分子,渴望自成一派诗人。斯坦也意识到这个悖论,于是声明:因弥尔顿是"华兹华斯所知最强音,故使之与其保持距离,视其为天然强大的竞争对手(strongest voice he [Wordsworth] knew…this

---

① Colin McCormack: Wordsworth and Milton: The Prelude and Paradise Lost, Providence: Providence College, Dec. 19 2010, p11.
② Colin McCormack: Wordsworth and Milton: The Prelude and Paradise Lost, Providence: Providence College, Dec. 19 2010, p11.

required his taking on Milton as a vital inheritance while distancing himself from him)。华兹华斯通过隐喻联想,"强行将与大师划清界限……以便声称自己原创(authoritatively differentiates oneself from the master…so as to claim self-origination)①。"

华兹华斯欲将自己的作品与弥尔顿切割,但以下几例表明他得益于弥尔顿,很难分离,《序曲》都有记载。

第 1 个实例在第 7 卷,华兹华斯回顾他在伦敦,描写伦敦见闻和弥尔顿描述撒旦在万魔殿的情形相似,《序曲》表现两城相似,甚至于华兹华斯描写笔调都和弥尔顿相似;他响应弥尔顿的号召,树立最佳形象的特点,但立刻削弱。还有 1 例在《序曲》,华兹华斯要求伦敦"站立起来,你这平原上的巨大蚁山(Rise up, thou monstrous ant hill on the plain)"。在此前后,华兹华斯描写无数人流和城市结构,然后注意到全城只是"蚁山"。两者间还有 1 例联想暗示,华兹华斯解释他企盼伦敦就像"罗马/阿尔开罗、巴比伦、珀希珀里希(波斯古都)……金色城市十月之旅/就在塔踏里昂荒原(Rome/ Alcairo, Babylon, or Persepolis; … Of golden cities ten month's journey deep/ Among Tartarian wilds)",点出众多名城,难免令人想起《失乐园》的名句"非巴比伦,非大阿尔开罗……(Not Babylon, Nor great Alcairo…)"②。当然他还浓墨重彩渲染伦敦的喧嚣繁华,似乎遍地黄金,高楼鳞次栉比——这些描述都意味着伦敦好似撒旦之城,与华兹华斯习惯的静谧乡村相比即便不是鬼蜮,也是人间地狱;显然华兹华斯回顾过弥尔顿的作品,一般描写伦敦的传统都

---

① Colin McCormack:Wordsworth and Milton:The Prelude and Paradise Lost,Providence:Providence College,Dec.19 2010,p12.

② Colin McCormack:Wordsworth and Milton:The Prelude and Paradise Lost,Providence:Providence College,Dec.19 2010,p12.

第十一章　继承文艺复兴诗歌传统的浪漫主义诗歌创始人

表现不满情绪，华兹华斯意欲在此超越弥尔顿。他甚至描绘伦敦的细节，例如人口，还详述圣·巴索娄苗交易会（St. Bartholomew's fair），此时他没和弥尔顿划清界限，他描述鬼城居民的荒诞怪异与交易会的新奇魅力，其笔调与弥尔顿相似，但对交易会想象不同；他描写人可能是为了映照对比弥尔顿，让人感觉他是另辟蹊径描写都市的不同层面和角度。《序曲》表明华兹华斯已将自己纳入英国诗歌标准，并已奠定地位，同时还巧妙声明与弥尔顿不同，第10卷表明他和弥尔顿关系的特点范围。该卷开篇描述法国革命以及人们选择跟随罗勃斯皮尔（Robespierre）的详情。

　　下面细节表明华兹华斯和弥尔顿的关系的两大特点：虽然他俩并非彻底的革命者，但都自诩为人民的指路人。第10卷开篇结尾与《失乐园》并行不悖：其时撒旦返回地狱想要腐蚀上帝的杰作——人类。华兹华斯的相似处是他去巴黎旅游，"被束缚在这凶险都市"（Bound to that fierce Metropolis），此情此景与其在伦敦非常相似，他用撒旦的笔调描写此城。《失乐园》原景描写撒旦"游荡于都市"（Round their metropolis），他俩都用"metropolis"，而且上述两词组是谐音，不可不谓弥尔顿的影响深远；这似乎表明华兹华斯通过描写国际都市的情景回应弥尔顿，进而此处借用撒旦恶魔暗指法国大革命的失败惨状，唤醒人们反思革命，这是其高明之处。华兹华斯以外国君王的口吻描述新领导："东方猎人/自我标榜伟大领导/以前乘坐列车周游世界/从阿哥拉、拉赫惹、拉贾斯到奥姆拉斯（eastern hunters/ Banded beneath the Great Mogul, when he/ Erewhile went forth from Agra or Lahore, / Rajahs and Omrahs in his train）[①]。"这"伟大领

[①] William Michael Rossetti, John Henry DELL etd: The Poetical Works of William Wordsworth Edited, London: E. MOXON, SON & CO, 1870, p510.

导"即 Robespierre,借外国君王之口回应弥尔顿对撒旦的描写——如同东方俄罗斯或波斯君王,携带"军号/和土耳其新月国旗"(the horns/ Of Turkish crescent)。当然此处联想隐喻似欲将撒旦和罗勃斯皮尔分开,未必奏效;罗勃斯皮尔就是魔鬼和腐败,是煽风点火的恶魔撒旦。华兹华斯笔下的政治人物和撒旦并行不悖,一些评论家有此意识,但他们之间的相似度以及华兹华斯如何理解撒旦,这就见仁见智了,总之华兹华斯对撒旦的看法与浪漫主义对《失乐园》的反叛观点一致,他对弥尔顿的矛盾态度也影响了雪莱。

华兹华斯认为:人类堕落后撒旦最终遭受惩罚,弥尔顿贬低撒旦受挫,其人物丧失尊严;"非常遗憾与他(弥尔顿)庄严相比,我们相形见绌(And it is not a little to be lamented that, he [Milton] leaves us in a situation so degraded in comparison with the grandeur of his)①"。显然华兹华斯发现撒旦可贵之处。但威垂其(Wittreich)却别样解释:"如同很多浪漫主义者看法一样,华兹华斯发觉自己对撒旦印象很深刻……因此反对弥尔顿贬低恶魔的做法(Like many of the Romantics, Wordsworth found Milton's Satan enormously impressive...thus objected to Milton's degradation of the devil)②。"甚至认为赞赏不应被理解为同情。哈丁(Harding)推介弥尔顿、玄学诗歌和浪漫主义诗歌如是说:威垂其发现浪漫主义看待弥尔顿的观点"多被忽略,常受曲解,广为误解(much neglected often misrepresented and generally misunderstood)"③,他指

---

① Cheryl A. Wilson, ed. Byron: Heritage and Legacy. New York: Palgrave MacMillan, 2008, p33.

② Cheryl A. Wilson, ed. Byron: Heritage and Legacy. New York: Palgrave MacMillan, 2008, p33.

③ Colin McCormack: Wordsworth and Milton—The Prelude and Paradise Lost, Providence: Providence College, Dec.19 2010, p15.

出新的弥尔顿研究者重视撒旦,扭曲了浪漫主义对弥尔顿的复杂看法。

可见威垂其的观点:浪漫主义认为撒旦就是红色鲱鱼(a red herring),这意味着威垂其未必完全理解华兹华斯的观点——撒旦是重要的诗歌人物,因而值得联想暗示;若有人误解浪漫主义以为《失乐园》就是撒旦的叙事诗,那就另当别论。所以,本节不仅廓清了弥尔顿和华兹华斯传承与切割的关系及其原因,也理清了浪漫主义对待撒旦的态度,这是长期困扰学界的问题。当然这种廓清不仅客观上澄清了浪漫主义对《失乐园》的诠释,也表明笔者肯定这种新颖的理念态度,这也是英国诗歌评论不断发展成熟的结果。

三、自然主义诗歌开启浪漫主义诗歌新时代

《抒情叙事诗》前言指出"诗歌就是内心丰富真情的自然流露,它应真实表达平静外表所掩盖隐含的真情(poetry is the spontaneous overflow of powerful feeling, it takes its origin from emotion recollected in tranquility)①"。他认为"灵感"与"记忆"不应分离,要互为补充;诗人想要表达自然流露的真情就会产生灵感创作好诗,好诗如同口若悬河的雄辩演说,言简意赅揭示真理。其诗中最多自然主题诗歌。他把自然景象与污浊社会对比描写的典范是《西敏寺大桥奏鸣曲》。他注意到童稚的可爱可贵在于和自然相通;他热爱小生灵以孩童般热情写作《致云雀》和《致杜鹃》等,杜鹃清脆啼声唤起他童年的回忆和对未来的幻想。他热爱花草树木见诸《致雏菊》和《采干果》。

---

① Colin McCormack: Wordsworth and Milton—The Prelude and Paradise Lost, Providence: Providence College, Dec.19 2010, p15.

诗人如孤云飘荡厌倦生活，大片迎风起舞的水仙花唤起他喜悦的力量。天上彩虹和山谷回音都唤起诗人哲学的玄想冥思。其诗歌强调泛神论思想，强调自然影响人心——要认识事物真谛，让自然做导师。

《歌谣集》出版时，他着手创作哲理长诗《隐》（Recluse），分"人""自然"和"人的生活"三部分。长诗《序曲》是最重要的作品。全诗分两部分 14 卷，他 1805 年完成初稿，1850 年定稿。前 8 卷讲述诗人的早年生活：童年就学、剑桥学习、欢乐假期；书籍影响；阿尔卑斯之旅；伦敦小住，由爱自然直至爱人类。后 6 卷则写他的成熟期，法国的经历并返回英国乡村。回忆他各时期的思想感受，记述 1798 年前作家的心灵历史，见证其政治、人生、艺术思想的发展轨迹。其长诗计划没完成，第一部分只完成 1 卷，记录兄妹在格拉斯梅尔的生活，赞赏自然风景。他完成第二部分《漫游》（1814）共 9 卷，通过漫游者出游，讨论政治、哲学、宗教、社会等问题，反映他对法国革命和英国工业革命的失望，提倡美德和宗教信仰。

华兹华斯喜用"时光亮点"（spots of time），他认为这对诗歌创作至关重要，指那些永存脑中的历史时刻应经常反思回顾。其自传体诗歌《序曲》是回顾"时光亮点"的典型代表：一个暴风雨日其父逝世。再如《丁登寺》（Lines Composed a Few Miles above Tintern Abbey）借助自然渲染其诗歌的气氛。"瀑布，从山泉直泻而下（waters, rolling from their mountain springs）"以及"天穹静谧（the quiet of the sky）"，这都让他感受到了"难以记忆的快乐（unremembered pleasure）"。他认为自然仿佛是永久家园，给疲倦的诗人休憩的乐土。华兹华斯来自田园原野的呼唤用意深远，好似先知先觉；在资本主义上升期已洞察其无法逃脱的厄运，历史证明这是人类的痼疾。其诗不仅是没落贵族的挽歌，更是迎接现代社会的欢乐颂，为迷茫的人民描绘出碧空如

第十一章 继承文艺复兴诗歌传统的浪漫主义诗歌创始人

洗、瑰丽的艳阳天。这位大诗人也是大思想家,因为其诗歌表达了他对自然与人生、自然与上帝、自然与童年的精辟见解,展示了他整套新颖独特的哲理。这从《我如孤云独自飘荡》(I Wandered Lonely a Cloud)窥探端倪:

I Wandered Lonely as a Cloud(The Daffodils)
我如孤云独自飘荡

I wander'd lonely as a cloud
我如孤云独自飘荡
That floats on high o'er vales and hills,
悠悠飘浮山谷群峰,
When all at once I saw a crowd,
猛然看见一簇金黄
A host, of golden daffodils;
水仙花正开放迎春,
Beside the lake, beneath the trees,
就在湖畔的树荫下,
Fluttering and dancing in the breeze.
风舞翩跹浪漫黄花。
Continuous as the stars that shine
繁星璀璨闪烁不灭,
And twinkle on the Milky way,
银河之中光亮闪闪,
They stretch'd in never-ending line
蜿蜒湖畔绵延不绝,
Along the margin of a bay:
极目无限旖旎河湾;
Ten thousand saw I at a glance,

刹那我瞥见千万朵
Tossing their heads in sprightly dance.
都在欢乐摇曳颔首。

The waves beside them danced, but they
波光粼粼翩翩群舞,
Out-did the sparkling waves in glee:
水仙欢欣更胜银波;
A poet could not but be gay
如此快乐伴侣为伍,
In such a jocund company
诗人怎不满心欢乐!
E gaze-and gazed-but little thought
我久凝望意想不到
What wealth the show to me had brought:
奇景带来如许瑰宝:
For oft, when on my couch I lie
我卧床而辗转难眠,
In vacant or in pensive mood,
心神空荡沉思不语,
They flash upon that inward eye
它们却在脑海闪现,
Which is the bliss of solitude;
那是孤独中的福祉;
And then my heart with pleasure fills,
此时我心满怀幸福,
And dances with the daffodils.
与浪漫水仙花共舞。

第十一章 继承文艺复兴诗歌传统的浪漫主义诗歌创始人

这是其抒情诗代表作之一,创作于 1804 年,发表于 1807 年。诗中描写兄妹在 1802 年见到水仙花的情景。他俩访友归来,在考罗巴公园那边树林看见水仙。……再往前看,越来越多。最后在树荫下,他们看见沿湖岸约有乡间公路宽一长条地方长着未见过的美丽水仙。它们和长满青苔的岩石点缀一起,有的把花絮倚靠岩石仿佛枕头休息;有的摇曳摆动像迎风欢笑光彩夺目,千姿百态繁花似锦,更高处还有零落几棵;不过那几棵没破坏热闹大道上单纯协调的盎然生机。

此诗主题咏水仙,每段最后两行押韵如同莎士比亚,每段独立成章,故称"押韵对句(rhyming couplet)"。"没有借押韵卖弄技巧(元音同,辅音近似,There aren't even any slant rhymes to trick you)"。他热爱自然风光,尽情抒发赤诚挚爱,描写细腻动人表现他无与伦比的想象力。原诗每行 4 顿,全诗 4 节每节 6 行抑扬格 4 音步(iambic tetrameter),即 1 个短音节后随 1 个长音节,每节韵式为 ababcc。

它完全体现了诗歌应描写平静回忆情感的诗学主张。此时此刻水仙非同凡响具有灵性代表精神,它是报春使者,喜迎冬去春来万物复苏的无限春光。而"那朵孤云"与山川大地融合就成为润物细无声的雨露,汇成生命希望的源泉,孤云寓意诗人忘我融入自然,灵魂永存人间。它表达了诗人见到水仙沐浴春风阳光翩然起舞的激动喜悦之情。向世人传递富含哲理的生态思想:人与自然和谐统一息息相通。然而工业社会改变了人与自然界的良性关系,互相对立矛盾;所以诗人用诗歌咏自然抒发天人合一的理想,开启现代诗歌的新篇章。奇妙景色使诗人兴奋不已流连忘返,他急中生智记叙罕见美景谱写不朽的抒情诗。该诗风格清丽流畅,笔触空灵,以云喻己凌空飘越,俯视自然心旷神怡。诗歌不仅描绘翩然起舞的水仙与波光粼粼的湖面,借景抒情描述心灵意境的开拓,它还满怀深情讴歌自然赋予的悠然自得的闲情逸致,灵动的水仙慰藉他孤寂的心灵。该诗情景交融,自然与心灵和谐交流融为一体,充分表现诗人的浪漫主义情怀。全诗文笔清新意境高远,将复杂深奥的思想准确表达得淋漓尽致。

其民歌体诗精妙玲珑剔透,更把无韵诗推向新高峰,例如,《丁登寺》是其无韵诗杰作。该诗 159 行抑扬格 5 音步,继承莎士比亚和弥尔顿的传统,暗中与之竞争。但此诗结构复杂,因其包含其他文体的多种元素,如颂诗(Ode)、戏剧独白(dramatic monologue)和会话诗(the conversation poem),充分显示高超诗艺。1798 年 7 月 13 日华兹华斯兄妹重游威尔(Wye)河畔,回忆 5 年前(1793 年 8 月)他独游情景,记忆犹新即赋诗描绘他在 3 个时期对自然的感受——5 年前感受、此时体验并憧憬未来,三者一气呵成,强调人生虽有不同阶段但连贯不断。他赞美其妹与自然,甚或将其融为一体,寄情于景,寓意深刻,将自然美景视为精神家园。该诗将自然提升为使人道德高尚、精神丰富的强大力量,人在自然中清除烦忧污垢,沐浴阳光雨露荡涤心灵。诗人歌咏自然并非逃避现实,而是面对壮丽图景汲取生活的力量。其《永生信息》说:自然、上帝、童年三位一体,自然万物蕴藏诸神启示,人性极致即为神性,缥缈遥远的天国之光就在人们心灵深处和鲜活自然中,靠直觉潜意识指引能抵达存在的彼岸。下为该诗结尾,重申即使他离开人间,叮嘱其妹牢记他对自然的深情眷念,见证他们与自然融合的快乐时光:

> And these my exhortations! Nor, perchance—
> 或许从今我们分离永别,
> If I should be where I no more can hear
> 我在那边无法聆听你声,
> Thy voice, nor catch from thy wild eyes these gleams
> 再不能从你炯炯眼神中

第十一章　继承文艺复兴诗歌传统的浪漫主义诗歌创始人

Of past existence—wilt thou then forget
捕捉到已逝韶华，到那时
That on the banks of this delightful stream
请勿忘我们曾欢乐兴奋
We stood together; and that I, so long
站在这明媚秀丽河岸上，
A worshipper of Nature, hither came
长此以往朝拜自然，来此
Unwearied in that service; rather say
游览参拜自然矢志不移；
With warner love—oh! With far deeper zeal
我爱自然日久弥坚情深，
Of holier love, Nor wilt thou then forget
请牢记：我的爱更圣洁时，
That after many wanderings, many years
久别重来膜拜参天树林，
Of absence, these steep woods and lofty cliffs,
远眺巉岩峥嵘层峦叠嶂，
And this green pastoral landscape, were to me
极目碧野滴翠心旷神怡，
More dear, both for themselves and for thy sake!
因它们和我们欣喜相会。

　　华兹华斯曾大量创作诗歌500多首，不乏出类拔萃之作。例如，1802年的《西敏寺大桥奏鸣曲》即为第1首，描写他坐在四轮大马车车顶（Dover Coach）行经西敏寺大桥，举目四望美不胜收，意欲把这辉煌的"献给国家独立自由"（dedicated to national independence and liberty），描述令人印象深刻，充满诗趣智慧。此桥横跨泰晤士河，位于伦敦西端（west end）富人区，见证伦敦迅速发展，恢宏壮丽繁华似锦，已接近甚或赶超欧陆都市，高楼鳞次栉比、高耸入云，已成英国经济政治文化中心，试问"谁能面对如此壮丽景色无动于衷"？但清晨伦敦沉浸在宁静安谧中，彼时伦敦尚未被工业革命雾霾严重污染，城乡差别不大，可和谐共荣。因此诗人乐于为之歌功颂德：发展都市并未毁坏自然，而与自然融为一体。这也显示了其与弥尔顿既传承又竞争的关系。全诗为抑扬格5音步，韵式abba, abba, cdcdcd，现依原韵翻译：

> Composed upon Westminter Bridge
> 西敏寺大桥奏鸣曲
> Earth has not anything to show more fair:
> 大地在此展示无比美貌：
> Dull would he be of soul who could pass by
> 谁能面对如此壮丽景物
> A sight so touching in its majesty:
> 无动于衷就是心灵麻木；
> The city now doth, like a garment, wear
> 这座城市如披一袭新袍，
> The beauty of the morning; silent, bare,
> 宁静沐浴曙光，裸露美貌；
> Ships, towers, domes, theatres, and temples lie
> 船舶塔楼剧院寺庙华屋
> Open unto the fields and to the sky;
> 高耸入云排列田野四处，
> All bright and glittering in the smokeless air.
> 苍穹碧空富丽堂皇闪耀。

第十一章　继承文艺复兴诗歌传统的浪漫主义诗歌创始人

Never did sun more beautifully steep
瑰丽旭日照亮峡谷群峰,
In his first splendour, valley, rock or hill;
我未曾见云蒸霞蔚壮丽,
Ne'er saw I, never felt, a calm so deep!
也未曾经如许深沉宁静。
The river glideth at his own sweet will,
河水波光粼粼随心所欲,
Dear God! the very houses seem asleep;
上帝!千家万户依然未醒;
And all that mighty heart is lying still.
强大心脏依然沉睡静谧。①

　　华兹华斯与科勒律治合作发表《抒情歌谣集》,含诗23首。诗集以对话诗体描写诗人对自然与超自然的情感反馈。华兹华斯为诗集作序,说明主要试验并确认普通语言可创作诗歌。尽管有些诗神秘超然,但多数诗以乡村为背景描写寻常主题。诗人关注热爱自然,分析人与环境的关系和由此产生的情感。诗集出版初引批评,但渐多褒奖。学者对其研究主要在语言、故事情节、结构、主题、词汇、风格、哲学思想等多方面,几乎所有的方法论与批评者都把华兹华斯当作浪漫主义诗歌的领袖。其生态思想受其个人经历和时代影响;当时法国革命和工业化对自然、农业和人际关系都有负面影响,诗人高度关注。人们注重经济发展而忽视人际关系,破坏生态平衡。因此他倡导自然与人类和谐平等,强调生态整体论原则。他描述人类对自然的物质和精神依赖关系,号召人们从自然中学习和谐相处之道。他相信:自然万物彼

---

① 此处比喻伦敦为英国政治经济文化中心。

此相关同属一体，人类应保护自然环境——这种观点具有重要的划时代意义，这正是浪漫主义诗歌能长盛不衰地促进社会进步之奥秘。

四、华兹华斯和科勒律治从珠联璧合到分道扬镳

他从法国回国旋即全力以赴创作诗歌，开始两年兄妹相依为命蹉跎岁月：模仿具文纳（Juvenal）的《边民》（Borderers, 1792）；写作斯宾塞体《罪恶与悲伤》（Guilt and Sorrow, 1794），谴责社会罪恶带给水手的不幸和士兵寡妇的悲伤。1797年上半年科勒律治受汤姆·普勒（Tom Poole）的邀请迁至Nether Atowey，因后者是成功商人也是文学爱好者。6月的一天科勒律治邀请华兹华斯与其妹来访，两人相谈甚欢相见恨晚。科勒律治送走客人后兴奋不已；华兹华斯更乐不可支立即迁往Alfoxden，两处仅距1.5英里，几乎近在咫尺。此后15个月他们几乎每天畅谈形影不离，珠联璧合精诚合作揭开英国诗歌的新篇章。华兹华斯兄妹常在院子劳作，翘首以盼科勒律治的身影；他们情深意长，科勒律治说他仨共一个灵魂，心有灵犀一点通。此前他和连襟罗伯特·骚赛（Robert Southey）反目断交，他追悔莫及"内心空荡 a large void in my heart"，"无人强大足以填空（no man big enough to fill）"。他们邂逅正逢其时，他强大稳定足以安抚心神不定失去主见的科勒律治。所以科勒律治坚信：伟大诗人会继续他已放弃的诗歌创作，写出长篇富有哲理的诗歌改变世界；华兹华斯不负期望以此为业，一段佳话由此诞生。其间华兹华斯的创作能力迅速发展，日趋成熟；多年来他脑海里深厚积淀混沌不清，现在他感受到新生命在躁动，迅速整理成形，因为科勒律治的话语辩证法犹如清风扑面，使他豁然开朗、茅塞顿开。他们都

第十一章 继承文艺复兴诗歌传统的浪漫主义诗歌创始人

清楚知音难觅（A faithful friend is hard to find）。

1798—1807 年是华兹华斯创作的黄金期。他不满雅各宾专制和英国政府，在湖区恬静和谐的自然环境中寻找精神慰藉，就是缘于他邂逅科勒律治。从前科勒律治读过华兹华斯的处女作印象深刻，而这处女作以前没引起诗歌界的关注。科勒律治慧眼识珠，意识到"原创诗歌的天才头脑"（the original poetic genius mind）从此诞生。他俩志同道合合作出版《抒情歌谣集》（1798），开创浪漫主义新诗风。华兹华斯认为古典主义诗歌从内容到形式日趋僵化，他就表现日常生活题材，推崇想象和自然情感的表现形式，剔除矫饰的"诗歌辞藻（poetic diction）"，使用日常语言表达自由的无韵诗，歌谣体取代传统双韵体。1800 年第二版问世，华兹华斯写《序言》完整表述诗歌理论：人类热情与自然美永久合二为一，诗歌主要目的是选择日常生活情节，与内容"平民化"相适应，用诗歌语言描述使诗歌富有生活气息，"诗歌想象力"取代"理性"至上，它"使日常事物在不正常状态下呈现在心灵面前"，这 1 集 1 序引发了诗歌革命。

华兹华斯的诗歌生涯以 1798 年《傻瓜男孩》（The Idiot Boy）为标志，"我拼命约束自己把这 14 年和缪斯女神紧密捆绑"（I to the Muses have been bound These fourteen years by strong indentures 序言，book iv）。他自我评价第 1 个假期"饱受诗歌煎熬，痛苦很多，进步很小（harassed with the toil of verse, much pains and little progress）"。科勒律治评价无韵诗《边民》："他感觉有小人站在其友旁（he felt a little man by the side of his friend）[①]。"华兹华斯固执独立，需要友善的朋友给他自信，科勒律治为他提供了不可或缺的帮助。他开始寻找主题，"悲伤并

[①] Michael Blumenthal：I Think Constantly of Those Who Were Truly Great, writersalmanac. publicradio. org/index. php? date = 2014/10/21，p11.

非悲伤，而是欢畅；凄惨之爱，耳闻无痛苦，因光荣已回归人类（Sorrow, that is not sorrow, but delight; And miserable love, that is not pain to hear of, for the glory that redounds Therefrom to human kind)[1]。"他赞扬其诗歌"有特点，史无前例（a character, by books not hitherto reflected)[2]。"1798年9月出版的《抒情歌谣集》是他们共同智慧的结晶——珠联璧合（perfect cooperation）。他们经常商讨普通生活的相对价值及超自然事件，作为想象的应对办法的主题，这种写作念头与日俱增，形成两种诗歌。一是科勒律治超自然诗歌，因其不如华兹华斯勤奋努力，仅有《古代水手》(the Ancient Mariner) 为代表；华兹华斯诗歌很多，如《流浪女》(The Female Vagrant)《疯狂母亲》(The Mad Mother)《可怜苏珊的梦幻》(The Reverie of Poor Susan) 和《我们7个》(We are Seven) 等脍炙人口。两者数量悬殊表明他们对浪漫主义诗歌的贡献不同。华兹华斯的拥戴者放弃《傻瓜男孩》和《荆棘》(The Thorn) 等，认为这是错误的经历体验，不应收进《抒情歌谣集》；或不应疑惑其枯燥无味，正是这个问题才导致区域性刊物忽略了文学大师的降临。《丁登寺》理所当然荣列其中，因为华兹华斯丰富的想象力与其诗歌特点都由此体现，世人当然清楚这种表现仅是管中窥豹。

尽管华兹华斯起初未引起足够重视，但也非完全被忽略。科勒律治初知朗曼斯（Langmans）版本时，认为《流浪女》是斯宾塞体诗歌，其原题是《罪恶与悲伤》。华兹华斯承认："从未如此欢快写作（never wrote anything with so much glee)"，因为两

---

[1] William Wordsworth, English romantic poet (1770—1850), www.1902encyclopedia.com/W/WOR/william-wordsworth. Html, p3.

[2] William Wordsworth: The Prelude of 1805 in Thirteen Books, Torrance: Global Language Resources, Inc. 2001, p4.

第十一章 继承文艺复兴诗歌传统的浪漫主义诗歌创始人

个智力不全而且丧失理性的老妇女和光荣的傻瓜感到深情厚谊，此诗情感和谐，理应不会引致评论界太多的批评。此诗从诗歌角度看来应属成功作品，但从诗歌修辞美学来看似是败笔，因为其试图"在人生最卑微的脸上涂上庄严的色彩（breathe grandeur upon the very humblest face of human life）[①]"，使读者觉得过于生硬和穿凿附会。

其《序言》对 18 世纪根深蒂固的诗歌传统无疑是巨大的冲击，因为若 1 个读者读过原著，就有几百人读过科勒律治的精彩评论，华兹华斯的诗歌观点主要来源于此。"因此要考虑此诗当事人的名声，应该澄清华兹华斯的立场，科勒律治对朋友理论的阐述是署名的（It is desirable, therefore, considering the celebrity of the affair, that Wordsworth's own position should be made clear. Coleridge's criticism of his friend's theory proceeded avowedly）[②]。"科勒律治前提是要正确阐述他的话，诗歌总体语言恰如其分，出于现实民众之口，语言应真实体现人们对自然感受的自然会话。他还认为华兹华斯语言是指"散文和韵文语言没根本区别（no essential difference between the language of prose and metrical composition）[③]，"其语言不仅指单词，还指风格、结构和句子语序，因此诗句语序应与散文语序相同。一般认为科勒律治的《致命一击》（The Coup de Grace）是狂文，阐述华兹华斯的理论思想，其中包含上述两特点；这都是华兹华斯原创总结，也是为其描述底层人民生活诗歌的声明辩护。

[①] Herbert Grierson, J. C. Smith: A Critical History of English Poetry, New York: Bloomsbury Publishing Inc, 2013, p282.

[②] John Morley: William Wordsworth: The Poetical Works of William Wordsworth, Volumes 1 to 3, New York: Thomas Y. Crowell & Co. 1892, p83.

[③] John Morley: William Wordsworth: The Poetical Works of William Wordsworth, Volumes 1 to 3, New York: Thomas Y. Crowell & Co. 1892, p83.

科勒律治把华兹华斯诗歌理论的特点总结得比原文更鲜明突出,两个理论本质一致;但有时有人怀疑科勒律治是否越俎代庖。其实两位诗人在科勒律治寓所商讨过这个主题,第一批歌谣在此成就;1800年草拟《序言》时科勒律治就在格拉斯米尔(Glasmere)。《序言》有哲学家哈特里(Hartley)的语言风格,华兹华斯则进行心理分析。科勒律治乃哈特里的忠实信徒,甚至将长子取名为哈特里·科勒律治,可见他对哲学家崇拜得五体投地。但他在1814年似乎忘记曾参与《序言》,这似乎意味他对《序言》的研究不够透彻,其后文章只重复他原来反对坊间误解的理论观点。也有人对"诗歌辞藻"另有解释,华兹华斯说诗歌语言和散文语言本质毫无二致是指单词本义及其修辞意义,并未包括句子结构语序,即科勒律治所说文章句子"排列"(ordinance)。科勒律治认为这是陈词滥调,熟悉华兹华斯的人都不会怀疑;而且即使如此,华兹华斯在这问题上已大大进步。他说:"若有人认为我做无用功,如同打仗却无对手;应提醒他们无论人们外表用什么语言,我欲发表的意见中实用信念几乎无人知晓(if in what I am about to say it shall appear to some that my labour is unnecessary, and that I am like a man fighting a battle without enemies, such persons may be reminded that, whatever be the language outwardly holden by men, a practical faith in the opinions which I am wishing to establish is almost unknown)[①]。"

华兹华斯评价诗体并不争辩:"如诗人明智挑选主题,自然在恰当时机会激发其激情;再若其语言真正明智选择,那一定丰富多彩高雅,类比和修辞使之生动活泼(If the poet's subject be judiciously chosen, it will naturally, and upon fit occasion, lead him

---

[①] Jane Worthington Smyser, W J B Owen: The Prose Works of William Wordsworth, Volume 1, Oxford: Claredon, 1974, p23.

第十一章　继承文艺复兴诗歌传统的浪漫主义诗歌创始人

to passions the language of which, if selected truly and judiciously, must necessarily be dignified and variegated, and alive with metaphors and figures)①"。这就是其"诗歌辞藻"的概念。人们的误解可能源自科勒律治的权威,因为他同情理解那些关于华兹华斯诗作的评论,他费尽心机欲让诗人广为接受,但他们久经考验的友谊再加上华丽文体却将诗人当作理论家,这似乎有失公允。在华兹华斯诗歌理论宣讲推广过程中,"成也萧何,败也萧何",人们既接受了科勒律治的正确理解,也误解了他的阐述。

假设科勒律治理解华兹华斯的理论亦自然而然,若读者深受清丽悠扬散文吸引,欣然放弃理论家那苛刻复杂的论文求证之麻烦,亦在情理中。"辞藻"问题颇多争议,但它并非诗歌理论中最重要的问题。一般人都认可其道理,但行动忽略不计——即在他恳请卑微主题与其诗论确有新颖之处。总之华兹华斯诗歌理论以及他确认微小平凡事件中想象的超级功能及需要诗人与读者主动想象力的有关言论都比其"诗歌辞藻"理论更重要。

诗歌"从寂静凝聚情感中追根究源(takes its origin from emotion recollected in tranquillity)",诗人的工作就是追溯"人类激动时如何联想思想"(how men associate ideas in a state of excitement)②,这都是其精辟总结,显然他通过独立研究现实生活中人们思想感情得出上述结论,为其诗歌理论奠定基础,这种阐述对诗歌实践和传统都公平合理。

但新生代诗人未必要背弃前辈传统,义无反顾勇往直前,华兹华斯愧疚曾如此张扬。他自学生时代就在诗坛辛勤耕耘,也意

---

① Jane Worthington Smyser, W J B Owen: The Prose Works of William Wordsworth, Volume 1, Oxford: Claredon ·1974, p23.

② William Wordsworth: Preface to Lyrical Ballads, Harvard Classics Famous Prefaces, Boston: Harvard University Press, 1914, p2.

识到要对历史负责;其目的是用真实生活测试诗歌本质。因为诗人要善用"想象力有益的能量（beneficent energy of imagination）"①,虽然这能量在普通人身上多少都会向善,但诗人应强于他人领先社会,主动理性在诗歌中加强这种仁慈向善的有益的能量并安慰读者,其职责就是精心筛选素材的力量,随即修饰美化以愉悦读者与社会。这是华兹华斯赋予诗人的高标准严要求,因为诗人是社会精英,其作诗目的是要教化社会与读者,诗人精神境界理应高于普通人。华兹华斯理论联系实际率先垂范,所以无论其诗歌语言还是现实生活都朴素平凡贴近生活和平民,畅所欲言引吭高歌,深受大众欢迎。

他俩友谊始于18世纪末叶,当时"年轻似在天堂"（to be young was very heaven）,他俩邂逅于布里斯托,后来精诚合作开创英国诗歌新天地;孰料15年后分道扬镳,令人恨不能把这两个伟大的脑袋重新聚合。他们合作时,读者似要在其间做出选择,好像非此即彼,鱼与熊掌难以兼得;不料200年后依然如故,读者对垒:温情不火思想单一的读者自恋喜欢华兹华斯;思想活跃、倾向神秘主义的读者闪烁思想火花,喜欢科勒律治。他俩曾在宽套科山麓（the Quantock Hills）漫步,孕育《抒情歌谣集》,但有人认为有些诗既不抒情也非歌谣,严重挑战诗歌的品味,败坏英语诗歌读者口味。正如华兹华斯所说:这些诗歌"是为人类"写作,所以其语言与主题既非关于爱情也非宗教,而是关于那些边缘化、被剥夺权利的人们,其实这正是华兹华斯成功之处——用诗歌关心劳苦大众和社会底层,这也引起上流社会某些人的不满。

1803年华兹华斯兄妹和科勒律治结伴北上苏格兰徒步旅游,

---

① William Wordsworth: Preface to Lyrical Ballads, Harvard Classics Famous Prefaces, Boston: Harvard University Press, 1914, p2.

第十一章 继承文艺复兴诗歌传统的浪漫主义诗歌创始人

华兹华斯终于批评他嗜毒成瘾，此前他们认为应由其妻管教，故隐忍不发；况且良药苦口（A good medicine tastes bitter）。亲朋好友知其吸毒，但他辩解说是止痛，众人爱莫能助。此次旅游导致两人友谊首现裂痕。华兹华斯坚忍不拔克服家庭困难努力创作，1807年出版2本诗集。1808年6月华兹华斯乔迁宽敞新居，邀请科勒律治同住。每逢周末庭院热闹，两家7个小孩欢声笑语其乐融融。1810年6月，科勒律治留恋原来居所的舒适生活决定全家回迁；其搬离的主要原因就是长期积累的矛盾终于爆发，搬家途中科勒律治向朋友透露华兹华斯在背后数落他言之凿凿：他不愿再寄人篱下仰人鼻息，其也知"滚石不生苔（A rolling stone gathers no moss）"，"金窝银窝不如自己的狗窝（East, west, home's best）"，他俩友谊延续15年至1812年彻底分道扬镳。

华兹华斯诗歌的嬗变过程归纳如下：他在诗坛勤奋耕耘，诗作发自真情实意。他放弃惊人震撼的主题，未经修饰，不像画家点缀凸显其优势，只是筛选那些能激发他想象力的事件，研究创作能修饰原始感觉的艺术评价以及自身的情感动机，他对此深下功夫却鲜为人知。他关注客观事物，自然用想象力对其修饰，全力以赴用想象力创作诗歌。读者认为华兹华斯未必熟练阐述其散文，他也未充分凸显其优势，但其诗歌辞藻理论有这些特点，予其自由，使之不必总用与其"真实感情（true taste and feeling）"一致的语言。他承认有时可能用"特殊替代一般联想"，他觉得诗情画意的语言在别人看来可能平淡无奇或滑稽可笑，例如《傻瓜男孩》，他甚至想撤出《阿丽丝覆亡》（Alice Fell）。

按照普通标准，对于凡人没有影响力的情感动机却可激发华兹华斯的想象力，其大部分诗歌起源于那些貌似微不足道的主题，但其诗歌并不简单，这与那些所谓阳春白雪的诗人大相径庭。恰恰相反，华兹华斯很多诗歌复杂精致深奥，例如《职责颂歌》(the Ode to Duty)和《不朽暗示/不朽颂》(Ode: the Intimations of Immoortality)等,其感情动机简单,但其想象的结构异常精巧,诗人竭尽全力,典雅端庄,才华横溢。没有哪个诗人能从日常生活平淡无奇中发掘难得奇材,建造起如此富丽堂皇的诗歌大厦,因为,他熟谙日常平凡规律,可按图索骥探索最精致的文本和最丰富的设计构思,因此其诗歌可轻而易举占领道德高地。当然其诗歌也有争议,因其理论和实践并非完美无缺,有时甚至引起轩然大波。他墨守成规:若想象力被动关注某个主题一段时间,才会写作这个主题。

他认为寻找适宜创作诗歌的时机可揭示有趣规律——他孤独地和自然交流,全力以赴创作诗歌,但这普通观念有所改变;还可发现隐居者最佳诗歌都是成就于他那静谧生活被打断的激动人心时刻——场景变换、伙伴朋友变换,甚至职业变换之时。这规律自始至终贯穿其诗歌生涯。例如,他和科勒律治初会就激发其灵感,此前他已拼命努力两年,但仍劳而无功。《序诗》真实记录其个人经历,这成就于第一部诗集出版后:"迄今,啊朋友!我还未曾/将此刻欢乐写成颂歌/尽情倾诉(Thus far, O friend! did I, not used to make A present joy the matter of a song, Pour forth)。"

科勒律治评价他俩的合作:"初始我俩为邻,我们常会晤商讨诗歌这两个要点:惟忠于自然真谛才有激发读者同情心之力量;唯强化想象力之修饰能力才增加新奇的吸引力。突兀魅力犹如光影,或如月光与落日,使熟悉之风景美丽混沌,似应糅合二者实为可行,此为诗歌之道。此思想意味诗歌可分两类(我并未反思我们属于何类)。其一,诗中事件人物至少某种程度是超自然,其瞄准目标即卓越,通过情感戏剧化事实存在于有趣情感中;若果如此,这自然会伴随如此情形。人们无论如何幻想都感觉此场景真实,无论何时都自信处于超自然状态。其二,主题精

第十一章 继承文艺复兴诗歌传统的浪漫主义诗歌创始人

选于日常生活，人物事件每个乡村随处可见，彼处有苦思冥想者富有感情正搜寻这些人物事件，至少会关注它们。

正基于上述两点构思《抒情歌谣集》，其同意我努力专注人物个性超自然之处，这是浪漫主义特性；可把人们的兴趣从我们内在本质转移到事实表面，以此获得想象力的阴影，这足以暂停眼下之怀疑，以此构成诗人之信念。另外华兹华斯欲提出自我目标，让日常事物充满新奇和魅力，把人们注意从沉睡习俗中唤醒并关注目前世界之可爱奇迹——这是无尽宝藏，激发类似于超自然感觉；但结果：熟悉而自恋之隔膜，我们视而不见充耳不闻，既不入心也不理解。鉴于此我写下《老水手》（Ancient Mariner），且准备《黑女人》（Dark Ladie）与《克里斯塔布尔》（Christable）及其他诗歌，我创作这些诗比当初有更多感受。但华兹华斯的勤奋已证明他更成功，其诗歌数量多很多，我们诗歌数量悬殊以致失衡，似成异物填充。华兹华斯又增加2～3首体现其个性的诗歌，高雅充满激情而且华丽，这些都是其诗歌天才特征。《抒情歌谣集》即如此发表，他以此实验，而不论其总体主题本质是否既违反常规修辞又异常口语化，即使日常生活为了娱乐兴趣也未必如此使用语言，这是诗人本职创作理应特别知晓"①。

综上所述，这个珠联璧合由华兹华斯主导，其诗歌的主要特点及思想意义艺术成就——小诗清新，长诗新奇深刻，一反新古典主义呆平板诗风，其典雅风格开创了新鲜活泼的浪漫主义诗风。其雄奇，其《序曲》（1805）首创用韵文写自传式"诗人心灵的成长"，内容艺术开一代新风。华兹华斯关于自然的诗歌优美动人，特点是寓情于景情景交融，作者精心选择诗歌新题材，

---

① Samuel Taylor: Biographia Literaria, Chapter XIV, www.poetryfoundation.org? Learning Lab Essays on Poetic Theory, Chicago: Poetr Foundation, Oct. 13 2009, p2.

融语言、格律、诗体和词汇于一炉体现其独特风格。其诗歌理论和实践始于《抒情歌谣集》，这不仅标志他俩崭新文学生涯杨帆启航，而且表明他们开启了英国浪漫主义诗歌的序幕，正式登上世界文坛引领潮流。我国懂英文者读其小诗，如《孤独割麦女》(The Solitary Reaper)；不懂英文者对他没印象，原因之一是其诗难译——哲理诗比叙事诗难译，而华兹华斯写得朴素清新更难译。原因之二是他曾被冠以"反动浪漫主义"代表，不少人接受误导反感其人。另外描写自然的诗歌在我国较多，人们无新奇感，但瑕不掩瑜，他功勋卓著彪炳青史。他不仅萃取平民化主题，而且语言明白如画，下里巴人和者众，尽管如此也得罪权贵；高度激情表达深邃内涵，神来之笔信手拈来。他大胆开拓违反常规敢越雷池，常用跨行前行的句式改变18世纪诗人的行句合一法；他理论结合实验，为英国诗歌走上现代正确轨道引领世界潮流独辟蹊径，因为他继承革新文艺复兴诗歌传统，这正是浪漫主义第一代诗人的丰功伟绩，也为后辈浪漫主义诗人树立了创新的榜样。

第十二章 科勒律治的浪漫诗意人生及坎坷失意之处

科勒律治（Samuel Taylor Coleridge，21 Oct. 1772—25 July 1834）号称奇才——"湖畔派"诗人中最聪颖者，善诗能文、精通宗教哲理，旁及政治、经济、科学，博学多才。其父是乡镇文法学校校长兼牧师，育有 14 个子女。他最小颇受宠爱，自幼聪颖过人，3 岁能阅读。8 岁时与兄长冲突，仓皇出家露宿荒野，风餐露宿健康受损种下风湿病根，终身神经疼痛为其吸食鸦片埋下祸根。他虽聪慧超常，但诗歌成就不如华兹华斯。其 9 岁丧父后就学于伦敦基督医院（Christ Hospital）公立学校，成绩骄人涉猎甚广；1791 年入读剑桥基督学院，校舍阴冷潮湿加重其风湿病，他服食鸦片镇痛成瘾。他与马丽恋爱债台高筑，因而 1793 年投笔从戎，改名 Silas Tomkyn Comberbacke 参加 15 轻骑师，但不善骑只做杂役。后来家人为其还债退役，他重返剑桥续读 3 年级。其时他与友人步行游历威尔士，在牛津幸会骚赛。当时骚赛正攻读柏拉图的《理想共和国》，准备移民新大陆。科勒律治随即与其组建名为 Pantisocracy 的团体，主张"平等共管"（equal government by all），以劳动为生移居美洲，希望政治宗教思想自由，但因经济原因计划流产。骚赛耍尽手腕促使很不情愿的科勒律治于 1795 年与其妻妹 Sara Fricker 成婚，他俩结成连襟后竟反目为仇。

科勒律治对法国革命态度开明，接受社会政治变革，生活兴趣非常广泛，所以他不仅是诗人，而且是哲学家、历史学家和政治人物，因为法国革命使他眼界开阔，这是他与华兹华斯的不同之处。阿尔波特·汉考（Albert Hancock）认为其生活有两大特点：①想脱离周围环境，全神贯注于诗人的思想；②在世界事务发挥作用，身兼数职兴趣广泛。他不像华兹华斯那样只专注将诗歌与自然相结合，他把诗歌内涵和外延扩展到政治、历史、宗教和哲学等学科，这难能可贵。他反对机械主义将人贬低为物，结合当时政治文化背景，深刻理解文学有机观念，将有机主义升华到关注人类生存的泛人文主义，这将浪漫主义诗歌向前推进，也为英国诗歌深入发展注入了新动力。

1796年3月他主办的刊物《瞭望者》（The Watchman）出版，为避免新闻出版税每8天1期，每期32页，直言不讳反对战争和奴隶制，要求新闻自由，反对苛捐杂税。因其言论偏激，涉及版权而未注明来源招致不满，只出10期5月即停刊。婚后他发现妻子萨拉出身贫寒吃苦耐劳，但对其诗歌灵感毫无帮助，他难有作为，故对原本勉强成婚的妻子兴趣索然。同年底他受朋友邀请乔迁 Nether Stowey，以年金7磅租1栋小屋。次年他完成《忽必烈汗》（Kubla Khan），他喜逢华兹华斯兄妹兴奋不已；他温文尔雅谈锋甚健，和华兹华斯之妹互有好感，是否热恋未有定论，梁实秋证实他们短期内5次会面（见前1章第4节）。虽迟至1797年两诗人正式会面，此前两人互相仰慕。早在1793年他读过华兹华斯的诗歌，特别深受《素描集》的政治元素所吸引。1795年他俩初会于Bristol政治辩论会，华兹华斯对此邂逅记录如下："我确实希望常见他，觉得他才华出众（I wished indeed to see more［of Coleridge］—his talent appears to me very great）[1]。"

---

[1] Byatt, A. S. Unruly Times: Wordsworth and Coleridge in Their Time. London: Hogarth Press, 1989, p2.

第十二章 科勒律治的浪漫诗意人生及坎坷失意之处

1797年3月科勒律治在Racedown拜会华兹华斯,从此他们的关系急剧升温,友谊日增,后为近邻,常切磋诗艺。1986年纽林(Newlyn)在牛津大学出书考证他俩的关系,认为尽管他俩诗风有别,但不影响其和睦相处共商诗歌大计,因为他俩"全神贯注于诗歌想象力,都采用新式语言(preoccupied with imagination, and both [used] verbal reference in new ways)①"。1798年他们精诚合作的结晶问世,见证其快乐时光,他们共商诗歌理念设计出版方案。"两位诗人互相包容对方重大的分歧,关系融洽毫无芥蒂"(Never again would the two poets have the sort of compatibility which allowed for major differences of opinion, without creating unease)②。同年9月他们相约去德国旅行,科勒律治竟滞留不归学习德语,又痴迷德国哲学,这在英国诗坛罕见;他勤奋好学博采众长,为以后的有机整体构成理论奠定基础。1799年7月回国不久,科勒律治爱上Sara Hutchinson,后者之姊后嫁华兹华斯。这场恋情无疾而终,导致灰心他丧气,其作《沮丧》(Dejection: An Ode)于1802年春创作成功,当年10月4日刊登于伦敦晨报,适逢华兹华斯结婚大喜之日。全诗139行,为原稿的一半,全诗表露了他对Sara Hutchinson的相思之苦以及对自己婚姻的愤懑之情:

> I speak not now of those habitual ills
> 且不说我那些日常病痛
> That wear out life, when two unequal Minds
> 耗费生命,不等心灵两颗

---

① Lucy Newlyn: Coleridge, Wordsworth and Language of Allusion, New York: Oxford University Press, 1986, p31, p34.
② Lucy Newlyn: Coleridge, Wordsworth and Language of Allusion, New York: Oxford University Press, 1986, p31, p34.

>Meet in one house and two discordant Wills——
>囚禁图圄发出龃龉纷争；
>This leaves me where it finds,
>深深陷入尴尬境地是我：
>Past cure, and past complaint.
>无可救药而且无可倾诉。

  可惜人无百日好、花无百日红，天下没有不散的宴席。此后他俩关系破裂，因其理念不同互相批评，乃至创作智力分歧加重；再加上科勒律治嗜毒成瘾，其诗歌"理论观点加剧分裂"（radical difference of theoretical opinions；Newlyn, pp87）④，但若科勒律治没轻信蒙塔古（Basil Montagu），他们关系仍可维持。

  蒙塔古传言华兹华斯诋毁科勒律治是"累赘""腐败醉鬼（burden; rotten drunkard）①"，这是 1998 年伊丽莎白·艾菲（Elizabeth A Fay）的《浪漫主义诗选》（Romanticism）所透露，这是破坏他们关系的最后一根稻草——科勒律治深感失望；因其吸食液体鸦片，对此话题特别敏感；再加 1807 年他离婚留下 2 子，前妻跟随骚塞夫妻。笔者根据华兹华斯为人前因后果及其错综复杂关系判断华兹华斯应说过此话，而且华兹华斯认为他对家庭不负责任。1810 年后他们关系每况愈下彻底决裂，科勒律治搬回原址定居伦敦。起初他主持有关莎士比亚的讲座颇受欢迎。1813 年后他改变宗教信仰，放弃原来的唯一神教派（Unitarianism），信奉英格兰教会正宗教派（the Church of England），因为他阅读了 17 世纪英国国教圣公会（Anglican）教义才有此转变。

  他俩合作始于出版《抒情歌谣集》，共创浪漫主义诗歌新天

---

  ① Elizabeth A Fay: Romanticism, Oxford and Malden: Balckwell, 1998, p448, p534.

第十二章 科勒律治的浪漫诗意人生及坎坷失意之处

地,当然其诗歌风格和哲学观点不同;而且科勒律治诗歌经验复杂,但华兹华斯诗风简洁普通;前者过多依赖诗歌灵感想象,把宗教注入诗歌,因其吸食鸦片屡教不改。科勒律治《传记》反思:"我致力于使各种人物个性超自然;另一方面华兹华斯设定目标致力于为日常事物增添新奇魅力(my endeavors would be directed to persons and characters supernatural—Mr. Wordsworth, on the other hand, was to propose to himself as his object, to give charm of novelty to things of everyday; Biographia, ch. xiv)①。"这段回顾虽然简单,但证明他意识到诗风不同意见相左;也暗示他面临并对付复杂尴尬局面,而华兹华斯只给普通事物增添新鲜感,他俩对"好诗"(what constituted well written poetry)定义的看法出现分歧。

科勒律治的《老水手之歌》(The Rime of the Ancient Mariner)刊载于《抒情歌谣集》首篇,公认为是最佳杰作;他用精致语言描绘意象和昏暗荒凉的气氛,"腐烂甲板(rotting deck)"上"躺着死人(dead men lay)"——意象生动。他用简洁语言描述绝望,几乎无太多想象空间。该诗的核心是:"许多人非常美丽/他们暴尸横陈!/还有上千虚伪者/苟延残喘——如我等(The many men so beautiful/ And they all dead did lie!/ And a thousand slimy things/ Lived on—and so did I)②"。该诗描绘异常准确,其功效与其他浪漫主义诗歌一样朴素精确。科勒律治诠释:"现实生活语言应提炼,使诗歌充满激情(the language of

---

① Samuel Taylor Coleridge: Biographia Literaria; Or, Biographical Sketches of My. https://books.google.co.nz/books?id=hU4JAAAAQAAJ-1817, p14.
② Elizabeth A Fay: Romanticism, Oxford and Malden: Balckwell, 1998, p448, p534.

real life should be refined to give poetry its intenseness; Newlyn, P88)①"。

诗歌表达了抑郁孤独的感情,此诗语言收此奇效。他未曾航海但凭想象描写大海,可能得到 John Cruikshamk 和华兹华斯的帮助,但有人认为其结尾几句教牵强附会:

He prayeth well, who loveth well
善于祷告之人就是
Both man and bird and beast.
那博爱人类动物者。
He prayeth best, who loveth best
那个最佳祷告之人
All things both great and small;
肯定最爱所有动物;
For the dear God who loveth us,
因为上帝热爱吾辈,
He made and loveth all.
乃博爱众生造物主。

这说明他悟出道德教训,梁实秋认为此诗与说教无关,与教训无涉,其之所以弥久不衰而在于其高超的描写手段。笔者不敢苟同,窃以为他热爱上帝并且赋诗歌颂,亦说明他是虔诚教徒,忠于教义不失时机宣传,矢志不移难能可贵,将宗教与诗歌有机结合凸现宗教的感染力,这足以证明他继承发展了弥尔顿的理念,将宗教信仰融入诗歌,而不单纯用诗歌歌咏风花雪月的浪漫爱情,这无疑赋予诗歌新的社会功能,使之更加充满活力,这正

---

① Lucy Newlyn: Coleridge, Wordsworth and Language of Allusion, New York: Oxford University Press, 1986, p88.

是浪漫主义诗歌推陈出新的特性之一。

华兹华斯承认和科勒律治诗歌的语言不同,其《老水手之歌》的注释批评科勒律治只顾独立发展其诗歌语言,而不管华兹华斯是否同意,这表明他俩关系暗生裂隙,并非完全互相包容。他批评:"我友诗歌的确不少瑕疵……人物缺乏特点……水手没有行动,而是被动……这些事件无必然联系(The poem of my friend has indeed great defects…person has no character…[the mariner] does not act, but is continually acted upon…the events have no necessary connection; Romanticism, p345)。"他强调:"意象积累有点太辛苦(imagery is somewhat too laboriously accumulated)"①,他认为小心谨慎的描述是缺陷。《早春》(Early Spring)最能代表其诗风,他用普通语言创作简洁的诗歌语言;用拟人手法描写自然,避免"意象积累太辛苦"。他不像科勒律治《老水手之歌》那样提供准确细节,而用常见的文学手法塑造形象:他描述小鸟"蹦跳戏耍"(hopped and played);树枝"抓住微风"(catch the breezy air),描写栩栩如生,吸引读者的想象力填补形象的空白;而科勒律治《老水手之歌》尽量描绘细节,激发自己的想象作为工具来描述,诗风迥异。

科勒律治认为想象对于诗歌至关重要,好诗歌是发挥想象的结果,想象分为两部分:主要想象和次要想象。他在《传记文学》论述想象理论:"我认为主要想象是所有人类感知的活力和主要媒介……次要想象是反馈前者……两者种类相同,只是运作模式和等级不同(The primary imagination I hold to be the living power and prime agent of all human perception…the secondary I consider as an echo of the former…identical with the primary in the

---

① Elizabeth A Fay: Romanticism, Oxford and Malden: Balckwell, 1998, p345.

kind of its agency, differing only in degree, and in the mode of its operation)①."主要想象是天生的，次要想象是有意识的行为，因此表现受阻也有缺憾。特别是"化学变化的想象"，可见他依赖鸦片成性；其诗歌《忽必烈·汗》（Kubla Khan）足以显示他吸食鸦片产生幻象，这是其创作的源泉。

液体鸦片是双刃剑：既是他悲惨毒瘾的祸根，也是激发他想象的动力——因为毒品促使血液加快流向大脑，刺激其创作本能引起幻觉。这可解释他为何全神贯注于想象能力了。《忽必烈·汗》的灵感来自鸦片，因为诗人很有创意，设置的背景是淡黑色，有诗为证："古典仕女弹奏洋琴/此情此景似曾相识（A damsel with a dulcimer/ In a vision I once saw）"。此诗语境并非梦想/臆想，而眼见为实是鸦片引致幻象。此诗主角"忽必烈·汗"是蒙古（Mongol）统治者，成吉思汗之孙，他不代表和平、欢乐。科勒律治吸食鸦片后所见情景灿烂辉煌，但面对现状无比黑暗，两者糅合混为淡黑色。其场景描写源于他闻所未闻史无前例的想象，这是其诗歌、独到之处，也是他人难为之处，所以某种程度上归功于他的天才和鸦片的刺激。成也鸦片，败也鸦片。此诗共 154 行，成于 1797 年，刊于 1816 年，诗序："1797 年夏作者健康欠佳，隐居僻静农舍……一日略感不适遂服止痛剂，药力发作入睡，其时正读马可·波罗（Maco Polo）的《普卡斯游记》（Purchas' Pilgrimage）："忽必烈汗下令就地兴建宫殿，附辟美丽花园，遂筑墙围 10 里沃土。"他熟睡 2～3 小时，朦胧间拟就两三百行诗句，梦醒记忆犹新记录在案；突闻友人相邀外出，折腾 1 小时多返回欲续，孰料遗忘只留数个意象和短章残句很难复原，所以只剩如今 54 行片断。虽有学者质疑此故事，但这至

---

① Sheikh Mushtaq Ahmad: Extential Aesthetics, New Deli: The Atlantic Publishing House, 1991, p82.

第十二章　科勒律治的浪漫诗意人生及坎坷失意之处

少表明科勒律治重视创作的潜意识；诺曼·福曼（Norman Furman）对他既褒奖又批评，甚或怀疑他剽窃他人作品而胡编乱造，但毫无证据。窃以为：他可能在某些场合浮光掠影见过相关史料片段，印象深刻魂牵梦萦，加上鸦片的刺激幻想，完美再现美梦成真；但他又刻意模仿莎士比亚的诗艺——虚实相间真假莫辨，甚或故弄玄虚，此乃一种虚幻意境。因为他是莎翁的忠诚卫士。现译此诗片断如下：

In Xanadu did Kubla Khan
忽必烈·汗在元上都颁令：
A stately pleasure dome decree：
建造富丽堂皇安乐殿堂，
Where Alph, the sacred river, ran
此处圣河阿福流淌必经，
Through caverns measureless to man
要穿越深不可测之门洞，
Down to a sunless sea.
飞流直下深不见光海洋；
So twice five miles of fertile ground
方圆5平方英里之沃土
With walls and towers were girdled round：
四周高墙连着塔楼卫护
And there were gardens bright with sinuous rills,
园中蜿蜒河溪潺潺流水，
Where blossomed many an incense-bearing tree；
花开满树芬芳弥漫全园；
And here were forests ancient as the hills
古树参天堪与群山同岁

Enfolding sunny spots of greenery.
绿茵草场沐浴阳光灿烂。

  此诗虽无超自然人物事件，但异域神游令人羡慕迷醉。忽必烈下令在遥远东方的上都建造宫殿，其有清澈河水流入深不可测洞穴、花草并茂的花园和古老幽深的森林，巨壑下清泉湍流不息，人间仙境令人神往不已。后面段落突然转向抚弄琴弦的阿比西亚少女，聆听美妙音乐，诗人如饮琼浆玉液陶醉痴迷，尽享人间天堂之美妙。这篇梦境之作再次显示了诗人高超的想象力，所以不愧为其三大代表作之一。他赋予诗歌神秘的浪漫色彩，善于把玄妙迷离、光怪陆离的奇闻轶事描写得惟妙惟肖，宛如身临其境乃其独门绝技。

  他声称："诗人的心灵智慧应和自然外貌结合，而不应拘泥于……正式比喻的松散混合形式（a poet's heart and intellect…combined with appearances in Nature—not held in…loose mixture in the shape of formal similes）[①]。"这亦适用于华兹华斯，因其根据情绪体验自然，如《丁登寺》。科勒律治认为激情比语言更重要，后者经过"润色加工（polished and artificial,）失去天然纯真，"唯有艺术才能永久表现真实自然"（Art is the only permanent revelation of the nature of reality）[②]。"他批评华兹华斯偶尔剥夺自然美；华兹华斯则蔑视科勒律治的《老水手之歌》中"辛苦的"（laboriously）简洁辞藻。两位诗人不仅用词不同，获取诗歌灵感的方法各异，而且宗教观念有别，最终天各一方。

  晚年科勒律治关注上帝和宗教信仰，"其病躯致使他以新眼

---

① Lucy Newlyn：Coleridge, Wordsworth and Language of Allusion, New York：Oxford University Press, 1986, p91.

② Lucy Newlyn：Coleridge, Wordsworth and Language of Allusion, New York：Oxford University Press, 1986, p89.

第十二章 科勒律治的浪漫诗意人生及坎坷失意之处

光阅读《新约》(ill health had led him to read the New Testament in a new light)",这从1999年赫尔姆斯(Holmes)《黑色反思》(Darker Reflections)可见端倪;他开始寻找"自然界上帝存在的证据(proof of God in the natural world)"①。他认为人类"喜内窥心灵,并非总向外瞭望,两者皆秉性使然(to look into their own souls instead of always looking out, both of themselves and their nature)②"。他不仅阅读《圣经》,而且研习基督教(Christianity)《三位一体》学说(Trinitarian)以及圣·社惹萨的著作(St. Theresa)。1832年他完成未竟诗歌《青年与老年》(Youth and Age)共49行,1834年出版,其中43行是9年前旧作。他哀叹青春风华正茂已逝,抚今追昔怀念朋友情谊,忧患迟暮老年即将来临,两者相对比感慨人生哲理:

>Flowers are lovely, love is flower-like;
>鲜花可爱,爱如鲜花;
>Friendship is a sheltering tree;
>友谊如同参天大树,
>O! joys, that came down shower-like,
>一路快乐如雨挥洒,
>Of friendship, love and liberty,
>友谊爱情自由一路,
>Ere I was old!
>辉煌青年!
>Dew-drops are the gems of morning;
>清晨朝露贵如珍宝,
>But the tears of mournful eve!

---

① Richard Holmes: Darker Reflections, London: Harper Colins, 1999, p71.
② Richard Holmes: Darker Reflections, London: Harper Colins, 1999, p72.

但是夜晚忧伤垂泪!
Where no hope is, life's a warning
绝望之时生命警告
That only serves to make us grieve,
唯有如此我们伤悲,
When we are old!
迟暮老年!

诗中两次提到友谊爱情,表明他深情怀念情同手足的骚塞和华兹华斯兄妹,回顾过去3段恋情,他们杳无音讯,抚今追昔孤灯孑影倍感惆怅。1817年他哀叹人生感悟:"相识、相知、相爱,然后分离,这是很多人伤感的人生故事(To know, to esteem, to love, and then to part, Makes up life's tale to many a feeling heart)!"他感悟人生缅怀过去难舍旧情,回顾坎坷浪漫的诗意人生,总结反省失意之处,感叹韶华易逝青春不再。人生若只如初见,何事秋风悲画扇。1834年,他年过花甲,肺心衰竭寿终正寝。1798年他为伦敦晨报写作《法兰西:颂歌》(France: An Ode),共5节105行,原题为"改变信仰(The Recantation: an Ode)",该诗于4月16日发表。当时他和华兹华斯对法国革命充满热情,容忍群众暴行,后因局势变化倍感绝望,感悟只有在自然界和内心才能追求真自由,而社会自由很难实现,这展示了他在英国追求自由的艰难历程及其苦闷彷徨心情:

The guide of homeless winds, and playmate of the waves!
无拘无束海风向导,海涛相伴!
And there I felt thee!——on that sea-cliff's verge,
我在那感受你——峭壁悬崖,
Whose pines, scarecetraveled by the breeze above,

第十二章 科勒律治的浪漫诗意人生及坎坷失意之处

微风罕至松林静谧一片,
Had made one murmur with the distant surge!
偶有私语呼应远处浪花。
Yes, while I stood and gazed, my temples bare,
我光着头驻足深情凝望,
And shot my being through earth, sea and air,
纵情于大地、太空和海洋,
Possessing all things with intensest love,
真诚热爱拥抱万物天下,
O Liberty! my spirit felt thee there.
啊,自由!我心灵和你飞翔!

  此诗生动形象地描述了与法国隔海相望的英国有识之士关注支持法国革命,渴望分享欢乐喜悦和自由理想,当然他们也为革命受挫倍感失望惆怅,他们甚至与法国革命者同呼吸共命运。据说雪莱深爱此诗,他告诉拜伦其《西风颂》即受此启发而为。可见两代浪漫主义诗人确有很多共同之处。

  科勒律治《太阳斑点》把上帝写进诗里,充满宗教氛围,与华兹华斯诗歌理念相左,始云:"我父(对)忏悔者严格神圣";随后说:"圣父,我不会违拗尊意犯错(My father confessor is strict and holy…God father, I would fain not do thee wrong)[①]。"因为此诗试图澄清他和华兹华斯的紧张关系,所以他强调宗教上帝的口吻似乎滑稽可笑,他描述上帝宗教的逸闻秘史,该诗融合了宗教的象征主义,与华兹华斯理念相悖。这似是他俩的关系最终破裂的根源之一,但科勒律治语言隐晦以免引起理念之争,说明他在乎他俩的关系;但他尽量将两人观点相提并论,似乎引起

[①] Elizabeth A Fay: Romanticism, Oxford and Malden: Balckwell, 1998, p511.

华兹华斯反感。

华兹华斯《抱怨》(Complaint) 其每况愈下的关系，写了3段："我度过多么快乐时光"，又惊异："现在有何敢说，将来如何敢说（What happy moments did I count…what have I, shall I dare to dwell)。华兹华斯尽量避免牵扯上帝，而借用文学比喻简化他俩的关系，这是"永不枯竭"① 之井。他淡化简评其关系，避而不谈上帝宗教，可能暗下决心一刀两断；但科勒律治牵扯上帝似要淡化分歧，反而弄巧成拙，可能他希望破镜重圆言归于好。表面看来这是繁简之分，深入细究他俩宗教观念有别：华兹华斯的诗歌避免牵涉上帝，因其崇尚简约诗风；科勒律治反其道而行之，虔诚期待万能上帝可解决问题；可见他俩对象征主义观点看法不同。其实华兹华斯对鸦片浅尝辄止，其诗歌毫无蛛丝马迹，而其诗歌富于想象，但他还依赖其他灵感；他是泛神论者（pantheist)，虽然他俩都是英国圣公会教徒，但华兹华斯从泛神论者角度通过自然突出强调上帝，他强调宗教的象征主义，这与科勒律治不同。科勒律治想象独一无二别无他求，因此他批评华兹华斯意欲从自然汲取灵感的做法。

如前所述他把想象分为第一性和第二性：前者是人类感知所具有的活力和主要功能；后者是第一性想象的回声，它能够融化、扩散、分解以及再创造。他还区分了想象和幻想：想象是活的，其目的是为再创造；而幻想相反，其性质固定不变，只能通过联想取得素材。因此诗人不可缺乏想象，它随时把一切形成优美智慧的整体。他认为"灵魂中没有音乐的人"绝不可能成为天才诗人，这也间接证明本书中的诗人都有敏锐乐感，才能谱写出华丽诗篇，这把诗歌和音乐美妙结合起来。但音乐美感和给予这美感的能力来源于想象力，所以其想象力理论很大程度上来源于

---

① Elizabeth A Fay: Romanticism, Oxford and Malden: Balckwell, 1998, p511.

第十二章 科勒律治的浪漫诗意人生及坎坷失意之处

德国哲学家康德的影响。

华兹华斯写作的《国家命运》(Destiny of Nations) 说："即使在其稳固表象下/他追寻起伏不断思绪/表达语言变化多端 (Even in their fixed and steady lineaments/ He traced an ebbing and flowing mind/Expression ever varying)①。"若科勒律治写作"起伏不断的思绪"，他会认为这是上帝旨意，因其一直求证上帝的客观存在。而华兹华斯如此写只表明自己思绪万千，反思自身并未反省心灵深处；科勒律治认为不仅要反思自身，还要寻觅上帝神启。他俩的分歧源于宗教、灵感拟或诗歌用词，各有特色；他俩的共性掩盖了各自的成就、理念和诗风。因此科勒律治寻找对方熟悉的作品，表示赞赏并记录在案，公认其成就不敌华兹华斯。一般认为他们分道扬镳的原因在于他们对于友谊的前景有"不切实际的期望"(unrealistic expectations)；所以关系破裂就是双输，更使科勒律治失意。他们合作共赢互惠，合作前科勒律治曾短暂担任华兹华斯替身，有人认为他吸食鸦片诗才枯竭。无论如何其诗歌语言独一无二，他尽量搜寻非传统的诗歌灵感，表达原创诗歌想象的理论——重在表现，动摇了亚里士多德的摹仿理论传统。他还把宗教哲学融于诗歌，发展诗歌的丰富内涵，因为他批评没有哲学内涵肤浅的英国文学传统，对英国人精神没落深感忧虑。他重视反思和沉思，认为莎翁笔下的人物都是沉思的产物，并非观察的结果，因观察只提供人物的外表色彩。所以他认为莎翁不属于某个时代或某宗教派别，其作品来自其汪洋般深不可测的心灵；他认为莎翁是心理学天才，其苦心孤诣非常细致的刻画人物心理，因为人物性格是有机构成，是各种异质成分的混合，无论何人都难以简单，故不能用简单线性思维解释人物动

---

① Lucy Newlyn: Coleridge, Wordsworth and Language of Allusion, New York: Oxford University Press, p44.

机,这种独到分析方法苦心孤诣无人可及,这解决了很多人物难以分析的死结。他为莎士比亚的道德公开雄辩,从美学层面重新定义文学作品道德标准,成为浪漫主义"莎评"开创者之一。如前所述,他曾到德国学习德语和哲学,因而他吸收德国文化学术思想,赞赏德国赫尔德(Herder)评论——莎士比亚是自由普遍的、充满艺术性、超越前人的;科勒律治认为英国人思考习惯不好导致社会问题丛生;他反对法国的新古典主义文化霸权和政治艺术的机械法则,因为法国人最先抨击莎翁。1805年拿破仑率军占领维也纳严控言论,严格审查各种讲座演讲稿。当时英德浪漫主义思潮和法国新古典主义势不两立。因而莎士比亚似成风向标:向往艺术自由的英德人多褒之,法国保守反对者贬之。科勒律治深受德国波克(Edmond Burk)《法国革命随想》(Reflections on the Revolution of France,1790)的影响,批评拿破仑专制,颂扬英国议会制和文学自由。他通过莎士比亚讲座比较多种语言,证明英语最适合表达情感,为英语走向世界披荆斩棘独辟蹊径。从此,科勒律治和德国的施莱辛格不约而同对莎士比亚进行有机整体解读,解析其有生命的象征语言,从主客观融合的诗学定义探讨莎翁兴趣的统一,为莎剧定位;进而用有机人物论和心理论剖析人物性格,新莎学和新美学互相促进、携手共赢。贝特说:"莎士比亚是狂飙突进运动打败法国文化霸权并发动浪漫主义革命的武器。"这一针见血道出真谛——莎士比亚是英国诗歌文学的灵魂和巅峰,也是引导英国诗歌融入世界文学主流的象征性旗帜,他指引浪漫主义诗人继往开来高擎这面旗帜,并且誓死捍卫英国文学文化的精髓,这无愧于伟大的浪漫主义时代。

总之,科勒律治作为诗人和评论家名闻遐迩。其诗歌生动想象、神秘美妙,具有乐感韵律,又有超自然现实感,赢得"纯粹诗歌"(pure poetry)之美誉,因此他是当之无愧的浪漫主义

第十二章 科勒律治的浪漫诗意人生及坎坷失意之处

诗坛中流砥柱。他和华兹华斯的合作双赢开创了浪漫主义诗歌新时代,把英国诗歌推向新高潮,尤其是将自然主义引进诗歌创作,天人合一的文哲思想大大推动了社会进步,引导人们反思各种不合理现象。但是,他们分道扬镳联盟瓦解就标志着浪漫主义诗歌第一阶段未能圆满告终,这也是英国诗坛和浪漫主义诗歌的巨大损失和遗憾。虽然其诗歌数量少,但是其诗歌理论独树一帜独辟蹊径,对莎翁的解析为英国诗歌世界文坛的巅峰扫除障碍,学习德国文风反击法国新古典主义的刻板文风彪炳青史。尽管他才高八斗学富五车,但由于意志薄弱孱弱多病沾染陋习,再加兴趣繁多分散精力,致其人生与诗歌文学成就不尽如人意,有失意缺憾,是以为鉴。

第十三章 继往开来的伦敦土著派绅士——济慈

一、多舛的命运奠定济慈攀登高峰的台阶

梁实秋在《英国文学史》(第 3 卷, p883) 说伦敦土著派诗人 (the Cockney School) 有 3 位代表: 济慈、李·亨特和哈兹力特[①]。济慈 (John Keats, 31 Oct. 1795—23 Feb. 1821) 出生于伦敦北郊, 其父汤玛斯·济慈 (Thomas Keats) 是马房领班, 娶马房老板的女儿弗朗西斯·吉宁斯 (Frances Jennings), 因而继承岳丈之业成为马房老板。1803 年, 济慈入读距家 10 英里安菲尔德 (Enfield) 的约翰·克拉克学校 (John Clarke's School), 该校近其祖父家, 其自由学风对济慈政治生涯产生影响。该私校课程比伊顿公学 (Eton) 还多; 其位于伦敦郊外的乡村环境培养了济慈热爱自然的情操。济慈虽矮小但人缘好, 赢得能干战士的美誉, 然而其学业不突出。天有不测风云, 人有旦夕祸福, 1804 年 4 月 15 日其父骑马落地, 颅骨开裂不治身亡。其母改嫁银行职员因家庭矛盾愤而出走, 狠心继父居然出售他家马房, 兄弟 4 人因此流离失所无家可归。

[①] Jeffrey N. Cox: Poetry and Politics in the Cockney School: Keats, Shelley, Hunt and Their Circle, Cambridge: bridge University Press, 1998, p3.

第十三章　继往开来的伦敦土著派绅士——济慈

1805年3月其祖父溘然去世,真是雪上加霜(add insult to injury),他们无男性监护人,其母不见踪影;其外祖母吉宁斯勇挑重担把兄弟4人领回家抚养,彰显隔代的伟大母爱。1808年其母回家,可惜两年后她感染肺结核不治身亡。长子济慈才14岁,父母双亡贫困交加,促使他加倍勤奋(He burnt the candle at both ends),学业突飞猛进,最后两学期他获得几个奖项,他甚至翻译维吉尔的散文。他和年长8岁的考登·克拉克成为莫逆之交——其师为校长之子,他启发济慈热爱文艺复兴诗歌文学。或许济慈深感父母早亡之痛,1810年他决定学医悬壶济世,投奔外科医生兼药剂师哈德蒙当学徒。他后来到伦敦盖伊氏医院学习,次年成为药剂师。但是他魂牵梦萦诗歌梦想,行医不久便不顾监护人反对,毅然弃医从文专门写诗。

济慈自认才华和教育完全归功于前辈诗人,是唯一如此坦诚的诗人,足见其胆量与众不同。他略晓拉丁语不通希腊语,熟悉古典故事并能常用,他都是通过伊丽莎白时代粗糙生硬的译本学习。他是书信圣手,总写信给那些魂牵梦萦的朋友,所以其书信往往披露作者和读者的个性特征。他给远在美国的弟弟夫妻写信,眷念手足之情,深知兄弟的理解同情是他精神的安慰。其17岁妹妹芬妮(Fanny)与监护人阿贝(Abbey)先生居住,济慈很关心这唯一的妹妹,"向最亲爱的朋友倾诉"(but confide in you as my dearest friend)。即使他最贫困潦倒时,也坚持写信指导她阅读,同情她孩童似的困难,甚至常送小礼物取悦她。天气转凉他会写信提醒她多穿衣保暖,嘱咐她"健康即最大保佑,有了健康希望我们应心满意足地生活,你会感觉自己的成长"(health is the greatest of blessings—with health and hope we should be content to live, and so you will find as you grow older)①，通过这些细致话语可体味到他关心弟妹无微不至，而且胸怀宽，广保持绅士风度；他虽穷困潦倒，但依然儒雅博学艰苦奋斗。

　　1817年4月雄心勃勃的济慈决定尝试创作长篇诗歌——《安迪弥安》（Endymion），按照浪漫的伊丽莎白诗风创作；主人公安迪弥安本是肉眼凡胎牧人，上天恩赐他居然娶了月亮女神狄安娜，让他获得无限快乐长生不老。同年11月他完成全诗，次年4月该诗付梓。此前此诗受"黑木杂志（Blackwood Magazine）"和"季刊评论（the Quarterly Review）"大加挞伐，他们出于政治偏见的攻击颇为生效，严重阻碍了诗歌的销售，济慈身心疲惫几乎崩溃。虽然当时评价不高销售不畅；但由于其中精彩诗句片段纷呈，仍有不少人大加赞赏。作者根据原韵摘译一段：

> A thing of beauty is a joy for ever：
> 美好事物乃是永恒快乐：
> Its loveliness increases; it will never
> 美妙与日俱增；它不能够
> Pass into nothingness; but still will keep
> 化为乌有；会使幽静花亭
> A bower quiet for us, and a sleep
> 永属我们而且充满美梦，
> Full of sweet dreams, and health, and quiet breathing.
> 睡眠健康并且均匀呼吸。
> Therefore, on every morrow, are we wreathing
> 故每天早晨，我们都编织

---

① Harry Buxton Forman ed: The Complete Works of John Keats Vol 5, New York: The Modern Library, 1820, p173.

第十三章 继往开来的伦敦土著派绅士——济慈

A flowery band to bind us to the earth,
花带把我们束缚于人间,
Spite of despondence, of the inhuman dearth
尽管失望无情者都缺欠
Of noble natures, of the gloomy days,
高贵本性,不管愁苦岁月
Of all the unhealthy and o'er-darkened ways
把不健康黑暗道路搜掠
Made for our searching: yes, in spite of all,
要不顾一切搜寻那美体,
Some shape of beauty moves away the pall
我们阴暗精神除去棺衣。
From our dark spirits. Such the sun, the moon,
日月为天真的羊群长出
Trees old and young, sprouting a shady boon
遮天蔽日参天古树幼树;
For simple sheep; and such are daffodils
绿草如茵白羊遍野漫山,
With the green world they live in; and clear rills
水仙簇簇清澈溪流潺潺;
That for themselves a cooling covert make
郁郁葱葱送来凉风习习,
Gainst the hot season; the mid forest brake,
抵御酷暑森林深处凉意。
Rich with a sprinkling of fair musk-rose blooms
浓荫密林怒放麝香玫瑰,
And such too is the grandeur of the dooms
皆为先贤宝贵遗产赠馈。

> We have imagined for the mighty dead;
> 我们缅怀那逝去的伟大,
> All lovely tales that we have heard or read:
> 耳闻目睹动人故事精华:
> An endless fountain of immortal drink,
> 这些传说从天边向我们
> Pouring unto us from the heaven's brink.
> 倾注琼浆清泉源源不尽。

1818年4月《安迪弥安》大功告成,但济慈并不满意,想争取出版,因为他觉得"自己尽力而为写诗,我要独立写作(as good as I had power to make it by myself.——I will write independently)",然后他向出版商发誓——也是向世人发誓:"我已独立写诗未判断,从此我要判断独立写诗。我在《安迪弥安》纵身跳入大海,因此熟悉四周环境、流沙和礁石,幸亏我没滞留绿岸上,愚蠢地抽烟饮茶倾听恭维(I have written independently without judgment. I may write independently and with judgment hereafter. In Endymion I leaped headlong into the sea, and thereby have become better acquainted with the soundings, the quicksands, and the rocks, than if I had stayed upon the green shore, and piped a silly pipe, and took tea and comfortable advice)[①]。"尽管他《前言》坦承不足,但不料批评如暴风骤雨袭来,纷纷指责其故事情节松散,有时多愁善感,有时异想天开生造新词,甚至无视其本身美感,对他进行沉重打击。

1818年7—8月,他和查尔斯·布朗(Charles Brown)步行游历湖区旖旎风光,后北上苏格兰又去爱尔兰,此后发生巨变。

---

① . Walter Jackson Bate: John Keats, Boston: Harvard University Press, 2009, p29, p30.

第十三章 继往开来的伦敦土著派绅士——济慈

他们到顿复莱斯（Dumfries）拜谒苏格兰诗人罗伯特·彭斯故居及其陵墓。这是此行的转折点——他首次感觉恐惧，爱情是人类抵御死亡的灵丹妙药——他多年来不愿承认并想忘记它。此行终点是苏格兰的克罗马提（Cromarty），他们一路了解风土人情和自然环境，广交朋友，大开眼界；相对于英格兰的温暖气候，苏格兰和爱尔兰气候恶劣，民风彪悍。而济慈携友沐风栉雨筚路蓝缕，夜宿牧棚泥地，他身体饱受摧残，埋下隐患最终导致他早逝；这趟旅游使他罹患严重喉疾，他们只好乘船返回伦敦，其实他并无太大收获。但他们航海途径斯塔法（Staffa），游览芬嘎洞穴（Fingal's cave），他感叹："其肃穆庄严远超过最美好的大教堂（for solemnity and grandeur far surpasses the finest Cathedral）。"9月他开始写长诗《海披里安》（Hyperion），这首未竟无韵诗的成功最终使他跻身一流诗人行列，因为它证明诗人语言功力非凡。此诗与《安迪弥安》风格迥异，可见济慈擅长截然不同的诗风，亦是他伟大过人之处。1818年最后的几个月，济慈坚持照顾患肺结核的弟弟汤姆，其弟于12月1日去世年仅19岁。

　　济慈因照顾弟弟亦罹患肺结核。次年春天他有多种症状：声音嘶哑，失眠，嘴巴溃疡，喉咙剧痛。尽管如此，他仍抱病在4～5月写出不少颂诗，包括《精灵颂歌》（Ode to Psyche）、《惆怅颂诗》（Ode on Melancholy）、《希腊古瓮颂》（Ode on a Grecian Urn）和《懒惰颂诗》（Ode on Indolence），此前他还创作了最完美的叙事诗《圣·阿格尼斯节前夜》（The Eve of St. Agnes）。虽然他硕果累累，但贫病交加，前途未卜，还与范妮·布朗妮（Fanny Browne）热恋。他想到船上做外科医生谋生，但其朋友布朗（Brown）已完成一部戏剧，布朗建议两人合作一部悲剧，稿酬可解决生计。因此，济慈需要静养独处，闭门构思创作；6月27日他前往怀特岛（The Isle of Wight），他曾在此开始创作《安迪弥安》。布朗出谋划策构思情节，济慈负责创作诗歌,整个夏天他们都忙于创作《邻的伟大》(Otho the Great);其间,济慈继续长篇叙事诗《拉米亚》(Lamia)的创作;他希望后者畅销,但事与愿违,没有合法剧院愿冒风险演出此剧,杜瑞·兰(Drury Lane)和考文特花园(Covert Garden)剧场都拒绝这"平庸之作"(mediocre work),他们急功近利忙于其他演出赚钱。其实《拉米亚》描绘"冰冷哲学"影响深远,后来漂洋过海影响美国诗人艾伦·坡(Edgar Allan Poe),促使其在1829年写作《致科学》(To Science),也影响到理查德·达金(Richard Dawkins)于1998年创作《消失彩虹》(Unweaving the Rainbow),可惜当时世人有眼无珠。

Do not all charms fly
难道魅力未消逝
At the mere touch of cold philosophy?
在那冰冷哲学染指之际?
There was an awful rainbow once in heaven:
天际曾经划过瑰丽彩虹,
We know her woof, her texture; she is given
我们经天纬地天赋苍穹;
In the dull catalogue of common things.
悄然位列凡夫俗子目录,
Philosophy will clip an Angel's wings,
哲学将把天使羽翼修复;
Conquer all mysteries by rule and line,
循规蹈矩揭开神秘面纱,
Empty the haunted air, and gnomèd mine——
还其朗朗乾坤揭秘神话:
Unweave a rainbow, as it erewhile made

第十三章 继往开来的伦敦土著派绅士——济慈

彩虹消逝真实原形还原，
The tender-person'd Lamia melt into a shade.
娇柔拉米亚匿阴影不见。

暑假后济慈毫无收获，忙于创作《海披里安》，又写戏剧《斯蒂芬国王》（King Stephen）；再写讽刺诗《致秋季》（To Autumn）。此时他一贫如洗，忧心忡忡，但他仍与布朗妮私订终身。1820 年 2 月，他开始咯血，病情发展成不治之症。同年 7 月 1 日，其第 3 本也即最后 1 本诗集出版，当时他刚从肺出血病中康复。这本诗集终于引起众人的关注，著名的《爱丁堡周刊》（Edinburgh Review）都有评介。但是诗集销售依然缓慢，直至浪漫主义诗潮结束时，济慈仍然不红不紫。

1820 年 9 月 17 日，济慈从伦敦乘船航海，1 个月后到达纳普勒斯（Naples）；他继续前往罗马，在那里租住公寓，可以鸟瞰著名的"西班牙石阶"（Spanish Steps）。他在那里受画家朋友约瑟夫·赛文（Josoph Severn）竭尽全力的照料，济慈深切感谢他无微不至的护理；但塞文仍觉不够，因为他深受济慈强大可爱的人格魅力感染。济慈去世后，他生活了 58 年，主要是撰写回忆济慈的文章，这为研究济慈提供了宝贵的第一手资料，这种难能可贵无私的友情无疑是他俩共同的精神财富。1821 年 2 月 23 日，贫病交加的济慈终于走到人生终点，躺在塞文臂弯撒手人寰、安详辞世；26 日，他葬于罗马美丽狭小的新教徒坟场（the Protestant Cemetery in Rome），那里毗邻庄严的蔡索斯·赛题优斯金字塔（the stately Pyramid of Caius Cestius），雪莱称赞此墓地"让挚爱死亡者知应葬身如此甜美之处（made one in love with death to think that one should be buried in so sweet a place）"[①]。其

---

① Walter Jackson Bate: John Keats, Boston: Harvard University Press, 2009, p30.

墓碑是白色大理石，根据其临终遗愿，墓碑上镌刻："此墓长眠一人/其名用水写就（Here lies one /Whose name was writ in water）①。"此是其人生真实写照，高尚是高尚者的墓志铭，其中深刻含义实乃外人难以体味——清纯如水、清贫如洗、淡泊一生，出淤泥而不染，质本洁来质本还；既自豪亦伤感，或更多无奈与遗憾。每年无数崇拜者前来瞻仰这位生前怀才不遇身后享誉世界的诗人，感慨其坎坷身世，也缅怀反思其自我评价无比雄辩，难免空留万分惆怅，令人唏嘘扼腕。他死得其所流芳百世（A fair death honors the whole life）。

济慈出生卑微，身世坎坷，故他深知劳苦大众的疾苦，他愤世嫉俗而且悲天悯人；所以他写诗大声疾呼反映人民的苦难。例如，他根据薄伽丘《十日谈》第4日第5篇故事创作《伊莎贝拉》（Isabella）有深刻描述；《海披里安》（Hyperion）"序言"说："无人能够达到诗歌巅峰/只有那把人间苦难作为/苦难而日夜不安的人们。"只有像他这样忧国忧民了解民间疾苦才会攀登诗坛的巅峰。强烈的苦难意识赋予济慈民主主义精神，这是浪漫主义诗歌的特征之一。曾几何时，世人误解他追求官能享受纯粹艺术；概因他表面生活尚能敷衍，其实他常借债度日、入不敷出，独自品尝生活的苦酒。20世纪人们发现判断有误，通过仔细阅读分析其诗歌，发现他执着艰苦地思考人生，追求诗艺，崇尚民主。他蔑视权势，追求自由，同情解放运动，抨击专制，反对压迫。他支持拜伦和雪莱，尽管他没有像他们那样在诗歌中直接提出进行革命以改造社会的口号。

他把向往美好明天和鄙视丑陋现实互相联系。其诗已萌芽现代意识：夜莺迷醉的歌声只是骗人的幻想，好似"冷酷妖女"；

---

① ELIZABETH WANNING HARRIES: SHELLEY, OXFORD: BLACKWELL, 1967, P73.

自问"我醒着还是酣眠?"(《夜莺颂》);看到"就在'快乐庙堂之上,/隐藏忧郁'有她至尊的神龛"《忧郁颂》。他发现"世界充满贫困、疾病、压迫、痛苦、伤心事",他努力思考理解人生,这种苦难意识同济慈的诗歌才华紧密结合;他拒绝用单纯传统哲学原理和绝对宗教信条代替复杂矛盾的人生经验,以取得心灵的平衡,他甚至考虑开拓新题材和新表达方式。若假以天年,他可能成为西方现代派诗歌的鼻祖。他成年后貌似孱弱,其实他幼时在校活泼、争强好胜;他不甘屈服,不做懦夫,其积极进取的精神纵贯一生,所以他勇于反省、批判自己的诗歌,这在英国诗坛难能可贵。正因为他勇于无情自我解剖,才能发现问题并及时纠正,所以他突飞猛进神速成为攀登高峰的勇士。

二、弥尔顿和《失乐园》对济慈的深远影响

济慈曾欲仿效弥尔顿隐退诗坛。尤其是他在人生的最后几个月,他已用弥尔顿代替莎士比亚——不仅是指其诗体,而是用他作为诗人的典范。因为弥尔顿早就提出如此困扰的问题——良好诗人如何奉献社会?弥尔顿曾扪心自问可否成为"国家有用之材(anything worth to his country)①"。济慈对此刻骨铭心,他确信诗人要为国家服务,不能贪图个人名利,其"荣誉在于让国家更快乐(the glory of making his country happier)"②。济慈以他为榜样言行必果,亦步亦趋认真模仿。

济慈《海披里安之覆亡》(The Fall of Hyperion)原拟为《海披里安》,他是希腊神话中的巨人,是赫列斯(Helios,太阳神)之子,即月亮神和缪斯女神之父。题目变更体现诗人的个

---

① Sidney Colvin: John Keats, Chapter IX, Oxford: Clarendon Press, 1917, p19.
② Sidney Colvin: John Keats, Chapter IX, Oxford: Clarendon Press, 1917, p19.

性寓意,代表其观点梦想,这不仅是结构诗风的变化,也表明作者不满原诗叙事性。他深受《失乐园》的影响。该诗两个版本均描述神学宗教的堕落,场景行为与《失乐园》几乎并行相似,可见历史往往有着惊人的相似之处。弥尔顿在开头和结尾都揭露人类的堕落;而济慈在第3章突然将诗人阿波罗(Apollo)神化,虽然他是想象的,但他真实代表了人类和苦难命运。这是诗人的主观看法,表明他已深刻感受到悲剧之美。显然他所叙述的事情可能未曾发生,而且诗中高潮来临之际诗人也难以继续向前。这首诗讲述萨顿(Saturn)专制和旧夜(Old Night)让位给阿波罗启蒙的统治,经过数月的蛰伏,济慈意欲实现他未竟的计划——完成这个鸿篇巨制,尽管他明白这是复杂而艰巨的任务。

《海披里安之覆亡》采用沉思者的华丽词句和大幅跳行押韵的无韵诗,表现他作为现代诗人的责任。他开门见山陈述阿波罗(梦幻者)的所见所闻,努力实现诗人的新生,重复原来叙事的部分内容,表达自己的新感受。这种变化突出强化了梦幻者欲求新生的努力转变,展现其在土星的所见所闻,说明梦幻者可领悟真谛。他通过这种转变,已不再像以前那样依赖《失乐园》,而舍弃一些写作技巧和陈旧格式。新旧版差异:新版分若干篇章以第一人称讲述与梦幻者有关的神秘事件,其中似包含重要神秘的内容,每件事都由女祭司揭开谜底,她是梦幻者的引路人。显然新版诗歌更像寓言,具有象征比喻的意义,而不像叙事诗。因此许多人认为济慈很大程度上背离了弥尔顿,而靠近但丁,他在凯利(Cary)翻译的作品中已经认识他,甚或通过意大利原文了解但丁。但丁的《炼狱》(Purgatorio)总重复步步为营的追述手法,多种相似的手法令人相信"结构背景就是'情景'",总结为"炼狱"似无争议。济慈试图发展自己的诗歌风格,尽管他以前在结构和象征意义方面和弥尔顿密切相关。这两个版本的转变表示济慈已经吸收消化了《失乐园》。

第十三章 继往开来的伦敦土著派绅士——济慈

学界大多认同肯尼思·缪尔（Kenneth. Muir）的观点：《海披里安之覆亡》很像《炼狱》诗歌，新版诗歌蕴含新的感受，所以对《炼狱》高看一眼。但不能因此否定弥尔顿对他的影响，因为济慈修改新诗时一直仔细研读弥尔顿的诗作；若说他有什么变化，那就是他更崇敬弥尔顿。1819年他亲笔写道："我日益深信莎士比亚名言——优秀的诗人是世界上最真诚的人（除了人类的朋友——哲学家），我越来越觉得《失乐园》就是奇迹。"10天后他又重复："我日益深信创作好的诗歌就是世间最大善事，《失乐园》实乃人间奇迹。"这些美誉都是他开始修改重写新版诗时写就。他虽舍弃弥尔顿史诗的结构和修辞方法，但他在更高层次筛选了弥尔顿的原创主题，可能用其思想经验全面深刻诠释《失乐园》。《海披里安之覆亡》开始的18行似乎突兀难解，但他是读者关注梦幻开始前梦幻者的意识。宗教虔诚信徒和野蛮人都承认：凡人皆为梦幻者。诗歌结尾声明：真正的诗人不会只对部分人滔滔不绝。真正的诗歌不仅有丰富想象，还要感知全人类的价值意义。济慈引用叶芝（Yeats）的话："梦幻都从责任开始。"诗人的社会责任是命中注定，足见他以帮助社会为己任。

诗中梦幻者看见的花园和《失乐园》的景色氛围很相似，诗中花园里的棕榈、橡树、番樱桃和山毛榉在亚当的乐园都似曾相识。济慈描写夏天水果宴的措辞就是弥尔顿描写夏娃为拉斐尔天使长准备宴席的语言，对阴间女王的隐喻令人想起弥尔顿著名的比喻；即使读者不这样联想，但决不会错失"天使"和"我们的母亲——夏娃"这类称谓。梦幻者在花园里非常饥渴品尝水果，畅饮神奇果汁，他"似乎有翅膀"之前，处于死亡一般的晕厥，这都是梦幻者不能也不愿满足的；而济慈描写亚当单纯、知足。济慈对于花园景色的描写，反映他深谙想象的本质及其在生活中的作用。1817年11月，他庄严声明："想象可喻为亚当的梦幻——他觉醒并发现真理。""我们反复不断享受地球上的欢乐,自我陶醉。"通过这些描写,看到"喜欢的景象"。所以对比新旧两个版本,我们会觉得新版本在语调和细节上更多些—古典宗教意味,更加趋向于基督教。

《安迪弥安》可谓"诗歌传奇(the legend of poetry)",全长4050行,每行均为抑扬格五音步,韵式为双行一押的随韵,偶有例外,这是"英雄偶句诗"。这部寓言诗内涵丰富,还有多处疑难费解,体现诗人勇于追求理想女性和探索完美幸福。此诗诗风成熟,修辞优美,韵律稳健,但出版后饱受责难,他并未因此气馁,因为此前他声明此诗是"创作试验(creative experiement)";其时他正酝酿根据《失乐园》创作《海披里安》。1818年底他着手创作《海披里安》,直至次年8月他才放弃这个宏伟计划,其原因之一就是他力图摆脱弥尔顿的影响,可能未果终于放弃。

查尔斯·考登·克拉克(Charles Cowden Clarke)首次讲解济慈的诗歌《颂歌之甜蜜》(All Sweets of Song)就读到这些诗句:

> Miltonian storms, and more, Miltonian tenderness,
> 弥尔顿风暴裹挟弥尔顿柔妙,
> Michael in arms, and more, meek Eve's fair slenderness.
> 迈克全副武装,夏娃曼妙窈窕。

济慈从克拉克处听到这样的评论:"所有史诗都是关于国王的诗。"他问道:"我怎么才能忘记这些恩惠?"他确实难忘自己欠下弥尔顿的感情债务,外人难以察觉《失乐园》对他的深远影响。济慈在1817年的诗集表达了对弥尔顿及其诗作的崇敬之情,但读者似难以觉察对弥尔顿有多大影响。萨林考特(Selincourt)编辑的诗集注脚可见弥尔顿对济慈的影响,例如:

第十三章 继往开来的伦敦土著派绅士——济慈

But strength alone though of Muses born
缪斯在世但势单力薄,
Is like a fallen angel? (Sleep and Poetry. II. 241)
恰似天使落凡尘?

此话源于《失乐园》第一卷中撒旦大胆的挑战宣言。济慈《安迪弥安》(Endymion) 兼收并蓄,滋养甚广,但弥尔顿无疑身居其中。安迪弥安原是希腊神话中的美少年,一说是卡律科和埃特列斯之子;另一说是宙斯之子,总之宙斯对其疼爱有加,爱其美貌宠养于天上。但他却爱上天后赫拉。另一说是月神狄安娜爱上他,总之宙斯大发雷霆,罚他堕落凡尘长眠于卡利亚(Caria)的拉特迈斯(Latmes)山谷,以便他能长久亲吻这位美少年。该诗第二卷 (II. pp98-119) 可验证弥尔顿的影响:

It was a nymph uprisen to the breast
水神从清泉的卵石岸边
In the fountain's beblly margin, and she stood
探出半身,百合花丛伫立
Mong lilies like the youngest of the brood.
像是百合花中最嫩一支。
To him her dripping hand she softly kist,
她轻吻滴水柔手,面向他
And anxiously began to plait and twist
迫不及待把她长长卷发
Her ringlets round her fingers, saying: "Youth!
缠绕手指娇羞安慰:"青年!
Too long, alas, hast thou starv'd on the ruth,
你受尽折磨而怨艾熬煎,
The bitterness of love: too long indeed,

痛苦的爱情；折磨你太久，
Seeing thou art so gentle. Could I weed
看你心地很温柔，我可否
Thy soul of care, by heavens, I would offer
消除你心中忧虑，我愿付
All the bright riches of my crystal coffer
水晶库里全部闪亮财富，
To Amphitrite, all my clear-eyed fish,
给安菲椎特，我的亮眼鱼，①
Golden, or rainbow-sided, or purplish
黄金色紫色彩虹般娇躯，
Vermillion-tailed, or finn'd with silvery gauze;
朱红尾巴、银色背鳍水族，
Yea, or my veined pebble-floor, that draws
还有泉底卵石，布满纹路
A virgin light to the deep; my grotto-sands
引贞节之光入水；洞中细沙
Tawny and gold, ooz'd slowly from far lands
茶褐金黄，如我泉思喷发
By my diligent springs, my level lilies, shells,
远处缓缓流来百合珠贝，
My charming rod, my potent river spells;
我的魔杖连同河水神威；
Yes, everything, even to the pearly cup
是啊，此处一切包括河湾

---

① 安菲椎特是希腊神话中的海洋女神，波塞冬之妻，聂柔丝之女，特莱等之母。

第十三章 继往开来的伦敦土著派绅士——济慈

Meander gave me, ——for my bubbled up
赠我珍珠杯,困我于荒原
To fainting creatures in a desert wild.
只为晕厥生灵汩汩流淌。……"

这位美少女就是考马斯（Comus,希腊神话宴会欢乐之神）中的撒布瑞纳（Sabrina）,她如出水芙蓉亭亭玉立帮助圣母；她也非常乐意帮助安迪弥安。尽管她口念咒语手持魔杖,但除了怜悯毫无用处,"只能用潮湿冰冷贞节之手"抚慰圣母。她面向撒布瑞纳,轻吻自己滴水之手。撒布瑞纳坐在：

Under the glassy, cool, translucent wave,
玻璃般冰冷半透明波涛,
In twisted braids of lilies knitting
百合花丛编织而缠绕着
The loose train of thy amber-dropping hair,
瀑布般披散飘逸的秀发,

他看见美少女伫立于百合花丛,用瀑布般长发缠绕手指。撒布瑞纳称这精灵（少年）"温柔的乡下情郎（gentle swain）",少女称呼安迪米安"温柔的（gentle）"；撒布瑞纳必须：

Haste ere morning hour,
赶在黎明之前,
To wait in Amphitrite bower.
在安菲椎特乡舍等待。

济慈笔下的少女谈起了奉献：

All the bright riches of my crystal coffer
To Amphitrite; all my cleared fish,

这两首诗歌都引用了"冰冷湿润、美妙阳光"。显然济慈借用了弥尔顿诗中常用词语：pearly, pearled, silver, silvery, crystal, fountain, rushy-fringed, rushes, 这些词汇和韵脚都在济慈记忆中挥之不去。当然这些词并非弥尔顿专有，但其诗歌确实常用。"魔杖"（charming rod）属于宴会快乐之神（Comus）本人，"宴会快乐之神手握魔杖登场"，这是舞台旁白；济慈将《安迪弥安》前两卷诗中描述性的细节和词语都归功于奢华的《失乐园》。

> Meanwhile murmuring waters fall,
> 同时那清泉水汩汩而落，
> Down the slope hills dispersed, or in a lake,
> 冲下山坡泄洪或汇入湖，
> That to the fringed bank with myrtle crowned,
> 长冠状番樱桃穗状堤岸，
> Her crystal mirror holds, unite the streams.
> 围住溪流宛如水晶镜子。

济慈塑造的拉米亚（Lamia）就是模仿科勒律治描写水蛇和弥尔顿描写撒旦进园诱惑夏娃的情景；他塑造拉米亚的形象：蓝绿颜色源于科律利治，羽饰借鉴弥尔顿。对于是否借鉴科勒律治似有争议，而借鉴弥尔顿已定论。济慈曾在 1819 年 4 月邂逅科勒律治，他们散步畅谈许多话题，包括夜莺、梦想和诗歌感觉的本质。济慈对于文艺复兴时代古典诗歌的灵感主要来源于斯宾塞和弥尔顿，他和华兹华斯一样都将弥尔顿视为诗圣天才。他认为弥尔顿现在不会失去人格交换外交官和部长职位，其呼吸的是官方氛围，他认为弥尔顿是真正的"人"。这两位浪漫主义诗坛主将不遗余力继承发展文艺复兴诗歌传统，势在必然。

三、继承前辈传统突破旧诗体束缚

1817—1818 年冬天,济慈到苏芮学院(Surry Institution)聆听哈兹力特(William Hazlitt)的诗歌课程,他对莎士比亚和华兹华斯倍感兴趣,意欲深入探讨其中的美学思想及其他复杂内容。随着课程的深入发展,他常挑战哈兹力特关于"艺术风格"(gusto)的诗歌理念而毫不关注美学态度。但他满怀同情激动地倾听哈兹力特讲述莎士比亚:伟大诗人"本身平凡无奇,但他像别人一样全力以赴……若他塑造真实或想象的人物,他不仅全神贯注,而且似乎迫不及待,宛如发现秘密泉水,其四周被同样景物包围隐匿(was nothing in himself; but he was all that others were…When he conceived of a character, whether real or imaginary, he not only entered into all its thoughts and feelings, but seemed instantly, and as if by touching a secret spring, to be surrounded with all the same objects)。1818 年他模仿莎士比亚首创:"我担心自己可能会停止"(When I have fears that I may cease to be)[①],即使听其最美诗歌的开篇,也闻莎翁那耳熟能详的声音,表明他熟练掌握莎翁的诗歌乐章。济慈发展了的对句,摆脱了莎翁有关时间、死亡和艺术的主题,将其转化为有限有形"广阔世界的"(Of the wide world)斗争:诗人渴望"非常浪漫"(high romance),但又害怕陷入朦胧费解的死亡陷阱。

当然本节不可避免牵涉到济慈与其他浪漫主义诗人错综复杂的关系,这种关系剪不断理还乱——乍看他们关系并非密切融

---

① James Sheridan Knowles: The Elocutionist: A Collection of Pieces in Prose and Verse…https: //books. google. co. nz/books? id = zyY_ AQAAMAAJ, Elocution, 1848, p60.

洽，好似普通同行，有时甚至因为学术道德观点差异稍有龃龉误会。但由于济慈人生坎坷，其生前成就斐然却未获认可，所以他们都同情关怀他。虽然华兹华斯和济慈同为浪漫主义诗人，他们歌咏自然的方式和赞美自然的信息不同，导致欣赏自然风光的视角有差异。华兹华斯不论表达简单或复杂的含义，都使用简洁的诗歌语言，因其诗歌读者多为社会底层；然而济慈把诗歌读者定位于有教养者，所以他常用复杂语言描写自然，表达情感创作诗歌。浪漫主义诗人热爱赞美自然，这是诗人们一致的追求，也是继承文艺复兴诗歌的传统。他们异曲同工，让我们叹赏自然拜自然为师。例如《西敏寺大桥奏鸣曲》邀读者同赏俯瞰寂静城市：清晨美丽、宁静、裸露 "the beauty of the morning silent, bare…"；与此同时济慈的《在海上》把城市比作乡村。这两首诗都是抑扬格5音步，都有节奏韵律。华兹华斯使用第一人称直接表达个人感情，随意亲切。两人诗歌都相信人难胜天，应敬畏自然，赞赏毫无雕饰的自然美。但华兹华斯语言朴实亲切随意，适合平民审美风格，下里巴人和者众；济慈追求阳春白雪和者寡。

  济慈从哈兹力特的诗歌课程得知他对华兹华斯新自然主义诗歌各有褒贬，他就考虑自己的诗歌定位。1817年底经海顿（Haydon）介绍，他拜会华兹华斯，因为1816年海顿将济慈推荐给华兹华斯。华兹华斯非常赞赏这句——"此刻伟大英灵竟济济一堂"（Great spirits now on earth are sojourning），因为他们时常社交聚会，海顿戏称为"不朽的晚餐"，参与者有华兹华斯、济慈、朗姆（Lamb）、瑞诺兹（Reynolds）等人。济慈曾在聚餐时朗诵《安迪弥安》选段《敬颂潘》（Hymn to Pan），华兹华斯称为"非常美妙的异教之歌"（a very pretty piece of Paganism）[①]；尽管他未

[①] Susan J. Wolfson: Reading John Keats, Cambridge: Cambirdge University Press, 2015, p1.

第十三章 继往开来的伦敦土著派绅士——济慈

想贬低此诗,但所有在座者都难忘其居高临下的腔调。不过济慈似未记恨在心,因为后来他在伦敦数次会见华兹华斯;1818年1月5日他甚至和华兹华斯全家共进晚餐。济慈毫不怀疑华兹华斯开创了英国诗歌的新时代,但其强烈的自我意识使济慈担忧;当代诗歌比弥尔顿神话般诗歌更有真实体验,但其面临风险可能是平凡琐碎或是毫不掩饰的自鸣得意自我欣赏。

济慈亦赞同华兹华斯诗歌理论:"若诗歌不像树木长叶子那样自然,不如全无"(if poetry comes not as naturally as the leaves to a tree it had better not come at all)[①],可见他对诗歌高标准、严要求。他缺乏自信怀疑自己能否成功;华兹华斯宽宏大量奖掖后学,鼎力相助,盛赞其诗歌登峰造极,因其知道新人造诣非凡。1815年华兹华斯撰写散文试图为未曾谋面的济慈解惑,这是答复此前济慈叙事诗《游览》(Excursion)。济慈认为这是当时三大文化奇迹之一。华兹华斯安慰他:伟大的原创诗人生前不会名闻遐迩。济慈对此似乎比华兹华斯更苦恼、更纠结矛盾,因为他知道畅销诗人拜伦、汤玛斯·康柏尔和司各特都写诗赚钱,但他们不缺钱;唯独他捉襟见肘,囊中羞涩,只好卖诗挣钱,但事与愿违、壮志难酬,所以他对他们颇有看法,当然更对社会怨艾愤恨。与此同时,济慈也为自己狭隘低俗的观点惶恐不安,希望自己泰然处之,可见他善于反躬自省。

若想充分理解济慈,应该辅以对他信件的评论结合其诗歌一起阅读,那些信件揭示其个性特征——幽默、睿智、直截了当、力量、同情和忍耐。这样也可潜入其朋友们的心灵,因其朋友描述济慈:"我过去全心全意爱他,但迄今我亦同样钦佩其天才"(whose genius I did not, and do not, more fully admire than I entirely

---

① Stephanie: John Keats' Ideas-The Keatsian Theology—John Keats Poetry, www.keatsian.co.uk/keatsian-ideas.php, p2.

loved the man)①。他除了写诗还擅长写信,这些信完全记载济慈对生活工作的反思,这些书信反思有助于他开始形成自己的观点。当然他并非对所有事件都有系统的思想观点。1817年底他给兄弟们写信认为其名字总是和"客体感受力/消极能力"(Negative Capability)相连,意味实际感受想象的特征可同步进行;但若迟滞"就意味一个人不确信、神秘、怀疑,没有急不可耐搜寻事实的真相原因"(that is when a man is capable of being uncertainties, myteries, doubts, without any irritable reaching after fact & reason)②。其书信还有悖论:若它们按照常规表现智慧陡增,它们也会在其他方面依然如故。因为并非立刻有人把他的信翻译成诗歌——1819年狂热迷恋诗歌的读者会惊奇地发现这些信似乎都肯定当时的事件,实际上这些信都是很早以前写就的。

他有两封信比较特别:一封强调实用主义诗歌"心"的作用,另一封强调关于莎士比亚文学理想的技巧特点;若结合这两封信,就会发现其稚嫩诗歌含有美学挑战的元素。他和同辈诗人一起发动挑战。例如,他和雪莱一起怀疑有组织宗教,一起相信诗歌可以解放英国社会;但他又认为雪莱缺乏像莎翁那样的道德。他告诫雪莱:"用砂石弥补你主题中的每个漏洞缺陷"(to load every rift of your subject with ore)。可能他认为美名胜美貌(A good fame is better than a good face),或君子之交淡如水(A hedge between keeps friendship green),疏远雪莱,相反雪莱对他热情有加。1820年7月,他邀请济慈来意大利过冬,济慈应邀如约前往;但时隔几月未曾谋面,不久他撒手人寰,给雪莱留下

---

① Margaret Robertson: Life of Keats, Poems published in 1820, Oxford: Clarendon Press. 1909, p26.

② Margaret Robertson: Life of Keats, Poems published in 1820, Oxford: Clarendon Press. 1909, p26.

无限遗憾。他和华兹华斯一样认为想象很高雅,他敬重弥尔顿富有哲理的无韵诗,但他不太信任大众。他和其他诗人认为华兹华斯背叛他早期的政治宗教观念,认为他太重"思想"而不重"感觉"(sensation),最后以自我为中心。济慈感叹:"一生凭感觉而不靠思想"(O for a life of sensation rather than of thoughts),可能针对华兹华斯有感而发。

1819年5月,济慈创作《如果英诗必受韵式制约》表示他反对英诗押韵,他生前共创作60多首,他和华兹华斯一样对在英国继续发展做出了巨大贡献,所以他俩代表了浪漫主义诗人对文艺复兴诗坛的继承。他赞同弥尔顿的无韵诗:

IF BY DULL RJYMES OUR ENGLISH MUST BE CHAIN'D
如果英诗必受韵律制约

If by dull rhymes our English must be chain'd,
如果英诗必受韵律制约,
And, like Andromeda, the Sonnet sweet
如安卓弥达甜美商籁诗
Fetter'd, in spite of pained loveliness;
虽可爱也痛苦戴上镣链,
Let us find out, if we must be constrain'd,
如果我们必受韵律调节,
Sandals more interwoven and complete
我们找出草鞋精细编织,
To fit the naked foot of poesy;
使之更适合光脚的诗歌;
Let us inspect the lyre, and weigh the stress
我们检查弦琴测试琴弦

Of every chord, and see what may be gain'd
发出重音全凭勤勉听觉
By ear industrious, and attention meet:
才将各色音调准确测试:
Misers of sound and syllable, no less
正如迈达斯那样贪金钱,
Than Midas of his coinage, let us be
我们要珍惜声韵连每张
Jealous of dead leaves in the bay wreath crown;
嫉妒枯叶海湾编织花冠;
So, if we may not let the Muse be free,
若我们不想纵缪斯脱缰,
She will be bound with garlands of her own.
将她重重束缚用其花环。

这是济慈交错回环灵活多变的独创格式。1817年5月3日,他致信弟妹:"我正努力寻找比现有更好的诗型。原来法定诗型不甚适合我们的语言（彼得拉克韵诗）,因为它脚韵跳跃太大；另一型（莎士比亚韵诗）太像挽歌,最后两行押韵很难。"说明他正寻找新诗型,谋求诗歌除旧革新。这首诗别具一格。它依据传统每行10音节,但韵脚是：abc abd cab cde de,似难押韵,也看不到抑扬格（iamb）、杨扬格（spondee）、扬抑格（trochee）或抑抑扬格（anapest）,好似无规可循。此诗代表了济慈自由的诗风。他在4～5行谈到"编织合脚完整草鞋",这似乎是指诗歌的规定结构,但这需要精心构思才最适合诗歌的创作本质。他看见规定也没反对就想使用,这样诗人就可增加表现力,赋予诗歌更多的创作个性。伯恩（Bone）认为雪莱和拜伦都赞赏济慈诗歌,但也发现其中"紊乱的奢华"（disordered profusion）,"雪

第十三章 继往开来的伦敦土著派绅士——济慈

莱认可这是隐藏价值的索引,拜伦认为这是欲盖弥彰暴露空虚"(Shelley sees [it] as an index of hidden value. Byron sees it as a sign.)① Andromeda 是希腊神话中的埃塞俄比亚公主,其母夸其美貌而得罪海洋女神,致使全国罹难,她为拯救国民毅然献身,被所狱巨石之侧,后获英雄佩尔修斯救出并取其为妻。Midas 是希腊神话中复利吉亚国王,他贪财,能点石成金。

总之他认为若诗歌墨守成规,诗人才可用之。他在诗歌结尾写道:"if we may not let the Muse be free, she will be bound with garlands of her own"②,即诗歌要有结构规定,但关键在于定规者能否循规蹈矩;若定规者不受束缚,则无须削足适履,而应顺其自然。

济慈 19 岁写诗《致拜伦》(To Byron),当时拜伦 26 岁,因其诗歌打动了济慈,获其赞许。但随着他不断成长成熟,其对诗歌的观点与拜伦发生分歧,他改变了对拜伦诗歌的看法。他一方面承认拜伦在诗坛的崇高地位,但又觉得拜伦诗歌缺乏非凡想象力。他写道:"拜伦勋爵名声显赫,但对别人没有象征意义。……我们之间存在巨大差异:他描绘自己所见的事物,我描写自己想象的事物。"③ 意见分歧:济慈很重视诗歌丰富的想象,而拜伦则很重视写实性描写,不同观点导致他俩分道扬镳。我们还须回顾济慈青春期对拜伦的赞美歌颂,从中看出他确实崇拜过拜伦那精湛的诗艺和不屈不挠的斗志,他那神奇的描写和想象把拜伦的形象塑造得如诗如画(译诗依原来的音节和韵律):

---

① Susan Ratcliffe: Concise Oxford Dictionary of Quotations, Oxford: Oxford University Press, 2011, p21.
② Charles Mahoney ed: A Companion to Romantic Poetry, Chichester: Wiley-Blackwell, 2011, p68.
③ William Dean Brewer: The Shelley-Byron Conversation, Gainesville: University Press of Florida, 1994, p

To Byron
致拜伦

Byron! how sweetly sad thy melody!
拜伦! 你唱歌甜蜜而忧愁!
Attuning still the soul to tenderness,
你让人心灵与柔情共鸣,
As if soft Pity, with unusual stress,
似慈悲善心以独特重音
Had touch'd her plaintive lute, and thou, being by,
弹奏痛苦弦琴, 在你身旁,
Hadst caught the tones, nor suffer'd them to die.
记住乐调, 不让琴曲消亡。
O'er shadowing sorrow doth not make thee less
阴暗伤心未减弱你令人
Delightful: thou thy griefs dost dress
愉快本性, 你将自己不幸
With a bright halo, shining beamily,
戴上明亮光轮, 闪烁彩釉,
As when a cloud the golden moon doth veil,
恰似那乌云遮住金黄月
Its sides are ting'd with a resplendent glow,
月亮边缘镶嵌辉煌光环,
Through the dark robe oft amber rays prevail,
琥珀光透黑袍露出皎洁
And like fair veins in sable marble flow;
似紫绍玉美丽纹路流淌;
Still warble, dying swan! still tell the tale,
天鹅濒危! 坚持讲述不懈,

第十三章 继往开来的伦敦土著派绅士——济慈

The enchanting tale, the tale of pleasing woe.
那迷人传说,真喜人哀怨。

但拜伦没有嫌弃他,尤其是他得知济慈去世的噩耗,他拍案而起奋笔疾书4行诗,怒斥反对者:

Whokilled John Keats?
谁杀害了济慈?
"I" said the Quarterly,
"我",《季刊评论》很坦诚,
Savage and tartarly
彪悍而又蛮横,
"T was one of my feats".
"是我功绩之一"。

粗缯大布裹生涯腹有诗书气自华。济慈筚路蓝缕艰难度日,而其朋友皆有恻隐之心,路见不平拔刀相助,对他是巨大的精神安慰。他和雪莱熟悉而非挚友,乃经朋友李·亨特(Leigh Hunt)介绍;李·亨特喜用双行押韵体诗,多用连行句(run-on lines),对济慈早期作品影响很大。但雪莱闻知噩耗如雷轰顶,愤怒声讨反对者置其于死地,他为其撰写悼诗《阿多尼》(Adonais),其《前言》怜悯济慈天性脆弱,挞伐《季刊评论》无情摧残济慈的心灵,导致他肺叶血管崩裂;拜伦在《堂璜》(Don Juan)中亦表示同仇敌忾。学界群情振奋愤怒声讨:认为某种程度上那些苛刻评论都负有不可推卸的责任。尽管事实并非完全如此,但朋友的拳拳赤诚确实感人肺腑。济慈说过:"对于爱好抽象美的人,表扬/批评只有短暂影响,使他严格批评自己作品。"(Praise or blame has but a momentary effect on the man whose love of beauty in the abstract makes him a severe critic on his

339

own works.)① 他固执己见矢志未改，但不能断定他对攻击无动于衷。所以他英年早逝确属英国诗坛不可估量的损失。因世人有眼无珠使他生前未获公认，空怀壮志抱憾终身，苦心孤诣付诸东流，后人承认像他这样大器早成者是凤毛麟角，可惜这迟到的赞赏无法慰藉他饱受创伤的心灵。

四、斯宾塞潜移默化的影响

格雷戈·库斯奇（Greg Kucich）在20世纪90年代发现诗歌文化传承的理论根据——模仿回顾斯宾塞的诗歌从两个方面培育了浪漫主义诗歌：（1）向他们提供适当而又能模仿的典范，其缺陷是鼓励模仿，而在莎士比亚和弥尔顿的伟大诗歌中尚未有这种现象；（2）表现反常心理的不确定性，深刻刻画心灵深处的渴望需求。他追述德莱顿模仿斯宾塞的传统，论及18世纪第1代浪漫主义诗人，全面系统分析了斯宾塞诗歌对济慈和雪莱的深刻影响。他全面研读斯宾塞的诗歌，其成就之一就是重评传统的影响，把斯宾塞丰满的肖像刻画、写作技巧的影响、真诚的道德意识和他温和慈祥的秉性结合起来，赞美他是"善于激励的'父亲'培育了众多诗歌之子"（an encouraging 'Father' of many poetic sons）②；其实前人也有类似赞誉，但他更突出强调这点。他从最早的诗人开始，一直到斯宾塞独特的二元论（characteristic dualism），及其诗歌中丰富的辩证法——"诗人的奢华和智慧的责任"（poetic luxury and intellectual responsibility）

---

① J. R. Thompson ed：The Southern Literary Messenger Devoted to Every Depart of Literature and the Fine Arts, Richmond, 1852, p600.

② Greg Kucich：Leigh Hunt and Romantic Spenserianism, Keats-Shelley Journal, Vol. 37 (1988), Published by：Keats-Shelley Association of America, Inc, p113.

第十三章 继往开来的伦敦土著派绅士——济慈

或是"想象的理想主义和智慧的现实主义"（imaginative idealism and intellectual realism）①。其实，济慈和雪莱在智力表象方面都受到斯宾塞的影响。18 世纪斯宾塞的崇拜者都局限于权威主义因素，而没深入追究斯宾塞的不确定性（indeterminacy）最终走向何方。拜伦《恰罗德·哈罗尔德》不仅使用斯宾塞诗体，而且不可避免地继承了突出传统的描述性诗风。

济慈虽不同意其他浪漫主义诗人的创作手法和学术观点，但他对斯宾塞和莎士比亚等诗坛先贤大师推崇备至顶礼膜拜。不过济慈和雪莱都想竭力完全整合斯宾塞的遗产，当然斯宾塞传统保守轻蔑世界的观点及其对待基督教神学和独裁政治的责任感确是浪漫主义激进派诗人无法容忍的，他们觉得想要保持斯宾塞进取精神的艰巨任务似乎难以完成，几位浪漫主义诗人的作品在诗型、意象和风格方面都酷似斯宾塞，包括其潜意识的思维方式和浪漫精神。他们把创作动力归功于斯宾塞诗歌的伟大启示，甚至过分崇拜美丽的斯宾塞诗歌而忽略其中的思想，并降低了对他本人的热爱。济慈深受其诗歌影响，对斯宾塞诗歌描绘人物和语言技巧非常熟悉而进行模仿，以严肃认真的态度传承并丰富其诗体。济慈传记突出强调斯宾塞的示范作用，似乎斯宾塞一直对他言传身教。面对布鲁缅戏剧（Bloomian play）的影响，这位伟大诗人表现了永恒严肃而友好的竞争态度；这表明了斯宾塞诗歌帮助济慈摆脱了各种多愁善感的情愫，将他引入体验的黑暗甬道，指引他体验华兹华斯诗作。在与斯宾塞独特的心灵对话中，济慈对于比兴诗歌中难解事物采用无解的问题（open-ended question），替换斯宾塞诗歌的断然评判和绝对道德，以此为其纠偏。

---

① Greg Kucich: Leigh Hunt and Romantic Spenserianism, Keats-Shelley Journal, Vol. 37 (1988), Published by: Keats-Shelley Association of America, Inc, p109.

现在诗歌技巧司空见惯,它帮助我们洞悉浪漫主义如何用同样手法对待斯宾塞。亨特(Hunt)认为:"无人能仔细洞穿物体,看穿其反面特点。"(No man, by seeing one thing exquisitely, saw further into its opposite.)① 库斯奇根据二元论提出观念标准:"宽宏大量"——变幻和同一(mutability and oneness);魅力和现实主义(enchantment and realism);想象的快乐和智力的责任(the pleasures of imagination and intellectual responsibility);现实与理想(actuality and the ideal)②,这足以表明斯宾塞思想在济慈诗歌中根深蒂固,他们分享共同的思想基础,或者他们同处孤岛,紧密相连同感孤独。因此,济慈与雪莱的关系不甚融洽可能事出有因:前者多偏向斯宾塞,后者未必。

1818年2月5日济慈写了1首诗,因为日前他拜访了约翰·汉密尔顿·瑞瑙兹(John Hamilton Reynolds),后者忌妒斯宾塞的荣誉(the jealous honourer of Spenser)。对方邀请他写首斯宾塞体诗歌,他婉言谢绝推脱正忙于修改《安迪弥安》,事实确实如此。理查德·蒙顿·米尔尼斯(Richard Monkton Milnes)认为那些公正看待济慈更成熟诗歌的评论家追踪研究斯宾塞对其影响,起初这些思想和表现手法似乎强大有力而神奇美妙,他们没有准确发现实际上这些缺陷一般归咎于奢华的原作,只要公平尊重这伟大而不同的诗型,就可早些发现这些缺陷。济慈早年写诗很少留下记录,故很难追溯到《致斯宾塞》的具体日期,这是不言而喻的。根据斯宾塞派哲学主义预定的提纲,这首表明济慈把斯宾塞诗歌思想从"喀里多尔"转向"安迪弥安"的显著变

---

① Greg Kucich: Leigh Hunt and Romantic Spenserianism, Keats-Shelley Journal, Vol. 37 (1988), Published by: Keats-Shelley Association of America, Inc, p113, p109.

② Greg Kucich: Keats, Shelley, and Romantic Spenserianism, Philadelphia: Pennsylvania State University Press, 1991, p33.

化，而且坚持持续发展的特点。这表明一方面他在斯宾塞的范畴努力把所学知识复杂化，而且日益更新。现在要想追寻斯宾塞的思想就面临几个特别优势和困难。扩展斯宾塞诗歌"欢乐/欢笑"的二元性，如听到双关语"哀悼"（mourning，与 morning 同音）；二分法隐含现代心理就如同从文艺复兴的灰烬中凤凰涅槃重获新生。

约翰·汉密尔顿曾向本杰明·拜雷（Benjamin Bailey）坦承他崇拜斯宾塞，而本杰明·拜雷则崇拜弥尔顿；他们共同的好友——济慈则写悼念斯宾塞。此诗应为组诗的一个章节，和瑞瑙兹《致斯宾塞》相似，后者 1817 年发表于《捍卫者》（Champion）。李奥尼达斯·M. 琼斯说："他联系《捍卫者》；关于斯宾塞和弥尔顿丰功伟绩如何决一胜负，他和本杰明友好竞争。瑞瑙兹捍卫斯宾塞；拜雷则捍卫弥尔顿。他们各自为偶像写 1 首给《捍卫者》，瑞瑙兹又写 1 首给拜雷：'你爱弥尔顿，我爱斯宾塞'。"（During his connection with the Champion, he and Benjamin Bailey engaged in friendly rivalry over the relative merits of Spenser and Milton. Reynolds championed Spenser; Bailey, Milton. Each wrote a sonnet on his idol for the Champion, and Reynolds addressed another sonnet to Bailey in which he said, 'Milton hath your heart, ——and Spenser mine.)① 这足以表明人们敬重斯宾塞和弥尔顿及其诗歌，但各自理解不同，爱好和立场迥异，所以传承演绎的方式见仁见智。

We both are lovers of the poets old!
我俩非常崇拜先贤诗人！

---

① Henry A. Beers: A History of English Romanticism in the Eighteenth Century, www. docstoc. com/.../A-History-of-English-Romanticism-in-the-Eighteen. Mar. 2005, p132.

But Milton hath your heart, —and Spenser mine;—
你爱弥尔顿,我爱斯宾塞,
So let us love them: —you, the song divine,—
我们唱颂歌都各有所怀,
And I, the tale of times gallant and bold.
我在故事时代勇敢冲锋。
Be it yours to dream in Paradise, —behold
你在乐园梦幻,注意圆梦
The tresses of fair Eve roll down, and shine
夏娃秀发如瀑布真可爱,
Over her bending neck in streams of gold;
金发披颈项着实摄人魂;
While her white hands the struggling roses twine
一双玉手缠绕那玫瑰开
Up the green bowers of Eden. —Mine be it to look
爬上伊甸园荫处,我关注
At the romantic land of Faery!
那仙后所在的浪漫之地!
See Una sit under a shady tree,
只见伊人独坐树下孤凄,
And troops of satyrs near a wooded brook,
附近的小溪森林神军驻,
All dancing in a round; —and dimly see,
他们环绕跳舞;曼妙依稀
In arbour green, Sylvanus, lying drowsily.
浓荫下斯瓦努迷糊憩息。

由此可见他两各自崇拜不同的诗坛巨匠,都引经据典各诉衷

第十三章 继往开来的伦敦土著派绅士——济慈

肠;到底谁胜一筹无可奉告;但是通过诗歌讴歌偶像的经典名著及其人物,栩栩如生娓娓道来,如诉如泣感天动地,悦耳动听动人心弦。他俩友好竞争称颂自己的偶像,旗鼓相当难分伯仲。但丝毫不影响济慈既崇拜弥尔顿,也膜拜斯宾塞,他并没有进行非此即彼的抉择,而是兼收并蓄,毫无疑问,他的明智选择对继承发展文艺复兴的英国诗歌非常有利,他为此立下了汗马功劳。以下就是济慈的杰作《致斯宾塞》,可从中体味他对斯宾塞的敬仰之情,甚至体验到他愿受先贤感召赴汤蹈火之决心,感人至深过目难忘。

On Spencer
致斯宾塞

Spenser! a jealous honourer of thine,
斯宾塞,有嫉妒的崇拜者,
A forester deep in thy midmost trees,
隐居你森林最浓密深处,
Did last eve ask my promise to refine
昨晚他请求我精心创作
Some English that might strive thine ear to please.
英文诗歌动听悦耳舒服。
But, Elfin-poet! 'tis impossible
但隐身精灵!这强人所难,
For an inhabitant of wintry earth
因为寒冬大地上的居民
To rise, like Phoebus, with a golden quill,
无法像太阳神展开火翅,
Fire-winged, and make a morning in his mirth.
用金黄羽笔颂欢乐清晨。

It is impossible to 'scape from toil
他也不能突然逃离苦役，
O' the sudden and receive thy spiriting:
将你精神鼓励承受下来：
The flower must drink the nature of the soil
蓓蕾吸收土壤天然乳汁
Before it can put forth its blossoming;
鲜花才能自然昂首盛开；
Be with me in the summer days and I
我们同避暑因敬重你啊，
Will for thine honour and his pleasure try.
我愿意尝试也为取悦他。

如前所述1819年济慈创作突破性诗歌《圣·阿格尼斯节前夜》①，这神奇的标志他回归自己早期的诗歌形式，当初他迷恋这种诗型，其节律和韵律都是斯宾塞诗体。1812—1813年，他完成处女作《仿斯宾塞》（Imitation of Spencer），时年十七八岁，他不仅娴熟把握"斯宾塞诗体"形式，更谙熟其诗歌精神。此诗通过伊丽莎白时代粗糙生硬的翻译介绍了一些希腊诗人。1817年此诗编入第1部《济慈诗集》（Poems by Keats），其中不少诗歌都模仿斯宾塞，他能透过文艺复兴捕捉到希腊精神的精髓。请看他当初描写天鹅的诗行（有人说是模仿弥尔顿）：

There saw the swan his neck of arched snow,
天鹅高昂弯曲雪白颈项，

---

① 圣·阿格尼斯（St. Agnes）是罗马基督教圣女，此名源于希腊语 agne，意为"贞洁、神圣、高雅"。天主教和东正教都尊崇她。公元300年1月21日她拒嫁给天主教徒而殉教，时年13岁，据说她是处女的保护者。中世纪流传此说：其殉教日就是圣·阿格尼斯节，若处女在此节日前夕遵守仪式，可以梦见未来郎君。

第十三章 继往开来的伦敦土著派绅士——济慈

And oared himself along with majesty;
气宇轩昂庄严向前猛划;
Sparkled his jetty eyes; his feet did show
黑眼炯炯亮双脚清波荡
Beneath the waves like Afric's ebony,
犹如非洲乌木踩在水下,
And on his back a fay reclined voluptuously.
曼妙天仙靠背悠然潇洒。

济慈的《圣·阿格尼斯节前夜》内容丰富色彩绚丽,为情诗登峰造极之作。其后几乎3个月他一无所获,大约酝酿厚积薄发;另一方面可能是天气寒冷与其身体原因,其肺结核正接受治疗。到4~5月春意盎然万物复苏,他文思泉涌一气呵成连写5首《颂》,这些都编入其第1部诗集。这个神奇的春天孕育了如此众多华丽的诗篇,标志着济慈的人道主义诗歌进入新的发展阶段。而在1818年4月他出版发行了更早创作的诗歌浪漫故事《安迪弥安》(Poetic Romance)共计4050行,他将其编入第2部诗集。这部长诗既有想象也有叙事,兼有描写,因为他决心要为简单情节创作4000行诗。

1816年12月他创作了404行双韵体《睡眠与诗歌》(Sleep and Poetry),阐发其诗歌理论:睡眠或半睡半醒有助于诗兴勃发,所以他着手撰写有关诗歌原理的诗歌。如前所述,华兹华斯和科勒律治都用散文表达其诗歌理论;而济慈以诗论诗,声明睡眠是最愉快的体验,但诗歌是更光华的境界。他把诗人比喻为"驾轻就熟者"(Charioteer,源于《失乐园》),从天真无邪的想象世界降临"充满苦痛纷纭的人生"(the agonies, the strife of human heart),这类似禅家"超凡入圣"后"超圣入凡"。诗人须承认现实的"污泥浊水"(muddy stream)。他谈论诗歌艺术,讥讽波普（Pope）注重规律，因为他认为诗歌来自潜意识，凭借想象不受限制，诗歌给人安慰启示。他寄予诗歌厚望，希望上天赐予他10年以便他创作更多诗歌，但天妒诗才只让他活了3～4年，苍天无眼实在不公。其清高证明他"粉身碎骨浑不怕，要留清白在人间"的高远志向。

若问什么是英国浪漫主义诗歌中最瑰丽华章？最鲜明有力首先跃入我们眼帘的是济慈的六"颂"，仅在1819年的9个月完成；同时完成《圣·阿格尼斯节前夕》、《冷酷妖女》、《拉米亚》及多首，这无疑是他最丰富的高产期——"奇迹时期"（Annus mirbilis，Latin；the year of miracles）。这些足以彪炳千秋的奇珍异宝是上帝假济慈之诗笔面向人类神启：这是享誉世界诗坛的奇葩，他是天才中的天才。诗中独特精致的审美世界犹如一扇扇通向天国之门，好似一条条步入历史神话奇境的曲径通幽。他发出独特震撼的声音，像所有伟大诗人那样优雅精致奇特鲜明，享受感官世界的狂欢。他把自己当成穿风透雨的楼阁，在现实和梦幻的风暴中把大千世界天上人间融为一体，灵魂附体思想归依，而非临空蹈虚乌托邦似的天马行空。他验证了科勒律治的观点：想象力是诗人的最高品质，真正的诗人都有丰富想象力，诗人理当如斯。

总之从概念功能角度来看，济慈选择含有物质过程、关系过程和心理过程的语句表达诗歌主题。其中物质过程比例最高，它描述现实世界和想象世界中的事情；其次为关系过程，它主要表达诗人对美的赞颂以及对现实世界和想象世界的对比；再次为心理过程，它直接表达诗人的所见所闻和奇思妙想。从人际功能角度来看，济慈多用一般现在时描述诗歌主题，而文学作品多用过去时态，他生动形象地记录亲身感受，即时与读者分享。从谋篇功能来看，简单主位成为诗歌中语篇组织的主要方式，表明其诗歌语言优雅工整。他执着咏唱永恒理想——"美"；他认为美只

第十三章 继往开来的伦敦土著派绅士——济慈

能感知,不可思之。他憎恨那些说教诗篇,认为诗人的感情应不受个人见解和个性左右,诗人应"能处于含糊不定和神秘疑虑中,不急不躁探寻事实真理"。其"消极能力"希望真正诗歌应情不自禁有感而发,没有思考斧凿雕琢之痕迹,此为"美"诗。他提出诗歌原则:诗歌应以美妙夸张先声夺人,使人感觉这是诗人的最崇高思想,犹如自我回忆;诗歌美感不应中途而废,应使读者屏息以待心满意足。其诗学思想和美学见解趋向于艺术纯美。他不像拜伦和雪莱那样用诗歌作武器,更愿通过想象力和美感诗歌寄托对未来世界的理想,因为美好事物永恒快乐(A thing of beauty is a joy forever)。他身体力行描绘创作韵律优美的诗歌,调动所有感觉重新整合体验总体感受。他那精美流畅的遣词造句字字珠玑,宛如串串花环眩目灿烂,疑为莎士比亚再世。其精湛诗艺使人于矛盾感受中寻找心灵的和谐平衡,从愉悦中感悟忧伤,在痛苦中发掘快乐,欲仙欲死逍遥极致。他清醒地认识到梦幻世界魅力无限,所以他追求社会责任感和美学超脱的统一。朋友相助让他明白真情无价(A friend is never known till a man has need)。最可悲戚的是他没能见证自己成功的光荣,而把这最大遗憾留给自己和世界诗坛。其美妙诗歌使读者目不暇接美不胜收,后人终生难忘这灿烂夺目的诗歌瑰宝。王国维的诗词可为他总结:"独上高楼,望尽天涯路;衣带渐宽终不悔,为伊消得人憔悴;众里寻他千百度,蓦然回首,那人却在灯火阑珊处。"

第十四章　狂飙突进叛逆不羁的恶魔派自由斗士拜伦

一、追求自由的浪漫诗歌崎岖路

拜伦（George Gordon. Lord Byron，22 Jan. 1788—19 Apr. 1824）出生于伦敦一个破落贵族家庭，其父娶其母源于她年轻富裕，其父耗尽家财后遗弃其母浪迹欧陆，1791年即去世；所以其母遭受打击精神异常，但含辛茹苦抚养拜伦成长于苏格兰。彪悍民风塑造了拜伦刚强性格；寡母对他既溺爱也有神经质，所以导致其精神有异质。10岁他英姿帅气，承袭伯祖父威廉·拜伦的男爵称号，但天生畸足不良于行，这都使他性格复杂有异。1799年8月他先进入威廉·克雷恩学校学习，其母监管他学习日程。1800年拜伦情窦初开尝试写诗，为她表姐玛格丽特·帕克写首情诗；2年后她又激励他写另一首情诗，可惜她15岁早夭。他在学校克服跛足缺陷，参加男生各项体育活动，可见他自幼坚强不屈。1801年其母坚持送他进入哈罗公学，历时2年多他才习惯喜欢那里的生活；他擅长拳击、游泳和棍球，风流倜傥。后来他自称15岁已阅读小说逾4000部，此数似乎有点夸张。1805年他想入牛津，熟料无学位，他入剑桥三一学院至1808年毕业，其间他阅读大量文史哲著作，尤其深受法国启蒙思想家卢梭、伏尔泰等人影响。1807年7月他发表诗集《闲暇

第十四章 狂飙突进叛逆不羁的恶魔派自由斗士拜伦

时刻》(Hours of Idleness)，次年3月被《爱丁堡周刊》评论不佳；面对围攻，他以长诗《英国诗人和苏格兰评论家》(English Bards and Scotch Reviewers)反击。这首1070行双行押韵体长诗讽刺文坛权威/湖畔派诗人，后来他与华兹华斯和科勒律治言归于好；他强调文学的社会内容和诗人的社会责任，对后人产生很大影响。他成年后适逢欧洲民主/民族革命风起云涌；1809年3月他在上议院获得世袭议员席位，但他依然反对专制压迫，支持人民革命的民主思想，所以他在统治集团内部俨然是异己分子饱受攻击，很难能可贵。同年六七月他被迫游历欧洲，1811年回国。这次旅行使他大开眼界，他看到西班牙人民抗击拿破仑侵略军的壮烈景象和希腊人民在土耳其奴役下的痛苦生活。他在旅途中写下长诗《恰尔德·哈罗德游记》(Childe Harold's Pilgrimage)震惊欧洲诗坛，后来他秉性不改成为恶魔派斗士（The Satanic School）。

拜伦在欧洲游历的最重要成果就是完成了长诗《恰尔德·哈洛尔德游记》第1、2章，第3、4章分别完成并刊载于1812年和1818年，4章合订本于1819年出版，共计4140行，使用斯宾塞诗体。第1章是1808年在阿尔巴尼亚开始写作，第2章于次年3月在伊斯密尔完成。1812年3月长诗出版，轰动文坛风靡全国，一鸣惊人享誉欧陆。他自述："我早晨醒来，发现自己一夜成名。"（I awoke one morning and found myself famous.）这是其早期代表作，他通过哈罗德和抒情主人公的形象，描述1809—1811年游历旅居欧洲诸国的见闻观感。他在前两章描绘拿破仑战争时期葡萄牙、西班牙、意大利和希腊等国的社会风貌，谴责专制统治，支持各国人民争取自由的斗争。他在婚姻破裂后重游欧陆，许多历史胜地令他浮想联翩，他感慨万千挥就第3章；后两章则歌颂欧洲山河壮丽，缅怀伟大历史人物，赞美欧洲艺术。哈罗德是孤独失意多愁善感的贵族青年，性格忧郁厌倦上流社会生活,实际上代表了拜伦的形象,"心是冰冷,眼神漠然",这形象也反映其思想情绪。抒情主人公贯穿全书穿针引线,但在第1、2章较多。他是生活的积极观察者和评论者,爱好自由歌颂革命,精力充沛感情强烈,体现其思想的积极一面。其长诗内容丰富,以强烈的浪漫主义抒情见长,请看第3章22节描写滑铁卢战役前夕:

> Did you not hear it? —No— 'twas but the wind,
> 你没听见?——不——那只是风声,
> Or the car rattling o'er the stony street;
> 或车辆碾过石路的声响,
> Or with the dance! let joy be unconfined;
> 翩翩起舞吧!娱乐要尽兴,
> No sleep till morn, when Youth and Pleasure meet
> 彻夜狂欢,青春快乐碰撞;
> To chase the glowing Hours with flying feet—
> 飞奔脚步追逐快乐时光,
> But hark!—that heavy sound breaks in once more,
> 但请听——轰隆巨声再响起,
> As if the clouds its echo would repeat;
> 震耳欲聋响彻云霄回荡;
> And nearer—clearer—deadlier than before!
> 越近越清晰,死一般沉寂!
> Arms! Arms! it is—it is—the cannon' opening roar!
> 武器!武器!开炮发动攻击!

此后拜伦写下《异教徒》(Giaour)、《阿比托斯的新娘》(The Bride of Abydos, 1813)和《海盗》(The Cosair, 1814)等6部长篇叙事诗,总称为"东方叙事诗",以东欧、西亚为背景,

第十四章 狂飙突进叛逆不羁的恶魔派自由斗士拜伦

充满异国浪漫情调。他塑造了众多特立独行、孤傲于世、富有叛逆精神的主人公形象。他们是海盗、异教徒、造反者等,都才华横溢意志坚强反叛热情,敢于蔑视传统和专制暴政;但他们都孤独忧郁反抗,独立狷狂离群索居,结局悲惨。最典型的是《海盗》中的康拉德,这类形象都统称为"拜伦式英雄"。文如其人,言之有理。

1816年夏天其妻要求分居,因其与同父异母姐姐有不伦之恋;上流社会趁机诽谤攻击他积习难改(A leopard can't change its spots),他愤然移居瑞士,因为以前他和已婚卡罗琳·兰姆的风流韵事授人以柄。这时期他写诗剧《曼弗雷德》(Manfred, 1817)聊解心中苦闷。诗剧描写了阿尔卑斯深山有位神秘人物犯道德大罪,导致情人死亡,只求速死,寓意主人公对革命后的现实失望,却又不愿走向人民,表现法国革命后知识分子拒绝妥协却又孤独绝望,实质还是拜伦式英雄。诗中还有代表大自然各种力量的精灵以及命运之神等,具有浓厚的浪漫主义神秘色彩。长诗《锡隆的囚徒》(The Prisoner of Chillon)叙述16世纪为捍卫瑞士独立而被囚禁锡隆堡达6年之久的共和主义者和自由思想家博尼瓦尔。他和拜伦式英雄不同,他反对专制暴政和人民共命运,受人民拥护。诗歌赞扬他坚贞不屈的精神,抨击专制暴政的残酷。1824年1月希腊抗土斗争高涨,拜伦放下未竟的《堂璜》(Ton Juan),投笔从戎参加希腊志士争取自由独立的武装斗争。他积极出谋献策,出师未捷身先卒,同年4月19日病逝希腊军中;他为希腊人民的解放事业鞠躬尽瘁死而后已,也完成了他热爱献身希腊文化的夙愿,希腊人民尊崇他为民族英雄,有人夸张赞扬他可能为王。他为自由奋斗终生,其作品具有重大的历史意义和艺术价值,他未完成的长篇诗体小说《堂璜》是气势宏伟意境开阔的叙事长诗,其见解高超艺术卓越在英国乃至欧洲文学史上都是罕见的现代人生史诗和最伟大的讽刺诗,德国诗人歌德赞扬它是"伟大天才的杰作"（a work of boundless genius；Kunst und Alterthum, 1821）。

20世纪70～80年代，浪漫主义思潮的研究似乎对拜伦视而不见。1989年安格斯·考尔德（Angus Galder 1942—2008）发表《拜伦和苏格兰：激进分子还是花花公子？》（Byron and Scotland: Radical or Dandy?），描述苏格兰文化环境哺育了拜伦的作品及其政治思想，他童年熟谙苏格兰语，体验当地宗教，苏格兰民族彪悍民风和坚韧不拔不屈不挠的叛逆性格对其诗歌创作和政治倾向产生了不可磨灭的重大影响。拜伦情绪易冲动，时而狂躁时而忧郁；他后来决定帮助希腊人争取独立，其个性魅力经久不衰。因此人们盛赞他：以其不可思议的力量改变了19世纪欧洲文学，在欧陆掀起浪漫主义诗歌第二个高潮。但他在英国政坛遭围追堵截腹背受敌，如同文艺复兴前辈诗人一样坎坷蹉跎，也为浪漫主义诗歌谱写了可歌可泣的新篇章。

与华兹华斯不同的拜伦常被称为"积极浪漫主义"代表，他在文学史上以尖锐讽刺抨击时政和黑暗现实并热烈讴歌鼓吹民主自由而著称。不过稍微留意可见他俩实则同出于一种情绪环境背景，仅仅采取了不同的情感投射方向而已。讽刺诗和牧歌皆由于理想与现实的差距，失落孤独的情感基础一样，只不过"拜伦式英雄"选择夸张的斗争方式，念念不忘现实世俗，寄望于未来理想和美好前景；而华兹华斯的《隐者》则超越世俗限制，追求更形而上的精神拯救与提升，在古老悠久的人类生存状态中探寻实现理想。毫无疑问，拜伦诗中澎湃激荡的热情和空前果敢的斗志极大地鼓舞水深火热中的人民，故鲁迅称其为"摩罗诗人"的代表。他启示人们永远保持怀疑的眼光、批判的锋芒和执着的追求，那些和黑暗搏斗的勇士以拜伦为前驱榜样，不惮孤独黑暗，"干脆打破那萨摩斯酒杯"（《哀希腊》）。美酒佳酿曾迷醉希腊人的双眼和意志，他打破酒杯唤醒他们睁大眼睛看清世

第十四章 狂飙突进叛逆不羁的恶魔派自由斗士拜伦

界。其诗中隐藏着与华兹华斯类似倾向，他在《东方叙事诗》中展示了与西方社会不同的东方文化背景情调，寄托内心向往的世界和人生境界；自然、淳朴、原始、野蛮的生活恰能赋予诗人生命鲜活强劲的活力，寄喻理想的栖息地、人性和谐与自然之处乃是在"生活的别处"；如《海盗生涯》(《海盗》第1章、第1节)、《东方》(《阿比杜斯的新娘》第1章、第1节)描绘的那样，读之令人耳目一新神清气爽。拜伦关注人类的命运，担忧人类的生存处境，他那决绝与孤独、执着与怀疑、充盈与虚无纠结一起的矛盾深刻突显出永恒人类生存的悖论，给后人留下不尽的思索。

其诗歌辉煌与坎坷人生之间存在错综复杂的关系，这正是人们争论不休的源头。人们关注其诗歌对浪漫主义历史语境和文学形式之间的关系，学界用历史主义、文化唯物主义、后殖民主义、怪异理论、后结构主义、心理分析、互文性和新形式主义等方法分析其诗作，认为他非常关注讴歌自然，赞美女性英雄，而且充满东方主义色彩。据彼得·格雷哈姆（Peter Graham, 1958）考证：拜伦《堂璜》反英雄诗歌的创作灵感源于威尼斯，那里的环境氛围深刻影响着拜伦。虽然拜伦后来因婚变而远离英国，但英国社会的人文文化和政治艺术在其诗歌中依然无处不在。拜伦初次背井离乡流亡希腊，因为性情孤僻发生了同性恋。一些传统批评家曾误认为雪莱和拜伦是冤家对头，因为他俩性格和人生观分歧较大。但是威廉姆·D. 布鲁尔（William Dean Brewer）却以新视角分析他俩有许多共性，指出其诗作并非简单展示互相对立的理想主义和绝望的悲观主义，他探讨了他们复杂矛盾的表现方式。人们最新发现拜伦不仅在文学，而且在建筑、绘画艺术、音乐等方面都有建树，这就从新视角重新确立了拜伦高踞欧洲艺术殿堂超凡的地位，这是全方位立体由表及里分析解剖这位杰出的前卫艺术家，而不像以前仅从文学角度探讨拜伦的成就。由此进一步证明：浪漫主义运动不仅蓬勃于诗歌文学领域，它也波及影响其他艺术领域，因此它具有深远广泛的历史意义和现实的社会意义。自从 19 世纪早期以来，欧洲乃至世界各地有很多人都仰慕拜伦，例如美国的托马斯·萨利为其画像，受人珍藏。1999 年此画重新面世，人们再次关注当年拜伦对北美的影响及其之间的关系。毫无疑问，拜伦的多才多艺推动了浪漫主义的迅速全面向纵深发展，这是浪漫主义更加光辉灿烂之处。

如今成立各种基金会和协会研究拜伦，从主题风格、创作手法、出版和传诵、接受和影响多角度进行探讨。人们更多关注其叙事诗，忽略其抒情诗，可能西方传统如此，也可能因拜伦的抒情诗和浪漫主义抒情诗之间存在差异。迪诺·菲尔卢佳（Dino Felluga）探讨其在各体系之间的位置形成独特的诗歌策略——恋物情结的心理分析治疗、文化的文本化、地点历史化、现代人类学化和文化戏剧化。拜伦通过这些策略对话当时社会各阶层，而非某个阶级，因为他们为了对抗当时社会秩序而联合一起。克莱特·克林根（Colete Collingan）敏锐发现有关《堂璜》的争论和淫秽出版业有关，揭示淫秽业通过复制媒体、大众消费和东方主义开始活跃。《堂璜》是《失乐园》后最长诗之一，是 19 世纪 20 年代伦敦快递业发展的印刷文化中相互冲突的社会群体的支点，拜伦诗歌日益与地下激进、自由、淫秽出版业相联系，推动了通俗印刷品的大众消费和复制之间的争论。《堂璜》的盗版激化了这场争论，最终导致诗歌版权的法律研究，促进了版权的发展完善，这从侧面反映了浪漫主义诗歌促进了英国版权制度进一步的完善。虽然 1662 年查尔斯二世率先通过新闻出版法案（The Licensing of the Press Act），但很不完善，版权混乱依然纷争不断。

第十四章 狂飙突进叛逆不羁的恶魔派自由斗士拜伦

二、拜伦与雪莱错综复杂的关系及浪漫诗情

雪莱和拜伦的关系如同华兹华斯和科勒律治的关系一样错综复杂,合合分分,剪不断理还乱,关于这方面的书籍不胜枚举一言难尽。雪莱年轻时即发表诗歌,但没如愿以偿大器早成,1816年5月他和拜伦在瑞士见面后才有所建树。从此他俩友谊延绵不断,尽管他们在性格、诗歌、道德、哲学和政治等方面迥异,但他们互相包容借鉴,这都激励影响雪莱创作出类拔萃的诗歌,包括《赞美智力之美》(Hymn to Intellectual Beauty)和《白朗峰》(Mont Blanc),从这两首诗和《哈罗德游记》和《梦想》中都可以追寻到华兹华斯"泛神论"的踪迹,可见第二代浪漫主义诗人从前辈诗人身上继承了一些优良传统,他们前赴后继共同为浪漫主义发展推波助澜。尤其他俩共同居住在瑞士开始几个月来往频繁关系和谐;后来在意大利关系渐趋紧张。下面是雪莱写给拜伦的诗作,可惜拜伦未能拜读,雪莱向拜伦表达尊敬之情,但也隐含微妙之意:

SONNET TO BYRON.
致拜伦

[I am afraid these verses will not please you, but]
[我担忧这些诗令你不快,但]
If I esteemed you less, Envy would kill
若我对你不敬,嫉妒很快
Pleasure, and leave to Wonder and Despair
扼杀快乐,留下惊奇绝望
The ministration of the thoughts that fill
放任各种思想充满脑海,

The mind which, like a worm whose life may share
标志你的快捷创造力量
A portion of the unapproachable,
依据上帝意志完善世界,
Marks your creations rise as fast and fair
如同蠕虫一样终身分享
As perfect worlds at the Creator's will.
一份可望不可即的资财,
But such is my regard that nor your power
这非你神力而是我敬你,
To soar above the heights where others [climb],
自由翱翔超越他人高度;
Nor fame, that shadow of the unborn hour
将来时光之阴影——非荣誉
Cast from the envious future on the time,
投射于未来时光而嫉妒,
Move one regret for his unhonoured name
因为默默无闻自艾自怨,
Who dares these words: —the worm beneath the sod
我敢起誓:若草皮下蠕虫
May lift itself in homage of the God.
敬重上帝也能自我提升。

  1816年雪莱携情人玛丽·W. 葛文（Mary W. Godwin）初到瑞士在日内瓦湖上荡舟邂逅拜伦，拜伦离开伦敦前曾与玛丽·葛文同母异父之妹科雷尔·克莱蒙（Claire Clairment）有过恋情并已怀孕。经其介绍两位诗人相见恨晚，现在异地重逢拜伦和科雷尔旧情复发无限缱绻，因此两位诗人同住日内瓦成为近邻。但拜

第十四章 狂飙突进叛逆不羁的恶魔派自由斗士拜伦

伦怀疑雪莱与科雷尔有染,不愿承认女儿;尽管雪莱断然否认,但无法消除其疑虑,因为雪莱与科雷尔姊妹朝夕相处形影不离,经协商拜伦留下女儿与科雷尔分道扬镳。日内瓦的浪漫夏天促使雪莱激情勃发,诗情万丈佳作不断。后来拜伦定居威尼斯,于1819 年邂逅德日萨·贵昔澳力伯爵夫妇(Teresa Guiccioli),这对老夫少妻引起其兴趣,他又和这娇妻相恋,致使对方离异与之同居。1822 年 7 月,雪莱溺毙;拜伦携女友从皮萨(Pisa)迁往及诺阿(Genoa)定居。所以就他俩私生活而言,确实用情不专,放浪形骸授人以柄;惊世骇俗也是浪漫天性使然,倘若无浪漫爱情体验何来浪漫主义诗歌?尤其拜伦艳遇不断绯闻频频。

拜伦和雪莱天生叛逆,其友谊持续 6 年。他们旅居日内瓦同为天涯沦落人,独在异乡为异客,同病相怜惺惺相惜。拜伦因情乱与妻分居;雪莱对妻子始乱终弃,与导师独女私奔,招致口诛笔伐,他们声名狼藉狼狈不堪。探讨其关系的传记连篇累牍,多围绕其个性讨论其复杂关系。亦有人指责他们臭味相投一丘之貉(birds of a feather),实为淫棍(Dolce Vita,意大利语)。但玛丽·雪莱(雪莱之妻)称他俩因金钱频生龃龉:雪莱轻视钱财反对借贷;而拜伦后来重视钱财债台高筑。因此他们经济捉襟见肘,渐行渐远,此为一面之词。另据他人介绍拜伦也仗义疏财扶困济贫,但似乎对雪莱的朋友不慷慨,这可能影响他俩的关系。

但鲜有人研究其诗歌的关系。1974 年查尔斯·E. 罗滨孙(Charles E. Robinson)率先破冰,他认为其关系特征是"哲学和美学的对抗主义"(philosophical and aesthetic antagonism),至少 1821 年其部分诗歌辩论:雪莱坚持社会向善论(meliorism);拜伦是悲观主义(pessimism),"怀疑否定想象的完成任务"

(skeptical denial of imaginative fulfillment)①。布如沃（Brewer）认为他们不像争论而是对话，其有关个人和文学的会话结构松散正在探索；双方都坚持自己的哲学认识论（epistemology）观点，互相交流坚持对话成为其关系的组成部分。罗滨孙解释说他们于1816年在日内瓦邂逅，对双方诗歌产生巨大影响；他们几乎在主要诗作中对立的精神都被其修辞"争辩所掩盖"（wreathed in fight），此观点影响旷日持久。他认为"雪莱认为拜伦和《该隐》（Cain）都有'粗俗'摩尼教的错觉，结果将自己禁锢在自我世界。"（Both Byron and Cain, according to Shelley, shared[the] vulgar of [Manichaeism] and consequently enslaved themselves in the world of their own making.）② 拜伦追寻雪莱用男女英雄双重表现单一的个性，足以证明他俩诗歌拥有某些共性。

但雪莱的《倩契》（The Cenci, 1819）是其争论焦点，关键是这部悲剧的戏剧效果如何，当然还有拜伦的《玛丽诺·伐利若，威尼斯的道济》（Marno Faliero, Doge of Venice）也是争辩的内容，这两部戏剧"表明两位诗人在1819—1820年间持续不断对抗，阐明雪莱在1821年的论断——他和拜伦'差异更大'"。（demonstrate[s] the two poets' continuing antagonism in 1819/1820 and explain[s] Shelley's judgement that he and Byron "differed more than ever"）③ 他们经常争辩戏剧原则：拜伦认为应以古希腊悲剧为样板，至少要坚持统一性；雪莱则坚持以伊丽莎白和雅各宾（Jacobean）时代戏剧为样板。拜伦认为创作悲剧的剧作家会成

---

① William Dean Brewer: The Shelley-Byron Conversation, Gainesville: University Press of Florida, 1994, p2, p3,

② William Dean Brewer: The Shelley-Byron Conversation, Gainesville: University Press of Florida, 1994, p2, p3,

③ Andrew M. Stauffer, Romantic Passions Romantic Anger and Byron's Curse, Virginia: University of Virginia, 2003, p3

第十四章　狂飙突进叛逆不羁的恶魔派自由斗士拜伦

功,"正常自然写作,创作像希腊那样真正的悲剧,而不是模仿,纯粹要让这些提纲适应我们的时代环境"(by writing naturally and regularly, producing regular tragedies like the Greeks, but not in imitation——merely the outline of their conduct adapt to our times and circumstances)。《倩契》前言说:"我们英语诗歌的伟大祖先是作家,研究他们可促使我们对这时代有所贡献,如同他们为其时代所做贡献。"(Our great ancestors the ancient English poets are writers, a study of which might incite us to do that for our own age which they have done for theirs.)[①] 这是对英国诗歌的精辟总结,也是教育鼓舞后辈要勇于学习前辈的诗歌,继承他们敢于创新的诗歌传统,愿为时代奉献。笔者认为其观点和拜伦没有本质区别,他俩只是立足点和侧重点不同而已,他俩都喜欢古希腊诗歌。尤其是雪莱在《普罗米修斯的解放》诗剧中改变了古希腊三大悲剧之一的《解放的普罗米修斯》的结尾部分,这是他积极创新的结果,具体原因后续待议。

1821年4月26日拜伦专门写信答复雪莱有关《倩契》的问题,重申《倩契》主题不像戏剧,而是诗歌,他不想崇拜老一辈戏剧家,当然褒贬均有。但雪莱无法赞同他"不像戏剧"的观点,他本来指望在 Convent 花园剧场上演这部悲剧,但未如愿以偿,所以拜伦的观点让他耿耿于怀隐隐心痛;更有甚者,他还坚决拥护莎士比亚,尽管拜伦开玩笑的揶揄英国"根本没有戏剧"(haven't had a drama at all),令他非常恼火。例如,他俩对莎翁的哈姆雷特看法各异:拜伦认为"哈姆雷特非常虚弱,虚弱得可怜,以至于要抱怨自己虚弱"(Hamlet is weak; so miserably weak as even to complain of his own weakness)。他说:

---

① William Dean Brewer: The Shelley-Byron Conversation, Gainesville: University Press of Florida, 1994, p56.

"时光已脱节——啊恶毒残忍/自从我诞生已把这矫正（Time is out of joint—O cruel spite, That ever I was born to set it right）。"他总是夸耀强大鄙视他人，并发誓要复仇"思绪或爱情展翅飞翔"（with wings as swift as meditation or the thoughts of love）①。因其爱情即复仇，他很爱这样，其心灵脆弱无法公正赢得爱情；他满足于嘲笑自己懦弱，寻找借口发泄怨气，不像男子汉勇往直前。但雪莱认为：我们在他身上认识到某种东西我们不能爱也无法同情，但实际上我们爱之并同情，庄严声调使我们本能肃然起敬。拜伦谈论哈姆雷特是用镜子映照雪莱和自己。不论雪莱是否意识到其中的潜台词，雪莱似乎承认其观点但未必赞同，他认为拜伦误解哈姆雷特，他俩对此问题的观点如同两条平行线难以交会；雪莱曾竭力为哈姆雷特辩护，拜伦则装聋作哑，可见他们对待莎翁某些作品各执己见。

尽管存在分歧，但雪莱钦佩拜伦的诗歌才华及个人魅力，因为他似乎感到自己拥有评论才华，所以努力"成为拜伦在哲学、神学和文学理论方面的导师，成为其政治道德良心"（to establish himself as Byron's polical and moral conscience as well as his tutor in philosophy/theology and literature theory）②。拜伦写信建议他学习文学理论，而雪莱好为人师不以为然；但他评论拜伦《玛丽诺·伐利若》并未表露不满。同年 8 月雪莱去 Ravenna 拜访拜伦，回来后写信给玛丽·雪莱描述他对拜伦悲剧的看法，表明他们分歧加剧：虽然拜伦向他展示了《威尼斯道济》的全部文稿，但他只浏览一部分；因为拜伦试图恩赐其评论体系，使之

---

① Peter Cochran: Romanticism and Byron, Newcastle: Cambridge Scholars Publishing, 2009, p312.

② William Dean Brewer: The Shelley-Byron Conversation, Gainesville: University Press of Florida, 1994, p58.

第十四章 狂飙突进叛逆不羁的恶魔派自由斗士拜伦

能够适应产生平凡诗人的体系;尽管雪莱也创作了精美诗文反抗这体系,并表示尽管自己不甚明白"评论体系"的含义,但是他对拜伦张冠李戴的所谓理论不屑一顾。

雪莱还反对拜伦在悲剧中"强化教义"(enforcement of dogmas),他认为这"可能让不道德的革命道德正当化"(might justify an immoral revolutionary ethic)[①],他小心翼翼证明倩契谋杀其穷凶极恶的父亲不道德;但拜伦笔下的伐利若命中注定要行使暴力,而宿命论则宽恕其暴行。雪莱担心拜伦过分同情伐利若而美化他,致使读者宽恕他,至少可能效仿他报复。有人认为倩契的表现理所当然合乎情理,故可宽恕她的复仇。其实两位诗人并未在其悲剧中表现其教义。拜伦说:他创作伐利若是谋求"记录威尼斯共和国编年史上最重大事件之一"(to record one of the most remarkable incidents in the annals of the Venetian Republic),他可能赞同《倩契》序言"不宜用戏剧强化教义"(a drama is not a fit place for the enforcement of dogmas)。实际上伐利若竭尽全力要将全城从暴政下解放,他要实践雪莱的建议:"他最有天才,若他想全力以赴超度那堕落国家,他能够做到。"(He is a person of consummate genius, and capable, if he would direct his energies to such an end, of becoming the redeemer of his degraded country. ——Venice[②])雪莱不明白"评论体系"就是以古希腊悲剧为典范创作。1821年8月26日雪莱写信给李·亨特说明自己不太重视悲剧形式,而更加重视道德效果。

雪莱未读完《玛丽诺·伐利若》就意识到其道德方面的影

[①] William Dean Brewer: The Shelley-Byron Conversation, Gainesville: University Press of Florida, 1994, p58.
[②] William Dean Brewer: The Shelley-Byron Conversation, Gainesville: University Press of Florida, 1994, p58.

响,并写信告诉玛丽使其对拜伦的悲剧印象深刻。雪莱去世10年后,玛丽回忆:拜伦的语言"评论体系"影响了雪莱。他对伐利若持保留态不喜欢拜伦悲剧的外在形式,显然是针对拜伦批评《倩契》"非戏剧"的反应。但拜伦并未因此否定《倩契》诗歌的特点,他写信给雪莱称赞其诗歌特点,其他场合他承认《伐利若》"非戏剧化"并非悲剧;并且最终承认《倩契》"或许是当代创作的最佳悲剧"(perhaps the best tragedy modern times have produced)[1],可能改变英国戏剧,还坦陈自己不想改造英国戏剧。他俩都很同情专制的受害者,1821年他们误以为有人因为亵渎神灵而遭焚烧,于是奋起抗议。拜伦注意到雪莱在给李·亨特的《倩契》"献辞"(Dedication)提及此事,指斥此事为悲惨现实,引用其抒情诗《普罗米修斯》指称这是"道德灾难"(sufferings of morality)。"悲惨现实"并非是指他俩诗歌中的"现实主义",而是指《普罗米修斯》和《倩契》所代表的展现人道主义的灾难。这反映了诗人当时所处的社会政治现状,也标志拜伦抒情诗里的泰坦巨人族和雪莱笔下的贝垂斯都是专制的受害者。倩契和普罗米修斯一样都被"普遍流行的怨恨原则"(The ruling principles of Hate)主宰,主要人物倩契把自己喻为"指定要受惩罚的魔头,触怒某个遗忘的世界"(a fiend appointed to chastise/The offences of some unremembered world)[2]。因为雪莱创作了"普罗米修斯"的诗歌,拜伦后来告诉麦德温(Medwin):"我在瑞士来不及写颂歌,雪莱就为我翻译了'普罗米修斯'"。可见两位诗人都对普罗米修斯感兴趣,所以产生了

---

[1] John V. Murphy: The Dark Angel: Gothic Elements in Shelley's Works, Cranbury and London: Associated University Presses, 1975, p167.

[2] John V. Murphy: The Dark Angel: Gothic Elements in Shelley's Works, Cranbury and London: Associated University Presses, 1975, p167.

第十四章　狂飙突进叛逆不羁的恶魔派自由斗士拜伦

普罗米修斯及其悲惨现实的观念，这些似乎都藏匿于《倩契》身后。

由此可见，拜伦利用雪莱在瑞士给他的理念创作了《黑暗》（Darkness），其中包孕"晦暗理论"（gloomy theory）；3 年后雪莱在《倩契》中借用拜伦《黑暗》中某些想象的形象内容。《黑暗》和雪莱的《阿拉斯特》（Alastor）写作风格如出一辙。其实拜伦《锡隆的囚徒》与雪莱的《朱利安和马达罗》（Julian and Maddalo）也酷似，拜伦采纳朱利安的观点——"很多苦难可以忍受/它们贬低粉碎我们"（much may be endured/Of what degrades and crushes us）①；而雪莱的马尼亚克（Maniac）则蕴含着马达罗确认的人类基本弱点，雪莱和拜伦笔下的囚徒同样都是唯我论者（solipsists），他们无法"接受自己声明所热爱的自由"（accept the very freedom they profess to love）②。当然《皮特·贝尔第三》和《堂璜》的写作风格也很相似，雪莱在前一篇使用了拜伦的《会话风格》（conversational style），他比拜伦更多用之。他们关系曲折发展，拜伦在欧洲影响与日俱增，其成就日渐显赫财富日增，然而雪莱的成就相形见绌财富日减，所以雪莱对拜伦也渐冷淡，前面已分析了 1821 年 11 月雪莱写给拜伦的十四行诗流露了真情，显露他们关系的微妙之处。但如前所述，对其争论也有不同述评：有人认为拜伦和雪莱初会后，经常会话切磋交流思想，激发思想火花和诗歌灵感，雪莱写作《麻布女王》（Queen Mab）、《西风颂》（Ode to the West Wind）和《普罗米修斯的解放》（Prometheus Unbound）等名篇；而拜伦则创作《黑

---

① Kelvin Everest, Geoffrey Matthewsed: The Poems of Shelley: Volume Two: 1817—1819, New York: Pearson Education Ltd, 2000, p673.

② William Dean Brewer: The Shelley-Byron Conversation, Gainesville: University Press of Florida, 1994, p48.

暗》、《该隐》和《天地》(Heaven and Earth)，毫无疑问，这种会话促进他们加快诗歌发展的步伐。雪莱在悲剧《倩契》与拜伦《曼弗瑞德》都有共同的悲惨现实，说明他们有些作品主题相近，反映了他们都有犹豫抗争、争取自由的主题。例如拜伦1821年创作戏剧《萨丹纳帕鲁斯》(Sardanapalus)，1822年在其前言表示他"想要保持……统一性"(attempted to preserve … 'unities')①，其主角和《倩契》主角贝垂斯(Beatrice)行动方式相似。这两个诗歌主角都指向其他普罗米修斯式的人物，他们都比这两人强大，他俩都要改变堕落的现实，而不是被其改变。两位诗人都根据自己半信半疑的宿命论(fatalism)创作诗歌人物，所以其作品都和对方有关，因为他们就文学问题交换意见。雪莱在《生活的胜利》(The Triumph of Life)描绘了毫不留情的冷酷画面，其冷峻的一面无须拜伦激活；但他向拜伦贵族式的愤世嫉俗态度让步，倒削弱了其说服力；而拜伦则在《岛屿》(The Island)中想象着雪莱的人物过着异国情调的乌托邦生活，所以他们都向往理想的自由世界；雪莱在《普罗米修斯的解放》中更是慷慨激昂，满怀豪情畅想美好未来，这是其诗歌相通之处。

当然关注他俩的会话有时会产生短视问题，因为有人忽略了影响他们关系的其他多种智力因素，而只是关注其互相影响效力。例如在其关系中，玛丽·雪莱扮演着重要作用，而很多人忽略她；其作品《最后一人》(The Last Man)高度赞赏其友谊，此书改写了其关系史。书中塑造了阿专(Adrain)的形象，他坚决支持雷蒙(Raymend)，这分别象征两位诗人，其关系本质上就是互相激励并非互相敌视。

---

① George Gordon Byron: The works of Lord Byron, London: John Murray, 1837, p244.

第十四章　狂飙突进叛逆不羁的恶魔派自由斗士拜伦

这寓意若非雪莱英年早逝中断他俩关系,其关系会更加融洽,甚至雪莱会投奔希腊与拜伦并肩作战。雷蒙提出要为穷人改善教育条件来改善公民社会环境;阿专一如既往不知不觉参加这场辩论,表明玛丽·雪莱经常参加此类讨论;即使雪莱去世后,拜伦的声音也常使她自然而然期盼雪莱的回答,可见这是他们习惯成自然。"拜伦停止说话,我就期待雪莱的声音,可只听打雷不见下雨",这透露了玛丽的心声。书中雷蒙决定离别妻子放弃爵位,投身希腊人民的解放斗争,阿专不顾芬妮(Verney)反对毅然决定追随他,此段描写寓意他俩关系始终是积极正面的。玛丽·雪莱在书中表现了普罗米修斯式的热望,但后来销声匿迹;显然人们注意到此书和拜伦阴郁的《黑暗》间有着密不可分的血缘关系,而拜伦诗歌描写的只是梦幻,玛丽则是"作者介绍"。下面会证明:他俩像华兹华斯一样发扬弥尔顿传统,对《失乐园》的撒旦态度相似,但他们都希望超越弥尔顿,为其共性。他俩都视意大利为精神家园,意大利人民也很热爱他们。

综上所述,雪莱并未因为拜伦亏待科莱尔而真正损害他俩关系,拜伦也未因此贬低轻视雪莱,他们志同道合。这就驳斥了传统说法:他们并非志同道合。反之,2008年约翰·劳瑞森(John Lauritsen)连篇累牍质疑他们之间或与他人可能存在同性恋关系,并且认为其亲属及传记作者已经毁灭了有关证据,现在看来确实很难查找真凭实据证实或否定其真相,这又是"事出有因,查无实据"的悬案。所以简单否定或肯定他们关系的企图都不明智,因为其关系如同其内心世界一样错综复杂,很难一言以蔽之。

三、拜伦发扬光大弥尔顿的诗歌传统

如前所述,弥尔顿对华兹华斯和济慈等后辈影响很大,但人们很少知道他对拜伦有多大影响,因为拜伦不太喜欢无韵诗,他曾多次批评弥尔顿的诗艺,而且很少在诗歌中引用模仿其理论和作品。其实弥尔顿对于拜伦的生活和艺术影响至关重要。拜伦曾给汤玛斯·迈德温(Thomas Medwin)写信披露心迹:"如果我能和弥尔顿无论在哪方面有所联系,我定欣喜若狂;如果他们能将我们比较,我很乐意(I am too happy in being coupled in any way with Milton, and shall be glad if they find any points of comparisons between him and me.)①。"2002年杰罗密·迈克甘(Jerome McGann)出版《拜伦和浪漫主义》(Byron and Romanticism)认为拜伦和弥尔顿有两大联系:首先是拜伦的撒旦主义(Satanism)及其英雄式的诗歌传统,这是经常讨论的话题;其次就是拜伦对弥尔顿生活的阐述想象,可见弥尔顿对其影响较大。1816年拜伦流放国外,其自传大量披露了他对弥尔顿个人和政治历史的诠释。而在2002年之前很少有人知晓这段故事。下面会讨论:雪莱对撒旦予以另类解读,这也恰好证明雪莱和拜伦相似——他们继承发展《失乐园》的精神,也都自恃比弥尔顿技高一筹。

其实弥尔顿对于拜伦式的英雄(the Byronic hero)的影响最早可追溯到1812年,1821—1822年有人进行了这方面的研究。当时拜伦发表剧本《该隐》(Cain),各种评论随之而起,拜伦辩护称其不是亵渎神灵:"《该隐》只是戏剧而已,并非政论文。"(Cain is nothing more than a drama, not a piece of argument.)坚称若他亵渎神灵,则《失乐园》也是如此。"我恪守《旧约》,反对任何人质疑我的道德。"(I have adhered closely

---

① Jerome McGann, James Soderholm ed: Byron and Romanticism, Cambridge: Cambridge Unversity Press, 2002, p19.

第十四章　狂飙突进叛逆不羁的恶魔派自由斗士拜伦

to the Old Testament, and I defy anyone to question my moral.)①。亨特曾评论删节拜伦作品神秘话语,他显然认为拜伦的话不像谎话那样含糊晦暗。相对而言,弥尔顿诗歌本质上是有信仰的(fidestic),而拜伦的质疑往往是激进的。

《该隐》塑造了混合型人物卢瑟福（Lucifer），他符合这特点——即拜伦评论弥尔顿的结束语——他同情或欣赏妖魔的伟岸力量。拜伦全神贯注重视弥尔顿诗歌内容及其诗歌技巧。拜伦评论《失乐园》的撒旦,是为了响应18世纪评论界为浪漫主义观点奠定的理论基础——撒旦是《失乐园》的英雄。但拜伦对撒旦理想化的程度并未超越他对卢瑟福的理想化程度,他根据人文主义观点理解"天使的堕落",其可能为《失乐园》造反的天使辩解,也发展了其中人文主义的特性。其实拜伦真诚认为撒旦是真英雄,他认为史诗没有清晰描述撒旦的形象,他同样断定弥尔顿不果断坚定。他认为《该隐》既不代表魔鬼,也不依靠上帝,不明显倾向于对自己的诗歌故事采用何种膜拜形式。他觉得自己在这方面紧步弥尔顿后尘,但他不能看到《失乐园》中有清晰无误的神学,觉得弥尔顿反映了造物主的宽宏大量,但他们"不能证明任何东西"（prove nothing）。这可解释拜伦对待弥尔顿的态度以及后者如何以独特形式影响他。"他毅然与撒旦对比,努力将其塑造成受害角色——赋予他人类的情感,使其怜悯亚当、夏娃,让其自我感觉像普罗米修斯一样勇敢……我很好奇地想知道他真实的信念,《失乐园》和《复乐园》无法满足我在这方面的需要"①。

拜伦式晦暗的英雄一直被学界视为弥尔顿撒旦的后裔,他们都以那些英雄式群氓如卡尔·珥（Karl. Moor）、阿门布罗西奥

---

① Jerome McGann, James Soderhol: Byron and Romanticism, Cambridge: Cambridge Unversity Press, 2002, p20.

(Ambrosio)和斯科道奈(Schedoni)的名义存在。拜伦没直接评论《失乐园》,而通过其英雄表达观点。其朋友佛朗西斯·郝基森(Francis Hodgson)曾严厉批评歌德(Gothic)英雄式坏人:"他们不能但已对年轻人的思想产生最坏影响。"(They cannot but have had the worst effect upon the minds of the young.)① 拜伦引用反复重申的观点回应:并非有意要用这些悲剧式英雄作为人们行动的楷模。卢瑟福、该隐和基督徒的历史记载着苦难罪孽,因此拜伦受到指控说他不道德,他理所当然予以驳斥。

拜伦为《该隐》辩护,其中有很多暗淡的英雄,还有中世纪歌德式文学中神奇的坏人,根据同样原则引导其解读《失乐园》。因为弥尔顿的所有人物都有人文主义特征,所以拜伦认为知识分子可能都存在问题。他追随 Pope 等人的观点,批评弥尔顿的上帝形象,因为他自己的观点似乎世俗滑稽可笑。拜伦之前的英雄式坏人似乎多愁善感,最终都对自己提出的知识分子问题置之不理;而拜伦的英雄们都质疑,拜伦的诗歌和戏剧主动涉及知识分子问题,然而《僧侣》(The Monk)和《意大利人》(The Italian)某种程度上不再用此类问题烦扰读者。拜伦似乎感觉到适当处理歌德英雄式坏人的风格;弥尔顿则不想让自己不知不觉成为这些人的父亲;拜伦说弥尔顿正搜寻机会,他像自己一样不安分守己。其实弥尔顿尚未下定决心,他避免与整个体制争执,或要证明既定理念。尽管他灵活处理非常教条僵化的素材,但难免有人质疑其问题。现代学界大多赞同亨特关于弥尔顿史诗信念结构的观点,反对拜伦的观点。弥尔顿对形成拜伦式英雄形象的过程产生了较大影响,也影响拜伦特别质疑对这类英雄的处理手法。拜伦认为受弥尔顿影响,知识分子的自由出现新的狂野

---

① Jerome McGann, James Soderhol: Byron and Romanticism, Cambridge: Cambridge Unversity Press, 2002, p22.

第十四章　狂飙突进叛逆不羁的恶魔派自由斗士拜伦

形式,这符合弥尔顿的希望。但弥尔顿未必同意这个武断结论或是出乎他意料之外的观点,可能他会拒不承认。

1814年4月,拜伦得知拿破仑宣布投降后,写诗赞颂他心目中的英雄《赞颂拿破仑．波拿巴》(The Ode to Napoleom Bounaparte),充满悲伤谴责,随后自我反省。其后1年他成婚,2年后离开英国远赴欧陆投奔自由。他写道:"自从他误称启明星,迄今人魔未堕落红尘。"(Since he, miscall'd the Morning Star/No man, nor fiend hath fallen so far; Stanza I.)① 拜伦携妻赴欧,缓解原来声名狼藉,他似乎已重返江湖东山再起。其《异教徒》(Giaour)回忆弥尔顿:任何东西无法"能够压制/你灵魂,至其窒息"(could quell/Thy soul, till itself could fell)②,拿破仑颂歌说明他是自我堕落的英雄。如有适当机会,拜伦立刻会看清自己堕落的生活方式。他流浪瑞士,写信给其同父异母的姐姐奥古斯塔(Augusta)③:

> The fault was mine—nor do I seek to screen,
> 皆为吾过,决不文过饰非,
> My errors with defensive paradox—
> 要为错误辩护进退两难——
> I have been cunning in mine overthrow
> 吾已绞尽脑汁想要推翻
> The careful pilot of my proper woe.
> 精心设计咎由自取悲惨。

---

① Lord Byron: Ode to Napoleon Buonaparte-Bartleby. com, www. bartleby. com? Verse? Lord Byron? Poems, p1.
② Jerome McGann, James Soderhol: Byron and Romanticism, Cambridge: Cambridge Unversity Press, 2002, p28.
③ 其同父异母的姐姐是他毕生最爱,他们曾因不伦畸恋诞下一女。《英国文学史》梁实秋3册 P1005

从此诗看拜伦似有悔意，早知如今何必当初，眼下流放国外进退维艰，这是其当时窘境的真实写照。设身处地而言，他并非一意孤行，而是犹豫彷徨前后思量，这把他当时进退维谷的窘境描写得惟妙惟肖。最后两句使拜伦陷入与弥尔顿自我堕落和自我批评为伴的境地；虽然开头两句并非弥尔顿的原句，但显然是拜伦在《曼弗雷德》回应弥尔顿的诗句：

> There is a power upon me which withholds,
> 有力量压制吾难以喘息，
> And makes it my fatality to live;
> 成为吾命中注定的灾星；
> If it be life to wear within myself,
> 若吾必遭此劫难于人生，
> This barrenness of spirit, and to be
> 这种精神毫无结果，必须
> My own soul's sepulcher, for I have ceased,
> 成为吾灵魂之墓，吾停止
> To justify my deeds onto myself—
> 自我标榜开始人生反省——
> The last infirmity of evil.
> 那就是病入膏肓的邪恶。

可见拜伦批评弥尔顿自以为是，自觉比他高明，孰料自己亦动摇彷徨悔不当初。《曼弗雷德》显然有拜伦自传的色彩，他有着拜伦式英雄的特点：本领超强感情丰富，既有罪恶感也会忏悔。他要证明：若某人知道不仅自己心灵是墓地，而且是自掘坟墓，其生活会如何？他给奥古斯塔写信："我看世界一览无余。"（The world is all before me.）他最后像亚当、夏娃那样孤独。但如果《曼雷弗德》的背景环境自始至终都是含糊不清乃至孤独

第十四章　狂飙突进叛逆不羁的恶魔派自由斗士拜伦

不变,主角英雄不仅要接受毫无结果的精神,甚至会在其中发现意外的礼物。拜伦再次回应弥尔顿,把撒旦作为曼弗雷德的前辈:"在他眉毛,雷电雕刻了伤痕"(on his brow/The thunder-scars are graven),但拜伦的撒旦式英雄采纳了弥尔顿堕落天使的誓言:

> The mind is its own place, and in itself,
> 吾意已决当然不会动摇,
> And can make a Heaven of a Hell, a Hell of Heaven.
> 誓将天堂地狱翻天覆地。
> [PL. I. pp254－255]

拜伦两次回应撒旦名言,"誓将天堂地狱翻天覆地"是《失乐园》中撒旦原句(本书15章4节详述),从以下15章的分析可看出拜伦和雪莱对待撒旦和《失乐园》的观点很多相同,不知是不谋而合还是合谋,这也证明了上一节的论断:他俩拥有很多相似观点。他从自己承认的邪恶疾病中解脱,可见其当时已不再"辩护进退两难"(defensive paradox)。如曼弗雷德能复活,他会认识到自己的思想沙漠,由此说明拜伦希望广开眼界兼收并蓄,而不想眼光短浅思想狭隘;当然这几首诗也表明其思想发展并非一帆风顺而是反复曲折,这恰好证明:追求自由思想之路不会一蹴而就,更不会风平浪静,任何新潮思想和社会进步都会遭受多重反复遭遇惊涛骇浪的考验。如下为证:

> The mind which is immortal makes itself
> 永恒睿智大脑自命不凡
> Required for its good or evil thoughts,
> 需要良莠不齐各种思想,
> Is its own origin of ill and end,
> 丰富思想都有来龙去脉

And its own place and time; its innate sense,
及其客观条件；天生良知
When stripp'd of this mortality, derives
即使获得永生，但也不能
No colour from the fleeting things without
辨认稍纵即逝目标颜色；
But is absor'd in sufferance or in joy,
无论吸收悲欢离合之情，
Both from the knowledge of its own desert.
皆能感知自己思想沙漠。

另外，拜伦在《恰尔德·哈罗德游记》（Ⅳ）表现两种主题：一是个人的，致使其早期遭遇困境灾难；二是政治的，使其流离失所在意大利受攻击。随着这首诗歌的发展，上述两主题相辅相成——简言之，拜伦希望通过诗歌重塑个人生活，此前他已适应意大利的新生活。为了完成这项任务，他乞求英国共和国内也受过诽谤的天才们声援帮助他，他虽未点明弥尔顿，但他写此诗显然是求助于诗圣。当然弥尔顿身陷困境曾呐喊追求自由，拜伦此时借助于意大利精神，恳求他现身指导并赋予他力量：

Yet, Italy through every other land
虽然远在欧陆意国他乡，
Thy wrongs should ring, and shall, from side to side;
错误警钟应该定将长鸣；
Mother of Arts, as once of arms; thy hand
艺术之母曾是手中钢枪，
Was then our guardian, and is still our guide;
一如既往乃我们指路人，
Parent of our Religion, whom the wide

第十四章 狂飙突进叛逆不羁的恶魔派自由斗士拜伦

伟大教父为全国人指明
Nations have knelt to for the keys of heaven!
吾辈梦寐以求天堂之路!
Europe of repentant of her parricide,
欧洲后悔弑长辈丧人伦,
Shall yet redeem thee, and, all backward driven,
定会向你赎罪还要回顾,
Roll the barbarian tide, and sue to be forgiven.
曾经惊涛骇浪祈求救赎。
(Stanza 47)

《恰尔德·哈罗德游记》130—137 段称为"原谅诅咒"(forgiveness-curse)段落,还有回顾弥尔顿"斯瑞阿克,这三年如一日"(Cyriak, these three years day; Sonnet 22)。这样联想弥尔顿非常巧妙自然,他想借此提醒读者:其政治生涯与个人历史密切相关,如同弥尔顿卷入政治漩涡而招致个人悲惨人生一样:

What supports me dost thou ask?
你问什么力量支持吾?
The conscience, friend, to have lost [sight] overplied
吾虽失明却有良知亲朋,
In Liberty's defence, my noble task,
争取自由乃吾崇高任务,
Of which all Europe talks from side to side.
此话题全欧洲都在谈论。
(II, 9 – 12)

拜伦解释弥尔顿的诗句:主张政治自由的夏洛蒂公主(Princess Charlotte)逝世致使英格兰遭受"不可救药的创伤"

(immedicable wound),使人想起生活"不和谐"(not in/The harmony of things)的人有"不可救药的灵魂"(immedicable soul),这两个贴切中肯的词组都来自《力士参孙》,可见弥尔顿对于拜伦的影响根深蒂固,他人难以媲美。《恰尔德·哈罗德游记》使拜伦跻身世界诗坛名列前茅,其原因并非因其悲剧人生,而因为他彬彬有礼睿智非凡;他成功并非因为其与大师身世相似,而因为他展示与前辈大师相似诗艺。他在《恰尔德·哈罗德游记》中强调弥尔顿的人物,提醒我们倾听《力士参孙》伴唱;而且他大张旗鼓声明自己是政治诗歌的继承人。他在《献给堂璜》(Dedication to Don Juan)和弥尔顿的拥护者——华兹华斯/骚塞争辩,声称有权继承弥尔顿的传统。他们也号称继承弥尔顿的诗风,穿着缪斯的服饰,在"桂冠诗人"的世界里寻求机遇幸福。相对而言:弥尔顿的精神在拜伦身上更加发扬光大,但不可否认华兹华斯继承了弥尔顿的某些传统。拜伦追求自由的坎坷经历反映这种现象:追求自由是有识之士梦寐以求的夙愿,但这是专制统治者的禁忌(the dictators' taboo);压制自由是专制者永恒的目标,这是各国在不同历史阶段反复斗争的焦点;但表现形式、追求目标和斗争方法不尽相同,而本质毫无二致异曲同工。尽管拜伦曾犹豫彷徨,但他依然通过诗歌表达他追求自由不羁的心声,表明他历经坎坷为英国人民追求自由的斗争推波助澜。尽管他远赴欧陆时绝望哀叹:"我不适合英国,英国不适合我。"

四、拜伦和雪莱——审美先锋拟或政治先锋?

究竟雪莱和拜伦是什么样的诗人——颇有争议。因雪莱认为:浪漫派诗人激发并扩大想象为诗歌社会功能定位,因此有人认为他们自我定位是审美先锋。雪莱和拜伦都认为审美先锋主义

第十四章 狂飙突进叛逆不羁的恶魔派自由斗士拜伦

思想体现为三个方面：对诗人和读者精英身份的定位、未来主义与乌托邦冲动以及诗化生命与审美表演。所以浪漫主义审美先锋思想只反映浪漫主义自由观，其本质与政治先锋派追求有所差异。此派学者将19世纪先锋主义划分为审美先锋派和政治先锋派两大类：后者坚持艺术具有独立革命潜能，前者观点相反——即艺术服从政治革命需求；但两者前提相同：应根本改变生活。他们把雪莱和拜伦划为审美先锋派。卡林内斯库指出：先锋派拥有时代先锋意识。这种意识不仅给先锋派人物赋予时代使命感，而且赋予他们领导者的特权责任，使先锋派跻身于精英阶层。但精英阶层与过去任何统治阶级不同，他们从事反精英主义事业，其终极乌托邦目标是让所有人民都平等享受幸福生活。

诚然，政治先锋强调艺术具有独立革命潜能，审美先锋派似乎将激进政治理想视为与政治革命无关的审美乌托邦。先锋派观念起源于更普遍的浪漫主义救世理想：浪漫主义是现代文化中的先锋主义思想。自浪漫主义思潮发轫，诗人先知的神话广为传颂，几乎所有思想进步的浪漫派对诗歌的先锋地位深信不疑。即使他们不自封"先锋"或不拥护此说教，功利性艺术哲学也不能改变其本性。雪莱表明：诗歌本质即想象，如诗歌产生道德效果，也只通过扩大想象获得道德；人若要非常善良就须广泛深入想象，诗歌扩大想象范畴。因为雪莱深受科勒律治影响而重视想象，因此不能把两代浪漫主义诗人截然分开，更不能对立，而视之为有机的整体。他指出理性和想象是两种心理活动，前者是指大脑对现存想法之间联系的沉思；而后者是对这些想法加工润色，从每个独立完整的元素/想法中创新。因此理性重分析，而想象重整合。理性之于想象便如工具之于人，肉体之于灵魂。其《诗辩》声明诗歌"表现想象"——诗歌必发挥社会功能，不只因为它可传播思想，而因为它能激发人们想象。

1820年3月，雪莱写信给皮可克清楚表达其先锋主义思想：

"我戒指上镌刻意大利箴言——美好日子会来临。"他终身佩戴它,而这箴言为其诗歌总纲。其《心之灵》提到圣哲的圣言:"现世犹如荒芜的花园,他们要为未来而斗争,以便开垦这草莽乐园大地。"雪莱这几行诗表露先锋主义思想,与其在《改革的哲学观点》(A Philosophical View of Reform)中的政治观点以及《诗辩》的美学观点完全一致。《心之灵》告诉我们:现实意义在于它保存、哺育和呵护美好未来。《普罗米修斯的解放》第3幕第4场,时代精灵(The Spirit of the Hour)以天使的梦幻口吻向普罗米修斯和亚细亚描绘美好未来。雪莱的未来主义倾向展示其自由主义和社会革命的意识形态,这在当时很有吸引力和号召力,然而此是意识形态,"这里的意识形态是面向美好未来的乌托邦构想"。因此个体在现实生活的悲怆失落中被热情洋溢的未来主义蓝图冲淡。《阿多尼》第52节写道:

> The One remains, the many change and pass;
> "一"永恒,唯流逝万象更新;
> Heaven's light forever shines, Earth's shadows fly;
> 天光永明,地上阴影无常;
> Life, like a dome of many-coloured glass,
> 生活犹如七彩玻璃屋顶,
> Stains the white radiance of Eternity,
> 色彩斑斓玷污永恒白光,
> Until Death tramples it to fragments. —Die,
> 直至死神将其踏碎。死吧,
> If thou wouldst be with that which thou dost seek!
> 如想和梦中情人共生死,
> Follow where all is fled! —Rome's azure sky,
> 追寻万物流逝之源——罗马,

第十四章 狂飙突进叛逆不羁的恶魔派自由斗士拜伦

Flowers, ruins, statues, music, words, are weak
蓝天鲜花石像音乐古迹
The glory they transfuse with fitting truth to speak.
语言微不足道光荣真谛。

寥寥数行表明:现实阴暗流变无常,唯"一"才是永恒,天庭之光永放光明。因此,诗歌的终极目标不是现实,而是未来。雪莱的未来主义不仅是人类生活的模式,而且是人类生活的榜样。有人认为这模式并不具有现实政治和社会革命的可行性,而本质上是乌托邦似的审美先锋思想。诗化生命与审美表演就是浪漫派诗人将人生目标向着美好未来的投射!然而虚幻的未来对于当下现世的人生截然不同。但浪漫派诗人不甘承受这种凡俗,他们将现世人生视为表演舞台,欲唤醒人们对其进行革命性改造。这要在生活领域发动审美革命,诗化生活就剔除人生的凡俗性。其结果将个体生命演绎为极其壮丽、极富魅力的审美表演,浪漫主义诗人现身说法树立榜样。

许多研究者断定:雪莱、拜伦与华兹华斯不同,前者是"真正革命者",此说在我国"英国浪漫主义文学"中长盛不衰。拜伦式英雄专横孤傲喜怒无常,不见容于社会,时时为内心深处的犯罪意识困扰,言行举止仿佛是当代幻想的典型产物。其实拜伦即使在现实社会也大有作为,因为多数人觉得其反叛无伤大雅,他远离赞成自由平等的法国人和英国外地的请愿者。有人认为其反叛"被抽空了意识形态内容,在当时文学中引人注目,他们只是作为艺术先锋或审美精英而存在,他们远离真正的社会革命"[①],他们是舞台演员而不是真革命者。此论者批评人们把雪莱和拜伦定位为"积极的浪漫主义革命诗人",忽略其积极姿

---

① 张旭春:雪莱和拜伦的审美主义先锋思想初探,武汉:外国文学研究,2004,p18.

态后面的审美表演欲望,批评他们没有冲锋在革命前沿。

  作者认为上述观点言之有理,但它只是从另一个侧面充实完善了对他们的评价,从原来对他们"神化"现实中进行"人化",全面评价不能忽视他们真实的历史表现。无论何国在重大社会变革的重要关头,敢于冲锋陷阵的多是一无所有的草根人民,知识分子因其特定社会地位勇往直前者不多,他们往往出谋划策于密室,运筹帷幄决胜于千里之外;上述拜伦犹豫彷徨瞻前顾后,这是古今中外知识分子的通病。在追求民主自由的漫漫征途上,他们已经竭尽全力摇旗呐喊,大造舆论严重威胁权贵们的专制特权,所以他们才被驱逐出境意欲赶尽杀绝,这足以表明其意识形态宣传攻势的强大威慑力;更何况其呐喊已唤醒沉睡的人们振奋革命精神,故不必苛求他们。窃以为他们不是纯粹的艺术审美先锋或政治先锋,应为两者混合体。尽管他们可能有作秀的欲望冲动,但不可否认他们是发自肺腑想用诗歌改变世界(见后面对《普罗米修斯的解放》的评论),其叛逆形象和追求自由的思想精神已深入人心。其诗歌目的是扩大精英读者群教育人民,而实际上作曲家已把雪莱的诗歌谱曲作歌,千万人传诵鼓舞斗志,这足以证明其诗歌的号召力和感染力。试问:哪个国家哪次革命能离开舆论宣传?他们摇旗呐喊并非隔岸观火,实为社会变革推波助澜。他们用诗歌作刀枪,用如椽之笔作号角,鼓吹革命星火燎原,这是与那些冲锋陷阵的政治先锋遥相呼应不可或缺的力量,应该视他们为革命潮流中不可分割的整体。尤其是拜伦在希腊投笔从戎,出师未捷身先亡,长使英雄泪沾襟,其病逝于军营岂止作秀那么简单?马革裹尸情何以堪!?本章第2节结尾引用雪莱妻子的证言:若雪莱不是堕海早逝,他已决定追随拜伦投笔从戎驰骋战场,这岂是作秀的冲动?后面会论述雪莱在《普罗米修斯的解放》中表现其头可断血可流的革命精神,是追求自由平等真情实感的爆发。重新评价历史人物谨慎可嘉,但须

第十四章 狂飙突进叛逆不羁的恶魔派自由斗士拜伦

慎之又慎因难之又难。人性情感并非简单化直线发展，而是复杂多变因多种情感错综复杂，更多人物的内心世界是混合型，切忌简单分类，非此即彼；特别是历史人物的内心世界更难一言而蔽之，这正是云雾笼罩的历史人物迷人魅力之所在。笔者再次引用第 12 章结尾处科勒律治分析莎翁人物性格的有机构成法，再结合雪莱和拜伦的革命实践与心理性格来证明他们是有机混合型的，而且他们与前辈浪漫主义诗人尽管有分歧，但密不可分。

　　前辈学者王佐良提纲挈领总结：华兹华斯和科勒律治是浪漫主义创始者，拜伦使浪漫主义影响遍及全世界，雪莱通过浪漫主义前瞻大同世界，但他们在吸收前人精华和影响后人诗艺上，作用都不及济慈。这总结概括了世界诗坛对这 5 位浪漫主义大师精辟而客观的评价，这也是促使笔者不惮其烦在前人基础上继续深化此项工作的动力。英国诗歌已经从文艺复兴时代宫廷的爱情玩偶发展至今，已不再是宫廷政治附庸风雅的装饰品；浪漫主义诗人使之成为人民大众争取自由的斗争武器和战斗号角，这是英国社会历史和诗歌文学的根本转变，这种跨越式进步是敌我双方始料不及的。这是众多有识之士和文学大师历经坎坷甚至流血牺牲换来的丰硕成果，他们筚路蓝缕汲取欧洲文明的精髓，披荆斩棘开拓了这条自由文明康庄大道。当然浪漫主义诗人都多次犹豫彷徨，再次表明自由精神文明社会来之不易，因为专制体制冥顽不化，其对追求自由民主的斗士总是残酷斗争无情打击，势必引发被压迫者的剧烈反抗，只有反复激烈斗争才会迎来自由明媚的阳光。若只有诗歌文学固然不能真正赢得自由，充其量是纸上谈兵秀才造反；但若没有诗歌文学教育人民鼓舞斗志提高道德水平，很容易演变为法国革命的暴乱惨剧，而不是真正的自由。

第十五章 桀骜不驯离经叛道的无神论诗人——雪莱

一、雪莱继承浪漫主义诗歌传统

与拜伦齐名风格相似的诗人是雪莱,《英国百科全书》高度评价雪莱:"在伟大的诗歌时代,他创作了最伟大的抒情诗剧、最伟大的悲剧、最伟大的爱情诗、最伟大的牧歌式挽诗;许多评论家认为就形式、风格、意象与象征意义而言,他还创作了无与伦比的长诗和短诗。"最伟大的抒情诗剧——《普罗米修斯的解放》;最伟大的悲剧——《倩契》;最伟大的爱情诗剧——《心之灵》(Epipsychidion 希腊语);最伟大的牧歌式挽诗——《阿多尼》(Adonais);当然包括《致云雀》(To a Skylark)和《云》(The Cloud)等脍炙人口的长短诗,赞美之词毫不吝惜。

雪莱(4 Aug. 1792—8 July 1822)生活于18—19世纪之交,当时英国和欧洲处于大变革时期,政治经济和文化思想急剧变化发展,各种思想碰撞发出耀眼火花。英国经验哲学和欧陆唯理主义占据了主导地位,为资产阶级革命提供了思想基础,辩证法和历史唯物主义经过与经验主义斗争开始产生影响;"自由、平等、博爱"之观念深入人心,人们憧憬美好社会形成乌托邦思潮。这些思想观念深刻影响文学诗歌:文人主张以希腊古典作家

第十五章 桀骜不驯离经叛道的无神论诗人——雪莱

为典范,创作要循规蹈矩,但追求典雅的新古典主义号召力减弱;另一派主流则要求回归自然,追求个性解放,重视想象与激情,反传统求创新,于是形成保守和激进的两派浪漫主义文人。华兹华斯和科尔律治等为先锋,拜伦和雪莱继往开来。华兹华斯称赞他"是所有艺术家中最杰出之一";拜伦赞美他"毫无例外,夫子是我认识的最优秀最不自私的人",他热情对待济慈和拜伦,此言不虚。

他出生于英格兰萨塞克斯郡霍舍姆附近的沃恩汉,其祖父受封男爵,其父是辉格党议员。雪莱12岁入伊顿公学,他受学长及教师的虐待,新生受虐习以为常,但雪莱不愿忍气吞声,就公然反抗。而这种反抗的个性如烈火迅速燃尽了他短暂的一生。8岁雪莱尝试写诗,与表兄托马斯合作诗歌《流浪的犹太人》。1810年雪莱进入牛津大学,深受英国自由思想家休谟及葛德文等人的影响,他将其关于宗教政治社会等想法写成小册子,散发给素不相识者,认征询意见。1811年3月25日,因散发《无神论的必然性》(The Necessity of Atheism),新生雪莱被开除。其父墨守成规要求他声明与此册无关,他断然拒绝而被赶出家门。囊中羞涩的雪莱在两个妹妹的帮助下独居,并认识了赫利埃特·委斯特布洛克——其妹的同学。他俩仅数次谋面;雪莱在威尔士看她来信知其在家受父虐待,他毅然赶回伦敦,带着这可怜且恋慕他的少女私奔。他们在爱丁堡结婚,婚后住不远的约克郡。1812年2月12日,雪莱同情被英国强行合并的爱尔兰,携妻前往都柏林;为支持爱尔兰天主教徒的解放事业,雪莱慷慨激昂四处演说,并散发《告爱尔兰人民书》及《成立博爱主义者协会倡议书》。他政治热情高涨,随后一年巡回各地散发小册子。同年11月完成叙事长诗《麦布女王》(Queen Mab),次年出版,这首诗富于哲理,抨击伪善宗教,批评封建阶级与劳动阶级中的不平等现象。

雪莱新婚宴尔，敌人借此攻击他；浪漫的骑士精神经过理性冷却，他们发现仓促婚姻中真实的一面——情人眼里出西施，贫贱夫妻百事哀，相爱容易相处难，诸多矛盾日益暴露。雪莱承认浪漫婚姻并没救助妻子，只将两人捆绑一起承受新折磨，他俩精神差异与日俱增。后来雪莱结识其导师葛德文的女儿玛丽·葛德文（Mary W. Godwin, 1797—1851），他们相爱并迁徙欧洲大陆，他们对爱情婚姻的理想纯洁，连最严苛的批评家也无法置喙。雪莱死后，玛丽为他的诗集编注。1815年雪莱祖父逝世，囊中羞涩的雪莱按照长子继承法获得年金，但他与妹妹分享。这一年除了《阿拉斯特》之外，雪莱创作的多是有关哲学政治的论文。

1821年2月23日济慈英年早逝，雪莱闻知噩耗异常悲愤，4月11日后他开始创作《阿多尼》这首牧歌式挽歌。该诗共770行，分为55个斯宾塞式，但又遵循弥尔顿《历锡达斯》（Lycidas）英诗传统。该诗题目似乎融合希腊语"肥沃土地之神"（Adonis）和希伯来语"上帝"（Adonai）。此诗模仿维吉尔第10首对话式田园诗（Eclogue）。该诗于同年7月由查尔斯·奥利尔出版，雪莱在前言误判济慈因受《季刊评论》诽谤发怒引致肺病而亡，他还感谢约瑟夫·塞文（Joseph Severn）在罗马照顾济慈，此番评介引起学界对塞文更感兴趣。1816年底，雪莱在汉普斯特德（Hampstead）经友人莱·亨特（Leigh. Hunt）介绍认识济慈，亨特原对济慈很感兴趣，转而对雪莱感兴趣。济慈对雪莱放荡不羁的性格持保留意见，还发现雪莱的建议好像恩赐（例如他觉得济慈不该发表早期诗作）。雪莱欣赏济慈并非完全出于回报，可能是济慈讨厌亨特见异思迁。尽管如此，雪莱迁往意大利居住，他俩鸿雁传书联系不断。尤其济慈患病，雪莱夫妇邀请他随同他们迁往比萨（Pisa），但他随同塞文旅行，而雪莱对济慈敬仰之情一如既往。如前所述，1822年雪莱即将而立之年，生日前1个月在意大利溺水身亡，一失足遗千古恨，当然

第十五章 桀骜不驯离经叛道的无神论诗人——雪莱

也有人怀疑是政敌谋杀;传说其外衣口袋里发现两本书——《圣经》和《济慈诗集》及一张纸条说济慈生病,他前往探视邀其迁往比萨同住未果:"我确实意识到助长了一个对手,他会远远超越我,这是另一动机,也令我格外高兴。"(笔者疑虑纸条上字迹经海水长时间浸泡是否还能辨认?但无法反驳,至少此说法证明雪莱重视济慈的诗歌成就)。雪莱将《阿多尼》视为"最少缺憾"的诗作。1821年6月5日,他给约翰写信说:"这是精心制作的艺术品,或许是我迄今最完美诗作。"得意之情跃然纸上,自我欣赏溢于言表,他为济慈付出的心血之多感情之深无与伦比。但他口袋里的《圣经》是用于学习拟或批判似乎无解。以下仅选评第1节可见一斑,悲痛之情令人唏嘘:

I weep for Adonais—he is dead!
我恸悼阿多尼——他已亡!
O, weep for Adonais! though our tears
痛悼阿多尼!泪如雨下
Thaw not the frost which binds so dear a head!
难溶化可爱头颅上冰霜!
And thou, sad Hour, selected from all years
悲伤时,你选择所有年华
To mourn our loss, rouse thy obscure compeers,
到我们悼亡,唤醒伙伴啊,
And teach them thine own sorrow, say: "With me
诉我们悲伤:"仙逝阿多尼
Died Adonais; till the Future dares
与我同在,除非到未来
Forget the Past, his fate and fame shall be
敢忘记过去、其命运荣誉

An echo and a light unto eternity!"
　　成为回响光明永远继续。"

　　1818年3月雪莱诀别英国迁往意大利,独在异乡为异客;他滋润着欧洲文艺复兴的雨露甘霖,沐浴着地中海的阳光,流连忘返于水天一色的地中海。他与拜伦不约而同旅居于此,同为天涯沦落人惺惺相惜,共泛舟于海上,同驰骋习射击研诗经情深意笃。他创作灵感如泉而涌,一气呵成创作了长篇诗剧《普罗米修斯的解放》(Prometheus Unbound)。雪莱为了声援英格兰同胞的抗议运动,慨然完成《英国人之歌》(Song to the Men of England)和《1819年的英格兰》(England in 1819),这些是一系列充满正义、昂扬激情的政治诗歌。其中很多名句广为流传,都成为劳工运动、宪章运动的流行歌词。其诗歌脍炙人口,足以证明浪漫主义诗歌深入人心。在意大利4年,雪莱创作了很多著名的抒情诗,如《西风颂》、《云》和《致云雀》等。

　　众所周知雪莱的诗歌热情洋溢精雕细琢,富于乐感意境优美。因为他渴望光明憧憬未来,因此诗歌乐观豁达,是英国诗坛奇葩,也是英国浪漫主义诗歌史上新的里程碑。雪莱像华兹华斯一样酷爱自然,用诗讴歌自然。但他不像华兹华斯秉笔直书,不像他擅用情景交融的手法抒发淡淡的哀愁,因为华兹华斯敏锐地发现人与自然的关系不融洽,违背他天人合一的理想;而雪莱喜用拟人手法赞扬包容万象的恢宏自然,把自然描绘成西风或云彩那样的精灵,启迪鼓舞人们。由于他曾学过近代自然科学,所以他相信无神论,用诗歌阐述风雨雷电等自然现象,探索日月星空的神奇,热情讴歌浩瀚海洋和广袤大地万物万象。他把浪漫主义丰富想象力和严谨细致科学观察糅合起来,描写自然具有人的生命、情感和灵动。他努力通过诗歌阐明人与自然互通的哲理,这说明他继承了华兹华斯的理念。

第十五章 桀骜不驯离经叛道的无神论诗人——雪莱

他不仅是诗人还是化学家,受当时几位著名科学家的影响,他对科学产生了浓厚的兴趣。有人认为浪漫主义诗歌主题是宣扬回归自然,反对科学;其实不然,早有文献论述英国浪漫主义诗歌和科学并非二元对立,但这些文献对科学在浪漫主义诗歌中的价值地位未深入研究,对于雪莱作品中科学元素的分析仅停留于表面。《麦布女王》中科学元素背后就有科学理论依据,它阐述雪莱如何运用科学元素实现瑰丽想象,抒发反对宗教暴政和构建理想社会的抱负。《麦布女王》表现了英国浪漫主义与科学之间的关系,证明浪漫主义崇尚自然感性,科学强调理性。其时科学蓬勃发展,雪莱和其他浪漫主义诗人对科学表现出浓厚兴趣。此诗证实英国浪漫主义和科学具有共同之处,表明科学元素及其科学理论在雪莱诗歌中的价值作用——追求自由与科学并行不悖。

另外,浪漫主义运动渗透到其他艺术人文学科,并影响自然科学推动社会发展,尤其重视创造力和天才,强调科学家在科学发展中的主导地位;这与19世纪末启蒙运动不同,后者在法国用机械自然哲学观点贬低科学的巨大影响,两派对垒对科学和社会产生不同影响。雪莱不仅自己热爱科学,而且其妻玛丽·雪莱也有先见之明将文学和科学紧密结合。她19岁时,拜伦与雪莱在日内瓦夜谈,拜伦提议大家各写一篇神怪小说。四人都动笔,包括玛丽和拜伦的医生巴利多里。男士都无终篇,唯有玛丽坚持不懈完成名著。1818年其处女作《科学怪人》(Frankenstein)问世并轰动英伦,这部有关科学的文学作品表明文学界重视科学,所以此书引起广泛关注。它不仅有科幻色彩和浪漫气氛,又有深切的人文关怀,更有令人毛骨悚然的恐怖因子,故为有史以来最伟大的恐怖作品之一,很多人誉之为"第一部真正科幻小说"。原来名不见经传的玛丽初出茅庐,一鸣惊人誉满全国,顿时风靡全国。(雪莱)有心栽花花不开,(其妻)无心插柳柳成荫,阴错阳差。该书表现了浪漫主义在科学界的重要成果,包括反还原论和操控自然的因素,这两点都和浪漫主义相关;它根据化学、物理学、解剖学和自然哲学等学科分为5卷,；其中第1卷重点讨论科学与政治的关系。她强调科学的社会责任：科学若不珍惜自然只控制自然会误入歧途。希特勒的疯狂和原子弹的发明证明其论断英明。18—19世纪英国科学突飞猛进,浪漫主义思潮和科学技术比翼齐飞,推动社会加速发展。

人类智慧启蒙就是把科学和神学分开,神学即神化哲学。人类思维需要哲学逻辑,不仅需要宗教信仰,更需要科学,两者互相关联互相影响！形而上与形而下两个认识领域缺一不可。中世纪欧洲政教合一是人类最黑暗的时期。人类进入现代文明始于分清科学与神学的关系并把它们分隔。民主之所以先产生于西方的最根本原因：他们率先区分科学与神学,实行政教分离,让科学与神学分离！结果科学得以解放,不仅自然科学也包括社会科学；最终是欧洲得解放,其间浪漫主义推波助澜功不可没。

二、浪漫主义诗歌迸发革命激情

雪莱代表作《西风颂》写于1819年,其时他在佛罗伦萨附近亚诺河畔树林里散步,气温突然温和湿润狂风大作,傍晚下暴雨冰雹,此情此景激发其创作灵感,他当即构思随即完成初稿。诗歌描述萧瑟秋风扫落叶的肃杀,但他不像华兹华斯那样伤感凄凉,他以远见卓识乐观识透秋风的创造保护力,独具慧眼知道秋风保护种子,酝酿迎接春回大地。这正是雪莱匠心独运之处。他花费一周时间推敲斟酌《西风颂》,自忖歌唱西风鞭策自己,证明自己既是热情的浪漫主义诗人,又是勇敢的革命战士；他以诗歌作武器,积极投身革命运动,百折不挠始终保持高昂的战斗精神。他早年赴爱尔兰参加民族解放斗争,回国后继续抨击暴政倡导革命,支持工人运动。因而他饱受资产阶级反动政府的迫害,

第十五章 桀骜不驯离经叛道的无神论诗人——雪莱

愤然背井离乡飘落意大利。他旅居意大利,与意大利"烧炭党"和希腊革命志士过从甚密同仇敌忾。他决定用《西风颂》熔铸其坎坷人生的颂诗,倾泻他对反动统治者的满腔愤恨,洋溢不屈不挠的战斗精神,表达其献身革命的强烈愿望。所以这再次证明他并非银样镴枪头的审美先锋。

19世纪初欧洲各国工人运动处在自发阶段,封建贵族和资产阶级反动势力还很强大,"神圣同盟"的幽灵四处游荡,大地即将冬眠。英国工人为争取生存权利,与资产阶级殊死搏斗,各种工潮如火如荼。1819年8月曼彻斯特8万工人举行声势浩大的游行示威活动,反动当局野蛮镇压,制造了史上著名的彼得卢大屠杀事件。雪莱满腔悲愤写下长诗《暴政的假面游行》,抗议资产阶级政府的血腥暴行。法国自拿破仑帝制崩溃、波旁王朝复辟后,阶级矛盾异常尖锐,广大人民酝酿反封建复辟势力的革命斗争。拿破仑帝国解体,促进了西班牙人民反对异族压迫和封建专制的革命运动,于1819年1月终于打响武装起义的枪声。此前雪莱为西班牙人民献上《颂歌》,为西班牙革命吹响进军号角。意大利和希腊民族解放运动方兴未艾,《西风颂》发表不久,这两国先后爆发轰轰烈烈的武装起义。面对欧洲山雨欲来风满楼的革命形势,雪莱欢欣鼓舞,秉笔直书沸腾炽热的革命激情。他自述此诗受科勒律治《法兰西·颂歌》之启发而为。

风雨如磐,正值黑云压城城欲摧的危急关头,《西风颂》难免出现婉转忧愁的调子。雪莱作为革命先驱,对革命前途和人类命运始终保持乐观主义信念,他坚信正义必定战胜邪恶,光明必将战胜黑暗,这与其《普罗米修斯的解放》的乐观主义基调不谋而合。《西风颂》的旋律猛烈刚强,弹奏时代最强音,所以笔者坚持不能简单将他冠以"审美先锋"。诗人以天才预言家的姿态向全世界宣告:(以第5节为例)

Make me thy lyre, even as the forest is:
以我为琴,如用森林抒情:
What if my leaves are falling like its own!
尽管我树叶如森林枯谢!
The tumult of thy mighty harmonies
你那气势磅礴和谐之音
Will take from both a deep, autumnal tone,
我和森林鸣响秋歌深切,
Sweet though in sadness. Be thou, Spirit fierce,
甜美而悲怆。你精神勇敢,
My spirit! Be thou me, impetuous one!
永驻我心灵!我像你猛烈!
Drive my dead thoughts over the universe
把我枯槁思想吹散宇宙,
Like wither'd leaves to quicken a new birth!
似摧枯拉朽促绿叶新生!
And, by the incantation of this verse,
凭借这单调如咒语诗歌,
Scatter, as from an unextinguish'd hearth
如余烬未灭壁炉迸灰烬
Ashes and sparks, my words among mankind!
火星将我诗句播洒人间!
Be through my lips to unawaken'd earth
用我嘴唇唤醒沉睡人们
The trumpet of a prophecy! O Wind,
吹响预言号角!西风吹啊,
If Winter comes, can Spring be far behind?
若冬天已来,春天会远吗?

第十五章 桀骜不驯离经叛道的无神论诗人——雪莱

他把但丁《神曲》3 行体诗和莎士比亚兼收并蓄开创新诗体。全诗分 5 节，每节 14 行，前 4 节开头是 3 行诗，最后 1 节是双行排偶韵诗，把该节诗的情感推向高潮。诗歌韵律 aba 步但丁后尘，可见他对但丁推崇备至，而且继承莎翁遗风更推陈出新。因为颂诗虽发轫于意大利，但莎士比亚将其发扬完善，才使之风靡英伦。诗歌前 3 节写"西风"。那狂烈西风摧枯拉朽震撼宇宙，那狂暴犹如狂女头发摇曳震撼世界；黑夜中漫无边际的神秘凝聚西风的力量。萧瑟西风以横扫千军之势扫除枯枝败叶，然而它没有残杀生命，它将种子贮藏地下冬眠，等待生根发芽结果。然后西风吹响迎春号角，勾起人们对春回大地的遐想，让春意芳香伴随西风的足迹传播四方。经过狂暴西风的洗礼，生命之火更旺盛；那动人景象和迷人芳香迅速蔓延，因为那奄奄一息的枯枝烂叶会化腐朽为神奇。这些奇特形象比喻振聋发聩醍醐灌顶，启迪民智鼓舞斗志。诗人用优美蓬勃的想象刻画西风形象入木三分，气势恢宏的诗句和强烈震撼的激情把西风推陈出新的精神勾勒一览无遗。后两段应和西风，"我倒在生活荆棘上，我流血了！"这令人心碎的诗句是血泪的控诉，道出不羁的心灵屡受伤痛。但诗人仍愿沐浴西风，愿将逝的生命在被撕碎的瞬间感受西风的荡涤；诗人愿奉献一切为春天引吭高歌。西风象征无坚不摧和无处不在的宇宙精神，诗人自诩为除旧迎新的西风精神，表达其坚定生活信念和破旧立新的决心。结尾庄重预言——若冬天已来，春天会远吗？

《致云雀》亦是其代表作。他赞美云雀，透露与云雀若即若离的自我及美学思想和艺术抱负，体现诗论精神。全诗 21 节，前面 4 个短句，每句 5~6 个音节；如第 2 节 6 个音节，节奏明快跳跃，第 5 句是 12 音节长句为每节总结，韵律 ababb。全诗从赞美开始以感叹告终，层次井然结构有序。此诗写于 1820 年夏的一个黄昏，他在莱行郊外散步，耳闻云雀啼鸣有感而发。第 1

节赞美云雀:"欢乐精灵"歌声"来自天堂","以质朴艺术倾诉你衷情"表达诗人如前辈一样的信念:好诗是由衷的思想、激情、音响和形象。第2节继续联想想象,描述云雀欢快跳跃边飞边唱。第3、4节描写云雀凌空飞翔迎接朝阳欢快明朗。

To a Skylark
致云雀

Hail to thee, blithe Spirit!
欢乐精灵你好!
Bird thou never wert,
你绝不是飞禽,
That from Heaven, or near it,
来自天堂九霄,
Pourest thy full heart
欢唱引吭高歌,
In profuse strains of unpremeditated art.
以天籁之音展示你激越歌喉。

Higher still and higher
展翅翱翔飞升,
From the earth thou springest
从地腾空而翔,
Like a cloud of fire;
恰似火云升腾,
The blue deep thou wingest,
飞掠湛蓝天上,
And singing still dost soar, and soaring ever singest.
永远翱翔歌唱,还要歌唱翱翔。

In the golden lightning

第十五章 桀骜不驯离经叛道的无神论诗人——雪莱

阳光将你沐浴,
Of the sunken sun,
来自夕阳落山,
O'er which clouds are bright'ning,
云蒸霞蔚万里,
Thou dost float and run;
你在自由飞翻,
Like an unbodied joy whose race is just begun.
恰似无形的喜悦刚开始扬帆。
The pale purple even
紫绛黄昏低垂,
Melts around thy flight;
伴你飞行消融,
Like a star of Heaven,
天堂孤星紫微,
In the broad day-light
白昼难觅影踪,
Thou art unseen, but yet I hear thy shrill delight,
但我听见你无比欢乐的歌声。

随后诗人把云雀喻为星光利箭、明月清辉和彩霞降下的美雨,给人美妙的视觉形象和听觉感受。第8节更直接将其喻为诗人:

Like a Poet hidden
如诗人悄隐匿
In the light of thought,
于思想光辉中,
Singing hymns unbidden,

不禁歌唱吟诗
Till the world is wrought
赢普天下同情,
To sympathy with hopes and fears it heeded not:
唤醒那已忽略的希望和惊恐。

　　最后重申神圣使命：诗人更敏感，感受最细致而想象最丰富，能揭示常人熟视无睹或未察觉的真理。他深爱人类而无知音，故抑郁借诗抒情，把鸣唱的云雀喻为火云或晶莹流光，只闻其声不见其形，表明不求闻达。从第13节到15节探讨美的根源证其主张：诗人若无高尚思想情操则不能创作精美艺术作品。第15节揭示艺术与自然的关系——艺术即生活"惟妙惟肖的再现"，想象源于生活。他万分感慨自然风光、人间暴政、战争惨状和人类文明："我从这些源泉汲取诗歌营养。"可见绚丽的浪漫主义之花植根于现实生活土壤，借诗抒情寄托理想。

Teach us, Sprite or Bird,
说吧：小鸟精灵,
What sweet thoughts are thine:
甜美话在心头?
I have never heard
我从闻所未闻
Praise of love or wine
颂爱情或醇酒
That panted forth a flood of rapture so divine.
能够迸发出如此神圣的音流。
Chorus Hymeneal,
赞婚颂歌合唱,
Or triumphal chant,

第十五章 桀骜不驯离经叛道的无神论诗人——雪莱

或凯旋归欢歌,
Match'd with thine would be all
与你乐声同样,
But an empty vaunt,
绝非空洞欢乐,
A thing wherein we feel there is some hidden want.
我们感觉某个隐衷已在深窝。
What objects are the fountains
什么隐秘山泉
Of thy happy strain?
欢乐而又紧张?
What fields, or waves, or mountains?
田野大海群山?
What shapes of sky or plain?
天空平原何状?
What love of thine own kind? what ignorance of pain?
这是同类挚爱?或无视那悲伤?

该诗第 17 节涉及"死亡"——敏感令人忌讳的主题,这表现其异于常人的生死观,因为他是无神论者,无所畏惧心地坦荡。他认为理性之人造福人类体现价值,高尚灵魂千古流芳,能回归其本源和宇宙精神合一。以下 3 节则表现浪漫主义诗歌的共性:反对人类社会的邪恶不幸,歌颂自然揭示真理:

Waking or asleep,
苏醒拟或沉睡,
Thou of death must deem
必对死亡定义,
Things more true and deep

如我们在梦寐
Than we mortals dream,
更深沉更真实,
Or how could thy notes flow in such a crystal stream?
否则歌声怎像水晶溪流流利?
We look before and after,
我们瞻前顾后,
And pine for what is not:
为了虚幻缥缈:
Our sincerest laughter
我们诚挚欢乐
With some pain is fraught;
交织痛苦烦恼,
Our sweetest songs are those that tell of saddest thought.
用最美颂歌倾诉最悲愤思潮。
Yet if we could scorn
如果我们嘲弄
Hate, and pride, and fear;
憎恨傲慢恐惧;
If we were things born
如果我们天生
Not to shed a tear,
不轻弹泪一掬,
I know not how thy joy we ever should come near.
我不知我们如何才更加欢愉。
Better than all measures
没有其他音符
Of delightful sound,

如此动听美妙,
Better than all treasures
没有其他宝书
That in books are found,
如此宝藏富饶,
Thy skill to poet were, thou scorner of the ground!
这仰仗你诗人,你的诗艺高超!

这瑰丽非凡的诗歌艺术仰赖诗人的高超诗艺和高贵品质,才能如歌似乐美妙动听。诗人喜用排比,这如同《西风颂》的艺术特点;他通过每个明暗喻突出主题的象征意象。云雀表现诗人的自我于无形,胸怀大志拥抱寰宇,其情清新俊逸耐人寻味,也表现他桀骜不驯的性格与离经叛道的信仰;这些使之生前饱受攻击,但身后声誉日隆。当今公认他最成熟、结构最完美的作品是《倩契》,而在其生前却评为最差作品,可见英雄历尽磨难生不逢时。但历史终于还以公正:不朽的诗人创造不朽的诗篇,因为它们启发人们于无声处听惊雷,给社会带来光明希望,唤醒沉睡的民众,这正是浪漫主义诗歌的崇高价值。让诗歌服务社会政治,从文学的自由主义到追求政治民主自由,这使浪漫主义诗歌比文艺复兴时期诗歌更胜一筹,这也是英国社会与诗歌发展的必由之路,对其他国家不无启迪。

三、《心之灵》中同性恋隐情(Homoeroticism in Epipsychidion)悬疑

《心之灵》是雪莱1822年的杰作,最有争议莫衷一是。因其似沉迷于理想爱情难以自拔,信仰恋爱自由,相信《圣经》上帝造人之说,暗示其双性恋。他说:"写诗奉献给高贵而不幸

的女士——艾米莉娅.V（Emilia V），她身陷修女院"（Verses addressed to the noble and unfortunate Lady, Emilia V—, now imprisoned in the convent of—）①。这似指圣·安娜修女院（the Convent of St. Anna）里年轻的伯爵夫人艾米利娅·薇薇安妮（Countess Emilia Viviani），他俩邂逅曾短暂联系。其中不少篇幅似对"艾米利娅"倾诉，这似为噱头。尽管雪莱传记作者对此遐想联翩，但确无迹象表明雪莱对艾米莉娅有非分之想或举止狎昵，因为他每次拜访艾米利娅都有其妻或克莱尔·克莱蒙（Claire Clairmont，妻妹）陪伴。

2008年约翰·劳瑞森（John Lauritsen）认为《心之灵》神秘难解（a cryptic poem；a poem a clef）。人们煞费苦心研究其妻玛丽·雪莱（Mary. Shelley）是否象征"月亮"，克莱蒙是否"彗星"（comet）。诗歌序言"广而告之"（Advertisement）：他要布下迷魂阵，做神秘不可思议之事。诗歌"足以让某层次读者明白无误"（sufficiently intelligible to a certain class of readers），让其他读者"莫名其妙"（incomprehensible）。前者指谁？雪莱给出版商奥利尔（Ollier）写信希望它只在小范围（sunetoi）传阅，例如："受人介绍、会欣赏的行家、已启蒙开智和少数神秘者"（the initiated, the cognoscenti 意大利语, the enlightened and the esoteric 意大利语）。劳瑞森分析男同性恋者可能代表"某层次读者"，"小范围"是合理猜测。这到底是雪莱真心大暴露，还是他欲擒故纵故弄玄虚呢？

隐匿406行，其间偶现"艾米利娅"，然后突然中断变换称呼"艾米利"（Emily）。其后将近200句美妙情色诗行，"艾米

---

① Shelley, Percy Bysshe: Epipsychidion: verses addressed to the noble and unfortunate lady, Emilia V now imprisoned in the convent of, London: C. and J. Ollier, 1821, p48.

第十五章 桀骜不驯离经叛道的无神论诗人——雪莱

利"多于"艾米利娅"。劳瑞斯认为"艾米利"并非"艾米利娅"别名,而是他称呼爱德华·埃勒克·威廉斯(Edward Ellerker Williams),这是其好友伙伴,"艾米利"是其代号/绰号。他说:雪莱和拜伦分别用女士名字称呼其男友,例如用"珀莉"称呼约翰·珀利都立博士(Dr. John Polidori)。1821年1月初雪莱和威廉斯会面,不到1个月《心之灵》书稿交付厂商。"艾米利"可能也是其他男情人,甚或是想象的理想男情人。雪莱可能曾有过或确实存在同性恋情,或是他完全臆想创作(根据雪莱诗歌理论凭想象创作),现在无从考证。一般而言,谨慎之人都会对私情严格保密。劳瑞斯认为雪莱遗孀(Mary)及其媳妇简(Jane)编造神话,把雪莱变成"维多利亚时代天使,应位列可敬传统诸神,理当供奉朝拜"(a Victorian angel suitable for enshrinement among the gods of respectability and convention)[1]。他引用罗伯特·迈特卡夫·史密斯1945年版《雪莱传奇》这段话,认为雪莱遗孀及媳妇毁灭了雪莱的信件手稿,证据灭失无法考证,只能依靠想象逻辑推理。这种手法似与莎翁如出一辙。

《心之灵》后半段可谓"艾米利"专辑,自始至终有关帆船航海,这是雪莱和威廉斯从相识到同葬大海时的共同爱好,历经1年半。据说两情相悦互相吸引,互视对方为心灵伴侣,其中究竟有多少隐秘故事,仍是云雾缭绕。尽管"先生/女士"只是称呼,但最后总结特点都是天生存在于男性关系中。当时还有诗句没付印,1903年劳克科(C. D. Locock)发现付梓;后来汤玛斯·赫钦森(Thamas Hutchinson)编纂标准版《雪莱诗选》(Shelley's Poetical Works)将其收录。其中有诗句遭排斥,其他

---

[1] Beerte C. Verstraete, Vernon L. Provencal: Same-Sex Desire and Love in Greco-Roman Antiquity and in the Classical, New York: The Haworth Press Inc. 2013, p359.

颇受追捧。雪莱表示男同性恋仅是诗歌主题,他必须隐藏"朋友"性别,所以施展技巧隐藏真情。根据这些增补诗句,读者很难轻易甄别诗中人物性别:"女士"可能是"先生","她"可能指代"他"。下面4句诗表示他有朋友/情人,其形象模糊难辨,但可从莎翁中索隐,老男人向青年美男倾诉衷肠:

> If any should be curious to discover
> 如若有人好奇意欲查甄
> Whether to you I am a friend or lover,
> 我是你的朋友还是情人,
> Let them read Shakespeare's sonnets, taking thence
> 请阅读莎士比亚,
> A whetstone for their dull intelligence.
> 以此为鉴提高愚钝智力。

　　雪莱好像煞有其事真有恋情,唯恐读者"不识庐山真面目",千方百计明示或暗示,援引莎翁案例印证此情。到底他是受莎翁启发模仿其手法赋诗广而告之,或故弄玄虚展现其诗歌艺术实难定论。但足见莎翁在他心中崇高无比,他热衷模仿难以抹杀。莎翁为了和后人"捉迷藏"隐匿其生平资料,雪莱也如法炮制亦步亦趋。上述观点认为《心之灵》全诗始终围绕"艾米利/现在一艘船漂浮在港湾……",若由此联想起威廉斯则顺理成章合情合理;若由此联想起修女院里的伯爵夫人,似乎风马牛不相及,牵强附会有悖情理有违逻辑。窃以为这种联想未必牵强,若雪莱幻想用那艘游船载着梦中(女)情人远航无人岛,极尽缠绵悱恻亦可为合情合理的梦幻;追求爱恋人妻已是意大利诗人率先垂范,经瓦特和西德尼等人继承,诗歌沉迷这刻骨铭心的单相思已蔚然成风。若雪莱有此情结亦顺理成章。当然就宗教信仰和社会道德而言,雪莱身为人夫,暗恋人妻或思念同性情人

第十五章 桀骜不驯离经叛道的无神论诗人——雪莱

都是不伦之恋,若受指责诟病理所当然,不应为尊者讳。如他仅限于暗恋似可原谅,若吟诗歌赋广而告之理应谴责。本来男欢女爱仰慕异性乃人之本性,赋诗歌咏浪漫情怀应发乎情止乎礼;但如猎奇斗艳声色犬马甚至鼓吹畸恋败坏社会风气,就是社会和文学之大忌,理应约束,更不应任其泛滥吞噬健康诗潮。可见意大利诗人生活和诗歌的骄奢淫逸之风对英国影响深远,很难否认罗马衰败与奢靡淫荡之风无关;而且这不良影响不仅污染了英国社会和诗歌,也阻碍了英国社会和诗歌健康发展。所以,劳瑞森穷追不舍,最后提出3点根据欲盖棺定论:(1)雪莱《心之灵》"序言"节选;(2)《心之灵》408行—591行注释引申详解同性恋;(3)"诗歌选录"与相关资料(Passages of the Poem, or connected therewith),这些虽没和《心之灵》一起出版,但阐述了相关注释。毋庸讳言,这些迟到的质疑鞭辟入里,言之凿凿难以辩驳。尤其是"序言"最后呼之欲出。那么是否至此可给雪莱盖棺定论呢?答曰未必,至少证据不足可能功亏一篑,这迟到的质疑仅凭想象推理难以定论,就如犯人只有作案动机不能成为审判证据一样,英美法系疑罪从无,更何况此前还不断有人为雪莱鸣冤叫屈。

其实一直有人为雪莱诗歌辩护,就像对莎士比亚的质疑辩护一样错综复杂莫衷一是。1977年提莫斯·维博(Timothy Webb)发表《雪莱——困惑之声》(Shelley, A Voice Not Understood)声明:雪莱创作诗歌并非个人传记,不必锱铢必较;更何况雪莱、拜伦都认为诗歌创作并非煞有其事,允许虚构不言而喻,所以不必在现实中引经据典挖根刨底,其观点与时代潮流不合拍。1821年雪莱曾写信向一位女士解释其诗歌观点:"哲学道德有广泛启示性模范作用,你若期望深刻了解并感觉所有细节会失望;如人物姓名、日期甚至动作,因为你只能感受演员用语言包装的服饰外表,这语言只表述控制其行为的思想感情和标准规则。"

读者欲知诗中或史上每个人实际生活乃至世人褒贬的真相，但真相与文学并非等同。常有人批评雪莱不懂语言诉求，他直言不讳反击：语言只是诗歌艺术的组成部分，语言并非事实真相。若对诗歌文学定性分析，非要追究真名实姓、准确日期、真实思想感情和其他佐证资料，那就忽略了诗歌的主要成分——诗句韵律和诗歌语序，也包括诗人的创作想象。这源于语言本身，更能通过言行举止代表人物内心思想感情，比起上述其他细节更能感受人物微妙细致的动态。因此诗歌的重要意义不仅在于讲述多少事实，而更在于其语言的特殊性以及如何表达语言和思想行为之间总的关系。故不必怀疑诗歌到底有多少真实内容，所以上述质疑难免再受反质疑。

　　他进而阐述：声音与思想彼此关联，所以诗人的语言决定声音统一和谐，否则诗歌名不副实。当然他并非主张诗歌要违背现实生活和社会现实，诗歌也不要凭空捏造谎话连篇，他在上述信中提醒那位女士：诗歌不是自传或历史，未必完全与现实对号入座；但它一定符合诗人自己对生活的感受，而且通过诗歌语言准确形象生动地表达诗人对于现实的感受——这似乎间接证明涉嫌同性恋的诗歌是其真实感受。这种观点来源于理想主义观点与其哲学观点。雪莱苦心孤诣研究形而上学的哲学问题（metaphysics），他也准备写作玄学（形而上学）的论文研究人性，他认为思想和自然哲学观点就是和诗歌精神的天性本能一致。可惜他英年早逝未有结果，但其手稿显示：唯有感知存在，只在两种思想间有差别——即思想观念名称和外界客观事物。他希望读者认可其头脑能创造客观世界，甚至认为诗人能主导世界。维博劝导读者不必斤斤计较雪莱诗歌的细节，要把握其诗歌主流。这种辩护观点比劳瑞森的质疑早21年，但其能否真正消除上述质疑则要留待时间检验。到底是其用诗歌理论故弄玄虚玩弄噱头，还是他寻找借口掩盖事实真相呢？而且其私生活放浪形

第十五章　桀骜不驯离经叛道的无神论诗人——雪莱

骸证据确凿,能玩异性恋为何不能同性恋?窃以为辩护与质疑几经反复,无疑已把雪莱的研究引向深入,双方博弈争辩才能云开雾散逼近真相。现将劳瑞森质疑的证据译出,供读者参考自裁。

Advertisement

The Writer of the following lines died at Florence, as he was preparing for a voyage to one of the wildest of the Sporades, which he had bought, and where he had fitted up the ruins of an old building, and where it was his hope to have realised a scheme of life, suited perhaps to that happier and better world of which he is now an inhabitant, but hardly practicable in this. His life was singular; less on account of the romantic vicissitudes which diversified it, than the ideal tinge which it received from his own character and feelings. The present Poem, like the Vita Nuova of Dante, is sufficiently intelligible to a certain class of readers without a matter-of-fact history of the circumstances to which it relates; and to a certain other class it must ever remain incomprehensible, from a defect of a common organ of perception for the ideas of which it treats.

广而告之

下列诗句作者已于佛罗伦萨逝世。其时他准备起航前往他购买的波斯拉德群岛最偏僻小岛,他已在那里装修了颓废旧屋。他原本希望在那里实现美好生活,他希望那能使他现实生活的世界更快乐更美好,可惜事与愿违。其生活方式独树一帜,不仅由于其浪漫传奇丰富经历,更重要的是其自己个性和感情具有理想因素。这首诗歌如同但丁《新生》一样,使某个层次读者即使没有亲身经历过相关历史背景也能明确无误;而让另一层次读者依然莫名其妙,因为其没有用普通器官感受其中描述的那些概念……笔者认为这句话最直白露骨,点明主题呼之欲出。诚然,雪莱的私生活与拜伦一样有失检点,浪漫风流绯闻不绝;但亦戒乱点鸳鸯谱,应实事求是无证不立;这到底纯属其想象创作拟或有感而发有待最后考证。

以下就是诗歌节译,笔者尽量依照原来10音节和韵律而译,读者能否识破其中端倪?

And we will talk, until thought's melody
我们推心置腹琴瑟共鸣
Become too sweet for utterance, and it die
甜言蜜语难诉诀别衷情;
In words, to live again in looks, which dart
又说要复活就在眼神里
With thrilling tone into the voiceless heart,
激动音调腾飞无言心语,
Harmonizing silence without a sound.
沉默不语蕴含和谐之声
Our breath shall intermix, our bosoms bound,
我们同声共息心心相印;
And our veins beat together; and our lips
彼此脉搏共同四唇紧贴,
With other eloquence than words, eclipse
暗中无声胜雄辩最亲切;
The soul that burns between them, and the wells
两颗心灵熔化共同燃烧,
Which boil under our being's inmost cells,
如井水般沸腾似漆如胶。

第十五章 桀骜不驯离经叛道的无神论诗人——雪莱

The fountains of our deepest life, shall be
我们生命深处源泉清幽,
Confused in Passion's golden purity,
金黄激情汇聚难见清流,
As mountain-springs under the morning sun.
正是那山泉映照着朝阳,
We shall become the same, we shall be one
我们合二为一完全一样;
Spirit within two frames, oh! wherefore two?
两个身躯共享一个精灵,
One passion in twin-hearts, which grows and grew,
双子心同生长迸发激情,
Till like two meteors of expanding flame,
直至双子星变成那火焰,
Those spheres instinct with it become the same,
将其他星球速熔化烧穿,
Touch, mingle, are transfigured; ever still
互相抚摸熔合如胶似漆
Burning, yet ever inconsumable:
持续不断燃烧永不枯竭;
In one another's substance finding food,
在对方身上去寻觅食物,
Like flames too pure and light and unimbued
如太纯火光四射遮不住;
To nourish their bright lives with baser prey,
用劣食难滋养永恒光辉;
Which point to Heaven and cannot pass away:
让火光冲天庭熄灭不会:

One hope within two wills, one will beneath
两个意愿共享希望一个
Two overshadowing minds, one life, one death,
但隐蔽脑海而生死难隔,
One Heaven, one Hell, one immortality,
一个天堂永生一个地狱,
And one annihilation. Woe is me!
一次毁灭令我悲哀痛惜!

四、弥尔顿诗歌对雪莱的深刻影响

弥尔顿对雪莱有什么影响？本文因篇幅有限无法交代清楚，只能言简意赅。莱蒙·D. 哈文斯（Raymond D. Havens）提醒我们注意雪莱的《麦布女王》（Queen Mab）（译诗依照原诗音节韵律）：

The restless wheels of being on their way,
车轮滚滚呼啸奔赴征程,
Whose flashing spokes, instinct with infinite life,
轮辐闪闪,充满无限生机,
Bicker and burn to gain their distant goal.
如火团奔腾向遥远目标。

这些似乎源于《失乐园》中的双轮马车，上帝之子平叛乘车凯旋，见弥尔顿原文：

Forth rushed with whirl-wind sound,
风驰电掣呼啸向前,
The chariot of Paternal Deity,

第十五章 桀骜不驯离经叛道的无神论诗人——雪莱

驾驭天父神赐战车,
Flashing thick flames, wheel within wheel; undrawn,
烈火熊熊车轮滚滚飞奔,
Itself instinct with Spirit...,
生机勃勃精神焕发,
And from about him, fierce effusion rowled,
在他身上,猛然迸发力量,
Of smoke and bickering flames and sparkles dire,
浓烟烈火熊熊火花四溅,
...under the burning wheels
……在燃烧的车轮下面
The steadfast Empyrean① shook throughout,
虽火焰熊熊剧烈摇晃,
All but throne itself of God.
惟上帝宝座岿然不动。

不言而喻,此诗的浪漫元素对雪莱产生巨大影响,这首《流浪的犹太人》(The Wandering Jew)中两次出现"熊熊大火"(bickering fire, p784, p794),两次出现"熊熊烈焰"(bickering flames, p263, p1322),还有 1 次"熊熊地火"(bickering hell-flames, p302)。此类词语还出现在 1811 年 11 月 26 日雪莱写给希琴娜的信中:"天呐!若我驾驶时光战车,那燃烧车轮将载我飞抵目标。"(Heavens! were I the charioteer of time, his burning wheels would rapidly attain the goal of my aspirations.) 雪莱塑造了《麦布女王》仙女战车的形象,似乎远离了弥尔顿的战车形象。

---

① Empyrean,是中世纪拉丁语,源于古希腊语 empyrus,意为"烈火中"(in or on the fire);Empyrean Heaven 意为天堂顶端,根据古代宇宙学那里就是火,亚里士多德自然哲学也持此观点。

"车轮滚滚飞奔,生机勃勃精神焕发"(wheel within wheel; undrawn, Itself instinct with spirit)①。最早弥尔顿写在《基督教徒》(Christianity)中,这句话显然被雪莱借用。牛津大学Bodleian图书馆珍藏的雪莱手稿表明:他曾将人类视为大社区,然后细分为上万个小社区,组成一个小区就要毁灭另一小区。车轮滚滚飞奔,庞大机器充满躁动的孤独精神。雪莱《诗辩》中赞赏但丁的精辟诗句充满生机;每句诗就是一个火星,就是一个燃烧原子,包含永不扑灭的思想。雪莱诗中充满对弥尔顿的回忆,但似乎未必完全吸收其全部思想,他对这位前辈诗人的思想观点难免僵化或有片面看法。若把上述两首诗对照就会发现有趣现象——雪莱似乎创作某词句时即认可弥尔顿的描述;这种情况反复出现,但其创作全过程又丧失了弥尔顿战车的整体特性,他局限于自我构思。这样对弥尔顿具体肯定抽象否定,表明雪莱既要模仿又想创新的纠结矛盾,这与华兹华斯对待弥尔顿的态度如出一辙,似乎雪莱受其影响,这也算是他俩相通之处吧。

雪莱很崇敬弥尔顿诗歌的叛逆精神和大胆预言的深邃思想,约翰·T.肖克罗斯(John T. Shawcross)认为雪莱敬仰他情同父子,因为两人的诗意和诗艺相通。雪莱在《普罗米修斯的解放》前言尊称"神圣的弥尔顿"为证,表达对先辈的崇敬之情。他要唤醒民众,抨击那些污蔑年迈受压迫基督徒的罪行。很明显雪莱用浪漫主义观点看待《失乐园》。他认为弥尔顿对撒旦和上帝的描写有趣,而且至关重要。雪莱在《诗辩》中声明:弥尔顿诗歌采用奇怪自然的对照方法,从哲理上驳斥那个广受支持的体系。《失乐园》中撒旦的庞大能量无与伦比。如若认为它有意将

---

① Rev. H. Stebbing: Paradise lost, a poem in twelve books. By John Milton; with explanatory notes & a life of the author, Ann Arbor, Michigan: University of Michigan Library, 2005, p23.

第十五章 桀骜不驯离经叛道的无神论诗人——雪莱

邪恶拟人化,那是错误。弥尔顿的魔王道德远比上帝高尚,因为他有意忍受,虽然它与其愿望相反甚至煎熬,但他反抗到底。《普罗米修斯的解放》序言表达同样观点:撒旦具有被压迫者的高尚特征,或像人类对抗上帝那样全能的君王,就像他笔下反抗朱匹特的普罗米修斯那样。雪莱认为撒旦的艺术形象是唯一和普罗米修斯相像的角色。普罗米修斯比撒旦更有诗意。因为他不但勇敢庄严,坚韧抵抗万能威力,而且毫无虚荣和妒忌怨恨,也不争权夺利;那位"失乐园"的主角却自私。可普罗米修斯却是道德智慧的化身,动机纯正目的伟大。弥尔顿和雪莱都描写反抗上天的角色。但自私的撒旦爱捉弄人;而普罗米修斯大义凛然、光明磊落疾恶如仇,乃是正义的化身。这进一步证明弥尔顿对雪莱产生巨大影响,他继承了弥尔顿的诗歌传统并将其诗歌精神推进一步。

在第 5 部中,拉斐尔回答亚当提问——讲述撒旦和仙女们的反叛过程:曾经辉煌;他们若站立必完美。

glorious once / And perfect while they stood (v. 567 – 82)

这场挑战上帝无上权威的反叛辉煌完美,原因是上帝突然任命其子及继承人统御所有天使,他们从此必须服从管制。撒旦恼恨嫉妒新君,遂挑唆 148 名属下:若向这位神授君王俯首称臣而不受礼遇,则羞耻荒唐;他挑拨众人为了平等自由权利反抗统治,除了阿波迪尔(Abdiel)大家都追随撒旦奋起反抗。

《失乐园》第 6 部拉斐尔继续其故事:3 天激战使反叛者惨败受罚。为拯救天堂免遭毁灭或为证明圣子的能力,万能圣父让圣子使用万能武器决战第三天。圣子用右手发出万次闪电,以雷霆万钧之力击溃敌军,把他们逐出水晶围墙环绕的天界。鏖战 9 天 9 夜,他们终于堕入地狱;上帝强迫子民臣服新君,撒旦率众与专制者进行艰苦卓绝的斗争。雪莱认为光荣的鲁茨福(Lucifer,撒旦别名)为自由而战,诗歌第 1 部详述地牢恐怖景象和天使悲惨境地。地牢愈恐怖撒旦愈悲惨,他便愈愤怒急于复仇。他对法力仅次于己的毕尔兹布(Beelzebu)发誓:要向天堂独裁强敌发动持久战:

> What though the field be lost?
> 虽战场失利何所惧?
> All is not lost; the unconquerable will,
> 完全保留;不可战胜意志,
> And study of revenge, immortal hate,
> 要学会复仇,仇恨誓不休,
> And courage never to submit or yield:
> 鼓足勇气抗争绝不屈服;
> And what is else not to be overcome?
> 难道舍此其谁不可战胜?
> That glory never shall his wrath or might
> 凯旋光荣难平息其怒气
> Extort from me. To bow and sue for grace
> 或让吾泄气。欲顶礼膜拜
> With suppliant knee, and deify his power,
> 恳求跪地,方显敬重权威,
> Who from the terror of this arm so late
> 因为他手臂恐怖,我太迟
> Doubted his empire, that were low indeed,
> 怀疑他的王国确已落魄,
> That were an ignominy and shame beneath
> 这乃是吾奇耻大辱,此前
> This downfall.
> 已经堕落。

第十五章　桀骜不驯离经叛道的无神论诗人——雪莱

雪莱钦佩撒旦坚定信念勇猛向前,欲与天堂的独裁者决战到底——他在撒旦和上帝身上发现了这些可贵特性;他认为《失乐园》描述了撒旦的巨大能量和宏伟形象——坚韧不拔、百折不挠、愈挫愈勇,他也赋予普罗米修斯同样难能可贵的精神。雪莱声称:弥尔顿笔下的上帝道德远不如撒旦,因为他胜券在握,仍对敌人无情报复。即使其子凯旋也不罢休,儿子、继承人、天王称颂王权"sung victorious king, / Son, heir, and Lord, to him dominion given"①,雪莱认为他是专治者的奴隶,而非人类的救星。然而撒旦不屈不挠,誓将地狱变天堂,欲东山再起无所畏惧大胆宣言:

> The mind is its own place, and in itself
> 吾意已决当然不会动摇,
> Can make a heaven of hell, a hell of heaven.
> 誓将地狱天堂翻天覆地。
> ...
> Here we may reign secure, and in my choice
> 吾意欲犯上决不会改变,
> To reign is worth ambition though in hell:
> 陷地狱犹雄心勃勃造反:
> Better to reign in hell, than serve in heaven.
> 地狱为王胜过天堂奴隶。

撒旦1次造反2次复仇,惊世骇俗大逆不道;雪莱认为弥尔顿不满教会和主教制度。诗中上帝铁石心肠,猛烈打击犯上作乱的乱世贼子,从堕入地牢的天使们所受痛苦可见一斑。雪莱贬斥

---

① David Quint inside "Paradise Lost": Reading the Designs of Milton's Epic, Princeton: Princeton University Press, 2014, p206.

上帝冷酷无情，因为上帝报复雪莱喜欢的蛇及喜欢蛇的女人，上帝挑拨离间让他们彼此忌恨，甚至连蛇卵也不放过。雪莱可能在诗中看到可怜而可怕的场景：上帝诅咒蛇与撒旦，身陷魔窟的所有生物都变成怪蛇，罪魁祸首变成巨龙（x.511-47）。此情此景令读者亦有同感，使人不禁想起古罗马医神艾斯勒批欧斯（Aesclepius）的丰功伟绩，他把罗马从鼠疫中拯救出来。雪莱这样看待弥尔顿处理魔鬼的创作手法，他说："魔鬼亏欠弥尔顿太多（On the Devil）。"弥尔顿不同于但丁或塔索，弥尔顿"为他披上优雅而庞大的精灵般华丽庄严的外衣"（clothes him with the sublime grandeur of a graceful but tremendous spirit）（同上）。弥尔顿是有史以来首先为撒旦辩护的诗人，这在神话文学和诗歌历史都史无前例，因此是他拓展了传统基督教神话文学。再看雪莱高度评价弥尔顿的史诗，其中蕴涵着雪莱试图阐释撒旦和上帝的形象，但由于诗中有太多隐晦含义，所以诗人真实意图实难一言以蔽之，这也是反抗专制的艺术方式。这些隐晦寓意就是雪莱解释的伪装"面具外衣"（the mask and mantle），这保护诗人免受指控。

雪莱称赞弥尔顿"大胆疏忽直接的道德目的"（bold neglect of a direct moral purpose），这"最有力的证明弥尔顿是无与伦比的天才"（the most decisive proof of the supremacy of Milton's genius；Defence）。弥尔顿诗歌中所有关于人性的元素都根据史诗真实的要求密切糅合水乳交融，继续"激发人类新生代的同情心" to excite the sympathy of succeeding generations of mankind)，① 是雪莱深思熟虑的结论。可见第2代浪漫主义诗人对弥尔顿的分析更精辟独到，似超越弥尔顿，这证明他们弘扬了

---

① Michael O'Neill ed：Percy Bysshe Shelley：The Defence of Poetry Fair Copies：A Facsimile of Bodleian MSS, Part 8, Oxford：Oxford University Press, 1994, p221.

第十五章　桀骜不驯离经叛道的无神论诗人——雪莱

文艺复兴诗歌传统,更证明读者立场观点决定其如何解读作品。

雪莱综合归纳古今诗人归纳:所有史诗作者荷马首当其冲,但丁次之,弥尔顿屈居第三;或许荷马史诗的形式和内容奠定了基础,因为"但丁《神曲》和弥尔顿《失乐园》则更趋向于现代神话文学系统形式"(Divina Commedia and Paradise Lost have conferred upon modern mythology a systematic form)。若弥尔顿在天有灵,会如何看待其评价?弥尔顿自评此诗不亚于或甚于荷马史诗。雪莱在《失乐园》撒旦和上帝的4段话读出了弥尔顿的勃勃雄心。他对荷马和其他古典诗人很有兴趣,宣称自己诗歌具有冒险精神,"没有中途停顿,要一飞冲天翱翔于爱奥尼神山上空,追求前所未有的韵文或韵律"(with no middle flight intends to soar above th'Aonian Mount, while it pursues things unattempted yet in Prose or Rhyme)。颂扬人类普世真理需要"更坚韧不拔品格/耐心英勇的殉道精神"(the better fortitude / Of patience and heroic martyrdom)[1],这乃史无前例。他反对战争狩猎,也讨厌传统史诗主题,甚或不喜欢刻意描述骑士的故事,最后这点是亚里士多德、塔索和斯宾塞诗歌描写的对象。后来他虽年迈眼瞎,但心里更清楚理解严肃认真的真理。他想凭借《失乐园》成功荣膺最伟大诗人,他如愿以偿用实际行动谱写了追求真理的颂歌。这些成就鼓舞雪莱,他佩服并付诸实践。雪莱对这部史诗的另类解读反映雪莱桀骜不驯的独特个性,更加证明:反抗专制的艰苦斗争任重而道远,他立志"生当作人杰,死亦为鬼雄";更遑论弥尔顿《失乐园》对雪莱的浪漫自由主义思想产生很大影响,引导他言行一致实践理想。

---

[1] Laura Lunger Knoppers ed: The Oxford Handbook of Literature and the English Revolution, Oxford: Oxford University Press, 2012, p628.

五、西德尼和雪莱《诗辩》之辨

如前所述,文艺复兴崇尚希腊古典文学,复古希腊古典文化。柏拉图和亚里士多德文风大行其道,穆斯林科学家和思想家重返西欧带来新思维。文人学者重视人文活动和人文之美,不愿只为上帝和未来世界生活,故英国文艺复兴诗歌孕育隐含浪漫元素。浪漫主义认为评论享受文艺作品乃至认识客观世界都要凭借直观、想象、感觉和情感,因而反对启蒙运动鼓吹的冷若冰霜、无休无止的演绎推理实验。浪漫主义厌倦在原始物质中不懈探索,另辟蹊径寻求无限自我,探索心灵创新世界;在美妙的文艺作品中自我陶醉,忘乎所以感受美妙,所以艺术家比思想家更善于表达思想。浪漫主义认为只有艺术才使人们更加难以言表,可见文艺复兴和浪漫主义都重视人类认知,可谓一脉相承。

不同时代的两位大师各自撰写《诗辩》,有何玄机?首先看不同历史背景:1820年雪莱的朋友托马斯・L. 皮考克(Tomas L. Peacock)在奥里尔文艺丛刊(Olilier's Miscellany)发表《诗歌4阶段论》(The 4 Ages of Poetry)认为:(1)铁的时代是人类文明之初,诗歌是史前、语言前想象;(2)金的时代用诗歌颂扬现代酋长及祖先;(3)银的时代将诗歌分为模仿和创作两类,纯理性与无情感真理退出诗歌另谋发展;(4)铁的时代则恢复铁的粗犷,皈依自然。而现代诗歌就是原始社会的遗物,诗人弘扬现代文明不甚得力,地位日衰,诗歌已完成历史使命成为历史。尽管此类遗物源源不断,但乏人问津。其观点打破了传统批评方法,解构现实,没有狂热的浪漫气息。次年雪莱秉笔直书迎头痛击"反思诗歌使命——既非原始神力,也非前朝遗物,而是对社会文明认知的话语"。其《诗辩》(A Defence of Poetry)视诗人为想象论的"认知者"——善用比喻,反对归纳现代社

第十五章 桀骜不驯离经叛道的无神论诗人——雪莱

会的抽象。雪莱未指名道姓,但针锋相对分歧很大,这在英国诗坛既是憾事也是好事,说明诗歌批评繁荣,各抒己见辨明真理。文艺复兴使希腊唯心论和柏拉图唯理论在欧洲东山再起,一些作家重拾牙慧挑战当时诗歌的认知价值和道德学说,致使另一派作家奋起捍卫诗歌理论,《诗辩》应运而生。当然西德尼在诗歌保卫战中一马当先,成为当之无愧的先锋。大约 1579 年菲利普·西德尼写《诗辩》,在世未发表,去世后直到 1595 年才问世。其写作主因是反击剧作家斯蒂芬·高森(Stephen Gosson),1579 年他针对西德尼撰写《虐待学派(The School of Abuse)》批评戏剧,但西德尼综合评论很多古典意大利小说,还批评柏拉图等人的诗歌。其《诗辩》核心:诗歌比历史哲学更能唤醒人们道德意识。它还评论埃德蒙·斯宾塞的诗歌和伊丽莎白戏剧。《诗辩》对后来英国文学批评影响很大,最典型的是诗人雪莱从中获益匪浅。他俩对诗歌定义不同,前辈泛指各种体裁文学作品,名为"诗辩"实为"文论"(见第 5 章);而雪莱定义指明诗歌要探索人的内心世界,探讨人们想象和表达之间的关系,阐释诗歌为何又如何引导人们审美启迪民智。他阐明:诗歌创新和模仿艺术品在人类历史中非常重要;诗歌比哲学历史更能唤醒道德意识,应赞颂诗歌对人类社会的贡献。西德尼用功利主义观点创作,对后来诗人的影响明显,从《智者》(Sophists)等人文主义诗歌都可见功利主义修辞方法。西德尼模仿亚里士多德说:过程、人类行为和哲学就是知识。人们喜欢音乐、天文、哲学等知识的最高层次,希腊语称之为"大师基础"(architectonike)。他认为道德政治是男人本身的知识,最终不仅要知道更要践行。他还计划在艺术道德之间进行文学改革,其主题是"道歉"(Apology),这表明诗人不仅要使人们感受理解道德,还要促使其付诸行动,行为源于经验。从塞缪尔·泰勒(Samuel Taylor)和科勒律治的文学评论都可发现功利主义修辞方法。例如,启蒙主义时代，科勒律治在《论诗歌或艺术》（On Poesy or Art）简评要建立模仿理论，这与西德尼观点酷似。

雪莱的《诗辩》深受前辈的《诗辩》启发，站在浪漫主义立场分3部分阐述己见：（1）泛论诗歌原则，（2）和（3）利用这些原则答复批评现代诗的谬论。1858年，诗人威廉·斯蒂甘特（William Stigant）撰文《菲利普·西德尼爵士》道：雪莱"美丽《诗辩》剖析了诗歌核心本质及其存在原因，展示了创作诗歌的发展过程及其对人们思想的影响"[1]。诗歌引导人们过着遵守道德的城市生活。雪莱《诗辩》既震撼又困惑：震撼的是《诗辩》对工业革命早期物质文明的实质及其诱发的社会意识形态等问题概括精确透彻，预言了后工业时代的诸多问题及其对人类的挑战；困惑的是这些问题的核心是贪婪、愚昧、动物欲望与崇高信念间的矛盾，与人性深处有实质性联系。

雪莱受导师葛德文（Godwin）影响，其认为：要通过人类完善道德改造社会。前者重视艺术感情；后者侧重教育理性。所以其《诗辩》系统表达诗歌的美学观点：其诗论与其"解放全人类"的思想一致。他反对说教重视艺术的社会意义：艺术创作是根据正义美的原则改造社会。诗人渲染高尚情操要引发读者全面激动；描写人们渴望美德是唤醒人们憎恶卑劣欲念，所以诗人是"真和美的导师"。"诗歌是最快乐善良心灵在最快乐善良瞬间的记录"，……"伟大诗歌是源泉，永远流淌智慧和快乐清泉"[2]。

雪莱认为诗歌不仅是道德完善的中介和认识万物的起点，它

---

[1] James Wood：How far is Seamus Heaney justified in seeking the redress of poetry? London：DECEMBER 5, 2010, p10.

[2] 郑敏：诗歌与科学：世纪末重读雪莱《诗辩》的震动与困惑，载《外国文学评论》1993年第01期，第46页。

第十五章　桀骜不驯离经叛道的无神论诗人——雪莱

还能创造美丽宇宙,因此诗人是社会发展的先锋:无论诗歌如何张开那斑斓帐幔,或者拉开那悬挂万物景象面前的生命黑幕,它都能为我们创造另类人生。"它使我们成为另一世界的居民,相对而言现实世界一团混沌"。它再现了我们耳闻目睹的平凡宇宙;替我们的内心视觉扫除那凡俗的薄膜,使我们窥见人生的神奇,引导我们感知耳闻目睹的现象。"若习以为常的印象不断重现,破坏我们对宇宙的观感,诗歌就能再造宇宙"。其真知灼见:无人配享受创造者称号,唯有上帝与诗人,诗人是不可领会的灵感之祭司;是反映未来投射现实之明镜;有时创作的语句甚至连其自己也未必完全自圆其说;是能动而不被动之力量。"诗人是未经世界公认的立法者"(Poets are the unacknowledged legislations of the world)①。总之,雪莱赋予诗人无比崇高的社会地位和社会责任,发扬西德尼、斯宾塞和弥尔顿的观点,将诗歌从宫廷玩偶和娱乐大众的工具升华到启迪民智的高度,使之成为引导社会前进的号角;这加强了诗人的使命感和责任感,赋予诗歌新的历史使命,这就站在新的历史高度发展了英国诗歌理论传统。当然雪莱意欲改造的并非完全是现实世界,而是少数精英阶级的精神道德世界。他主张诗人要投身到无边无际的宇宙世界;但真正诗歌要通过语言语法的不同形式表现时光的流逝和人物地域间的千差万别。因此,上述已经阐明雪莱和拜伦是审美先锋派和政治先锋派的混合代表。学界对西德尼《诗辩》有两种看法:他好像总结精心拟就的演说稿后得出结论——诗歌是值得赞扬的"真实学问"的艺术,并非不值一提的谎言,他偏离了英国诗歌的正道。哈迪荪(Hardison)认为《诗辩》背离了西德尼曾亦步亦趋的古典诗歌典范,此文显然非"诗辩",因为他要求英国诗

---

① Adrienne Rich: Lagislators of the World, Cambridge: Cambridge University Press, GMT, 18 Nov. 2006, p3.

人为遭受敌对诗人抨击而内疚①。他改变了原来的诗歌理论,其《诗辩》很大部分采用传统人文主义手法,即柏拉图、亚里士多德和贺拉斯(Horace)的混合标准;然后他转向新古典主义批判和理性诗歌,1560—1580年这在意大利和法国流行。但前后两部分互相抵触,1580年代他修改阿卡迪亚(Arcadia)与其诗歌理论,但尚未完成他就逝世;所以《诗辩》后来付梓,前后两部分依然不甚和谐融洽。

西德尼的《诗辩》嘲讽当时颓废的英国诗坛,使傲居其上的诗人声名狼藉,"如威尼斯街头江湖骗子一般"。他鲜明对比:"混蛋诗人"和"智力低下粗俗之人……,他们只要出版诗歌就心满意足";还有那些名副其实的诗人,他们可能被误认为是江湖骗子,他们"混迹于英国诗坛,现在难以承受诗人之痛"②。所以反对派文人和出版商对他口诛笔伐;而支持西德尼的人是朝臣,他们阅读过手稿而非出版的诗歌。这也说明世人对都铎时代的阅读习惯知之甚少,当时兰米派学者阅读西德尼诗歌断定他与出版界关系密切,就因为兰米学派依赖于出版文化,而他们反对亚里士多德的经院哲学和辩证法。

当然西德尼可能有点偏离文艺复兴的英国诗歌,其偏离《诗辩》主题不如哈迪荪所说的那么严重。它可能背离了人们熟悉的古典民谣的诗歌形式,但这可能是西德尼欲探索蹊径误入歧途。纵观《诗辩》,西德尼似乎已提醒读者静观其变。他早先评论英国诗歌:诗歌已领先于其他文学体裁。人们常评论西德尼使用拉丁术语"vates",即"maker",因此而产生了著名声明:诗

---

① 刘小禾:西德尼和雪莱《诗辩》之比较,www.doc88.com/p-37343.2012-02-12,p3.

② 刘小禾:西德尼和雪莱《诗辩》之比较,www.doc88.com/p-37343.2012-02-12,p3.

第十五章 桀骜不驯离经叛道的无神论诗人——雪莱

歌的效果是"包装(润色)",把黄色自然世界变为金光灿烂的世界,让世人遵守道德。不过人们较少认可在知识、诗歌和国家特征之间存在句法逻辑联系。诗歌是某族群基本知识的基础:逻辑是有关国家知识的基本形态——其实这是从文学的民族主义衍生而来。某种程度上西德尼和约翰·贝勒(John Bale)看法一致,后者希望用普世语言表述真理,它不可避免代表某特殊文化——其代价是承认存在代表真理的普世语言。当然只有通过诠释交流才能用语言表现国家概况,西德尼已把语言与国家(国民)等同。其《诗辩》多用英语诠释欧陆古典和当时文学理论,不但有亚里士多德和柏拉图,还有普卢塔奇(Plutarch)、名托诺(Mingturno)和祖卡若(Zuccaro)。但其舍弃历史哲学的观点可能源于他们依赖真理统治,这种观点有失偏颇且超越国度[①]。

另一个概念就是"最高贵"(noblest),西德尼认为各国并非平等,因他们无均等机会学习知识真理。他甚至划定"最高贵国家"的系谱,从希腊开始向奥菲斯(Orpheus)、李努斯(Linus)等人致敬,他们都是最早动笔向子孙后代传播知识的人,名副其实堪称先师。其循循善诱读者把国家和知识联系,他还声称用诱人的甜美将狂野原始的智慧引向崇拜知识。奥菲克(Orphic)的文化转化神秘论在16—17世纪文学中是永恒主题,足以说明国家与知识的诞生相关。在一连串修辞性并列句中,希腊自我意识的发展已明显成为罗马、意大利和英国文学的典范。

乔叟继承欧洲诗歌和古典诗歌的遗产开创了英国诗歌。西德尼似乎有意重拾与斯凯乐敦和瓦特同时代的苏瑞伯爵的诗句,试图在意大利和罗马风格基础上发出宫廷贵族式的文学呐喊。他似

[①] O. B. Hardison,? Arthur F. Kinney: Poetics and Praxis, Understanding and Imagination: books. google. com. hk/books? isbn = 0820318191 - ? Literary Collections, 1997, p23.

乎也"偏离"英国诗歌体系,完成了高贵民族诗歌"叙述法"的体系。虽然瓦特如同苏瑞伯爵一样在《托特尔诗歌选》(Tottel's Miscillany,1557)里充分表现,斯凯勒顿诗集免费可得,西德尼一定耳闻目睹,但他没提及这两人。他提到苏瑞伯爵在《牧人月历》之前就写抒情诗,乔叟《特洛伊鲁斯和克雷斯蒂》和《法官的魔镜》(The Mirror for Magistrates)都在这些抒情诗之前,以此说明必须经历很多事情才能诞生贵族,才能称为"贵族头脑"。如果英国名列高贵国家,显然首先要归功于苏瑞伯爵为初创英语进行了大胆探索,第一个吃螃蟹的人最可贵。

西德尼《诗辩》似乎不是赞扬而是复兴英国诗歌,因"它已经堕落为孩童的笑柄"[①]。西德尼在高贵国家完成了小范围调查,又对争辩进行预演,他后来反对哲学家和历史学家,在赞扬最高贵者和粗俗的反对体系之间保持平衡,强调英国当时广受耻辱,或要激励听众采取行动,或鼓励读者用世间完善灵智关注诗歌包装高于知识的最高形式,而不论其形式。西德尼声称土耳其唯一的作家就是"立法神职人员"和爱尔兰诗人,"其真材学识显而易见,而且诗人很受尊崇";他还说"即使最粗俗而简单的印度人没有文学创作,也有诗人"[②];威尔士有古代布利吞人真正后裔,确凿证据表明他们称呼诗歌作者"诗人",他们经历罗马人、撒克逊人、丹麦人和诺曼底法兰西人的压迫时代,所以他们抗争到底。

综上所述,西德尼和雪莱的《诗辩》既有相通处,还有更多差异:前者表明雪莱继承发扬了西德尼《诗辩》精髓,特别

---

① Sir Philip Sidney: The Defence of Poesy by Sir Philip Sidney-Poetry Foundation, www.poetryfoundation.org? Learning Lab Essays on Poetic Theory, Chicago: Oct 13, 2009, p11.

② 刘小禾:西德尼和雪莱《诗辩》之比较,www.doc88.com/p-37343.2012-02-12,p5.

是他们都一脉相承共同赋予诗人神圣使命，给予诗歌引领社会开启民智的新功能。《诗辩》之辩证明诗歌与理论之变——雪莱深受西德尼的影响，坚持文学艺术至上的观点，突出强调艺术具有强大的社会功能；他甚至将诗歌凌驾于各门科学之上似乎矫枉过正。但如果没有他们努力推广发展诗歌理论，英国诗歌不可能迅速成为世界诗坛主力，这是他们对英国和世界诗坛的巨大贡献。

六、斯宾塞对雪莱的影响

现代研究雪莱的学者庆贺雪莱从浪漫主义意识形态下解放，看他退出现实世界进入神秘的柏拉图和超越想象的乌托邦。很多成功的学者在雪莱空想诗作中发现在他创新的大脑和历史性进程之间存在互动关系。雪莱愿解构自己，声称代表进步思想，确认各已故诗人联系社会的纽带；若回顾但丁、彼特拉克、斯宾塞、莎士比亚和弥尔顿莫不如此，再看华兹华斯、济慈、拜伦和雪莱也不例外。每个有作为的诗人都勇于解剖自己，密切联系社会实际，否则其诗歌就无生命力。诗歌的个人传记特点已经融入有意识的文学模仿，或许有时特别方便，他被认为是最会引经据典的诗人，这样可能会导致系统的误读。雪莱对其他诗人采用了想象的结构，他们假设超越诗歌的绝对宗教信仰，只能重新将理想主义引向真实人类世界。回顾这些研究可以意识到它们都是现代人的观点，尽管它们不能确定雪莱具体在何处以及如何综合运用变化的技巧。马丁·库斯奇（Martin Kusch）提升斯宾塞在雪莱历史人物表中的地位，并强化其布鲁姆戏剧影响理论；温伯戈（Weinberg）则将但丁和彼特拉克并驾齐驱，引经据典证明：雪莱后来对于意大利历史智慧和艺术成就的反映是正确的。

库斯奇赞赏浪漫主义探索二元论，因浪漫主义探索进而证明现代评论家也在斯宾塞身上发现二元性。他认为斯宾塞发挥伟大诗人的作用，但其影响作用不如弥尔顿，因其观点有弱点，这被奥古斯坦评论家（Augustan）轻易识破。库斯奇全面综合研究了斯宾塞诗体，因为这在18世纪中叶风靡一时，汤姆荪（Thomson）、贝帖（Beattie）和沈斯顿（Shenstone）都使用其二元论。他指出斯宾塞是温文尔雅抑郁的诗人，而且是腐败宫廷的牺牲品，所以新一代浪漫主义诗歌立即启用他作为激进反叛的理想道德典范。新一代诗人认为斯宾塞主义（Spenserianism）道德保守、严肃认真、格外迟钝，已非原来虔诚遵守道德的斯宾塞了，第二代浪漫主义诗人强调华丽甚至背离斯宾塞，他们像亨特（Hunt）一样神圣而有吸引力。

　　斯宾塞的变化多端使雪莱能仿效其道德观念（反对传统道德），后来他放弃了道德的绝对性，模仿二元论。雪莱原来表现斯宾塞的诗歌理念，作为解决理想希望二元性和残酷现实的办法，后来发展到用扎根于想象和体验中的理想解决问题。雪莱精心设计体验诗歌，继续诗歌创作保持诗歌传统，一直等到《诗辩》和《阿多尼》问世后才有结果。但从宗教观念改变为人文观念，这种变化在雪莱早期诗歌中显而易见，库斯奇在讨论《智慧美丽的颂歌》（Hymn to Intellectual Beauty）和《伊斯兰革命》（The Revolt of Islam）时阐明这个观点。他引导我们整合斯宾塞的几首诗歌，雄辩证明斯宾塞对《伊斯兰革命》和《普罗米修斯的解放》很有影响；他还声明斯宾塞的多变和永恒具有二元性，这引导雪莱将古希腊、但丁的意大利和文艺复兴的英国与其成熟诗歌整合一起；这意味着雪莱已着手系统整合英国诗歌，追根溯源以求吸收其养分，滋润自己的诗歌及理论，促进英国诗歌更健康发展。

　　如读者不熟悉英国方言，可能会发现温伯戈小心翼翼研究论证雪莱改写的诗歌更适合其口味。库斯奇通过现代人对斯宾塞诗歌的研究了解雪莱，他欣赏浪漫主义和现代研究的着眼点就是斯

第十五章 桀骜不驯离经叛道的无神论诗人——雪莱

宾塞,他很赞赏这种观点——恢复阿克拉斯阿(Acrasia)和阿奇马格(Archimago)真正作为《仙后》创作的人物。温伯戈抛开复杂理论,援引但丁和彼特拉克为例争辩:只有通过颠覆吸收才能将诗人的灵感和雪莱联系起来。其目的是肯定雪莱激进的做法,重塑改革意大利诗歌的典范;同时描绘它们对诗歌积极丰富的影响;他不愿更彻底颠覆,因为他坚信雪莱深刻理解这些共同愿望的根源。但丁和彼特拉克对于雪莱后期的诗歌都至关重要,因为雪莱后期诗歌认为这些个人的体验可作社区背景。温伯戈的主要目的是要扩展提摩西·维博(Timothy Webb)开拓性研究——雪莱如何学习吸收意大利诗歌?尽管他修改了很多译诗,都是他引用已出版的诗歌,他还胜利完成了这项历史性任务。雪莱的论点表明撒旦在炼狱受难时期,盼望有朝一日翻身于天堂赢得永恒胜利,他有用改写的技巧可以追求这个效果。

研究意大利诗歌不仅可见雪莱与其他诗人的密切关系,而且表明其诗歌与其个人环境之间的关系以及发生地点和对意大利历史的共同反应;温伯戈不同意维博(Webb)把诗人和作品分裂看待,他希望突出强调雪莱个人体验的重要性,而非简单传记形式,通过反思把诗歌和相关代表人物的体验结合。然而跨越语言的致命障碍迫使他面对危及体验的矛盾。某时可以体验天堂:必须不停创造被迫再造,否则濒临灭绝。这是一种精神状态——把客观与愿望统一;雪莱还强调但丁超越了跨越时空的更深刻现实。温伯戈认为:《心之灵》中心灵结合是想象的性行为,比喻恰当,把热情、激情、狂喜和态度糅合一起,抛却个性特征。如何阐述诗人的失败是难以言表,但丁称为词不达意言不由衷。但语言无法表达并不意味着不能体验,诗人的失败并非仅仅是语言的;如同伪装性高潮是暗示:高潮体验行将消退,已经取得成就。

1991年阿拉斯达·马克瑞(Alasdair Macrae)编辑出版雪莱

诗集广受好评,因为它综合了前人评论和编辑成果。其中《白色山峰》(Mont Blanc)79 行是:"如此坚信"(in such a faith),而不用传统的 But for such faith,后者少用;该版《普罗米修斯的解放》第 4 场比以前其他版本更受关注。但他完全删剪了《阿拉斯特》(Alaster),却用 8 页刊载全篇《玛丽亚·基斯鲍尼的信》(Letter of Maria Gisborne),还用 4 页选载《坏女巫》(The Witch of Atlas)和《心之灵》,令人遗憾。《玛丽亚·基斯鲍尼的信》把雪莱与其他同前辈诗人联系起来,也和政治行动的尖锐结果联系起来,这是马克瑞特别关注强调的。序言总括历史智力背景,从美国革命谈到 1832 年的改革法案(Reform Bill),这是文学研究的历史背景提示,尽管其中很多并无直接影响。书结尾处讨论了雪莱思想政治措施;其散文选也同样编排。我们从《诗辩》(Defence)和《爱情颂》(On Love)可了解雪莱对于改革的哲学观点及其非同寻常也很刺激的选择——《关于查洛迪王子去世告人民书》(An Address to the People on the Death of the Princess Charlotte),雪莱在此以潘尼迪的思想气质(Painite vein)拒绝悼念死亡的君主制,敲响了布朗樵斯、卢迪安和图么等人的丧钟(tolls the knell of Brandreth, Ludlam, and Turner),公开了争取英国自由的宣言,这也是其激进行为,充分体现他追求民主自由的坚定信念[①]。

综上所述,上面两章分别探讨了拜伦和雪莱的诗歌理论和创作实践,表明在漫长的民主进程中,统治者惯用专制暴力对待异己分子"异端邪说"要赶尽杀绝;继而分析归纳其诗歌传统及其诗歌的异同,追根究源剖析文艺复兴诗人和诗歌对他们产生的无与伦比的巨大影响,也涉及两代浪漫主义诗人彼此的复杂关

---

① Percy Alasdair Macrae: Bysshe Shelley: selected poetry and prose, London and New York: Routledge, 1991, p28.

第十五章 桀骜不驯离经叛道的无神论诗人——雪莱

系,这也是本书专注研究的初衷。本书要努力证明:文艺复兴诗歌和浪漫主义诗歌同根同源,前者蕴含浪漫元素,谋求思想解放和文学诗歌自由发展,弥尔顿从追求宗教信仰到抒发政治诉求;后者发扬光大上述精神,它们之间是传承与发展一脉相承的密不可分的血肉关系。当然雪莱与弥尔顿信仰不同无关宏旨。

第十六章 品浪漫主义诗歌 鉴英国精神

一、浪漫主义诗人的亲希腊文化主义情结

18世纪欧洲社会中上阶层受过教育,思想自由经济富裕,他们发现浪漫主义思想在1789—1792年期间受到英国国内复辟统治者的压迫,所以想在被古典思想净化的国土上复兴希腊文化,从起居室装修风格及其书橱上的书籍都反映这种倾向和理想,但距离浪漫主义还有差距。因此,希腊起义在英国成为前所未有的灵感期望的源泉,保罗·卡特勒治(Paul Cartledge)称为"用希腊光荣对维多利亚时代作自我鉴定"(the Victorian self-identification with the Glory that was Greece)①。19世纪初希腊文化流行另一主题是对朦胧模糊的赛西亚哲学家阿纳查希思(Scythian philosopher Anacharsis)发生兴趣,他从公元前6世纪沉寂已久,因为让·亚克斯·巴塞勒密(Jean-Jacques Barthélemy)在1788年发表《青年阿纳查希思希腊游记》(Travels of Anachasis the Younger in Greece)让他东山再起。这是奇异而博学富有想象的历史小说,有学者赞扬其为18世纪末

---

① Paul Cartledge: The Greeks and Anthropology-Classics Ireland, Vol. 2 www. ucd. ie/cai/classics-ireland/1995/Cartledge95. html, Cambridge: Clare College Cambridge, 1995, p3.

第十六章　品浪漫主义诗歌鉴英国精神

"古董新崇拜者的百科全书"(the encyclopedia of the new cult of the antique)①。该书对欧洲亲希腊主义发展影响深远,一版再版风靡欧美,不仅在美国多次再版,而且还译成德语和多种其他外语。后来欧洲人受其激励影响纷纷支持希腊独立战争,各种版本续集乃至模仿创作一发不可收。这就是亲希腊文化主义(Philhellenism; the love of Greek culture) 起源,它使古典传统和古典文学在政治教育方面产生影响。

亲希腊文化主义在欧洲大行其道,及至雪莱成人后对其产生浓厚兴趣,他不仅仔细研读其文本,并身体力行努力创作。其诗歌里的英雄多为古希腊人,例如《希腊》(Hellas),他暗示:希腊精神"从古至今指导人们"(rule the present to the past),但雪莱坚信希腊思想仍会指导人们的思想言行——他探讨卡尔·武椎英(Carl Woodring) "政治理想主义与实证实现理想的关系"(the relationship of political idealism to empirical validity of hope)时作上述论断②。若想理解雅典和罗马精神财富在雪莱后来诗文中的变化,须确认其诗歌的亲希腊文化主义,还要揭示他编撰历史评论罗马文化及理解历史的策略,因为这些都反过来促使我们认真看待这些技巧与其阶级主义和编撰历史的政治作用间的关系。其亲希腊文化主义思想表现了他强烈的责任感,特别是他提出确认并实现民主思想的条件;他在内部区分古典主义,明确希腊文化的优先条件,认清它和雪莱及罗马文化之间的关系,表明他用独特的古典历史阐发当代运动,既可行也有局限性。雪莱后来的著作对这种历史现象提出新概念:若置身于这场社会历史大

---

① Paul Cartledge: The Greeks and Anthropology-Classics Ireland, Vol. 2 www.ucd.ie/cai/classics-ireland/1995/Cartledge95.html, Cambridge: Clare College Cambridge, 1995, p3.

② Jonathan Sachs: Romantic Antiquity: Rome in the British Imagination, 1789 – 1832, Oxford: Oxford University Press, 2010, p149.

变革中，要认识到产生这场历史运动的条件，他已"唤醒了由历史意识的条件所引发的历史意识"（provokes historical awareness of the condition of being historically aware）①。

此问题常受忽视——雪莱和拜伦为何将表演舞台选择在地中海国家？他们为何向往罗马、希腊？路漫漫其修远兮，彼将上下而求索。英国文人/诗人像欧陆文人一样酷爱古希腊古罗马文化文学，这种寻根访祖式的仿效古希腊罗马文学诗歌历史传统悠久，在欧陆延续不断。英国诗歌始祖乔叟从模仿意大利诗歌开始，再逐步用英文创作诗歌。其后西德尼、斯宾塞等诗坛巨匠无一没有古希腊古罗马情结，所以从文艺复兴到浪漫主义诗潮无处不见古希腊文学和意大利诗歌的影响。19世纪初亲希腊文化思潮在英国文坛又现高潮，这要归功于拜伦等人号召支持希腊人民独立解放运动，追根究源是因为他们具有浓厚的"希腊情结"。19世纪后期欧洲"亲希腊主义"主要表现在古典主义文人学者中，但他们对古希腊的研究方法分为人类学和古典主义两大学派。雪莱和拜伦的"希腊罗马情结"根深蒂固，甚至雪莱溺海而亡，遗体由拜伦及特列劳尼以希腊式的仪式安排火化——将乳香抹在尸体上，向火中撒盐。次年1月，雪莱骨灰带回罗马，葬于他生前认为最理想的安息场所。雪莱研究专家霍尔姆斯（Richard Holmes）认为，《希腊》代表英语诗歌文学中亲希腊主义的经典表述，它与《普罗米修斯的解放》一样，几乎全是诞于幻想和神秘主义的产物。麦克甘指出：卡麦隆（K. L. Cameron）将希腊革命视为神圣同盟解体的标志有问题，因为希腊革命本质上代表土耳其帝国的解体，以及主宰世界历史的欧洲帝国主义体系（英国是核心）最终形成。所以雪莱和拜伦的亲

---

① Jonathan Sachs: Romantic Antiquity: Rome in the British Imagination, 1789 - 1832, Oxford: Oxford University Press, 2010, p150.

第十六章 品浪漫主义诗歌鉴英国精神

希腊主义倾向在本质上都代表了他们对人类文明的乡愁般向往，也表现了他们对当时社会的愤懑失望，转而追寻以希腊为源头的西方文明，视它为人类希望。《希腊》序言已将此表述清楚。拜伦的亲希腊主义倾向更众所周知，因其更多呈现情感形式（emotional forms）。这种情感形式既体现为外在实际行动，也体现在其作品流露的绝望悲怆情绪。拜伦认为希腊不仅是值得援助的弱小民族，而且象征具有诗意的栖息之地——理想之邦；只有面对这圣地，当代文化和政治现实的弊病才能得到衡量判断。因此与未来主义倾向一样，缅怀过去的亲希腊主义充分体现他俩的审美先锋思想。拜伦认为希腊不仅是值得援助的弱小民族，而且象征具有诗意的栖息之地——理想之邦；只有面对这圣地，当代文化和政治现实的弊病才能得到衡量判断。因此，与未来主义倾向一样，缅怀过去的亲希腊主义充分体现他俩的审美先锋思想。诗人的目标是一方面用诗歌为这个仅存在于未来、诗意的栖息地立法；另一方面则以诗人自己诗化人生和审美表演来对抗现世人生中的凡俗性和不公正性。其短促人生在审美意义上壮丽辉煌，但留给精选观众的仅是几声扼腕叹息，他们生前无法目睹乌托邦。若没有他们孜孜不倦地追求奋斗，也难以唤醒沉睡的民众。当然希腊人"不自由，毋宁死"的传统在他们心中根深蒂固。

1820年出版的诗剧《普罗米修斯的解放》可诠释雪莱亲希腊主义的思想根源。它是其代表作，表现其哲学思想和社会理想，塑造了为真理斗争毫不妥协的英雄形象。雪莱和拜伦一样顶礼膜拜古希腊/古罗马艺术，普罗米修斯早就激动诗人的心。"悲剧之父"——古希腊悲剧作家埃斯库罗斯利用这神话谱写了悲剧三部曲，仅第一部《受缚的普罗米修斯》流传；从后两部的片断看，全剧以普罗米修斯和宙斯和解告终。雪莱诗剧宣扬善良幼稚天真的人道主义思想，当然他也是探索未来理想社会的战士和天才预言家；此诗充满革命精神，成为当时英国工人运动的号角旗帜。《普罗米修斯的解放》用诗意的语言反映其反叛的一生；读者惊诧于作者的创作力，因为他改编了埃斯库罗斯失传剧本《解放的普罗米修斯》。原著中普罗米修斯答应朱比特，最终言归于好。但雪莱反其道而行之，创作普罗米修斯不向暴君屈膝下跪的结局，他不肯低头祈祷妥协投降，大义凛然坚贞不屈，坚信专制一定垮台，反映了作者是坚定乐观的反叛者。

当时工人运动方兴未艾，民族解放运动如火如荼，雪莱的诗歌犹如普罗米修斯的天火点燃人们的希望，鼓舞被压迫奴役的人民英勇斗争。这反叛形象既包含工人阶级反抗专制统治、争取自由解放的革命精神和不畏强暴的英雄气概，也体现了诗人的坚定立场、伟大品格和崇高精神境界，表达了英国人民反对专制暴政、歌颂反抗斗争、展望自由幸福社会的政治理想。诗剧把朱比特作为神圣同盟时期欧洲封建暴君的象征：他凶残背信弃义，在镇压人民的血泊中建立专制统治；他自以为"权力至上位极至尊，万物一切都已向我屈服"；但又预感统治不稳，害怕人民的反抗推翻其统治。主角不畏暴君残酷折磨，坚信光明必胜黑暗。诗人预言的美好社会在当时具有鼓舞资产阶级民主力量反对封建势力的积极作用。

诗剧把普罗米修斯同朱比特的矛盾冲突与人类苦难和解放置于整个宇宙，人物穿越人间、天上、海洋和山谷。诗人将剧中神仙、精灵、鬼怪乃至日月星辰等天体自然力拟人化，让它们投入正邪之争。这种艺术手法使诗剧壮丽雄伟气势磅礴，充满浪漫主义气息，显而易见这种恢宏浪漫场面深受《失乐园》的启发，这似乎也削弱了其无神论的说服力。众神之主朱比特在普罗米修斯帮助下登上王位，实行专制给人类带来苦难，普罗米修斯为了人类从天上偷盗智慧之火；朱比特以怨报德，把他锁在鹰鸥难越的高加索悬崖，并嘱天鹰每日啄其心，历经3000年，但他坚贞不屈，后被大力士海格力斯解放。朱比特色厉内荏，象征法国革命失败后欧洲封建复辟势力，他们害怕再次革命，担心灭顶之灾。雪莱通过朱比特揭露欧洲那些残暴自私、背信弃义的上层统治者的丑恶嘴脸，表明他们是欧洲人民的死敌。朱比特针锋相对和普罗米修斯之间的斗争是当时资产阶级民主派和封建复辟派斗争的真实写照。普罗米修斯体现两种精神："爱"和"韧"。他捍卫热爱人类，殊死反抗人民公敌，虽忍受风吹日晒和恶鬼折磨，但无怨无悔：

"不管太阳晒裂我焦灼的皮肤，
不管月明的夜晚那水晶翅膀的雪花，
系缠住我的发丝：我心爱的人类
又被他为虎作伥的爪牙恣意踩躏。"

这部诗剧反映当时欧洲人民和资产阶级民主派憎恨封建专制，渴望自由平等，无法忍受黑暗野蛮统治。普罗米修斯不同于拜伦式的英雄，后者常因失败而悲观；普罗米修斯始终和人民一起为人类而战。从朱比特被冥王拉下台的情节说明诗人主张暴力推翻封建专制，反映其追求民主自由的革命思想。这部诗剧认为新世界的人德行高尚聪明智慧，科技繁荣劳动轻松愉快，仁爱主宰世界。其最大的艺术特点是象征性、抒情性和丰富想象。全诗象征反封建暴政的斗争，并预示未来社会的变革。所有人物都象征某种社会力量：大地母亲象征人类苦难，朱比特代表暴君，冥王象征正义，阿西亚象征自然（爱情），普罗米修斯象征爱与创造。阿西亚和普罗米修斯结合象征人类未来新生。这部诗剧倾注了诗人对理想社会的向往，表达了他对古希腊文明/文学的敬仰之情。这是其成就最高的作品，也是积极的浪漫主义诗歌典范之一。雪莱根据反封建斗争需要，对原著悲剧进行革命性改造，使之成为坚强不屈始终如一的英雄。这增强了人民向封建统治者英勇斗争的决心和信心，不愧为难能可贵的教育人民鼓舞斗志的伟大诗歌。

另外,济慈诗歌美学和拜伦政治理论也联系着希腊文学的启示、诗歌主题以及诗歌源泉,英国简妮芙·华莱士(Jennifer Wallace)在《雪莱与希腊》对此颇有研究。反思浪漫主义的亲希腊文化主义倾向,可发现济慈有很多重视形象的诗歌主要是关于非文本的文本;亲希腊文化的象征和人为现象以及情感心理状态都过度美化希腊,尽管这早被遗弃。华莱士认为用此法可研究古希腊文化原始模型,因为济慈不懂希腊语,而且少读古典文学译作;结果他阅读希腊文作品局限于译作——可能是翻译文本或是客观实物。而拜伦则与希腊文化息息相关,他拼命反对奥特曼王朝的统治,鞠躬尽瘁死而后已。有人认为拜伦能读希腊文原著,但他一直拒绝全面阅读原著,可能因其反叛情结;他心中仍反对教育当局,因其只要求学生机械翻译,而不要他们真正理解古典原著。他只用诗歌描绘心中理想的希腊大地风情,这能激发他年轻的理想——参加现代政治斗争。但华莱士认为雪莱生前如食甘饴搜集阅读希腊文学原著;而拜伦和济慈相反,他们热衷于阅读希腊文学译作,济慈对雪莱现象命名为热衷艺术风格(Keatsian term, gusto)。结果以雪莱为代表的亲希腊文化主义思潮趋向于关注希腊文化现实文本,而不限于当时对希腊文化整体的诠释;当然他也关注后者,但他比其他诗人更重视希腊文学的真实文本。雪莱重新诠释古希腊文学的传统会话,是想影响浪漫主义文学理念。希腊概念及其诠释构成双刃剑:它既可成为专制古典主义学派强化主流思想意识的帮凶;也可催发萌生民主思想,然后发展成为与压迫强权古典主义斗争的象征。

该书第1章说明英国18—19世纪教育体系强调保留古典教育知识的地位,因为其宗旨是培养领袖,为普罗大众将来就业做好准备。文法学校提供拉丁语和英语等古典教育,这是教育培养上流社会完整计划的组成部分。华莱士提供实例证明"正确"

教育的社会意义:"黑木杂志"猛烈抨击济慈的《安狄米安》。济慈轻蔑地提起那位评论家"Z",他"只是通过查普曼的翻译学习'荷马史诗'"(knows Homer only from Chapman [in translation]),"可期盼受过他教育的人"(might be expected from persons of [his] education),"无论雪莱可能犯什么错,但他仍是学者、绅士和诗人"(Mr. Shelley, whatever his errors may have been, is a scholar, a gentleman, and a poet)[1]。华莱士绘声绘色:希腊文学原来仅是学者涉足的偏门学科,现在发展起来应归功于汤玛斯·阿诺德(Thomas Arnold),他将希腊语言文学作为博学教育的典范和道德教育的教材引进。随着英国日益强盛不断扩张,希腊语言文学在英国的地位不断提升辉煌,因为英国迫切需要强大的语言文学文化支撑其发展。他借用雪莱《阿拉斯特》或《孤独精灵》(Alastor, or The Spirit of Solitude)为实例,证明古典文化的古典传统和古典激进政治一分为二,两者合二为一。这意味着诗人包蕴几个女性人物,追求自己的梦想,又能表现自身捉摸不定的女性特征。诗人一面构建自己的目标任务,一面解构古典诗人声称的男性诗歌话语权,努力把寻求知识的过程色情化。

该书第2章诠释探索了希腊政治概念的形成。保守派可能把希腊作为连续不断的传统典范研读,这是由英国政治教育体制实施贯彻的;激进派会挑剔哲学历史和罗马人/土耳其人的压迫。第2章的诠释格外吸引激进者,因为它提供了早期的民主典范,还有更具济慈风范的神秘大地风情画,其中包含更多传统的痛苦与欢乐。但华莱士认为拿破仑战争后,雪莱诗歌成就斐然攀登巅峰,评论家认为这是反高潮的巅峰(in this reviewer's opinion a

---

[1] Melissa Edmundson ed: Bloom's Classical Views: Percy Shelley, New York: Infobase Publishing, 2009, p81.

rather anti-climactic peak),他过分强调自己激进的政治观点。第3章明白无误表现希腊牧歌田园诗,说明其浪漫诗型已颠覆,从纯洁的乡村牧歌变为禁止快乐、偶像崇拜和性生活的禁脔。雪莱与众不同,决不放弃希腊田园诗那富有魅力的特性。他愿承认希腊很有魅力(广义包括他在意大利的居住地)(and in extension Italy where he lives),而且他也不愿放弃同样迷人并吸引济慈的"肉欲的健忘"(sensual forgetfulness)①。雪莱《阿多尼斯》中描写逝世的济慈误入歧途,羡慕嫉恨别人,伴随色欲的联想暗示坠入了诗歌解放的梦幻图画。华莱士一针见血指出这样曲解济慈误导后人;雪莱则认为自己恰如其分把济慈之死作为契合点是表达诗人的担忧焦虑,随后试图从诗歌和精神两方面超越死亡。这一章解析了雪莱与希腊文学的潜在互动关系:《维纳斯颂歌》(Hymn to Venus)表明他对待婚姻的态度及他对于社会强加的规章制度的看法,他还通过签名赞同的办法使用希腊历史遗产。《伟大希腊》这章节(Grecian Grandeur)将雪莱定位于浪漫主义亲希腊文化主义,他陷入有缺憾的复杂境地,即面临庞大壮观但无法复制的历史。雪莱再次陷入权威当局的古典主义陷阱,"对雪莱而言权威当局一如既往仍是问题"(and authority is as usual a problem for Shelley)②,他要崇拜古典文化。英国当局想在当时文化背景下明确希腊文化遗产,于是产生新问题,因为它要表现的是永久既有魅力又很保守的典范,这是对更加亲希腊化的政治异议、颠覆性官能主义和庄严壮观等特征的反作用。"我们都是希腊人"(We are all Greeks)这一章审视了自由主义试验场——

---

① Jennifer Wallace:Shelley and Greece—Rethinking Romantic Hellenism, London:Palgrave Macmillan, 1997, p29.

② Jennifer Wallace:Shelley and Greece—Rethinking Romantic Hellenism, London:Palgrave Macmillan, 1997, p31

第十六章 品浪漫主义诗歌鉴英国精神

希腊独立战争，全欧洲知识分子对这个自由进程很感兴趣；最著名的是拜伦，他为了希腊人民解放事业鞠躬尽瘁死而后已。雪莱对于东方国家的态度是混合型，他不愿看到与令人敬畏的古典希腊完全异样的场景，也不愿看见希腊出现令人不安的东方风格（意大利也有此问题）。雪莱的亲希腊文化主义思想源于他喜欢希腊文学文本，而他对于其他形式文艺兴趣不大。他无法摆脱主流文化和英国教育的影响，他也不愿面对东方欧洲的现状，这违背了英国知识文化教育应像"白大理石那样纯洁的标准"（the marble-white standards）①。有人看到雪莱评论那些"意大利女性有大蒜味"（garlic-reeking Italian women）有点失望⑤，觉得若再看看其他偏颇叙述（biased statements）就悔不当初、情何以堪；他们原来认为雪莱是理想化现实主义者、激进思想家和浪漫主义诗人，现在大失所望。当然将雪莱贴上同样幼稚的理想主义标签，说他愿接触这些"非英国"（un-British）文化，似有失公允。雪莱对于和希腊的关系并未心安理得，因为他早就认为诗歌的古典理想和美丽应像水晶般剔透晶莹（early post-Victorian interpretations of Shelleyan poetics as a crystallizing of Classical ideals of beauty）②。这正是他对外国文化忧心忡忡的强烈反响，它错失了雪莱真正亲希腊文化主义的关键——尽管他有诸多缺憾，但他反映了外国文化丰富想象带来的启示与其令人不安的现实之间的紧张关系，即理论脱离实际，无论任何学派都无法否认现实；最终要面对现实脱离幻想。

综上所述，两代浪漫主义诗人发扬了文艺复兴诗人的诗歌与

---

① Jennifer Wallace：Shelley and Greece—Rethinking Romantic Hellenism, London：Palgrave Macmillan, 1997, p32.
② Jennifer Wallace：Shelley and Greece—Rethinking Romantic Hellenism, London：Palgrave Macmillan, 1997, p31, p32.

情感传统，积极保持甚至加强天生的亲希腊文化主义倾向，更百折不挠寻根问祖寻觅英国诗歌文学/文化的根源，这是与生俱来的天性使然；再因浪漫主义诗人不满社会现状，被迫寻求从梦幻理想中受到启迪，这在客观上推动了英国诗歌向纵深发掘深刻内涵，发扬优秀传统，使之成为有本之木而非枯井，这也体现了英国诗歌的博大精深和深邃内涵，这正是英国诗歌能够在世界诗坛引吭高歌长盛不衰的秘诀之一，否则它也不会如此根深叶茂蓬勃兴旺。

二、浪漫主义诗歌反思与启迪

总而言之，浪漫主义反对新古典主义文艺思潮是英国资产阶级反对封建制度衍生的产物，它坚持推陈出新，更重视诗歌的个性和特殊性以及诗人的情感自由，突出信仰个性和艺术自觉；而后者将古典奉为琼浆玉液，更强调共性和普遍性以适应集体化信仰和主流价值体系，对古典的题材库、链接库和语汇库循规蹈矩因循守旧。浪漫主义既继承以往分离的诗歌理论，又具有自身的时代特点。浪漫主义诗人为追求自由理想而坚持不懈斗争，留下永恒不朽的感动和纪念。古训云："疾风知劲草，板荡识忠臣"。浪漫主义诗人不仅继承发展文艺复兴大师们的诗歌和情感传统，而且敢于创新与前辈竞争，以良性竞争促进文明进步，力图挽救复辟时期恶性竞争败坏的道德风尚，他们勇敢探索将诗歌创新带入不断突围历险和创新的时代。

浪漫主义诗人反抗新古典主义传统，误以为用独创性和想象力可绕过其传统，其实未必尽然。传统问题的偏差导致浪漫主义诗歌的典型缺点——自我中心主义、结构控制能力欠缺、意象浮泛空洞。由于独创性观念深入人心，浪漫主义后辈诗人挑战前辈似矫枉过正有失偏颇，与浪漫主义之前文学风格的平稳演变迥然不同。华兹华斯和雪莱既继承批评弥尔顿"诗经",又延揽其他大师诗歌传统但又创新;第二代浪漫主义诗人对文艺复兴的前辈多继承少批评,但无神论思想促使他们批判第一代浪漫主义诗人,两代浪漫主义诗人之间的代沟(generation gap)以及藕不断丝相连的状况推动文学诗歌评论不断向纵深发展,形成浪漫主义诗歌的两个侧面,使之更丰盈充实。济慈对待传统更成熟,他一生寻求个人才能与传统的融合:这传统几乎囊括所有大师的杰作,他集古今诗歌大成不断自我否定,不断调整自身与前人的关系才能创新诗歌,故而成就最大。而雪莱和拜伦次之,虽然他们赞赏其观点,但他们与前辈浪漫主义诗人差异较多。雪莱强调诗歌功能:诗歌快感至关重要,两者相伴使人敞开心扉感受智慧快感,这与济慈诗歌"美超越一切顺乎自然"的理论不谋而合。华兹华斯强调诗歌的教化作用传给拜伦和雪莱,强调诗歌对社会的影响推动作用。拜伦强调诗歌的道德意义和教育作用。他认为诗歌不能机械描写自然,而要影响社会。但从文艺复兴到浪漫主义诗人的感情生活丰富浪漫或有伤风化,为其创作激发灵感,也为诗歌运动蒙羞,但这并不影响浪漫主义诗人全面传承文艺复兴诗歌传统和积极因素,他们在此基础上力争更上几层楼。他们丰富浪漫的感情验证了英谚:婚姻如同围城(Marriage is like a besieged castle)。其实何止婚姻如此?人生如旅行,哪个阶段哪个方面不经过围城呢?哪个人生不经过若干围城?这是人性的弱点使然:得陇望蜀得寸进尺欲望无穷瞻前顾后,书中拜伦即为典型。个人和国家是否同理?

两代浪漫主义诗人对法国革命的看法分歧合乎情理,因社会各界和世界各国对其暴力革命都有不同看法。所谓"横看成岭侧成峰,远近高低各不同",见仁见智理所当然。法国贵族作家托克维尔(A. Toqueville)在《美国民主》(1835年)和《旧体制与大革命》(1856年)两书都有独到见解:法国部分精英和少数贵族发动了革命。法美两国有5大差异，因此产生不同的革命。(1) 法国中央集权，美国联邦制，各地结社自由充满活力；(2) 法国将一般意志升至法律层面，美国法律专业人士反对此行无限上纲；(3) 法国革命者攻击宗教和教会，而美国宗教宗派主义构筑了反对世俗权威干涉的堡垒；(4) 法国部分不负责任者滥权，而美国则由有实务经验者掌权（受约束）；(5) 法国人将平等置于自由之上，美国反之。因此，两种不同形态的社会发生了形式结果迥异的革命，是暴力革命或温和变革促进社会发展——即以最小代价获取最大进步还是浴血奋战两败俱伤？这是很多国家面临的艰难选择：正确选择事半功倍，错误选择功倍事半。

两个世纪前生态批评理论为英国浪漫主义诗歌提供新视角和发展新契机，虽然诗人对自然形象的选取和艺术表现形式迥异，但其作品都蕴涵丰富的生态学思想迄今仍有现实意义：歌颂自然热爱生命，自然意识扎根于其诗篇并深刻渗透其诗歌理念。他们提倡人类回归自然以使其和谐统一，从生态批评的视角重读英国诗歌，发掘其中的生态思想，唤醒人类生态意识。华兹华斯和科勒律治严厉批判新古典主义：(1) 语言矫揉造作，新古典主义诗歌采用与鲜活日常语言相隔离的人为语汇，长期沿袭早已丧失了本应与生活密切相关的联系，只有故弄玄虚毫无意义的文字游戏；(2) 题材狭隘，新古典主义诗人对社会底层视而不见，陶醉于阳春白雪附庸风雅。因此，浪漫主义诗人认为新古典主义传统机械刻板应淘汰，所以重视生态回归自然的浪漫主义诗歌应运而生。其思想体现了宇宙和谐秩序，人类最佳状态是完全融入与自然的神秘博爱中。他们主张从卑微平凡生活中汲取营养选取素材，希望思想更自由情感更单纯，想象的土壤更肥沃，人们的热情与自然美丽永久合二为一，后来这种新诗潮风靡欧洲。当时玛丽·雪莱英明预见：若科学不珍惜自然，只想控制自然必酿恶

第十六章　品浪漫主义诗歌鉴英国精神

果——无数实例已经并将继续验证其预言非常正确。而且他们对苏格兰风情文化情有独钟，都赞赏苏格兰人的独立自由精神，酷爱那独特的冰河世纪自然风貌，这比文艺复兴诗人更进一步。因为他们不像前辈那样受到专制体制各种约束，他们无拘无束真正成为自由浪漫主义的诗人。

突破新题材为诗歌发展选择了新方向。文艺复兴时期英国诗歌几乎被王公贵族和神话人物垄断，充满传奇故事和温婉旖旎的浪漫爱情。华兹华斯率先破冰让乡民成为诗歌中心，其史无前例的言行无异于在诗歌领域爆发民主革命——荡涤诗歌贵族气息领导诗歌转向平民。他对题材方面的贡献体现在对科学的独特认识。他认为诗人熟悉题材产生感情，能将其转化成诗歌，科学诗歌携手并进；后来雪莱和拜伦直截了当继承弥尔顿传统，将诗歌的自由主义引申为社会政治革命的理念诉求，这大大拓宽了诗歌题材。浪漫主义诗人齐心协力把诗歌从阳春白雪嬗变为风靡已久的下里巴人，融入社会基层唤醒迷茫民众，这启迪了欧美，影响了世界。当然爱情依然是诗歌永恒的主题，但已不是唯一主题并退居其次。至此诗歌已成双刃剑，从王室贵族的玩偶和歌功颂德专利品逆转演变成为人民争取自由斗争的武器，原来不登大雅之堂的民谣名正言顺登堂入室，这不仅是诗歌本质的飞跃，也是诗文和社会发展的必然结果。因不同阶层审美情趣迥异，各方竭尽全力争夺话语权，诗歌文艺责无旁贷，不能听任贵族垄断。英国诗歌从无到有，从小到大，从弱到强，从模仿到创新，从无名小辈到大师辈出，这漫长崎岖坎坷的诗歌发展也是伴随其国力不断增强同步发展。为有源头活水来，这证明了弥尔顿的观点："诗歌解放代表其他方面解放"。国家形态决定诗歌命运，只有自由诗歌才会催生自由国家；诗文兴国富强，国运衰诗文殇！两者互为因果，英国若此，焉有例外？

其次，关于想象力的深入讨论亦是浪漫主义的标志性成果，华兹华斯领先后人跟上，畅所欲言各抒己见；科勒律治系统总结想象力的理论，归纳区分主次，厘清想象与幻想，将诗歌理论推上新台阶。雪莱继承其衣钵，更重视诗歌的想象力。虽然文艺复兴诗歌已孕育强大丰富的浪漫元素与想象力，但他们仅止于实践，未从理论上系统总结归纳诗歌的这两个要素；而浪漫主义继承传统发扬光大，根深蒂固源远流长。诗歌若无这两个要素，就如断翼的雄鹰不能展翅翱翔，如同人类缺乏微量元素无法成长前行。文艺复兴诗人未经历现代化进程中的灵性危机和人性分裂，而浪漫主义诗人冀借助想象力的整合功能和创造性挽救分裂的人性危机；面对传统，唯有想象力为诗歌开拓新疆域，独创乃必由之路，想象力是诗人洞察人类困境、挖掘新诗意的关键；专制者为了巩固统治须愚民，剥夺其想象力使之不敢亦不能想入非非；而自由体制鼓励人们张开想象的翅膀自由翱翔，使国家生机勃勃，所以想象力是文学、科学和社会发展不可或缺的原动力。

另外，科勒律治区分诗歌的机械形式（mechanic form）和有机形式（organic form）功不可没。前者预定传统与诗歌作品无内在联系，后者为了艺术效果主动选择并与诗歌内容融为一体。他推崇后者贬斥前者。其有机形式概念是对内容/形式美学理论的杰出贡献。他使有机整体论焕发活力：存在的本质不是物质而是过程，艺术作品记录这过程；作品本身由各种因素构成有机整体，各部分有机统一密不可分，故应从整体而不应分裂评价作品。这是浪漫主义诗学珍贵的遗产，他勇敢地用其解剖莎翁作品人物，为经典化莎学问鼎世界文坛、成功反击新古典主义立下不朽奇勋，故被誉为"浪漫主义莎学的旗手"，为继承发展莎学奠定了坚实基础。用其有机整体方法辩证看待历史和人物，就会发现他们丰富多彩矛盾的个性特征：追求真善美的诗人偶尔言不由衷言行不一；专制君王间或利国利民，开明君王亦会专横跋扈草菅人命，世事无常不可绝对。例如，世界名列前茅的牛津（近8

个世纪)和剑桥都创建于宗教神学甚嚣尘上的"黑暗中世纪",成为讲经论道辩论政治的中心。牛津更是亨利二世的杰作,他筑巢引凤防止孔雀东南飞(禁英生留法),积极支持加强建设已草创的牛津。上述诗人多毕业于这两校。英国大学公立,但名校云集大师辈出。除了上述和下列诸多原因,还应归功于政府民主明智——只拨款不干涉学校方针事务,双方遵章守法各司其职绝不擅权越位。英谚云:无所不能者,一无所能也(Jack of all trades, master of none);只有专制者或江湖骗子号称万能,吹嘘"君权神授无所不能"或灵丹妙药包治百病,都是为了愚民或牟利。民主体制下国家是公器属于人民,其司法独立公正而公民文明守法,自上而下对民主体制满怀信心,不必杞人忧天。英国经验证明:若政府无为而治,学校大有可为;政府越俎代庖,则学校无所作为。英国史学家阿克顿男爵一世(1st Daron Acton)于1887总结历史尖锐指出:"伟人几乎总是坏人"(Great men are almost always bad men),因为"权利趋向腐败,绝对权利必绝对腐败"(Power tends to corrupt and absolute power corrupts absolutely),话语尖刻刺耳警钟长鸣,但良药苦口(A good medicine tastes bitter),其观点深深影响胡适。所以看待历史人物须全面客观公正实事求是,不以偏概全为尊者讳,任何神化美化或丑化妖魔化他们的行为都是歪曲历史践踏人类文明。世人应明察秋毫剥夺这专制者的专利——这不是对牛弹琴吧(cast pearls before swine)?

英国诗歌与生俱来在不同程度不同方面表现人性天生向往自由,因为英国的海洋文化就赋予其酷爱自由的天然因子,英国人世代与海洋为伴依靠海洋为生,习惯了这种无拘无束搏风击浪敢于冒险的生活和文化传统,而其价值观和哲学观都与其酷爱自由并具有强烈风险意识的海洋文化息息相关。前面已在语言文化层面详析。从文艺复兴情诗追求爱情自由,到各种新诗体不断革新求异，至雪莱和拜伦登峰造极号召人民为自由解放而斗争。尤其雪莱充满战斗热情，被马克思、恩格斯誉为"真正的革命家"和"天才预言家"。1823年英国浪漫主义诗潮几乎偃旗息鼓，但影响欧陆此起彼伏。当年出生的匈牙利人裴多菲（Petőfi Sándor）受其熏陶成长为爱国诗人，后来发表了千古绝唱："生命诚可贵，爱情价更高，若为自由故，二者皆可抛"：

（匈牙利语）Szabadság, szerelem！
英文试译
E kett· kell nekem.
Life is very valuable,
Szerelmemért föláldozom
But love is even much more,
Az életet,
Wherever for liberty
Szabadságért föláldozom
The both can be discarded.
Szerelmemet.

这是传承希腊人"不自由，毋宁死"（Liberty or death）的传统精神，亦为美国革命和法国革命（马赛曲）等欧美历次革命发扬光大，他们争自由要人权保法制，以普世价值奠定社会基础。我国辛亥革命与"五四运动"也受这传统精神影响。毛泽东豪言壮语更气吞山河——"为有牺牲多壮志，敢教日月换新天"，泣鬼神惊天地，其充满了现代革命的浪漫主义精神，可见中英浪漫主义诗歌文学和文化相通，甚或英国浪漫主义诗歌西风东渐经久不衰与时俱进。这与"好死不如赖活"（A living dog is better than a dead lion）的价值观和明哲保身哲学观对比鲜明，这种文化价值观的巨大反差产生截然不同的结果。

第十六章 品浪漫主义诗歌鉴英国精神

他俩的经历证明了美国名言：自由须付代价（Freedom is not free，镌刻在华盛顿韩战纪念馆）；约 200 年前，美国第 3 任总统 Thomas Jefferson 警示：自由之树须常用爱国者和暴君鲜血浇灌（The tree of liberty must be refreshed from time to time with the blood of patriots and tyrants）。浪漫主义诗潮继承传统追求自由是人类的天性和终极目标，没有思想自由缺乏想象力的社会如死水一潭，人们就像《失乐园》里的天使们那样千人一面——言行不一表里不一而表面行动统一。政治自由就是民主，经济自由即市场经济，都要法制保护公平公开的竞争。唯有秩序——道德法制才能真正保护人类自由，个性自由与社会秩序互相依存共同进步。没有自由的秩序与没有秩序的自由同样危害人类文明。若无法律保障，道德必崩溃。公民社会要求公民不断完善自我修养和监督教育水平，仁政和善政、民主和法治让社会道德风尚蔚然成风而善民善事层出不穷。暴政专制下必然贪官污吏沆瀣一气巧取豪夺鱼肉人民，迫使暴戾暴民暴力屡见不鲜，因为人治社会无法无天，专制者都好话说尽坏事干绝，人民被逼上梁山只能以暴制暴——罗马史和英国史已反复证明了这个颠扑不破的规律——专制体制下冤狱文字狱和莫须有无妄之灾无处不在。毛泽东反复强调：哪里有压迫，哪里就有反抗；哪里压迫愈重，哪里反抗愈烈。两千多年前孟子警示人们：苛政猛于虎（The tyranny is worse, crueler and more ferocious than the tiger）。所以庆父不死，鲁难未已。

济慈和拜伦的苦难童年验证了海明威的名言："作家要有不幸童年"。若改为"特殊童年"更准确，因为本书中诗人们的特殊童年与人生磨难培育了他们独特的思想和诗风，其传奇坎坷身世成为宝贵的精神财富和励志动力，更深刻揭示了"福兮祸所伏，祸兮福所倚"的丰富哲理：他们经历常人无法想象的艰苦磨难，但愈挫愈勇奋发图强（Adversity makes a man wise, not rich),充分体现伟大天才超常的天赋和毅力——贫贱不可移，富贵不能淫，诲人不倦滴水穿石锲而不舍，因为他们坚信否极泰来（Every cloud has a silver lining）。他们筚路蓝缕坎坷经历，既是对专制的血泪控诉，也为自己提供了独特的创作动力、体验源泉和创作灵感。因为他们深知文学即人学——他们鞭辟入里揭示人性把握时代脉搏，从不同角度全方位描绘社会万象，诠释人生真谛，指引人类发展方向——此为社会发展大势。所以杰出诗人文学家就是时代的吹鼓手，他们身体力行集民族时代精神和文化于一身，堪为其缔造者、践行者和传承者，其诗作蕴含民族时代精神和文化的精髓。莎士比亚等伟大诗人就是英国精神与文化的最杰出代言人，他们书写了辉煌诗篇永载史册，堪称时代英雄。时势造英雄，英雄引领时代，两者互为因果互相促进。没有英雄的时代必黯然失色，但英雄须有用武之地才可大展宏图。

实际上，英国浪漫主义诗学价值已远超过流派运动本身，它是诗人在诗歌生存和社会双重危机压力下努力探寻诗歌突破性发展的丰硕成果，在英国文坛和世界文坛树起巍峨丰碑，促进社会发展。诗人意识到价值失衡和灵性危机会产生诗歌合法性问题，即以超越感性/理性对立的人性观为理想，将诗歌重心由外部转向内部——直面人心痛苦，希望保持灵性的警觉避免人性沉沦。他们力图突破与古典思维稳定封闭性一致的诗歌传统，从观念、题材、语言和形式等方面深入整合推陈出新，以现代诗歌适应现代社会发展的需要。第二代浪漫主义诗人冲锋陷阵，用笔作刀枪，赋诗歌为子弹，为心灵自由和社会正义呐喊抗争，充分发挥诗歌启迪民智、提升道德、引导舆论、鼓舞斗志并推动社会前进的多功能，最大限度发挥诗人的想象力，寓教于诗，借诗颂德，用诗歌颂扬文明传统和时代精神，为社会发展鸣锣开道并推动社会与时俱进，这正是浪漫主义诗歌无愧于时代的伟大之处，也是继承西德尼《诗辩》的传统，更是它经久不衰、独领风骚的秘

第十六章 品浪漫主义诗歌鉴英国精神

诀。

如前所述,英国诗人借鉴德国哲学思想改革本国诗歌文学,把浪漫主义诗歌这场交响乐演绎得威武、雄壮、气壮山河,奏响了时代的最强音,有声有色甚至喧宾夺主,好似历史上反客为主的热潮再现;青出于蓝而胜于蓝正是英国人善于拿来主义推陈出新的独门绝技;实际上其无孔不入渗透各个文艺领域和其他行业,只是程度不同不如诗歌那么波澜壮阔引人入胜罢了。1834年浪漫主义诗潮在英国已烟消云散,但余音绕梁回音久远,其影响深入人心持之以恒;当年在伦敦成立了麦克米伦出版公司专门从事文化教育产业,其风生水起迄今仍为行业翘楚之一;1869年旗下出版《自然》科学杂志成为世界最早的学术刊物之一,如今仍是世界名列前茅的科技杂志,成为引领世界科技发展的一面旗帜,功勋卓著有目共睹。科学与文教携手共进乃是英国人智慧的结晶。但其最近披露:有43篇医学论文抄袭造假,其中41篇即95%是国人;他们竟在科技创新大国权威刊物弄虚作假,情何以堪?这非空前绝后,司空见惯见怪不怪。

本书开宗明义系统阐述了基督教对西方(英国)文明/文学/文化产生的巨大影响(因为英国文明是西方文明的先进代表),并详述基督教和科学的天然关系。CCTV译制播放的纪录片"人类,我们的故事"是耶稣专题片,其中开场白:"有个人的生死触动无数个心灵,不但改变一个帝国的命运,同时还影响人类历史进程。"曾称霸世界的一代枭雄拿破仑临终遗言一针见血:"我曾统领百万雄师,现在空无一人;我曾横扫三大洲,如今却无立足之地。耶稣远胜于我,他无一兵一卒,未占人尺寸之地,但他的国却建在亿万人心中。"耶稣以"我死你活"改变了世俗"你死我活"的残酷社会关系,其宽容的精神感化亿万人民,化干戈为玉帛,铸剑为犁。温故而知新,上述英国哲学家和数学家怀特海是名师出高徒,他身体力行培育了风流才子哲学家和数学家罗素大师,名师又出名言:"影响人类最大的两种力量是宗教与科学。"宗教影响人类思想,人类依靠自己的行为方式改造世界,但其行为方式的确定却须依靠人类的思想认识。宗教是人类不同思想的根本来源。囿于其现实功利的思想观念和传统文化,致使世风日下,民众唯利是图、沽名钓誉,甚至见利忘义、欺世盗名,人们缺乏灵性想象和前瞻超越性的思想追求,社会停滞不前。《国际歌》醍醐灌顶号召世界人民"要为真理而斗争"——国际悲歌歌一曲,狂飙为我从天落。它号召全世界的奴隶站起来争取自由民主,所有专制者最害怕这首充满革命浪漫主义和普世价值的真理之歌!

怀特海将科学与宗教并列为影响人类的第二大力量,是富有事实演绎论证的精辟观点。科学与宗教相比,在于发现事物内在运动的规律性,人类通过认识、掌握并运用这种规律提高生产生活的效率,这是促进近代人类社会发展的主因。故思考宗教与科学这两种力量的相互关系应提纲挈领:(1)宗教诞生了科学也催生了文学,因宗教具有某种超越性思想。没有宗教及其既定思想,就不能产生科学理论和文学作品;(2)宗教控制人类前进的方向;科学掌控人类前进的速度,二者相辅相成。若无宗教信仰,人类社会定误入歧途;若无科学发展,社会必裹足不前,而文学则不断警示人类社会的利弊,提供借鉴指南;(3)宗教与科学发展并行不悖,但未必重叠相交,而会与文学交汇。科学通过探索事物规律的系统理论认识真理,这需要持之以恒上下求索的不懈努力才能成功。而这种孜孜不倦唯此为大的态度就是宗教信仰的超越精神。若无这种虔诚追求真理的精神,人类只能徘徊在科学文艺百花园门外;所以愚民无知无畏剽窃成风,腐败猖獗国家穷途末路,社会停滞不前如盲人摸象。本书十大诗人中4/5信仰宗教即为此注解。事实胜于雄辩,2005年世界上对2000年前近百年639位诺贝尔科学奖得主的宗教信仰统计数据表明:

93%的人信仰基督教,余者多信仰其他宗教,信仰宗教者超96.7%,只有21人为无神论者,微乎其微。遑论很多科学理论奠基者和创始人都是基督徒,可见基督徒是引领世界科技迅猛发展的主力军。牛顿为了证明上帝的存在,创立了经典物理。科学巨匠爱因斯坦虽自诩为上帝"不可知论者",但仍坚称:"宇宙法则是'神'的杰作"……"没有宗教的科学不足信,没有科学的宗教是盲目的",这为科学发展指明了方向。另据报道:世界上绝大多数宇航员是基督徒或信仰其他宗教——足见大有作为者多信仰宗教,"宗教"成为"西方文明"的同义词。

古希腊文明灿烂辉煌,概因它有多神教的宗教背景,其杰出代表亚里士多德道出原委:"吾爱吾师吾更爱真理"——只有把真理的精神价值作为崇高理想,才能不断推动科学靠近真理。对现代化影响最大的宗教——基督教史已证明这个道理,其核心思想即追求真理——既包括上帝,又包括自然和社会发展内在规律,前者为"天启真理",后者称"自然真理",这都是新教徒的最高价值和历史使命。专制者都想掌控人民的宗教信仰,唯有真正法制才能保护公民的信仰自由。Goerge Carlin 道出了民声:"宗教如鞋……寻找适合你的鞋,但别逼我穿你鞋。"(Religion is like a pair of shoes…Find one that fits for you, but don't make me wear your shoes.)而邪教(政教)逼良为娼,逼迫他人削足适履穿自己的鞋,"己所不欲必施于人"是强盗行径。西方神学属道德范畴,宗教信仰是文明社会发展的基础但不可等同于法律,否则必回黑暗专制的中世纪;而神学和诗歌文学都有助于公民树立道德观念,"善"解人意稳定和谐社会。现有科学的社会功能似乎并不能完全决定人类的前进方向。因为人类发展需要全面的真善美,而科学仅能解决"真"的问题,却不能营造"善美"的社会环境。几百年前弥尔顿就表明:理想与科学共同推动社会进步,缺一不可,这种远见卓识难能可贵,尤其他的先进教育理念领先世界几百年。

英国史和上述诗人的磨难表明：决定人们善美道德的是社会制度和文化传统等因素，民主法治社会才会成就公民真善美的理想。达尔文进化论表明物种并非一成不变，而会随环境变化而改变。不同自然环境因地制宜孕育生长不同物种；橘生于淮南谓之橘，植于淮北则谓之枳，兹以为证；他又提出"生存竞争适者存"（the survival of the fittest）。因此某地盛产雄狮与搏击长空的雄鹰、勇于迁徙的大雁与象征和平的白鸽；而某地只盛产叽叽喳喳的麻雀、巧言令色的八哥、象征不祥之兆的乌鸦和亦步亦趋学舌的鹦鹉。不同种族在不同社会和自然环境中进化程度差异很大。文艺复兴历史与浪漫主义诗歌反复证实：贪婪残暴、色厉内荏的专制者妄图垄断所有资源，包括禁锢思想（brainwashing, mind control），企图为所欲为奴役人民；任何反对专制的创造性思想行为都被视为威胁挑战必受镇压。求新求异可谓人之天性，不同的文化传统和体制对其态度迥异。民主体制兼容并包鼓励创新，专制反之。

西方倡导专制理论的始作俑者是几千年前的柏拉图，他主张"理想国"统一人民文化活动，其《国家篇》要求国家根据正统教义规范神话诗歌，严禁异端邪说；其《法律篇》要求用法律手段惩戒渎神者和无神论者，专制者对其理论推崇备至。其思想影响一直延续到中世纪，基督教占据主导地位紧抓文教和艺术推广教义，欧洲教会学校和教堂遍地开花、势不可挡。所以文艺复兴时，斯宾塞用心良苦，假借春秋曲笔手法歌功颂德苦不堪言。弥尔顿因反对专制书报检查参加共和国政府而身陷囹圄。因专制者绞尽脑汁（rack their brains）迫使人们口是心非、两面三刀、人格分裂，如此社会毫无诚信充斥谎言欺诈。20 世纪中叶，德国法西斯（Facist）分子希特勒担任"纳粹"（即德语"Nazi"）党魁，这是德语 Nationalsozialist 的简写。纳粹主义是德文

第十六章　品浪漫主义诗歌鉴英国精神

"Nationalsozialismus"缩写，"Nazismus"为音译，意译为"国家社会主义"。法西斯主义（英语：Fascism，意大利语：Fascismo，德语：Faschismus）是国家民族主义政治运动，1922—1943年墨索里尼统治意大利包含了纳粹主义，在二次大战期间蔓延欧洲及世界，包括日本及中国。《大英百科》对法西斯定义："个人地位被压制于集体——例如某个国家、民族、种族或社会阶级之下的社会组织。"法西斯主义通常结合了社团主义、工团主义、独裁主义、极端民族主义、军国主义、反无政府主义、反对自由放任的资本主义、反共产主义和自由主义的政治哲学。法西斯主义是极端集体主义，反对个人主义，是西方陷入经济大萧条后的产物。当时政治、经济和社会动荡加剧，处境恶化不满现状的中间阶层要求政府寻求新的统治对策以及中央集权的经济控制和准备重新划分世界的战争的需要，促成了法西斯的产生和发展。德国法西斯打着"国家社会主义"旗号不断独裁创新，对内用党卫军（Scutzstaffel）和盖世太保荼毒人民并屠杀犹太人，对外穷兵黩武疯狂侵略自掘坟墓。当时德国和意大利乃至中华民国都创造性借鉴苏联党国体制。希特勒首创纳粹宣传部，任命戈培尔为国民教育和宣传部长，焚烧禁书并控制宣传媒体及文教活动，严审所有书刊电影娱乐活动，洗脑愚民登峰造极。戈培尔甚至树立臭名昭著的婊子牌坊："谎言重复千遍就是真理"；"报纸是教育人民的工具，必须为国家服务"；"应设计只能收听德国电台的收音机"，各种非法手段无所不用其极。德、意、日都鼓吹民族沙文主义，用恐怖主义实行极权统治，高度集权使国家迅速工业化和军事化。法西斯甚嚣尘上万马齐喑，但爱因斯坦发出振聋发聩的预警："世界不会毁于恶人，但会毁于无动于衷旁观者"（The world will not be destroyed by those who do evil, but by those who watch them without doing anything）。因为欧洲噤若寒蝉，任凭法西斯铁蹄践踏欧洲。德意日法西斯的倒行逆施表明专制统治者常用实用主义对待科学文学创新，画地为牢顺者昌逆者亡，囚禁于樊笼的先进科学文化无法发挥其自由竞争丰富想象无限创造的优势。

浪漫主义诗歌的社会背景是工业革命，英国人用文明的科技创新征服了欧洲和世界。历史证明：科学与专制为天敌，因现代科技和现代民主政治如孪生兄弟形影不离。只有现代民主制度才会彻底解放人民思想，让科学文艺展翼翱翔。科学态度即实事求是追求真理，不迷信权威崇拜权势。色厉内荏的专制者如蝙蝠害怕光天化日那样害怕真理的光辉；因为像文艺复兴时期的哥白尼那样刚正不阿者掌握了科学真理，既不趋炎附势又不唯利是图，更不会指鹿为马，而无所畏惧反抗强权并坚持宣传真理，专制者则不敢肆无忌惮愚民驭民；但黑暗专制迫使坚持"日心说"的哥白尼与其支持者——"宇宙无限说"的布鲁纳以身殉道，所以科学就是专制者的照妖镜。野蛮专制和一元化相辅相成，独一无二是专制的思想基础，垄断是其经济基础，其社会体系依靠官本位支撑，与兼容并包的多元化多极时代势不两立；如今群雄纷争形成"春秋战国"，任何垄断都无法横行霸道独断专行。"攘外必先安内"已成共识——天安地安不如民安，唯有尊重民意兼容并包才能促进社会和谐发展。20世纪40年代，胡适回康乃尔大学看望老师（史学家）George Lincoln Burr，谈起英国史学家阿克顿，Burr感慨万分："宽容比自由更重要。"没有上层宽容，何来人民自由？而宽容不是天上掉馅饼，它是各方博弈的结果。胡适认为自由主义必有"和平改革"的含义，民主政治中自由容忍铺下和平改革大道，自由主义者亦不必暴力革命，无疑其深受耶稣和英国洛克的影响。

我们更应该用科勒律治有机整体论看待英国（西方）文明，透过英国语言诗歌文学感受其博大精深的蓝色海洋文化，认识其传统精神——博采众长兼收并蓄，英勇善战民主自由，宗教法制

第十六章 品浪漫主义诗歌鉴英国精神

并驾齐驱,勇于从文艺复兴语言诗歌到浪漫主义诗歌实行自由主义革新,并雄心勃勃在社会各领域全面创新——英国(西方)文明的核心就是充分尊重保护个人的自由尊严和权力。海岛民族是自由奔放的群体,追求自由是其文化传统和基因,这是海上凶险恶劣的自然环境使然。因此,自由思想与其岛国的海洋文化有着直接因果关系——百折不挠,顺应潮流。这种民主自由思想在工业革命和资本主义自由市场经济中发挥得淋漓尽致,因为没有任何阻力约束他们丰富的想象力,这是社会进步和解放生产力的最有效文化基础。资本主义发展500年,从政治、科教、经济和文化等诸方面腾飞,空前辉煌,其普世价值为人类文明史书写了辉煌篇章。其海洋文化优胜于"井底之蛙"的内陆文化。1215年6月15日英王与议会签署大宪章(拉丁文 Magna Carta),从此英国进入宪章时代,它奠定了英国乃至西方宪政的基础。它规定任何人(包括国王)不能凌驾法律之上,它虽未完全限制王权,但从此历经几百年逐步完善。它也是美国宪法和国际人权宣言等法律文件产生的基础和灵魂。这部震撼世界的典籍规范英国政治800年,英国率先建立宪政体制并逐步完善,为世界树立典范;它又领先世界进入现代政治文明的入口——1688年光荣革命;1689年《权利法案》重申"议会至上,王在法下",不流血革命为宪政文明奠定基础,为英国崛起富国强兵提供重要稳定的政治环境;这彰显英国绅士不求极端温文尔雅的个性,本书10个诗人只有1/5激进具有典型意义。当时世界格局:法国专制君权鼎盛;俄国为专制帝国南征北战;德意四分五裂;日本封建幕府统治;封建康乾盛世闭关锁国;西班牙、葡萄牙和荷兰的海上霸权陆续被英国抢夺。后来英国率先启动工业革命,开创现代科技文明先河,逐步实现社会各领域全面改革,在原有基础上更加完善宪政体制,和平过渡到现代民主政治议会制度,它在人权民主宪政思想和科技两方面都完全占领了世界文明的制高点,与法国革命的血腥暴力形成鲜明对比。在历史的若干十字路口，意大利、德国或法国都曾可把握机会正确抉择领先世界，但他们一再错失良机，坐视约翰牛（John Bull）纵横捭阖后来居上。

17世纪英国哲学家洛克（John Locke，1632—1704）与弥尔顿同时代，其权利论（the theory of rights）、分权学说（Separation of Rights）和契约论（social contract）不仅是英国法制精神的灵魂，也深刻影响法国思想家伏尔泰和卢梭，并成为美国革命和西方文明的理论支柱之一，再加上以前的《大宪章》；其中"分权论"为"三权分立"的理论基础，后来由法国孟德斯鸠继续完成，逐步成为西方现代民主政治的基础标志。他坚持宗教宽容（religious tolerance）成为光荣革命的启蒙者，所以他曾流亡欧洲被誉为"古典自由主义之父"。其理论是英国文艺复兴催生的思想理论的奇葩，英国人秉承其"契约"精神用光荣革命和工业革命避免了法国革命的血腥悲剧。正如胡适精辟总结"暴力革命者上台后必施行暴力统治"，他总结了无数历史教训，一针见血切中法国革命和苏联"十月革命"的要害，英明预言放之四海而皆准。因暴力革命者害怕被推翻者联合被压迫者以其人之道还治其人之身，冤冤相报无休无止，他们自惭形秽名不正言不顺，色厉内荏陷入暴力轮回的魔咒。其实宗教和"契约论"是解决暴力革命的灵丹妙药和长治久安的基础；其追根溯源是《圣经》，人们在其中和上帝有"旧约"和"新约"，所以守约者兴，毁约者无信无德无望。如上所证：民主法制时代权力更迭依靠法制程序，人民安居乐业国泰民安；专制王朝改朝换代反其道而行之，依靠世袭和丛林法则（the law of the jungle），危机四伏人人自危，人人害我，我害人人。西德尼、斯宾塞、弥尔顿、济慈、拜伦和雪莱无一例外，更不用说瓦特和苏芮伯爵的惨痛教训。若不以史为鉴，必重蹈覆辙内斗悲剧重复不断。

美国《独立宣言》根据洛克理论强调三大人权（生命、自由、追求幸福），并创新建立"三权分立"体制。美国强大的原因之一是因其站在英国思想巨人的肩膀上，英国先生是美国后生的思想导师；美国青出于蓝而胜于蓝的诀窍是政治更自由民主、更依靠市场经济和更重视创新的美国精神，更完善的法制（英美普通法体系）和更先进的科技，当然与其更开放包容的基督教精神和多元化移民文化密不可分。没有比较就没有鉴别，与刀具管制和新闻管制相比，美国人均合法持枪 1 支而国家政权长治久安难道不是最大的自信和自由吗？这难道不是民主法治奠定的坚实基础而创造的奇迹吗？这座新世界的"大熔炉"（the melting pot of the New World）吸引世界精英荟萃于斯，使他们能在这天高任鸟飞的"机遇之地"（the land of opportunity）自由思想创造人间奇迹。但不少美国人诙谐幽默地说："英国对世界的最大贡献就是美国"；若细读美国历史可回味无穷。以下比喻不很恰当但颇有道理：英国以强暴手段生了几个"儿子"，美国、加拿大、澳大利亚和新西兰为伯仲叔季；"长子"武力叛逆分庭抗礼，超越老态龙钟的父亲代行父责；其他兄弟效仿老大欲另立门户，与老父谈判妥协成功，但继承其衣钵，何其乃尔相似（Like father, like son）？他们依然仰其鼻息享其余荫，其成长史证明洛克"契约论"深入人心广为接受。今年适逢世界反法西斯战争胜利 70 周年，我们不应忘记当年美英等"父子兵"披挂上阵力挽狂澜，率领盟军绝地反击扭转乾坤，消灭了独裁法西斯和邪恶"轴心国"，拯救了世界和平民主和自由；当然中国人抗战及苏联卫国战争亦不可忽视。所以他们共同缔造了联合国开创和平新时代。二次大战撬动了英国衰落的多米诺骨牌，其时崇尚自由民主的丘吉尔反对张伯伦的绥靖主义，领导英国誓死捍卫国家和正义，与独裁德意势不两立，焦土抗战保卫了欧洲与世界和平。但英国伤亡惨重大伤元气病入膏肓，可见正义战胜邪恶必付惨重代价；一将功成万骨枯——丘吉尔亲自主持了大英帝国漫长而痛苦的葬礼。但要警惕法西斯幽灵阴魂不散欲借尸还魂，其翻云覆雨改头换面瞒天过海，谨防他们偷天换日篡改历史！是可忍，孰不可忍！

　　罗马史和英国史与浪漫主义诗歌革新之路昭示：一切历史都是思想史。否极泰来盛极必衰，社会发展如同季节变换，永恒不变是痴人说梦，砥砺革新乃唯一出路——这是社会发展的主要原动力，冥顽不化抱残守缺的专制大厦迟早会轰然倒塌——曾经不可一世的古罗马和苏联就是明证。历史的长河荡涤英国君王专制逐渐衰落消亡，宪政民主法制日益完善为世界率先垂范；其反复证明：专制王朝既以国为家又以家为国，家事即国事不分彼此，黑幕重重私相授受——家事国事天下事事事唯我独裁，哭声枪声抗议声声声充耳不闻。而现代文明民主政治反其道而行之——恪守原则：私产不公有，公（器）权不私用，否则天下大乱。马克思认为"自由是人类的本质"，所以他希望建立"自由人联合体"。人类历史就是人民追求民主自由的历史，其间充满艰难险阻和流血牺牲，历史洪流和反动逆流反复搏斗以决胜负；捍卫人权和民权的法制与维护王权和特权的专制如冰炭不可同器——前者在世界各地的形式方法有异，但其标准本质一致，后者亦然。两相比较，最初级最稚嫩的民主远远优胜于最强大的专制，因为前者代表世界的未来希望，后者反人类。原始野蛮专制与现代文明法制的斗争仍贯穿于漫长的历史进程，顺势而为或逆流而动对博弈各方确是试金石，他们都会殊死较量决一雌雄直至两败俱伤或互相妥协。

　　英国高扬法制自由大旗从饱受欺凌的弱小岛国发展成"日不落帝国"，固然因其资本主义侵略扩张野心与伎俩发挥很大作用，更因为它特立独行善于赶超先进。如今它虽如同浪漫主义诗歌分崩离析烟消云散，但它依然一丝不苟认真守护着遍布世界每个角落并渗透每个领域的宝贵遗产。尤其是20世纪20—30年代

第十六章 品浪漫主义诗歌鉴英国精神

圣雄甘地领导印度"非暴力不合作运动"（Satyagraha Movement）赢得独立，为民族独立运动树立了光辉榜样；其时英国应已领悟"强权即公理"（Might is right）的时代一去不返，识时务者为俊杰。战后12年有10多个国家先后从英国统治下独立，英国日薄西山必迎来新的黎明曙光。迄今人类正在并将继续受益于英国开启的现代文明，因为"沉舟侧畔千帆过，病树前头万木春"。2014年9月18日苏格兰独立公投（referendum）为世界文明史增添辉煌篇章；它将就其欧盟成员国资格公投。它一再公投向世人昭示：英国人表里如一对民主制度充满自信，他们睿智坚定而灵活务实，坚持"光荣革命"的契约精神，敢于善于斗争，审时度势精于妥协，其人道主义诗性的光辉永照大地！英国仍锲而不舍恪守传统，巍然屹立在世界现代文明的巅峰。当今世界人民要民主和民族要独立的潮流势不可挡，唯有平等和平的契约精神和现代文明才能战胜血腥暴力的丛林法则；树欲静而风不止，若有人执迷不悟蚍蜉撼树迷信暴力必将玩火自焚，因为得道多助失道寡助。世界上最古老的广播公司——年近期颐的BBC在纪录片《法律奇事——英国司法史》对英国精神画龙点睛："无论就其意义或影响力，英国普通法的成就远超过科学艺术领域的贡献，普通法（common law system）是英国给予世界的最佳馈赠！"（它不同于大陆法系，civil law system）。当年罗马人用武力和宗教两次进犯欧洲，不能长治久安都功亏一篑，后来祭起罗马法的神幡，功效奇特风靡欧洲，各国趋之若鹜竞相效仿；唯独英国我行我素拒绝生搬硬套，用普通法与之抗衡，它对待欧盟和欧元的态度也凸显其特立独行的民族传统精神和工于心计、老谋深算的睿智，这难道不是英国精神最好的写照？

历史学家汤因比（Arnold Joseph Toynbee）以"文明"作为历史研究的单位，提出考察"文明"自身的发展逻辑，不以西方标准确定这"文明"是否进步。1996年，美国学者亨廷顿出版《文明冲突和世界秩序重建》，系统提出"文明冲突论"——冷战后世界格局决定因素为八大文明，即中华文明、日本文明、印度文明、伊斯兰文明、西方文明、东正教文明、拉美文明和非洲文明。冷战后世界冲突的根源不再是意识形态，而主要是文化差异，"文明冲突"主宰世界。窃以为我们虽已进入"文明冲突的时代"，但很多冲突确实发生在这些文明或国家的内部，其中不乏宗教分歧与利益冲突；而且意识形态作祟不可小觑，尤其政教合一最易鱼目混珠，因专制者时刻觊觎这个制高点。1865 年 4 月 14 日美国平民总统林肯遇刺身亡，美国诗人惠特曼赋诗《啊！船长！我的船长！》沉痛哀悼他的逝世。若借用其比喻把国家视为巨轮，按照上述理论就意味着目前全球有近 200 艘大小不同形态各异的巨轮分成了 8 个超级舰队，各自沿着既定航程向着既定目标前进。它们彼此竞争已几千年，此前这些超级舰队中各船按照各自不同利益需求和目标以及意识形态、宗教理念时分时合不断分化重组，因此船队数量与各船队巨轮数量都在不断变化。这些巨轮的船长各自由不同办法产生，千百年来各船长不断改朝换代；当然巨轮也是各国自行设计制造不断更新换代。国家体制就是巨轮的轮机，语言、诗歌、文学、文艺和文化即为清洁剂、润滑油、冷却剂和助燃剂，它们净化发动机、润滑冷却机并提供动力，同时他们为全船人员提供精神食粮，给他们鼓舞斗志。各国船长如何组织设计航程和目标差异很大，跨越漫长历史岁月的巨轮能否战胜惊涛骇浪克服艰难险阻安然无恙到达文明的彼岸，这要取决于很多复杂因素。既要仰赖先进的设计制造，更要依靠船长领导组织全体船员设计正确路线和目标，领导组织全体乘员同心协力保障巨轮高效安全运转，不断随机应变及时处置突发情况。各船队实力不同目标迥异，竞争异常激烈，为了各自利益和宗教信仰彼此时常互相残杀或自相残杀，各船队功过是非优劣将继续接受历史的公正评判。在这场漫长而激烈残酷的历史

第十六章 品浪漫主义诗歌鉴英国精神

竞争中，各船都离不开自己诗歌文艺文化的凝聚力——其蕴含唤醒民众教育公民改造社会的强大功能，具有无坚不摧的号召力和感染力。尤其最近500年，历史已证明欧美船队无与伦比，其历经曲折反复但百折不挠遥遥领先，概因其几艘旗舰的全体乘员都是时代的先锋开拓者，他们是敢立潮头搏风击浪的海洋文化的缔造者、践行者和革新者；他们自上而下和自下而上协同默契革新不停，从科学和经济创新两方面为巨轮提供无比强大的原动力，汹涌澎湃的创新诗歌文艺文化不断吹响进军号角，擂响战鼓，鼓舞其船员众志成城排除万难，振奋乘客精神，同舟共济，民主法制保驾护航坚持正确方向，它们凝聚全船队和各船齐心协力同仇敌忾，恪守契约消弭隔阂互相包容协调。引领世界潮流。哈佛大学经济史学家尼尔·佛格森（Niall Ferguson）是苏格兰人，是当今最有影响力的史学家，他从历史和经济角度剖析西方文明有六大独一无二的"必杀秘籍"（Killer Apps）：竞争、科学、财产权、医学、消费社会和工作伦理，它们攻无不克战无不胜——因其每项都与民主自由、道德法制和契约精神密不可分。但是他也忧心忡忡警告：若后代不了解不坚持现在的信仰，那么西方文明的优势会丧失殆尽！目前这支舰队榜样的无穷力量和魅力势不可挡，它们不断吸引其他船队的精英和乘客改弦更张或弃暗投明投奔自由（也有少数"砸锅党"和"第五纵队"）。这是英国诗歌与英国精神给我们至高无上的启示！

参考文献

Aileen Ward. 1963. John Keats—The Making of a Poet. London: Martin Secker & Warburg Ltd.

Alasdair MacRae. 1991. Shelley: Selected Poetry and Prose. London: Routledge.

Alfred Harbage. 1969. Shakespeare, William. "Shakespeare's Sonnets." The Complete Pelican Shakespeare. New York: Penguin.

Alistair Fox. Oct. 1997. The English Renaissance: Identity and Representation in Elizabethan England. Hoboken New Jersey: Wiley-Blackwell.

Andrew Hadfield. 2009. Literature, Politics and National Identity: Reformation to Renaissance. Cambridge: Cambridge University Press.

Andrea K. Henderson. 2008. Romanticism and the Painful Pleasures of Modern Life. Cambridge: Cambridge University Press.

Anne Lake Prescott. 1998. Humour and Satire in the Renaissance. Cambridge: Cambridge University Press.

Anny Moss. 1993. Theories of Poetry: Latin Writer. London: Macmillan.

Anthony Harding. 1994. Milton, the Metaphysicals, and Romanticism. Cambridge: Cambridge University Press.

A. W. Ward, A. R. Waller. 1973. The Cambridge History of

English Literature V3. Cambidge: Cambridge University Press.

Baldwin A, and S. Hutton. 1994. Platonism and the English Imagination. Cambridge: Cambridge University Press.

Barfield and Owen. 1972. What Coleridge Thought. Oxford: Oxford University Press.

Berdan, John M. . 1920. Early Tudor Poetry, 1485 – 1547. New York: The Macmillan Company.

Barber, Holly A, Shakespearean Performance. (1574 – 1642). http: //www. comm. unt. edu/histofperf/ Final% 20Page% 20wo% 20bib. htm

Bethell. Tom. Oct. 1991. "The Case for Oxford". Boston: The Atlantic Monthly, Vol268.

Beverly Ann Chin, Denny Wolfe, Jeffrey Copeland and William Ray. 2000. British Literature. Texas: [Clencoe Literature] Texas Edition.

Birdermann, Hans. 1994. Dictionary of Symbolism: Cultural Icons and the Meanings Behind Them. New York: Meridian.

Bloom Harold. 1998. Shakespeare: The Invention of the Human. New York: Riverhead Books.

Bolt. Sydney. 1990. Shakespeare—Hamlet. London: Penguin Books.

Bowers Fredson. 1940. Elizabethan Revenge Tragedy. Princeton: Princeton University Press.

Brian and Kiernan. 1971. Images of Society and Nature. Oxford: Oxford University Press.

Byatt, A. S, Unruly Times. 1989. Wordsworth and Coleridge in Their Time. London: Hogarth Press.

Callaghan. Dympna. 2000. Shakespeare without Women.

Representing Gender and Race on the Renaissance Stage. London and New York: Routledge.

Campbell, Gordon and Thomas Corns. 2008. John Milton: Life, Work and Thought: Oxford, Oxford University Press.

Chaney Edward. 2000. The Grand Tour and the Great Rebellion: Richard Lassels and the Voyage of Italy in the 17th Century Geneva, CIRVI, 1985 and "Milton's Visit to Vallombrosa: A literary tradition", The Evolution of the Grand Tour, 2nd ed. London: Routledge.

Charles E. Robinson. June 1 1976. Shelley and Byron: The Snake and Eagle Wreathed in Fight. Baltimore: Johns Hopkins University Press.

Charles Wells Moulton. 1901. The Library of Literary Criticism of English and American Authors. Buffalo: The Moulton publishing company.

Cheney, Patrick. Jan. 29 2007. The Cambridge Companion to Shakespeare's Poetry. Cambridge and New York: Cambridge University Press.

Christine Rees. 2010. Johnson's Milton. Cambridge: Cambridge University Press.

Christopher Ricks. 1963. Milton's Grand Style. Oxford: Oxford University Press.

Christopher Ricks. 1984. The Force of Poetry. Oxford: Oxford University Press.

Cleanth Brooks, and Robert Penn Warren. Nov. 2004. Understanding Poetry. Beijing: Foreign Language Teaching and Research Press.

Colin Burrow. 1999. Combative Criticism: Jonson, Milton and

Classical Literary Criticism in England. Cambridge: Cambridge University Press.

Colin McCormack. Dec. 2010. Wordsworth and Milton: The Prelude and Paradise Lost. London: digitalcommons. providence. edu/cgi/viewcontent. cgi? article = 1000.

Crunelle-Vanrigh, Anny. 1997. "'Too Much in the (Black) Sun': Hamlet's First Soliloquy, A Kristevan View" in Renaissance Forum, Vol. 2, No 2. http: //www. hull. ac. uk/renforum/v2no2/crunelle. htm.

Daiches. David. 1991. A Critical History of English Literature. Vol. 2. Shakespeare to Milton. London: Secker & Warburg.

David Damrosch. 2006. Sidney, Sir Philip. "Astrophil and Stella." The Longman Anthology of British Literature (2nd ed.) New York: Pearson Longman.

David Marsh. 1996. Dialogue and Discussion in the Renaissance. Cambridge: Cambridge University Press.

David Masson. 1910. Paradise Lost and the Faerie Queene: Parellels and Differences. London: Macmillan.

David Masson. 1881. The Life of John Milton. London: Macmillan.

David Norbrook. 1993. An Introduction to the Penguin Book of Renaissance Verse. London: Penguin Classics.

David Scott Kaston. 2006. The Oxford Encyclopedia of English Literature. Oxford: Oxford University Press.

David Townsend. 2006. Medieval Anglo—Latin Literature, The Oxfod Encyclopedia of English Literature. Oxford: Oxford University Press.

Delaney, Denis, Ward, Ciaran and Carla Rho Fiorina. 2005.

Fields of Vision. Vol. I. Harlow: Pearson Education Ltd.

Derek Pearsall. 1999. Chaucer to Spencer—A Critical Reader, London: Blackwell Publishers.

Doctor Faustus. June 1 1965. Christopher Marlowe: London: Methuen & Co. Ltd.

Desmond King Hele. 1960. Shelley: His Thought and His Work. London: Macmillan & Co. Ltd.

Diao Keli. Sept. 2008. Classical Readings of English Literature. Beijing: Foreign Language Teaching and Research Press.

Don M. Wolfe. 1959. Milton, John. Complete Prose Works 8 Vols. gen. New Haven: Yale University Press.

Dorothy Eagle. 1930. The Concise Oxford Dictionary of English Literature, 2nd Edition. Oxford: Oxford University Press.

Drabble, Margaret. 2006. The Oxford Companion to English Literature, New Edition. Oxford: Oxford University Press.

Ernest Jones. 1976. Hamlet and Oedipus, W. W. Norton, N. Y. 'Now, Mother, what's the matter?' Dr. Freud's Hamlet. http://arts.ucsc.edu/faculty/bierman/Elsinore/Freud/freudFirst.html.

Edwards. Philip. 1966. Thomas Kyd and Early Elizabethan Tragedy, London: Longmans, Green & Co. London.

Edwards, Philip. 1993. Hamlet, Prince of Denmark. Cambridge: Cambridge University Press.

Edwin Stein. 1988. Wordsworth's Art of Allusion. Philadelphia: The Pennsylvania State University Press.

Emily Steiner. May 2003. Documentary Culture and the Making of Medieval English Literature. Cambridge: Cambridge University Press.

Englert, Robert. Sept. 22 1999. "Why I reject the

Shakespearean 'heresies'", The University Concourse, Vol. V, Issue 1. www. theuniversityconcourse. com/ V, 1, 9 - 22 - 1999/ Englert. htm.

 Ernest Bernbaum and Samuel C. Chew, James V. Logan, Thomas M. Raysor, Clarence D. Thorpe. 2001. The English Romantic Poets—A Review of Research. The Modern Language Association of America. Oxford: Oxford University Press.

 Francois Regolot. 1997. The Rhetoric of Presence: Art, Literature and Illusion. London: Penguin Books.

 F. R. Leavis. 1936. "Milton's Verse" in Revaluation. London: MacMillan.

 Galati Gavriliu, Eugenia. 2004. British History and Civilisation. A Student—Friendly Approach through Guided Practice. Galaţi: Universitatea "Dunarea de Jos".

 Garry Waller. 1994. Edmund Spencer: A Literary Life. London: Palgrave MacMillan.

 Glencoe. 2000. Glencoe Literature—British Literature. Texas: McGraw-Hill Company Inc.

 George F. Butler. 2007. Milton's "Sage and Serious Poet Spencer": Error and Imitation in The Faerie Queene and Areopagitica. Texas: Texas Studies in Literature and Language Vol. 49, No. 2.

 Georgia Brown. 2004. Redefining Elizabethan Literature. Cambruidge: Cambridge University Press.

 Glyn P. Norton. 2006. The Cambridge History of Literary Criticism Volume III the Renaissance. Cambridge: Cambridge University Press.

 Greg Kucich. 1991. Keats, Shelley, and Romantic

Spenserianism. Philadelphia: Pennsylvania State University Press.

Hallett Smith. 1952. Elizabethan Poetry. Boston: Harvard University Press.

Halliday F. E. 1964. A Shakespeare Companion 1564 – 1964, Baltimore: Penguin.

Harold Bloom & Lionel Trilling. 1973. Romantic Poetry and Prose. Oxford: Oxford University Press.

Harriett Hawkins. 1972. Likeness of Truth in Elizabethan and Restoration Drama. Oxford: Oxford University Press.

Henry Lawes. 1645. Poems of Mr. John Milton, Both English and Latin, Compos'd at Several Times. London: Printed by His True Copies (The Songs Were Set in Musick. Printed by Ruth Raworth for Humphrey Moseley).

Hibbard G. R. 1968. The Taming of the Shrew. London: Penguin Books.

Hilary Menges. 2012. Books and Readers in Milton's Early Poetry and Prose, English Literature Renaissance Inc. London: Penguin.

Hill John. 1979. John Milton: Poet, Priest and Prophet. London: Macmillan.

Hill, Christopher. 1977. Milton and the English Revolution. London: Faber & Faber.

Holmes, Richard. 1999. Coleridge: Darker Reflections. New York: Pantheon.

Honan, Park. 2005. Christopher Marlowe—Poet and Spy. Oxford: Oxford University Press.

Honan Park. 1999. Shakespeare. A Life. Oxford and New York: Oxford University Press.

H. S. V. Jones. 1930. A Spencer Handbook Urbana-Champaign:

University of Illinois Press.

Humphrey Moseley. 1660. Brief Notes Upon Late Sermon, titl'd, The Fear of God and the King; Preachd, and since Publishd, And Chaplain to the Late King. London: Matthew Griffith, D. D.

Humphrey Robinson. 1634. A Maske Presented at Ludlow Castle. London: Comus.

Hunter G. K. 1965. "The Ironies of Justice in the Spanish Tragedy," Renaissance Drama. Oxford: Oxford University Press.

Huston, Dennis J. 1981. "Enter the Hero: The Power of Play in The Taming of the Shrew", Shakespeare's Comedies of Play, London: MacMillan.

Hutton, Sarah. 2003. "Mede, Milton, and More: Christ's College Millenarians" in Milton and the Ends of Time. edited by Juliet Cummins. Cambridge: Cambridge University Press.

Ian Hamilton. 1973. A Poetry Chronicle Essays and Reviews. London: Faber and Faber Ltd.

J. D. Reed. Sept. 1987. "Some Ado about Who Was or Was Not, Shakespeare", The Shakespeare Mystery. Washington DC: Smithsonian Editions.

Jardine, Lisa. 1996. Reading Shakespeare Historically, London and New York: Routledge.

Jeffreys. 2001. The W. H. Controversy. Sonnet 20. NK: The New York University. www. nyu. edu/classes/jeffreys/gaybway/gaybard/wh. htm.

Jeffrey N. Cox. 2004. Poetry and Politics in the Cockney School: Keats, Shelley, Leigh Hunt and Their Circle. Cambridge: Cambridge University Press.

Jennifer Wallace. 1997. Shelley and Greece: Rethinking

Romantic Hellenism. London: MacMillan.

Jerome McGann. 16. Sept. 2002. Byron and Romanticism. Cambridge: Cambridge University Press.

J. B. Broadbent. 1964. Poetic Love. Edinburgh: R. & R. Clark Ltd.

Jimmy Maher. 2003. Sidney and Shakespeare: Contrasting Approaches to the Art of the Sonnet. London: Routledge.

Joel Pace. 2011. The "Honourable Characteristic of Poetry": Two Hundred Years of Lyrical Ballads Wordsworth, the Lyrical Ballads, and Literary and Social Reform in 19th Century America. Eau Clair: University of Wisconsin Press.

John Milton. 1651. Joannis Miltoni Angli Pro Populo Anglicano Defensio Contra Claudii Anonymi, alias Salmasii, Defensionem Regiam. Londini: Typis Du-Gardianis, Anno Domini.

John Harrington Smith. 1936. Shelley and Milton's "Chariot of Paternal Deity". Minneapolis: Univ ersing. of Minnesota Press.

John Lauritsen. 2005. Hellenism and Homoeroticism in Shelley and His Circle. Homoeroticism in Epipsychidio, The Journal of Homosexuality, Vol. 49, No. 3/4. London: Routledge.

John Martin. 2011. The Creation of Light. en. wikipedia. org/wiki. https://en.wikipedia.org/wiki/John_Martin.

John Milton. 1641. Animadversions Upon the Remonstrants Defence, against Smectymnuus. London: Printed for Thomas Underhill.

John Milton. 1641. Of Reformation Touching Church-Discipline in England; And the Cavses that hitherto have hindered it. London: Printed for Thomas Underhill.

John Milton. 1645. A Reply to A Namelss Answer Against the

Doctrine and Discipline of Divorce. London: Printed by Matthew Simmons. Chicago: www. poetryfoundation. org/.

John Milton. 1642. Apology Against a Pamphlet Call'd A Modest Confutation of the Animadversions upon the Remonstrant against Smectymnuus. London: Printed by E. G. John Rothwell.

John Milton. 1659. A Treatise of Civil Power in Ecclesiastical Causes: Shewing That It Is Not Lawfull for Any Power on Earth to Compell in Matters of Religio. London: Printed by Tho. Newcomb.

John Milton. 1644. A Speech of John Milton For the Liberty of Vnlicenc'd Printing, To the Parlament of England, from Areopagitica. London: Printed in the Yeare.

John Milton. 1645. Expositions upon the foure Chief Places in Scripture, Which Treat of Mariage, or nullities in Mariage. London: Printed by Thomas Payne & Matthew Simmons.

John Milton. 1641. Of Prelatical Episcopacy, and Whether it may be deduc'd from the Apostolical times by vertue of those Testimonies which are alledg'd to that purpose in some late Treatises: One whereof goes under the Name of Imaes'Archbishop of Armagh. London: Thomas Underhill. Printed by R. O. & G. D.

John Milton. 1671. Paradise Regain'd. A Poem in IV Books. To Which Is Added Samson Agonistes. London: J. M. for John Starkey.

John Milton. 1645. Poems of Mr. John Milton, Both English and Latin, Compos'd at Several Times. London: His True Copies. The Songs Were Set in Musick by Mr. Henry Lawes. Ruth Raworth for Humphrey Moseley.

John Milton. 1643. The Doctrine and Discipline of Divorce: Restor'd to the Good of Both Sexes, From the Bondage of Canon Law, and other mistakes, to Chirstian freedom, guided by the Rule of

Charity. London: Printed by Thomas Payne & Matthew Simmons; 1644. London: second edition, "revis'd and much augmented".

John Milton. 1644. The Ivdgment of Martin Bucer, Concerning Divorce. Writt'n to Edward the sixt, in his second Book the Kindom of Christ. and now Englisht. London: Printed by Matthew Simmons.

John Milton. 1670. The History of Britain, That part especially now call'd England. From the 1st Traditional Beginning, continu'd to the Norman Conquest. London: Printed by J. M. for James Allestry.

John Milton. 1660. The Readie & Easie Way to Establish a Free Commonwealth and the Excellence thereof Compar'd with the inconvenieces and dangers of readmitting kingship in this nation. London: Printed by T. N. & sold by Livewell Chapman; 1660. second edition, "revis'd and augmented," London: Printed for the author.

John Milton. 1641. The Reason of Church—Government Urg'd against Prelaty. London: Printed by E. G. for Iohn Rothwell.

John Milton. 1650. The Tenure of Kings and Magistrates. London: Printed by Matthew Simmons; second edition, enlarged by Alistair Fox.

Jones. 7 Jan. 2006. "The Oedipus-Complex as An Explanation of Hamlet's Mystery: A Study in Motive" Ernest in 1910 in The American Journal of Psychology 21. 1 (January), 72 – 113 in Shakespeare Navigators. Urana-Champaign: Illinois University Press.

Johnston Ian. 1999. A Note on Shakespeare's Sonnets. Nanaimo: Malaspina University-College. www. mala. bc. ca/ ~ johnstoi/eng366/sonnets. htm.

Joshua Scodel. 1996. Seventeenth Century English Literary Criticism: Classical Values, Englsih Texts and Contexts. Cambridge:

Cambridge University Press.

Joseph Raben. 2001. Milton's Influence on Shelley's Translation of Dante's "Matilda Gathering Flowers". Oxford: Oxford University Press.

Joseph Wittreich. JR. 1970. The Romantics on Milton. Cleveland: The Press of Case Western Reserve University.

Julie Anne Taddeo. 2007. Masculinity and Male Homosexuality in Britain, 1861 – 1913. Victorian Studies. Vol. 49. No. 4. Indianapolis: Indiana University.

Kenneth Muir. 1960. Sir Philip Sidney. London: Longmans Green & Co.

L. Chapman. 1659. Considerations Touching the Likeliest Means to Remove Hirelings out of the Church. Wherein is also discourc'd of Tithes, Church-fees, Church-revenues; and whether any maintanance of ministers can be settl'd by law. London: Printed by T. N. for L. Chapman.

Leithart, Peter J. 1994. "The Serpent Now Wears the Crown: A Typological Reading of Hamlet". London: http://shakespearean.org.uk/eliztheal.htm

Leslie Marchand. 1971. Byron: A Portrait. Chicago: University of Chicago.

Lewalski, Barbara K. 2003. The Life of John Milton. Oxford: Blackwells Publishers.

Lucy Newlyn, 1993. Paradise Lost and the Romantic Reader. Oxford: Clarendon Press.

Magnunson, Paul. 1988. Coleridge and Wordsworth: A Lyrical Dialogue. Princeton, NJ: Princeton University Press.

Malden, MA. 1998. Romanticism: An Anthology. London:

Blackwell Publishers.

Mario Di Cesare and trans. 1991. Estelle Haan, "Written Encomiums" in Milton in Italy: Contexts, Images, Contradictions. Binghamton: MRTS.

Marion Kingston Stocking. 1995. The Clairmont Correspodence: Letters of Claire Clairmont, Charles Clairmont, and Fanny Imlay Godwin, vol. 2. Baltimore: Johns Hopkins University Press.

Mark Rose. 1968. Heroic Love: Studies in Sidney and Spencer. Boston: Harvard University Press.

Matthew Griffiths. Oct. 1998. English Court Poets and Petrarchism: Wyatt, Sidney and Spenser. petrarch. petersadlon. com/submissions/Griffiths. html.

Matthew Griffiths. 1998. English Literature through Texts. From Anglo-Saxon to Early Modern, Galaţi: Editura Fundaţiei Universitare "Dunăreade Jos".

Matthew Simmons. 1649. 'EIKONOKLA'TE in Answer to a Book Intitl'd'EIK'N BAIAIKE, Tha Portrature of his Sacred Majesty in His Solitudes and Sufferings, London: second edition, enlarged, London: Printed by T. N. & sold by Tho. Brewster & G. Moule.

McDonald, Russ. 2003. Shakespeare: An Anthology of Criticism and Theory 1945 – 2000, London and New York: Blackwell.

Michwei J. B. Allen. 1995. Renaissance Neoplatonism. Chicago: University of Chichago Press.

Mitchell. Ruth. 1993. "The Taming of the Shrew. William Shakespeare", World Library Bibliography English Renaissance Literature. Hauppauge: Barron's Educational Series.

Minto, William. 1885. "Elizabethan Sonneteers", Sonnet Central. Edinburgh and London: published by William Blackwood &

Sons.

Muhammad Naeem. Oct. 27. 2010. Chaucer's Contribution to English Language and Literature. Cambridge: Anglia Ruskin University Press.

Nanaimo BC, Johnston. 1999. "You Can Go Home Again, Can't You? An Introduction to the Tempest". Vancouver: Ian Malaspina-University College Press.

Newlyn, Lucy. 1986. Coleridge and Wordsworth; Language of Allusion. Wortley: Clarendon Press; New York: Oxford University Press.

Nicola Trott. 1994. Wordsworth, Milton, and the Inward Light, Milton, the Metaphysicals, and Romanticism. Cambridge: Cambridge University Press.

Peter Alexander & J. Nisbet. 1939. Shakespeare's Life and Art. Ann Arbor: Michigan University Press.

Phyllis Grosskurth. 1997. Byron: The Flawed Angel. Boston: Houghton Mifflin.

Prosser Hall Frye. 1908. The Elizabethan Sonnet. Whitefish, NK & London: Kessinger Legacy.

Richardson, Alan. 2001. British Romanticism and the Science of the Mind. Cambridge, England: Cambridge University Press.

Richard Bear. 2010. Astrophel and Stella and the Amoretti. Online editions. Eugene: University of Oregon.

Robert K. Logan. 2004. The Alphabet Effect: A Media Ecology Understanding of the Making of Western Civilization. NK: Hampton Press.

Ruth Rushworth. 2008. Language in Paradise Lost. London: Faber & Faber.

Samuel Johnson. 1779/1905. Life of Milton. Oxford: Clarendon Press.

Seth Lerer, David Scott Kastan. 2006. Middle English, The Oxford Encyclopedia of English Literature. Oxford: Oxford University Press.

Shawcross. 1993. John Milton: The Self and the World. Lexington: University Press of Kentucky.

Sir Sidney Philip. Jan. 2 1613. "Astrophil and Stella." The Works of Sir Philip Sidney. Nottingham: Luminarium. Editions.

Stephen Booth. 1977. Shakespeare's Sonnets edited with analytic commentary. New Haven: Yale University Press.

Stephen Grennblatt. 2006. The Norton Anthology of English Literature Vol. A, B, C, D. New York: W. W. Norton & Company.

Stephen H. A. Shepherd. 2006. Middle English Romance, The Oxford Encyclopedia of English Literature. Oxford: Oxford University Press.

Stephen Orgel Campbell, Gordon and Thomas Corns. 2006. William Shakespeare Sonnets. Cambridge: Cambridge University Press.

Stephen Orgel. 2001. The Sonnets—William Shakespeare. London: Penguin Books.

Stuart Curran. July 2001. British Romanticism. Shanghai: Shanghai Foreign Language Education Press.

Stuart. M. Sperry. Dec. 1993. Keats, Milton and the Fall of Hyperion. Princeton: Princeton University Press.

Suzuna Jimbo. 2001. What Shelley Found in Milton's Satan and God. NY: New York University Press.

Thomas Corns. 2003. "The Life Records" in A Companion to

Milton, Oxford: Campbell, Gordon Blackwell Publishing.

Thomas Corns. 2003. "Milton and English Poetry". A Companion to Milton. Hoboken: Wiley-Blackwell.

Thomas Johnson. 1644. Of Education: To Master Samuel Hartlib. London: Printed for Thomas Johnson.

Thomas Larque. 2001. A Lecture on Elizabethan Theatre. Stratford-upon-Avon: http://shakespearean.org.uk/eliztheal.htm.

Thomas N. Corns. 2001. English Poetry Donne to Marvell. Shanghai: Shanghai Foreign Language Education Press.

Timothy Webb. 1977. Shelley: A Voice Not Understood. Manchester: Manchester University Press.

Trevor Whittock. 1968. A Reading of the Canterbury Tales. Cambridge: Cambridge University Press.

T. S. Eliot. 1953. "Milton I" (1936), in Selected Proses, edited by John Hayward. London: Penguin.

Wateru Kikuchi, Oct. 1958. Notes on Keats Attitude towards Milton. London: http://hdl.handle.net/10086/10563.

Wesley Trimpi. 1998. Sir Phlip Sidney's An Apology for Poetry. Cambridge: Cambridge University Press.

William D. Brewer. 1994. The Shelley and Byron Conversation. Gainesville: The Board of the Regents of the State of Florida.

William Henry Hudso. 2008. Outline History of English Literature. New Delhi: ATLANTIC Publishing & Distributors Ltd.

William J. Kennedy. 1997. Humanist Classifications of Poetry among the Arts and Sciences. Cambridge: Cambridge University Press.

William J. Kennedy. 1999. Petrarchan Poetics, The Cambridge History of Literary Criticism, VIII. Cambridge: Cambridge

University Press.

William Wordsworth. 1979. The Prelude：1799，1805，1850. New York：W. W. Norton and Company.

白利兵.2014年.走上神坛的莎士比亚.北京：中国电影出版社.

陈嘉.1981年.英国文学史.北京：商务印书馆.

江枫编选.2003年.雪莱精选集.北京：北京燕山出版社.

何其莘，张建.2004年.《英国文学选》.北京：外语教学与研究出版社.

尼尔·佛格森.2012年.黄煜文译.文明——决定人类走向6大必杀技.台北：联经出版事业股份有限公司.

刘炳善.1996年.英国文学简史.开封：河南大学出版社.

刘守兰.2003年.英美名诗解读.上海：上海外语教育出版社

梁实秋.2001年.英国文学史.北京：新星出版社.

李明强.2008年.莎士比亚十四行诗的结构与意象.昆明：云南大学出版社.

屠岸译.1997年.济慈诗选.北京：人民文学出版社.

杨德豫.1995年.华兹华斯抒情诗精选.长沙：湖南文艺出版社.

杨德豫，查良铮.2010年.拜伦诗歌精选.太原：北岳文艺出版社.

杨岂深，孙铢.2007年9月.英国文学选读.上海：上海译文出版社.

王欣.2001年.英国浪漫主义诗歌的形式主义批评.上海：上海外语教育出版社.

王佐良，何其莘.1995年.英国文艺复兴时期文学史.北京：外语教学与研究出版社.

左金梅，张德玉.2004年.英国文学.青岛：中国海洋大学出版社.

张伯香. 2010年2月. 英国文学教程（上、下册）. 武汉：武汉大学出版社.

张旭春. 2004年. 雪莱和拜伦的审美先锋主义思想初探. 外国文学研究，03.